BUZZY J

Wir waren nur Mädchen

Roman

Aus dem Amerikanischen
von Christine Strüh

atb aufbau taschenbuch

Die Originalausgabe unter dem Titel
To Die Beautiful
erschien 2023 bei Dutton, New York

Dieser Text ist ein Werk historischer Fiktion, angelehnt an die Taten jener außergewöhnlichen jungen Frauen, die während des Zweiten Weltkriegs in den Niederlanden mutig im Widerstand gegen die Nazis kämpften. Trotz der Verweise auf reale historische Figuren, Ereignisse und Orte ist dies ein Roman und damit eine fiktive Erzählung.

Um die historischen Umstände nicht zu verfälschen, enthält der folgende Text, bedingt durch die Zeit, in der er spielt, zum Teil rassistische oder antisemitische Begriffe.

MIX
Papier | Fördert gute Waldnutzung
FSC® C083411

ISBN 978-3-7466-4230-7

Aufbau Taschenbuch ist eine Marke der Aufbau Verlage GmbH & Co. KG

2. Auflage 2025
Vollständige Taschenbuchausgabe

www.aufbau-verlage.de
10969 Berlin, Prinzenstraße 85
Die deutsche Erstausgabe erschien 2024 bei Aufbau, einer Marke der Aufbau Verlage GmbH & Co. KG

Satz LVD GmbH, Berlin
Druck und Binden CPI books GmbH, Leck, Germany

Printed in Germany

Für Rhoda und Leon Litwack,
die ihr Leben der Liebe und der Gerechtigkeit widmeten

Epigraph

In der Schule saß ich fünf Jahre neben ihr. Sie war sehr still, hat sich nie am Unterricht beteiligt und kam nie zu Schulfesten. Sie hat nie gelacht, kaum je gelächelt. Doch eines Tages, als sie jemand neckte, hat sie sehr heftig reagiert. Da wurde mir klar: Wenn man sich mit diesem Kätzchen anlegt, sollte man lieber Handschuhe tragen.

Cornelius Mol über Hannie Schaft, seine Mitschülerin im Gymnasium

Ich habe großen Respekt vor Pazifisten. Damit meine ich nicht die Menschen, die einfach nur behaupten, den Frieden zu lieben. Ich meine Menschen, die für ihre Überzeugung geradestehen, weil die Welt zurzeit kriegstrunken ist.

Hannie Schaft, Auszug aus ihrem Aufsatz »Menschen, die ich bewundere«, den sie im Jahr 1935 im Gymnasium schrieb

Wir bauten eine Art Geheimarmee auf … und wir waren die einzigen Mädchen.

Freddie Oversteegen, als sie sich mit vierzehn Jahren zusammen mit ihrer Schwester Truus dem niederländischen Widerstand anschloss

Historische Anmerkung

Am 10. Mai 1940 marschierte Nazideutschland in den Niederlanden ein, zerstörte in einer Blitzattacke einen großen Teil der historischen Stadt Rotterdam und übernahm fünf Tage später die Macht. Der fanatische österreichische Antisemit Arthur Seyß-Inquart, der beim Anschluss Österreichs und in der Pogromnacht 1938 mit Adolf Hitler konspirierte, wurde zum Reichskommissar der Niederlande ernannt und setzte den zukünftigen Terror in Gang.

Das berühmteste Opfer des niederländischen Holocausts ist Anne Frank. Ihre Geschichte – Widerstand, Untertauchen, Verrat, Mord – sollte nichts Ungewöhnliches bleiben. In den Niederlanden wurden mehr Juden ermordet als in jedem anderen von den Nazis besetzten europäischen Land – geschätzte fünfundsiebzig Prozent (etwa 102 000 Menschen) überlebten den Krieg nicht. Zur Erklärung dieser Zahlen argumentierten Überlebende und Historiker, dass die flache, dicht bevölkerte Geographie der Niederlande es schwierig machte, sich zu verstecken; es gab keine großen Wälder oder Gebirgszüge, in denen man hätte verschwinden können. Ein weiterer Faktor könnte gewesen sein, dass die Nazis ihre antijüdischen Maßnahmen in den Niederlanden relativ langsam einführten, was wiederum die Entwicklung der Widerstandsbewegung verzögerte.

Und doch waren die Niederlande Schauplatz jenes bemerkenswerten Streiks im Jahr 1941, der der erste und einzige

Massenprotest von Nichtjuden gegen antisemitische Maßnahmen der Nazis in Europa bleiben sollte. Organisiert von der niederländischen Kommunistischen Partei, protestierten ungefähr 300 000 niederländische Staatsbürger landesweit drei Tage lang, bis der Aufstand von den Nazibesatzern gewaltsam beendet wurde und Dutzende Anführer der Bewegung getötet wurden.

Der Krieg dauerte an, und viele Niederländer engagierten sich in den verschiedensten Formen passiven Widerstands, hörten etwa die von *Radio Oranje* – dem Sender der nach London geflüchteten Exilregierung der Niederlande – ausgestrahlten Programme, stellten die Nationalfarbe Orange zur Schau und lasen eingeschmuggelte Publikationen des Widerstands. Man geht davon aus, dass etwa fünf Prozent der niederländischen Bevölkerung offen mit den Nazis kollaborierten. Schätzungen zufolge nahmen ebenfalls fünf Prozent aktiv am Widerstand teil, indem sie Juden versteckten, die Deutschen im Dienst der Alliierten ausspionierten oder in direkter Konfrontation mit den Nazibesatzern zur Waffe griffen. Unter diesen bewaffneten Widerständlern waren nur sehr wenige Frauen.

Prolog

1945 – Gefängnis am Amstelveenseweg, Amsterdam

Du kannst dein ganzes Leben lang an deinem eigenen Schicksal vorbeigehen, ohne es je zu sehen. Aber Gefängnisse sind mit Absicht unauffällig. Das Gefängnis im Amstelveenseweg nimmt einen ganzen Häuserblock ein, ein schartig-grauer Steinklotz, der für einen Pharao erbaut worden sein könnte. Auf meinem Weg zur Universität habe ich es bestimmt tausendmal gesehen. Und doch kommt mir hier nichts bekannt vor.

Als ich in den Innenhof geführt werde, werden die Geräusche schärfer. Selbst leises Flüstern schallt von den hoch aufragenden Stahlsäulen wider. Falls es auch männliche Insassen gibt, sehe ich sie nicht. Stattdessen sind in den Zellen Frauen jeden Alters, von schlaksigen jungen Mädchen bis zu buckligen Alten, Zweier- und Dreiergruppen, die reden, beten oder versuchen zu schlafen.

Als ich vorüberkomme, heben sich die Köpfe, und ich spüre ihre Blicke im Rücken. Ein Murmeln erhebt sich. Die Wachen verstärken von beiden Seiten ihren Griff um meine Oberarme, gierige Krallenfinger.

»Mach«, sagt einer. »Voran, geh weiter.«

Wir bleiben in Bewegung, aber das Flüstern umwabert uns wie aufsteigender Nebel, eilt uns voraus in Hunderte winzige kalte, vier Stockwerke hoch übereinandergetürmte Zellen. Mit jedem Schritt wird das Geräusch stärker, mächtiger, lauter.

Das Schlurfen der Frauen, die sich zu den Gitterstäben ihrer

Zellen bewegen, um uns zu beobachten. Irgendwo hoch über mir höre ich ein Klatschen …

»Ruhe!«, brüllt eine Wache über uns.

Einen Augenblick lang ist es ganz still. Dann sind auf der anderen Seite des Innenhofs, auf einem anderen Stockwerk, zwei Stimmen zu hören, ein Aufschrei, leise, aber unverkennbar. Der Nebel verbreitet sich überall, wirbelt um uns her im sanftesten Aufbegehren, das man sich vorstellen kann, ein schwebender, anwachsender Lufthauch der Gerechtigkeit. Der Klang der Hoffnung. Selbst hier, an diesem Ort.

Als ich das Ende des Gangs erreiche, begrüßen die Frauen mich mit Namen.

Hannie, Hannie. *Het meisje met het rode haar.* Hannie Schaft.

Das Mädchen mit den roten Haaren. Hannie.

Ich bekenne mich nicht zu diesem Namen.

Als ich zur letzten Zelle komme, halte ich inne und schaue hinein. Eine ältere Frau mit tief liegenden Augen und langen, ungepflegten Haaren liegt auf einer Pritsche, eine knotige Schulter an der kalten Zellenwand. Ihre Haut ist aschfahl, und wie sie da liegt, mit geschlossenen Augen, sieht sie aus wie tot. Dann jedoch öffnen sie sich.

Sie sieht mich. Ich sehe sie. Mit großer Anstrengung hebt sie zittrig eine Hand. Ich bin ihr nie begegnet, und doch kenne ich sie.

Zu schwach zum Aufstehen, reckt sie eine knochige Faust in die Höhe.

»*Verzet!*«, flüstert sie.

Leiste Widerstand.

Das habe ich vor.

Teil 1

OZO

1940–1943
Amsterdam

Kapitel 1

Herbst 1940

Ich war nicht immer ein Einzelkind.

Auf dem angeschlagenen Waschbecken vor mir sitzt ein silberner Vogel, im Flug erstarrt, eine Silhouette wie ein Bomber, beide Flügel ausgestreckt, den Schwanz zu einer koketten Spirale gezwirbelt. Ein Spatz. Als ich das letzte Mal bei einem Konzert war, habe ich ihn getragen. Das ist Monate her.

Natürlich war es Annies Brosche. Papa hat sie ihr geschenkt, als der echte Spatz weggeflogen ist. Ich war noch sehr klein damals, etwa vier Jahre, also muss Annie neun gewesen sein. Es war nach Mitternacht, und ich schlief, als Annie mich anstupste.

»Schau mal, Johanna.« Eine Kerze in der einen Hand, deutete sie mit der anderen zum Boden neben unser gemeinsames Bett. Dort hockte ein kleiner braungrauer Vogel, der mit seinem schief gelegten Kopf aussah, als lausche er Annies Worten. Er piepste. Ich schnappte laut nach Luft, und Annie knuffte mich. »Psst!«

»Lass ihn aus dem Fenster fliegen«, sagte ich.

»Hab ich versucht«, erwiderte sie. »Aber er ist gleich wieder reingeflogen.«

Ich glaubte ihr kein Wort. Über ihre Schulter spähend, sah ich den Flaumball hüpfen und stolzieren, wobei seine winzigen Krallen leise über die Dielen kratzten. Schließlich flatterte er zum offenen Fenster und stürzte sich nach draußen. »Siehst du?«, sagte ich. »Jetzt ist er weg.«

Aber eine halbe Sekunde später tauchte der Vogel wieder vor unserem Fenster auf, flatterte panisch im Zickzack gegen die Glasscheibe, schlüpfte dann von Neuem herein, landete ungeschickt, hüpfte zu der von ihm auserwählten Stelle auf dem Boden neben unserem Bett und begann uns wieder anzupiepsen.

»Was sollen wir bloß mit ihm machen?«, fragte ich.

»Wir behalten ihn«, sagte Annie. Sie hatte auf alles eine Antwort parat.

Und wir behielten ihn tatsächlich, jedenfalls eine Weile. Als er irgendwann endgültig davonflog, schenkte Papa meiner Schwester den silbernen Vogelanstecker, ein Erbstück unserer Großmutter. Ich war eifersüchtig, aber es ergab natürlich Sinn: Mit ihrer unerschöpflichen Energie, ihrem Schwung, ihrer Neugier war Annie einem kleinen Vogel nicht unähnlich. Angeblich war unsere Oma genauso gewesen. Ein paar Monate später schenkte Papa mir dann ebenfalls einen Anstecker: einen kleinen silbernen Fuchs. Er war nagelneu.

»*Mijn kleine vos*«, sagte er. »Für dich.« Mein kleiner Fuchs.

»Aber ich habe doch gar keinen Fuchs gefunden«, sagte ich verwirrt. »Es ist nicht wie bei Annie und dem Vogel.« Papa lachte. »Aber du hast rote Haare, Dummchen.« Dann nahm er mich auf den Arm und vergrub das Gesicht in meinen Locken.

Zum ersten Mal verstand ich, dass zwischen der Person, als die ich mich in meinem Innern kannte, und derjenigen, die andere in mir sahen, ein Unterschied bestand.

Jetzt steck das verdammte Ding doch einfach an. Ich schnappte mir den Spatz vom Beckenrand, stieß die Nadel in das zweilagige Revers meines Wollmantels und stach mich prompt auf der anderen Seite in den Daumen. »Verdammt.«

»Genau deshalb werden unschuldige junge Mädchen vor der großen bösen Stadt gewarnt«, lachte Nellie, die gerade mit unserer Freundin Eva in die Dachgeschosswohnung hereinstolperte, die wir zu dritt teilten. »Sie flucht schon wie ein Pirat.«

»Verdammt, verdammt.« Als ich die Brosche wieder entfernt hatte, blieb ein Fleck auf dem kamelhaarfarbenen Wollstoff zurück, und ich hielt den blutenden Daumen rasch unter den Wasserhahn.

»Lass mich mal«, erbot sich Eva, die Mütterliche in unserer Gruppe. Wir waren alle drei zusammen in Haarlem auf die Schule gegangen, hatten aber keinen engen Kontakt zueinander gehabt. Nellie und Eva hatten mich ausgesucht, weil sie mich kannten – das scheue Mädchen, das jede Extraarbeit erledigte, die der Lehrer ihr auftrug, und an einem milden Frühlingstag zwei Pullover tragen musste, weil seine Mutter sicher war, dass es an einer normalen Erkältung sterben könne. Ich war nicht der Typ, der Ärger machte.

»Wo hast du den her?« Nellie hielt den Anstecker, der im schwachen Licht glänzte, in die Höhe. »Ist richtig hübsch.«

»Von meiner Schwester«, antwortete ich und nahm ihn ihr weg. »Danke, aber ich muss los, bin spät dran.«

»Entschuldige«, sagte Nellie.

»Schon gut, ich bin nur spät dran«, sagte ich, schon draußen auf dem Treppenabsatz, und machte mich auf den Weg die Treppe hinunter. Meine Wangen brannten, meine Wimpern waren nass. Annie war seit dreizehn Jahren tot. Der dumme Spatz.

Ich war Expertin darin, ein Niemand zu sein, seit Jahren hatte ich es eingeübt. So nahm ich auch an diesem Abend im großen Ballsaal der Universität den Platz ein, an dem ich mich am sichersten fühlte: ganz hinten. Um meine Hände beschäftigen zu können, nahm ich das Glas Mineralwasser, das mir angeboten wurde, und nippte daran, während der Raum sich mit Studenten füllte und ihre Gespräche um mich herum immer lauter summten. Die Mädchen im Veranstaltungskomitee des AVSV, des Amsterdamer Studentinnenverbands, strömten in ihren hübschen Kleidern durch den Eingang, ihre Stimmen eine Melodie der Begrüßung. Alle Ankommenden wurden einzeln willkommen geheißen, vor allem die Jungs, die sie beim Reden ganz zwanglos berührten, mal umarmten oder sogar auf die Wange küssten. Wie es sich wohl anfühlte, mit Jungs so entspannt umzugehen? Oder sollte ich sie Männer nennen? Sie wirkten sehr jungenhaft.

»'tschuldigung«, sagte einer gerade zu mir, ein Student, der mich auf der Suche nach seinen Freunden versehentlich angerempelt hatte.

»Kein Problem«, erwiderte ich. Wie Riesen in Kleinformat trampelten sie durch die Welt, bedenkenlos und egoistisch, ohne sie wirklich wahrzunehmen.

»Hast du Feuer?«

Irritiert zuckte ich zusammen. Aber es war eine junge Frau etwa in meinem Alter. »Ich wollte dich nicht erschrecken«, sagte sie.

Sie war um einiges größer als ich, ungefähr eins siebzig, ihre Erscheinung ließ sie jedoch noch größer erscheinen. Glänzende braunschwarze Haare fielen ihr in perfekten Wellen über die nackten Schultern, das Mitternachtsdunkel ihrer Haare ein einziger Kontrast zum Blassblau ihres Krinolinenkleids. Ihre Augen waren dunkelbraun, fast schwarz, mit langen, geschwungenen Wimpern und einem überraschend unschuldigen Blick, ihre Lippen in einem tropischen Korallenrot geschminkt.

Sie sah aus wie ein Filmstar. Ein Wunder, dass sie mich in meinem beigefarbenen Rock und meiner einfachen weißen Bluse überhaupt wahrgenommen hatte. Aber sie lächelte noch immer. Und blinzelte mich fragend an.

»Tut mir leid«, antwortete ich. »Nein.« Es tat mir wirklich leid, weil ich nicht wollte, dass sie so schnell wieder ging. Ich hatte schon versucht zu rauchen, allerdings nur gehustet. Aber jetzt nahm ich mir vor, es noch einmal zu probieren. Womöglich machte es Augenblicke wie diesen einfacher.

»Was, kein Feuer?«, fragte mein Gegenüber. »Oder keine Zigarette?«

»Beides«, sagte ich, korrigierte mich aber schnell. »Keins von beidem.«

Sie lachte, ein heller Glockenklang, freundlich, nicht im Geringsten gemein. »Philine! Hier drüben!« Sie winkte einem anderen dunkelhaarigen Mädchen, das sich einen Weg durch die Menge bahnte. Das neue Mädchen, Philine, war etwas größer als ich und etwas weniger spektakulär als ihre Freundin. Auch sie war hübsch, doch auf eine zugänglichere Art. Braune Haare, braune Augen, ein entspanntes Lächeln. Ihr Kleid sah aus, als wäre es am Saum mehrmals umgenäht und – je nach gängiger Mode – wieder ausgelassen worden. Bei meinem Rock war das Gleiche der Fall. Allerdings trat Philine genau wie ihre Freundin voller Selbstbewusstsein auf, und ich konnte sie mir beide sehr gut auf einer Kinoleinwand vorstellen. Ich hingegen würde eher für die unscheinbare, aber intelligente Freundin der Heldin vorsprechen. Die Vernünftige.

»Warum versteckst du dich hier, Sonja?«, fragte Philine ihre Freundin. »Versuchst du, deinen Verehrern aus dem Weg zu gehen?«

»So ungefähr«, antwortete Sonja. »Ich dachte, Mitglieder des

AVSV sollten sich umeinander kümmern, doch die Kleine hier will mir nicht mal Feuer geben.« Sie zwinkerte mir zu, und ich wurde knallrot vor Scham. Ich war zwanzig; das Rauchen hätte ich doch längst lernen müssen.

Philine lächelte mich an. »Ich bin Philine. Und wie heißt du?«

»Hannie«, sagte ich spontan und erschrak über mich selbst. Bisher hatten alle mich Johanna oder Jo genannt, aber seit ich vor einem Jahr mein Studium an der Universität von Amsterdam begonnen hatte, dachte ich darüber nach, mir eine neue Identität zu geben, hatte es bis zu diesem Tag jedoch nicht gewagt. Der Name kam mir irgendwie eingebildet vor. Zu verwegen. Und ich war nicht sicher, ob ich wirklich das Recht hatte, mich selbst als eine andere Person zu sehen.

»Hallo, Hannie«, sagte sie und akzeptierte meinen neuen Namen, ohne mit der Wimper zu zucken. Wahrscheinlich hätte jeder das getan. Meine Mutter sagte immer, ich würde viel zu viel nachdenken.

Philine schüttelte mir die Hand. »Und Prinzessin Sonja hast du schon kennengelernt.« Meine Augen wurden groß. »Sie ist keine echte Prinzessin«, erklärte Philine grinsend, ohne meine Hand loszulassen.

»Na ja, mütterlicherseits bin ich immerhin mit den Habsburgs verwandt«, erklärte Sonja mit einem Hauch von Stolz.

»Das glaube ich erst, wenn du einen Prinzen heiratest«, sagte Philine. »Und du, Hannie? Bist du eine Prinzessin? Oder auch nur eine langweilige Jurastudentin wie wir?«

Ich strahlte die beiden an. Sie waren so klug und hübsch und energiegeladen, ich brannte darauf, weiter mit ihnen zu reden. Eigentlich hatte ich gehofft, auf der Universität mehr Freunde zu finden als auf dem Gymnasium, hatte jedoch die gleichen

Fehler gemacht wie immer, hatte Einladungen zum Kaffee abgelehnt und behauptet, ich hätte zu viel zu lernen. Natürlich hatte ich nicht mehr zu tun als alle anderen, aber schon bei der Vorstellung, mit Fremden Kontakte zu knüpfen, bekam ich schweißnasse Hände. Auch jetzt. Ich war nur bei dieser Party, weil ich mir vor ein paar Tagen geschworen hatte, herzukommen und mindestens dreißig Minuten zu bleiben. Acht Minuten hatte ich noch vor mir.

»Nur eine langweilige Jurastudentin«, sagte ich und fühlte mich in der sonnigen Gegenwart dieser beiden schon viel entspannter. »Ich bin aus Haarlem.«

»Schön«, sagte Philine.

»Ich war noch nie in Haarlem«, sagte Sonja.

»Sonja«, mahnte Philine.

»Was?«

»Du warst in Paris und in Rom, aber noch nie in Haarlem? Das ist gerade mal ein paar Kilometer entfernt!«

»Paris hat den Louvre und Rom das Colosseum. Was hat Haarlem zu bieten?«

»Sonja!« Philine gab ihr einen spielerischen Klaps auf die Hand.

»Pardon«, sagte Sonja, an mich gewandt. »Haarlem ist bestimmt schön. Ich werde bald hinfahren.«

»Nein, das wirst du nicht.« Auch Philine wandte sich mir zu. »Jetzt verstehst du, warum wir sie Prinzessin nennen.«

»Prinzessin?«, unterbrach uns eine tiefe Stimme, und ein großer, blonder junger Mann in einer ordentlich gebügelten Marineuniform trat zu uns. »Hier bist du also, Sonja. Ich hab dich schon gesucht.«

Mit seinen gepflegten glattgekämmten Haaren und seinem selbstbewussten Lächeln strahlte er eine Attraktivität aus, die mich nervös machte. Zu gut aussehend. Zu selbstsicher. Ich mied solche Männer. Wie sollte ich jemals mit so jemandem sprechen? Zum Glück schienen Philine und ich in Sonjas Gegenwart unsichtbar geworden zu sein.

»Piet!«, rief Sonja und fiel ihm um den Hals – auf die gleiche lässig-elegante und doch kokette Art, wie die Mädchen hier sie so perfekt beherrschten. Und sie wirkte vollkommen natürlich. »Wie geht es dir?«

Piets Gesicht entspannte sich, ein breites Lächeln erschien. »Ich habe gestern in der Bibliothek auf dich gewartet«, sagte er.

»Ach ja?« Sonja flüsterte ihm etwas ins Ohr, und er machte große Augen, als freue er sich. Ich versuchte, mir vorzustellen, was sie gesagt haben könnte, um diesen Effekt zu erzielen, aber mir fiel nichts ein. Im nächsten Moment entwand sie sich seinen Armen und stellte uns einander vor. »Piet, du kennst ja Philine«, sagte sie, worauf er nickte und Philine übertrieben förmlich die Hand küsste. Sie spielte mit und knickste.

»Und das ist unsere Freundin Hannah.«

»Hannie«, korrigierte Philine.

»Hannie.« Pieter griff nach meiner Hand, und ich entriss sie ihm sofort wieder, weil ich befürchtete, er würde sie ebenfalls küssen.

»Entschuldigung«, sagte er und vergewisserte sich mit einem schnellen Blick zu Sonja, ob er sie verärgert hatte.

»Nein, nein, mir tut es leid«, stieß ich verlegen hervor und ärgerte mich über mich selbst.

»Was hast du dem armen Mädchen angetan?«, neckte Sonja ihn. Natürlich war mir klar, dass alles nur ein Scherz war, doch ich fühlte eine gewisse Genugtuung, dass sie mich verteidigte. »Weißt du, Piet, wir wollten gerade gehen«, erklärte sie. »Aber ich freue mich sehr, dass wir uns wenigstens noch gesehen haben.« Sie küsste ihn auf die Wange, hinterließ dort eine perfekte rosa Rosenknospe und packte dann Philine und mich an der Hand. »Wir müssen Hannie nach Hause bringen«, verkündete sie und zog uns zum Ausgang. »Sie hat morgen einen großen Tag, sie wird nämlich von der Königin geehrt.«

Jetzt verblasste Piets Selbstvertrauen. »Aber es hat doch gerade erst angefangen«, wandte er ein.

»Ich weiß, aber …« Sonja ging noch schneller, als wäre die Sache extrem dringend. »… aber es ist schließlich die Königin.« Sie warf Piet eine Kusshand zu und zerrte uns an den AVSV-Mädchen vorbei, die ihr im Eingangsbereich nachstarrten, als wäre es ihnen nicht ganz unrecht, dass dieses Starlet verschwand.

»Mäntel!«, rief Philine im Befehlston, bog ab und zog uns energisch mit sich. Sonja kreischte, und ich schlitterte über den glatten Fliesenboden zur Garderobe. Dann flitzten wir zur Tür hinaus. Erst auf dem Hof blieben wir stehen und lachten über unser albernes Abenteuer.

»Wer war das gerade?«, fragte Philine.

Sonja verdrehte die Augen. »Pieter Hauer. Ich gehe ihm schon seit Monaten aus dem Weg.«

»Er scheint aber ganz nett zu sein«, meinte Philine. »Und er sieht gut aus.«

Sonja sah mich an. »Findest du das auch?«

Ich wollte mir etwas Geistreiches einfallen lassen, doch dann fand ich es leichter, bei der Wahrheit zu bleiben. »Ich mochte ihn nicht besonders.«

»Ha!« Sonja umarmte mich. »Ich wusste doch, dass man sich auf dich verlassen kann«, sagte sie. »Auch wenn du mir kein Feuer geben willst.«

»Was ist das denn?« Philine beobachtete, wie ich mir umständlich meinen Mantel anzog – oben am Revers steckte Annies Brosche, die ich auf keinen Fall verlieren wollte. »Hübsch«, sagte sie und beugte sich darüber. »Ist das ein Star?«

»Ein Spatz«, korrigierte ich.

»Genau wie du«, meinte Sonja mit einem großzügigen Lächeln, »süß und beherzt.« Sie wandte sich an Philine. »Genau das meinte ich neulich, diese ewigen geselligen Runden langweilen mich unendlich – wir müssen unseren Bekanntenkreis erweitern. Genau das habe ich gesagt! Und dann ist Hannie aufgetaucht. Wie ein kleiner Spatz.«

Ich stand zwischen den beiden, stumm vor Staunen, aber durchaus ermutigt. Sonja berührte meine Locken und nahm nachdenklich eine Strähne zwischen die Finger. »Für solche Haare würde ich sterben.«

»Dafür?« Ich zog die leuchtend rote Strähne glatt, und als ich sie losließ, kräuselte sie sich augenblicklich wieder zu einer Locke. Mein kleiner Fuchs. Mein Fluch. Fragt einfach eines der Kinder, die mich früher wegen meiner Haarfarbe gehänselt haben.

»Weißt du noch, als du deine Haare mit Peroxid traktiert hast, Sonja?«, fragte Philine und zog eine Grimasse.

»Ja – küchenschabenbraun. Aber mit so etwas«, meinte Sonja und arrangierte eine meiner Locken neu, so dass sie mir übers Auge fiel, »mit so etwas musst du geboren werden. Das ist dein Glorienschein.«

In den letzten zehn Minuten hatte ich mehr Komplimente bekommen als in den zwanzig Jahren meines ganzen Lebens. Jedenfalls fühlte es sich so an. Schon immer war ich schnell errötet, und jetzt war mein Gesicht wahrscheinlich puterrot vor Verlegenheit. Und vor Glück.

»Kommt, wir gehen zu dir, Sonja, und hören ein paar Platten«, sagte Philine.

»Glaub ihr kein Wort«, sagte Sonja und senkte die Stimme zu einem verschwörerischen Flüstern. »Wir gehen zu mir, stellen Radio Oranje an und trinken Wein.«

Sie wollten, dass ich mit ihnen kam? Mit diesen beiden glamourösen Großstadtmädchen, die Radiosendungen des Widerstands aus London hörten? Ich dachte, Nellie und ich wären die Einzigen, die den Sender regelmäßig zum Lagebericht unserer Exilkönigin anstellten. Und sie tranken dazu auch noch Wein?

Ich hatte keine Ahnung, warum, aber diese Mädchen interessierten sich tatsächlich für mich. Sie wussten nicht, dass ich ein schüchternes kleines Füchslein war, das seine Nächte allein verbrachte, mit Nachdenken und Träumen. Sie dachten, ich sei ein mutiger, ein »beherzter« Spatz. Und das Beste daran – für sie war ich einfach Hannie.

Und dank Sonja und Philine wurden all diese Dinge wahr.

Kapitel 2

Winter 1941

Vielleicht hätte ich mich dem Widerstand nie angeschlossen, wenn ich an diesem Dienstagmorgen nicht meine Periode bekommen hätte. Als ich aufwachte, entdeckte ich einen großen rostroten Blutfleck auf meinem Laken.

Ich hatte meine eigene Nische in unserer winzigen Wohnung, die nur aus einem einzigen, klug eingerichteten Zimmer mit Dachschräge bestand – genau wie mein Kinderzimmer damals in Haarlem. Nellies und Evas Betten nahmen die beiden gegenüberliegenden Ecken des Raums ein, meines war in einen Alkoven beim Kamin gequetscht. Was den Niederlanden an Bergen fehlte, machten wir mit unseren hohen, schmalen Gebäuden wett. Ständig gestalteten wir aus einem einzigen Raum zwei oder drei Zimmer und fanden Platz, wo es eigentlich gar keinen gab. Als Nation hielten wir uns viel auf unsere praktischen Lösungen zugute, ein kleines, aber zähes Land nüchterner Menschen, die wussten, dass der Erfolg eines winzigen überfüllten Landes von guten Manieren und Respekt vor den Regeln abhängt.

»Morgen!«, sagte Nellie und beugte sich über das Kaltwasser-Waschbecken, um ihr Gesicht im Spiegel zu begutachten. Blonde Haare, blaue Augen, eine klassische holländische Schönheit, genau wie Eva. Von der Art, wie ich sie mir selbst immer gewünscht hatte.

»Dieser blöde Bindengürtel«, sagte ich, während ich mich bückte, um das Ding mit den Sicherheitsnadeln zusammenzustecken. Wie bei den meisten Mädchen, die ich kannte, hatte auch meine Mutter den Gürtel für mich genäht, und nun, da sie nicht hier war, um ihn zu reparieren, fiel er immer mehr auseinander. Ich hatte mich geweigert, nähen zu lernen – ein für mich sehr seltener Akt der Rebellion. Aber ich wollte in meiner Freizeit nicht die ganze Flickarbeit erledigen müssen, wie es meine Mutter stets getan hatte.

»Wahrscheinlich kannst du dir da, wo meine Tante arbeitet, etwas Besseres besorgen«, sagte Nellie. »Die haben elastische Gürtel, Kotex, die ganzen guten Sachen.«

»Ach ja?« Ich stand auf und schaute auf mein Bettzeug hinunter. Es sah aus, als wäre jemand darauf ermordet worden. »Und das kriegt man dort einfach so?«

»Ich glaube schon«, antwortete sie. »Da gibt es so was stapelweise.« Damit griff sie Mantel und Tasche und machte sich bereit zum Aufbruch.

Ich spürte, wie der schäbige Bindengürtel unter meinem ruinierten Nachthemd von meiner Hüfte baumelte. »Kannst du mir die Adresse geben?«

Obwohl ich noch immer an der Juristischen Fakultät eingeschrieben war, schien nichts, was man mir über Gerechtigkeit beibrachte, auf die sich verändernde Welt um mich herum zuzutreffen. Ich war 1920 geboren, zwei Jahre nach dem Ende jenes Kriegs, der alle Kriege beenden sollte. Niemand hätte sich vorstellen können, dass es einen zweiten dieser Art geben könne. Und als Deutschland einmarschierte, wollte ich kämpfen, helfen vor allem. Aber was konnte ich tun? Nach der deutschen Invasion hatte sich unsere kleine niederländische Armee aufgelöst, und Soldatinnen gab es ohnehin nicht. Sollte ich fliehen? Ich konnte meine Heimat nicht verlassen. Ich wollte bleiben und etwas … irgendetwas tun. Als ich beim Büro des Flüchtlingskomitees ankam, war ich auf der Suche nach einem besseren Bindengürtel. Als ich es verließ, stand fest, dass ich dort zukünftig zweimal die Woche arbeiten würde, natürlich ehrenamtlich.

Unter der Leitung unserer respekteinflößenden Aufseherin Schwester Dekker, die uns den Zugang zu medizinischem Bedarf aus dem Krankenhaus ermöglichte, arbeiteten hier einige politisch aktive Frauen, die etwa im Alter meiner Mutter waren. Diese Frauen unterstützten schon seit den frühen Tagen des Spanischen Bürgerkriegs Geflüchtete – in diesem Fall hauptsächlich polnische und deutsche Juden auf der Flucht vor den Nazis. Es war keine aufregende Arbeit, wir falteten Wäsche und packten Hilfspakete für Familien, die Not litten, aber immerhin taten wir etwas Nützliches. Etwas, das es wert war.

Und es versetzte mich in die Lage, meine neuen Freundinnen Sonja und Philine noch in anderer Hinsicht zu unterstützen. Wenige Wochen nachdem ich sie kennengelernt hatte, waren jüdische Studierende, Angestellte und Lehrkräfte aus den öffentlichen Lehranstalten, einschließlich der Amsterdamer Universität, vertrieben worden, und ich machte mich nützlich, indem ich vormittags die Vorlesungen besuchte und den Unterrichtsstoff nachmittags für Sonja und Philine wiederholte. Als ich zu einer dieser Studiensitzungen mit einer ganzen Kiste der neuesten Hygieneprodukte für Frauen erschien, war die Sache besiegelt. Nichts zementiert weibliche Freundschaften so sehr wie Mitgefühl bei Blutflecken.

»Schwester Dekker hat gesagt, wir werden doppelt so viele Pakete brauchen«, sagte ich, als wir eines Nachmittags durch Sonjas Viertel wanderten. Seit der deutschen Invasion waren nun sechs Monate vergangen.

»Du bist ein echter Glücksgriff für die Organisation«, meinte Sonja. Zu Beginn hatte mich die Freiwilligenarbeit noch in merkwürdiger Weise an früher erinnert. Genau wie ich es als Heranwachsende an der Seite meiner Mutter für irgendwelche Kirchengruppen getan hatte, saßen wir an langen Holztischen und packten gewissenhaft Pakete mit Hygieneartikeln, Rasierzeug und Fleischkonserven. Doch in letzter Zeit wurde ein Gefühl von Dringlichkeit spürbar, und das Arbeitstempo steigerte sich von Tag zu Tag.

»Wohin werden die ganzen Hilfspakete geschickt?«, fragte Philine, als wir uns eines Nachmittags auf dem Gehweg zwischen den Einkaufenden hindurchdrängelten.

»Hauptsächlich nach Westerbork«, antwortete ich. Westerbork war ein Lager etwa hundertsechzig Kilometer von Amsterdam entfernt, mit Barracken und einem Bahndepot. Es war bereits vor dem Krieg für die Unterbringung jüdischer Flüchtlinge aus Deutschland errichtet worden. Es gab Gerüchte, die Nazis hätten vor, es in ein Gefangenenlager für holländische Juden umzuwandeln. Doch diese Spekulationen erschienen eigentlich viel zu drastisch. Sicher, es wurde viel darüber getuschelt, was mit Zigeunern, Juden oder all denen geschehen würde, die für sie arbeiteten. Aber wir lebten in den Niederlanden, der Heimat von Erasmus von Rotterdam und Spinoza, seit Jahrhunderten herrschte hier Religionsfreiheit. Ich versuchte, all diese Sorgen abzutun. Genau wie ich die Möglichkeit abgetan hatte, dass es einen weiteren Krieg geben könne.

»Warum ist bloß alles so überfüllt?«, sagte Sonja. Wir hatten geplant, irgendwo einen Kaffee zu trinken, aber sämtliche Cafés, an denen wir vorbeikamen, waren voll. Inzwischen hatten wir uns daran gewöhnt, überall auf den Straßen deutschen

Soldaten zu begegnen. Die jüngeren von ihnen mit ihren Schildmützen und kurzen Jacken waren die freundlichsten und ohne Zweifel froh darüber, nach Amsterdam und nicht an die Ostfront entsendet worden zu sein.

»Ekelhaft«, sagte Philine leise, als wir auf der anderen Straßenseite einen Pulk Soldaten sahen, die Schulkindern bunt verpackte deutsche Süßigkeiten zuwarfen. Die Kinder kreischten, begeistert und ängstlich zugleich, während sie versuchten, so viel wie möglich von den seltenen Leckereien zu ergattern.

»So freundlich in ihren scheußlichen Uniformen«, brummte Sonja.

»Feldgrau.« Ich fauchte das Wort, als hinterließe es einen schlechten Geschmack in meinem Mund – und genau das war auch der Fall. Feldgrau war die vorherrschende Farbe der deutschen Truppen, ein widerliches grünliches Grau, das klammheimlich zu einem Teil des Amsterdamer Stadtbilds geworden war, an den Körpern, den Lastwagen, den militärischen Kontrollpunkten der Deutschen.

»Es ist eigentlich gar keine Farbe«, stellte Philine fest. »Sieht aus wie eine Schuhsohle.«

»Die Unterseite eines Sofas«, fügte Sonja hinzu.

»Oder das Linoleum, das man in Krankenhäusern benutzt«, ergänzte ich.

»Ja!«, sagte Sonja. Sie lachte.

»Hallo!«, rief einer der Soldaten ihr zu und winkte.

»Ignoriert sie einfach«, sagte Philine.

»Kommt, wir suchen uns ein Café, wo wir uns hinsetzen können«, sagte Sonja, wie immer geübt darin, unerwünschter männlicher Aufmerksamkeit zu entgehen. In der Erwartung, uns in eines der zahlreichen Etablissements auf dem Platz verdrücken zu können, bogen wir um die Ecke – und blieben wie angewurzelt stehen. Der kleine Platz war von einem tragbaren Musikpavillon in Beschlag genommen worden, eine erhöhte Bühne mit einem Segeltuchdach, unter dem eine Blaskapelle von etwa zwei Dutzend Musikern samt ihren Instrumenten vor schwarzen Notenständern saßen, alle in Uniform. Ein Dirigent, ebenfalls in Uniform, klopfte mit dem Taktstock auf sein Pult, um die Aufmerksamkeit der Musiker auf sich zu ziehen. An der Vorderseite der Bühne war ein Banner mit der Aufschrift *Musikkorps der Ordnungspolizei* angebracht.

»Die Orpo hat eine Musikkapelle?«

»Wo lernst du bloß dieses ganze Zeug?«, fragte Philine, die noch dabei war, die Buchstaben des Banners zu entziffern.

»Beim Flüchtlingskomitee«, antwortete ich. Die Frauen dort wussten einfach alles.

Wir blieben eine Weile am Rand des Platzes stehen und beobachteten die Musiker bei ihren Vorbereitungen. Die Kapelle saß etwas beengt auf der kleinen Bühne, der Rest des Platzes war so gut wie leer. Lediglich auf der Vorderseite drängte sich eine Gruppe deutscher Soldaten und ihrer Befehlshaber in protzigen Uniformen, und weiter hinten sah man vereinzelte Grüppchen neugieriger holländischer Bürger, größtenteils Teenager und Kinder. Die Cafés waren geschlossen.

Deshalb also waren die Seitenstraßen so voll. Das Spektakel ging mir durch Mark und Bein: Der Gedanke, dass die Deutschen über Zeit und Mittel verfügten, etwas so Nutzloses wie eine Polizeikapelle zusammenzustellen, all die Instrumente und Notenpulte und sogar Noten per Zug aus der Berliner Kommandozentrale heranzuschaffen und uns ihre vergiftete Kultur aufzuzwingen, während sie uns unser Land unter den Füßen wegstahlen, erfüllte mich mit Zorn. Warum schickten die Besatzer nicht wenigstens Lebensmittel? In den Läden waren die meisten Regale leer.

»Wenigstens haben diese hier hübschere Farben«, stellte Sonja fest. Die Orpo trug Uniformen in hellerem, wenn auch immer noch institutionellem Graugrün.

»Lasst euch nicht in die Irre führen«, sagte ich. »Sie gehören genauso zur SS.« Nach der Invasion hatte es nur ein paar Wochen gedauert, bis wir die Abkürzungen der Naziregimenter in all ihrer absurden Kompliziertheit lernten. Die Ordnungspolizei war die Orpo, bestehend aus Alltagspolizisten. Die gefürchtete Schutzstaffel war die SS, die eine Rolle zwischen Straßenpolizisten und Hinterhofschlägern ausfüllte, und der Sicherheitsdienst des Reichsführers SS war der SD, der Geheimdienst der SS – die Spione. Es half, dass ich in der Schule Deutsch gelernt hatte.

Dann verkündete der Dirigent etwas auf Deutsch, und die Musiker begannen zu spielen. Das blecherne Schmettern eines Militärmarschs erfüllte den Platz mit einem provozierend fröhlichen Humptahumpta. »Igitt«, sagte Sonja, die auf ihrem Grammophon zu Hause vorzugsweise Jazz laufen ließ.

»Was hast du sonst über Westerbork gehört?«, fragte Philine leise und beugte sich zu mir, damit ich sie trotz der Musik verstehen konnte. »Dekker hat gesagt, dort wird jetzt alles geregelt«, antwortete ich. »Die Deutschen sind in ihrem Krankenhaus aufgetaucht und haben sämtliche Akten beschlagnahmt, von Patienten, Ärzten, Personal – allen. Mit der Begründung, sie brauchten sie, um die Hilfsleistungen neu zu organisieren.«

»Akten?«, hakte Philine nach. »Was denn für Akten?«

»Ausweisdokumente, glaube ich. Name, Adresse, Arbeitsstelle und so weiter. Als bräuchten die Deutschen ihr eigenes System, um unseres damit zu ersetzen.« Dabei konnte niemand die Niederländer übertrumpfen, wenn es um Ordnung und eine effiziente Verwaltung ging. In den Niederlanden war der öffentliche Dienst mächtiger als die Armee. »Jedenfalls ist es ein schwerwiegender Eingriff in die Privatsphäre«, fuhr ich in meinem Bühnenflüstern fort, überzeugt von meiner juristischen Analyse, »und nach der Genfer Konvention ganz sicher illegal.«

»Sie sondern die Juden aus«, sagte Philine leise und starrte mit gesenktem Kopf vor sich auf das Kopfsteinpflaster, so dass ich sie kaum verstand.

»Was?«, fragte ich. »Nein, sie wollten sämtliche Akten. Nicht nur die jüdischen.« Ungläubig blickten Sonja und Philine mich an. Es dauerte eine Sekunde, bis ich zum ersten Mal fühlte, wie sich eine Kluft zwischen uns auftat. Ich sah es in ihren Gesichtern: Wenn die Deutschen die Absicht hatten, das Krankenhauspersonal und die Patienten durch religiöse oder ethnische Identifikation irgendwann voneinander abzusondern, würden diese Dokumente es ihnen leicht machen. So hatten sie in Deutschland angefangen, lange vor Kriegsbeginn. Das wusste ich. Die Scham über meine Dummheit machte es mir schwer, Philine und Sonja in die Augen zu schauen. »Oh«, sagte ich nur. Von der Bühne erhob sich die Musik zu einem Crescendo, und die Stimmung der deutschen Funktionäre im Publikum hob sich ebenfalls. Wir dagegen verstummten und starrten ausdruckslos vor uns hin, während die Musik weiterspielte.

Als ich Sonja und Philine ein paar Monate zuvor kennenlernte, waren sie für mich einfach typische niederländische Mädchen wie ich selbst. Als ich erfuhr, dass sie Jüdinnen waren, bedeutete das für mich nichts anderes, als wenn ich erfahren hätte, dass sie dem katholischen Glauben angehörten: Es spielte überhaupt keine Rolle. Meine Mutter war die gläubige Tochter eines protestantischen Pfarrers, mein Vater Sozialist, ein Freigeist, was zwischen ihnen nie ein Problem gewesen war. Abgesehen davon, dass man an hohen Feiertagen in die Kirche ging, war niemand, den ich kannte, besonders religiös. Ich war im Haarlem der Mittelschicht aufgewachsen und kannte nicht viele Juden, auch wenn es sie natürlich gab. Zweifelsohne waren die meisten jedoch, genau wie Philine und Sonja, in Familien aufgewachsen, die ihren Glauben kaum praktizierten. Philines und Sonjas Familien lebten seit Jahrhunderten in den Niederlanden, wie die meisten holländischen Juden. Wir waren als Nation eben nicht nur für Windmühlen und Holzpantinen bekannt, sondern auch für unsere Toleranz, und genau deshalb zog es die Menschen auf der Flucht vor dem Faschismus in die Niederlande.

Als die Nazis einmarschierten, machten sie ein großes Theater darum, wie lieb sie uns hatten – ihre kleinen holländischen Brüder und Schwestern in dem von Adolf Hitler verheißenen »Tausendjährigen Reich« der Naziherrschaft. Die Deutschen wollten die Niederlande nicht zerstören, darauf beharrten sie, sie wollten sie retten. Uns mit offenen Armen aufnehmen. Natürlich war das pure Propaganda. Aber abgesehen von dem Luftangriff, bei dem Rotterdam am ersten Tag der Invasion in Schutt und Asche gelegt worden war, hatten sie uns tatsächlich weitgehend in Ruhe gelassen. Sogar die Juden. Die Deutschen waren da, aber sie bauten keine Ghettos und warfen auch keine Bomben mehr auf unser Land. Womöglich entwickelten sich die Dinge in den Niederlanden wirklich anders als in Deutschland und Österreich. Trotzdem begann sich der penetrante Dunst des Nazismus in jeder Ecke des täglichen Lebens auszubreiten. Denn wir waren keinesfalls die Brüder und Schwestern der Nazis, und sie planten nicht, uns zu schonen.

Ich hatte unzählige Diskussionen meiner Eltern dazu gehört, über ihre Sorgen ob des Aufstiegs von Mussolini, Franco oder Hitler. Annie, älter und kühner als ich, mischte sich in diese Gespräche der Erwachsenen ein, während ich still dabeisaß und lauschte. Als Zehnjährige wünschte ich mir oft, sie würden das Thema wechseln und über jene Dinge reden, über die nach meiner Vorstellung normale Familien redeten – beispielsweise übers Wetter. Doch nun war ich dankbar für die nächtlichen Debatten, dank ihnen hatte ich zumindest eine Ahnung von dem, was uns möglicherweise bevorstand. Meine Eltern sprachen über den Widerstand und das mutige Engagement der Partisanen in Italien und Spanien, doch wir alle wussten, wie solche Geschichten endeten. Mussolini und Franco waren noch immer an der Macht. Und so war ich wohl weniger naiv als die Zwanzigjährigen, in deren Familien nur übers Wetter gesprochen wurde. Doch mit einem verstohlenen Blick auf die beiden Mädchen, die so rasch meine besten Freundinnen geworden waren – die ersten echten Freundinnen seit Annies Tod –, wusste ich, dass ich noch viel zu lernen hatte. Zusammen standen wir in der am weitesten von der Blaskapelle entfernten Ecke des Platzes und lauschten der Musik, die mit einem letzten Tusch und dem Dröhnen der Tuba endete. Sonja zuckte zusammen. So grässlich die Besatzung war, für Sonja und Philine war sie tausendmal schlimmer. Sie hatten Angst vor Dingen, an die ich bislang noch nicht einmal im Traum gedacht hatte.

Die Deutschen in den ersten Reihen klatschten und jubelten. Der Rest der Menge blieb still. Sonja schaute sich um. »Es wird immer schlimmer«, flüsterte sie. Ich konnte nicht beurteilen, ob sie es eigentlich hatte laut sagen wollen.

»Gehen wir«, sagte Philine und nahm Sonja bei der Hand. So wanderten wir am Rand des Platzes entlang und bogen in eine kleinere Straße ein, in der all die normalen Menschen waren, die sich um diese Zeit sonst auf dem Platz tummelten.

»Ich habe versucht, mit meinem Vater übers Fortgehen zu reden, aber er ist so stur«, erzählte Philine im Weitergehen. »›Solange wir uns an die Gesetze halten, werden wir keine Schwierigkeiten bekommen‹, sagt er immer. Und da er ›im Leben noch nie ein Gesetz gebrochen‹ hat …«, endete sie mit gerunzelter Stirn.

»Vor zehn Jahren hat mein Vater meine deutschen Tanten und Onkel überredet, nach Amsterdam zu kommen, um sich in Sicherheit zu bringen«, erzählte Sonja kopfschüttelnd. »Aber jetzt wissen sie nicht mehr, was sie tun sollen. Meine Eltern und ihre Freunde reden auch übers Fortgehen, aber bisher sind die Baums die Einzigen, die sich tatsächlich auf den Weg gemacht haben. Und meine Mutter meint, sie hätten einfach überreagiert.«

Philine und Sonja sprachen selten so offen mit mir, obwohl sie bestimmt dauernd über diese Fragen nachdachten. Die Scham trieb mir die Röte ins Gesicht. Ich wollte unbedingt, dass meine Freundinnen genug Vertrauen zu mir hatten, mir solche Dinge zu erzählen. Auf einmal erschien mir ihr Vertrauen das Allerwichtigste auf der ganzen Welt.

»Wohin sind sie gegangen?«, fragte ich. »Die Baums?«

»Nach Amerika«, antwortete Sonja. »Anscheinend haben sie Verwandte in … Detroit? Wo auch immer das genau sein mag.«

Der Ton unserer Unterhaltung änderte sich. Ich hatte das Gefühl, dass wir uns nicht mehr ins Café setzen würden. »Biegen wir hier ab«, sagte Philine. Wir gingen eine ruhigere Straße hinunter, und außer dem Wummern der Basstrommel verklang die Musik allmählich hinter uns. »Detroit ist die Stadt, in der Henry Ford seine Autos bauen lässt«, erklärte sie.

Natürlich wusste Philine so etwas – Gott sei Dank hatte ich auf dem Gymnasium nie mit ihr konkurrieren müssen, wo ich mich konkurrenzlos an meinem Status als Klassenbeste erfreut hatte.

»Wie haben sie das geschafft?«, fragte ich Philine.

»Wie mein Vater sagt: ›Mit Geld ist nichts unmöglich‹«, antwortete Philine. Dann sah sie Sonja an. »Ich meinte nur …«

»Nein, es stimmt ja«, erwiderte Sonja mit einem Achselzucken. »Die Baums sind wohlhabend. Sie haben alles verkauft, was sie konnten, und ihr Geld von der Bank geholt – jedenfalls, so viel sie bekommen konnten. Meine Mutter sagt, die Bank habe nicht alles rausgerückt und Frau Baum hätte das Land mit einem Ring an jedem Finger und jedem Zeh verlassen.« Zur Veranschaulichung ließ sie ihre Finger wackeln, und jeder einzelne ihrer Fingernägel war wunderschön poliert.

»Selbst wenn wir genug Geld hätten, um zu fliehen«, sagte Philine, »würde mein Vater sich noch weigern. ›Ich bin Franzose, ein Lehrer, das bin ich‹, sagt er immer. ›Was soll ich in Amerika tun? Schuhe putzen?‹« Sie rollte die Augen. »Dabei weiß jeder, dass es in Amerika Arbeit genug gibt.«

Ja, das sagte man. Man sagte auch, dass am Tag der deutschen Invasion Dutzende holländische Juden im Glauben, der Tod erwarte sie, Selbstmord begangen hätten. Aber danach war nicht viel passiert, und zunächst hatte es den Anschein – für mich jedenfalls –, als hätten sie auf furchtbarste Weise überreagiert. Nun allerdings regten sich Zweifel in mir. Was war mit meinen anderen Annahmen, mit der Vorstellung, dieser Krieg würde höchstens vier Jahre dauern – wie der Große Krieg damals? Womöglich würde dieser Krieg ewig weitergehen. Niemand wusste es.

»Würdest du wirklich gehen?«, fragte ich Philine.

»Wenn ich müsste«, antwortete sie. Inzwischen standen wir vor dem Haus, in dem sie wohnte. »Kommt mit nach oben«, sagte sie zu uns, und ich war froh, immer noch dazuzugehören.

»Ich gehe«, sagte Sonja.

»Komm, bleib doch«, protestierte Philine.

»Nein«, entgegnete Sonja. »Ich meine, ich gehe nach Amerika. Mein Entschluss steht fest.«

»Nach Amerika?«, wiederholte ich. »Wann?«

»Irgendwann«, antwortete sie und folgte mir die Treppe hinauf. »Jetzt noch nicht, aber irgendwann. Entweder mit meinen Eltern oder ohne sie. Ich werde nicht hier rumsitzen und darauf warten, dass …« Sie hielt auf dem engen Korridor inne und senkte die Stimme. »Wenn ich gehe und sie nicht bereit sind, dann gehe ich allein.« Am Ende des Satzes nickte sie entschlossen, wie um ein Versprechen zu besiegeln, das sie sich selbst gegeben hatte.

»Nein, Sonja«, sagte Philine besorgt, »das ist gefährlich, du kannst nicht allein weggehen.«

Doch Sonja verdrehte die Augen und lachte. »Schaut euch an, da gackern wir wie dumme Hühner! Entspannt euch, Mädels. Ich hab meine Kabine noch nicht gebucht.«

Ich sagte nichts, ich hatte das Gefühl, dazu kein Recht zu haben. Philine seufzte. »O Sonja«, sagte sie nur.

»O was?«, fauchte Sonja, die offenbar genug von dieser Unterhaltung hatte. »Gehen wir jetzt rein?«

»Nichts«, beantwortete Philine ihre Frage ausweichend. »Nichts.«

Kapitel 3

»*Ah, ma chérie.*«

Weich und melodisch schwebte die Stimme ihres Vaters durch den Flur zur offenen Wohnungstür, und Philine blieb einen Moment stehen. »*Bonjour, Papa*«, rief sie, und augenblicklich war die Sorge aus ihren Zügen verschwunden und ihrer ruhigen Freundlichkeit gewichen. »Sonja und Hannie sind hier.«

Ich war Herrn Polak schon mehrmals begegnet, und als wir ins Wohnzimmer gingen, saß er dort wie üblich mit einer Decke über den Knien und einem Buch in der Hand. Er war Anfang vierzig, hatte aber die Ausstrahlung eines Menschen, der nie jung gewesen war, seine Haare waren silbern, und er kniff ständig die Augen zusammen. Genau wie seine Tochter war er stets freundlich, Philines sanfter Vater, der Lehrer aus Frankreich. Er liebte seine Tochter von Herzen, und die enge Beziehung der beiden war offensichtlich, genau wie meine eigene zu meinem Vater, der ebenfalls Lehrer war. Doch mein Vater befand sich nicht in der gleichen Gefahr wie Herr Polak. Ich spürte einen Kloß im Hals. War es denn wirklich so schlimm, Schuhe zu putzen?

»Ich hab nicht viel Zeit«, sagte ich.

»Aber wir haben noch gar nicht gelernt«, wandte Philine ein.

Marie, das langjährige Hausmädchen der Polaks, kam mit einer dampfenden Tasse Tee herein, die sie neben Herrn Polak abstellte. Mindestens sechzig Jahre alt, war Marie keine Jüdin, aber dennoch aus Deutschland geflüchtet. Sie hatte ihre Heimat aus wirtschaftlicher Not in den frühen Zwanzigern verlassen, um in Amsterdam Arbeit zu suchen. Schon seit zwanzig Jahren arbeitete sie bei den Polaks und war wie eine Mutter für Philine, die noch ein Baby gewesen war, als ihre eigene Mutter an einem Fieber starb. Obgleich Angestellte der Polaks, war Marie immer mehr zum öffentlichen Gesicht der Familie geworden. Sie erledigte sämtliche Einkäufe und Gespräche mit Außenstehenden, konnte auch in den besseren Geschäften einkaufen, wo Juden nur noch ungern bedient wurden. Mit ihren weißen, zu einem Knoten aufgesteckten Haaren und dem von lebenslanger Hausarbeit krumm gewordenen Rücken hätte man sie für Herrn Polaks Mutter halten können.

Eigentlich war es für Nichtjuden verboten, für Juden zu arbeiten, aber das kümmerte Marie nicht, sie machte einfach weiter, unsichtbar, wie es ältere Frauen oft sind. Als ich Philine einmal fragte: »Glaubst du, dass sie euch jemals verlassen wird?«, starrte sie mich entsetzt an. »Natürlich nicht«, antwortete sie, hielt dann jedoch inne. »Sie liebt uns«, sagte sie schließlich. »Und wo sollte sie sonst auch hingehen?«

»*Merci,* Marie«, sagte Herr Polak. Marie nickte und verschwand in die Küche.

»Hannie«, begrüßte mich Herr Polak, »*la petite dernière.*« Die kleine Nachzüglerin, sein Spitzname für mich, die ich hinter meinen beiden Freundinnen hertrottete wie ein Entchen hinter zwei Schwänen. Er schenkte mir ein wohlwollendes Lächeln. »Wohin bist du unterwegs an so einem kalten Abend? Nach Hause hoffentlich?« Es beunruhigte ihn, dass ich nicht bei meiner Familie wohnte und zum Abendessen meist Bohnensuppe aß.

»Ich hab noch etwas zu erledigen, dann gehe ich nach Hause, versprochen.«

»Pass auf dich auf da draußen.« Er hob den Vorhang an und blickte hinaus auf die dunkle Straße. Zu dieser Jahreszeit ging die Sonne schon früh unter, und mit dem Licht verschwand auch ihre Wärme. Seit die Luftwaffe vor ein paar Monaten begonnen hatte, England zu bombardieren, waren die Straßenlaternen entfernt oder zerschossen worden. Inzwischen hatten wir alle gelernt, unseren Weg im Dunkeln zu finden.

»Das mache ich«, antwortete ich.

»Wenigstens müssen wir uns keine Sorgen machen, dass die Deutschen uns bombardieren, *n'est-ce pas?*«, sagte er mit einem leisen Lachen und ließ den Vorhang wieder fallen. »Vielleicht der einzige Vorteil daran, sie als Nachbarn zu haben.«

»Vermutlich«, sagte ich, beunruhigt von seiner Entschlossenheit, an der Situation noch etwas Hoffnungsvolles zu entdecken. So mussten sich Philine und Sonja fühlen, wenn sie mit mir redeten.

»Wir haben Glück, dass wir nicht in London sind«, fuhr er fort und deutete auf die Zeitung auf dem Tisch neben sich. »Sie bombardieren jetzt auch die Kirchen, kannst du dir das vorstellen?« Er machte ein nachdenkliches Gesicht. »Wie Rabbi de Hond sagt: ›Die Synagogen sind unsere Zuflucht und die Tefillin unsere Luftabwehr.‹« Er lächelte schwach und seufzte. »Was die Briten erleiden müssen, ist grauenhaft.«

Darauf wusste ich nichts zu antworten. Die Tefillin, winzige schwarze Gebetskapseln, enthielten Schriftrollen mit Texten aus der Tora. Soweit ich wusste, besuchte von der Familie Polak keiner die Synagoge, aber Herr Polak suchte Hoffnung, ganz gleich, wo er sie zu finden glaubte. Ich konnte es ihm kaum zum Vorwurf machen, tat ich doch das Gleiche.

»Ich habe Angst um die Königin«, fuhr Herr Polak fort und berührte die verwelkte weiße Nelke, die im Knopfloch seines Revers steckte. Inzwischen trug man die Lieblingsblume Prinz Bernhards als Zeichen der Loyalität mit der holländischen Königsfamilie. Königin Wilhelmina, Prinz Bernhard und der Rest der Familie waren mit Beginn des Kriegs nach London geflohen, wo sie eine Exilregierung bildeten. Wir alle lauschten ihren mitreißenden Reden bei Radio Oranje – was natürlich verboten war. »Wie kann sie denn mitten in alldem in Sicherheit sein?«

»Mmm«, sagte ich nur und musste an die Orpo-Kapelle denken, die wir gerade auf dem Platz gesehen hatten, an die Art und Weise, wie die deutschen Truppen durch unsere Stadt marschierten und sie für sich beanspruchten. Noch allzu deutlich hatte ich den Ausdruck auf Sonjas und Philines Gesichtern vor Augen, als wir vorhin die Blaskapelle beobachtet hatten. Die Besorgnis, die Angst. Den Ekel, die Abscheu. »Bestimmt macht die Königin sich ebensolche Sorgen um uns«, sagte ich.

»Selbstverständlich«, stimmte er zu. »Doch sie vertraut auf uns. In der Sendung gestern Abend hat sie unseren ›Mut zum Widerstand und die Stärke unseres Volksgeists‹ gelobt.« Herr Polak lächelte, allein die spektrale Präsenz der Königin tröstete ihn.

Mich nicht. Trotz der guten Absichten der Königin tröstete man so höchstens ein Kind. Mich interessierte nur, dass sie ausdrücklich den Widerstand erwähnt hatte. Zu Anfang des Kriegs war viel von Widerstand geredet worden, aber das Wort war rasch aus der Öffentlichkeit verschwunden und wurde eigentlich nur noch von Leuten wie der Königin, die von London aus sagen konnte, was sie wollte, in den Mund genommen. Und dennoch wirkte das Verschwinden des Wortes wie ein Omen. Alles, was in diesem Krieg etwas bewirken könnte, verschwand von der Bildfläche, von der Sprache über Gewehre bis hin zu den Druckerpressen. Als die Deutschen dann jedoch den Besitz privater Rundfunkempfänger verboten, passten die Widerständler sich an. Sie reduzierten die Geräte auf ein Gewirr von Drähten und Metall, versteckten die auseinandergebauten Teile unter den Bodendielen und montierten sie nur zusammen, um den abendlichen Sendungen der Königin zu lauschen. Jemand stand an der Wohnungstür Schmiere, danach wurde alles wieder fachmännisch versteckt. Der Widerstand war nicht verschwunden, er wartete, lag auf der Lauer, genau wie die Radios.

»Freut mich«, sagte ich nur.

In seiner Königinnenstimme zitierte Herr Polak weiter: »›Diejenigen, die Gutes wollen, können nicht für alle Zeit daran gehindert werden, es zu tun‹, hat sie gesagt.« Er lehnte sich zufrieden in seinem Stuhl zurück.

Hatte er denn die Zeitung nicht gelesen? Hatte er die Fotos nicht gesehen, die wir alle gesehen hatten – Tausende behelmte deutsche Soldaten, die, den Reichsadler schwenkend, durch den Arc de Triomphe marschierten? Die widerlichen Touristenschnappschüsse von Adolf Hitler am Eiffelturm? Paris war gerade mal fünfhundert Kilometer entfernt. Die unter der Kontrolle der Nazis stehenden Zeitungen, von denen die Stadt heute geradezu überflutet wurde, waren voll mit begeisterten Nachrichten über die anhaltenden Erfolge der Wehrmacht in Osteuropa. War ihm nicht klar, dass diejenigen, die das Gute wollten, tatsächlich fast überall daran gehindert wurden, es durchzusetzen? Mühsam schluckte ich meine Gefühle hinunter. Jeder von uns hatte im Krieg auf seine eigene Art zu kämpfen.

»Gute Nacht, Herr Polak«, sagte ich, »es war schön, Sie zu sehen.«

»Du bist ein gutes Mädchen, Hannie«, sagte Herr Polak, als müsse er sich vergewissern. »*À bientôt, Mademoiselle.*« Im Hinausgehen sah ich noch, wie er die welkende Nelke in seinem Knopfloch zurechtrückte. Ich konnte nur hoffen, dass Marie ihn gewarnt hatte, wie gefährlich es war, sie in der Öffentlichkeit zu tragen.

»Sehen wir uns morgen?« An der Tür küsste Sonja mich auf die Wange, Philine, die hinter ihr stand, lächelte mich an.

»Mein Vater hat dich sehr gern«, sagte sie leise.

Auch ich lächelte. »Die meisten Eltern mögen mich.« Wir umarmten uns, und ich rannte die Treppe hinunter, zurück in die Dunkelheit der Straße.

So viel hatte sich verändert, seit ich Sonja und Philine kennengelernt hatte. Ich fühlte mich stärker mit der Stadt, mit den Menschen um mich herum verbunden. Nach dem Tanzabend hatte ich gehofft, den beiden auf dem Campus zu begegnen, aber niemals hätte ich erwartet, dass sie mich in ihre Freundschaft einschließen würden. Doch genau das hatten sie getan. Sie mochten mich. Und ich vermutete, dass meine Gegenwart sie von irgendetwas befreite. Zumindest hielt meine Gegenwart sie meist davon ab, den immer gleichen düsteren Dialog wiederzukäuen, während Woche um Woche unter deutscher Besatzung verstrich. Statt sich gegenseitig mit dem grausigen Stand der Dinge zu quälen, konnten sie sich darauf konzentrieren, mir alles Mögliche beizubringen: wie man sich in der großen Stadt Amsterdam bewegte, wie man sich im Gespräch mit Jungs selbstbewusst zeigte, welche Pulloverfarbe bei Rothaarigen am besten aussah. Dinge, von denen ich keine Ahnung hatte. Themen, die uns davon abhielten, stets wieder beim Offensichtlichen zu landen.

Doch heute fühlte sich plötzlich alles anders an. Dinge, die für meine Freundinnen immer schon offensichtlich gewesen waren, wurden es nun auch für mich.

Ruckelnd kam der Pendlerzug im Westen von Amsterdam zum Stehen. Direkt gegenüber, auf der anderen Seite der Gleise, erhoben sich die Backsteingebäude der Westergas-Fabrik und die massiven zylindrischen Stahltanks am Kanal, der das Arbeiterviertel in diesem Teil der Stadt durchzog. In der Abenddämmerung stand ich auf dem fast menschenleeren Bahnsteig, und die eiskalte Luft ließ mich frösteln.

Schwester Dekker hatte mich gebeten, hier am Stadtrand einen Umschlag bei einem sicheren Haus für Flüchtlinge vorbeizubringen. »Du scheinst mir ein vernünftiges Mädchen zu sein«, hatte sie am Morgen zu mir gesagt. »Kannst du etwas für mich erledigen?« Erst hatte sie mir den Umschlag in die Hand gedrückt, dann einen separaten Zettel mit einer Adresse. »Bring den Brief einfach zu dieser Adresse, ja? Aber behalte die Adresse für dich.«

Ich nickte, weil ich alles tat, worum sie mich bat. Immer. Dekkers brüske Geschäftigkeit erinnerte mich an meine Mutter, die stille, aber kraftvolle Erdenschwere, die im Heim meiner Kindheit alles zusammengehalten hatte. Wie meiner Mutter widersprach ich Schwester Dekker nur äußerst selten, stellte meist auch keine Fragen, was Schwester Dekker offensichtlich zu schätzen wusste.

Ich stolperte ein paar schäbige Häuserblocks entlang, bis ich die angegebene Hausnummer fand, meinte jedoch, am falschen Ort gelandet zu sein. Eine Festung kalter roter Backsteine, fünf Stockwerke hoch, ragte das Gebäude still und verlassen vor mir auf. Apartment 6 hatte kein Namensschild – jemand schien es mit den Fingernägeln abgekratzt zu haben.

Doch daneben befand sich eine rissige Klingel, also drückte ich auf den Knopf.

»Ja?«, erklang von oben eine barsche Stimme. Ich blickte hinauf. »Ja?«, wiederholte die Stimme, und ich entdeckte einen faltigen alten Mann mit einer Marinemütze, der sich zwei Stockwerke über mir aus dem Fenster beugte.

»Flüchtlingskomitee?«, fragte ich und hielt den Umschlag in die Höhe. Ich hatte angenommen, ich würde lediglich Papiere bei einer anderen Gruppe der Organisation abgeben. Aber inzwischen war ich mir nicht mehr so sicher. Das Innere des Gebäudes war noch dunkler als die nur von den Sternen erhellten Straßen – entweder waren die Korridorlampen durchgebrannt, oder es gab keine. Ich tastete mich zur Treppe vor und folgte einem schrägen Rechteck Licht, das oben aus einer offenen Tür fiel.

»Wer hat dich geschickt?«, fragte der Mann, der aus dem Türschlitz spähte.

»Schwester Dekker.«

Er blinzelte. »Bist du das neue Mädchen?«

»Weiß ich nicht«, antwortete ich. »Vermutlich.« Ich warf einen Blick über seine Schulter und fragte: »Ist das hier das Komitee?«

Der Mann zuckte die Achseln. »Vermutlich«, sagte er und streckte die Hand nach dem Umschlag aus, den ich ihm durch den Türspalt reichte, lachte leise, und ich sah, dass ihm drei Zähne fehlten. Jetzt öffnete er die Tür etwas weiter, und aus dem Inneren der Wohnung strömten Wärme und Licht und der stickige Mief von Beengtheit – Essensgeruch, Holzfeuer, menschliche Körper. Hinter dem Mann erkannte ich zwei Erwachsene und drei Kinder, die sich unter einer Steppdecke auf einer klumpigen, auf dem Boden liegenden Matratze zusammenkauerten.

Dies war keine Flüchtlingsorganisation. Diese Menschen waren die Flüchtlinge selbst.

»Danken Sie Schwester Dekker in meinem Namen«, sagte der Mann. »Und ich danke auch Ihnen, Fräulein.« Kurz bevor die Tür sich schloss, zwinkerte er mir zu. »*Oranje zal overwinnen*«, sagte er. Dann war die Tür zu, und ehe ich antworten konnte, wurde der Riegel vorgeschoben.

Oranje wird siegen.

Einen Moment blieb ich in der Dunkelheit stehen und lauschte dem Geflüster hinter der Tür, das von der Straße nicht zu hören gewesen war. All diese Menschen in diesem winzigen Raum. Flüchtlinge. Aus Deutschland? Aus Polen? Von hier? Das ganze Gebäude verströmte eine tiefe Traurigkeit. Und obgleich ich weder Jüdin noch geflüchtet war, wusste ich nur zu gut, was es bedeutet, die eigene Familie verschwinden zu sehen.

Annie.

Auf dem Rückweg zum Bahnhof hielt ich mich im Schatten der Häuser. Ich hatte Annie abgöttisch geliebt. Alle hatten sie geliebt. Aber sie war mit zwölf Jahren an Diphtherie gestorben, als ich sieben war. Ihr Tod hatte meinen Eltern das Herz gebrochen, und wir alle hatten uns auf die Inseln unseres Selbst zurückgezogen, um irgendwie weiterexistieren zu können. Mein Vater nahm Zuflucht bei der Lehrergewerkschaft, meine Mutter in ihren Sorgen. Ich in meiner Arbeit, im Lernen. Schon vor Annies Tod war ich ein lernbegieriges Kind gewesen, aber danach wurde es zur Besessenheit. Mein ganzes Leben bestand aus Lesen, Schreiben, Studieren und dem Ablegen von Prüfungen. Ich zog den Kopf ein, wartete, dass etwas passierte.

Die Tatsache, dass ich nicht Annie war, hatte mein ganzes Leben bestimmt. Bis zu dem Moment, in dem ich Sonja und Philine begegnete. Jetzt entdeckte ich mich als junge Frau, die nachts an fremde Türen klopfte und gleich einer verwegenen Spionin geheime Passworte austauschte: *Oranje zal overwinnen*. Für Philine, Sonja und jetzt sogar für Schwester Dekker war ich Hannie.

»Ha!« Ich lachte tatsächlich laut über mich selbst, weil ich so begriffsstutzig war. Annie … Hannie. Es war mir gar nicht aufgefallen. Annie war noch immer bei mir – *in mir*, genau genommen. Und ich hatte noch so viel von ihr zu lernen.

Durch die kalte Novemberluft trabte ich zum Bahnhof. Abgesehen von ein paar deutschen Soldaten, die rauchend an einem Pfeiler lehnten und sich unterhielten, war kein Mensch zu entdecken. Ich holte mein Fahrrad, sah die am Fahnenmast wehende Hakenkreuzfahne und fuhr, so schnell ich konnte, nach Hause. Als ich mein Fahrrad auf dem Weg zwischen meinem und dem Nachbarhaus abstellte, fielen mir Plakate auf, die jemand, nachdem ich am Morgen weggegangen war, an die Hauswand geklebt haben musste.

Sechs davon hingen in einer Reihe, alle mit demselben Bild. So hängten die Deutschen ihre Propagandaplakate gern auf, in steter Wiederholung ihrer Botschaft, gleich der Melodie eines verhassten Ohrwurms. Diesmal war eine Landkarte abgebildet, auf der, ausgehend von der Sowjetunion, eine große rote Welle auf Westeuropa zurollte, einzig zurückgehalten von zwei Flaggen, dem Hakenkreuz des Dritten Reichs und dem Doppelblitz der SS.

Storm tegen het Bolsjewisme!

Kampf dem Bolschewismus. Natürlich hassten die Nazis die Kommunisten. Aber das hier meinte etwas anderes. Philine hatte es mir ein paar Tage zuvor, als wir ein Plakat mit einer ähnlichen Botschaft gesehen hatten, erklärt. Wenn die Nazis von Bolschewiken sprachen, galt ihnen das für gewöhnlich als Codewort für die Juden. All die Scham, Verwirrung, Traurigkeit und Angst des heutigen Tages ballten sich in mir zusammen und wurden zu heißem, hartem Stein. Mein Atem ging schneller, als ich auf die blutige Flutwelle starrte, die mich einschüchtern und dazu bringen sollte, Sonja, Philine und den netten Herrn Polak zu hassen. In meiner ruhigen Straße war niemand zu sehen, und mit einem Gefühl, als sähe ich mir selbst von oben zu, packte ich eines der Plakate, riss es in der Mitte durch und warf die Fetzen auf den Boden. Ebenso verfuhr ich mit dem nächsten und allen folgenden, zerriss ein Plakat nach dem anderen, bis nichts mehr übrig war als ein wüster Haufen rotschwarzer Papierstreifen, die ich mit meinen abgetragenen Schuhen zertrampelte.

Mit wild klopfendem Herzen, aber mit dem ersten Lächeln dieses Tages im Gesicht, rannte ich die Treppe hinauf. Vielleicht hatten Herr Polak und Königin Wilhelmina doch recht: Diejenigen, die Gutes wollen, können nicht daran gehindert werden, es zu tun.

Kapitel 4

Frühjahr 1942

Ich hatte mir vorgenommen, auf dem Weg zu Sonja die Route durch den großen Vondelpark mit seinen Gärten, Wiesen, Teichen und Spazierwegen zu nehmen. Doch als ich mich auf meinem Fahrrad den kunstvoll verzierten Eisentoren am Eingang des Parks näherte, sah ich dort zwei deutsche Soldaten Wache stehen. Neben ihnen hing das inzwischen wohlbekannte, noch immer schockierende Schild mit der dunklen gotischen Aufschrift: *Voor Joden verboden.*

Für Juden verboten.

Die Soldaten bemerkten, dass ich das Schild betrachtete, und der eine fragte: »Bist du Jüdin?« Noch nie hatte mir jemand diese Frage gestellt.

»Wie bitte?«, erwiderte ich. Ich wusste sofort, dass es nicht nur eine Frage, sondern zugleich eine Drohung war, wich mit weichen Knien einen Schritt zurück, aber die beiden schlossen sofort zu mir auf. »Nein!«, stieß ich mit scharfer, hoher Stimme hervor und streckte ihnen meinen Ausweis entgegen. Sie lachten über meine Panik. Doch ich musterte ihre jungen Gesichter und fragte mich, was geschehen würde, wenn sie mir nicht glaubten.

»Du kannst weiterfahren, Mädchen«, sagte der eine und gab dem Gepäckträger meines Fahrrads einen freundlichen Schubs. »Danke«, sagte ich auf Deutsch, erleichtert und etwas entspannter. »Danke schön.« Wir lächelten uns an, und ich trat in die Pedale, ehe ich gleich darauf abrupt in die Realität zurückgeholt wurde.

Ich war auf dem Weg zu meiner Lieblingswiese, doch als die Bäume die Sicht auf sie freigaben, schnappte ich nach Luft. Und dann fiel es mir wieder ein. Die Deutschen hatten angekündigt, den Vondelpark umzugraben, weil sie verhindern wollten, dass fremde Flugzeuge ihn als Landebahn nutzten. Die Wiese, eine einst sorgsam gepflegte, sanft hügelige Rasenfläche für Picknicks und Krabbelkinder, war durchpflügt von tiefen Furchen, die sich kreuz und quer über das Gras zogen. Die Luft roch nach Erde, überall lagen Steine, sämtliche Blumen waren verschwunden.

Noch vor Kurzem hatte Reichskommissar Arthur Seyß-Inquart dem niederländischen Volk in einer Radioansprache versichert, die Deutschen würden in unserem Land lieber »mit der zum Gruß erhobenen rechten Hand« ankommen als »mit der gepanzerten Faust«. Was mich – genau wie Herrn Polak – hatte hoffen lassen, dass Seyß-Inquart vernünftiger als Hitler wäre. Bei uns gab es keine Kristallnacht, keine Ghettos, keine Massengräber am Stadtrand. Der Reichskommissar schien so aufrichtig in seiner Bewunderung für den niederländischen Nationalcharakter, in seinem Respekt vor den »Blutsbanden«, die unsere Länder vereinten – da konnte doch so etwas hier nicht geschehen! Und tatsächlich geschah auch nichts dergleichen. Jedenfalls nicht gleich. Seyß-Inquarts Waffen waren subtiler. Statt drastischer Anordnungen setzte er auf einzelne gezielte Aktionen. Zum Beispiel auf das Sammeln der Personalakten. Das holländische Volk war aufgebracht, auch besorgt, aber die Zeit verging, und nichts schien zu passieren. Als Parks und Bibliotheken und die öffentlichen Verkehrsmittel im Lauf des letzten Jahres für Juden verboten wurden, gab es überall im

Land gewaltige Proteste sowohl von der jüdischen als auch der nichtjüdischen Bevölkerung. Aber weil die Maßnahmen den Alltag der meisten Leute eigentlich nicht störten, ging das Leben einfach weiter.

Dann wurden Juden irgendwann gezwungen, ihren Namen bei den Behörden registrieren zu lassen. Ihre Wertgegenstände und Kunstsammlungen anzumelden. Und schließlich ihr Geld in Nazibanken zu deponieren. Wäre all das gleichzeitig verlangt worden, wäre es womöglich zu Aufständen gekommen, das wusste Seyß-Inquart nur zu gut – als Juden 1941 massenhaft aus bestimmten Berufen verdrängt wurden, war der Amsterdamer Generalstreik aufgeflammt. Um also nicht die geballte Wut des holländischen Volkes heraufzubeschwören, ging der Reichskommissar langsam und schrittweise vor. Und es funktionierte. Denn hier war ich nun, getrennt von Sonja und Philine, meinen beiden schönen Freundinnen, die zufälligerweise Jüdinnen waren. »Ich wusste nicht, dass ich Jüdin bin, bis Hitler es mir gesagt hat«, hatte Philine einmal bemerkt.

»Morgen, Rotschopf.«

Feldwebel Becker, ein Soldat der Wehrmacht, war irgendwann im Winter, vor inzwischen sechs Monaten, am Ende von Sonjas vornehmer Straße stationiert worden. Ich schätzte ihn auf Anfang dreißig, und er war der faulste deutsche Soldat, den ich je kennengelernt hatte. An Sonjas Ecke schien er die perfekte Aufgabe gefunden zu haben. Eigentlich rauchte er nur Zigaretten, las Taschenbücher und gab gelegentlich den vier jüngeren Soldaten, die er beaufsichtigte, die eine oder andere Anweisung. Er hatte rote Haare und Sommersprossen, und so kamen wir irgendwann ins Gespräch.

»Hallo, Rotschopf«, hatte er mich am ersten Tag begrüßt,

aber ich hatte ihn ignoriert. Doch er blieb höflich, und ich war ziemlich sicher, dass er seine Soldaten angewiesen hatte, Philine, Sonja und mich in Ruhe zu lassen, denn keiner von ihnen mischte sich jemals ein, wenn wir bei Sonja aus und ein gingen. Im Lauf der Zeit einigten Becker und ich uns auf eine Politik der Entspannung. Als ich heute an ihm vorbeiging, klappte er seinen Campingstuhl eilig zusammen und stopfte sein Buch in die Uniformjacke.

»Ist irgendwas passiert?«, fragte ich ihn.

Er zog eine Augenbraue hoch, ich zeigte wie üblich keine Regung, damit er nicht auf den Gedanken käme, wir wären Freunde.

»Keine Ahnung«, antwortete er. »Aber ich bin gerade zum Damplatz abgeordnet worden.«

»Findet da eine Parade statt?«, fragte ich. An Schönwettertagen wie dem heutigen polierten die Deutschen gern ihre Stiefel und ihre silbernen Sterne, um ausstaffiert übers Kopfsteinpflaster zu marschieren und stundenlang, im Sonnenlicht glitzernd, »Heil Hitler« zu brüllen. Meine Vermutung lag also nahe – warum sollte eine solche Veranstaltung nicht auf dem Damplatz vor dem Königspalast stattfinden? Zur Dokumentation ihrer glorreichen Disziplin oder was immer sonst sie zu feiern glaubten, hatten sie sogar ihre eigenen Fotografen. Ich versuchte, den Damplatz weitestgehend zu meiden, mir wurde immer noch übel, wenn ich das Hakenkreuz über dem Palast wehen sah.

Becker jedoch schüttelte den Kopf. »Ich weiß es auch nicht«, antwortete er achselzuckend, als säßen wir im selben Boot. »Sie erklären uns nicht sonderlich viel.«

Aber wir saßen ganz und gar nicht im selben Boot. Wortlos ging ich weiter.

»Die Familie Frenk in dem weißen Haus mit der schwarzen Tür«, fuhr er fort. »Sind das deine Freunde?«

Ich blieb stehen und drehte mich zu ihm um. »Warum?«

Unsere Blicke begegneten sich, aber Becker lächelte nicht. Er zog ein letztes Mal an seiner Zigarette und schnippte die Kippe dann in den Kanal. »Nur eine Frage.«

Ich ging weiter, Grauen machte sich in meiner Brust breit.

Ein Dienstmädchen in Uniform führte mich ins Foyer des fünfstöckigen Hauses, in dem die Frenks wohnten. Ich versuchte zu erraten, welche der benachbarten Häuser wohl bereits von den Deutschen requiriert worden waren. Wo schon Nazi-Offiziere wohnten – Sonjas neue Nachbarn. Wenn bei ihr die Tür aufging, schien, vom Wasser des Kanals reflektiert, das Sonnenlicht herein und verteilte sich in der ganzen großen Villa. Früher kannte ich solche Gebäude nur von alten Gemälden aus dem goldenen Zeitalter, von Frans Hals oder Rembrandt. Nun ging ich die breiten Marmorstufen hinauf, die fünf Stockwerke emporführten, gesäumt von einem handgeschnitzten Geländer aus schwarzem Ebenholz – die aufwendigste Treppe, die ich je gesehen hatte. Zwar war ich oft bei Sonja zu Hause, wagte mich jedoch nie höher hinauf als in die dritte Etage, wo ihr Zimmer lag. Die Räume darüber blieben ein Geheimnis, bewohnt von Sonjas deutschen Verwandten, die im vierten Stock das Ende der andauernden Katastrophe abwarteten.

»Nein, nicht das! Da drin sterbe ich an Hitzschlag.« Sonja schob die senfgelbe Jacke beiseite, die Philine ihr durch die Tür des Ankleidezimmers entgegenstreckte. Es war größer als das Zimmer, das ich mir als Kind mit meiner Schwester geteilt hatte. Sonnenlicht strömte durch die großen Fenster.

Ich knöpfte meinen tristen alten Mantel auf und warf ihn über die Lehne einer grünsamtenen Chaiselongue. »Entschuldigt die Verspätung.«

»Dauert nicht mehr lange«, sagte Sonja und küsste mich auf die Wange. »Ich zieh mich nur noch an.«

»Dauert noch eine ganze Weile«, widersprach Philine mit einem Hauch von Irritation in ihrer sonst so sanften Stimme, »wenn sie sich nicht endlich entscheidet.«

»Wie wäre es damit?«, fragte Sonja und legte sich einen geblümten Seidenschal um die Schultern.

»Hübsch«, antwortete ich.

Philine zuckte die Achseln. »Ja, vielleicht.«

Ich ging zu den großen Fenstern und schaute hinunter auf den Innenhof. Unter mir lag ein regelmäßiges Gitternetz rechteckiger kleiner Gärten, für jede der Villen ein bisschen Grün. Hier im belebtesten Teil des Stadtzentrums existierte dieses kleine Refugium, versteckt vor den Augen der Öffentlichkeit, den Bewohnern der umliegenden Privathäuser jedoch vertraut. Geheime Orte, die wie üblich menschenleer waren.

»Redet ihr eigentlich manchmal mit Becker?«, fragte ich. »Mit dem Soldaten am Ende der Straße?«

»Du meinst diesen verschlafenen Deutschen?«, fragte Sonja. »Gelegentlich. Er ist höflicher als der Rest.«

»Nein, niemals«, rief Philine angewidert. »Warum sollte ich?«

Mir fiel keine Antwort ein, immerhin hatte ich keine echten Informationen. Und warum sollte ich Sonja mit Gerüchten erschrecken? Gerüchte richteten schon genug Schaden in unseren Köpfen an.

»Nur so«, wiegelte ich ab.

Sonja wandte sich mir zu. »Geht es um die Botengänge, die

du für deine Krankenschwester erledigst?« In ihrem Gesicht leuchtete Hoffnung auf, und ich sah, dass Philine nervös wurde.

»Ich sollte nicht darüber reden«, antwortete ich und versuchte, abgebrüht und geheimnisvoll zu klingen.

»Oh«, sagte Sonja leise.

Ich wartete auf Philines unvermeidlichen Spott, aber sie blieb still. Dennoch hatte sich die Atmosphäre im Raum verändert – als zöge ein Gewitter auf. Wir schwiegen alle drei.

»Ich habe uns Arbeit mitgebracht«, sagte ich schließlich. In letzter Zeit hatte ich es mir zur Aufgabe gemacht, uns alle beim Lernen bei der Stange zu halten, und es sogar geschafft, Philine für den Bereich der Rechtswissenschaft zu begeistern, für den ich mich entschieden hatte, das internationale Recht. Doch ich wusste, dass Sonja eigentlich nur weiterlernte, um ihren Eltern einen Gefallen zu tun. So waren sie zufrieden, und Sonja konnte in Ruhe von einer glamouröseren Zukunft träumen, die ich mir immer wie in einem Hollywoodfilm vorstellte: mit verführerischen Kleidern, Hündchen und Martinigläsern überall. Allerdings war ich mir inzwischen gar nicht mehr sicher, ob meine Freundin noch immer diesen Phantasien nachhing.

»Ich kann gerade nicht lernen«, erklärte Sonja.

»Ich versuche, sie ein bisschen an die frische Luft zu locken«, erklärte Philine, worauf Sonja sich bemühte, etwas von ihrem üblichen Elan an den Tag zu legen:

»Aber ich kann mich einfach nicht entscheiden, was ich anziehen soll.«

»Das spielt doch überhaupt keine Rolle«, meinte Philine, »wir gehen sowieso nur raus auf den Balkon.« Tage, an denen wir auf der Suche nach einem Café durch die Straßen der Stadt schlenderten, gab es schon seit geraumer Zeit nicht mehr. Da in den meisten Lokalen nach dem Personalausweis verlangt wurde, wenn man bedient werden wollte, waren Juden, auf deren Ausweise ein riesiges schwarzes *J* gestempelt worden war, von einem Großteil des öffentlichen Lebens ausgeschlossen. Die Frenks hatten Glück mit ihrem hübschen Privatgarten, benutzten ihn jedoch nur selten. Sicher, die kleine Grünfläche zwischen den Häusern war angenehm, aber in dem Wissen, dass es an den Fenstern der umliegenden Gebäude möglicherweise Beobachter gab, kam man sich vor, als wolle man sich in einem Gefängnis entspannen. Zwar redeten wir nicht darüber, doch es war uns allen bewusst.

»Hannie ist sowieso zu spät gekommen«, sagte Sonja.

»Tut mir leid«, entschuldigte ich mich noch einmal, was ich in letzter Zeit immer häufiger tat.

Sonja warf einen weiteren Pullover auf den Boden und beäugte ihren offenen Kleiderschrank. »Vielleicht die gestreifte Bluse?«

»Es reicht, Sonja«, sagte Philine, und jetzt war ihr der Ärger deutlich anzuhören.

»Ist alles in Ordnung?«, fragte ich.

»Alles gut.« Philine begann, die achtlos weggeworfenen Sachen aufzusammeln, vom Boden, vom Bett, vom Stuhl, und ordentlich zusammenzufalten. Unterdessen wühlte Sonja in ihrem Mahagonischrank, zog noch eine Bluse heraus, weiß mit gelben Blumen, und drehte sich damit zu uns um. Doch bevor sie fragen konnte, explodierte Philine.

»Also wirklich, doch nicht die!«, rief sie und starrte Sonja wütend an, die den Blick ebenso wütend erwiderte.

»Beruhige dich, Philine«, zischte sie nur.

Sonst kommentierte Philine die Kleidung ihrer Freundin nur, um ihr Komplimente zu machen. Doch jetzt holte sie tief

Luft, als wolle sie einen Vortrag halten, schluckte dann und sagte nichts.

»Was?«, forderte Sonja sie heraus. Als ginge es um eine Mutprobe.

Philine stand auf, ging in den Flur und kam mit einem Ballen groben gelben Baumwollstoffs wieder herein. Die Farbe war so hässlich, dass ich mir nicht vorstellen konnte, dass eine meiner Freundinnen so etwas anziehen würde. Doch als Philine den Stoff ein Stück weit auffaltete, konnte ich das Muster darauf sehen: In der harten gotischen Schrift, die ich auf dem Schild im Vondelpark gesehen hatte, wiederholte sich das gleiche Wort immer wieder: *Jood*.

Jude.

Philine nahm ein etwa zehn mal zehn Zentimeter großes Stoffstück, das sie aus einer Stoffbahn herausgeschnitten hatte, darauf einmal das Wort *Jood*, umrahmt vom sechszackigen Davidstern. »Mit den gelben Blumen wird man den Stern aber kaum sehen.«

»Darum geht es mir ja«, sagte Sonja.

Leise entgegnete Philine: »Du wirst Ärger bekommen.«

»Glaubst du wirklich, dass sie die Sterne auf der Straße von Soldaten kontrollieren lassen?«

»Selbstverständlich!«, rief Philine fassungslos. »Was meinst du denn, warum dieser rothaarige Soldat immer am Ende deiner Straße steht?«

»Mein Vater kennt den Leiter des Judenrats«, entgegnete Sonja, »und dort wird entschieden, wer bleibt und wer geht. Er hat auch deinen Familiennamen auf die Liste setzen lassen, Philine. Das wird schon alles in Ordnung kommen.«

»Und das glaubst du tatsächlich?«, fragte Philine.

»Der Judenrat hat einen Plan«, erwiderte Sonja. »Es sind

nicht umsonst die wichtigsten Geschäftsleute der Stadt dort vertreten, Himmel noch mal.«

Wir alle wussten über die Funktion des Judenrats Bescheid, über die Anführer der jüdischen Gemeinde, die mit den Deutschen verhandelten und die beschlossenen Maßnahmen durchsetzen mussten. Aber ich konnte kaum glauben, dass sie gegen die Besatzungsmacht wirklich etwas ausrichten konnten.

»Ja, der Judenrat hat einen Plan«, sagte Philine genervt. »Den Plan, alle Amsterdamer Juden aus der Stadt zu schicken, und zwar nach Westerbork.« Das letzte Wort spuckte sie aus.

»Das ist doch nur vorübergehend«, entgegnete Sonja. »Und wahrscheinlich hübscher als hier, wo der ganze Müll auf den Straßen liegt und überall Sandsäcke rumstehen.«

»Sonja!«, rief Philine. »Westerbork ist ein Arbeitslager!«

»Es ist ein Durchgangslager. Sagt mein Vater.«

»Und ein Durchgang wohin? Was denkst du denn? Dass man von dort eine nette Reise ans Meer macht?«

Nun hatte Sonja den Vorrat der von ihrem Vater gelieferten Argumente ausgeschöpft. »Bald wird es illegal werden, überhaupt jüdisch zu sein«, sagte sie. Als mache sie einen Witz.

Philine starrte sie fassungslos an. »O Sonja. Das ist es doch längst.«

Ein paar quälend lange Momente saßen wir alle drei schweigend da, dann sagte Sonja: »Ich möchte nicht rausgehen.«

Sie ließ die Bluse in das Chaos kunterbunter, verspielter Sachen fallen, das sie umgab – mit Blümchen- und Hahnentrittmuster, mit Streifen und Tupfen –, und vergrub sich darin wie ein Schwan, der seine Federn aufplustert und den Kopf unter den Flügel steckt, um einzuschlafen.

»Irgendwann wirst du rausmüssen«, sagte Philine, nahm Sonja den Stoff mit den gelben Sternen aus der Hand und inspizierte ihn. »Was ist das?« An einer Ecke des Stoffs war ein offiziell wirkender Brief festgetackert. »Natürlich«, meinte sie mit einem bitteren Lachen.

»Was?«, fragte ich.

»Eine Gebrauchsanweisung«, antwortete Philine und las die Notiz auf dem mit Hakenkreuzen geprägten Papier laut vor. »›Vor Gebrauch waschen, um Verfärbungen und Einlaufen des Stoffs zu vermeiden.‹ Jemand hat sich tatsächlich die Mühe gemacht, das beizufügen.« Sie hielt den Stoff in die Höhe und spähte mit zusammengekniffenen Augen auf das Kleingedruckte: »*Hergestellt in Deutschland*«, las sie vor. »Made in Germany.«

»Es ist einfach blöd«, sagte Sonja bitter.

»Nein«, widersprach Philine. »Jemand hat diese Gebrauchsanweisung geschrieben, und zwar bis ins kleinste Detail. Das ist keine Marotte der holländischen SS, sondern Teil eines größeren Plans. Eines gut organisierten, viel größeren Plans.«

Sie blickte zu Sonja und wartete auf ihren üblichen Protest. Aber diesmal blieb Sonja still, das lebhafte Gesicht matt und voller Angst. Zu gern hätte ich meine Freundinnen beruhigt, doch mir fehlten die Worte.

»Ich komme gleich zurück«, flüsterte ich, verließ Sonjas Zimmer und schloss die Tür hinter mir. Dann stand ich eine Weile auf dem Treppenabsatz und bemühte mich, nicht in Tränen auszubrechen. Wenn meine beiden Freundinnen nicht weinten, würde ich es auch nicht tun. Ich hatte nichts beizusteuern, keine Möglichkeit, ihnen diese Bürde abzunehmen. Mein Magen krampfte sich zusammen. Irgendwie schien es mir, als solle ich die Warnung weitergeben, die Becker angedeutet hatte – aber wovor hatte er mich eigentlich gewarnt? Warum sollte ich alles noch schlimmer für sie machen? So verharrte ich in dem mit glänzenden Holzpaneelen verkleideten Treppenhaus und blickte hinauf zum nächsthöheren Stockwerk, wo Sonjas Verwandte wohnten. Nur geschlossene Türen waren zu sehen, aber von irgendwo im vierten Stock hörte ich leise Musik von einem Grammophon – die Akkorde eines Wiener Walzers.

Wenig später verließ ich Sonjas Haus, keine von uns hatte Lust, sich länger zu unterhalten.

Und auf einmal sah ich sie.

Die Abzeichen, die gelben Sterne. Die Menschen, die sie trugen, taten es mit versteinerten Gesichtern, wie der Mann, der, einen gelben Stern an die Schulter seines zweireihigen Anzugs geheftet, den Hut tief in die Stirn gezogen, an mir vorüberging. Seine grimmige Entschlossenheit erinnerte mich an die Statuen auf den Osterinseln: ins Nichts starrende, undurchdringliche Augen. Ich ging weiter durch den hellen Sonnenschein, dachte an Sonja und Philine, umgeben von einem Meer von Kleidungsstücken, als drohten sie in seichtem Wasser zu ertrinken, weil sie nicht wussten, wie sie sich in Sicherheit bringen sollten. Dann entdeckte ich ihn plötzlich ein Stück vor mir, ein Ziel für meine Wut.

»Becker!«, rief ich und ballte die Faust. »Becker!«

Als der Mann sich zu mir umdrehte, erkannte ich, dass es keineswegs Becker war, sondern irgendein anderer deutscher Soldat mit rotbraunen Haaren. Er lächelte. Niemand brüllte einen deutschen Soldaten an, es sei denn, man wollte verhaftet werden. Demzufolge war der Mann neugierig.

»Guten Tag, Fräulein«, sagte er freundlich. Er und drei seiner Kameraden hatten ein junges jüdisches Mädchen umringt, das ängstlich zu ihnen aufschaute. Auf dem Kragen ihrer Bluse sah ich sofort den gelben Stern, ein vergiftetes Ansteckstäußchen.

»Lasst sie in Ruhe!«, rief ich und ging direkt auf sie zu. Ich war nicht ich selbst, der Mann vor mir war nicht Becker, aber in diesem Moment war mir das vollkommen gleichgültig, denn die Ereignisse des heutigen Tages, die Schilder, Sonja, die gelben Sterne, das alles hatte mich blind gemacht vor Scham. »Lasst sie in Ruhe!« Meine Stimme bebte vor Wut. Auch das kümmerte mich nicht.

Beckers Doppelgänger lachte mich aus, seine Soldatenfreunde stimmten mit ein, und es reichte als Ablenkung: Das Mädchen rannte weg und war im Handumdrehen in der Menge verschwunden. Ich war erleichtert, denn ich hatte keinen Plan gehabt, ich fühlte mich wie ein tollwütiger Hund, den man an einen Pfosten gebunden hat – wild, gefährlich und frustriert. Die Soldaten sahen es genau. Kurz bevor ich sie erreichte, wichen sie in gespielter Furcht zurück und hoben die Hände, als wollten sie sich ergeben. »Ruhig, ruhig«, sagte einer, und ich stürmte an ihnen vorbei, immer weiter, mir dröhnte der Kopf, und ein paar Schritte später hörte ich, wie einer der Soldaten mir etwas nachrief.

»Judenfreundin!«

Einige Leute drehten sich zu mir um, aber ich tat, als hätte ich nichts gehört. Doch obwohl ich mir alle Mühe gab, das Bild, wie Philine den gelben Stoff in die Höhe hielt, zu vergessen, obwohl ich versuchte, das unbekannte jüdische Mädchen und die Todesangst in seinem Gesicht aus meinem Kopf zu verbannen, konnte ich an nichts anderes denken. Immer weiter ging ich, bis meine Füße hart auf den Straßenbahnschienen landeten und das Klingeln der Bahn mich in die Realität zurückholte. Menschenmassen strömten an mir vorüber, Frauen auf dem Weg zum Einkaufen, Studenten und deutsche Soldaten mit Gewehren, Kinder, die auf dem Kopfsteinpflaster Fangen spielten.

Und dann sah ich ihn wirklich. Becker. In einer Gruppe von Soldaten stand er ein paar Meter von mir entfernt, die Hände in die Hüften gestemmt, leicht zurückgelehnt schaute er zum Königspalast empor. Auch ich blickte nach oben.

Vom Zentrum des massiven Palasts erhob sich eine riesige Kuppel, ein grünspanbedeckter Dom, gekrönt von einer Wetterfahne in Form eines Schiffs, dem Symbol des Goldenen Zeitalters der Niederlande im 17. Jahrhundert, als auch Häuser wie das der Frenks entstanden, erbaut von reichen Männern mit großen Halskrausen. Direkt darunter befand sich eine goldene Uhr mit einem Glockenspiel. Der Klang dieser Glocken, die zuverlässig alle halbe Stunde die Zeit schlugen, war jedem Amsterdamer wohlvertraut. Aber als ich Beckers Blick folgte, sah ich die Männer oben bei der Uhr, Soldaten, die wie Spinnen über die Fassade krabbelten.

»Becker«, sagte ich. Er drehte sich um, und als er mich sah, lächelte er mich an, doppeldeutig wie immer.

»Hey, Rotschopf.«

»Was machen die da?« Wollten diese Männer etwa das Zifferblatt entfernen und sein Gold einschmelzen?

»Sie ändern die Zeit«, antwortete Becker. Tatsächlich bewegte sich der lange goldene Minutenzeiger vor unseren Augen vorwärts. Mir wurde schwindlig.

»Warum?«, fragte ich.

Becker zuckte die Achseln. »Seyß-Inquart hat die Anweisung dazu gegeben«, antwortete er und sprach den Namen unseres Nazi-Reichskommissars mit dem gleichen spöttischen pseudoösterreichischen Akzent aus wie wir alle. Anscheinend verachteten sogar die Soldaten den von Hitler ernannten Kommandanten und seine langsame, lispelnde Stimme.

»Seyß-Inquart?«, hakte ich nach.

»Sie stellen die Uhr vor, Fräulein«, erklärte Becker und wandte sich mir zu. »Wir haben jetzt Berlin-Zeit.«

Kapitel 5

Frühling / Sommer 1942

Überall fühlte ich von nun an die Gegenwart dieser Uhr, und manchmal hatte ich sogar das Gefühl, als kontrollierten die Nazis auch das Wetter. Jeder, der auf den Fahrplan der Züge angewiesen war, musste seine Uhr auf Berliner Zeit umstellen. Eine ganze Weile weigerte ich mich, und eine kleine Perle des Widerstands wuchs in mir – und jedes Mal, wenn ich meinen Zeitplan nach Berliner Vorbild neu einstellen musste, bildete sich eine neue, harte Schicht.

Wie breitet das Böse sich aus? Wie eine Krankheit, von einem Menschen zum anderen? Oder rieselten die neuen antijüdischen Maßnahmen in das Leben der Holländer wie Staub in ein verschlossenes Zimmer, ein unsichtbares Staubpartikel nach dem anderen? Bis wir eines Tages den Schlüssel im Schloss umdrehten und merkten, dass wir in der Falle saßen, uns in unserem kleinen Zimmer umschauten und entdeckten, dass es so unter Unrat begraben war, dass wir hier nicht mehr leben konnten. Die aufgezwungene Berlin-Zeit offenbarte mir eine neue Erkenntnis: Wir warteten nicht auf eine Tragödie, wir lebten sie bereits. Jedes Mal, wenn ich auf den Wecker neben meinem Bett schaute und die Zeit umrechnen musste, fühlte ich die Perle der Bitterkeit in mir wachsen. Wenn ich jetzt durch die Stadt ging, schrien mich von den Straßenecken die gelben Sterne an: *Tu etwas!*

Sechs Uhr dreißig: Zeit zu gehen. Die helle Sommersonne wärmte bereits die Backsteinmauern der Gebäude, als ich mein Spiegelbild betrachtete und mir Wasser ins schläfrige Gesicht spritzte. Die Haare ordentlich gebürstet, gelbe Bluse, blauer Wollrock. Eine ganz normale holländische Studentin, einundzwanzig Jahre alt, abgesehen von den roten Haaren, ohne bemerkenswerte Eigenschaften. »Niemand wird mich für eine holländische Bäuerin halten«, hatte Philine einmal gescherzt, und da ich genauso wenig blond war wie sie, verstand ich sofort, was sie meinte. Ich überprüfte noch einmal meine Haare – niemand würde mich für eine Jüdin halten, dennoch würden meine roten Haare auffallen, und so griff ich sicherheitshalber nach meinem Hut. Ich wollte im Zuiderbad ankommen, wenn das Bad von Frauen nur so wimmelte, die sich ihre tägliche Bewegung verschafften. Je voller, desto besser. An der Tür hörte ich plötzlich die Stimme meiner Mutter: *Vergiss nicht den Mantel. Du erkältest dich sonst.* Instinktiv griff ich nach meinem Mantel, hielt aber mitten in der Bewegung inne. In der ersten Zeit, nachdem ich ausgezogen war, fuhr ich mehrmals pro Woche mit dem Zug nach Hause, nur um meine Eltern zu sehen. Inzwischen besuchte ich sie nur noch etwa zweimal im Monat. Ich ließ den Mantel hängen, ich brauchte ihn nicht. Leise schloss ich die Tür hinter mir und rannte die Treppe hinunter.

In den vergangenen zwei Jahren hatte ich gedacht, ich hätte für die jüdischen Flüchtlinge alles getan, was ich konnte, und Sonja und Philine nach Kräften unterstützt.

Aber das stimmte nicht, nicht ganz.

In letzter Zeit war mir immer wieder ein neues Verhaltensmuster aufgefallen: Zwei Menschen nahmen Blickkontakt auf, einer davon trug einen gelben Stern, der andere nahm den Stern zur Kenntnis, senkte die Augen, blickte zu Boden und ging einfach weiter. Dabei spielte es keine Rolle, ob dies aus Verlegenheit, aus Scham oder aus Abscheu geschah, das Ergebnis war immer das gleiche – Juden wurden nicht mehr angeschaut. Was bedeutete, dass man sie nicht mehr sah. Und wenn man etwas nicht mehr sieht, existiert es auch nicht mehr.

Doch es waren nicht nur fremde Menschen, die sich so verhielten. Ich tat das Gleiche.

Deshalb musste ich ins Schwimmbad.

Mein Fahrrad stand zusammen mit den Rädern meiner Hausgenossen in einem wirren Durcheinander an der Treppe zum Haupteingang des Wohnblocks. Als ich es befreit hatte, losfuhr und um die Ecke biegen wollte, wäre ich fast mit einem Polizisten zusammengestoßen, der zum Glück gerade noch rechtzeitig zur Seite sprang. »Pardon«, rief ich, ohne abzubremsen, und der Mann tippte sich höflich an die Mütze. Trotzdem kribbelten meine Hände, wie immer, wenn ich Angst hatte, und ich musste sie eine Weile auf dem Lenker hin und her bewegen, bis sie sich wieder normal anfühlten.

Um diese Zeit herrschte überall Aufbruchsstimmung – Männer und Frauen, Mädchen und Jungs stiegen aufs Fahrrad, in die Straßenbahn, gingen zu Fuß durch die grauen, kopfsteingepflasterten Straßen zur Arbeit, zum Markt oder zur Schule. Wenn die Zugbrücken sich öffneten wie Flügel, um die Frachtschiffe auf den Kanälen durchzulassen, klingelten die Warnglocken, und am Ufer standen die Amsterdamer geordnet, aber angespannt Schlange, bis sie weitergehen konnten. Unter der Besatzung zu leben bedeutete, dass man lernen musste, außerhalb der Zeit zu leben und nie allzu weit in die Zukunft zu planen.

Auch ich kam zum Stehen, reihte mich am Rand der wartenden Menge ein und verschnaufte.

»Bleiben Sie mal schön, wo Sie hingehören, Fräuleinchen«, rief ein Blumenhändler, der sich von mir offenbar bedrängt fühlte, und stieß mit seinem abgetragenen Stiefel an meinen Vorderreifen. Als ich eine Lücke im Gewühl entdeckte, versuchte ich dort hinzukommen, begleitet von einem Chor aus lauten Fahrradklingeln und ärgerlichen Zurufen.

»Entschuldigung, tut mir leid!«, stieß ich mehrmals mit zittriger Stimme hervor. Das Klingeln ging weiter, übertönt vom Donnern zweier Kampfflugzeuge der deutschen Luftwaffe, die in Richtung Ärmelkanal zu einem Tageslichteinsatz über uns hinwegfegten. Das Dröhnen ihrer mächtigen Motoren vibrierte so in meinen Knochen, dass ich fast die Angst vor dem vergaß, was ich zu tun beabsichtigte.

Eine unerwartete Woge der Erleichterung überkam mich, als ich am Rijksmuseum mit seinen über dem Platz emporragenden Türmen vorüberkam und sah, dass hier nirgends Hakenkreuze flatterten. Noch nicht. Direkt gegenüber lag mein Ziel: das massive Backsteingebäude des Zuiderbads. In Amsterdam gab es einige Hallenbäder, doch nur wenige waren so schön wie dieses.

Diesen Teil meines Vorhabens hatte ich mir mindestens tausendmal vorgestellt. Ich überquerte die Straße, und jedes Detail war genau so, wie ich es mir in meiner Phantasie ausgemalt hatte: das hohe, spitze Dach, die großen Fenster mit den weißen Rahmen, die gewölbte Eingangshalle mit den grünen Fliesen und aufgemalten blauen Wellen. Hier sah es aus wie immer, abgesehen von dem Schild an der Tür: *Voor Joden verboden*. Für Juden verboten.

Für mein Fahrrad brauchte ich einen Stellplatz, den ich jederzeit erreichen konnte, aber an der Außenmauer lehnten die Räder dreireihig. In gewisser Weise war das sogar gut: Es war im Bad offensichtlich voll, also lehnte ich mein Rad an die anderen, holte tief Luft und ermahnte mich, ruhig zu bleiben.

Als würde ich so etwas dauernd tun.

Dabei hatte ich es noch nie getan.

Doch ich setzte eine Miene höflicher Langeweile auf und betrat die Eingangshalle. Ein alter Mann mit faltigem Gesicht und nach hinten gekämmten weißen Haaren nahm meine Eintrittskarte entgegen, musterte mich von oben bis unten, von meinem dunkelblauen Hut bis zu meinen schwarzen Schnürschuhen, und zwinkerte mir freundlich zu.

»*Goedemorgen*«, begrüßte er mich mit rauer Stimme. Guten Morgen.

Ich lächelte und ging weiter.

Im Inneren des Gebäudes waren die Wände in Grün und Gelb gefliest, sommerliche Farben, leicht und lebendig. Alles sah genauso aus wie vor dem Krieg, als ich mit Nellie und Eva hier gewesen war. Das riesige Hauptbecken schimmerte leuchtend blau, mit Sprungbrettern am tiefen Ende, der Raum umgeben von großen, hohen Fenstern, durch die das spärliche Winterlicht fiel. Stimmen und Geräusche hallten von gefliesten Oberflächen und dem Metalldach wider, und obwohl die Besucher keineswegs laut waren, hörte man ständig das Summen leiser Gespräche und das gelegentliche Spritzen des Wassers.

In meiner krampfhaft geballten Faust weichte der Schweiß meine Eintrittskarte auf, und ich streckte kurz die Finger und wischte die Hände auf dem Weg zum Frauenumkleideraum an meinem Rock ab. Es gab verschiedene Möglichkeiten, mein Vorhaben auszuführen, die ich alle sorgfältig durchdacht hatte. Am Ende hatte ich mich für den einfachsten Plan entschieden. Ich hörte Annies Stimme: *Je schneller, desto besser*. Hatte sie das tatsächlich gesagt? Vielleicht.

»*Goedemorgen*«, begrüßte mich eine weißhaarige Frau, als wir uns am Eingang zum Umkleideraum begegneten, und ich antwortete mit einem knappen Nicken. Wenn es nicht dringend nötig war, brauchte niemand meine Stimme zu hören.

Im Umkleideraum waren drei Frauen dabei, sich an- oder auszuziehen, strichen sich den Rock glatt oder räumten ihre Sachen in eines der Fächer an der Wand. Ich stellte meine Tasche auf eine Bank, von der ich die anderen gut beobachten konnte, und holte meinen Badeanzug heraus. Zu meiner Linken sah ich eine braunhaarige Frau, die gerade ihre zusammengefalteten Sachen ins Regal packte und dabei hastig ein kleines Portemonnaie in ihrem Kleiderstapel versteckte. Es verschwand wie ein Mäuschen im Mauseloch, und die Frau ging entschlossenen Schrittes hinaus zum Schwimmbecken.

Ich hatte mir Sorgen gemacht, wie ich Zeit schinden könnte, um den richtigen Moment abzupassen, aber das war nicht das Problem. Es waren die Nerven. Meine Hände. Sie zitterten, meine Arme prickelten, und ich verschränkte sie schnell, schlang sie um mich, um das Zittern zu unterbinden. Als ich die Augen senkte, sah ich ein Haarband auf dem Boden liegen, sicher von einem kleinen Mädchen, weiß und gelb, ein Muster wie eine zerdrückte Blume. Wie ein gelber Stern.

Ich holte tief Luft.

Dann trat ich ein paar Schritte näher an das Fach der Frau heran. Inzwischen standen die beiden anderen Frauen vor dem Spiegel, kämmten sich die Haare und machten sich bereit zum Gehen, wobei sie über bedeutungslose Dinge plauderten: wie kühl die Luft war, wie kühl das Wasser im Becken sich anfühlte. In meinen Ohren klang jedes Wort wie ein Omen, aber zum Glück konnten sie meine Gedanken nicht lesen. Ins Gespräch vertieft, packten sie ihre Sachen zusammen und machten sich auf den Weg zum Ausgang.

Gerade als ich mich auf die gefalteten Kleider in dem Regalfach zubewegen wollte, hörte ich hinter mir klackende Schritte und erstarrte vor Schreck. Aber es war nicht die Braunhaarige, die zurückkam, sondern einfach eine andere Schwimmerin. Ich entspannte die Schultern und beruhigte mich, streckte die Arme, als machte ich eine Art Gymnastik, um mich aufs Schwimmen vorzubereiten.

Die Frau verschwand in einer Toilettenkabine.

Blitzschnell griff ich zwischen die ordentlich gefalteten Sachen im Regal und zog mit einer einzigen raschen Bewegung das Portemonnaie heraus, als wäre ich seit Jahren nichts anderes als eine geübte Taschendiebin. Dann erklangen schon wieder sich nähernde Schritte: Eine weitere Frau kam herein. Ich hatte gehofft, mehr als nur diesen einen Ausweis stehlen zu können, aber es war so viel los im Schwimmbad, dass es mir zu riskant erschien.

Ohne mit der neuen Frau Blickkontakt aufzunehmen, ging ich an ihr vorbei, starrte auf meine Umhängetasche und schloss die Schnalle, das gestohlene Portemonnaie darin verborgen. Ich vergewisserte mich noch einmal, dass die Kleidungsstücke in dem Ablagefach unberührt aussahen, dann verließ ich den Umkleideraum. Doch als ich am Schwimmbecken entlangging, merkte ich, dass ich im Wasser Ausschau nach der Frau hielt, die ich soeben bestohlen hatte. Mir tat es leid, dass ich das ganze Portemonnaie mitnehmen musste, am liebsten hätte ich mich bei seiner Besitzerin entschuldigt. Aber im Wasser sahen alle Köpfe gleich aus, und so bat ich innerlich bei allen um Vergebung. Dann rutschte ich in einer Wasserpfütze aus und musste meine Schritte verlangsamen, obwohl ich am liebsten aus dem Gebäude gerannt wäre.

Der Kartenkontrolleur war der einzige Mensch, der mich beim Hinausgehen eines Blickes würdigte.

»Sie gehen schon wieder, Rosie?«

»Das Wasser ist einfach zu kalt für mich«, antwortete ich lächelnd, als wäre das unser ganz privater Scherz, und überraschte mich damit selbst, denn ich war nie gut im Flirten. Die Metallklinke war warm vom Dampf, als ich die Eingangstür hinaus in die Kälte öffnete. Der Mann antwortete mir noch irgendetwas, aber ich hielt nicht inne, sondern ging direkt zu meinem Fahrrad, stieg auf, radelte stehend in Richtung der Menschenmassen, die sich vor dem Rijksmuseum tummelten, und zu dem Weg, der an dem vorüberführte, was vom großen Rasen des Museumplein übrig geblieben war. Es war früher so ein schöner Ort zum Picknicken gewesen, nun waren da nur noch Dreck und Sand, das Gras dem Erdboden gleichgemacht. Die Besatzer hatten eine Reihe einstöckiger Betonbunker errichtet, und von der anderen Seite dieser grauen Mauer hörte ich Männerstimmen – die Deutschen hielten ihre ewigen Manöver ab.

Im Vergleich zum feuchtwarmen Zuiderbad war die Luft hier frisch und trocken, und ich sog sie gierig ein. Jedes Mal, wenn ich in die Pedale trat, entfernte ich mich ein Stück weiter vom Ort meines Verbrechens und kam dem Erfolg ein Stück näher. Ich ordnete mich in den Strom der anderen Radfahrer ein und nahm dabei jedes Gesicht mit einer seltsam wilden Intensität wahr: die dunkle Brille eines Mannes, die rote Emaillebrosche einer Frau, alles sprang mich förmlich an, bewegt und voller Leben. Im Windschatten der anderen Radler konnte ich endlich wieder ausatmen – heute war ein ganz normaler Werktag, ich nur Teil der Masse von Anwohnern, die zur Arbeit oder zur Schule unterwegs waren, anonym und unauffällig.

»Hey!« Ein Ellbogen stieß mich in die Seite, und um ein Haar hätte mich ein gehetzter Lieferjunge umgerissen. Für einen Augenblick dachte ich, jemand wäre mir gefolgt, und die Angst durchfuhr mich wie ein Blitzschlag. Doch schon zog mich der Strom der Radfahrer weiter. Dann war ich endlich im Park, glitt vorüber an riesigen Ulmen und hübschen kleinen Teichen mit geschwungenen Holzbrücken wie aus einem Märchen, bis sich die Szenerie auf eine breite Wiese öffnete, zerfurcht von den deutschen Gräben. Aber hoch in den Zweigen der großen Ulmen sangen die Vögel weiter. Vor mir teilte sich die Reihe der Radler vor einem Mülleimer, der umrundet werden musste.

Ein Mülleimer. Alltäglichem schien plötzlich eine andere, eine neue Bedeutung innezuwohnen. Aber nicht die Dinge hatten sich verändert, sondern ich. Es war noch nicht einmal neun Uhr am Vormittag, und ich hatte ein Verbrechen begangen. Klassenbeste am Gymnasium, hervorragende Jurastudentin, stumme Beobachterin, ganz gleich, in welchem Umfeld, schusselige Radlerin, rothaarig wider Willen. Und nun eine Diebin. Heute war ein Mülleimer für mich der Platz, um Beweise loszuwerden. So kann sich die eigene Welt verändern.

Ich schwenkte nach rechts, fand eine Lücke in der Radlerreihe, scherte aus und schlitterte aufs Gras. Ich sprang ab und legte mein Rad in ein Wäldchen kleinerer, frisch gepflanzter Bäume mit blassen, buschigen Blättern, die kühlen Schatten spendeten, ein ideales Versteck für eine Kriminelle wie mich. Ich öffnete meine Tasche und holte das Portemonnaie heraus. Doch als ich mit meinen zittrigen Fingern die Lasche aufriss, fiel mir der gesamte Inhalt zu Boden.

»Idiotin«, beschimpfte ich mich und kauerte nieder, um die Sachen schnell aus dem feuchten Dreck aufzusammeln.

»Guten Morgen, kann ich Ihnen helfen, Fräulein?«

Ein Polizist, groß und schlaksig wie ein Kranich. Kleine braune Dreckspritzer gruppierten sich wie ein Sternbild auf der unteren Hälfte seiner dunkelblauen Hose, die sich jetzt auf meiner Augenhöhe befand. Ich blickte empor. Mit hochgezogenen Augenbrauen und schräg geneigtem Kopf sah der Mann mich an, wie ich dort im Dreck kauerte, genau wie die Vögel, die im Polder, den Mooren außerhalb von Haarlem, neugierig ihre langen Hälse verdrehten, um eine bessere Sicht auf die Fische im schlammigen Wasser zu erhaschen. Dann beugte er seinen langen Körper in der Mitte, und ehe ich etwas vom Boden aufklauben konnte, hatte er den Inhalt der gestohlenen Börse auch schon eingesammelt: ein paar Münzen, Zettel und das Wichtigste. Den Ausweis.

Letzteren hielt er mit dem geübten Griff des Polizisten in die Höhe, dessen Hauptaufgabe dieser Tage darin bestand, Menschen in Kategorien einzuordnen, und betrachtete das Foto. Dann sah er auf mich herab.

»Das sind Sie?«

Ich hatte den Ausweis noch nicht einmal angesehen. Aber die Frau, der ich ihn gestohlen hatte, sah mir nicht ähnlich. Darum ging es auch nicht – sie musste aussehen wie Sonja oder Philine. Zumindest ein bisschen.

Also, war ich das?

Nein.

Der Polizist räusperte sich und wartete.

»Herr Wachtmeister«, begann ich und machte große überraschte Augen. Meine Gedanken rasten und schwirrten umher, machten jedoch plötzlich halt bei einer Kindheitserinnerung an meine Schwester Annie, wie sie sich spätabends aus dem Fenster in unserem Schlafzimmer im zweiten Stock beugte, um hinunterzuklettern und sich davonzuschleichen. Was sollte ich meinen Eltern erzählen, wenn sie mich fragten, wo Annie war? »Sag einfach irgendwas«, flüsterte meine Schwester, eine elfjährige Rebellin mit Brille, mir mit der Weisheit der Erfahrung zu. »Wenn du eine Frage nicht beantworten kannst, dann beantworte einfach eine andere Frage.« Und sie hatte recht gehabt.

Ich biss mir auf die Lippe, und meine Stimme zitterte nicht einmal, als ich zu sprechen begann. »Jemand hat mich vom Fahrrad geschubst, und da ist alles durch die Gegend geflogen.«

Stirnrunzelnd blickte der Mann zu meinem im Gras liegenden Fahrrad hinüber, den Ausweis mit dem briefmarkengroßen Passbild eines verschwommenen dunkelhaarigen Frauengesichts noch immer in den Fingern. Für die Frau aus dem Schwimmbad wäre es ärgerlich, dass sie sich einen neuen Ausweis beschaffen musste. Für Sonja und Philine würde der falsche Ausweis womöglich zusätzliche Lebensmittel und Zugang zu medizinischer Versorgung bedeuten – oder ihnen sogar das Leben retten.

Der Polizist fixierte mich weiter mit ausdruckslosem Gesicht, schaute dann über die Schulter zu den Radlern auf dem wenige Meter entfernten Weg hinüber. Ich wartete. In seinem Kiefer zuckte ein kleiner Muskel. Seine schlammbespritzte Polizeiuniform war die gleiche wie vor dem Krieg. Unmöglich zu wissen, wem seine Loyalität galt. Hatte er der Nazi-Partei die Treue geschworen? Oder war er ein ehrlicher Holländer, der eine Familie ernähren musste und einfach versuchte, seinen Job zu behalten? Dem äußeren Schein konnte ich nicht trauen.

Stocksteif kniete ich auf dem schlammigen Gras, und allmählich drangen die Kälte und Feuchtigkeit durch meine dunklen Wollstrümpfe, und der Geruch modernder Eichenblätter und reichhaltiger halb gefrorener Erde stieg mir in die Nase. Mit zusammengekniffenen Augen wandte sich der Polizist mir wieder zu, den kleinen Ausweis in seiner großen Hand.

Ich hatte weder Philine noch Sonja von meinem Vorhaben erzählt, sie hätten es mir um jeden Preis untersagt. Kein Mensch wusste, wo ich war. Ich schluckte, mein Mund war trocken, und meine Finger umklammerten das Portemonnaie, als hätte es Zauberkräfte, als wäre es ein Glücksbringer wie im Märchen. Aber was hier passierte, war kein Märchen, Magie würde mich nicht retten.

Also holte ich tief Luft, blickte zu dem Polizisten empor und lächelte ihn an.

»Herr Wachtmeister«, sagte ich mit einer Stimme, so weich wie ein Blütenblatt. »Kann ich bitte meinen Ausweis wiederhaben?«

Kapitel 6

Über das lange Gesicht des Polizisten zog eine Welle von Emotionen. Er erinnerte mich an meinen Vater – ein großer Mann mit der ruhigen Präsenz eines Berges.

»*Sta op*«, sagte er und streckte mir die Hand entgegen. Steh auf.

Ich versuchte zu atmen, bekam aber nur mühsam Luft. Der Polizist half mir beim Aufstehen, und statt wegzurennen, legte ich meine Hand in seine und folgte seiner Anweisung. Vielleicht, weil er mich an meinen Vater erinnerte.

Er zog mich hoch, bis ich aufrecht vor ihm stand, ließ mich dann los, drückte mir aber vorher etwas in die Hand.

Den Ausweis – er gab ihn mir tatsächlich zurück.

»Passen Sie auf sich auf, Fräulein«, sagte er. Und fügte im Flüsterton hinzu: »*Oranje zal overwinnen.*«

Oranje wird siegen. Das Motto des Widerstands, das überall in der Stadt auf die Wände geschrieben wurde, ehe die Deutschen es wegwischen konnten: OZO. Dachte er, ich gehörte zum Widerstand? War er womöglich dabei?

Aber solche Fragen konnte man nicht stellen.

»Ihr Portemonnaie, Fräulein«, sagte er, gab mir die gestohlene Geldbörse zurück, und ich steckte die Ausweiskarte schnell wieder hinein.

»*Bedankt.*« Danke.

»Schönen Tag noch, Fräulein.«

Er legte die Fingerspitzen an seine Mütze und ging davon, stolzierte auf seinen Kranichbeinen durch das Gedränge, und nichts an ihm unterschied sich von irgendeinem anderen Polizisten auf der Straße.

Aus den Ereignissen dieses Morgens zog ich mehrere Lehren: Schau niemals über die Schulter, um festzustellen, ob jemand dich beobachtet. Und tu nichts, das darauf hinweist, dass etwas Wichtiges passieren wird, gerade passiert oder zwischen euch schon passiert ist.

Die Tat selbst ist das Bekenntnis.

Am ganzen Körper zitternd, klopfte ich mir den Schmutz von Rock und Händen. Mir war schwindlig, der Kragen meiner Bluse klebte verschwitzt an meinem Nacken. Von der anderen Seite des Gebüschs waren die Gespräche der vorüberfahrenden Radler zu hören wie Nachrichten aus einer neuen Welt, und das strahlende Blau des Himmels, das Schwarz der Baumäste und das Grün der Wiese trieben mir Tränen in die Augen. Mein Herz klopfte wild, mein Kopf schwirrte, ich fühlte mich seltsam, fremd.

Als ich mein Fahrrad aus dem Wäldchen holte, starrte mich ein kleiner, mit einer braunen Kordhose bekleideter Junge an, und als seine Mutter mich sah, zerrte sie ihn schnell weg. Falls ich aussah, wie ich mich fühlte, konnte ich ihr keinen Vorwurf machen. Durch das Leder der Umhängetasche spürte ich den Ausweis, als würde er sich durch das Leder brennen, pulsierend vor gerechter Empörung. Zum ersten Mal hatte ich von der Macht des Verbotenen gekostet. Hunderte Male war ich vor dem Krieg durch den Park gefahren, aber jetzt, mit Diebesgut in meiner Tasche, fühlte sich das Vertraute plötzlich ganz und gar fremd an. Als habe die Luft einen ganz frischen Duft, so zog ich sie mit jedem Atemzug tief in mich hinein, bis hinunter zu meinen Füßen, die energisch in die Pedale traten. Ich radelte mit dem grenzenlosen Elan einer Gesetzlosen, unberührt und unnachgiebig.

Schwester Dekker war es, die mich subtil dazu ermuntert hatte, mich am Taschendiebstahl zu versuchen. Eines Tages hatte sie mir vorgemacht, wie man ein Portemonnaie mitgehen ließ, war einfach durchs Büro gegangen und hatte direkt vor meinen Augen aus der Jackentasche einer freiwilligen Helferin eines entwendet. Sie fischte es heraus, steckte sie, während wir uns über irgendetwas Banales unterhielten, wieder zurück, und das Mädchen bekam nichts davon mit. Natürlich behauptete Dekker, es sei ein Scherz gewesen. Aber für mich war es eine praktische Lehrstunde.

»Pass doch auf, Mädchen«, schimpfte ein älterer Mann, als ich ihn zu knapp überholte.

Doch ich drehte mich weder um, noch entschuldigte ich mich.

Meine Freundinnen und ich entschieden zu dritt, dass das Mädchen auf dem Ausweisfoto Sonja am ähnlichsten sah. Eigentlich hatte ich erwartet, ich würde mich schrecklich fühlen, weil ich keinen Ausweis für Philine mitgebracht hatte, aber das war nicht der Fall. Denn jetzt wusste ich, dass ich die Aktion jederzeit wiederholen konnte. Ein paar Tage später steckte ich mitten in einer Menschenmenge, die dabei war, in die Straßenbahn einzusteigen, als ich zufällig nach unten blickte und die abgerundete, lederne Ecke einer Brieftasche aus der Jacke eines Mannes hervorlugen sah. Es fühlte sich an wie eine Einladung. Ein paar Stunden später schaute ich bei Schwester Dekker in ihrem Büro vorbei und ließ die Brieftasche vor sie auf ihren Schreibtisch fallen. Sie hob eine Augenbraue.

»Da drin sind mehrere Ausweise«, sagte ich. »Einer von seiner Arbeitsstelle, einer für irgendeine Organisation, bei der er Mitglied ist.« Ein Erfolg im Doppelpack.

»Kannst du noch mehr davon besorgen?« Weder gratulierte sie mir, noch war sie überrascht, aber das Mona-Lisa-Lächeln auf ihrem Gesicht zeigte mir, dass sie zumindest beeindruckt war. Ich nickte.

Und so wurde ich eine ernsthafte Taschendiebin, rempelte auf der Straße Leute an und ging mit ihren Brieftaschen davon, holte ganz nebenbei die Handtasche einer Frau aus ihrem Fahrradkorb, während sie in die andere Richtung schaute. Zweiundzwanzig Jahre als wohlerzogene junge Dame waren eine gute Ausbildung gewesen, weil ich äußerlich und in meinem Verhalten so ungefährlich wirkte – einfach ein gelegentlich etwas ungeschicktes junges Mädchen, das im Feierabendgedränge versehentlich mit jemandem zusammenstieß. In den folgenden Monaten stahl ich so viele Ausweispapiere, dass es mir fast vorkam wie eine Art Zusatzqualifikation, die ich nach dem Krieg genauso in meinen Lebenslauf einfügen könnte, als hätte ich ein bisschen Spanisch gelernt oder mich in Algebra weitergebildet. Endlich hatte ich das Gefühl, nützlich zu sein.

Und ich widmete mich nach meinem ersten Ausweisdiebstahl auch anderen Dingen:

Fing Hilfspakete ins Ausland ab und verteilte sie an die Amsterdamer Juden, die sie am meisten brauchten. Inzwischen durften Juden nur noch zwischen drei und fünf Uhr am Nachmittag einkaufen, und auf den Regalen der Geschäfte herrschte ein allgemeiner Mangel hinsichtlich der Grundversorgung mit Lebensmitteln und Medikamenten.

Belauschte Philine und Sonja, wenn sie sich über jüdische Freunde unterhielten, die plötzlich verschwunden waren.

Belieferte eine fünfköpfige Flüchtlingsfamilie, die sich am Ostrand der Stadt versteckte und auf eine Chance hoffte, über den Ärmelkanal zu gelangen, mit Lebensmitteln und Babysachen.

Gab den deutschen Soldaten absichtlich falsche Informationen, wenn sie sich in der Stadt verlaufen hatten und mich nach dem Weg fragten. Jedes Mittel, ihnen das Leben wenigstens ein winziges bisschen schwerer zu machen, war mir recht.

Beobachtete, wie die Deportationen anfingen. »Nach Westerbork, aber lediglich vorübergehend«, behauptete die SS. Die Züge fuhren jeden Dienstag. Nie kam jemand zurück.

Und ich dachte, es könnte nicht schlimmer werden.

Kapitel 7

Anfang 1943

Mittlerweile hatten wir uns an die gelben Sterne gewöhnt. Ich sage »wir«, obwohl es für Sonja und Philine natürlich anders war. Selbst nachdem ich die Ausweise gestohlen hatte, mussten sie jeden Tag die Entscheidung treffen, entweder mit dem falschen Ausweis und ohne gelben Stern nach draußen zu gehen oder den gelben Stern zu tragen und ihren richtigen Ausweis mitzunehmen. Beide Möglichkeiten bargen Risiken. Juden, die mit falschen Ausweispapieren erwischt wurden, konnten auf der Stelle verhaftet, nach Westerbork deportiert und von dort in ein sogenanntes Arbeitslager gebracht werden. Sobibor und Auschwitz waren die Namen, die mir am häufigsten zu Ohren kamen. Von beiden Lagern wusste ich nichts Genaueres, doch die Namen als solche gerieten immer mehr zu Waffen des Nazi-Terrors. Pflichtgemäß mit dem gelben Stern aus dem Haus zu gehen, wurde von den deutschen Soldaten oft als Einladung zur Schikane verstanden, Widerworte oder gar freche Antworten galten als Form des Widerstands. Viele Frauen, gleichgültig, ob jüdisch oder nichtjüdisch, fühlten sich draußen nicht mehr sicher, und so waren jüdische Mädchen erst recht zu ihrem Schutz meist in Zweier- oder Dreiergrüppchen unterwegs. »Im Viertel meiner Cousine gibt es jetzt so viele Sterne«, erzählte Sonja, »dass die Leute schon anfangen, es Hollywood zu nennen.«

Philine grummelte. »Manchmal lächeln mir auf der Straße

aber auch irgendwelche Leute zu und flüstern Dinge wie ›Bleib stark‹«, sagte sie, dankbar für die ermutigenden Gesten ganz gewöhnlicher Menschen, die sie wohl fast jeden Tag erlebte. »Ja, das stimmt«, bestätigte auch Sonja, »neulich hat es geregnet, und ein Straßenbahnschaffner hat neben mir angehalten und mir praktisch befohlen einzusteigen, damit ich nicht patschnass werde.« Da es Juden seit einiger Zeit verboten war, die Straßenbahn zu nehmen, hatte sie gezögert. »›Unsinn!‹, hat der Schaffner mit knallrotem Gesicht gebrüllt, und eine Frau, die ziemlich weit vorn saß, hat gerufen: ›Nimm doch dieses blöde Ding ab‹ – womit sie den gelben Stern meinte«, fuhr sie mit bewegter Stimme fort. »Aber das konnte ich nicht, weil ich Angst hatte, ein Soldat könnte uns beobachten. Und jetzt hatten wir auch noch eine Szene verursacht. Ich weiß, dass die Leute es gut meinten, aber konnte nur den Kopf schütteln, hab mich bei dem Mann bedankt, bin im Regen davongerannt.« Ich war erleichtert, dass ihre Geschichte so endete. Besser, unterkühlt und durchnässt zu sein, als verhaftet zu werden.

Irgendwann lösten Philine und Sonja das Problem, ob sie den Stern tragen oder die falschen Ausweise benutzen sollten, mit der naheliegenden Lösung: Sie gingen einfach nicht mehr aus. Das Haus verließen sie nur noch für notwendige Einkäufe im Lebensmittelladen oder bei der Bäckerei. Sonja ließ sich eine Zahnfüllung von einem jüdischen Zahnarzt machen, der in seiner Küche praktizierte und nur noch jüdische Patienten versorgte. Und Philine verbrachte viel Zeit bei Sonja zu Hause. Das Viertel der Polaks war offiziell als jüdisch eingestuft worden, jüdische Familien aus anderen Stadtteilen wurden gezwungen, hierher »umzusiedeln«. Die Stimmung war angespannt, die draußen stationierten Soldaten ebenfalls. Es war besser, die Gegend zu meiden.

Und dennoch. Trotz der ganzen uns aufgezwungenen Nazipropaganda wussten wir, dass die Sowjets in Stalingrad und auch anderswo in der Sowjetunion die Deutschen vernichtend geschlagen hatten. Natürlich wurden diese Niederlagen in den deutschen Zeitungen, die überall in der Stadt erhältlich waren, nicht erwähnt, aber der Tenor der Propaganda begann sich zu verändern. *»TOTALER KRIEG«* lautete nach der jüngsten Rede des Propagandaministers Joseph Goebbels die Schlagzeile. TOTALER KRIEG. So wollte man das deutsche Volk inspirieren und den Rest in Angst und Schrecken versetzen – und es funktionierte. Doch einen noch »totaleren« Krieg, als wir ihn bereits erlebten, konnte ich mir gar nicht vorstellen.

Ich war unterwegs zum Flüchtlingskomitee. Obgleich wir befreundet waren, hatten Nellie und Eva ihren eigenen Bekanntenkreis, und ich erzählte ihnen seit einer Weile nichts mehr von meinen Sorgen wegen Sonja und Philine. Meine Mitbewohnerinnen sahen zu, wie ich in Amsterdam herumrannte, Dinge für die Flüchtlingsorganisation erledigte, und sie mischten sich nie ein und stellten nicht allzu viele Fragen. Sie waren gute Freundinnen, boten mir immer etwas von ihrem Essen an und halfen mir, schwere Pakete die Treppe hochzutragen. Nellie und Eva waren nett, aber mit anderen Dingen konnten sie mir nicht helfen. Da brauchte ich Schwester Dekker und die Ablenkung durch meine Arbeit.

Das bescheidene, sparsam möblierte Büro des Flüchtlingskomitees heiterte mich immer auf – wenigstens gab es Leute in dieser Stadt, die etwas Nützliches taten. Und Schwester Dekkers ernste, unnachgiebige Präsenz war wie eine Rückversicherung, dass nicht alle Menschen in diesem Land das moralische Rückgrat verloren hatten. Um die Zeit, wenn ich am Vormittag eintraf, herrschte im Büro immer am meisten Betrieb. Doch als ich diesmal die Eingangstür öffnete, blieb ich abrupt stehen. Als Erstes fiel mir auf, wie still es war. Keiner aus der üblichen Freiwilligengruppe war anwesend. Dann schaute ich mich um und sah die Katastrophe. Die hervorragend organisierten Regale mit den Vorräten, die Dekker und wir Freiwilligen so gewissenhaft requiriert hatten – von medizinischen Geräten über warme Decken bis hin zu den Kartons mit Gummisaugern für Babyfläschchen –, sahen aus, als hätten hier wilde Tiere gewütet. Der makellose Fliesenboden war voller Schmutz, durchzogen mit den schwarzen Schlieren von Stiefelsohlen. Nur Lottie, eine von Dekkers Assistentinnen, war anwesend. Als sie mich entdeckte, begann sie sofort zu erzählen.

»Gestern Abend sind sie hier reingestürmt und haben alles mitgenommen, Hannie«, sagte sie. »Eine Kiste nach der anderen, einfach alles.« Lotties sonst rosiges Gesicht war aschfahl, sie kauerte auf dem Boden und versuchte, die wenigen noch herumliegenden Dinge in Kartons einzusortieren.

»Wo ist Dekker?«, fragte ich.

»Hannie, komm rein.« Dekker saß hinter ihrem massiven Eichenschreibtisch wie die Kapitänin eines Tankers, der durch einen wütenden Ozean wüst verteilter Papiere gesteuert werden muss. Private medizinische Akten, Tagesmemoranda, alle Beweise unserer harten Arbeit lagen verwüstet zu ihren Füßen. Dekkers muskulöse Arme ruhten auf den Armlehnen, in ihrem Gesicht spiegelten sich Empörung und Ekel. Wie alle Hilfsorganisationen waren auch die Flüchtlingskomitees offiziell neutral. Natürlich galt das auch für die Niederlande.

»Ich verstehe das nicht.«

»Sie haben hauptsächlich unsere Akten gesucht«, erklärte Dekker. »Aber als sie die ganzen Vorräte gesehen haben, haben sie die auch gleich mitgenommen.«

»Kann ich helfen?«

Dekker schüttelte den Kopf. »Außer Lottie habe ich alle nach Hause geschickt. Du solltest auch lieber gehen.«

Wut durchzuckte mich. »Aber wir müssen doch weiterarbeiten«, protestierte ich.

»Unser Büro existiert nicht mehr, Hannie«, sagte Dekker, als stelle sie eine schlichte Tatsache fest. »Und mich hat man der Einfachheit halber in ein Krankenhaus nach Den Haag versetzt.« Sie schüttelte den Kopf, etwas benommen von dem ganz offensichtlich strategisch gewählten Zeitpunkt ihrer Versetzung – man wurde sie hier, wo sie wichtige Arbeit leistete, auf einfache Weise los und schickte sie in eine andere Stadt, wo sie aller Wahrscheinlichkeit nach weniger lästige Widerstandskontakte hatte. »Du warst eine große Hilfe, Hannie. Deine Familie wohnt in Haarlem, richtig? Warte dort, bis sich die Dinge beruhigt haben.«

»Beruhigt?« Ich konnte mir nur weitere Eskalationen vorstellen.

»Wir befinden uns in einer neuen Phase. Die Arbeit, die du für mich erledigt hast …« – sie senkte die Stimme, damit Lottie sie nicht hören konnte –, »war sehr hilfreich.« Damit stand sie auf, und zum ersten Mal, seit wir uns begegnet waren, umarmte sie mich wie eine Mutter, drückte mich an ihre breite, warme Brust. Ich roch die Stärke und Bleiche ihrer weißen Schwesternuniform und leicht säuerlichen Schweiß. Weil sie immer so gefasst wirkte, hatte ich mir nie vorgestellt, dass sie schwitzen könne.

»Ich gehe nicht zurück nach Haarlem«, sagte ich. »Ich muss mein Studium abschließen.« Als ich es laut hörte, klang mein Vorhaben so töricht wie die Worte eines kleinen Kindes. Aber ich hatte nie etwas anderes in Erwägung gezogen, auch nicht vor dem Krieg. Und jetzt? So sehr ich sie liebte, mich im Haus meiner Eltern zu verstecken, war keine Lösung, für nichts.

Dekker nickte. Sie hatte nie versucht, mir etwas einzureden, und das tat sie auch jetzt nicht. »Nun gut. Ich habe etwas für dich. Komm mit.« Sie stand auf, und ich folgte ihr in den hinteren Lagerraum. Zwar waren die meisten Kisten mit dem Notfallmaterial und auch die Behälter mit den Wattestäbchen verschwunden, aber ein paar Dinge waren noch in den Regalen verblieben. Dekker nahm eine kleine Pappschachtel und reichte sie mir. Ich betrachtete das darauf gestempelte Etikett: *Zellulosebinden.*

»Das?« Wie sie wusste, hatte ich keinerlei medizinische Ausbildung.

»Es tut mir leid, das sagen zu müssen …«, begann sie, stockte dann und suchte nach Worten. »Die Soldaten haben alles gestohlen, was wir hatten, sogar die Binden und Gürtel, unglaublich. Aber wir haben noch ein paar von diesen, und die sind allemal besser als die alten Baumwolllappen, was?« Sie lächelte finster. »Frauen sind Expertinnen, wenn es um Blut geht. Los, Hannie, nimm es. Als kleines Dankeschön von mir.«

Während sie das sagte, schien ihr Blick mir irgendetwas übermitteln zu wollen, was ich, noch immer völlig überrumpelt von der Zerstörung dieses für mich heiligen Orts, jedoch nicht verstand. »Jetzt geh schon«, sagte sie und ging mit mir zur Tür, wo sie aus der Brusttasche ihrer weißen Uniform einen Zettel zog, um ihn mit einer raschen Bewegung durch einen Schlitz oben in die Schachtel zu schieben. »Falls du je mit mir Kontakt aufnehmen musst.«

»Danke«, antwortete ich verwirrt.

»Hannie, schau mich an.« Dekker packte mich an den Schultern, als sei ihr das, was sie zu sagen hatte, sehr wichtig. »Du hast großes Geschick gezeigt, du arbeitest hart, bist abgebrüht und viel raffinierter, als man es bei deinem Sommersprossengesicht vermuten würde.«

Ich war abgebrüht? Was für eine Ehre. Ich wurde rot.

»Wer weiß, wie lange dieser Krieg noch dauert?«, fuhr Dekker fort. »Wie schlimm wird es noch werden? Ich habe keine Ahnung. Niemand weiß das. Aber du kannst helfen, ganz gleich, wie lange es dauert, Hannie. Es gibt immer etwas zu tun für dich.«

»Ja«, erwiderte ich, unsicher, was genau ich bestätigte. Ich hatte einen Kloß im Hals, aber ich wollte nicht weinen, nicht hier, nicht vor ihr. Nichts von dem, was in meinem Leben hätte passieren sollen, war bisher passiert. Ich brauchte mehr Zeit.

»Jetzt weißt du, wie du Kontakt aufnehmen kannst, ja?« Sie klopfte mit dem Finger noch einmal auf meinen Karton.

»Was werden die mit den Akten machen?«, fragte ich. Ein paar der ehrenamtlichen Mitarbeiter des Komitees waren jüdisch. Bei dem Gedanken, dass sich ihre privaten Informationen – Namen, Adressen, Notfallkontakte – in den Händen der Nazis befanden, wurde mir übel.

Dekker lächelte. »Nichts. Ich habe alle Akten vor ein paar Wochen verbrannt.«

»Schwester Dekker!« Ich musste lachen.

Sie zuckte die Achseln. »Gott hat mir aufgetragen, ihm zu dienen, Hannie. Ihm ist es gleichgültig, welche Form dieser Dienst annimmt.«

Noch einmal nahm Dekker mich in den Arm und drückte mich an ihren Busen. Dann packte sie mich erneut an den Schultern, schob mich ein Stück weit von sich und betrachtete mich von oben bis unten, voller Zuneigung, genau wie meine Mutter es an meinem ersten Schultag getan und sich dabei vergewissert hatte, dass alle meine Knöpfe korrekt zugeknöpft waren. »Sei gut, Hannie«, sagte sie, und ihre Augen blitzten. »*Goed zijn, goed doen.*«

Sei gut, tu Gutes.

Ich nickte und verließ das Büro zum letzten Mal. Als ich davonging, überkam mich das feste, schreckliche Gefühl, dass ich Schwester Dekker niemals wiedersehen würde.

An einem sonnigen Tag konnte man auf den Straßen von Amsterdam den Horror durchaus für einen Moment vergessen. Der goldene Sonnenschein, das im Licht funkelnde Wasser der Kanäle, der blaue Himmel, die Kindergesichter – all das war noch immer wunderschön. Das sagte ich mir, als ich zu meinem Fahrrad ging. Und ich sagte es mir, als ich die Schachtel mit den Binden so in meinen Korb quetschte, dass sie nicht herausfallen konnten, und dachte es auch, als ich, mit dem Korb vornweg, hinten in ein Auto krachte, das so langsam die Straße entlangfuhr, dass ich dachte, es sei geparkt. Mein schweres altes Rad stürzte mit lautem Klirren aufs Kopfsteinpflaster, aber der Fahrer des Autos schien es nicht einmal zu bemerken. Der Teufel hole all das – das Auto, den Korb, diesen Krieg. Alles. Mühsam hob ich mein Fahrrad auf, trat so lange gegen das Schutzblech, bis es wieder dort war, wo es sein sollte, und fuhr um das Auto herum. Oder, besser gesagt, um das herum, was einmal ein Auto gewesen war. Es bewegte sich vorwärts, ruckelte, stoppte, bewegte sich dann mühsam ein Stückchen weiter, weil es keinen Motor hatte. Die alte schwarze Limousine wurde von einem schnaufenden, mit einem uralten Pfluggeschirr davor gespannten Arbeitspferd gezogen. Der Besitzer ging mit einer Gerte neben dem Gefährt her, als würde er über einen Acker trotten. Das Auto war vollgestopft mit Kleidungsstücken, Kochtöpfen und allen möglichen Haushaltsgegenständen – auf reifenlosen metallenen Radkränzen rollte es langsam die Straße hinunter. Der Hohlraum, in dem sich früher einmal der Motorblock befunden hatte, enthielt jetzt eine Holzkiste mit schartigem Alteisen. Kaufte oder verkaufte der alte Mann die Sachen? Wahrscheinlich beides. Und das alte Automobil diente ihm vermutlich als Wohnung und Transportmittel zugleich. Mir war bewusst, dass ich ihn anstarrte, und ich lächelte entschuldigend, als ich ihn überholte, doch er würdigte mich keines Blickes. Sowohl er als auch sein Pferd waren angeschirrt, konzentriert auf den nächsten Schritt, die nächste Minute, die nächste Mahlzeit. Die Klingel an meinem Lenker bimmelte kurz, als ich über eine Bodenwelle fuhr, und das Pferd wieherte. Ein willkommener Klang. Die meisten Haustiere Amsterdams, von Kanarienvögeln bis zu Hauskatzen und Hunden, waren seit geraumer Zeit verschwunden. Die Menschen hatten Hunger.

Während ich noch immer versuchte, in das pferdebespannte Auto zu spähen, sah ich um mich herum auf einmal eine ganz neue Stadt. Das besetzte Amsterdam. Eine Stadt, die in Schmutz und Staub versank. Ein einsamer Soldat in Wehrmachtgrün stand vor einer Backsteinmauer und übermalte mit ausladenden Pinselstrichen eine Abfolge rabiater, leuchtend roter *V*- und *VERZET*-Graffiti, die von Widerständlern nachts zuvor darauf hinterlassen worden waren, mit mattgrauer Farbe. *V* für *Victory*, Sieg, das Zeichen der Alliierten. Für *Verzet*, Widerstand. Ich fuhr vorüber, ließ den Schriftzug hinter mir, und als ich aufblickte, sah ich, dass die Mauer den Kopf des Soldaten nur wenig überragte und im Weiteren nur noch aus demolierten Backsteinen bestand. Die ganze Seite des Wohnblocks war zerstört, die Überbleibsel des zweiten Stockwerks aufgebrochen, es sah aus wie ein lebensgroßes Puppenhaus, die grüne Tapete eines Wohnzimmers war den Elementen ausgesetzt, durchzogen von Regenspuren und voller gespenstischer smaragdgrüner Rechtecke, wo einmal Bilder gehangen hatten. Wenn Juden abgeholt und nach Westerbork oder ins Gefängnis oder … wer weiß wohin verschleppt worden waren, wurden ihre Wohnungen gründlich ausgeräumt. Als Erste bedienten sich die deutschen Soldaten an allem, was wertvoll war und sich am einfachsten tragen ließ: Schmuck, Silberbesteck, Kunstgegenstände. Nach den Deutschen kamen die Nachbarn, von denen einige versuchten, die Besitztümer ihrer ehemaligen Freunde zu retten, andere hielten schlicht Ausschau nach irgendetwas Nützlichem, von Lebensmitteln über Seife bis hin zu Möbeln, die sich verheizen ließen. Dieses Gebäude hier war bereits abgeerntet, man sah es daran, dass es nicht von Soldaten bewacht wurde. Es gab nichts mehr zu beschützen. Philine hatte mir von solchen Häusern in ihrer Nachbarschaft erzählt, aber es wirklich mit eigenen Augen zu sehen, war ein Schock. Mein Leben lang hatte ich darauf gewartet, endlich nach Amsterdam zu ziehen, die stolze, kosmopolitische, geschichtsträchtige Stadt der Kunst, der Philosophen und Abenteurer. Eine im Goldenen Zeitalter erbaute Stadt. Was der Krieg – nein, die Nazis – dieser Stadt angetan hatten, war pervers. Und ich hatte die Augen zu lange davor verschlossen. Es war Zeit, mit Sonja und Philine zu reden.

»Sie ist nicht da, Fräulein.« Das Dienstmädchen der Frenks sah mich nervös an. Dieser Tage war jeder nervös, wenn er ein Klopfen an der Tür hörte.

»Ist sie zu Philine gegangen?«

Das Mädchen schüttelte den Kopf.

»Aber wo …?«

Anscheinend sah man mir meine Angst deutlich an, denn die Hand des Mädchens legte sich sanft und beschwichtigend auf meinen Arm. »Fräulein Sonja und Fräulein Philine wollten nur jemandem einen Besuch abstatten«, erklärte sie. »Frau Frenk hat sich die Adresse geben lassen.« Sie zeigte mir einen in Sonjas schnörkeliger Handschrift geschriebenen Zettel. Die Adresse kannte ich nicht.

»Beim Wertheimpark«, erklärte das Mädchen, »in der Plantage.«

Ich war seit Monaten nicht mehr in der Plantage-Gegend gewesen, einem hübschen Stadtteil im Zentrum, in der Nähe des Zoos, des Botanischen Gartens und anderer Attraktionen, die schon lange nicht mehr geöffnet waren. Auch die Hollandsche Schouwburg, das Holländische Theater, gehörte dazu. Beziehungsweise – auf einmal fiel mir ein, dass es ja umbenannt worden war – die Joodse Schouwburg. Das Jüdische Theater. In *De Waarheid*, der Widerstandszeitung, hatte ich gelesen, die Deutschen hätten das Gebäude in eine Art jüdisches Kulturzentrum umgewandelt. Wie an den meisten Orten, die den Juden vorbehalten waren, wimmelte es in der Gegend von deutschen Soldaten, und es gab überall Kontrollpunkte, was ungebetene Gäste abhielt. Bestimmt brannte von der jüdischen Bevölkerung niemand darauf, die Einrichtung zu besuchen, was auch immer die Nazis von der Erhaltung der jüdischen Kultur behaupteten. Was in aller Welt brachte Sonja dazu, diesen Ort aufzusuchen?

»Sind die beiden allein unterwegs?«, fragte ich.

»Fräulein Sonja hat gesagt, sie wolle eine Freundin besuchen. Eine Madame …« Das Mädchen kaute auf der Unterlippe und versuchte, sich an den Namen zu erinnern. »Rajah?«

»Rivka!«, rief ich und war erleichtert. Einigermaßen. Seit mehreren Wochen redete Sonja nämlich von dieser Frau, einer Zigeunerin, die in die Zukunft schauen konnte. Zumindest behauptete das Sonja, die uns schon ein paarmal bestürmt hatte, Madame Rivka zu besuchen – so sehr sehnte sie sich nach einer Vision jenseits des düsteren Gesichtskreises der Besatzung. Offenbar hatte ich nicht ganz begriffen, wie tief ihre Verzweiflung war.

»Danke«, sagte ich und schickte mich an, die Treppe wieder hinunterzugehen.

»Brauchen Sie denn die Adresse nicht?«, fragte das Dienstmädchen und hielt Sonjas Zettel in die Höhe.

»Die weiß ich doch«, antwortete ich, und das Mädchen sah mich verwirrt an. Aber Schwester Dekker hatte mir beigebracht, mir Adressen sogleich zu merken.

Kapitel 8

Die beiden Stadtteile lagen nicht weit voneinander entfernt – mit dem Fahrrad kaum mehr als fünfzehn Minuten –, und doch überraschte mich, wie sehr sich auch hier alles verändert hatte. Verschwunden war die ehemalige kleine grüne Insel voll pflanzenkundlicher Gärten und üppiger öffentlicher Parks. Als ich die Brücke überquerte, änderte sich die Atmosphäre plötzlich und wurde bedrückend, an jeder Straßenecke drängten sich Gruppen deutscher Soldaten, beäugten mich und die wenigen anderen Passanten argwöhnisch, während ihr Blick auf der linken Schulter meines Mantels verweilte, den gelben Stern suchend. Schon aus einiger Entfernung erkannte ich die geschwungenen Torbogen des im italienischen Stil erbauten Theaters. Im Kassenfenster hingen noch ein paar alte Plakate für ein Orchesterkonzert – ausschließlich von und für Juden. Vor dem Gebäude standen mehrere deutsche Soldaten. Ich bog ab, machte lieber einen Umweg um die andere Seite des Gebäudeblocks herum und nahm vom Theater den längeren Weg zu der Adresse, die ich mir gemerkt hatte.

Madame Rivka wohnte in der vierten Etage eines großen Wohnblocks, der von der Besetzung relativ unbeeinträchtigt zu sein schien, denn die Kalksteinfassade war noch glatt und weiß und die Treppe zum Hauseingang sauber gefegt. Ich ging hinein und wartete eine Minute am Aufzug, der irgendwo über mir mühselig schepperte. Schließlich beschloss ich, die Treppe hochzugehen. An den Treppenabsätzen strömte durch ein hohes, schmales Fenster Licht herein, vom Innenhof hörte ich Stimmen, hielt aber nicht inne, um nachzuschauen, sondern nahm auf der Suche nach meinen Freundinnen immer zwei Stufen auf einmal. Keuchend riss ich schließlich die Tür zum vierten Stockwerk auf.

»Hannie!«, ertönte Sonjas helle Stimme vom Ende des Korridors, und sie klatschte in die Hände. »Wie hast du uns gefunden?«

Auch Philine kam und umarmte mich fest. Mir war bewusst, wie nervös es sie derzeit machte, länger draußen unterwegs zu sein.

»Wart ihr schon bei ihr?«, fragte ich und hoffte, dass sie schon bei der Wahrsagerin gewesen und bereit waren, sich auf den Heimweg zu machen.

»Sie bereitet sich gerade auf uns vor«, antwortete Sonja und führte mich den Gang hinunter zu Madame Rivkas Wohnung. Diese hatte eine schlichte Holztür wie alle anderen, jedoch befand sich in der oberen Ecke des Eingangs ein kleines, gläsernes Symbol, geformt wie ein Auge.

»Das wehrt den bösen Blick ab«, erklärte Philine. »Sagt man.«

»Wir sollten lieber gehen«, drängte ich. »Ich muss mit euch reden.« Die Sache mit dem bösen Blick bestätigte nur meinen Argwohn bezüglich unserer Sicherheit.

»Mein Gott, Hannie – es ist immer noch legal, in der Stadt herumzulaufen«, erwiderte Sonja stirnrunzelnd.

Ich stampfte mit dem Fuß auf, und Madame Rivkas Tür klapperte im Türrahmen. »Im Büro des Flüchtlingskomitees hat es eine Razzia gegeben«, zischte ich. Am liebsten hätte ich laut geschrien. Erschrocken starrten meine Freundinnen mich an.

»Ist dir etwas passiert?«, fragte Philine besorgt.

»Nein, nein, alles in Ordnung«, antwortete ich. »Aber hört mir bitte zu.«

»Warst du dabei?«, fragte Sonja.

»Nein, sie haben auch niemanden festgenommen.« Die Worte überschlugen sich, als ich versuchte, ihnen alles auf einmal zu erklären. »Aber …« Beschwörend blickte ich den beiden ins Gesicht; Philine wirkte nervös, Sonja eher trotzig. »Ich habe nämlich eine Idee«, flüsterte ich.

Im gleichen Augenblick öffnete sich Madame Rivkas Tür einen Spaltbreit, ein Hauch von Weihrauch erfüllte das Treppenhaus, und wir drehten uns um. Madame Rivka war nicht die Hexe aus einem Märchen der Gebrüder Grimm, als die ich sie mir vorgestellt hatte. Ihre Haut hatte die Farbe starken Schwarztees, ihre Augen waren von einem aparten Haselnussbraun und ebenso wie ihr Mund umgeben von einem Kranz feiner Fältchen, Zeichen eines intensiven Gefühlslebens. Als Sonja begann, uns einander vorzustellen, hob Madame Rivka mit einer trotz des schweren Messing- und Silberschmucks, der ihre Finger und Handgelenke zierte, anmutigen Bewegung die Hand und deutete auf mich. »Du. Mit den roten Haaren.« Ihr Akzent schien irgendwo aus dem Osten zu stammen. »Komm.«

»Ich?«, fragte ich und wich einen Schritt zurück.

Sonja wirbelte herum und packte mich an den Schultern. »Wir können nachher reden, versprochen. Das hier wird dir Spaß machen. Und wir brauchen ein bisschen Spaß, Hannie.« Ihre Wangen waren gerötet vor Aufregung; endlich waren wir mal wieder aus dem Haus, unternahmen etwas, was sie sich gewünscht hatte, und sie wirkte so aufgeregt wie ein aus dem Käfig befreiter Vogel. Es brach mir fast das Herz.

»Also gut«, sagte ich. Dann würden wir eben nachher reden.

Sonja strahlte und schob mich vorwärts, während Madame Rivka sie und Philine mit höflichem Desinteresse betrachtete. »Ihr wartet. Hier draußen.«

Ich warf den beiden noch einen letzten Blick zu. »Bitte geht nicht weg«, sagte ich schnell, ehe sich die Tür auch schon hinter mir schloss.

Ein indigoblauer Vorhang hing in der Türöffnung zum Wohnzimmer, in dem Lampen mit fransenbesetzten Schirmen schummriges Licht verbreiteten. Der Duft von Weihrauch, Kerzenwachs und Tabak hing in der Luft, während der Boden mit einer Collage aus vielfarbigen, abgetretenen Orientteppichen bedeckt war. Madame Rivka postierte sich an einem kleinen, von einem rosaroten Seidenschal bedeckten Tischchen. Auf einem Porzellanuntersetzer erstarb ein schmelzender Kerzenstummel zu einer Wachspfütze, daneben befanden sich ein Kartenstapel, vermutlich Tarot, und eine große, exotische Muschel, gefüllt mit den Kippen eines Dutzends selbst gedrehter Zigaretten, daneben Zigarettenpapier und ein Päckchen Tabak. Noch nie im Leben hatte ich eine solche Muschel gesehen.

»Ich …«, begann ich, aber Madame Rivka hob sofort einhaltgebietend die Hand. Also verschränkte ich die Arme und lehnte mich auf meinem Holzstuhl zurück. In Ordnung. Ich würde ja sehen, was sie sich einfallen ließ. Was spirituelle Dinge anging, neigte ich zu noch mehr Skepsis als die stets vernünftige Philine. »Wird es lange dauern?«

»Du wolltest nicht kommen.«

Ich bedauerte es, unhöflich zu sein, hatte jedoch den Eindruck, dass man Madame Rivka nicht so leicht beleidigen konnte. »Es war jedenfalls nicht meine Idee«, gab ich zu.

Sie nickte. Statt nach den Tarotkarten zu greifen, nahm sie eins der hauchdünnen Papierchen und eine Prise Tabak und begann, eine Zigarette zu rollen. »Sag mir deinen Namen«, sagte sie.

Ich räusperte mich: »Hannie.«

Sie strich das Papier sorgfältig glatt und streute mit geübten, von vielen Jahren des Rauchens verfärbten Fingern einen schmalen Streifen Tabak etwa an der Mittellinie entlang. »Deinen richtigen Namen.«

»Ha!« Ganz gegen meinen Willen musste ich lachen und sah, wie sich auch Madame Rivkas Mundwinkel zu einem leisen Lächeln nach oben zogen. »Meine Eltern rufen mich Johanna«, sagte ich. »Jo.« Seit ich Sonja und Philine kannte, hatte ich mich kein einziges Mal mehr so genannt.

Doch jetzt widmete Madame Rivka ihre Aufmerksamkeit ausschließlich der dünnen Zigarette, die vor ihr lag, rollte sie zwischen den Fingern, glättete sie erneut und leckte schließlich sorgfältig über den Klebestreifen. Als sie damit fertig war, legte sie ihr Werk beiseite und blickte auf.

»So, so«, sagte sie nachdenklich. »Es ist also jemand gestorben?«

»Wie bitte?«

Madame Rivka legte den Kopf schräg, als wolle sie andeuten, dass ich die Einzige war, die hier für Verwirrung sorgte.

»Ich weiß nicht …«

»Selbstverständlich«, fuhr sie unbeirrt fort. »Und dieser Tod war zu viel. Für alle«, sagte Madame Rivka, und ihre Stimme klang sanft, fast musikalisch. »Aber was nun? Es sind viele Jahre vergangen.« Sie nahm die Zigarette erneut zwischen ihre knotigen Finger und drehte sie hin und her. Dabei sah sie mir tief in die Augen, dann legte sie die Zigarette wieder auf das rosa Seidentuch. »Der Tod ist real. Wir sterben alle. Das weißt du so gut wie jeder andere.«

Seit Annies Tod waren vierzehn Jahre vergangen, doch die Lehre daraus fühlte sich immer noch so an, als wäre es eben erst passiert. Der Tod war kein abstraktes Konzept. Er konnte jederzeit kommen, zu allen, ob sie es nun verdienten oder nicht. Selbst zu jemandem so voller Leben wie meiner großen Schwester. Der Tod hinterließ nichts. Nur Leere. Madame Rivkas tief liegende Augen blickten in meine, und zum ersten Mal seit Jahren fühlte ich neuen Schmerz, der die Schichten der vergangenen Zeit wegwischte von ihrer simplen Anerkennung dieser Tatsache. Meine Schultern beugten sich unter dem Gewicht der Trauer.

»Ja«, sagte ich. »Ich weiß.«

Madame Rivka nickte zwar, dennoch hatte ich das Gefühl, dass sie mir nicht glaubte. »Aber das war ihr Tod. Ich spreche jetzt von deinem.«

»Von meinem?« Obgleich es kühl war im Raum, klebte mir die Baumwollbluse an meinem verschwitzten Rücken. Madame Rivka beugte sich vor und hielt mir ein zartes handgefertigtes Glas mit goldenen Verzierungen entgegen, das mit etwas gefüllt war, das aussah wie Wein. Ich zögerte, denn ich war nicht sicher, ob es ratsam sei, etwas zu trinken, das mir diese Frau anbot. Andererseits war ich durstig und wollte diese Sitzung hinter mich bringen. Also nahm ich das Glas an und kippte den Inhalt auf einmal hinunter. Der Wein war süß wie Sirup, und die Süße brachte etwas in meinem Kopf zum Klingen. In meinem Herzen. »Madame Rivka, ich …«, begann ich, ohne recht zu wissen, was ich eigentlich sagen wollte. Ich schloss die Augen, und auf einmal entspannten sich die Muskeln in meinem Nacken und wurden weich. Wahrscheinlich, weil ich nur selten Alkohol trank.

»Ich habe dir nichts weiter zu sagen, meine kleine Rose«,

sagte Madame Rivka. Ihr Gesicht war sanft, ihre Augen freundlich. Sie lächelte. »Außer diesem: Auch du wirst sterben.«

Mir wurde eng um die Brust, und instinktiv holte ich tief und heftig Luft.

»Aber nicht heute. Und auch nicht bald«, fuhr sie beiläufig fort, fast so, als informiere sie mich, dass ich gerade meine Straßenbahn verpasst hatte. »Heute bist du am Leben, meine Kleine.«

Ich lächelte.

»Ist das lustig?«, fragte sie kühl.

»Nur … nur, weil ich eigentlich dachte, Sie würden mir etwas über meinen zukünftigen Ehemann erzählen. Oder meine Kinder.«

Ihre Augen wurden schmal. »Ist es das, was du hören wolltest?«

»Nein«, antwortete ich. »Überhaupt nicht. Ich dachte nur …« Von dort, wo ich saß, überblickte ich den Hinterhof. Wie vorhin schon hörte ich Stimmen von unten und kniff die Augen zusammen, um besser sehen zu können. »Was geht dort unten vor?«

Madame Rivkas Gesicht wurde düster, doch sie zog die Gardine zur Seite, um mir einen besseren Blick nach draußen zu verschaffen.

Dort unten war der freie Raum in der Mitte des Häuserblocks in Quadranten aufgeteilt. In dreien davon erkannte ich die übliche Anordnung kleiner Gärten, Wäscheleinen, die häuslichen Bestandteile einer dicht bevölkerten Stadt, eine bescheidenere, jedoch ähnliche Szenerie wie hinter Sonjas Haus. Im vierten Quadranten allerdings ging etwas ganz anderes vor sich.

Der Platz war grau, nichts Grünes oder Dekoratives, nur ein kahles Betonviereck, auf dem sich Menschen – erwachsene

Männer und Frauen – drängten. Einige unterhielten sich, zusammengekauert in kleinen Gruppen, andere diskutierten, wieder andere lehnten fast reglos an der Mauer, dort, wo es auf dem überfüllten Hof überhaupt möglich war. Selbst aus der Entfernung war zu spüren, dass Anspannung die Luft wie Elektrizität erfüllte.

»Ist das etwa der Hinterhof …« Ich erkannte das spitze weiße Dach des Gebäudes. »… des Schouwburg-Theaters?«, fragte ich.

Madame Rivka nickte und starrte mit mir hinunter auf die Menschenmenge. Ein paar der Leute schauten zu den Fenstern der Wohnungen empor, aber ich bezweifelte, dass sie hineinsehen konnten.

»Sie haben den Namen schon wieder geändert«, erklärte Madame Rivka, ohne den Blick abzuwenden. »Ein paar Soldaten haben die Schilder vor einigen Tagen gebracht, aber noch nicht aufgehängt: *Overslagpunt*. Jetzt tun sie nicht einmal mehr so, als wäre es ein Theater.«

Overslagpunt. Sammelplatz.

»Das sind Juden«, sagte ich und sah auf die Menschen dort unten.

Madame Rivka nickte.

»Werden sie deportiert?«, fragte ich naiv. In meinem Mund fühlten die Worte sich klebrig an.

»So hat es den Anschein«, sagte sie.

Wir blickten auf das Freiluftgefängnis hinunter wie Kinder, die sich in einem Glas gefangene Ameisen anschauen, beobachteten, wie sich die Menschen auf dem beengten Raum drängten und sich bemühten, trotz ihrer Nervosität ruhig zu bleiben. Die Schouwburg war nicht nur für Musiker eine Bühne gewesen, sondern auch für das stolze Bürgertum von Amsterdam, das sich in feinen Abendroben zu den Veranstaltungen begab, darunter juwelenbehangene Damen, Herren mit blitzblank polierten Schuhen. Jetzt trugen die Menschen dort mehrere Schichten nicht zusammenpassender Kleidung übereinander, um auf dem schattigen Hof weniger zu frieren, ohne Kopfbedeckung, die Gesichter stumpf und starr vor Angst.

»Können wir denn nichts für sie tun?«, fragte ich und suchte mit den Augen die an den Hof grenzenden Gebäude nach Feuerleitern oder sonst einer Möglichkeit ab, wie wir sie erreichen oder wie sie zu uns heraufklettern konnten. Doch die Mauern waren kahl, und mir wurde klar, dass jeder, der versuchte, von oben ein Seil hinunterzulassen, dabei von sämtlichen Fenstern der zahlreichen Büros und Wohnungen aus gut zu sehen war und diese Tat vor den Augen Dutzender nicht unbedingt gutnachbarlich gesinnter Fremder vollbringen würde, die möglicherweise eine Belohnung bekamen, wenn sie solch eine Beobachtung meldeten. Die auf dem Hof gefangenen Menschen sammelten sich wie die letzten Wassertropfen auf dem Grund eines verlassenen Brunnens.

»Sie transportieren seit Monaten Juden hierher und von hier weiter«, sagte Madame Rivka. »Drinnen im Theater sind noch Hunderte, sie gehen abwechselnd raus und rein.« Sie verwies mit einer Handbewegung auf die Fenster, die den Hof umgaben. »Manchmal werfen die Nachbarn etwas hinunter«, fuhr sie fort. »Aber nur nachts, wenn die Wachen es nicht sehen können. Sonst …« Jetzt erst bemerkte ich die Wachleute, die in kleinen Gruppen in den Ecken des Betonplatzes standen, das Gewehr einsatzbereit über der Schulter. »Sie verhaften jeden, der versucht, sich einzumischen.« Ich folgte ihrem Blick zu einem Fenster auf der anderen Seite des Hofs – von der zersplitterten Scheibe war kaum noch etwas übrig, die Wohnung dahinter vermutlich leer geräumt.

Vielleicht war es der Wein, vielleicht auch der Anblick der Menschen, die sich dort unten in der Hölle drängten. Oder die Erinnerung an das verwüstete Büro des Flüchtlingskomitees, das von einem Pferd gezogene Auto, der Ausdruck auf dem Gesicht des Dienstmädchens, die besorgten, hoffnungsvollen Stimmen meiner Freundinnen auf dem Korridor. Tod. Der Tod war entsetzlich. Und real.

Haltsuchend stützte ich mich auf den Tisch und umklammerte Madame Rivkas pergamentene Hand. »Sie müssen fliehen.«

Sie zog eine Augenbraue hoch. »Sie sitzen in der Falle«, sagte sie, bereit zuzugeben, dass selbst ihre Fähigkeiten, welche auch immer das sein mochten, den dort unten festgehaltenen Menschen nicht helfen konnten.

»Ich meine nicht die dort unten«, flüsterte ich und deutete mit einem Nicken zur Eingangstür ihrer Wohnung, vor der meine Freundinnen standen.

Madame Rivkas Gesicht veränderte sich. »Sind sie … deine Schwestern?«

»Ja«, antwortete ich, »sie sind für mich wie Schwestern. Freundinnen.«

»Wie alt bist du, Johanna?«

»Zweiundzwanzig.«

Sie lächelte.

»Du bist in einer schwierigen Zeit geboren«, sagte sie. »Es gibt nur eins, was du tun kannst.«

»Was?«, flüsterte ich, in der Hoffnung, es gäbe einen Zauber, den Madame Rivka bewirken könnte. Oder ein magisches Amulett. In diesem Augenblick war ich bereit, an alles zu glauben. Sie beugte sich vor und legte die von ihr gedrehte Zigarette in meine offene Hand und schloss meine Finger um sie. »Sei mutig.«

Noch einen Moment starrten wir einander an, dann lehnte sie sich wieder zurück und machte eine Kopfbewegung zur Tür. »Sag ihnen, sie sollen hereinkommen.«

Philine und Sonja saßen draußen auf dem Boden des Korridors. »Und?«, fragte Sonja und sprang auf die Füße. »Was hat sie gesagt? Wird er groß sein oder reich oder …«

»Warte«, unterbrach Philine sie und beugte sich zu mir. »Hannie, hast du getrunken?«

»Sie hat mir ein Glas Wein gegeben«, antwortete ich und wich der ersten Frage lieber aus. »Ihr müsst jetzt reingehen.«

»Du warst nicht sehr lange bei ihr«, sagte Sonja. »Aber sie hat dir die Zukunft vorhergesagt. Oder etwa nicht?«

»Geht einfach zu ihr«, sagte ich, »alle beide. Zusammen.«

Sonja runzelte die Stirn. »Was hat sie dir gesagt?«

In diesem Augenblick erschien Madame Rivka in der Tür, mit einem so heiteren Gesicht, dass es selbst mich für einen Moment beruhigte. »Kommt, ihr Hübschen«, rief sie lächelnd und winkte mit ihren schmuckbehangenen Armen. Sonja blickte zurück zu mir, noch immer neugierig, aber dann gingen die beiden brav hinein. An die Wand gelehnt glitt ich zu Boden und versuchte, meinen Atem zu beruhigen. Aber ich wusste, dass Madame Rivkas Rat vernünftig war. Eigentlich sagte sie ja auch nichts anderes als Schwester Dekker: Sei gut. Tu Gutes.

Sei mutig.

»Hannie.« Ich hörte, wie die Tür ins Schloss fiel. Ich war im Korridor hin und her gegangen, und jetzt, nach qualvollen fünf Minuten, kamen Philine und Sonja mit bleichen Gesichtern wieder aus Madame Rivkas Wohnung.

»Was hat sie …?«, begann ich zu fragen, aber Philine hob die Hand, um mich zum Schweigen zu bringen.

Sonjas Gesicht war fleckig, ihre Augen nass. »Dr. Bern«, sagte sie mit zitternden Lippen. »Ich hab ihn da unten gesehen.« Schluchzend drückte sie ihr Gesicht in ein Taschentuch, um das Weinen zu dämpfen. »Man hat uns gesagt, er sei in Leiden.« Wieder brach ihre Stimme.

»Das ist der Hausarzt ihrer Familie«, erklärte mir Philine mit leiser Stimme. »Er ist vor einer Woche verschwunden; die Gestapo hat behauptet, er würde in einem Krankenhaus in Leiden gebraucht, aber …«

»Er ist hier«, ergänzte ich den Satz, und sie nickte. Ich hatte Gerüchte gehört von den unterschiedlichen Methoden, mit denen die SS Juden zusammentrieb – ganze Wohnblocks wurden vollständig geleert, junge jüdische Männer einfach auf der Straße verhaftet. Oder es wurden Menschen höflich ersucht, dem Reich bei den verschiedensten Aufgaben behilflich zu sein. Doch die Szene im Hof der Schouwburg war letztlich der Beweis dafür, dass auch die schlimmsten Gerüchte der Wahrheit entsprachen.

»Madame Rivka hat gesagt, sie werden alle nach Westerbork gebracht«, sagte Philine und schaute mir ins Gesicht, als brauche sie von mir eine Bestätigung. Als ich nickte, legte sie sich ihre Hand instinktiv auf die Brust, als wolle sie ihr Herz schützen. Und sie schüttelte den Kopf.

»O Philine«, sagte ich. »Sonja.« Zu dritt standen wir zusammen und hielten uns aneinander fest. Sonja lehnte ihren Kopf an meine Schulter, und ihr Körper zuckte unter ihrem leisen Schluchzen. Hinter der Tür einer Nachbarwohnung hörten wir schlurfende Schritte.

»Zeit zu gehen«, sagte Philine und wandte sich zur Treppe.

Ja, unbedingt. Im Stillen dankte ich Madame Rivka. Es war Zeit.

Kapitel 9

Wir verließen Madame Rivkas Wohnblock und betraten eine dunklere Welt. Philine und Sonja schwiegen, und ich wusste, sie hatten genau wie ich begriffen, dass diese Stadt, in der sie und ihre Familien geboren waren, nicht mehr ihre Heimat war. Hand in Hand und mit gesenkten Augen gingen sie nebeneinanderher, bis wir die Brücke überquert und das Plantageviertel mit dem jüdischen Theater hinter uns gelassen hatten. Ich war nicht in so großer Gefahr wie meine Freundinnen, aber in den Zeitungen war jeden Tag zu lesen, dass Menschen aufgrund der kleinsten Gesten als »Judenfreunde« verhaftet und in Arbeitslager deportiert wurden.

»Kommt, hier entlang«, sagte ich, und bog, mein Fahrrad am Lenker neben mir herschiebend, von der Hauptverkehrsstraße in ein Seitensträßchen ab. Es war inzwischen später Nachmittag, doch obwohl die Sperrstunde erst um acht Uhr abends begann, fühlte es sich sicherer an, sich möglichst unauffällig zu verhalten. Natürlich kannten wir die Propaganda, die man den Soldaten der Wehrmacht vor der Besatzung erzählt hatte: Scharen wunderschöner blonder Mädchen mit traditionellen weißen Hauben und Holzpantinen würden die deutsche Armee mit Tulpen empfangen. Aber das passierte nicht. Wir hatten sie nicht als Brüder willkommen geheißen, sondern uns verschlossen wie Blumen in der Abenddämmerung, hatten unsere Gesichter vor dem eindringenden Schatten versteckt. Insgesamt waren die Niederländer für die deutschen Besatzer eine große Enttäuschung gewesen, was zu einer immer stärkeren Präsenz deutscher Überwachung geführt hatte. Wir gingen so schnell, wie wir konnten, ohne Aufmerksamkeit zu erregen. In den Schaufenstern hingen Dutzende mit dem Hakenkreuz versehene Schilder, die jetzt in jedem Geschäft vorgeschrieben waren: *JUDEN VERBOTEN, EINLASS FÜR JUDEN NUR ZWISCHEN 15 und 17 UHR*. Ein Laden hatte den Ladentisch samt Kasse an die Eingangstür geschoben – ein Versuch, die jüdische Kundschaft zu bedienen, ohne das Gesetz zu übertreten. Natürlich konnte sich das Gesetz morgen schon wieder ändern.

Wenige Minuten später gelangten wir auf die Straße, in der Sonja wohnte, und ich entdeckte Becker rauchend auf seinem üblichen Posten. Nur – es war gar nicht Becker. Der Soldat war größer, hatte braune Haare und war einfach ein anonymer Soldat, der gelangweilt auf und ab schritt. Noch hatte er nicht in unsere Richtung geschaut. Ich hielt an und drückte Philine mein Fahrrad in die Hand. »Nimm es«, zischte ich, aber sie sah mich an und runzelte die Stirn. »Nimm es!«, wiederholte ich, und sie übernahm endlich den Lenker, war jedoch immer noch verwirrt. Ich konnte nichts erklären, ich handelte instinktiv. Meine Papiere waren in Ordnung. Wenn Philine ein Fahrrad hatte, würde man sie vielleicht nicht befragen, und ich hoffte, dass Sonja mit ihrem Äußeren und ihrem Charme die Situation meistern würde. Falls es dazu kam.

»Guten Tag«, grüßte ich den Soldaten beim Näherkommen höflich, in der Hoffnung, dass er uns einen Vertrauensvorschuss gewähren würde, wenn ich ihn in seiner Muttersprache grüßte. Tatsächlich blickte er auf und lächelte. Aber dann runzelte er die Stirn. Drei Mädchen, ein Fahrrad?

»Guten Tag«, antwortete er und musterte uns forschend.

Normalerweise versuchte ich, solche Begegnungen mit deutschen Soldaten mit Geplapper über das Wetter auszufüllen, aber jetzt schwieg ich lieber – aus Angst davor, was mir eventuell herausrutschen würde, nachdem ich gerade den Horror auf dem Hof des Theaters gesehen hatte.

»Zigarette?« Mit einem raren Päckchen der Wehrmachtration kam er auf uns zu und schüttelte ein paar Zigaretten heraus. Großzügig. Verdächtig großzügig. Ich wollte gerade ablehnen, als Philine die Hand ausstreckte und sich eine Zigarette nahm. »*Bedankt*«, sagte sie auf Holländisch. Danke. Der Soldat lächelte wieder. Vielleicht war er ein netter Mensch, aber das war mir gleich. Ich traute ihm nicht. Philine war schlau – und mutig –, das Angebot anzunehmen. Um einen Konflikt mit einem Soldaten abzuwenden, war jedes Mittel recht. Auch Sonja nahm sich eine Zigarette.

»Nein, danke«, sagte ich, denn mir war plötzlich die selbst gedrehte Zigarette von Madame Rivka eingefallen, die noch in meiner Manteltasche steckte. Ich fischte sie heraus, hielt sie hoch und wartete, bis ich beim Anzünden an der Reihe war. Da Streichhölzer Mangelware waren, zündeten wir unsere Zigaretten immer am brennenden Ende einer anderen an, und so sah ich zu, wie erst Philine, dann Sonja sich dem glatten Gesicht des jungen Deutschen bis auf wenige Zentimeter näherten und mit einer Vertraulichkeit, die mich verunsicherte, ihre Zigaretten an seiner anzündeten. Allerdings sah ich auch, dass Sonjas Hand dabei zitterte. Sobald ihre Zigarette rot glühte, erlöste ich sie und hoffte, dass meine Hand ruhiger sein würde. Doch als ich Madame Rivkas Zigarette an die rote Glut hielt, erstarrte ich. Madame Rivka hatte etwas auf die Zigarette geschrieben, und als ich ganz dicht am Gesicht des jungen Mannes war, konnte ich die Buchstaben, geschrieben in schwacher, blauer Tinte, entziffern: *OZO*.

OZO? »*Oranje Zal Overwinnen*«, hatte der Polizist, der mich den ersten Ausweis hatte stehlen lassen, damals im Park zu mir gesagt. Oranje wird siegen. Es war der Schlachtruf des Wiederstands, diesmal von Madame Rivka.

Für Raffinesse war keine Zeit mehr, also klemmte ich die Zigarette ungeschickt zwischen die Finger und bemühte mich, die Buchstaben zu verbergen, so gut es ging. Zum Glück schien der Soldat nichts zu bemerken, sondern grinste nur zufrieden über seine eigene Großzügigkeit, und ich entspannte mich etwas.

»*Bedankt*«, sagte Philine erneut und schob das Fahrrad weiter. Am Fuß der Eingangstreppe zum Haus der Frenks ließ sie es krachend fallen, und wir sausten hinein und rannten keuchend die Treppe zu Sonjas Zimmer hinauf. Sonja und Philine rauchten ihre deutsche Zigarette am offenen Fenster fertig, ich drückte meine sofort aus und riss sie, um ganz sicherzugehen, in kleine Stücke, bevor ich sie hinauswarf. Madame Rivkas Verwegenheit schockierte mich genauso, wie mich das Wohlwollen des Polizisten überrascht hatte. Gefreut, inspiriert, aber auch beunruhigt. Warum dachten sie, dass sie mir vertrauen konnten? Gehörte Madame Rivka etwa zum Widerstand? Glaubte sie, dass auch ich dabei war?

Objektiv hatte sich nichts verändert, seit wir alle heute Morgen aufgewacht waren und unseren Tag begonnen hatten. Von Reichskommissar Seyß-Inquart waren keine neuen Bestimmungen erlassen worden; keine SS-Männer in grauen Jacken waren mit ihrem grässlichen Papierkram an der Tür erschienen. Aber was wir gesehen hatten, das hatten wir gesehen. Selbst hier in Sonjas Zimmer, einer Oase der Schönheit, in der wir uns sonst immer vor den Mächten der Abscheulichkeit draußen in

Sicherheit gefühlt hatten, selbst hier hatten wir Angst. In den Gesichtern meiner Freundinnen konnte ich sie sehen, ich erkannte sie an den Sorgenfalten in den Winkeln von Philines tiefbraunen Augen und auch daran, wie Sonja auf ihrer Unterlippe kaute.

Aus der Karaffe, die Sonja neben dem Bett stehen hatte, goss sie uns allen ein Glas Wasser ein, und wir tranken wie atemlose Athletinnen, die gerade ein Rennen hinter sich gebracht hatten. Philine zupfte am Saum ihres Rockes, tief in Gedanken versunken. Und in Sorge.

»Ihr habt doch bestimmt schon von den *Onderduikers* gehört, oder?«, begann ich und versuchte krampfhaft, meine Stimme ruhig klingen zu lassen.

Philine schnappte leise nach Luft, ohne den Blick von ihrem Kleid zu heben. Sonja drehte sich zu uns um.

»Nein«, sagte sie. »Ich kann nicht.«

»Sonja …«, stieß Philine hervor. Als sie aufblickte, schimmerten Tränen in ihren Augen.

»Nein«, wiederholte Sonja. »Ich hab euch doch gesagt, ich gehe nach Amerika. Ich werde nicht in einem Käfig leben.«

»Davon rede ich auch gar nicht.« *Onderduikers*: Wir alle kannten das Wort. Untertaucher, ein Euphemismus für das, was Juden tun mussten, um zu überleben. Untertauchen, sich verstecken. Die Niederlande waren so groß wie die Schweiz, aber wir hatten nur flaches Land und Wasser. Deshalb mussten Juden sich im Untergrund verstecken. In Kellern, Scheunen, Abstellkammern, Ställen … Beim Flüchtlingskomitee hatte ich eine Geschichte von einer jüdischen Familie gehört, die auf einen Bauernhof gezogen war und in einem Heuhaufen gelebt hatte. Ich konnte mir nicht einmal vorstellen, wie das möglich sein sollte.

»Es gibt Menschen, die helfen wollen«, fuhr ich fort und dachte an Schwester Dekker. »Sie werden eine Bleibe für euch finden – ein Zuhause, bei einer Familie.«

»Nein«, beharrte Sonja, und ihr Gesicht lief rot an. »Wir können jetzt nicht gehen. In Russland verlieren die Deutschen doch, oder nicht? Erst gestern Abend beim Abendessen hat meine Tante davon erzählt. Da wird sich das Blatt sicher bald wenden. Zum Besseren, richtig?«

»Die Antwort lautet Nein«, sagte Philine leise und schüttelte den Kopf. »Vorerst wird es bestimmt nicht besser, Sonja. Sondern schlimmer. Du hast doch gesehen, was auf dem Theaterhof geschieht.«

»Aber«, sagte Sonja und drehte sich wieder zum Fenster um. Mir wurde klar, dass ich ein Gespräch beobachtete, wie es in meiner Abwesenheit schon Dutzende Male stattgefunden hatte. »Wie kannst du bei Fremden in einem Keller leben? Und nie nach draußen gehen, nie frische Luft atmen?« Sie war den Tränen nahe. »Stell dir das doch mal vor, Philine.«

Ärgerlich stand Philine auf. »Du weißt doch, was man über Polen sagt, über Litauen? Dass Juden auf der Straße einfach erschossen werden? Mein Gott, Sonja«, sagte sie, und jetzt wurde ihre Stimme wieder sanfter. »Du hast es doch heute gesehen.«

»Hier ist es anders als in Polen«, murmelte Sonja, und ihre Stimme versagte.

»Ist Dr. Bern deshalb im Schouwburg-Theater eingesperrt?«, fragte Philine freundlich, aber bestimmt. »Weil es hier anders ist?«

Sonja schwieg, ihre Brust hob und senkte sich in dem Bemühen, ruhig zu atmen.

»Ich helfe euch«, sagte ich. Die Worte kamen mir einfach so über die Lippen, ebenso überraschend wie die Tränen.

Meine beiden Freundinnen wandten sich mir zu, als hätten sie ganz vergessen, dass ich noch da war, und schauten mich mit einer Mischung aus Liebe und Mitleid an. Mein Herz hämmerte. Ich hatte nicht geplant, so etwas zu versprechen – ich hatte den beiden nichts anzubieten –, und dennoch musste ich es tun.

»Du bist sehr lieb, Hannie«, sagte Sonja.

»Ich meine es ernst«, sagte ich. »Ich habe inzwischen einige Kontakte und … sie werden wissen, was zu tun ist.« In Wahrheit war Schwester Dekker mein einziger Kontakt. Aber sie war eine Frau, von der ich mir vorstellen konnte, dass sie Untergetauchte beherbergte. Oder zumindest wusste, wie man jemanden finden konnte, der dazu bereit war. Bestimmt hatte sie Kontakte zum Widerstand, auch wenn sie nie darüber gesprochen hatte.

»Sonja?« Die Stimme von Sonjas Mutter war von irgendwo unter uns zu hören. Mit großen Augen blickten meine Freundinnen einander an.

»Meine Eltern haben geschworen, sich niemals zu verstecken«, flüsterte Sonja, ihre Stimme erstickte in einem Schluchzen. »Und … und ich bin noch nicht bereit, nach Amerika zu gehen, ich habe noch keine Vorkehrungen getroffen.«

Philine nickte und schlang den Arm um Sonjas zitternde Schultern. »Es ist zu spät.«

Als Sonja das hörte, ließ sie sich an Philines Brust sinken und begann zu weinen. »Ich weiß«, schluchzte sie und rang nach Atem. »Ich weiß … Aber selbst wenn ich mit euch gehen würde, was ist mit meiner Familie?« Philine und ich wechselten einen Blick: Sonja wehrte sich nicht mehr gegen uns. Es fühlte sich an wie ein Sieg – und zugleich wie eine Niederlage.

»Sie kennen Leute aus dem Judenrat«, sagte Philine und

strich Sonja sanft über den Kopf. »Das sagst du doch auch immer.«

»Ja.« Sonjas Atem begann sich zu beruhigen. »Ja«, wiederholte sie, als müsse sie sich selbst überzeugen. »Wahrscheinlich ist es sowieso sicherer, wenn wir uns trennen. Wir können uns ja nicht alle zusammen verstecken.« Wir nickten, ohne den Blick von ihr zu wenden. »Irgendwie werden sie rauskommen«, sagte Sonja mit erstickter Stimme, »sie werden bestimmt eine Möglichkeit finden.« Dann schloss sie erschöpft die Augen, und ein Schauder schüttelte ihren Körper. Philine hielt sie fester und blickte mich suchend an.

»Hannie?«, sagte sie. Auch Sonja blickte zu mir. Erst allmählich sickerte die enorme Tragweite dessen, was ich gerade in Aussicht gestellt hatte, in mein Bewusstsein, und ich erschrak.

»Bleibt hier, ich bin bald zurück«, versprach ich.

Auf direktem Wege radelte ich zum Büro des Flüchtlingskomitees. »Schwester Dekker? Ich bin's, Hannie.«

Lottie war nicht mehr da. Der Hauptraum war leer, überall lagen noch die bei der Razzia verstreuten Papiere. Ich ging ganz nach hinten, zu Dekkers Büro, und stürzte hinein – die Dringlichkeit hatte mein Gefühl für Anstand völlig ausgelöscht. »Schwester Dekker?«

Aber auch Schwester Dekker war nicht mehr da. Das Zimmer war leer, abgesehen von Dekkers nacktem Schreibtisch und den Reihen leerer Regalbretter. War Dekker verhaftet worden? War sie bereits auf dem Weg nach Den Haag? Verloren stand ich in dem leeren, hallenden Raum. Höchstwahrscheinlich war Dekker einfach nach Hause gefahren. Aber ich hatte keine Ahnung, wo sie wohnte, und wenn ich jetzt jemanden nach ihr fragte, würde ich sie nur in Gefahr bringen. Allein, dass ich mich hier in diesem Gebäude befand, erschien mir plötzlich äußerst töricht – als hätte ich mich in eine Falle begeben. Hektisch rannte ich wieder nach draußen. In meiner Ratlosigkeit fuhr ich zurück zu Sonjas Haus, um nach meinen Freundinnen zu sehen. Philine kam die Treppe herunter, und wir trafen uns in der Eingangshalle.

»Ich bleibe heute Nacht hier«, erklärte sie mit leiser Stimme. Seitdem die Sperrstunde eingeführt worden war, übernachtete sie des Öfteren bei Sonja. »Ich werde versuchen, sie zur Vernunft zu bringen«, flüsterte sie weiter. »Morgen bin ich wieder bei meinem Vater. Können wir uns dort treffen? Irgendwann am Nachmittag?«

»Klar«, antwortete ich. »Bis dann!«

Wir umarmten uns. Nur ungern ließ ich sie wieder los, meine Hand verharrte in der ihren und drückte sie fest. Dann wandte ich mich widerwillig zum Gehen.

»Warte, Hannie«, sagte Philine und holte mich ein, ehe sich die Tür hinter mir schloss. »Was hat Schwester Dekker gesagt?«

Einen Moment hielt ich die Luft an. Philines Gesicht war blass, aber voller Hoffnung, ihre Augen weit aufgerissen.

»Sie kümmert sich«, antwortete ich. »Morgen weiß ich mehr.«

»Danke, Hannie«, sagte Philine mit erstickter Stimme. »Und bitte richte Schwester Dekker auch meinen herzlichen Dank aus.«

»Das werde ich«, versprach ich, im Wissen meiner Lüge. »Dann sehen wir uns morgen.«

Ich konnte nur hoffen, dass wenigstens das wahr werden würde.

Kapitel 10

Spät in der Nacht kehrten Nellie und Eva in unsere Wohnung zurück. Ihr Flüstern drang in mein Halbbewusstsein, dunkel und geheimnisvoll. Konspirativ. In meinem Traum verschworen sie sich gegen Sonja und Philine und wollten mich daran hindern, meinen Freundinnen zu helfen. Mit wild klopfendem Herzen schreckte ich auf. Angst und Sorge hatten mich gefunden, selbst in meinen Träumen.

»Hannie?« Nellie blickte zu mir herüber. Sie und Eva saßen auf Evas Bett und tranken Tee.

»Entschuldige«, antwortete ich. »Ich hab nur geträumt.«

»Hast du Fieber?«, fragte sie. Mein durchgeschwitztes Nachthemd klebte an meiner Brust, und ich zog es weg und atmete tief ein und aus.

»Nein, ich bin nur überhitzt«, erklärte ich. Dabei war mir, wenn überhaupt, eiskalt.

»Du hast diesen Karton hier auf der Treppe stehen lassen«, sagte Eva und reichte mir eine Schachtel.

Natürlich war es der Karton von Schwester Dekker – ich hatte ihn vergessen, als ich den Schlüssel ins Schloss manövrierte. Wie nachlässig von mir, den Karton im Treppenhaus zurückzulassen, wo er im Handumdrehen gestohlen werden konnte. Die meisten Bagatelldiebstähle schoben wir den deutschen Soldaten in die Schuhe, aber ich hätte es durchaus auch jedem meiner Nachbarn zugetraut, die Binden einfach an sich zu nehmen. Ich schob die Schachtel unter mein Bett. »Danke«, sagte ich verlegen zu Nellie.

Etwa um drei Uhr morgens erwachte ich wieder und hörte das leise Schnaufen der beiden Mädchen in ihren Betten. Noch immer staunte ich darüber, dass die Stadt mitten im Krieg so still sein konnte. Ich starrte auf die Ecke der Fensterscheibe, wo ein kleiner, fedriger Riss die frostige Nachtluft einließ und Tausende winzige Eiskristalle zu wachsen begannen. Eine halbe Stunde verging, während ich zusah, wie die Eisblumen erblühten und sich ausbreiteten, wie sich in den letzten drei Jahren auch die Kälte in den Gedanken meiner Landsleute ausgebreitet hatte. Die Straßen der Stadt waren voller braver Bürger, die versuchten, trotz der allgegenwärtigen Gewalt und der Tatsache, dass hinter jeder Ecke Männer mit Gewehren standen, ihre Würde zu bewahren. Im Lauf der Zeit hatte die Aggression sich nach innen, gegen uns selbst gewandt. Jeden Tag führte ich tausend Selbstgespräche, diskutierte mit mir über richtige und falsche Methoden, wie das Leben unter der Besatzung zu führen war, über bessere und schlechtere Strategien, wie mit der fortschreitenden Gewöhnung an die Naziherrschaft umzugehen war. In den Niederlanden verlief keine Front. Dafür jedoch entstand eine Front in den Köpfen der Menschen. Dort führten wir den Krieg.

Zum zweiten Mal in dieser Nacht setzte ich mich im Bett auf.

Die Schachtel.

Um Nellie und Eva nicht zu wecken, zog ich, so leise ich konnte, den Karton unterm Bett hervor und zog ihn an die Stelle, wo das Mondlicht auf mein Laken fiel und ich ihn besser in Augenschein nehmen konnte. Das Geschenk war mir schon in dem Moment, als Schwester Dekker es mir gegeben hatte, seltsam vorgekommen. Sie war immer umsichtig, aber eine ganze Schachtel Binden mitten in dem Chaos, das an jenem Morgen in ihrem Büro geherrscht hatte, zur Seite zu stellen, war selbst für sie ungewöhnlich. So schob ich meine Fingerspitzen unter die Papplaschen des Pakets und zog sie so langsam und lautlos wie möglich heraus, wobei ich die Webstruktur der eng gerollten Baumwollbinden bereits ertasten konnte. Doch dann berührten meine Finger etwas anderes. Glattes.

Ich zog es hervor und hielt es ins Mondlicht – es war ein kleiner weißer Zettel.

Jan
Tabak & Sigaren
Lange Begijnestraat 9
Haarlem

Das war nicht Schwester Dekkers Adresse, sondern die eines Ladens in meiner Heimatstadt. Aber wer war Jan? Ich blickte wieder in die Schachtel, auf der Suche nach mehr. In Reihen gepackt lagen die Binden wie ordentliche kleine Brotlaibe vor mir – abgesehen von einer in die Ecke gequetschten, etwas aus der Form geratenen Binde. Ich zog sie heraus. Es war eine echte Kotex-Binde. Vielleicht die letzte? Ich drehte sie um, inspizierte sie im Mondlicht. Sie sah ganz normal aus. Ich tastete sie vorsichtig ab, dann entdeckte ich, dass auf der gepolsterten Oberfläche ein Symbol gekritzelt war.

OZO.

Ich schnappte nach Luft, und Nellie murmelte etwas im Schlaf. Schnell schloss ich den Mund und starrte auf die Kotex-Einlage, als handle es sich um eine religiöse, machtglühende Ikone.

Nellies Bettfedern quietschten wieder unter ihren Bewegungen, und ohne richtig darüber nachzudenken, schlich ich auf Zehenspitzen hinüber zum Kamin. Dort schürte ich die letzte Glut und steckte die Binde samt dem Zettel in Brand, eine hell auflodernde Flamme, die schließlich in sich zusammensackte und auf dem Kaminrost zu Asche zerfiel. Ich wusste genau, wo dieser Tabakladen sich befand.

Schon immer hatte ich mich für ein auffällig unauffälliges niederländisches Mädchen gehalten. Still. Brav. Vielleicht auch klug. Auf jeden Fall gut darin, meine Pflicht zu erfüllen. Bis vor Kurzem hatte das bedeutet, dass ich jeden Tag meine Hausaufgaben erledigte und mir die Zähne putzte. Bedeutete die Pflicht vielleicht zum ersten Mal etwas Tieferes? Jemand musste dafür sorgen, dass Sonja und Philine nicht im Hinterhof des Schouwburg-Theaters landeten, und außer mir gab es niemanden, der das bewerkstelligen konnte. Also musste ich es tun.

Ich döste bis zum ersten Morgenlicht. Als ich hörte, wie Nellie und Eva sich rührten, öffnete ich die Augen und sah, wie Eva aus der Tür schlüpfte. Nellie wirkte nervös.

»Was ist los?«, fragte ich.

»Hannie.« Nellie saß, die Knie eng aneinandergepresst, mit abgeknabberten Fingernägeln auf ihrem Bett und zupfte Flusen von ihrem Wollpullover. Ihr Gesicht war voller Angst und Sorge. »Hast du noch nichts davon gehört?«

»Wovon denn?« Ich schwang die Beine über die Bettkante und schubste den Karton mit meinen nackten Fersen tiefer unters Bett.

»An der Universität gibt es Gerüchte, Hannie«, sagte Nellie.

»Was? Welche Gerüchte?« Mein Magen rumorte. Fast erwartete ich, dass jeden Moment ein Wehrmachtsoldat aus dem Schrank sprang. Mein Mund war trocken. Nellie blickte aus dem Fenster, als könnte von der Straße womöglich noch mehr Tratsch zu uns hereinwabern. »Es gibt Leute, die sagen, dass die Nazis alles dichtmachen. Andere reden davon, dass in jedem Seminarraum SS-Offiziere stehen werden. Ich weiß es nicht genau. Aber Eva ist mit ihrem Freund losgezogen zur Uni, um nachzuschauen.«

»Ist das nicht gefährlich?«, fragte ich. Noch ehe ich den kurzen Satz zu Ende gesprochen hatte, war Nellie dabei, sich die Jacke überzuziehen, als könne sie die Spannung nicht mehr aushalten und müsse es selbst herausfinden.

»Ich weiß es nicht genau«, wiederholte sie. »Komm doch bitte mit.«

Wir schwangen uns auf unsere Fahrräder, und als wir uns nach zehn Minuten der Universität näherten, wurde uns, noch bevor wir ans Ziel gelangten, klar, dass irgendetwas ganz und gar nicht stimmte. Überall sahen wir Gruppen von Studenten, die miteinander sprachen, die die Köpfe zusammensteckten, gemeinsam ein Papier lasen und sich dabei gegenseitig über die Schulter spähten. Einige Mädchen weinten, einige junge Männer redeten übertrieben laut. Wir ließen unsere Räder ausrollen und kamen am Rand der großen Wiese zum Stehen. Ein paar Studenten hatten sich auf der Vortreppe zum Juragebäude versammelt, die jungen Gesichter betroffen und verwirrt. Überall um sie herum, von den Eingangsstufen bis zu den Gehwegen, lag ein scheckiger Teppich aus cremefarbenen Flugblättern, manche ins Gras getreten, manche zu Geschossen zusammengeknüllt, andere noch frisch und unberührt. Auf jedem davon prangte das spinnenhafte Emblem des Hakenkreuzes. Ich wandte mich Nellie zu, aber sie hatte bereits eines der Blätter in der Hand. Ich beugte mich zu ihr vor und las mit.

Als Student der Amsterdamer Universität der Niederlande und des Deutschen Reichs schwöre ich der Verfassung des Reichs die Treue und gelobe:
– dass ich, als tapferer deutscher Staatsbürger das Deutsche Reich und seine rechtlichen Institutionen stets beschützen werde,
– dass ich Adolf Hitler, dem Führer des Deutschen Reichs und Volks, stets Treue und Gehorsam zolle,
– dass ich bei der Abschlussprüfung meine Treue zum Reich aufrechterhalten werde, indem ich der Wehrmacht Gefolgschaft leiste, damit ich dem Reich und der Nationalsozialistischen Partei in Krieg und Frieden zu Diensten sein kann,
– dass ich, wenn ich diesen Treueeid nicht ablege, mit sofortiger Wirkung von der Universität entfernt und von jeder weiteren Ausbildung oder Arbeit ausgeschlossen werde.

Sorgfältig bis ins Detail hatten die Nazis den für die Unterschrift der Studenten vorgesehenen Platz nicht vergessen.

Ich lachte. Das war Galgenhumor, die einzig ehrliche Reaktion auf die Konfrontation mit einem die Absurdität übersteigenden Horror. Ich lachte, weil jetzt alles so offensichtlich geworden war. Wir lebten nach Berliner Zeit, und jetzt sollten wir auch Deutsche werden. »Wir müssen also der Nazipartei beitreten, wenn wir weiterstudieren wollen?«

Staunend schüttelte Nellie den Kopf. »Das ist doch verrückt«, sagte sie und wendete das Blatt hin und her, um sicherzugehen, dass sie nichts übersehen hatte. Aber da stand weiter nichts. Das war alles. Ein Treueschwur. Nun, nach zwei Generalstreiks, nachdem Tausende Liter Farbe auf die Rekrutierungsplakate der Besatzer geworfen worden waren und man das Gefühl hatte, dass die Widerstandsbewegung stärker wurde, hatten die Deutschen es endlich erkannt: Wir mochten sie nicht. Und ihre logische Reaktion war nun, von uns zu verlangen, dass wir wenigstens so taten und ihnen die Treue schworen.

»Ich glaube, das war's«, meinte Nellie, noch immer kopfschüttelnd. *»De kogel is door de kerk.«*

Das hatten die Leute nach dem Großen Krieg gesagt: *Die Kugel ist durch die Kirche*, in etwa: Die Würfel sind gefallen, es gibt kein Zurück mehr. Wenn ein Krieg beginnt, haben die meisten Menschen noch ein bisschen Anstand und stimmen stillschweigend darin überein, was tabu ist und was nicht. Aber irgendwann kommt die Verzweiflung. Und schließlich greifen sie genau das an, was sie sich zu beschützen geschworen haben: Frauen, Kinder, heilige Orte. Unwillkürlich stellte ich mir einen Wehrmachtsoldaten vor, der eine Kugel nach der anderen in das gigantische Kirchenschiff von St. Bavo in Haarlem feuert. Es war ganz leicht, diese Phantasie heraufzubeschwören.

»Ich glaube, du hast recht«, sagte ich. *De kogel is door de kerk*.

Studenten schlenderten am Rand des Campus entlang, aber niemand betrat eins der Gebäude. Nirgends waren Verwalter oder Professoren zu sehen, überall nur deutsche Soldaten mit Gewehren, die uns beobachteten.

»Also, ich werde das nicht unterschreiben«, sagte Nellie und warf das Flugblatt auf den Boden. Die bescheidene, unauffällige Nellie. Ich hatte sie nie für eine Rebellin gehalten, aber sie wusste, was richtig war und was falsch.

»Ich auch nicht«, stimmte ich zu.

Keine von uns sagte, was hätte folgen müssen. Das brauchten wir auch gar nicht.

Als ich mit dem Fahrrad das Zentrum von Amsterdam verließ, sah ich, dass Sandsäcke vor dem Eck-Café lagen, in dem vor einer Woche ein kleiner Aufstand stattgefunden hatte, die zerschlagenen Fenster waren mit groben Kiefernholzbrettern vernagelt. Die Werbesäulen, auf denen früher für die Konzerte des Amsterdamer Symphonieorchesters geworben worden war, waren jetzt mit Nazipropaganda zugepflastert, penetrante Wiederholungen derselben Motive, junge blonde Männer und Frauen, die lächelnd zum Himmel emporblickten, während zu rattenähnlichen Fratzen verzerrte Gesichter mit vorquellenden Insektenaugen Juden als grinsende Intrigenspinner und Kinderschrecke darstellen sollten. Auf der anderen Seite des Kanals, parallel zu mir, sah ich einen langen Pritschenwagen der Wehrmacht vor einem Haus parken. Gerade trieben bewaffnete deutsche Soldaten zwei Menschen, einen Mann und eine Frau, auf die von einer graubraunen Segeltuchplane überspannte Ladefläche. Waren es Juden? Widerständler? Sonstige Unruhestifter? Ich radelte weiter. Razzien und Verhaftungen wie diese gab es inzwischen überall. *Wir hätten diese Schritte schon früher unternehmen sollen*. Der Satz ging mir nicht aus dem Kopf, während ich mit Brettern zugenagelte Geschäfte und leere, ausgehöhlte Gebäude passierte. *Sie müssen weg von hier*. Ich trat schneller in die Pedale. Als ich Philines Wohnung erreichte, hatte ich meinen Text ein Dutzend Male geprobt. *Zeit zu gehen*.

»Ich bin's, Hannie«, rief ich, als ich mich der Wohnungstür der Polaks näherte, in der Hoffnung, so die Angst vor einem unerwarteten Klopfen zu mildern.

Die Tür öffnete sich, und Marie, die deutsche Haushälterin, hieß mich willkommen. »Ist alles in Ordnung?«, fragte sie, denn ich war von meiner schnellen Fahrt noch ganz außer Atem.

»Ja, alles gut«, antwortete ich und versuchte, an Marie vorbeizuspähen. Im Wohnzimmer war niemand, also ging ich den Korridor hinunter. »Ist Philine da?«, fragte ich und schaute zurück. Jetzt erst bemerkte ich, dass Maries Augen gerötet waren. Noch nie hatte ich erlebt, dass sie ihre Gefühle zeigte. »Marie?« Ich hielt inne.

Sie betupfte sich die Augen mit einem Taschentuch. »Sie sind am Ende des Korridors«, sagte sie leise. Die letzte Tür führte in einen Raum, von dem ich annahm, dass es das Schlafzimmer von Herrn Polak war. Ich hatte allerdings noch nie einen Blick hineinwerfen können. Also klopfte ich vorsichtig an. »Philine? Ich bin's, Hannie«, sagte ich, noch sanfter.

Ich hörte ein leises Murmeln, dann ging die Tür auf. Herr Polak stand vor mir. »*Et voilà, la petite dernière*«, begrüßte er mich mit seinem stets freundlichen Lächeln. »Komm herein.« Er sah gar nicht gut aus. Sein schmales Gesicht war eingefallen und fast grünlich blass, die Augenbrauen zu buschig für das traurige Gesicht. Und die Augen dunkel vor Sorge.

»Hannie«, sagte Philine und umarmte mich fest. Auch sie hatte geweint, und ihr ganzer Körper vibrierte, als wir uns aneinander festhielten. Dann umarmte uns beide plötzlich noch jemand von hinten.

»Sonja?«, sagte ich, aber sie verbarg ihr Gesicht an meinem Rücken und antwortete nicht. Schließlich schob Herr Polak uns sanft auseinander und nahm die Hand seiner Tochter.

»Wir sind bereit, Hannie«, sagte Sonja, sah dabei aber Philine an. »Nur wir beide.« Sie deutete auf einen prall gefüllten Koffer, der neben ihr stand. »Philine meint, ich soll nur einen mitnehmen.« Beim Anblick des Koffers erstarrte ich. Sonja hatte tatsächlich einen Koffer gepackt. Ich konnte nur vermuten, wie schmerzlich es für sie gewesen sein musste, ihre Eltern zurückzulassen, die Tanten und Onkel im vierten Stockwerk, all ihre schönen Sachen, ihr ganzes Leben. Daneben stand noch ein Koffer: der von Philine.

De kogel is door de kerk.

»Ja, ich fürchte, so ist es«, bestätigte Herr Polak. Ich hatte nicht einmal gemerkt, dass ich den Satz laut ausgesprochen hatte.

»Oh, Herr Polak«, sagte ich, halb erstickt von den Gefühlen, die aus meinem Herzen in meine Kehle emporstiegen. Doch er tätschelte mir nur fest und beruhigend die Hand – wie ein guter Lehrer.

»Keine Zeit, sich länger damit aufzuhalten«, sagte er mit sanfter Stimme. Wir versuchten alle, die Fassung zu wahren. »Danke, dass du gekommen bist, Hannie.« Er blickte mir in die Augen, und zum ersten Mal entdeckte ich dort ein zitterndes Flackern der Angst. »Philine sagt, du hast einen … Plan?« Um ein Haar hätte ich fast das Gleichgewicht verloren, so schwindlig war mir auf einmal, und wahrscheinlich schnappte ich hörbar nach Luft. »Hannie?«, fragte Herr Polak etwas besorgt, und alle sahen mich gequält an, beschämt über das, was sie von mir verlangten. Oder von sonst jemandem.

Ich stützte mich einen Moment haltsuchend auf der Kommode ab. An dem Spiegel, der darüber hing, steckte ein altes Foto: Herr und Frau Polak, ein kleiner Junge, Philines Bruder, ein Baby auf dem Arm der Frau, bestimmt Philine. Ich hatte ihre Mutter nie gekannt, aber Philine sah ihr sehr ähnlich. Natürlich, sie war nicht mehr da, und auch Philines Bruder nicht. Und jetzt würde ich Philine mitnehmen. Bald war Herr Polak ganz allein. Ich fragte mich, was Marie nun vorhatte – würde sie seine Haushälterin bleiben? Würde man es ihr erlauben? Zärtlich zupfte Philines Vater eine Fluse von der Schulter seiner Tochter. Doch als er merkte, dass seine Hand zitterte, steckte er sie hastig wieder in die Hosentasche. Wie lange würde Herr Polak überhaupt noch hier bleiben können? In dieser Wohnung? In dieser Stadt? Es gab keine Antworten. Als ich versuchte, meine Fragen zu Ende zu denken, fühlte ich, wie meine Knie weich wurden, und ich musste husten, mein Hals war staubtrocken – und dann sah ich Philine und Sonja und Herrn Polak an, die stumm vor mir standen und jede meiner Bewegungen und Reaktionen beobachteten. Sie alle hatten dieselben Fragen wie ich, und sie suchten die Antworten bei mir. Nur wenige Augenblicke trennten mich von einem hysterischen Anfall, am liebsten hätte ich mich auf den Teppich geworfen … aber ich konnte diese Menschen nicht im Stich lassen. Also holte ich tief Luft.

»Ja, ich habe einen Plan«, antwortete ich, um mir selbst Mut zu machen. Mir war klar, dass meine Stimme zitterte, aber ich ignorierte es. Bisher hatte ich alles einzeln betrachtet, meine Gedanken über den von den Nazis verlangten Treueschwur, den Soldaten mit der Zigarette, Madame Rivka, die Juden auf dem Hof, den Zettel, den Schwester Dekker für mich in der Kiste versteckt hatte. OZO war nur eine vage Vorstellung gewesen, ebenso, wie all dies zusammenpasste. Aber eines wusste ich nun genau. »Ich nehme sie mit nach Haarlem, an einen sicheren Ort, an dem sie eine Weile bleiben können«, erklärte ich und festigte meine Stimme mit jedem Wort mehr.

»Haarlem?«, fragte Sonja, die natürlich immer noch nicht dort gewesen war. Auch Philine blickte mich überrascht an. Kein Zweifel, sie waren davon ausgegangen, dass wir ein Versteck irgendwo in Amsterdam aufsuchen würden, und erst jetzt, da Philine und Sonja mich fassungslos anstarrten, fühlte ich die Tragweite dieser Entscheidung. Meine besten Freundinnen, diese beiden schönen, klugen, gebildeten, liebevollen, freundlichen, lustigen Menschen vertrauten mir ihr Leben an. Mit den Augen stellte Herr Polak mir tausend stumme Fragen, von denen ich keine einzige beantworten konnte – außer mit Lächeln und Tränen. Er drückte meine Hand so fest, dass es schmerzte.

»Ich habe einen Kontakt dort«, erklärte ich. Sofort leuchteten Sonjas Augen auf, und sie schien wieder ein wenig mehr sie selbst zu sein. »Wen denn?«, fragte sie.

»Psst!«, mahnte Philine. »Nicht laut sagen, Hannie.« Wir blickten uns um, obwohl wir allein waren. Aber Philine hatte vollkommen recht. Wir mussten vorsichtig sein.

»Wir sind bereit«, flüsterte sie. »Sonja hat sich schon verabschiedet.«

»Dann lasst uns gehen«, sagte ich. Es war Mittag, die am wenigsten verdächtige Zeit des Tages. »Vergewissert euch auch, dass ihr alle Sterne entfernt habt«, fuhr ich fort und berührte meinen eigenen Kragen, um zu zeigen, was ich meinte, »und von nun an nur noch falsche Ausweispapiere. Nehmt eure richtigen gar nicht erst mit.«

»Was ist mit deinem Studium?«, erkundigte sich Herr Polak, als wir zur Wohnungstür gingen. Ganz der Französischlehrer, wie immer.

»Ich hab es abgebrochen«, antwortete ich.

Meine Freundinnen schnappten erschrocken nach Luft. »Hannie?«, sagte Philine, als dächte sie, ich hätte einen Witz gemacht. Ich fischte eine Kopie des Treueschwurs aus meiner Tasche und gab ihn den dreien zum Lesen.

»Nach dem Krieg mache ich selbstverständlich weiter«, erklärte ich mit einer Lässigkeit, die ich mir selbst nicht abnahm. Von Minute zu Minute spürte ich mehr, wie meine berufliche Zukunft sich auflöste, nur noch ein Nebelstreif war. Und es tat weh. Aber im Vergleich zu dem, was Sonja und Philine vor sich hatten, war es eine Lappalie. »Ich warte da vorn«, sagte ich, umarmte Herrn Polak und küsste ihn auf die Wange, was er mit geschlossenen Augen geschehen ließ, als wäre es ein Gebet.

»Pass gut auf sie auf, Hannie.« Tränen begannen über seine eingefallenen Wangen zu rinnen, doch seine Stimme schwankte nicht. »Vielleicht kann ich euch irgendwann in Haarlem besuchen. Dann können wir in diesem schönen Park, dem Haarlemmerhout, spazieren gehen. Mit Philines Mutter war ich einmal dort.«

»Ja«, stimmte ich mit einem Nicken zu, obwohl ich genau wusste, dass dies nicht geschehen würde. »Das wäre schön.«

»Nun gut«, sagte er. »Danke, Hannie.«

Wieder nickte ich unbeholfen. Denn ich war ganz und gar nicht sicher, ob ich seinen Dank verdiente. »Bitte passen Sie gut auf sich auf, Herr Polak.«

»Wir müssen alle unseren Teil leisten, was?«, sagte er. »Ich bin dankbar, hier zu sein, in meinem Heim, wo ich noch immer die Chance habe, all die Dinge zu tun, die mir möglich sind. In einem Geheimzimmerchen könnte ich nicht überleben«, fügte er hinzu und lachte – oder versuchte es jedenfalls, »aber ihr Mädchen habt einander und werdet zusammen glücklich sein. Und ich werde hierbleiben und für euch dort draußen kämpfen, während ihr für mich kämpft, der ich hierbleibe. Wir kämpfen gegen das Schicksal, *n'est-ce pas*? Ein wahrhaft ehrenhaftes Ziel.« Er sprach mit ruhiger, gefasster Stimme, doch durch die Falten auf seinen Wangen bahnten sich die Tränen ihren Weg und tropften hinab auf seinen Kragen, der schon ganz feucht war. Er öffnete weit die Arme, Sonja und Philine drängten sich in seine Umarmung, und so hielten sich alle drei in ihrem Kummer gegenseitig fest. Mir wurde klar, dass dies der zweite erschütternde Abschied war, den Soja heute durchmachen musste, ihre Augen waren rot vom Weinen. Ich ging zurück auf den

Korridor, um den dreien noch einen Moment für sich zu lassen. Sonja umarmte Herrn Polak, und er flüsterte ihr etwas ins Ohr. Sie nickte schluchzend, und er schloss sie noch einmal fest in die Arme. Als sie sich zur Tür wandte, ging Philine zu ihrem Vater.

»Schreib mir«, sagte er, als reise sie in die Sommerferien, »und erinnere mich daran, was für ein Buch es war, das ich lesen sollte.« Unterdessen hatte Philine ihrem Vater die Arme um den Hals gelegt, ihr ganzer Körper bebte unter den quälenden Schluchzern, die sie schüttelten, und er legte ihr die Hand ins Kreuz, um ihr Halt zu geben. »Ich werde dich wissen lassen, was hier passiert, auch Marie wird dir schreiben. Und wenn du die Fausthandschuhe fertig gestrickt hast, kannst du sie mir schicken, ja?« Philine konnte nicht antworten, sie weinte bitterlich an seiner Schulter. Ihr Vater tätschelte ihr den Kopf, strich ihr die Haare glatt, dann kam Marie und umarmte Philine, als wären sie Mutter und Tochter.

»Geh jetzt«, sagte Herr Polak schließlich und hielt seine geliebte Tochter auf Armlänge von sich weg, um ihr noch einmal ins Gesicht zu sehen. Sonja und ich standen da wie gelähmt. Womöglich würden sie und Philine ihre Familien nie wiedersehen. Sonja seufzte.

»Als wir gegangen sind, hat meine Mutter etwas gesagt«, erklärte sie mit zitternder Stimme. Eigentlich mochte Sonja keine Reden, aber diese schien ihr sehr wichtig zu sein. »Eine Person – ein menschliches Wesen – ist nicht nur das, was wir vor uns sehen, sondern wir bleiben auch als Seelen lebendig.« Sie fasste sich und versuchte, die genauen Abschiedsworte ihrer Mutter wiederzugeben. »Die Seele oder auch die Erinnerung an die Menschen, die wir lieben – verlässt uns nie. Das Leiden endet, der Schmerz hört auf, selbst das Leben hat ein Ende. Aber die Liebe bleibt.« Jetzt brach sie wieder in Tränen aus, und wir scharten uns um sie. »Sie hat gesagt, wenn wir die Erinnerung an einen geliebten Menschen haben, dann sind wir *bemazzelte*.« Lächelnd sah sie mich an und übersetzte. »Glückspilze.« Zum ersten Mal hörte ich sie Jiddisch sprechen. Sie wischte sich das Gesicht mit Herrn Polaks Taschentuch ab, gab es zurück und schüttelte den Kopf. »Ich habe keine Tränen mehr«, stellte sie erschöpft fest.

»Geht mit Hannie, Mädchen«, sagte Herr Polak und schob die beiden sanft zu mir. »Ich würde euch gern einen Rat geben, aber …« Er machte eine Pause und fügte dann fast ehrfürchtig und erschrocken hinzu: »… aber niemand von uns hat diesen Weg jemals eingeschlagen, richtig?« Er sah mich an. »Vielleicht sollte ich dich fragen.«

Mich? Ich wusste nichts, ich hatte keinerlei Erfahrung. Aber ich streckte Sonja und Philine meine Hände hin, weil es das Einzige war, was ich tun konnte. Die Erinnerung daran, wie die beiden mich in ihre Welt eingeladen hatten, wie liebevoll und großzügig sie mich behandelt hatten, machte mich schwindlig. Vielleicht wusste Gott, falls er wirklich dort oben im Himmel war, dass zwei Herzen nötig waren, um Annie zu ersetzen. Sonja hakte sich bei mir unter, Philine stand zwischen mir und ihrem Vater, wir hielten beide eine ihrer Hände.

»Ich liebe dich«, sagte Herr Polak. »Mehr als alles auf der Welt. Das weißt du.«

So standen wir in der offenen Wohnungstür, als plötzlich die Tür gegenüber aufging. »Hallo!« Ein Mann und eine Frau etwa in Herrn Polaks Alter grüßten uns mit einem nachbarschaftlichen Winken. Doch als sie unsere traurigen Gesichter sahen, verblasste ihre Fröhlichkeit.

»Herr und Frau Barend«, stellte Herr Polak sie freundlich, wenn auch mit einem etwas gezwungenen Lächeln vor, ehe er sich wieder seiner Tochter zuwandte. »Also, denkt daran – wenn ihr morgen wiederkommt, vergesst nicht das Buch, das ihr ausgeliehen habt.« Ohne mit der Wimper zu zucken, nickten wir alle drei. Die Nachbarn lächelten nervös und eilten ins Treppenhaus. Sie wussten, dass es fehl am Platze gewesen wäre, jetzt neugierig zu sein.

Herr Polak wandte sich wieder seiner Tochter zu und legte ihr einen Finger unters Kinn, so dass sie ihm ins Gesicht schauen musste. »Wir sehen uns bald«, sagte er. »*Je t'aime. À bientôt.*« Nun, da die Nachbarn außer Sicht- und Hörweite waren, strömten die Tränen erneut über seine Wangen. Stumm stand Marie hinter ihm und starrte auf den abgetretenen Teppich zu seinen Füßen, unfähig, unsere Blicke zu erwidern.

Mit zitterndem Unterkiefer nickte Philine. »*À bientôt*«, flüsterte sie ihrem Vater zu, »*je t'aime.*« Marie reichte uns einen kleinen Koffer, und ich trug ihn, während wir die Treppe hinunterstiegen, voller Angst und ohne auch nur einen Gedanken an die Zukunft zu wagen.

Auf dem Weg zum Amsterdam Centraal, dem Hauptbahnhof, kamen wir an der Universität vorbei, und meine Freundinnen starrten auf die großen grünen Wiesen, die jetzt menschenleer waren. Zwar standen Soldaten in kleinen Gruppen auf der Straße, aber alles war ruhig. Keine von uns sagte ein Wort. Philine und Sonja waren andere Menschen, seit sie die Wohnung verlassen hatten – keine gelben Sterne mehr an der Kleidung, falsche nichtjüdische Pässe in ihren Taschen. Schweigend kauften wir unsere Fahrkarten nach Haarlem und stiegen in den nächsten Zug, fanden Plätze nebeneinander und verstauten die beiden Koffer. Wir wandten uns zum Fenster und sagten immer noch kein Wort. Ich konnte nur ahnen, was in den Köpfen meiner Freundinnen vorging. Sie verließen ihre Heimatstadt, während ich auf dem Weg zurück in meine war. In diesem Moment hatte ich plötzlich das starke Gefühl, keineswegs wegzulaufen, sondern auf etwas zuzulaufen. Die Nazis hatten mich nicht von der Uni geworfen, ich war gegangen.

Bisher war ich immer ein Mensch gewesen, der Dinge bis zum Ende durchhielt. Aber an diesem Tag entdeckte ich die Macht des Aufgebens. Man tut es einmal und weiß es für immer. Jemand, der aufgibt, der einer Sache ein Ende setzt, ist gefährlich, denn er kennt ein Geheimnis: Es ist immer möglich, neu anzufangen.

Teil 2

Der RVV

1943–1944
Haarlem

Kapitel 11

Frühling 1943

Es war Nacht. Besser, wenn niemand Sonja und Philine zu Gesicht bekam. Zu Beginn des Krieges hatten die Deutschen, um die Bombardierung zu erschweren, sämtliche Straßenlaternen abgeschaltet, und die Straßen waren bei Nacht so stockdunkel wie der Wald. Wortlos durchquerten wir Haarlem. Was gab es denn auch zu sagen?

Bei dem Gedanken, das Haus meiner Kindheit gleich durch die Augen von Sonja und Philine zu sehen, wurde ich ein bisschen nervös. Bisher hatte ich es ihnen so beschrieben, wie ich es selbst immer wahrgenommen hatte: »Ein kleines gelbes Backsteinhaus, zwei Schlafzimmer oben, ein Küchengarten hinten, direkt gegenüber ein Park mit einem großen Rasen.« All das stimmte, aber als wir in der Dunkelheit darauf zugingen, sah es irgendwie anders aus. Schäbiger. Weniger wie ein Hoffnungsschimmer als vielmehr wie eine triste Unterkunft im Nirgendwo; dass in der langweiligen Van Dortstraat Nummer 60 aufregende Dinge passierten oder sich hier gar *Onderduikers* versteckten, konnte man sich jedenfalls nicht vorstellen.

»Das ist es, gleich da vorn«, erklärte ich. »Das vierte Haus vom Ende der Straße her.« Ich versuchte, in den Gesichtern meiner Freundinnen eine Reaktion zu lesen. Wenn Amsterdamer an Haarlem dachten, dann an die große, berühmte St.-Bavo-Kirche auf dem zentralen Platz des Städtchens, mit ihrer historischen Orgel, auf der schon Händel und Mozart gespielt hatten, und der Gruft des Malers Frans Hals. Haarlem war eine geschichtsträchtige Stadt, und ich fragte mich, ob meine Freundinnen sich das Heim der Schafts womöglich als traditionelles niederländisches Giebeldachhäuschen mit einer Milchkuh im Garten vorstellten und nicht als diesen kleinbürgerlichen Backstein-Häuserblock mit den ordentlichen Blumenkästen. Auf einmal wirkte in meinen Augen alles so klein und gewöhnlich.

»Da ist der Park«, stellte Philine fest. Als ich ihrem Blick folgte, bemerkte ich zum ersten Mal, dass das wesentliche Merkmal des kleinen Parks keineswegs der Fischteich war – seinesgleichen fand man in Amsterdams majestätischem Vondelpark zuhauf –, sondern eine alte Windmühle, sogar eine mit einem traditionellen Strohdach, die aussah wie auf einem Gemälde von Pieter Bruegel. Wir hatten uns sehr weit von der Eleganz der Amsterdamer Innenstadt entfernt.

»Hübsch«, sagte Sonja und zeigte sich wie immer zuvorkommend höflich.

»Lasst uns reingehen«, sagte ich. »Meine Mutter wartet bestimmt schon.«

Selbstverständlich wartete sie. Nellie und Eva waren inzwischen ebenfalls nach Haarlem zurückgekommen, und ich hatte ihnen aufgetragen, meinen Eltern von dem Treueschwur an der Universität und auch von meinen Plänen zu berichten, ebenfalls wieder hier zu wohnen. Allerdings nur ich allein. Das war feige gewesen, aber zeitsparend. Jetzt würden meine Eltern nicht nur gespannt auf meine Rückkehr warten, sondern auch darauf, meine Zukunftspläne zu erfahren. Dabei hätte ich diese selbst nur zu gern gewusst.

»Ich kann gar nicht erwarten, endlich deine Mutter kennenzulernen«, sagte Sonja. Nun, da wir die alte Windmühle gesehen hatten, stellte sie sich wahrscheinlich vor, dass uns eine rotbackige ältere Frau mit Zöpfen und Holzpantinen empfangen würde. Und genau genommen waren die Pantinen das Einzige, was an diesem Bild nicht mit der Realität übereinstimmte.

»Sie wird euch lieben«, versprach ich. Auch meinen Freundinnen hatte ich nicht gesagt, dass meine Eltern nichts von ihrer bevorstehenden Ankunft wussten. Die beiden Mädchen hatten wahrlich genug Sorgen.

»Hast du die roten Haare von ihr geerbt?«, fragte Philine.

Inzwischen waren wir schon fast vor der Tür.

»Nein, ich bin die einzige Rothaarige in der Familie«, antwortete ich. »Obwohl mein Vater gern von einem alten Wikinger-Vorfahren erzählt hat …«

»Daher kommt deine wilde Seite«, warf Sonja ein.

Philine nickte. »Ja, Hannie hat das Herz eines Kriegers.«

Ich lachte, erleichtert, dass die beiden selbst in der momentanen Situation ihren Humor nicht ganz verloren hatten. Ob sie es nun ernst meinten oder nicht, ich nahm ihre Worte als Kompliment. Vor allem, weil ich zu Hause behandelt werden würde wie ein zerbrechliches Porzellanfigürchen. Von dem Moment an, als Annie krank geworden war, hatte meine Mutter begonnen, sich Sorgen um die Gesundheit der Familie zu machen – um die meines Vaters und vor allem um meine. Und sie sorgte sich auch nicht nur um meine Gesundheit – alles, was auch nur ansatzweise gefährlich sein konnte, ängstigte sie: Segeln, Schlittschuhlaufen oder auch nur das Überqueren der Straße – all das gab Anlass zur Sorge.

Ich stand auf der Vortreppe, meine Freundinnen warteten hinter mir. Doch ehe ich anklopfte, hielt ich inne. War dieses

Haus überhaupt noch mein Zuhause, wenn ich klopfen musste? Dann ging wie von selbst die Tür auf.

»Johanna!« Mein Vater zog mich an seine breite Brust, stark und zuverlässig wie eine Eiche, und sofort fühlte ich mich wieder wie mit sechs Jahren, ein kleines Mädchen in einer riesigen Welt. Als ich mich von ihm löste, sah ich hinter ihm meine Mutter stehen, um die Augen Falten, die von Liebe und Angst zeugten. Bei ihr war es stets beides.

»Jo«, sagte sie nur und breitete die Arme aus. Als ich jedoch auf sie zuging, fiel ihr Blick auf Philine und Sonja, die im Schatten hinter mir standen, und sie kniff den Mund zu einer spröden Linie zusammen, verschob die Umarmung auf später und ergriff nur meine Hand. »Du hast Freundinnen mitgebracht«, sagte sie.

»Ja, lasst uns reingehen«, erwiderte ich betont unbeschwert, in dem Versuch, so die Stimmung vorzugeben.

»Kommt alle rein«, sagte mein Vater und hielt uns die Tür auf.

Meine Mutter wich ein paar Schritte zurück und griff, mit einer Geste, die ich seit jeher kannte, nach dem Saum ihres Hauskleids, grub die Finger in den dünnen Baumwollstoff, zwirbelte und faltete ihn, ein furchtsames Händeringen. So stand ich nun Schulter an Schulter neben meinen Freundinnen in der schrankartigen Enge unseres Hauseingangs.

»Es freut mich, Sie kennenzulernen, Herr und Frau Schaft«, sagten Sonja und Philine wie aus einem Mund, höflich, aber voll echter Dankbarkeit.

»Bitte, nennt mich doch einfach Pieter«, antwortete mein Vater und verbeugte sich etwas linkisch, wie ein großer alter Baum im Wind. Meine Freundinnen nickten, lächelten ihn an, und ich war froh über seine wie immer so beruhigende Ausstrahlung.

»Ich hab euch doch von Philine und Sonja erzählt, meinen Freundinnen von der Uni, erinnert ihr euch? Sie studieren beide auch Jura – zumindest haben sie bis jetzt Jura studiert«, erklärte ich meinen Eltern und wandte mich dann den beiden zu. »Kommt mit.«

»Wohin geht ihr denn?«, fragte meine Mutter. Ihre Augen waren groß, panisch. Sie wusste Bescheid. Zum tausendsten Mal stellte ich meinen Plan in Frage. Mir war klar gewesen, dass die Situation meine Mutter in Panik versetzen und ihre christliche Nächstenliebe mit der berechtigten Angst vor Verhaftung, Deportation und Tod würde ringen müssen. Deshalb hatte ich es für besser gehalten, sie vor vollendete Tatsachen zu stellen.

»Oh. Philine und Sonja bleiben eine Weile hier.« Ich drehte mich zu meinen Freundinnen um, die nervös lächelten. »Also folgt mir, ich zeige euch das Zimmer. Nicht sehr schick, aber vorläufig wird es sicher reichen.«

Mit bleichem Gesicht wandte sich Philine noch einmal zu meinen Eltern um. »Vielen Dank«, sagte sie, und Sonja wiederholte die Worte leise. Dann folgten mir beide die schmale Treppe hinauf. Oben angekommen, hielt ich inne und schaute zurück. Mit aschfahlem Gesicht stand meine Mutter vor meinem Vater, öffnete den Mund und schloss ihn wieder, ohne etwas gesagt zu haben. Als mein Vater ihr die Hand auf die Schulter legte, schob sie ihn weg. Schließlich verschwanden beide im Wohnzimmer.

»Du hast ihnen nichts davon gesagt, dass wir kommen würden?«, fragte Philine mit großen Augen.

»Ich wusste, dass sie Ja sagen würden«, erklärte ich, »also war es nicht notwendig.« Was zumindest teilweise stimmte. Ich war sicher, dass meine Eltern die Mädchen mindestens für ein paar Tage bei sich behalten würden, bis ich Kontakt zum Widerstand aufgenommen und etwas Dauerhafteres für sie gefunden hatte.

Natürlich merkte ich, dass sie nicht gerade erfreut darüber waren, aber fürs Erste zählte nur, dass Philine und Sonja sofort ein Versteck hatten.

»Passt auf eure Köpfe auf«, warnte ich, als Philine bereits gegen die Dachschräge in meinem Mansardenzimmer gestoßen war. Ohne zu klagen, drückte sie ihre Hand gegen die Stirn und sah sich genau wie Sonja schweigend in ihrem neuen Zuhause um. Konnte ich mir wirklich vorstellen, dass die beiden nebeneinander auf dem Doppelbett saßen und sich die Zeit mit Nähen und Lesen vertrieben? Oder dass sie meiner Mutter beim Kochen halfen? Möglicherweise. Zumindest Philine konnte kochen, das wusste ich. Bestimmt gab es auch irgendetwas, womit Sonja sich die Zeit vertreiben konnte. Vielleicht mit Sticken. Aber würde das wirklich klappen?

Es musste. Und ich hatte lieber erst gar nicht um den Segen meiner Eltern gebeten, weil es nicht die Art von Gefälligkeit war, die man von einem anderen Menschen verlangen konnte; es war einfach zu viel.

Das Doppelbett, das ich einst mit Annie geteilt hatte, nahm fast das ganze Zimmer ein, obwohl es ganz in der Ecke stand, um Platz zu sparen. Dazu gab es noch eine ziemlich klapprige Kommode mit vier Schubladen für Kleidung, eine Truhe am Fußende des Betts sowie eine Reihe von Haken an der Wand neben der Tür, an denen man Sachen aufhängen konnte. An der Wand lehnte ein hölzerner Klappstuhl – wenn man ihn aufklappte, nahm er so ziemlich den gesamten restlichen Platz im Raum ein. Vom einzigen Fenster blickte man hinaus in den Garten. Nicht, dass jemand das tun würde. Trotzdem nahm ich mir vor, morgen die Scheibe mit dunklem Stoff vor den Blicken neugieriger Nachbarn zu schützen. Falls Sonja und Philine meiner Mutter bei der Hausarbeit helfen würden, musste es unsichtbar von hier oben geschehen. Doch sosehr ich auch versuchte, mir auszumalen, wie Philine und Sonja gut gelaunt Socken stopften, schaffte ich es nicht ganz, daran wirklich zu glauben. Abrupt ging die Phantasie in etwas deutlich Realistischeres über: Zwei dünne, ängstliche Mädchen, die zusammengekauert in einem halbdunklen, abgeschirmten Zimmer hockten und sich Sorgen machten.

»Hannie«, sagte Sonja leise. Philine legte ihre Hand auf Sonjas Handgelenk.

»Hm?«, sagte ich fragend.

Sonja sah Philine an, als brauche sie von ihr die Erlaubnis zu sagen, was sie sagen wollte. Philine aber schwieg.

»Es ist nur … wo sollen wir denn alle schlafen?«, fragte Sonja schließlich zögernd.

»Ihr zwei nehmt das Bett, und ich schlafe auf einem Feldbett. Mein Vater bewahrt eines im Schuppen auf.«

»Aber …« Wieder berührte Philine Sonjas Handgelenk.

»Du hast deine Eltern wirklich nicht gefragt, ob wir hier bleiben können?«, sagte Sonja.

»Das ist in Ordnung«, beharrte ich. »Sie verstehen es.«

Doch Sonja schien den Tränen nahe zu sein.

»Bin gleich wieder da«, versprach ich.

Ich galoppierte die Treppe hinunter, schwang mich um den Geländerpfosten, als würde es uns in eine leichtere Zeit zurückversetzen, wenn ich mich benahm wie ein sorgloses Kind. »Wo haben wir die Extradecken verstaut?«, rief ich, ins Wohnzimmer stürmend, wo meine Eltern vor dem kleinen Ofen standen und durch die offene Ofentür in die Flammen starrten. Mein Vater drehte sich zu mir um und lächelte, aber meine Mutter wandte mir den Rücken zu.

»Für deine Freundinnen?«, sagte er.

»Ja, entschuldigt bitte!« Ich lachte, als sei es ein Scherz. »In den letzten Tagen ging alles so schnell, und ich hatte nicht mehr die Zeit, mit euch zu sprechen, nachdem alles wegen des Treueschwurs so hektisch geworden war. Nellie hat euch doch davon erzählt, richtig?« Ich redete wie ein Wasserfall, ich konnte meinen Wortschwall nicht bremsen. Mein Vater nickte. »Es schien die offensichtliche Lösung zu sein, dass sie bei uns in Haarlem wohnen«, sprudelte ich weiter. »Ich weiß, ihr wart eine Weile nicht mehr in Amsterdam, aber ihr würdet nicht glauben, wie sehr sich alles verändert hat. Philines Nachbarschaft ist von einem Stacheldrahtzaun umgeben, zu hoch zum Drüberklettern, wirklich abscheulich. Die Ausgangsbeschränkungen werden immer schlimmer, dazu noch die Beschränkungen beim Einkaufen …«

»Wovon redest du?«, unterbrach mich mein Vater.

»Sie ist also Jüdin?«, flüsterte meine Mutter, als wolle sie etwas bestätigen, was sie längst wusste. Sie war so blass, als könnte sie gleich ohnmächtig werden. »Ich frage nur … nur, weil ich keinen gelben Stern gesehen habe«, stieß sie schließlich hervor. »Sie müssen doch einen Stern tragen, oder nicht? Die Juden, meine ich.« Ihre Stimme zitterte.

Am liebsten hätte ich geschrien. Doch ich holte tief Luft und rief mir in Erinnerung, dass meine Mutter zu Recht Angst hatte. Ich brachte meine Eltern in Gefahr, alle beide. In enorme Gefahr.

»Ja, alle Juden müssen diesen Stern tragen«, antwortete ich ruhig und sicherheitshalber mit gedämpfter Stimme. »Aber ich habe für Sonja und Philine falsche Pässe besorgt, damit sie die Sterne weglassen können. Das ist sicherer.«

»Wie meinst du das – du hast ihnen Pässe besorgt?«, hakte mein Vater nach. »Wo denn?«

»Ich habe sie gestohlen.«

»Was?« Meinem Vater blieb der Mund offen stehen.

»Die Leute, denen ich sie weggenommen habe, können sich neue Ausweise besorgen. Sie sind nicht in Gefahr. Aber Philine und Sonja schon.«

»Die Leute, von denen du sie dir ›besorgt‹ hast?«

»Diese Mädchen?«, fragte meine Mutter. »Haben sie dich darum gebeten?«

»Mein Gott, nein«, lachte ich und sah meine Mutter zusammenzucken, weil ich den Namen Gottes missbrauchte. »Sonja und Philine haben versucht, es zu verhindern. Aber es gibt eine ganze Gruppe von Leuten, die …« Ich brach ab. »Viele Leute tun so etwas. Viele helfen. Wie wir auch helfen.«

»Wir?«, fragte mein Vater.

»*Onderduikers*«, flüsterte meine Mutter, als sei das Wort selbst gefährlich. Was es auch war.

»Richtig«, bestätigte ich. »Wenn wir ihnen nicht ermöglichen können, das Land zu verlassen, dann können wir wenigstens ein Versteck für sie finden.«

»Haben sie denn keine eigene Familie?«, fragte meine Mutter.

»Aafje …« Mein Vater sagte leise und fast mahnend ihren Namen.

»Ich habe das Recht, danach zu fragen.« Ihre Stimme wurde lauter. »Wir haben das Recht, solche Dinge zu erfahren, Piet. Wird der Rest der Familie sich auch hier einfinden, oder …?«

»Philines Vater weigert sich strikt, seine Amsterdamer Wohnung zu verlassen, er ist überzeugt, dass das alles bald ein Ende haben wird. Aber da irrt er sich leider«, flüsterte ich. »Sonjas Familie überlegt noch, sie haben sich noch nicht entschieden, was sie tun wollen. Aber die Zeit wird knapp, und ich fürchte, ihnen ist nicht klar …«

Mein Vater nahm mich und meine Mutter beim Arm und führte uns in die Küche, wo wir ungestörter waren. Mein Blick fiel auf die Borde, auf denen unser Geschirr stand. Wenn in den letzten drei Jahren ein Geschirrstück angeschlagen oder rissig geworden war, hatte meine Mutter sich überwunden und angefangen, das bessere Service zu benutzen, das sonst nur zu Weihnachten und Ostern zum Einsatz kam. Es war das nobelste Hochzeitsgeschenk gewesen, das meine Eltern bekommen hatten. Doch nun war das feine Porzellan durchmischt mit dem Rest der Alltagssachen.

»Wir haben nicht mal genug Teller für sie«, sagte meine Mutter und deutete aufs Regal. »Man sagt doch, dass die Juden an bestimmten Tagen von anderem Geschirr essen … und auch nur bestimmte Sachen, richtig? Zurzeit gibt es so wenig auf dem Markt, dass es selbst für uns allein nur mit knapper Not reicht.«

»Die beiden sind nicht religiös, Mutter. Sie brauchen nichts Besonderes, sie essen genau das Gleiche wie wir.«

Doch meine Mutter stand da und hielt sich die Hand vor den Mund, als habe sie Angst, was sie als Nächstes sagen könnte. »Es ist nur so …«, begann sie zögernd, hielt abrupt inne und begann von Neuem, offensichtlich getrieben von einem Gefühl, das so heftig war, dass ihre Stimme zitterte. »Was, wenn eine der beiden in unserem Haus stirbt? Was würden wir dann mit der Leiche machen?«

»Aafje!«, rief mein Vater entsetzt, jedoch ohne die Stimme zu heben, und starrte sie an, als wäre sie eine Fremde, deren Namen er vergessen hatte.

»Oh, habe ich dich jetzt schockiert?«, fragte sie mit ängstlich verzerrtem Gesicht. »Was ist mit der Diebin?«, fuhr sie fort und deutete dabei auf mich.

»Moment, jetzt warte mal«, sagte er.

»Nein.« Sie fixierte mich. »Ich will dich noch was fragen: Was ist mit der zusätzlichen Wäsche auf der Wäscheleine? Frau Snel von nebenan weiß mehr über meine Stangenbohnen als ich selbst, weil sie so viel Zeit damit verbringt, in meinen Garten zu starren. Glaubst du etwa, sie würde nicht merken, wenn da plötzlich neue Sachen hängen? Und wie ernähren wir fünf Erwachsene, wenn wir nur Lebensmittelkarten für drei bekommen?« Außer sich vor Zorn, hielt sie inne und wartete auf eine Antwort. »Und? Das sind hässliche Fragen, ich weiß, aber dein Vater und ich haben eine Verantwortung.«

»Genau das sage ich ja auch«, erwiderte ich. »Wir tragen Verantwortung, wir haben eine Aufgabe.«

Als verblüffe sie mein Unverständnis, schüttelte meine Mutter den Kopf. »Ja, wir haben eine Verantwortung unseren Kindern gegenüber – unserem Kind«, erklärte sie, wandte sich dann meinem Vater zu und begann bitterlich zu weinen. Genau wie ich vorhin, als ich zur Tür hereingekommen war, vergrub sie ihren blonden Kopf an seiner groben Wollweste, und ihr ganzer Körper zitterte unter ihrem Schluchzen.

»Geh nach oben, Jo«, sagte mein Vater. Nicht wirklich ärgerlich. Aber sehr ernst.

Mir meiner Sache scheinbar sicher, drückte ich den Rücken durch und stolzierte hinaus. Aber als ich die Treppe erreichte, überflutete mich eine Woge von Gefühlen, als wäre ich ein Kleinkind, das an der Wasserkante von einer Welle erfasst wird. Hin und her gerissen zwischen meiner Familie und meinen Freundinnen, schaffte ich es die halbe Treppe hinauf, als aus der Küche ein außergewöhnlicher Laut drang: das unterdrückte Wehklagen meiner Mutter, voller Sorge und Angst. Ein Laut, den ich seit Annies Tod nicht mehr gehört hatte. Sie rang nach

Luft, mein Vater besänftigte sie. So bewegten sie sich langsam zum Wohnzimmer, wo im Ofen das Feuer brannte, und ich hörte ihr leises Murmeln, sanft wie Taubengurren. Vorsichtig spähte ich durchs Treppengeländer und sah, wie mein Vater meiner Mutter eine verirrte goldene Locke hinters Ohr strich.

Als meine Eltern vor mehr als dreißig Jahren geheiratet hatten, kannten sie sich erst ein paar Monate. Was ich von ihrem Leben aus der Zeit, bevor sie Kinder hatten, wusste, war zusammengestückelt aus Gesprächsfetzen, die ich bei Familienfeiern aufgeschnappt hatte, denn meine Eltern redeten fast nie über sich selbst. Meine Mutter war die Tochter eines Pastors, ein braves Mädchen, fromm und hübsch. Im Gegensatz zu ihr war mein Vater sehr weltoffen. Voller philosophischer Ideen und politischer Überzeugungen, redete er gern über Wirtschaftliches oder über die bevorstehende Revolution. Doch im Lauf der Jahre wurde er ruhiger und schließlich noch ruhiger als meine Mutter. Anfangs störte das meine Mutter, denn, so erzählte sie mir einmal, sie fragte sich, was er im Stillen wohl dachte, sie zerbrach sich den Kopf, ob er glücklich war oder womöglich traurig. Mit der Zeit aber begann sie seine Ruhe zu schätzen. Sie sagte, sie gebe ihr Raum zum Denken.

»Aafje«, flüsterte mein Vater und küsste ihre kleine Faust. Ich blieb auf der Treppe sitzen, um zu lauschen.

»Wir sollten Pastor Josephus zurate ziehen«, flüsterte sie.

Mein Vater umfasste ihr Gesicht und blickte sie liebevoll an. »Niemand darf es wissen«, flüsterte er, und seine Stimme zitterte etwas. Lange schauten meine Eltern einander in die Augen, während Tränen über die Wangen meiner Mutter strömten.

»Hast du gesehen?«, sagte sie schließlich, mit einer Stimme, die noch heiser war vom Weinen. »Hast du gesehen, was sie bei sich hatten?«

Mein Vater schüttelte den Kopf.

»Nur einen einzigen Koffer, Piet. Jedes Mädchen hat nur einen einzigen Koffer.«

Er nickte.

»Stell dir doch nur vor, dein ganzes Hab und Gut, alles in einem einzigen kleinen Koffer.«

Mein Vater schwieg und starrte in die orange Glut, als sei das Feuer eine Kristallkugel. Zusammen blickten sie ins Feuer, schweigend. Bis meine Mutter sich mit dem Saum ihrer Schürze die Augen wischte und die Schürze dann wieder glattstrich.

»Wahrscheinlich ist es so am besten«, sagte sie dann. »Das Zimmer ist ja so klein.«

Langsam stand sie von ihrem Stuhl auf und ging zu der Eichentruhe neben dem Sofa. Auch sie war ein Hochzeitsgeschenk gewesen, von ihren Eltern, die damals gehofft hatten, ihre Tochter würde eine große Familie haben, drei oder vier Kinder, vielleicht sogar mehr. Der geschnitzte Deckel der Truhe knarrte unter seinem eigenen Gewicht, als sie ihn an den Messingbeschlägen anhob, zwei ihrer selbst gestrickten Decken herauszog und sie meinem Vater reichte.

»Zwar ist es nicht mehr Winter, aber kalt ist es noch immer«, sagte meine Mutter. Dann wandte sie sich um, spähte aus der gewölbten Türöffnung zur Treppe und sah mich an. Die ganze Zeit schon hatte sie gewusst, dass ich hier saß. »Bring die beiden Decken den Mädchen«, sagte sie mit einem sanften, müden Lächeln.

Ich fuhr hoch. Als ich aufgestanden war, merkte ich, dass ich, genau wie meine Mutter, meine Wangen trocken wischen musste. Irgendwie waren sie ganz nass geworden.

Kapitel 12

»Ist es noch kalt draußen?«, fragte Sonja, als sie sah, dass ich mich warm anzog. Sie und Philine saßen zusammengekauert nebeneinander auf dem Bett, die Teetassen mit beiden Händen an den Brustkorb gedrückt, als wären es kleine Heizkörper, aus denen Dampf aufstieg wie Rauch. Seit zwei Tagen waren sie nicht mehr draußen gewesen.

»Viel Glück«, sagte Philine, als ginge ich zu einem Vorstellungsgespräch. Was in gewisser Weise sogar zutraf.

»Wärst du so nett, uns ein paar Zeitschriften mitzubringen, bitte?«, rief Sonja mir nach. Der Situation zum Trotz gaben sich die beiden alle Mühe, fröhlich zu wirken. Mir war klar, dass sie erleichtert waren, endlich den Entschluss gefasst und Amsterdam verlassen zu haben, und obwohl uns natürlich allen bewusst war, dass der Reiz des Neuen sich bald abnutzen würde, vermieden wir, es anzusprechen, weil es uns schlecht für die Moral erschien.

»Und halte deine fünf Sinne zusammen«, ermahnte mich Philine. »Das sagt mein Vater auch immer.«

»Ich versuch's.« Kurz tauchte das Bild von Herrn Polak in seiner Wohnungstür vor meinem inneren Auge auf, aber ich verdrängte es sogleich. »Bis nachher«, rief ich, machte mich mit einem beiläufigen Winken auf den Weg und versuchte zu vergessen, dass ich keine Ahnung hatte, wie lange meine Freundinnen in dem winzigen Zimmer würden bleiben müssen. Monate? Jahre? Bestimmt fragten sie sich dasselbe.

Hals Tabak befand sich auf einer schmalen, aber belebten kleinen Seitenstraße, nicht weit von Haarlems Grote Markt im Stadtzentrum. Vor dem Krieg waren in der Straße an einem Samstag stets viele Leute unterwegs gewesen, um in den verschiedenen Geschäften – darunter ein Haushaltswarenladen, eine Bäckerei, ein Zeitungskiosk, ein Fleischer, ein Käsegeschäft, ein Spielwarenladen und eben ein Tabakladen – das übliche, teils notwendige, teils überflüssige Allerlei einzukaufen. Und dort sollte ich nun auf meine Kontaktperson aus dem Widerstand treffen. Jan.

Nach drei Kriegsjahren war die Einkaufsmeile wesentlich ruhiger geworden. Mindestens die Hälfte der Läden war geschlossen, in den übrigen konnte man nur mit Lebensmittelkarten einkaufen. Vor den wenigen noch geöffneten Ladentüren hatten sich lange Schlangen müder Bürger gebildet, die sich weit die Gehwege entlangzogen und auf denen nun Großmütter, Väter und älteste Töchter vor den papierverhängten Schaufenstern des Spielwarenladens und des Herrenartikelgeschäfts standen – beide seit einer halben Ewigkeit geschlossen. Still und gelangweilt standen die Menschen in der Schlange, gewöhnt an die Routine, auf Dinge warten zu müssen, die sie früher für selbstverständlich genommen hatten, um oft genug Dinge zu bekommen, die sie gar nicht wollten. In der Bäckerei hatte man keineswegs die Wahl zwischen Roggenbrot und Brötchen; jetzt gab es nur einen schlichten Laib von etwas, das Brot genannt wurde, obgleich wir alle den Verdacht hegten, dass es größtenteils aus Sägemehl bestand. Sobald man es zu schneiden versuchte, zerfiel es in sandige, geschmacklose Klumpen, die am Gaumen kleben blieben. Wir hassten das Zeug. Als ich mein Fahrrad vorbeischob, nahmen mich die Schlangestehenden kaum zur Kenntnis – sie interessierte nichts mehr.

Das Tabakgeschäft war geschlossen, den staubigen Fenstern nach zu schließen, schon seit längerer Zeit. Als ich durch die trübe Scheibe spähte, sah ich Glasvitrinen, Keramikdosen und eine schwere Registrierkasse aus Messing, dem Anschein nach absolut funktionstüchtig, vorausgesetzt, jemand würde die Regale mit frischer Ware füllen und jemand anderes hätte das Geld, sie zu kaufen. Die Waage hing akkurat ausbalanciert in der Luft, beide Waagschalen aus fleckigem Messing waren leer.

Vor der Ladentür blieb ich stehen und wartete, versuchte, ebenso gelangweilt zu wirken wie alle anderen, schob die Hüfte vor und holte aus meiner Umhängetasche eine Zigarette, entschied mich aber dann dagegen, sie anzuzünden, weil ich nur selten rauchte und fast jedes Mal einen Hustenanfall bekam. Nervös trat ich mit dem Fuß gegen die Kopfsteine, aber als ich merkte, dass meine Schuhe davon noch mehr Schrammen davontrugen, ließ ich es lieber sein. Seit fünf Jahren hatte ich keine neuen Schuhe mehr bekommen.

Ein paar Leute gingen an mir vorbei oder reihten sich in eine der Schlangen entlang der Straße ein. Zu Dekkers Anweisungen gehörte, dass ich einen Umschlag mit dem Rotkreuz-Symbol sichtbar bei mir tragen sollte, damit besagter Jan mich erkannte. Falls Jan sein richtiger Name war.

Die Vertrautheit des Tabakgeruchs beruhigte mich ein wenig. Selbst durch die geschlossene Tür roch es tröstlich nach meinem Vater, nach Pfeifentabak und Zigaretten. Alle Tabakläden verströmten den gleichen Duft. Als kleines Mädchen hatte ich viel Zeit damit verbracht, dort auf meinen Vater zu warten, wenn er Tabak kaufte, sich ein paar Pfeifen anschaute und dabei ein Männergespräch mit dem Eigentümer führte, der mir immer ein paar Stücke Lakritz schenkte. Bei der Erinnerung lief mir das Wasser im Mund zusammen.

Schließlich entdeckte ich am Ende des Häuserblocks einen Mann, der allein unterwegs war. Er hatte die gebeugten Schultern eines vorzeitig gealterten Mannes – eines, der sich zu viele Sorgen machte. Vielleicht fünfunddreißig, zwar dünn, aber muskulös wie ein Hafenarbeiter. Beim Gehen blickte er alle paar Sekunden hoch, um zu sehen, an wem oder was er gerade vorüberkam.

Sofort wusste ich, dass er der Mann war, den ich treffen sollte. Da ich ihn jedoch nicht anstarren wollte, blickte ich konzentriert in die entgegengesetzte Richtung, als hielte ich Ausschau nach einem Freund.

Dort bemerkte ich eine Gruppe von drei Mädchen im Teenageralter, nicht viel jünger als ich, kichernd und verschämt, der einzig fröhliche Anblick auf dieser Straße. Sie standen vor einem Mann um die zwanzig. Er war blauäugig und breitschultrig, mittelgroß, doch er wirkte größer, und sein strahlendes Lächeln und unbekümmertes Lachen zogen die Mädchen ganz offensichtlich in seinen Bann. Mich dagegen machten solche Männer noch immer nervös. Sie gingen durch die Welt, als gehöre ihnen alles – was in gewisser Weise ja auch stimmte. Zu laut, zu forsch. Zu selbstbewusst. Zu meinem Glück war ich für ihresgleichen unsichtbar.

Ich blickte wieder zu meiner Zielperson. Der Mann kam noch immer direkt auf mich zu, hatte aber noch keinen Blickkontakt aufgenommen, sondern schaute aufs Kopfsteinpflaster und setzte stoisch einen Fuß vor den anderen. Ich versuchte, mich in Geduld zu üben. Rechts von mir erklang ein mädchenhaftes Lachen. Der Blonde hatte einen Witz gemacht, die Mädchen waren begeistert, ihre Wangen gerötet, ihre Augen funkelten. Ich bemühte mich, die Ablenkung weitgehend zu ignorieren.

»Na dann, trotzdem vielen Dank«, sagte der Blonde laut, und

die Mädchen gerieten erneut in Aufregung. Unwillkürlich schaute ich zu ihnen. Der Blonde sah mir nun direkt ins Gesicht, die blauen Augen klar und wach. Und dann sein gerecktes Kinn, eine Spur von Bartstoppeln auf den Wangen, die Art, wie er dastand, stolz und dennoch entspannt, in der Haltung eines jungen Kriegers, sich seiner selbst bewusst und doch vollkommen natürlich. Beschämt wandte ich mich ab, denn jetzt stieg mir plötzlich die Hitze ins Gesicht.

Zu meiner Linken kam der gebeugte Mann immer näher. Ich räusperte mich, um seine Aufmerksamkeit auf mich zu ziehen, aber er schien es nicht zu hören. Ich räusperte mich noch einmal. Er ging weiter, zog seinen Mantel enger um sich und murmelte etwas mit gespitzten Lippen vor sich hin. Ich stand direkt in seinem Weg, er konnte mich nicht verfehlen. Doch er murmelte weiter, ohne aufzublicken, und fuhr dabei mit einer Fingerspitze an den Hauswänden und Schaufenstern entlang, an denen er vorbeikam. Vermutlich eine Strategie – er hatte gelernt, alles in seiner Umgebung wahrzunehmen, selbst wenn er dabei wirkte, als sei er in seiner eigenen Welt versunken. Die Widerständler waren echt gut.

»Hey!«, hörte ich eine Stimme rechts von mir, und plötzlich stürzte der Blonde auf mich zu – auf mich? –, packte mich am Arm und zog mich weg vom Fenster des Tabakladens, meine Tasche flog von meiner Schulter, und ich schnappte schockiert nach Luft, während der Bucklige an mir vorbeitrottete, vorbei an dem Blonden, vorbei an den drei kichernden Mädchen, die noch an der gleichen Stelle standen, ging er einfach weiter, ohne mich im Geringsten zur Kenntnis genommen zu haben. Die raue Hand des Blonden umklammerte dagegen noch immer mein Handgelenk, wenn auch etwas sanfter.

»Torpedo Juice«, sagte er.

»Was?«, fragte ich verwirrt.

»Reiner Ethylalkohol, den die Leute inzwischen trinken. Schrecklich, jemanden in diesem Zustand zu sehen, was?« Kopfschüttelnd sah er dem davonschlurfenden Mann nach. Dann lächelte er mich an. Hielt weiter mein Handgelenk fest, schaute mir in die Augen. »Du hast da was fallen lassen«, sagte er und bückte sich, um meine Tasche aufzuheben.

Der Betrunkene bog am Ende des Häuserblocks um die Ecke und verschwand. Ich schaute in die andere Richtung, ob vielleicht dort sein Ersatz auftauchte, der Mensch, den ich treffen sollte. Ein paar Frauen starrten mich von der anderen Straßenseite an, der Auftritt des Blonden hatte offensichtlich ihre Neugier geweckt.

»Danke«, sagte ich und vermied es, ihn anzusehen, denn ich wusste, dass meine Wangen glühten. Und möglicherweise hatte ich die ganze Sache gerade verbockt. Ich holte tief Luft und unterdrückte ein in mir aufwallendes Schluchzen. Weinen kam nicht infrage.

Der Blonde stand noch immer vor mir. »War mir ein Vergnügen«, sagte er.

Ich machte mich an meiner Tasche zu schaffen, um Zeit zu schinden.

»Hast du eine übrig?«

Zwar hielt ich die unangezündete Zigarette immer noch zwischen den Fingern, aber in der ganzen Aufregung hatte ich sie zerdrückt, so dass sie gebrochen war und ein schlaffes Ende herunterhing.

»Hier«, sagte ich und holte die letzte noch intakte Zigarette aus meiner Tasche. Er bedankte sich, nahm sie zwischen die Lippen, hielt ein Zippo-Feuerzeug ans Ende, nahm einen tiefen Zug und streckte mir dann die Zigarette entgegen.

»Hier«, wiederholte er, reichte mir die angezündete Zigarette und nahm mir die kaputte aus der Hand. Dann rollte er sie ein paarmal zwischen seinen Handflächen hin und her, leckte über den Papiersaum, und schon war die Zigarette wieder wie neu. Er zündete sie an und grinste. »So ist es besser«, sagte er und blies perfekte Rauchringe über unsere Köpfe hinweg in die Luft.

»Jetzt hab ich dir die gute gegeben«, sagte er, »dann könntest du sie doch auch wenigstens rauchen.« Die Asche am Ende meiner Zigarette zitterte unter ihrem eigenen Gewicht, ich inhalierte unsicher und fing sofort an zu husten. Er lachte.

»Alles gut, Schätzchen?«

Meine Augen tränten, mein Gesicht war wahrscheinlich knallrot. »Eigentlich«, entgegnete ich und zog kurz an der Zigarette, schnüffelte und reckte den Kopf in die Höhe, »eigentlich habe ich dir die Zigarette gegeben. Erinnerst du dich?«

»Ha!« Er lachte, und alle, die es hörten, schauten zu uns herüber, weil sein Lachen so laut und frei klang. Sogar die drei Mädchen, die schon fast außer Sichtweite waren, drehten sich um. Ich seufzte. Es war vorbei. Meine Chance, mit der Widerstandsbewegung Kontakt aufzunehmen, hatte ich ungenutzt verstreichen lassen. Ich hatte Aufmerksamkeit auf mich gezogen, jetzt würde sich mir niemand mehr nähern. Die beiden Frauen gegenüber schauten nicht mehr zu uns herüber. Das Ganze war seine Schuld. Die Schuld dieses Blonden. Ich inhalierte noch einmal, diesmal tiefer, weil ich das fiese Brennen hinten in meinem Hals spüren wollte. Ich würde einen neuen Weg finden müssen, um in Kontakt zu kommen.

»Wo hast du die her?«, fragte der Blonde und betrachtete bewundernd die belgische Zigarette.

»Von einer Freundin«, antwortete ich. Sonja war die Einzige von uns, die sich Zigaretten leisten konnte. Das Dienstmädchen der Frenks besorgte sie auf dem Schwarzmarkt, und Sonja hatte zwei Päckchen mit nach Haarlem gebracht.

»Sehr fein«, sagte er. »So eine hatte ich seit einer Ewigkeit nicht mehr.«

Ich blickte mich nach meinem Fahrrad um.

»Gehst du weg?« Er sah sich um, schüttelte die blonden Locken, und sah zu dem Tabakladen hinter uns. »Wartest du nicht darauf, dass der Laden aufmacht?«

»Na ja, der ist geschlossen«, sagte ich. Beiläufig, locker, wie ich hoffte. Ich wollte vor allem weg.

»Dann hast du Glück.« Er ging um mich herum, nahm einen enormen Schlüssel von einem Schlüsselband, das an seinem Gürtel befestigt war, schloss die Tür des Tabakgeschäfts auf und betrat den an eine Gruft gemahnenden Raum, umwirbelt von einem kleinen Tornado sonnendurchfluteten Staubs. »Komm rein«, sagte er und hielt die Tür für mich auf.

»Gehört dir der Laden?«

»Irgendwie schon, ja. Zumindest habe ich die Schlüssel.«

»Warum hast du mich dann um eine Zigarette gebeten?«

Er zuckte die Achseln. »Eine Gratiszigarette kann ich doch nicht ablehnen.« Demonstrativ blickte er sich auf den leeren Regalen um. »Und hier gibt es keine mehr.«

»Danke«, sagte ich, ohne zu wissen, wofür ich ihm dankte – ich wollte einfach nur verschwinden und machte einen Schritt zurück auf die Straße. Ganz gleich, wer dieser blonde Mann war, ich wollte nicht mit ihm allein in einem verlassenen Tabakladen sein.

Aber er streckte mir die Hand entgegen. »Jan Bonekamp.«

Jan? Ich schlug ein, und er zerdrückte mir fast die Hand. »Oh, guten Tag. Ich bin Hannie Sch…«

»Vorname reicht.«

»Aber du …?«

»Ich bin zu blöd, um mich an die Regeln zu erinnern«, erklärte er und klopfte sich mit den Fingerknöcheln so heftig an den Kopf, dass ich das Pochen hören konnte. »Nicht wie ihr Mädels von der Uni.«

Ich war schon wieder auf dem Weg zur Tür, doch mein Absatz blieb an der ersten Stufe hängen, so dass ich um ein Haar gestürzt wäre. Zum Glück gelang es mir gerade noch, mich am Türpfosten festzuhalten, und ich musterte den Blonden von oben bis unten. Er lachte und machte das Gleiche bei mir.

»Entschuldige«, sagte ich.

»Was?«

»Bist du etwa …« Ich versuchte, mich zusammenzureißen. »Ich meine, du bist doch nicht …«

»Mit Bettine befreundet? Doch.«

Jetzt war ich endgültig verwirrt, was man meinem Gesicht wohl ansah.

»Bettine Dekker?«, fuhr er fort. »Groß, ein bisschen einschüchternd? Lieblingsfarbe Weiß?« Während mein Gehirn die Informationen noch verarbeitete, sprach er einfach weiter. »Kriegsheldin. Wusstest du das? Dekker ist eine Legende.«

Ich nickte. Niemals hatte ich auch nur in Erwägung gezogen, Schwester Dekker beim Vornamen zu nennen. Ausgerechnet Bettine.

»Jedenfalls haben wir beide uns gefunden«, stellte Jan lakonisch fest, fasste mich am Ellbogen und führte mich zurück ins Ladeninnere. »Ja, man muss vorsichtig sein bei diesen Treffen.« Er kniff die Augen zusammen und blickte um sich wie ein alberner Cartoon-Spion, schaute dann wieder zu mir und flüsterte: »So machen wir das nämlich in der … in der Du-weißt-schon-was.«

Widerstandsbewegung? Da stand ich nun mitten in dem leeren Laden, während ein klammes Gefühl von meinen Füßen über meine Knöchel weiter hoch bis zu meinen Knien aufstieg wie anschwellendes Wasser. Ich war in eine Falle getappt. Dieser Witzbold konnte nicht echt sein. So langsam und unauffällig wie möglich bewegte ich mich rückwärts durch den Staubteppich, der den Holzboden bedeckte, Richtung Tür.

»Was hab ich denn gesagt?« Nassforsch starrte Jan mich an.

»Ich bin hier am falschen Ort«, sagte ich lächelnd. »Mein Fehler.«

»Ha!« Wieder dieses viel zu laute Lachen. »Du kennst sie als Schwester Dekker. Ich kenne sie als Bettine, und wenn sie sagt, wir können dir trauen, dann nehme ich sie beim Wort.« Er warf rasch einen Blick über die Schulter. »Unglücklicherweise ist sie nicht hier, um dich zu überzeugen.« Ich runzelte die Stirn. War Dekker womöglich verhaftet worden und dieser junge Mann so an ihre Informationen gekommen? Oder war er vielleicht doch mein Widerstandskontakt und sah nur viel besser aus und war dreister, als ich es erwartet hatte?

Oder er war ein kollaborierender Polizist. »Woher soll ich wissen, ob du nicht bei der Polizei bist?«, fragte ich ihn.

»Scheiß auf die Polizei«, sagte er, und so spontan, wie er das ausspuckte, war es ihm anscheinend schon häufiger über die Lippen gekommen. Ich zuckte zusammen. »Der Großteil dieser Schlangenbrut konnte es gar nicht erwarten, Hitler den Treueid zu schwören, kaum dass wir besetzt worden waren. Ich bin kein Polizist.« Jetzt war sein lockerer Ton messerscharf. »Aber woher soll ich wissen, dass du nicht von der Polizei bist?«

»Ich?« Um ein Haar hätte ich gelacht. »Sehe ich vielleicht aus wie eine Polizistin?«

»Nein«, antwortete er prompt. »Viel zu hübsch. Außerdem

werden bei der Polizei keine Rothaarigen eingestellt. Zu …« Mit seinem Zeigefinger machte er eine Spiralbewegung an seiner Schläfe: *zu verrückt*.

Wie von allein öffnete sich mein Mund, aber nichts kam heraus. Ich war schockiert und geschmeichelt zugleich.

»Schau her«, sagte er, knöpfte sich die Jacke auf und hielt sie weit auf. »Ich habe keine Waffe dabei. Du vielleicht?«

Ich rollte die Augen und drehte mich um, als wollte ich zur Tür. Hier konnte ich keinen klaren Gedanken fassen. Doch wieder packte er mich am Handgelenk und zog mich zurück, so dass ich seitlich gegen seinen Brustkorb stieß. Mit einem Arm hielt er mich fest, mit der anderen Hand klopfte er nachdrücklich, aber respektvoll meine Rippen und meine Taille ab.

»Denkst du wirklich, ich könnte eine Waffe tragen?«

Er zog seine Hände zurück und drehte mich um, bis ich ihm ins Gesicht blickte. »Jetzt nicht mehr«, antwortete er und grinste. »Bettine hat eine Menge Kontakte und hätte dich irgendwohin lotsen können, aber sie hat dich zu mir geschickt. Du vertraust ihr, oder nicht?«

»Ich denke schon«, sagte ich, unsicher, wohin die Frage führte.

»Nun«, sagte Jan, »ich vertraue ihr auch. Und ich bin bereit, dich anzulernen, wenn du bereit bist, es auszuprobieren.«

»Mich anzulernen?« Ich dachte an die freiwilligen Helfer an den Tischen der Flüchtlingsorganisation, wie sie Umschläge gefüllt und Notpakete gepackt hatten. »Ich bin doch schon angelernt«, sagte ich.

Aber Jan schüttelte entschieden den Kopf. »Nicht, wenn du keine Waffe trägst.«

Kapitel 13

Als ich an diesem Abend zurück nach Hause kam, stürmten Philine und Sonja auf mich ein mit Fragen, wo ich den ganzen Tag gewesen sei. »Ich darf eigentlich nicht darüber reden«, entschuldigte ich mich, ohne die geringste Ahnung, wie ich mit dieser neuen Situation umgehen sollte.

»Wir sind die Einzigen, mit denen du darüber reden kannst«, argumentierte Sonja, die dabei war, etwas Neues auszuprobieren, Stricken. »Wir sind den lieben langen Tag hier eingesperrt – wem könnten wir denn schon etwas erzählen?«

»Ich weiß, aber …« Mich quälten pausenlos entsetzliche Horrorszenarien: Was, wenn die Gestapo morgen hereinstürmte und uns alle verhörte?

»Es ist sicherer für sie, wenn sie mit niemandem redet«, sagte Philine, worauf Sonja zwar die Augen verdrehte, jedoch von mir abließ. Zum Glück stellten meine Eltern keinerlei Fragen. Als ich heimgekommen war, hatten sie mich fest umarmt, mich dann auf Armlänge von sich gehalten und mich von Kopf bis Fuß gemustert, als prüften sie, ob ich an irgendeiner Stelle beschädigt war. Sie sagten nichts, doch ich erkannte den Blick – er ähnelte dem, mit dem Herr Polak beim Abschied Philine gemustert hatte: erfüllt von Gefühlen, die sich nicht in Worte fassen ließen. Ich aß an diesem Abend zusammen mit meinen Freundinnen in unserem Mansardenzimmer, wo wir das Tischtuch übers Bett breiteten, als veranstalteten wir ein Picknick.

Das Gespräch konzentrierten wir auf gute Dinge, zum Beispiel darauf, wie entspannend es war, nicht für eine Abschlussprüfung lernen zu müssen. Der Abend verlief sehr angenehm. Erst als ich auf meiner Pritsche lag und im Haus Stille und Dunkelheit einkehrten, wurde ich traurig. Den Umriss der beiden schlafenden Körper in meinem Kinderbett zu sehen, war, als schaute ich mir einen alten Film an: Meine Schwester und mich, vor vielen Jahren, warm und wohlig aneinandergekuschelt. Und doch gab mir die Erinnerung an Annie Mut.

Am nächsten Tag ging ich nachmittags gegen halb vier auf den Grote Markt und schlenderte wieder an den langen Schlangen meiner müden Mitbürger entlang. Falls es etwas Schlimmeres gab als reine Langeweile, dann von Verfolgungswahn, Wut und Furcht durchsetzte Langeweile. Ich stellte mich ans Ende der Schlange. Doch ich hatte nicht vor, hier den Lauch zu kaufen, um den meine Mutter gebeten hatte. Nein, ich wartete auf Jan Bonekamp.

»Erster Spargel der Saison, junge Frau?« Langsam bewegte sich ein Bauer mit seinem Handwagen die Schlange entlang und verkaufte seine Produkte an Leute, die noch Bargeld besaßen.

»Nein, danke«, antwortete ich.

»Wie viel kriege ich dafür?«, fragte ein Mann hinter mir und streifte, als er dem Bauern ein paar Münzen in die Hand drückte, meine Schulter. »Der Rest ist für Sie.«

»Danke sehr, mein Herr«, antwortete der Bauer, hocherfreut über die wenigen Zinkmünzen, die jetzt im Krieg geprägt wurden. Dieser Tage sagte niemand mehr: »Der Rest ist für Sie.« In der Erwartung, dass die Stimme einem Nazioffizier gehörte, drehte ich mich um. Aber es war kein uniformierter Deutscher, es war Jan Bonekamp. Der Blonde.

»Du bist aber früh dran«, sagte ich. Er stand so dicht bei mir, als sei er mein Ehemann, der sich zu mir gesellt hatte, um zusammen etwas fürs Abendessen zu besorgen. Der Bauer lächelte uns zu, einem netten jungen Pärchen.

»Du auch«, sagte Jan.

»Wir waren doch hier verabredet«, sagte ich.

»Klar.« Jan lächelte »Aber nicht jeder, der sagt, er kommt, kommt auch wirklich.« Er nahm das kleine Bündel Spargel von dem Bauern entgegen. »Danke.« Dann nahm er meine Hand und führte mich durch die Reihen der Marktstände und Menschen, hin zu der belebten Straße. Er trug eine Kappe und eine Marinejacke, bahnte sich sanft einen Weg durch die Menge, und ich versuchte, Schritt zu halten. Auf der anderen Straßenseite stand sein Fahrrad.

»Steig auf.«

»Was?«

»Setz dich hintendrauf«, sagte er und deutete auf den selbst gebauten Gepäckträger.

»Ich hab mein eigenes Fahrrad dabei«, entgegnete ich.

»Besser, wir sind zusammen unterwegs. Komm.«

Einen Moment zögerte ich. Aber ich hatte mich entschlossen, ihn heute zu treffen, also musste ich es auch durchziehen. Jetzt gab es kein Zurück mehr. Jan blickte sich um und klopfte dann einer alten Frau auf die Schulter, die in einer Schlange vor einer Bäckerei wartete und sich argwöhnisch umdrehte.

»*Solidariteit, mevrouw*«, sagte er und tippte sich an die Mütze. Solidarität, Madame. Rasch stopfte er den Spargel in ihre leere Einkaufstasche, und das Gesicht der Frau verzog sich zu einem faltigen Lächeln. Dann wandte er sich wieder mir zu.

»Kommst du?«, fragte er.

Alle Zweifel, die ich gehabt hatte, schmolzen dahin. Mir war noch nie in den Sinn gekommen, dass man sich auch entscheiden könnte, nicht zu zweifeln. Wie aufregend! Ich kletterte auf den Gepäckträger, der einen recht stabilen Eindruck machte, und hielt mich an Jans Schultern fest.

»Leg die Arme lieber um meinen Bauch«, sagte er.

»Ich glaube, so funktioniert es auch«, entgegnete ich schnippisch. Es war schon nervenaufreibend genug, ihn überhaupt anzufassen.

Aber er packte meine linke Hand und führte sie um seinen Oberkörper. »Du fällst sonst runter.«

Ich wurde rot, gehorchte aber, und Jan trat in die Pedale. Und er hatte vollkommen recht: Er fuhr so schnell und legte sich so scharf in die Kurven, dass ich mich an ihn drücken musste, um nicht hinunterzufallen. Jedes Mal, wenn wir um die Ecke flitzten, fühlte ich, wie seine Rücken- und Bauchmuskeln sich anspannten, seine Wärme durchdrang seine und meine Jacke. Es wäre für mich leichter gewesen, wenn ich meine Wange an seine Schulterblätter gedrückt hätte, aber dazu konnte ich mich nicht überwinden.

Wenn das die Widerstandsbewegung war, hätte ich schon vor vielen Jahren von der Schule abgehen sollen.

»Wo fahren wir hin?«, rief ich ihm über seine Schulter zu.

»Haarlemmerhout«, antwortete er.

Den Haarlemmerhout – Haarlemwald – gibt es schon länger als die Stadt selbst, er war schon den Römern wohlbekannt, als er noch in ihrem Imperium lag. Vor Annies Tod waren wir oft zum Picknicken dort, und kaum hatte unsere Mutter einen guten Platz für die Decke gefunden, gingen Annie und ich auf Entdeckungstour – »Aber nicht zu weit!« –, denn der Haarlemmerhout war kein normaler Park. Sobald man die Kieswege verließ, war der Wald ungepflegt und wild, es gab weder Wanderwege noch Brunnen oder Spielplätze, was ihn zu einem starken Anziehungspunkt für die Zigeuner mit ihren Wagen und allgemein für »den derberen Menschenschlag« machte. So sagte es jedenfalls meine Mutter.

»Napoleon hat seine Truppen hier durchmarschieren lassen«, erzählte ich, als ich hinter Jan zwischen Büschen hindurch und über Baumwurzeln stapfte. »Mein Vater hat uns beigebracht, wie man die Initialen, die seine Soldaten in die Bäume geschnitzt haben, noch finden kann.« Ich deutete auf ein besonders schönes Beispiel.

»Imperialistenhure«, sagte er.

»Wie bitte?«

»Napoleon«, erklärte er und kickte in die Moderhaufen abgefallener Blätter.

Ich hatte keine Ahnung, wie ich mit diesem Mann Konversation machen sollte. Prompt stolperte ich über einen Stein, stöhnte kurz auf, setzte jedoch alles daran, den Laut wie ein anmutiges Seufzen klingen zu lassen.

»Alles gut da hinten?«, fragte er und warf einen Blick über die Schulter zu mir, den Anflug eines Lächelns auf den Lippen.

»Ausgezeichnet«, versicherte ich, doch meine Fingernägel gruben kleine Halbmonde in meine Handflächen.

»Da sind wir.« An einer unauffälligen Stelle neben einem Erlendickicht, wo wir vor neugierigen Blicken geschützt waren und jeden sich nähernden Schritt hören konnten, blieb er stehen. »Bettine war der Ansicht, du seist bereit für ein ernsthafteres Training. Stimmt das?«

Anscheinend traute Dekker mir mehr zu als ich mir selbst. Zwar hatte ich keine Ahnung, was ein »ernsthaftes Training«

bedeutete, stellte jedoch fest, dass ich es machen wollte. Vor allem, wenn Schwester Dekker glaubte, dass ich dafür bereit sei.

»Ja«, antwortete ich. Was kam wohl als Nächstes? Würde ich Codewörter lernen? Mir Geheimadressen einprägen? Letzteres hatte ich bereits geübt, das wusste ich. »Wo sind die anderen?«

»Die anderen?« Jan zog fragend eine Augenbraue hoch.

»Treffen wir uns hier nicht mit jemandem zum Training?« Aus irgendeinem Grund hatte ich mir ein halbes Dutzend rauflustige Leute vorgestellt, das sich hier versammeln und neue Untergrundkämpfer-Fähigkeiten einüben würden. Ich war regelrecht darauf erpicht gewesen, sie kennenzulernen.

Jans ausdrucksvoller Mund zuckte spöttisch. »Ja, klar ... auf der anderen Seite vom Gebüsch warten noch mal fünfzig Männer.« Er lachte. »Nein, nein, nur du und ich heute, Schätzchen. Was hast du dir denn gedacht, wie viele wir sind?«

»Entschuldigung«, antwortete ich verlegen. Obwohl ich mich fühlte, als sei ich die letzte Person, die sich jetzt, da der Krieg schon so lange dauerte, dem Widerstand anschloss, war das selbstverständlich nicht der Fall. Wenn jeder von uns in der Widerstandsbewegung aktiv wäre ... nun ja, dann wären wir in einer vollkommen anderen Lage.

»Du brauchst dich doch nicht zu entschuldigen«, beruhigte mich Jan. »Gut, dass du da bist. So, und jetzt ist es Zeit für ein paar Zielübungen.« Er griff in seine Jackentasche und wollte mir eine kleine schwarze Pistole geben. Ich erstarrte. »Was ist?«, fragte er.

»Ich hab noch nie ...« Ich kam mir unglaublich dumm vor. Doch es erschien mir genauso dumm, so zu tun, als hätte ich schon einmal eine Pistole in der Hand gehalten – oder auch nur eine berührt.

»Nimm sie ruhig, sie wird dir nichts tun.« Er zog mich auf. Ich nahm die Pistole entschlossen an mich.

»Nein«, sagte er und schlug meine Hand sofort nach unten. »Erste Lektion: Richte nie die Waffe auf deinen Lehrer.«

»Oh!« Beschämt zog ich den Finger vom Abzug zurück und richtete die Mündung zum Boden. All mein unverdientes Selbstvertrauen war verflogen, und ich hielt den Griff zwischen den Fingerspitzen, als habe man von mir verlangt, dass ich eine Echse halten solle, die jeden Moment meinen Arm emporkriechen könnte. Dies war eine echte Waffe. Seit die Deutschen aufgetaucht waren, hatte ich schon viele Waffen gesehen, von Pistolen über Gewehre bis zu altmodischen Flinten mit Bajonetten in Marschformationen, aber sie befanden sich allesamt im Besitz der Deutschen. Eine Schusswaffe in der Hand zu haben, war etwas vollkommen anderes, aufregend und beunruhigend zugleich. Niemals hatte ich mir vorgestellt, eine Pistole zu halten. Ganz zu schweigen davon, sie zu benutzen. »Damit fangen wir an?«, fragte ich.

»Womit sonst?«, fragte er fröhlich. »Es gibt noch andere Dinge, die man lernen muss, aber das hier dauert am längsten. Vermutlich hast du schon ein bisschen Erfahrung mit dem ganzen anderen Zeug – Lieferungen, Taschendiebstahl, Observieren, richtig? Bettine hat so was jedenfalls gesagt.«

»Ach, das hat sie?«, fragte ich schockiert, aber auch erleichtert. »Bist du noch in Kontakt mit ihr?« Ich versuchte, so beiläufig wie möglich zu klingen, obwohl ich in Wirklichkeit Angst gehabt hatte, mir auch nur vorzustellen, was mit Dekker geschehen sein könnte, seit ich sie das letzte Mal gesehen hatte.

Jan musterte mich und versuchte offensichtlich herauszufinden, was ich tatsächlich wissen wollte. »Um Dekker brauchst du dir keine Sorgen zu machen, sie kann auf sich aufpassen«, erklärte er. »Und es geht ihr gut. Zumindest war es vor ein paar Tagen noch so.«

»Gut.« Ich nickte. Natürlich hatte er recht, aber natürlich war Dekker auch in Gefahr, das waren wir alle. Aber ich musste mir keine Sorgen um sie machen. Es gab genug anderes, um mich zu beunruhigen.

Jan setzte den Unterricht fort. »Sabotage spielt bei der Arbeit im Widerstand eine große Rolle«, erklärte er und brachte mich vor der Zielscheibe in Stellung. »Besonders gut dabei ist Freddie: Sprengstoff anbringen, Züge entgleisen lassen, selbst kleine Dinge, wie zum Beispiel irgendwelchen Nazifahrzeugen das Benzin ablassen. Das ist wichtige Arbeit, und wahrscheinlich wirst du davon auch etwas erledigen.« Züge zum Entgleisen bringen? Ich sagte nichts, nickte nur. »Aber du könntest dich jetzt auch einfach mit dem Schießen vertraut machen, oder nicht?«

»Klar«, antwortete ich und hoffte, dass meine Stimme nicht so schwach klang, wie ich mich fühlte.

»Dann mal los. Also – leg beide Hände um den Griff«, sagte er und sah zu, wie ich unbeholfen seine Anweisung befolgte. »Sie ist nicht geladen.« Er zog das Magazin heraus, damit ich mich selbst vergewissern konnte: keine Patronen.

»Wie alt ist das Ding?« Der Lauf und der Griff der Waffe waren völlig zerkratzt. Offenbar eine oft benutzte Schusswaffe.

»Wenn du eine blitzblanke neue Mauser möchtest, müsstest du dich der Wehrmacht anschließen, Professor.«

»Ich hab doch nur gefragt.«

»Und ich hab nur geantwortet.« Er nahm die Pistole wieder an sich und betrachtete sie genauer. »Das ist eine nette kleine FN Browning, die wir letzte Woche einem Nazipolizisten in Heemstede abgenommen haben.« Er reichte sie mir zurück. »Sie ist perfekt, klein, aber kräftig. Wie du.«

Ich wurde rot.

»Mach weiter«, sagte er.

Die Pistole war kälter und schwerer, als ich erwartet hatte. Kalt wie etwas Totes. Ich drehte sie hin und her. Der mattschwarze Stahl war schartig, stumpfkantig und sah brutal aus. Wie stellte man es wohl an, einem Polizisten so etwas »abzunehmen«? Ich ging der Frage lieber nicht nach. »Wofür ist das hier?«, fragte ich stattdessen. Am Ende des Griffs hing eine kleine Metallschlaufe.

»Für die Hausschlüssel. Wirst du nie wieder verlieren.«

»Im Ernst?«

»Nein«, sagte er. »Das ist eine Halteschlaufe. Für Soldaten im Feld. Damit kann man die Waffe am Handgelenk befestigen, um sie nicht im Schlamm oder beim Kriechen zu verlieren. Aber bei deiner nehmen wir das Ding ab. Du brauchst es nicht, und wenn du nachts durch die Gegend schleichst, wird sie nur unerwünschten Lärm verursachen.« Er schüttelte meine Hand, und der Metallring klimperte gegen die Waffe wie ein Glöckchen an einem Kutschpferd. Ich freute mich, hätte aber nicht sagen können, ob es daran lag, dass ich mir das nächtliche Herumschleichen vorstellte, oder weil Jan mir so etwas zutraute.

»Erinnere mich daran, wenn wir wieder in der Wohnung sind«, sagte er, während er weiterging, tiefer in den Wald. »Dann entferne ich das Teil für dich.«

Da ich davon ausging, dass ich ihm folgen sollte, tat ich genau das. Von einer Wohnung hörte ich zum ersten Mal. Aber es war albern, mir im Moment über etwas so Banales wie Sicherheit Sorgen zu machen. Wenn man sich dem bewaffneten Widerstand anschließen wollte, war man nie in Sicherheit. Wie denn auch?

Inzwischen waren wir tiefer im Haarlemwald, als ich es bisher je gewagt hatte, es dämmerte bereits, die Sperrstunde nahte. »Bist du sicher, dass wir hier draußen nicht erwischt werden?«, flüsterte ich. Doch Jan schien mich nicht zu hören, also versuchte ich es noch einmal. »Ist es in Ordnung, so spät noch hier zu sein?«

Er lachte, stapfte weiter durchs Unterholz und schwenkte dabei etwas über dem Kopf. Seine Pistole. »Wer kann uns denn aufhalten?«

Richtig. Schusswaffen waren dazu da, andere Leute einzuschüchtern. Und wir hatten beide eine Pistole.

»Sicherheit ist eine Form falschen Bewusstseins«, fuhr Jan fort, ganz der patriotische Genosse, der sich auch keine Mühe machte, zu flüstern. »Aber unverantwortlich darf man auch nicht handeln. Hier im Wald sind wir ganz gut versteckt. Die Moffen, die Nachtwache haben, sind zu faul, um den weiten Weg hierher auf sich zu nehmen, die hängen nur am Waldrand rum und rauchen ihre Zigaretten. Und selbst wenn sich einer hierher verirren würde …« Ich hörte, wie er mit dem Fingernagel gegen das Metall seiner Pistole klopfte, und glaubte ihn in der Dunkelheit grinsen zu sehen. »Das hier ist die einzige echte Sicherheit.« Bevor Jan die Waffe wieder in ihr Halfter steckte, wirbelte er sie um den Zeigefinger wie ein Cowboy.

Kurz darauf kamen wir auf eine kleine Lichtung, vom Mond beschienen wie von einer Straßenlaterne. »Erstens: inspizieren und frei machen.« Jan hielt seine Waffe hoch und tat etwas, was sie dazu brachte, zu klicken. Ich zog den Verschluss an meiner Pistole zurück, und es klickte ebenfalls. Es klang richtig gut.

»Was hast du gesagt? Freimachen?«

Er zog meine Hand mit der Pistole ins Mondlicht. »Wie wir

das vorhin gemacht haben«, sagte er. »Du hast das Magazin rausgezogen, um es zu inspizieren. Was siehst du jetzt da drin?«

»Nichts.«

»Gut. Das ist die erste Information, die wir brauchen: Ist meine Waffe geladen oder nicht?«

»Sie ist nicht geladen.«

»Richtig. Also ist sie frei.«

»Sie ist frei«, wiederholte ich, Schülerin, die ich hier war. »Ist deine geladen?«

Er machte ein beleidigtes Gesicht. »Warum sollte ich eine nicht geladene Pistole mit mir rumtragen.« Er musterte mich. »Dann machen wir uns mal an deine. Sie ist nicht geladen – kein Magazin in der Pistole, keine Patrone im Patronenlager.« Er deutete auf die Stelle, an der ein Projektil sitzen sollte. »Jetzt laden wir sie.«

»Ich weiß, wie man das macht«, sagte ich. Zwar hatte ich keine Ahnung, wollte mich aber unbedingt beweisen. Und ich hatte es in Filmen ja tausendmal gesehen. Jan reichte mir fünf Magazine. Zwei davon ließ ich sofort in die Brombeerranken fallen. »Verdammt.« Ich kauerte mich nieder, tastete auf dem Waldboden herum, wo sich leider alles, was klein war, anfühlte wie eine Patrone.

»Schritt zwei: Lass die Munition nicht fallen.«

»Tut mir leid. Ich bin eine Idiotin.«

Er gab mir noch ein paar Patronen. »Vergiss es. Du lernst das schon.«

Ich glühte innerlich, spürte aber, wie die verhärteten Muskeln in meinem Nacken und meinen Schultern sich endlich entspannten. Ich war hier draußen im Wald und trainierte tatsächlich dafür, im Widerstand mitzuarbeiten. Ich lernte. Und ich wusste, dass ich meine Sache gut machen würde.

»Also. Stell dich so hin wie ich, die Beine ein Stück auseinander. Stabil. Beug dich ein bisschen nach vorn, nicht nach hinten.« Er trat hinter mich und hob seinen rechten Arm parallel zu meinem, so dass wir beide ein imaginäres Ziel vor uns anvisierten. »Genau. Schön gerade, entschlossen, schau, wie ich die Waffe halte. Kannst du sehen, wie sie genau zwischen meinen Daumen und Zeigefinger passt?« Ich imitierte seine Haltung. Wir stießen mit den ausgestreckten Armen zusammen.

Er nahm mir die Pistole aus der Hand und schob sie langsam wieder hinein. »Es soll sich gut anfühlen«, erklärte er. »Es sollte sich anfühlen, als gehörte sie genau dorthin.« Sein Mund war jetzt an meinem Nacken, sein Atem warm an meinem Ohr, wenn er flüsterte. Ich schauderte, was er bestimmt merkte, aber er blieb ganz ruhig. Sanft wiegten sich unsere Körper, gemeinsam, wie die Bäume.

»Gut«, sagte er wieder, mit etwas leiserer Stimme. »Jetzt probier einen Schuss. Mach dich auf den Rückstoß gefasst, aber hab keine Angst davor.« Er trat zurück, um mich zu beobachten.

Mit zusammengekniffenen Augen spähte ich in den finsteren Wald. »Worauf ziele ich?« Vor uns waren nur Baumstämme und Büsche zu sehen, das Dickicht wurde immer dunkler, je tiefer ich hineinblickte.

»Kein Ziel. Wir tun das nur, damit du ein Gefühl dafür bekommst. Aber wer weiß? Vielleicht hast du Glück und triffst einen verirrten Moffen. Also los.«

Ich versuchte, mich auf die winzige Zielhilfe am Ende des Laufs zu konzentrieren, konnte aber in der Dunkelheit nichts sehen. Na gut. Ich holte tief Luft, hielt den Atem an und feuerte.

Peng.

Die Kraft der Entladung raste durch meinen gestreckten Arm in meinen Körper, und für einen Augenblick dachte ich, womöglich hätte ich auf mich selbst geschossen. Aber ich fühlte keinen Schmerz. Und ich hörte auch kein Geräusch. Kurz darauf jedoch setzte ein hohes Klingeln irgendwo in meinem Kopf ein und wurde immer lauter. Ich drehte mich um, Jan packte meinen Arm und drückte ihn nach unten. Ich konnte nicht hören, was er sagte, aber er schien zu lächeln, und ich atmete endlich aus.

»Was?«, fragte ich.

Er legte den Zeigefinger an die Lippen: offenbar brüllte ich.

Dann beugte er sich dicht an mein Ohr und sprach direkt hinein: »Ich hab gesagt, richte die Waffe nicht auf irgendetwas oder irgendjemanden, den du nicht zu töten bereit bist.«

»Oh.« Ich blickte zu Boden. Jetzt war die Pistole auf meinen Fuß gerichtet. Mein Arm war so angespannt, dass es mir leichter fiel, den Fuß aus der Schusslinie zu bewegen.

»Und – wie war das?«, fragte Jan.

»Laut.« Mir klingelten noch immer die Ohren, aber mein Gehör erholte sich langsam wieder. »Der Stoß war nicht so schlimm, wie ich es erwartet habe«, fügte ich hinzu und schüttelte meine Arme aus. »Aber es ist so laut. Wird uns nicht jemand hören?«

Er zuckte die Achseln. »Wahrscheinlich schon. Aber bei Nacht hört man ja zurzeit dauernd Schüsse.«

Er hatte recht. In letzter Zeit waren die Nächte eine seltsame Mischung aus Stille, bedingt durch die Sperrstunde, gelegentlichem Krach und Geschrei bei den unsäglichen Aktivitäten der Nazis, welche auch immer das sein mochten. Doch im Moment war es still. Kein Anzeichen, dass Soldaten durch den Wald rannten und uns suchten. Vielleicht rannten sie sogar vor uns davon.

»Hannie?«, fragte Jan mit sanfter Stimme, so sanft, dass mein Herz in meiner Brust laut zu pochen begann, und ich hoffte inständig, es käme mir nur aufgrund des anhaltenden Dröhnens in meinen Ohren so vor. »Ja?«, fragte ich und dachte sogar daran, nicht zu schreien.

»Du hast noch fünf weitere Kugeln.«

»Natürlich. Stimmt ja.« Ich stellte mich wieder breitbeinig hin. Irgendwie fühlte es sich waghalsig an, die Waffe einfach ins Nichts zu richten. Andererseits war unser aller Leben seit Kriegsbeginn waghalsig geworden. Ich hatte dieser Tatsache bislang nur nicht ins Gesicht gesehen. »Ich werde aber niemanden treffen, oder?«

»Wenn du jemanden treffen würdest, dann hast du das entweder mit dem ersten Schuss getan oder diesen Jemand damit verscheucht. Jetzt mach.«

Diesmal feuerte ich die Patronen rasch nacheinander ab, denn jetzt wusste ich, was mich erwartete. Die Energie war aufregend, der Lärm und der Rückschlag verringerten sich mit jedem Schuss. Was die Treffsicherheit anging, hatte ich keine Ahnung. Aber ich gestattete mir, trotzdem Stolz zu empfinden. Jan und ich standen dicht nebeneinander und feuerten eine Weile einfach in die Nacht hinein. Der Akt des Schießens war hypnotisch, die nötige Konzentration, die Atemkontrolle eine willkommene Ablenkung von der ständigen Sorge um Sonja, Philine, um meine Eltern, das gedankliche Kreisen um den Krieg und diesen Jan Bonekamp, der nun irgendwie zu meinem Leben gehören sollte. Die harten Detonationen brachten alles andere zum Schweigen, und ich fühlte eine sonderbare Macht in mir, die mich zutiefst erfüllte.

»Wie gefällt es dir?«, fragte Jan nach einiger Zeit.

»Das Schießen?«, fragte ich.

Er nickte.

Machte es mir Freude, eine Waffe zu bedienen? Ja, so war es.

Mehr, als ich erwartet hatte. Vielleicht sogar ein bisschen zu viel. »Es ist in Ordnung.«

»Ach komm, es macht dir Spaß. Gib es ruhig zu, Professor.«

»Was hast du eigentlich gegen Professoren?«, fragte ich, schärfer, als ich beabsichtigt hatte.

Er zuckte die Achseln. »Ich bin mit Lehrern nie gut zurechtgekommen.«

Ich glaubte ihm auf Anhieb; in der Schule und ebenso an der Universität waren wilde Jungs wie Jan Bonekamp immer aus dem Raum geschickt worden. Und ich erwischte mich dabei, wie ich mich danach sehnte, mehr über Jan zu erfahren. Aber ich konnte ihn nicht nach Einzelheiten fragen, die seine eigenen Freunde und Familienmitglieder gefährden könnten – wer immer sie sein mochten. In seiner robusten Baumwollhose und Jacke wirkte er wie ein Arbeiter, aber das konnte alles Mögliche bedeuten: Hafenarbeiter, Zimmermann, Klempner. Was immer er tat, hatte ihn besser auf den Widerstand vorbereitet als mich mein ehrgeiziges Jurastudium. Dennoch hatten wir etwas gemeinsam, den Drang, uns zu wehren.

»Es ist aber eine beängstigende Art Spaß«, räumte ich ein, und er lächelte. »Und wir wissen nicht einmal, ob ich irgendwas getroffen habe.«

»Du hast etwas getroffen. Und wirst es wieder tun. Das wusste ich von dem Augenblick an, als du auf den Abzug gedrückt hast. Ruhig. Fest. Nicht ruckartig oder nervös. Genau diese Fähigkeit braucht man dafür. Und natürlich bist du im Vorteil.«

»Ach wirklich?« Ich wappnete mich für den nächsten Professorenwitz.

»Frauen können besser mit Schusswaffen umgehen als Männer.«

»Ach komm«, sagte ich.

»Das ist eine Tatsache«, beharrte Jan, setzte sich auf einen umgestürzten Baumstamm und wischte das Öl von seiner Pistole. »Meiner Erfahrung nach sind Frauen in bewaffneten Situationen ruhiger. Bettine Dekker beispielsweise.«

Das war einfach. Ich hatte Schwester Dekker nie nervös erlebt. Und wenn ich mir sie mit einer Waffe vorstellte, musste ich lächeln.

»Wie fühlen sich deine Hände an, müde?«, fragte er.

»Ein bisschen.«

»Möglicherweise hältst du den Griff zu fest, ein häufiger Anfängerfehler, aber ansonsten bist du, äh …«

Er zündete sich eine Zigarette an.

Ich wartete. Er rauchte. In aller Seelenruhe.

»Ja?«, drängte ich ihn schließlich, denn gegen meinen Willen sehnte ich mich nach seiner Anerkennung.

»Du bist ein gottverdammtes Naturtalent.«

Ein Naturtalent! Eine unerhörte Freude durchdrang mich, ich setzte mich neben ihn, er nahm mir meine Pistole aus der Hand und wischte sie sauber.

»Und wie viel Übung braucht man so, bevor man …« Ich war nicht sicher, wie ich über die Arbeit einer Widerständlerin reden sollte. »Bevor man die Waffe richtig zum Einsatz bringen kann?«

»Du könntest gleich heute Nacht loslegen«, sagte er, steckte die Pistole in meine Manteltasche und klopfte leicht darauf.

»Nein«, entgegnete ich. »Im Ernst?«

»Das meine ich ernst«, beharrte er und sah mir direkt in die Augen. Ich errötete und war mir plötzlich sehr bewusst, dass unsere Oberschenkel sich durch den Stoff unserer Kleidung berührten. »Es hängt nur von deiner Entschlossenheit ab. Und ob du es schaffst, nahe genug an dein Ziel heranzukommen.«

Sollte das ein Scherz sein? Und dann fragte er unvermittelt: »Also, wo übernachtest du heute?«

»Zu Hause«, antwortete ich bestimmt. »Ich meine, ich sollte schon längst zu Hause sein. Meine Mutter wird sich Sorgen machen, aber …«

»Aber?«

Es dämmerte mir erst, als wir darüber sprachen. Normalerweise überschattete die von den Nazis erlassene Neun-Uhr-Sperrstunde wie eine dunkle Gewitterwolke all meine Tagespläne. Aber als ich auf dem Fahrrad meine Hände um Jans Taille gelegt hatte, hatte ich ihm die Verantwortung für meine Sicherheit übertragen. »Ich kann jetzt nicht nach Hause gehen«, sagte ich. »Es ist zu spät.«

Ich hasste es, wenn ich mich anhörte wie ein verirrtes Kätzchen. Aber wenn man mich erwischte, würde man mich entweder festnehmen oder nach Hause begleiten, direkt zu Sonjas und Philines Versteck, und das konnte ich beides nicht riskieren.

»Wo wohnst du denn?«, fragte Jan.

»Im Norden. Van Dortstraat.«

»Ich bring dich hin«, sagte er.

»Und was ist mit der Sperrstunde?«

Er stand auf, streckte mir die Hand hin und zog mich auf die Füße. »Das ist kein Problem. Wir erledigen den Großteil unserer Arbeit ohnehin bei Nacht.«

Als wir schließlich den Rand des Parks erreichten, holte Jan sein Rad aus dem Gebüsch, in dem er es versteckt hatte. Mit einem Nicken wies er mich auf drei deutsche Soldaten hin, die sich ein Stück entfernt zusammenkauerten und rauchten, legte den Finger an die Lippen und führte mich an der Parkmauer entlang, wo die Bäume im Mondschein Schatten warfen. Wir ließen die Soldaten rasch hinter uns und huschten dann hinüber in eine dunkle, stille Wohnstraße.

Kurz darauf saß ich wieder hinter Jan auf dem Gepäckträger, während er sich wie eine Galionsfigur am Bug eines Schiffs über den Lenker beugte. So flitzten wir durch Gassen, unter Brücken hindurch und Seitenstraßen entlang, die ich in all den Jahren, die ich in Haarlem gewohnt hatte, niemals erkundet hatte. In einem großen Bogen näherten wir uns durch ein Industrieviertel und eine bürgerliche Gegend, wo die Deutschen wenig Präsenz zeigten, meiner Straße. Mit jeder Drehung des Pedals hob und senkten sich Jans Hüften, die Nachtluft war feucht an meinen Wangen, meine Haare flatterten mir wild und wirr um den Kopf.

Anfangs hatte ich Angst, spitzte angestrengt die Ohren, ob ich deutsche Stimmen oder das Kreischen von Autoreifen hinter uns hörte. Aber schon bald fühlte ich mich frei. Frei von Sorge, frei von Angst, frei von meiner ständigen Unsicherheit. Es existierte nur noch dies: mitten in der Nacht in Bewegung zu sein, mit ihm. Jan Bonekamp. Niemals sonst hätte ich jemanden wie ihn kennenlernen können – nicht an der Universität, schon gar nicht in der Zeit davor. Jan war wie eine ständige Vorwärtsbewegung, ohne einen einzigen Blick zurück. Jedes Mal, wenn er etwas sagte, das mich aus irgendeinem Grund kränkte, wendete er es gleich darauf so zum Positiven, dass es mich bezauberte. Trotzdem fühlte sich die Art, wie er mich behandelte, respektvoll an. Er sah Hannie, die Frau, die bei ihm aufgetaucht war, um sich dem Widerstand anzuschließen. Vielleicht gehörte dieses Gefühl zu der neuen Hannie: Freiheit.

»Hier links abbiegen?«, fragte er.

Ich lehnte mich näher zu ihm und deutete in die Richtung. »Ungefähr bis zur Mitte.«

Genau an der Ecke unseres Hauses, im Schatten des Dachvorsprungs, hielt er an. Unsere kleine Straße war menschenleer und still, wie das Bühnenbild im Theater, wenn das Stück zu Ende ist. Jan stieg ab, hielt das Fahrrad fest und drehte sich zu mir um, glitzernde Schweißperlen am Haaransatz, erhitzte Wangen. Er sah glücklich aus.

»Siehst du? Es ist ganz leicht, die Sperrstunde zu umgehen«, sagte er. »Und jetzt kann deine Mutter sich entspannen.« Dabei nickte er in Richtung des Küchenfensters, wo an den Rändern des Verdunkelungsvorhangs ganz schwach flackerndes Kerzenlicht zu sehen war. Kein Zweifel, sie war wach geblieben.

»Danke.« Ich griff in die Manteltasche und wollte ihm die Pistole zurückgeben.

»Da, du tust es schon wieder«, sagte er kopfschüttelnd und drückte den Lauf nach unten zum Boden.

»Sie ist nicht geladen«, sagte ich.

»Sie ist frei«, korrigierte er mich. »Aber du musst wirklich aufhören, Schusswaffen auf mich zu richten.« Dann stopfte er die Pistole zurück in meine Manteltasche. »Die behältst du, Professor.«

Mir wurde flau im Magen, aber wenigstens lächelte er. »Aha«, sagte ich nur.

»Du hast ein Händchen dafür. Aber bitte erschieß fürs Erste noch niemanden, ja? Außer den Moffen. Erschieß ruhig alle Moffen, die du erschießen möchtest.«

»Klar«, antwortete ich, unsicher, ob er scherzte. Aber es hörte sich eher nicht so an.

Er ging mit mir zur Küchentür, wobei er mir seine rechte Hand auf den Rücken legte. Auf einmal fiel mir auf, dass keiner von uns das Wort »Widerstand« laut ausgesprochen hatte. Er hatte mir nicht erzählt, mit wem er arbeitete oder was Widerständler genau taten. »Du hast deine Sache sehr gut gemacht für den ersten Tag«, sagte er an der Tür.

»Soweit wir das wissen können«, entgegnete ich. »Ein paar von den Kugeln schwirren vielleicht immer noch in der Luft herum.«

Er lachte leise. »Oh, ich bin sicher, dass du im Wald mindestens ein Eichhörnchen außer Gefecht gesetzt hast. Die geborene Scharfschützin. Bald mache ich dich mit dem Rest der Gruppe bekannt. Übrigens bist du nicht das einzige Mädchen, das mit uns arbeitet, weißt du.«

»Nein?« Ich war überrascht.

»Du wirst sie bald kennenlernen. Gute Nacht, Hannie.«

»Gute Nacht, Jan.«

Er wandte sich ab, machte dann aber einen Schritt zurück. »Hey, Hannie.«

Wie er meinen Namen sagte. Glück durchströmte mich wie Honig in einem heißen Tee. »Ja?«

»Gib die hier deiner Mutter.«

Er nahm meine geöffnete Hand und legte ein kleines, in Zeitungspapier gewickeltes Päckchen hinein. Ich zupfte vorsichtig daran. Drei schneeweiße Stückchen Würfelzucker.

»Sag ihr, es tut mir leid, dass ich dich erst so spät nach Hause gebracht habe.« Er schüttelte den Kopf und seufzte. »Der Krieg ist hart für Mütter.«

Kapitel 14

Die Zuckerwürfel schenkte ich Philine und Sonja, denn ich wusste, dass meine Mutter, würde ich sie ihr geben, sich nur noch mehr Sorgen machte, woher ich den Zucker hatte. Obgleich sie an jenem Abend auf mich gewartet hatte, stellte sie mich nicht zur Rede, wo ich gewesen war. Das war für sie nicht selbstverständlich. Sie liebte mich, und diese Diskretion fiel ihr schwer. Aber ein Luxusartikel wie Würfelzucker wäre ein Zeichen, dass ich ein neues Gefahrenniveau erreicht hatte.

»O mein Gott«, sagte Sonja, als ich ihr am nächsten Morgen das Zuckerstückchen gab. Mit leuchtenden Augen, glücklich wie ein kleines Mädchen, blickte sie von ihrem Frühstückstablett auf und betrachtete den Zuckerwürfel mit einer Bewunderung, als wäre er ein Diamant. Philine kostete ihren ganz vorsichtig mit der Zungenspitze. »Wenn dieser Krieg endlich vorbei ist, werde ich zu jeder Mahlzeit Zucker essen«, verkündete sie. »Zucker auf den Fisch, Zucker auf die Kartoffeln.«

»Ich auch«, stimmte Sonja zu, warf ihren Würfel in die Teetasse und rührte kräftig.

»Alles auf einmal, jetzt gleich?«, fragte Philine.

»Wenn ich es aufteile, schmeckt es doch nicht so süß.«

»Hmm.« Ich sah, dass Philine in der Zwickmühle steckte und sich nicht entscheiden konnte. Schließlich nahm sie ein Buttermesser, kratzte ein paar Kristallkrümel auf ihre Untertasse, kippte sie in ihren Tee und packte den Rest vorsichtig wieder in das Stück Papier. Dann trank sie einen Schluck von ihrem Tee und lächelte mich an. »Hast du den Zucker etwa gestohlen, Hannie?« Sie schien stolz auf mich zu sein.

»Nein, jemand hat ihn mir geschenkt.«

»Wie heißt der Jemand denn?«, wollte Sonja wissen.

Ich seufzte.

»Dann sieht er also gut aus«, sagte sie.

»Nur ein Typ, den ich kennengelernt habe«, sagte ich. »Ein junger Mann.«

»Wie heißt er denn nun?«, fragte jetzt auch Philine.

»Jan«, antwortete ich. Der Name war häufig genug, um ihn meinen Freundinnen anvertrauen zu können.

»So ein nettes Geschenk«, sagte Sonja. »Klingt, als wäre er süß.«

»Nicht gerade süß«, sagte ich. »Eher …«

»Sauer?«, fragte Philine.

»Pikant?«, fragte Sonja.

Jans Instruktionen beim Schießen konnte ich noch spüren – wie er sie mir ins Ohr gefaucht hatte, hart und doch warm und freundschaftlich zugleich. »Bittersüß«, sagte ich nach einigem Zögern.

Meine Freundinnen waren fasziniert und machten große Augen. »Wie sieht er denn aus?«, fragte Sonja.

»Na ja …«, begann ich und gab mir alle Mühe, das Gespräch unter Kontrolle zu halten. Ich musste sehr vorsichtig sein, besonnen bleiben. Aber wenn ich an Jan dachte, fühlte ich wieder die Wärme seines starken Rückens, an den ich mich auf dem Fahrrad geschmiegt hatte, sah die Muskeln seiner Unterarme vor mir. Schon der Gedanke an ihn brachte mich durcheinander. »Er ist blond«, sagte ich schließlich.

»Dabei magst du blonde Männer nicht mal«, entgegnete Philine.

»So stimmt das nicht«, wehrte ich mich.

»Hannie hat recht«, sagte Sonja. »Sie ist zu allen Jungs gleich gemein, einschließlich der blonden. Und das lieben die Jungs.«

»Ich bin nicht gemein«, widersprach ich. Oder war ich es womöglich doch?

»Du darfst nicht darüber reden, oder?«, sagte Philine.

»Nein.«

Sonja seufzte. »Hannie, schau uns an. Wir sitzen hier in diesem Zimmer fest – ich beklage mich nicht, wir sind sehr dankbar –, aber hier passiert einfach nichts Interessantes. Bitte gib uns etwas, worüber wir tratschen können. Und wenn ich ›tratschen‹ sage, dann meine ich, Philine und ich werden nur miteinander reden, weil wir ja mit sonst niemandem reden können. Deine Geheimnisse waren noch nie besser aufgehoben.«

Ich musste grinsen. Sonja und Philine waren schließlich mein größtes Geheimnis. Bei jeder Entscheidung, die ich traf, fragte ich mich, ob ich die beiden in Gefahr bringen könnte. Aber sie hatten ebenfalls eine Aufgabe, nämlich, in diesem dunklen kleinen Zimmer nicht den Verstand zu verlieren. Wenn ich ihnen diese Aufgabe erleichtern konnte, dann musste ich das tun. In dieser Bredouille steckten wir gemeinsam. »Er sieht schon irgendwie gut aus«, sagte ich.

Sonja quietschte. »Ja! Was noch?«

»Er ist groß«, fügte ich hinzu. »Erinnert ihr euch an Erik Timmermans aus der Studiengruppe? Ihm sieht er ein bisschen ähnlich.«

Sonja zog eine perfekt geschwungene Augenbraue hoch. »Erik Timmermans ... ja, der sah richtig gut aus. Hatte ein bisschen was von einem Kleiderschrank.«

»Nein, kein Kleiderschrank«, erwiderte ich. »Nur muskulös.«

»Oh«, sagte Philine. »Und wie nah bist du diesen Muskeln gekommen?«

»Na ja, ich musste mich an ihm festhalten, als er mich auf seinem Fahrrad mitgenommen hat, sonst wäre ich runtergefallen.« Jetzt wurde ich rot.

Zum ersten Mal seit Tagen strahlte Sonja übers ganze Gesicht.

»Und?«, fragte Philine. »Wie ist er sonst so?«

Es war schwer, Jan zu beschreiben, ohne über meine Gefühle für ihn reden zu müssen. Und ich konnte nicht vernünftig darüber sprechen – dazu war ich nicht in der Lage. »Er ist ironisch«, antwortete ich schließlich, »aber meist bin ich mir nicht ganz sicher, ob er es wirklich scherzhaft meint. Er zieht mich auf. Aber er ist ein guter Lehrer. Geduldig.«

»Was hat er dir denn beigebracht?«, fragte Philine fasziniert. Ich merkte, ich musste mehr aufpassen, wie ich meine Geschichten erzählte.

»Selbstverteidigung.«

Meine Freundinnen verzogen das Gesicht.

»Ihr wisst schon, für den Fall der Fälle.«

Auf einmal geriet unser Gespräch ins Stocken. Sonja fuhr mit dem Finger über den Boden ihrer Teetasse, um die letzten süßen Krümel zu erwischen. Der goldene Augenblick mädchenhafter Unbekümmertheit war verpufft.

»Und gefällt es dir?«, fragte Philine schließlich. »Was du lernst, meine ich?«

»Ich liebe es«, antwortete ich ohne Zögern. Darüber musste ich keine Sekunde nachdenken.

Ein paar Tage später wartete ich wieder wie abgesprochen vor dem Tabakladen auf Jan. Ich kam zu früh, er ebenfalls. Es war früher Vormittag an einem wolkenlosen Frühlingstag.

»Morgen, Professor«, sagte er. »Heute hab ich was ganz Spezielles für dich.«

»Treffen wir uns mit den anderen?«, fragte ich. »Mit den anderen Mädchen?« Ich brannte darauf, mehr über sie zu erfahren, und ich wusste, dass Philine und Sonja darauf brannten, meine neuesten Geschichten zu hören.

»Heute nicht«, antwortete er. Dann musterte er mich von oben bis unten. »Hast du sie mitgebracht?«, flüsterte er.

Ich klopfte auf meine Umhängetasche, in der sich meine Pistole befand.

»Braves Mädchen.« Er lächelte.

Der Tag war wunderschön, warm, der Himmel strahlend blau. Zwei junge Mütter kamen an uns vorbei, ihre Kinder samt den morgendlichen Essensrationen in Leiterwagen hinter sich herziehend. Die Kleinen lachten und spielten miteinander, während die Mütter stumm nebeneinanderher gingen, die blassen Gesichter angespannt. Sie erinnerten mich an Sonja und Philine.

»Ich möchte, dass du jemand anderen triffst«, sagte er und beugte sich dicht an mein Ohr. »Einen echten Nazi.«

»Was?«

»Psst«, sagte er. »Vertrau mir.« Er führte mich auf die Gasse hinter dem Tabakladen, wo es dunkel und kühl war. Hier war kein Nazi, soweit ich sehen konnte. »Nicht hier, entspann dich«, sagte er.

»In Ordnung.« Ich musste ihm ja wohl oder übel vertrauen.

»Gib sie mir«, sagte er und blickte auf meine Tasche. Ich händigte ihm die Pistole aus. »Geladen?«

»Wieso sollte man eine ungeladene Waffe bei sich tragen«, zitierte ich ihn.

»Gut gemacht.« Er grinste. »Bist du bereit?«

»Ich habe nicht sonderlich oft geübt.«

»Das macht nichts. Wir setzen dich ja nicht gleich als Scharfschützin ein.«

Verwirrt nickte ich. Ich hatte keine Ahnung, was er meinte.

»Was wir tun, tun wir aus kurzer Distanz«, erklärte er mit leiser Stimme. »Auf zehn Meter musst du keine perfekt zielsichere Schützin sein … aber auf einen? Du musst bereit sein, dicht an den Dreckskerl ranzugehen und die Sache zu erledigen. Dann machst du dir auch keine Sorgen, ob du genau triffst. Traust du dir das zu?«

Ich zweifelte. Redete er im Ernst davon, einen Nazi zu erschießen? Heute?

»Ja«, log ich schließlich. Es schien mir die einzig mögliche Antwort zu sein.

»Gut. Gehen wir.«

»Jetzt sofort?«

»Richtig. Und steck das Ding wieder in die Tasche«, sagte er.

Ich nickte und versuchte zu ignorieren, dass meine Knie weich waren wie Gelee. Zwei Fahrräder, die nicht uns gehörten, lehnten in der Gasse an den Mülleimern. Wie zurzeit viele Räder hatten sie keine Gummireifen, sondern nur gerundetes, an den Felgen befestigtes Holz im neuen, handgefertigten Kriegsstil. Die Deutschen hatten Gummi ausschließlich für militärische Zwecke reserviert. »Nimm eines von denen«, sagte Jan. Wir schoben die Räder die Gasse hinunter, das Holz klapperte laut auf den Steinen. Meiner Meinung nach machte man sich damit nicht gerade unauffällig. Und ich wusste immer noch nicht, was wir eigentlich vorhatten. Vielleicht würde Jan mich ja nur ein Eichhörnchen erschießen lassen – obgleich die meisten Eichhörnchen inzwischen wohl gegessen worden waren.

»Es gibt da einen SS-Dreckskerl, der immer um die gleiche Zeit hier vorbeikommt«, sagte Jan, gerade so laut, dass ich ihn trotz des Klapperns der hölzernen Räder noch verstehen konnte. »Wir folgen ihm auf unseren Fahrrädern, und wenn wir nahe genug an ihm dran sind, erschießt du ihn. Alles klar?«

Es war also kein Scherz. Jan radelte los, dann wartete er am Ende der Gasse auf mich und blickte die kleine Straße hinauf und hinunter. Ich blieb neben ihm stehen, und da ich nicht wusste, was ich sagen sollte, nickte ich stumm. Er erwiderte das Nicken, fischte eine Zigarette aus seiner Jackentasche und entzündete ein Streichholz. Dann reichte er mir die brennende Zigarette, und ich nahm sie dankbar und mit zitternden Fingern entgegen. Falls er es bemerkte, sagte er nichts dazu. So standen wir an der Ecke zur Gasse, reichten uns die Zigarette gefühlt eine Stunde lang, in Wirklichkeit wohl eher ein paar Minuten, hin und her. Dann war vom Ende der Hauptstraße das Geräusch von Rädern zu hören, die durch Wasser spritzten, und es erschien ein Mann auf einem Fahrrad, der in unsere Richtung fuhr.

»Nicht starren«, flüsterte Jan.

Ich schaute zu Boden, zog an der Zigarette und versuchte verzweifelt, mich zu beruhigen. Inzwischen konnte ich immerhin rauchen, ohne zu husten. Ich stellte mir den Sittich vor, den Frau Snel in einem Käfig am Fenster ihres Hauses in unserer Straße hielt, wie er hektisch flatternd darin herumhüpfte. Genau das Gleiche tat gerade mein Herz. Jan warf mir einen Blick zu, und ich fragte mich, ob er es womöglich mitbekam.

Das Kreischen des rostigen Fahrrads wurde lauter, als der Mann sich näherte, bei jedem Tritt in die Pedale schabte Metall über Metall. Ich gab mir Mühe, ihn im Auge zu behalten, ohne dass es auffiel, was sehr schwierig war. Meine Gedanken rasten, es war unmöglich, auch nur einen klar zu fassen. Währenddessen kam der Mann immer näher.

Dann, just als er uns passierte, packte Jan mich um die Taille und drückte mich an sich, schlang seine Arme fest um meinen Körper. Ich schnappte nach Luft. »Sei still und benimm dich, als wären wir ein Paar«, zischte er. Er küsste mich nicht wirklich, sondern presste seinen Mund sehr nah an meinen. Ich erhaschte einen Blick auf glänzende dunkelbraune Herrenschuhe und eine blaue Wollstoffhose, als der Mann vorbeiradelte.

»Das ist er«, flüsterte Jan, machte sich los und schwang sich auf sein Fahrrad. »Nicht in Uniform, aber das ist ja normal bei den verdammten Hunnen. Geheimpolizei.«

Ich wischte mir mit dem Handrücken über den Mund, ansonsten stand ich da wie erstarrt.

»Da vorn beim Zeitungskiosk biegt er links ab.« Jan fuhr los, drehte sich jedoch zu mir um.

»Kommst du?«

Ein letztes Mal blickte ich die Straße hinunter: War es möglich, dass das hier nur eine Art Prüfung war? Falls ja, hatte ich keinerlei Strategie. Ich konnte Jan jetzt folgen oder nach Hause gehen und nie wiederkommen. Einen Augenblick zog ich Letzteres sogar in Erwägung. Zu Hause gab es eine Menge zu tun, das rief mir meine Mutter oft genug ins Gedächtnis. Ich konnte beim Kochen und Putzen für Sonja und Philine helfen. Vielleicht konnte ich eine andere Aufgabe für den Widerstand erfüllen, vielleicht etwas weniger Verrücktes, als mit einer geladenen Pistole in der Stadt herumzufahren. Redete meine Mutter nicht ständig davon, dass bei der Kirche dringend freiwillige Helfer benötigt wurden? Ich wusste, dass das stimmte.

Während mir all das durch den Kopf schwirrte, verschwand Jan um die Ecke, und ich war allein.

Jetzt konnte ich umkehren. Zu Hause bleiben, in Sicherheit. Zu Hause, wo wir zwei jüdische Mädchen versteckten, deren Anwesenheit uns sowieso alle ins Gefängnis bringen konnte.

Es gab keine Sicherheit, nirgends.

Ich sprang auf mein Fahrrad und fuhr Jan hinterher.

Die Holzräder kratzten und rutschten auf den Straßenklinkern, als ich auf die belebte Innenstadtstraße einbog. Lange Schlangen von Menschen warteten mit ihren Lebensmittelkarten vor den Geschäften, belagerten die Gehwege und stauten sich auf der Straße. Es war Hauptgeschäftszeit. Zum Glück waren aufgrund der Benzinknappheit – abgesehen von den deutschen Fahrzeugen – nur noch wenige Autos unterwegs. Ich entdeckte den Mann vor uns, Jan ein paar Fahrradlängen dahinter. Dem Aussehen nach hätte ich den Mann niemals für einen Nazi gehalten. Aber ich nahm an, dass Jan über interne Informationen verfügte.

Der Nazi bog so scharf ab, dass er um ein Haar vom Rad gestürzt wäre, und verschwand aus meiner Sicht. Wusste er vielleicht, dass er verfolgt wurde? Jan blieb dicht hinter ihm, und ich folgte Jan, der ebenfalls verschwand. Aber wer sollte denn nun … diesem verdeckt arbeitenden SS-Mann etwas antun? Und was genau? Ich wusste es nicht.

Ich schlitterte um die Ecke in eine mit leeren Metalltonnen und Müllsäcken übersäte Sackgasse, rutschte auf dem feuchten Pflaster aus, das Holz splitterte, meine Bremsen quietschten, die Reifen klapperten – ein Lärm, der von den umliegenden Gebäuden widerhallte. Am toten Ende der Gasse stand der Deutsche und wandte sich uns gerade zu, als Jan ebenfalls in meine

Richtung blickte, kurz abgelenkt von meiner geräuschvollen Ankunft.

»Schnapp ihn dir«, zischte er. Ich stand dicht hinter ihm, er schaute mir ins Gesicht. »Los.«

In seinen blauen Augen erkannte ich die einzige Frage, die jetzt eine Rolle spielte: Würde ich es tun? Es war keine Frage, die man beantwortet. Man tut es einfach. Irgendwie hielt ich plötzlich die Pistole in der Hand, irgendwie hatte ich mein Fahrrad hinter mir gelassen, irgendwie stand ich auf einmal mit ausgestrecktem Arm dicht vor dem Nazi, meine Augen auf das größtmögliche Ziel gerichtet: seinen Brustkorb. Er hob die Hand. Wollte er sich verteidigen? Sich ergeben? Zu spät. Am ganzen Körper vibrierend vor Angst, drückte ich ab. Unwiederbringlich. Tödlich. Ich schloss die Augen. Die Pistole klickte.

Klick.

Klick.

Mein Mund wurde trocken. Der Vogel in meiner Brust flatterte wild, versuchte verzweifelt zu fliehen. Ich sah zu Jan, dann wieder auf den Nazi, der noch immer aufrecht vor mir stand. Hatte ich ihn angeschossen?

Ich wusste es nicht.

Der Mann machte einen Schritt auf mich zu. Und noch einen.

Nein.

Ich betätigte den Abzug noch einmal, fester.

Klick.

Klick.

Keine Patronen.

Der Nazi grinste und schnippte die kastanienbraunen Strähnen von den schweren Lidern, als sei er nie entspannter gewesen. »Du kannst die Waffe jetzt sinken lassen«, sagte er. Auf Niederländisch. Ich tat das Einzige, was ich jetzt noch tun konnte, und holte aus und knallte ihm, so hart ich konnte, den stählernen Lauf meiner Pistole an die Schläfe. Seine Augen wurden schmal, seine Hand fuhr hoch, um den Schlag abzuwehren, die Waffe flog aus meiner Hand und landete im Müll zu unseren Füßen. Verdammt. Dann spürte ich plötzlich Hände auf meinen Schultern, auf meiner Taille, meinen Armen, spürte Hände, die mich zurückzogen – bestimmt hatten sich hier noch mehr Nazis versteckt. Nein. Nein. Nein.

Es war eine Falle.

»Langsam, langsam!«, rief der Nazi und streckte mit einem seltsam sanften Ausdruck im Gesicht die Hände in die Höhe, als wolle er sich ergeben. Ich ruderte verzweifelt, um mich aus dem Griff der Hände zu befreien – wer auch immer es sein mochte, der mich festhielt, aber es war sinnlos. »Entspann dich, Hannie«, sagte der Nazi.

Woher kannte er meinen Namen?

»Ich bin Hendrik«, sagte er.

Hendrik oder Fritz, wo war der Unterschied? Noch immer wurde ich an den Armen festgehalten. Würde man mich jetzt erschießen oder erst nach Westerbork transportieren?

Dann wurde mir plötzlich klar, warum er meinen Namen kannte, und ich versuchte, hinter mich zu schauen. Wo war Jan?

Er war es, der mich festhielt.

Erneut rotierten meine Gedanken. War Jan ein Kollaborateur? Innerhalb weniger Tage hatte er mich an die Deutschen verkauft. Sehr effizient. Steckte Dekker mit ihm unter einer Decke?

Unmöglich.

Nein, alles war möglich.

In mir brodelte es, ich empfand Wut und Angst zugleich. Ich war in eine Sackgasse geraten, in eine echte. Ich hatte mich selbst in diesen Schlamassel begeben – war freiwillig hineingeradelt.

Idiotin.

»Lass mich endlich los«, verlangte ich und wand mich in Jans Griff.

»Du hast das gut gemacht«, sagte Jan hinter mir, und ich schüttelte hilflos die Schultern, rasend vor Wut.

»Sehr gut sogar, würde ich sagen«, fügte der Nazi hinzu. Wieder auf Niederländisch. Dann lachten er und Jan.

Meine eigene Dummheit ekelte mich an. Ich hätte es wissen müssen. Als würde eine Gruppe von Widerständlern eine Studentin ohne die geringste Erfahrung einfach so willkommen heißen und bei sich aufnehmen. Sonja sagte immer, ich sei paranoid, aber anscheinend war ich nicht paranoid genug. Würden diese beiden dafür bezahlt, wenn sie mich auslieferten? Acht Gulden vielleicht? So viel bekam jedenfalls ein Polizist, wenn er einen Juden verriet. Ich wollte diese Männer bespucken, aber mein Mund war staubtrocken, und natürlich war Jan viel stärker als ich.

Der Nazi streckte mir wieder die Hand entgegen, als sei ich darauf aus, sie zu schütteln. Ein glamouröser Teufel mit langen, geschwungenen Wimpern und strahlend weißen Zähnen. Selbstsicher, entspannt, vollkommen locker. Jetzt ließ Jan mich endlich los und stellte sich neben ihn, genauso ruhig. Ich konnte nicht weglaufen, wohin denn auch? Der Nazi berührte sanft meinen Arm. Ich schüttelte seine Hand ab. Mir stieg die Galle hoch, und hatte das Gefühl, gleich ohnmächtig zu werden.

»Du bist also die Rothaarige.« Seine dunkelbraunen Augen ruhten weiterhin auf mir. »Vergib mir«, fuhr er fort. »Ich bin Hendrik Oostdijk. Anführer des *Haarlem Raad Van Verzet*. Du kannst Hendrik zu mir sagen.« Er musterte mich von oben bis unten.

Ich drückte den Rücken gegen die schmutzige Backsteinmauer, meine Gedanken waren noch immer wirr, und ich spürte nichts außer Wut. *Raad Van Verzet*?

Raad Van Verzet. Widerstandsrat.

Am liebsten hätte ich Hendriks hübschem Gesicht eine Ohrfeige verpasst, aber mir fehlte die Kraft. Stattdessen beugte ich mich abrupt vor und übergab mich auf seine Schuhe.

Kapitel 15

»Du hast das wirklich sehr gut gemacht.« Hendrik lächelte und tupfte seine Schuhe mit einem sauberen weißen Taschentuch ab. »Geht es dir besser?«

Ich hatte einen sauren Geschmack im Mund und war nassgeschwitzt. »Ja, mir geht es gut«, versicherte ich ihm dennoch. So stand ich da, schlotterte von den Haarwurzeln bis zu den Zehenspitzen und versuchte, den Horror der letzten Minuten abzuschütteln. Der Mann auf dem Fahrrad, die Leute auf der Straße, diese schäbige Sackgasse, das Chaos aus Kisten und Gerümpel um uns herum. Wie er mich am Ende der kleinen Gasse angeschaut hatte, verführerisch, als warte er auf mich – weil er ja tatsächlich auf mich gewartet hatte – das scheußliche Krachen, mit dem mein Rad auf den Boden fiel, das Gewicht der Pistole in meiner Hand. Dann schien die Zeit stillzustehen, und ich konnte das Feuchte in seinen Augen sehen, seine rosa Zungenspitze, als er sich den Mundwinkel leckte. Und dann hatte ich es getan. Ich hatte abgedrückt. Und versucht, ihn umzubringen. Einen Mann, den ich nicht kannte. Weil Jan Bonekamp, wie auch immer er in Wirklichkeit hieß, es mir aufgetragen hatte.

»Da muss jeder durch«, sagte Hendrik mit einem nachsichtigen Lächeln. Er hielt sein schmutziges Taschentuch zwischen den Fingerspitzen, bevor er es auf einen Abfallhaufen warf. »Das ist die einzige Möglichkeit.«

Jan zündete eine Zigarette an und reichte sie mir. »Es war ein Test«, erklärte er und zuckte entschuldigend die Achseln. »Tut mir leid, aber so sind die Regeln nun mal.«

Ein Test. Und ich … ich hatte ihn bestanden? Das Angstgejammer in meinem Hinterkopf wurde schwächer, aber ich war noch immer völlig durcheinander.

»Darf ich dir einen Drink ausgeben?«, fragte Hendrik. »Sag nicht Nein. Im Krieg gibt es keine kleinen Siege.« Grinsend zog er einen silbernen Flachmann aus der Innentasche seiner Jacke. Wäre er ein Kater, hätte er jetzt geschnurrt. Dann zog er ein zweites, tadelloses Taschentuch heraus und bot es mir an. »Alles gut, Schätzchen. Du bist in Ordnung. Wir sind jetzt Freunde.« Jan sah aus, als sei er stolz auf mich. Ich nahm das von Hendrik angebotene Taschentuch, es war steif und frisch. Als ich es ans Gesicht hielt, erinnerte mich der Geruch an die Welt von vor dem Krieg: frische Wäsche, leicht gestärkt, heiß gebügelt. Es war, als sei Hendrik einer Zeitmaschine entstiegen, er kam von einem Ort, an dem es noch reichlich zu essen gab und die Menschen Zeit hatten für Dinge wie Schuheputzen.

»Sie sind wirklich kein Deutscher?«, fragte ich schließlich auf Deutsch, zugegebenermaßen ein kläglicher Versuch, um mich rückzuversichern.

Hendrik lachte. »Ich bin Holländer, Schätzchen. Ganz ehrlich.«

Jan zog ein paar ramponierte Kisten heran und bot mir die am wenigsten verdreckte als Sitzplatz an.

»Wenn wir in eine Bar gehen würden«, meinte Hendrik, »würden wir verwässerten Fusel trinken müssen. Aber das hier, Genossen, das hier ist echtes Zeug.« Er reichte mir den Flachmann. »Leider kein echter Whisky, der hier kommt aus Belgien. Aber er wird genügen. *À votre santé.* Prost.«

Schon allein der Geruch, der aus dem Flachmann aufstieg, brachte mich zum Husten. Vorsichtig nahm ich einen Schluck und begrüßte das Brennen, das er in meiner Kehle auslöste. Es lenkte mich ab von all den Dingen, die mir durch den Kopf gingen. Schweigend saßen wir zusammen, blickten in Richtung der Straße und auf die Leute, die dort vorübergingen und deren Leben ganz normal schien oder zumindest so normal, wie es in einem besetzten Land sein konnte. Etwas änderte sich, endlich registrierte ich nicht mehr jedes Detail meiner Umgebung in Angst und Sorge. Innerhalb weniger Minuten hatten mir Jans Zigarette und Hendriks Whisky meine immerwährenden Befürchtungen genommen. »Wir sind Freunde«, hatte er gesagt.

»Du sprichst sehr überzeugend Deutsch«, sagte ich zu Hendrik.

»Ich habe viel zu viel Zeit damit verbracht, die Deutschen zu beobachten und ihre Gewohnheiten zu studieren, aber ja, in Situationen wie eben dieser zahlt es sich aus. Zigarette?«

»Bitte.« Noch nie hatte ich an einem Tag so viel geraucht. Nicht mal in einer ganzen Woche. Hendrik drehte eine Zigarette für mich, leckte über den Klebestreifen, drehte sie zusammen und zündete sie für mich an. Als ich inhalierte, fühlte ich, wie sich der schwere Schleier der Nervosität hob und von mir wegtrieb wie Löwenzahnschirmchen im Wind. Ich nahm mir vor, in Zukunft öfter zu rauchen.

»Fühlst du dich wieder besser?«, fragte Jan.

Ich nickte.

»Wir sollten gehen«, sagte Hendrik. »Kommt.«

Als wir unsere Räder aus der Gasse schoben und auf die Straße traten, staunte ich, dass niemand uns eines zweiten Blickes würdigte. Dabei hatte ich ganz in der Nähe gerade versucht, einen Menschen umzubringen, das Schlimmste, was ich je in meinem Leben getan hatte. Aber keiner nahm davon Notiz, niemand interessierte sich dafür. Nach und nach fiel mir das Atmen wieder leichter.

»Ich habe ein Jahr in Heidelberg studiert«, erzählte Hendrik, als wir nebeneinanderher liefen. »Du sprichst wirklich gut Deutsch. Kannst du auch noch andere Sprachen?«

»Ich habe Latein und Französisch gelernt«, antwortete ich. »Deutsch kann ich nahezu fließend und auch ein bisschen Italienisch. Ich hab alle Sprachen gelernt, die in der Schweiz gesprochen werden, für alle Fälle.« Eine Pause trat ein, und ich merkte, dass ich die beiden Männer irritiert hatte. »Ich hatte vor, nach Genf zu ziehen.«

»Nach Genf?«, fragte Jan verwundert und runzelte die Stirn. »Wozu das denn?« Aus seinem Mund klang es, als sei die Stadt das Schwarze Loch von Kalkutta – das indische Gefängnis, in dem im Jahr 1756 zahlreiche britische Gefangene in eine winzige Zelle gesperrt wurden, aus der nur wenige lebend wieder herauskamen. Für mich jedoch war Genf die Geburtsstadt des Roten Kreuzes und stand für die Humanität der Genfer Konvention.

»Da ist der Völkerbund«, sagte ich.

Jan brach in Gelächter aus. »Ha! Ich wette, du warst ein lustiges Kind.«

Hendrik ignorierte ihn. »Der Völkerbund?«

Jetzt geriet ich in Verlegenheit, aber dann fiel mir ein, dass ich mich soeben auf seine Schuhe erbrochen hatte, und im Vergleich dazu erschien mein Kindheitstraum, Anwältin für den Völkerbund zu werden, in sehr weiter Ferne. »Deshalb habe ich angefangen, Jura zu studieren.«

Hendrik dachte einen Moment nach. Wir waren in eine Seitenstraße abgebogen und konnten jetzt etwas freier sprechen.

»Wie kommt es, dass eine nette Jurastudentin aus Haarlem mir in eine Gasse folgt, um mir eine Pistole an den Kopf zu halten?« Jan lachte, und Hendrik deutete mit dem Daumen auf ihn. »Begleitet von diesem Teufel hier. Das ist allerhand.«

Ich überlegte, doch mir fiel keine geistreiche Antwort ein. »Ich weiß es selbst nicht so genau.«

Wir lachten alle drei. »Dekker hat sie uns geschickt«, erklärte Jan. »Also …« Er und Hendrik wechselten einen vielsagenden Blick. »Bettine sagt, sie ist in Ordnung.«

»Das hättest du gleich sagen sollen«, meinte Hendrik mit beeindruckter Miene. »Und wie fühlst du dich jetzt, Hannie?«

Wie fühlte ich mich? Der Vogel in meiner Brust hockte zitternd in einer Ecke seines Käfigs. Aber gleichzeitig spürte ich eine gewisse Ehrfurcht vor mir selbst.

»Ich fühle mich …«, begann ich, »… als hätte ich das Richtige getan.«

»Braves Mädchen.« Jan klopfte mir auf die Schulter wie einem guten Freund und Genossen.

»Stimmt«, bestätigte Hendrik.

»Macht ihr das wirklich so?«, fragte ich mit gedämpfter Stimme. »Ich meine, wenn es um einen echten Nazi geht? Einfach hinterherfahren und dann …« Ich tat so, als wären meine Finger eine Pistole.

»Was glaubst du denn, wozu wir sie bei uns tragen?«, meinte Jan großmütig.

Die Sonne schien auf uns herab, hier, mitten in Haarlem, wo wir unterwegs waren, plauderten und uns doch in einer ganz anderen Realität bewegten als die Menschen um uns herum. Es hatte etwas Befreiendes, nicht mehr so tun zu müssen, als ob. Als ob ich mich von den deutschen Besatzern nicht unterdrückt fühlen würde, als ob ich nicht jedes Mal, wenn ich das Haus verließ, von großer Sorge erfüllt wäre. Vor einer Woche hatte ich die Straßenseite gewechselt, um den deutschen Soldaten aus dem Weg zu gehen. Jetzt würde ich sie verfolgen. Die Nazis waren nicht mehr nur meine Feinde, sie waren potentielle Angriffsziele. Mit dem Abdrücken meiner Pistole hatte ich mir meinen Platz in diesem Geheimbund verdient. All die Zivilisten, die an uns vorübergingen, sie befanden sich im Krieg. Aber wir waren der Widerstand.

»Wartet mal«, sagte Hendrik, als wir uns wieder einer belebteren Ecke näherten. »Lasst uns einen Moment hierbleiben.« Wir lehnten unsere Fahrräder an eine Mauer und wandten uns der Kreuzung zu. Jetzt, um die Mittagszeit, waren die Straßen belebt. Menschen strömten vorbei, alte Frauen mit abgedeckten Körben, Kinder, die durch die Menschentrauben flitzten und sich gegenseitig jagten, Männer in Anzügen, an jeder Ecke das donnernde Rumpeln der Wehrmachtlaster, überall Soldaten. »Also, Jan. Was siehst du?«

»Ich sehe auf der anderen Straßenseite einen Mann, der Zeitung liest«, antwortete Jan. »Er sitzt auf einem Klappstuhl und raucht.«

Hendrik nickte.

Ich schaute hin. Der Mann hatte nichts Auffallendes oder Bedrohliches an sich, zumindest, soweit ich das beurteilen konnte. Lediglich ein Mann mittleren Alters, der den Sonnenschein genoss.

»Er ist ein Wächter«, erklärte Jan. »OZO.« Wir sprachen leise miteinander, mit dem Rücken zum Strom der Passanten. »Ein Beobachtungsposten. Wenn die Moffen mit ihren Wagen auf der Straße eintreffen, verschwindet er durch die Geheimtür, um die Jungs im Keller zu warnen. Damit sie rechtzeitig abhauen können.«

Ich hielt Ausschau nach einer Tür, aber für meine Augen schien die Mauer hinter dem Mann aus massivem Backstein zu bestehen.

»Die Tür ist unter seinem Stuhl«, erklärte Hendrik. »Eine Luke im Gehweg.« Tatsächlich waren die Platten des Gehwegs unter dem Stuhl kantig, ohne Mörtel. Wahrscheinlich konnte die ganze Platte angehoben und entfernt werden. Doch keiner würde Verdacht schöpfen.

»Was ist in dem Keller?«, fragte ich flüsternd. Ich stellte mir vor, dass unter der Erde zusammengekauerte jüdische Familien saßen. Oder sich vielleicht ein Depot gestohlener Waffen befand.

»Eine Druckerpresse«, erklärte Hendrik. »Dort wird die *Trouw* gedruckt.«

Natürlich kannte ich die Widerstandszeitung *Trouw*. Treue. Ich hatte sie für Schwester Dekker ausgetragen, aber ich hatte nicht gewusst, wo sie gedruckt wurde. Jetzt, da ich gegenüber ihrer geheimen Hauptgeschäftsstelle stand, war ich noch beeindruckter von den Methoden des Widerstands. Mir war nicht klar gewesen, dass Untergrundzeitungen tatsächlich im Untergrund gedruckt wurden.

»Das ist die riskanteste Arbeit, die es gibt«, sagte Hendrik. »Die Druckerpressen sind so groß und schwer, und wenn man sie erst einmal installiert hat, ist es nicht leicht, sie zu bewegen. Stationäre Ziele. Anders als wir.«

»Als ihr?«, wiederholte ich fragend.

»Unsere Gruppe ist dauernd in Bewegung. Wenn man zu lange an einem Ort bleibt, beginnen die Nachbarn zu reden.«

Ich dachte an Frau Snel, die Nachbarin meiner Eltern. Sie war genau die Art neugierige Nachbarin, die gefährlich werden könnte. Als ich mir das kleine gelbe Backsteinhaus neben ihr und darin zusammengepfercht meine Mutter, meinen Vater,

Sonja und Philine vorstellte, stieg mir die Galle hoch. Warum war ich die Einzige mit einer Waffe? Auf einmal spürte ich den Wunsch nachzusehen, ob es mit ihr Probleme gab.

»Kommt«, sagte Hendrik, »wir sollten weitergehen.«

Unmöglich, jetzt schon nach Hause zu gehen. Außerdem war ja auch nichts passiert. Nur in meiner Phantasie.

»Morgen bringe ich dich zur Wohnung«, sagte Jan, der nun neben mir herging. »Unser aktuelles Hauptquartier. Dann zeige ich dir alles.«

Ich nickte. Gehen beruhigte mich immer. Während Jan und Hendrik mich die nächste Stunde in der Stadt herumführten und mich auf die vielen vor den Augen der Öffentlichkeit befindlichen Geheimnisse aufmerksam machten – von Falltüren bis zu Widerstandsgraffiti –, erklärten sie mir die Prinzipien des Widerstands.

»Als Erstes musst du immer im Kopf haben, dass es keine Aktion gibt, die zu geringfügig ist«, sagte Hendrik. »Jan ist nicht sonderlich begeistert davon – er bevorzugt die großen Unternehmungen –, aber glaub mir, auch die kleinen Dinge schlagen zu Buche. Ergreif also jede Gelegenheit, ganz egal wie klein, um die Ressourcen und die Moral des Feindes zu unterminieren.«

Jan war ein paar Schritte vor uns, machte jedoch vor den großen Holztüren der Hauptpost halt und sah Hendrik an, der seinem Blick folgte. »Gut gemacht, Jan«, sagte er und ging mit uns weiter.

»Was?«, fragte ich verwirrt.

Jan schlenderte neben mir, streckte die Hand aus und zeigte mir ein Knäuel aus feinem Draht. »Das stecken wir in die Schlösser wichtiger Gebäude, dadurch sind sie nachts nur schwer abzuschließen, und das bedeutet, dass ein paar jämmerliche Moffen vom Wachdienst abgezogen werden müssen, um sich damit zu beschäftigen.« Wir gingen weiter, Jan ließ das Drahtgewirr in meine Hand fallen, grinste mich an und erklärte mir augenzwinkernd: »Muss auch nicht unbedingt Draht sein. Holzspäne, Wachs, sogar eine Haarnadel tun es auch.«

Kurz darauf kamen wir an einem Brunnen vorbei, um den ein Trupp deutscher Soldaten im Kreis marschierte. Aus meiner jetzigen Perspektive, flankiert von Hendrik und Jan, wirkten sie auf mich nicht mehr ganz so bedrohlich, sondern kamen mir eher lächerlich, fast bemitleidenswert vor. Meine Stimmung hob sich.

»Also, das Erste, was du dir merken musst – keine noch so kleine Aktion ist bedeutungslos«, wiederholte Hendrik. Ich brannte darauf, mehr zu erfahren. »Das Zweite ist der Überraschungseffekt – neben unseren Ortskenntnissen ist er unsere größte Stärke. Das bedeutet, strikte Geheimhaltung aller Informationen.«

»Was er damit sagen will: Erzähle nichts weiter«, erklärte Jan. »Absolutes Tratschverbot.«

»Ich tratsche nicht«, sagte ich.

»Klar«, erwiderte Hendrik. »Aber merke es dir trotzdem. Wie dem auch sei – das Element, das am meisten Zeit in Anspruch nimmt, ist die Planung.«

Jan stöhnte. »Ja, alles wird endlos geplant.«

»Wir haben keine Armee mit Tausenden von Leuten, daher müssen wir besser sein als sie«, sagte Hendrik. »Bei der Planung darf uns kein Fehler unterlaufen, wir müssen an alles denken. Nicht nur die Aktion selbst muss durchdacht sein, auch die möglichen Fluchtwege, und ein Plan B für den Fall, dass etwas schiefgeht.« Das war etwas, worüber er und Jan offensichtlich schon öfter debattiert hatten.

Denn Jan stichelte: »Aber wie du schon erwähnt hast, ist der

Überraschungseffekt unsere größte Stärke. Was, wenn wir keine Zeit zum Planen haben?«

»Ja, Improvisieren ist durchaus wichtig«, räumte Hendrik ein. »Aber das funktioniert am besten, wenn es innerhalb einer gut geplanten Aktion stattfindet.« Er führte uns auf eine Brücke über die Spaarne, wo Grüppchen von Einheimischen zum Wasser hinunterschauten. In der Nähe des höchsten Punkts der Brücke rückte eine junge Familie für uns ein Stück zur Seite, so dass wir uns alle übers Geländer beugen konnten.

»Wenn man einfach nur in den Fluss blickt«, meinte Hendrik, »kann man so tun, als gäbe es keinen Krieg.« Enten schwammen im Kreis herum, hielten sich aber immer in Ufernähe auf, um den Schaluppen, die kleinere Waren überall in der Stadt auslieferten und auch zu den größeren Schiffen auf dem Noordzeekanaal brachten. Ich schloss die Augen und genoss das Gefühl der warmen Sonnenstrahlen auf meinem Gesicht. Ich hatte inzwischen gelernt, kleine Augenblicke des Glücks auszukosten, und so freuten wir uns alle drei ein paar Minuten über die friedvolle Pause. Aus Vorsicht redeten Jan und Hendrik hauptsächlich im Gehen.

»Etwas sehr Wichtiges hat Hendrik noch nicht erwähnt«, sagte Jan, als wir unseren Weg fortsetzten. »Trag niemals belastende Dokumente bei dir. Wenn du Papiere auszuliefern hast, ist das natürlich was anderes. Das ist eine Operation. Ich rede von den üblichen Papieren.«

»Was ist mit einem falschen Ausweis?«, fragte ich.

»Wir werden dafür sorgen, dass du eine gute Fälschung bekommst. Dann kannst du den Ausweis natürlich mit dir tragen. Aber sonst nichts – keine Listen, keine Namen, keine Adressen. Und nichts vom RVV, also dem Widerstandsrat.«

»Selbstverständlich«, sagte ich.

»Eigentlich dürfte vom RVV ohnehin nichts Schriftliches unterwegs sein. Wenn wir etwas aufschreiben müssen, in Ordnung, aber dann verbrennen wir es. Möglichst schnell.« Er warf Jan einen vielsagenden Blick zu. »Du musst unbedingt Truus und Freddie kennenlernen«, sagte er dann zu mir. »Die beiden Oversteegens. Darf ich fragen, wie alt du bist?«

»Zweiundzwanzig«, antwortete ich.

»Die beiden sind jünger als du«, sagte Hendrik. »Sie werden bald wieder in der Stadt sein.«

»Oh«, sagte ich nur, weil ich, obgleich ich nach Informationen gierte, nicht zu viele Fragen stellen wollte.

»Zurzeit halten sie sich versteckt«, erklärte Jan. »Sie hatten sehr viel zu tun.«

»Du warst also Jurastudentin, Hannie?«, wechselte Hendrik das Thema.

Ich nickte. »Und was macht ihr?«, fragte ich und schaute vom einen zum anderen.

»Wir?«, wiederholte Jan etwas spitz. Hendrik seufzte. Immer wieder war zwischen den beiden Männern eine Anspannung zu spüren, wobei ich nicht erkannte, woher sie rührte. Links von mir ging Hendrik, weltmännisch und elegant. Zu meiner Rechten Jan, mit ungezähmten blonden Locken dicht über den Augen, auf dem Kinn rötliche Bartstoppeln, die Hände so rau, dass sie schmutzig wirkten. Dabei war ich überzeugt, dass sie sauber waren. Zwei Männer, die in Friedenszeiten ganz sicher keine Kollegen gewesen wären.

»Ich meinte eure Arbeit«, sagte ich. »Oder euer Studium.«

»Studium?« Jan spuckte aufs Kopfsteinpflaster. »Als ich zum letzten Mal ein Klassenzimmer von innen gesehen habe, hatte ich noch kurze Hosen an«, erklärte er. »Ich hab den Sinn darin nie verstanden.«

»Also, was ist dann deine Arbeit?«

»Hoogovens, in der Produktionshalle, genau wie mein Vater«, antwortete er stolz.

Jan war also Stahlbauarbeiter in der Hoogovens-Fabrik in Ijmuiden, Gewerkschaftler. Und Kommunist wie mein Vater. Sie steckten hinter den meisten größeren Aktionen des Widerstands, von den landesweiten Streiks bis zu den jüngsten Sabotageakten. Aufgrund der politischen Neigungen meiner Familie sympathisierte ich natürlich mit den Kommunisten, aber niemand von uns war Parteimitglied.

»Du auch?«, fragte ich Hendrik.

»Hoogovens?« Er wischte sich eine unsichtbare Fluse vom Revers. »Nein. Ein bisschen dies, ein bisschen jenes …« Wieder lächelte er. Wahrscheinlich war er Anwalt. Oder Lehrer. Etwas Kultiviertes. Seinem Äußeren nach hätte er auch Schauspieler sein können. Von seiner Art her kam er mir schon fast wie ein großer Bruder vor.

»Bringt man euch an der Uni denn nichts über die bevorstehende Revolution bei, Hannie?«, fragte Jan. Als er das Wort »Revolution« aussprach, gaffte uns ein Passant offen an, schaute aber schnell wieder weg.

»Ich hab davon gehört«, erwiderte ich, achtete aber sorgfältig darauf, in welche Richtung sich das Gespräch entwickelte, denn ich wollte nicht in eine politische Debatte mit Jan verwickelt werden.

»Nationalismus«, sagte Jan. »Das ist der wahre Feind. Wenn die Revolution kommt, werden wir sämtliche Grenzen von allen Landkarten wegradieren, und die Welt wird wieder allen Menschen und allen Arbeitern offen stehen.«

»Mein Gott, Bonekamp«, sagte Hendrik mit einem gutmütigen Lachen, »kandidierst du etwa als Parteisekretär?«

»Ja«, antwortete Jan, »es ist schwer, einen guten Chef zu finden, weißt du.«

Hendrik zwinkerte mir zu. »Achte am besten gar nicht auf ihn.«

Am Rand eines Platzes blieben wir stehen; Jan zündete sich hinter vorgehaltener Hand eine Zigarette an. In der Mitte des Platzes war früher ein kleiner Park gewesen, aber jetzt gab es dort keinen Rasen und keine schattenspendenden Bäume mehr, sondern nur noch zerstörtes Grün und ein paar Baumstümpfe. Im Winter war das Feuerholz knapp geworden.

Jan zog heftig an seiner Zigarette. »Was mich ausmacht, Schätzchen, ist, dass es mir vollkommen egal ist.« Er lächelte. »Wenn es darum geht, Faschisten abzuservieren, dann tu ich es. Keine Frage, keine Widerrede. Deshalb braucht Hendrik mich. Ich mach das, ohne mit der Wimper zu zucken.«

Hendrik lachte. »Das kann ich bestätigen.«

»Siehst du die Lampen da?«, fuhr Jan fort und deutete auf die eisernen Laternenpfähle, die den Platz säumten. »Wenn das alles vorbei ist, wird an jedem Fahnenmast und jedem Pfahl ein Deutscher hängen.« Bei der Vorstellung strahlte er übers ganze Gesicht.

»Na ja, also …« Hendrik runzelte die Stirn. »Das bringt uns zu einem wichtigen Punkt, den man über uns wissen sollte«, sagte er mit bedächtiger Stimme. »Die Deutschen sind, wie ihr nur zu gut wisst, absolut skrupellos. Also müssen wir es auch sein.« Er senkte seine Stimme, obgleich niemand in der Nähe war. »Informanten. Spione. Doppelagenten.« Er sah mir in die Augen, so ernst, wie ich ihn bislang noch nicht erlebt hatte. »Wenn du uns verrätst, lassen wir dich fallen. Auf der Stelle. Ohne Skrupel. Ohne Erbarmen. Wenn wir Schuldbeweise haben, wird die Person umgehend ausgeschaltet.« Er knöpfte sein Jackett zu und strich es glatt. »Dann lassen wir den Verräter mit einer Notiz, in der seine Strafe erklärt wird, an einem öffentlichen Platz zurück«, sagte er mit Nachdruck.

Jan schloss die Augen wie zum Gebet. Ich nickte nur und hielt den Mund.

»Leider muss ich mich jetzt von euch verabschieden, Genossen«, sagte Hendrik an der nächsten Ecke, und es klang fast ironisch, wie er das Wort Genossen betonte. Er gab Jan einen sanften Schlag gegen den Oberarm, dann wandte er sich mir zu und nahm meine Hand. »Danke für deine Arbeit heute, du hast deine Sache wirklich gut gemacht, Hannie. Und falls ich es noch nicht gesagt habe: Ich freue mich, dich beim RVV willkommen zu heißen.« Er schüttelte mir die Hand. Keine Formulare, keine Zeremonie. Die Tat selbst war der Eintritt.

»Danke«, sagte ich.

»Dank nicht mir«, entgegnete Hendrik, wieder ernst. »Ich bin nicht für deinen Erfolg, dein Versagen oder deine Sicherheit verantwortlich. Das bist du ganz allein. Aber wir alle sind Kameraden in diesem Kampf. Und wir helfen einander, so gut wir können.«

»Jawohl«, sagte ich, und er lachte auch darüber. »Warte«, sagte ich und fasste in die Tasche, die meine Mutter an meinen Rock genäht hatte. »Hast du Verwendung dafür?«

Jan nahm den Ausweis und betrachtete ihn eingehend. »Sieht echt aus.«

»Er ist echt«, erklärte ich. »Ich hab ihn eben erst geklaut.« Beide Männer starrten mich überrascht an. Es war so einfach gewesen, den Ausweis aus dem Einkaufskorb der jungen Frau zu entwenden, die neben mir auf der Brücke gestanden hatte.

»Na so was, Hannie!«, sagte Hendrik schließlich und nahm

Jan den Ausweis ab. »Den können wir ganz bestimmt gebrauchen. Wirklich sehr gut gemacht, hervorragend.«

»Danke«, sagte ich noch einmal und errötete. Es tat mir gut, mich mal nicht wie ein absoluter Anfänger zu fühlen.

»Ich hab schon eine Idee für dich, wenn Truus zurück ist«, sagte Hendrik.

»Gut«, sagte ich. »Mit ihrem Bruder, richtig?«

»Wie bitte?«, fragte Hendrik.

»Mit Freddie?«, sagte ich.

Sie lachten beide. »Die Oversteegens sind Schwestern«, erklärte Hendrik. »Truus dürfte etwas jünger sein als du, Freddie ist noch ein Teenager.«

»Oh!«, rief ich und korrigierte mein Phantasiebild. Heldinnenschwestern. Das hatte ich mir für Annie und mich gewünscht, vor langer Zeit. Mein Herz schlug schneller, der kleine Vogel flatterte in seinem Käfig. »Es wird bestimmt nett, sie kennenzulernen«, sagte ich, schon ganz aufgeregt bei dem Gedanken, die Oversteegen-Mädchen zu treffen.

»Wunderbar«, sagte Hendrik, nahm meine Hand erneut und küsste sie. »Bring einfach deinen kleinen Freund mit«, fügte er mit Blick auf meine Umhängetasche hinzu, in der ich die Pistole verstaut hatte, »das wird schon. Bis bald.« Damit sprang er unvermittelt auf sein Fahrrad und fuhr davon.

»Angeber«, knurrte Jan.

»Er macht einen sehr professionellen Eindruck«, sagte ich und sah Hendrik nach, der die Straße hinunter verschwand.

»Unter dem Anzug versteckt sich ein wildes Tier, glaub mir. Sicher, es zeigt sich nur gelegentlich, aber es ist da.« Er reichte mir eine Zigarette. »Du warst selbst vorhin ziemlich furchterregend. Ich dachte schon, womöglich müssen wir einen Ersatz für Hendrik suchen.«

Vorhin – als ich versucht hatte, Hendrik umzubringen. Seit dem Test schien so viel Zeit vergangen zu sein, als sei ich da noch eine andere Person gewesen. »Erinnere mich bloß nicht daran«, wehrte ich ab.

»Aber es stimmt. Für einen Moment hab ich mir große Sorgen gemacht, ob ich nicht doch eine Patrone in der Kammer gelassen hatte. Du hättest seinen Kopf damit bis nach Dänemark geballert, keine Frage.« Er zwinkerte mir zu. »Bist du sicher, dass du so etwas noch nie gemacht hast?«

»Na ja, ich habe nur getan, was du mir gesagt hast.« Ich hielt inne. »Obwohl ich am Schluss vielleicht die Augen geschlossen habe.«

Jan lachte. »Aber die waren definitiv nicht geschlossen, als du Hendrik die Pistole um die Ohren gehauen hast. Und du hast dich auch ziemlich schnell wieder erholt. Danach, meine ich.«

»Nett, dass du das sagst, aber ich habe mich übergeben.«

Er zuckte die Achseln. »So was passiert. Aber das Wichtige ist doch, dass du es schaffst, nicht so viel zu denken in der Aktion. Dass du dich ausschließlich darauf konzentrierst, was als Nächstes passieren muss, es tust und dann gehst. Später gibt es noch genug Zeit zum Nachdenken.«

Die Momente, als ich direkt vor Hendrik stand und auf ihn zielte, waren ein Wust schriller Bilder, mit denen mein Gehirn versuchte, etwas zu verarbeiten, was ich mir niemals zugetraut und mir niemals vorgestellt hatte. Dass ich einem anderen Menschen das Leben nehmen könnte. Allein bei diesem Gedanken zuckte mein Abzugsfinger.

»Du denkst immer noch darüber nach«, sagte Jan.

»Und?«

»Schlag es dir aus dem Kopf. Es ist nichts passiert.«

»Nichts passiert?«, wiederholte ich ungläubig.

»Nichts passiert.«

»Hmm«, sagte ich. »Und was dann?«

»Wenn nichts passiert ist, gibt es auch nichts, worüber du nachdenken musst.« Er zog so heftig an seiner Zigarette, dass seine Wangen hohl wurden. »Allein im Dunkeln an die Decke starren?« Er schüttelte den Kopf. »Nicht, wenn ich es verdammt nochmal verhindern kann.«

»Und was ist damit, dass man aus den eigenen Fehlern etwas lernen sollte?«, fragte ich.

»Ha!« Er lachte freudlos. »Wenn du aus deinen Fehlern lernen kannst, dann bedeutet das, du bist noch am Leben. Und das bedeutet, dass die Fehler, die du gemacht hast, offensichtlich keine Rolle gespielt haben.« Er blickte sich auf dem Platz um. »Wir sollten weitergehen.«

Ich stimmte zu, hauptsächlich, weil es mich verunsicherte, so dicht neben ihm zu stehen. Die Nachmittagssonne brannte und ließ seine Haut leuchten wie goldenes Karamell. Dagegen wurde meine Haut nur rosa und fleckig.

»Also, was kommt jetzt als Nächstes?«

»Braves Mädchen.« Er lotste mich in eine Straße, die zu einem der Industriekanäle führte, wo bestimmt keine jungen Familien oder Blumenverkäufer auftauchen würden, dann bot er mir seine Hand an und half mir auf einen bröckelnden Zementblock, um von dort die Aussicht zu betrachten. Ich zitterte bei seiner Berührung, rieb mir aber schnell den Arm und tat so, als würde mich etwas jucken. Nebeneinander starrten wir auf die grauen, stupsnasigen deutschen Transportboote, die auf dem Wasser dümpelten, alle ordentlich aufgereiht. Und alle mit einem Hakenkreuz am Bug.

Dutzende uniformierte Landser schrubbten die Decks, die

ältesten waren vielleicht fünfundzwanzig. »Was siehst du, Hannie?«, fragte Jan.

»Boote?«, antwortete ich zögernd. »Soldaten?«

»Ich nicht«, entgegnete er, und ein breites Grinsen erschien auf seinem Gesicht. »Ich sehe unsere nächsten Zielpersonen.«

»Diese Jungs dort?«, fragte ich erschrocken. »Jetzt?«

»Nein, nicht diese hier. Und auch nicht jetzt.« Jan lachte, doch dann verschwand seine Fröhlichkeit, und seine Augen wurden schmal wie bei einem Löwen auf Beutejagd. Ohne seine Pistole aus der Tasche zu nehmen, fühlte er nach ihrem Griff und tat so, als schieße er auf ein Trio deutscher Soldaten auf dem nächsten Pier – eins, zwei, drei. »Toter Nazi, toter Nazi, toter Nazi«, zischte er. »Wenn ich mich dieser Tage umschaue, sehe ich überall nur tote Nazis.«

Kapitel 16

Spätsommer 1943

Ich musste fast den ganzen Sommer warten, bis ich Truus und Freddie kennenlernte, die nach irgendeiner erfolgreichen, aber gefährlichen Aktion hatten untertauchen müssen. Die Wochen warmen Wetters vergingen, und ich wurde – abgesehen von meinen fortgesetzten Taschendiebstählen – um nichts Aufregendes gebeten. Ich verbrachte die meiste Zeit im Hauptquartier des RVV, das sich zurzeit in einer schäbigen Wohnung in der Nähe des Haarlemmer Walds befand.

Das Zwei-Zimmer-Apartment war ein einziges wildes Chaos. Das Wohnzimmer war so wahllos mit eindeutig aus einem Büro gestohlenen Stühlen und Schreibtischen möbliert, dass es eher einer als Kaserne, Büro und Waffenlager dienenden Räumlichkeit als einem gemütlichen Zuhause glich. Die stickige Luft roch nach Kaffee, Tinte, alten Socken und Essensresten. Wenn ich dort allein und gelangweilt war, überlegte ich, einen Besen und einen Wischmopp zu nehmen und alles einmal gründlich zu putzen, aber ich hielt mich zurück, denn ich wollte keinen Präzedenzfall schaffen. Mein Wunsch war es, einen Nazi zu erwischen – und zwar einen echten.

Ich verbrachte die meiste Zeit hier, weil ich in diesem Zustand des Wartens weder meinen Eltern noch meinen Freundinnen gegenübertreten wollte. Ich wusste, sie würden mir nur Fragen stellen. Wo ich gewesen war. Was ich tat. Was ich vorhatte. Wann ich wieder zu Hause sein würde. Ich wollte sie nicht anlügen. Ich wollte meine Arbeit tun. Also redete ich mir ein, dass es besser war, mich von zu Hause fernzuhalten, wo ich doch nur Platz wegnehmen und im Weg sein würde. Aber die Wahrheit war auch, dass Sonja und Philine durchaus hätten Gesellschaft brauchen können und dass es wahrscheinlich auch für meine Eltern gut gewesen wäre, einmal am Tag daran erinnert zu werden, dass ich noch am Leben war. Es war nicht fair, aber ich konzentrierte mich auf den Widerstand. Und ich redete mir ein, dass ich es für sie tat. Aber ich tat es auch für mich.

Wann immer ich ihn darum bat, machte Jan mit mir Zielübungen. Er liebte Waffen, deshalb war er gern dazu bereit, und meistens trainierten wir tief im Wald. Aber den Großteil des Sommers nahmen die geheimen Operationen von Hendrik und Jan in Anspruch, die Verbindungen zum nationalen Widerstandsnetzwerk hatten. Ein Name fiel immer wieder: Kommando Silbertanne.

Informanten des Widerstands, darunter auch mit uns sympathisierende niederländische Polizisten bis hin zu Gefängnisinsassen, hielten uns diesbezüglich auf dem Laufenden. Silbertanne war eine Attacke unter der Leitung des Generals Hanns Albin Rauter, des österreichstämmigen SS- und Polizeiführers der besetzten Niederlande, die direkt auf aktive Widerständler im ganzen Land abzielte. Für jeden vom Widerstand getöteten Nazi oder Nazikollaborateur sollten mindestens drei Widerständler, aber zur Abschreckung auch Zivilisten, die dem Widerstand nahestanden, exekutiert werden. Die Mitglieder dieses Todeskommandos traten nicht in Uniform, sondern in Zivilkleidung auf, gaben sich als Widerständler aus, sprachen Niederländisch und agierten mit Waffen der Alliierten. Kommando Silbertanne war geplant als tödliches Spektakel mit kostümierten Nazis, die für die Einheimischen eine Lüge inszenierten, der zufolge der niederländische Widerstand uneins war und sich selbst bekämpfte und zerstörte. Diese Scharade sollte den Niederländern nicht nur Misstrauen gegenüber dem Widerstand einflößen, sondern auch untereinander – niemand sollte sich mehr sicher fühlen. In einem Land, das inzwischen bereits dreieinhalb Jahre unter deutscher Besatzung litt, war es schwer, sich an Hoffnungen zu klammern, und das Sonderkommando Silbertanne war konzipiert, um die wenigen Scherben der Zuversicht, die noch vorhanden waren, endgültig zu zerschmettern.

»Nichts Besonderes«, erklärte uns Hendrik eines Nachmittags in der RVV-Wohnung. »Wir führen unsere normalen täglichen Aktionen durch, liefern weiterhin Lebensmittelkarten, Ausweise, Zeitungen und Waffen aus, unternehmen aber für ein Weilchen keine Einzelattacken.«

»Wie lange?«, fragte Jan.

»Bis sich die Lage wieder beruhigt hat.«

Jan schüttelte den Kopf. »Ich finde, wir sollten unsere Anschläge ausweiten und verstärken, nicht uns zurückziehen. Die werden einfach weitermachen. Es hat keinen Sinn abzuwarten.«

Jan, Hendrik und ich saßen zusammen an dem ramponierten Holztisch, tranken abgekochtes Wasser und bildeten uns ein, es sei Tee. Von den Oversteegen-Schwestern noch immer keine Spur. Zwar gab es auch noch andere Mitglieder in unserer Zelle, aber Hendrik erklärte immer wieder, dass nicht jeder Widerständler alle anderen kennen solle. So war es sicherer.

Jetzt seufzte er. »Das ist kein Rückzug, Jan, sondern eine strategische Neupositionierung. Ich erwarte von uns allen, dass wir das durchhalten, wie auch immer unsere persönlichen Gefühle dazu sein mögen. Für die Sicherheit des ganzen Widerstands.«

»Wie du willst, mein Herr.« Diese Anrede benutzte Jan nur sarkastisch.

»Wunderbar«, sagte Hendrik und räusperte sich. »Abgesehen davon gelten die Pläne für das Kraftwerk weiterhin.«

Überrascht blickte Jan auf. Ich hatte Hendrik von der Sache schon vor ein paar Tagen sprechen hören, eine große Aktion, bei der im nahe gelegenen IJmuiden, Jans Heimatstadt, ein Kraftwerk von entscheidender Bedeutung gesprengt werden sollte. Monatelang war die Aktion geplant worden, und erst jetzt wurde mir klar, dass ich die ganze Zeit in die Pläne eingeweiht gewesen war.

»Freddie hat die Observation gemacht, alles ist bereit, also sollten wir die Sache auch durchziehen.«

»Das gefällt mir schon viel besser«, sagte Jan und richtete sich auf seinem wackligen Holzstuhl auf. »Mache ich es solo oder …«

Hendrik runzelte die Stirn. »Du kannst es überhaupt nicht machen, Jan, in der Gegend bist du viel zu bekannt.«

»Ach, komm schon«, erwiderte Jan. »Bei Nacht? Da sieht uns doch keiner.«

»Truus wird es machen, aber du kannst ihr bei den Vorbereitungen helfen«, sagte Hendrik.

»Aber ich kenne das Kraftwerk besser als alle anderen.«

»Du kannst eine detaillierte Karte für uns zeichnen. Das wäre extrem hilfreich, Jan.«

»Verdammter Quatsch.« Jan stand auf, stampfte wütend aus dem Zimmer und hinaus auf den Hof.

Hendrik schüttelte den Kopf. »Er ist ein hervorragender Kämpfer, deshalb kann er Dinge so schlecht aussitzen.«

»Die Oversteegens werden es also machen?«, fragte ich.

Henrik lächelte. »Ja«, antwortete er. »Mit deiner Hilfe.«

»Selbstverständlich«, sagte ich und gab mir alle Mühe, ruhig zu bleiben.

»Truus, Freddie und Hannie. Nur die Mädchen.« Er trank seine Tasse aus. »Von den beiden kannst du eine Menge lernen.« Hendrik wühlte in seiner Jackentasche, und ich beugte mich vor, gierig darauf, was er mir noch zu zeigen hatte. Er zog ein Federmesser hervor, ließ die Klinge mit einer Hand aufspringen, und ich zuckte zurück. »Langsam, langsam!« Er lachte, hielt das Messer hoch, damit ich sehen konnte, wie harmlos es war, dann nahm er einen Brief vom Tisch und ließ die dünne Klinge in die eine Ecke des Umschlags gleiten. »Diese tödliche Waffe wird zum Öffnen von Briefen verwendet.« Freundlich tätschelte er meine Hand. »Nicht mal die Revolution kommt ohne Papierkram aus.«

Die nächsten beiden Tage waren ein Taumel aus Irrsinn und Angst. Ständig spielte ich in Gedanken den Plan durch, um mein Gedächtnis zu testen. Wenn der Sprengstoffanschlag klappte, würde nicht nur das, was Gerüchten zufolge ein U-Boot-Bunker in IJmuiden war, zerstört werden, sondern auch das gesamte regionale Bahnsystem von der Stromversorgung abgeschnitten und die Moral der Nazis merklich untergraben werden. Die Vorstellung versetzte mich in helle Aufregung.

Ebenso aufgeregt war ich, endlich die Oversteegen-Schwestern kennenzulernen. Außer Schwester Dekker waren sie, soweit ich wusste, die einzigen Frauen im bewaffneten Widerstand. Und die Art, wie Jan und Hendrik über sie sprachen, erfüllte mich ebenso mit Ehrfurcht, wie sie mich zugleich einschüchterte. All das machte es einfacher, mein Grauen vor der Arbeit mit selbst gebasteltem Sprengstoff zu verdrängen – Jan hatte mir erzählt, dass man einen Widerständler, der mit Bomben arbeitete, an den angesengten Augenbrauen und an fehlenden Fingergliedern erkennen könne.

Am Donnerstagnachmittag öffnete Jan mir die Tür der RVV-Wohnung. Kein Lächeln, lediglich ein kurzes Nicken. »Hannie«, sagte er bloß.

»Wo sind denn alle?« Ich hatte die Oversteegen-Schwestern erwartet.

»Truus musste früher weg«, erklärte Jan, schon auf dem Weg ins Wohnzimmer. »Sie wird darauf warten, dass du ihr das Sprengstoffpaket bringst. Eigentlich hätte Hendrik dich bereits darüber informieren sollen.«

»Oh«, sagte ich.

Jan war noch immer irritiert. »Aber ich will dir etwas geben.« Damit ging er zur Kommode, hockte sich davor und wühlte in einer Schublade, die vollgestopft war mit allem möglichen Krempel – Metalldraht, Papierfetzen, Blechstücken –, und zog schließlich ein eingewickeltes Paket, ungefähr so groß wie ein Kätzchen, hervor. »Da haben wir's«, sagte er und stand mit dem explosiven Paket in der Hand auf. »Truus startet etwa um halb zwölf in Velsen-Noord, dem Betriebshof des Kraftwerks.«

»In Ordnung«, sagte ich und versuchte mir vorzustellen, wie der Betriebshof eines Kraftwerks aussehen könnte, denn ich hatte noch nie die Gelegenheit gehabt, ein Kraftwerk zu besichtigen.

»Eigentlich sollte ich das besser machen, ganz im Ernst«, sagte Jan, mehr zu sich selbst als zu mir.

»Wie bitte?«

»Festung IJmuiden«, sagte er. Die Festung IJmuiden wurde als Schlüsselstelle für Hitlers Atlantikwall betrachtet, Deutschlands Versuch, die ganze Nordwestküste von Frankreich bis Finnland gegen Angriffe der Alliierten zu befestigen. Entlang der holländischen Küste waren Tausende Anwohner vertrieben worden, um dort für die Kriegsindustrie ein Niemandsland zu schaffen. IJmuiden war ein wichtiger Standort für die Nazis, strategisch günstig wegen seiner Lage am Nordseekanal. Die englische Südküste war nur gut hundertsechzig Kilometer entfernt. Mit den Militärbunkern, den Hoogovens-Stahlwerken und dem benachbarten Kraftwerk war die Bezeichnung »Festung IJmuiden« durchaus zutreffend.

»Kann ich mir die Karte mal anschauen?«, fragte ich Jan.

Jan gab sie mir, ein einfacher, aber guter Überblick über die Küstenregion. Auf dem Gelände des Kraftwerks hatte er zwei große Türme markiert. »Das ist ein größeres Ziel, als wir es normalerweise anpeilen«, sagte Jan und vergaß seinen Groll für einen Moment. »Ein Stromausfall von diesem Ausmaß wird für die Deutschen ein hübscher Schlag sein. Bist du bereit?«

»Ich glaube schon«, antwortete ich, faltete die Karte zusammen und steckte sie mir in den BH. Letzteres quittierte Jan mit einem Grinsen.

»Dann sollten wir mal losziehen«, sagte er. »Es geht um das zweite Stellwerk der Anlage. Halt Ausschau nach Truus. Ihr trefft euch beim Turm, dort erklärt sie dir den Rest.« Ich nahm die spärlichen Informationen auf und prägte sie mir ein, so gut ich konnte, denn ich genierte mich, Jan zu bitten, alles noch einmal zu wiederholen. Und aufschreiben konnte ich sie auch schlecht. Das Paket, das Jan mir gab, war schwerer, als ich erwartet hatte, und er grinste, weil ich merklich erschrak. »Entspann dich. Das Ding wird nicht losgehen, ehe du es scharf machst.«

In den letzten Monaten hatte ich eine ganze Reihe von Transporten und ähnliche Aufgaben wie schon für Dekker in Amsterdam übernommen, hatte Pistolen, Munitionskisten und sonst noch alles Mögliche in Obstkörben versteckt auf dem Fahrrad ausgefahren. Einmal hatte ich sogar eine Panzerfaust in einem Kinderwagen vor mir hergeschoben. Aber das waren alles tote Gegenstände. Eine Bombe dagegen war etwas hochgradig Explosives, und das machte mir Angst.

»Warum hat Truus das Paket nicht mitgenommen?«, fragte ich wie ein echter Feigling.

»Weil es noch nicht fertig war, Professor. Ich musste einen Teil noch präparieren.«

Bei der Vorstellung, dass ausgerechnet Jan, der kaum Erfahrung mit dem Bauen von Bomben hatte, verantwortlich für den Sprengsatz war, sträubten sich mir nicht nur die Nackenhaare. »Wie soll ich das überhaupt transportieren?«, fragte ich.

»Am besten in deiner Tasche. Ich hab es gut eingepackt.«

Also schob ich das Paket in meine lederne Umhängetasche, sorgte aber dafür, dass es auf einem weichen Pullover lag. Trotzdem hatte ich immer noch nicht die leiseste Ahnung, wie ich weiter damit umzugehen hatte. Mit den Fingerspitzen strich ich über den kühlen Griff der Pistole in meiner Jackentasche. »Soll ich …?«

»Was?«, fragte Jan.

»Ach nichts.« Natürlich musste ich meine Pistole mitnehmen. Ich musste alles mitnehmen, was hilfreich sein konnte. Ich musste auf alles vorbereitet sein.

»Zeig's ihnen«, sagte Jan. Als er die Tür hinter mir schloss, warf er mir eine Kusshand zu.

Bevor ich mich auf den Weg machte, schaute ich die Straße hinauf und hinunter und fragte mich wie immer, ob die Nachbarn sich wohl Gedanken darüber machten, was in der RVV-Wohnung vor sich ging. Nur eine Gruppe junger Freiwilliger, hatte Hendrik den Leuten erzählt, als sie dort eingezogen waren, und vorsichtshalber noch etwas vom Roten Kreuz einfließen lassen. Die Nachbarn sahen uns selten ins Gesicht. Aber genau genommen sah eigentlich niemand mehr einem fremden Menschen ins Gesicht.

Ich radelte vorbei am Haarlemer Wald, vorbei an den müden Bauern, die in die Stadt kamen, um mehlige Pastinaken und Kartoffeln mit tausend Augen zu verhökern. Wenn wir um Lebensmittel feilschen konnten, die wir früher an die Schweine verfüttert hatten, schätzten wir uns glücklich und verschwendeten mehr Zeit daran, die verdorbenen Stellen des Gemüses wegzuschneiden, als es zu kochen und zu essen. Inzwischen war es leicht geworden zu sehen, wer kollaborierte und wer nicht, man erkannte es daran, wie flach die Wangen waren und wie locker die Kleidung saß. Jeder, der gut genährt wirkte, war suspekt. Andererseits schien rotgesichtige Vitalität unbestreitbar Bestandteil des Erbguts mancher Leute zu sein. Wie bei Jan, dessen breite Schultern immer die Nähte seiner leinenen Arbeitsjacke zu sprengen drohten. Aber dieses Bild verdrängte ich rasch und trat lieber kräftig in die Pedale.

Kurz bevor ich das Kraftwerk erreichte, hielt ich an, um es in Augenschein zu nehmen. Und um zu verschnaufen. Es war genau die Art riesiger, anonymer Industrieanlage, über die ich vor dem Krieg nie nachgedacht und die ich auch nie wirklich wahrgenommen hatte. Diese Einrichtung versorgte nicht nur die nahe gelegenen Städte mit Elektrizität, sondern – das sah ich erst jetzt – auch die Bahnlinien, auf denen der wertvolle niederländische Stahl für die U-Boote der Nazis transportiert wurde. Zu sehen gab es allerdings nicht viel, nur vereinzelte Gebäude mit hohen Fenstern und komplizierte Verkabelungen. Ein paar Wachen, aber nicht viele. Einige standen in einer Gruppe zusammen und rauchten. Offenbar war ihre Arbeit langweilig.

Angestrengt hielt ich Ausschau nach Truus, und erst jetzt wurde mir klar, dass ich gar nicht wusste, wie sie aussah. Ich hatte so viel über die Oversteegen-Schwestern nachgedacht, dass ich nie nach einer Beschreibung gefragt hatte. Glücklicherweise war sie mit Sicherheit die einzige Frau außer mir in einem Kraftwerk bei Nacht. Die beiden Stellwerkstürme entdeckte ich sofort, Jan hatte sie genau beschrieben. Aber welcher war der erste und welcher der zweite? Ich versteckte mein Fahrrad im Gebüsch und schlich mich zum Zaun in der Nähe des einen Turms. Dann hörte ich etwas.

Zwei Kieselsteine, die gegeneinander klickten.

Das Knarren von Holz, auf das Gewicht verlagert wurde.

Das hohe Klirren von zerberstendem Glas, das zu Boden fiel.

Vor Schreck zuckte ich heftig zusammen, warf mich platt gegen den Maschendrahtzaun – und verursachte mit einem donnernden Rasseln das lauteste Geräusch von allen. Ich kniff die Augen fest zusammen wie ein Kind, das hofft, dass das Monster verschwunden ist, wenn es sie wieder öffnet.

Dann öffnete ich sie vorsichtig.

Eine Katze sprang von einem Kistenstapel in unmittelbarer Nähe und landete zu meinen Füßen, rieb den orange-weiß getigerten Kopf an meinem Knöchel, schnurrte und wollte gekrault werden.

Herr im Himmel.

Doch als ich mich bückte, um sie zu streicheln, entzog sie sich, schwenkte ab und sauste mit peitschendem Schwanz zwischen meinen Beinen hindurch, auf und davon. Als ich ihr nachblickte, sah ich sie ein Stück weiter durch den Zaun auf den Betriebshof des Kraftwerks schlüpfen.

Durch den Zaun.

Ich kauerte mich auf den Boden. Der Maschendraht war von jemandem durchgeschnitten worden, und wenn ich ein bisschen drückte, tat sich eine Lücke auf, gerade groß genug, dass ich durchpasste. Ein paar Schritte entfernt leckte sich die Katze ihre Pfötchen und beobachtete mich. Ich quetschte mich durch die Öffnung, aber als ich die verpackte Bombe nachholen wollte, blieb das Papier am Metall hängen und riss hörbar ein. Ich sah mich auf dem Hof nach den Wachen um. Hier gab es tatsächlich auch bei Nacht noch Licht, es war hell, die Schatten hart. Zum Glück hatte nur die Katze etwas bemerkt.

Doch dann entdeckte ich im Schatten des Turms, der mir am nächsten war, eine Gestalt – etwa in meiner Größe, vielleicht ein bisschen größer. Sie kauerte an der Backsteinmauer genau vor mir, trug Arbeitsstiefel und eine Schiebermütze. Wahrscheinlich Tarnkleidung. Mir hatte das niemand vorgeschlagen. Ich kniff die Augen zusammen. Die Person vor mir konnte durchaus ein Mann sein, also verharrte ich zunächst reglos und ließ mir die Möglichkeiten durch den Kopf gehen. Wenn es ein verkleideter Einsatzgruppensoldat war, war ich verloren. Ich blickte nach rechts und nach links, fixierte die Gestalt noch einmal. Dann rannte ich los.

Als meine Schritte über den Kies knirschten, wandte sich die Gestalt mir zu. Jetzt konnte ich sie etwas besser sehen und bemerkte neben ihr einen dicken Leinensack, den sie mit der einen Hand umklammerte. In der anderen hielt sie eine Waffe.

Das Gesicht noch immer im Schatten, nickte sie, winkte mich näher und führte die flache Hand zum Boden: *Bleib in Deckung*. Doch da die Waffe nicht auf mich gerichtet war, ging ich weiter.

»Hey.«

Die Stimme einer Frau.

»Ich hab gedacht, du kommst nicht rechtzeitig«, fuhr sie fort. Ihrem Gesicht war anzusehen, dass sie erleichtert war.

»Truus?«, fragte ich.

Sie nickte. »Bleib in Deckung. Hier scheint es still zu sein, aber es gibt Wachen.«

Ich sah mich um, konnte jedoch niemanden entdecken. Die Rauchergruppe war irgendwohin abgewandert, man hörte nur das geheimnisvolle Donnern aus dem Inneren der Anlage. Wie ein kontinuierliches Erdbeben. Ich wusste nicht, wie viel Angst ich eigentlich haben musste, und auch nicht, wovor. In meinem behüteten kleinen Leben hatte mich nichts auf diese Situation vorbereitet, und in diesem Moment überfiel mich wieder einmal die Frage, wie ich überhaupt in das hier hineingeraten war.

Truus machte eine Kopfbewegung zu einem Betonbunker beim Stahlzaun am gegenüberliegenden Rand des Hofs. »Da drüben steht mindestens ein Wachposten.«

Wir warteten.

Wir starrten hinüber zu dem Bunker.

Wir starrten zu der Katze.

Die Katze leckte sich immer noch die Pfoten.

Nichts geschah.

Minuten verstrichen. Meine Füße begannen zu kribbeln und schliefen unter mir fast ein.

»Truus?«

»Was?«

Sie spähte um die Ecke des Turms, ohne mich anzuschauen.

»Ich hab nicht …« Ich war nicht sicher, wie ich es formulieren wollte.

»Was hast du nicht?«

»Ich hab keine Ahnung, wie der Plan lautet.«

Truus drehte sich wieder zu mir um. »Wie bist du dann hierhergekommen?«

»Jan hat mir gesagt, wo ich dich treffen soll, aber …«

Sie kauerte sich wieder auf den Boden. »Das war der erste Plan. Bevor er sich geändert hat.«

»Ist Freddie hier?«

Sie schüttelte den Kopf. »Dieser verfluchte Jan.« Truus kaute einen Moment auf der Unterlippe und dachte nach. »Ach, egal. Jetzt bist du hier.«

Ein Klappern von der anderen Seite, ein Metallzaun, der in Bewegung geraten war. Wir erstarrten beide. Warteten. Nichts.

»Na gut«, sagte Truus schließlich. »Du hast das Paket mitgebracht?«

Ich schob es ihr zu, und ihre Augen wurden groß, als sie es mit beiden Händen entgegennahm. »Himmel, junge Frau, sei vorsichtig«, zischte sie. »Eine Bombe musst du behandeln wie ein Baby. Ganz sanft. Sonst bringst du uns noch um.«

»Entschuldigung«, sagte ich verlegen. Sie ignorierte es.

»Siehst du die Schienen dort? Da soll die Bombe hin. Aber eigentlich hätten wir zwei von diesen hier kriegen sollen«, sagte sie und deutete auf das Paket. »Sieht aus, als hätte Jan auch das vermasselt. Dann bringen wir eben nur eine an.« Sie dachte nach, überlegte neu. »Die Bombe muss so dicht wie möglich an den Gebäuden platziert werden, um den größten Schaden anzurichten«, erklärte sie. Sie schien mit sich selbst zu sprechen, sah mich dann jedoch an. »Hat er dir gezeigt, wie man das Ding an den Schienen befestigt?«

Ich schüttelte den Kopf.

»Na gut.« Als sie mit dem Finger an dem zerrissenen Papier hängen blieb, fluchte sie leise, packte aber weiter aus, ein Geräusch, das sich in der Stille martialisch anhörte. Die Katze blickte zu uns. »Das ist ein verdammtes Desaster«, flüsterte Truus. »Sie sollte in eine Decke gewickelt sein. Dieses Ding ist …« Sie blickte noch einmal um die Mauerecke und riss dann mit einer raschen, lauten Bewegung das Papier ab. Die Katze legte den Kopf schief und peitschte mit dem Schwanz. Ich war in kalten Schweiß gebadet.

Nichts passierte.

Wir atmeten beide aus.

»Tun wir es einfach«, sagte Truus. »Ich renne rüber und bringe das Teil an der Schiene an, während du mir Deckung gibst. Du beobachtest, ich befestige. In Ordnung?«

Ich nickte und zog meine Waffe aus der Tasche. Truus sah es. »Versuch bitte, nicht mich umzubringen«, sagte sie mit ernstem Gesicht. »Aber wenn du musst, schieß.«

Ich wusste nicht, was ich darauf antworten sollte, also sagte ich nichts. Sie erinnerte mich an Jan. Das gleiche Selbstvertrauen. Dieselbe Nüchternheit. Nur schien sie mich nicht ganz so gern zu mögen, wie Jan mich mochte. Schade.

»Es ist nicht wichtig, dass du jemanden triffst«, sagte Truus und versuchte, mir in den wenigen Sekunden, die uns noch blieben, die Grundlagen des Unterstützungsfeuers zu erklären. »Ziele einfach in ihre Richtung«, sagte sie und tat so, als schwenkte sie eine Maschinenpistole vor sich her. Ich hatte eine Acht-Schuss-Pistole. Truus tippte sich an den Kopf. »Du musst niemanden töten. Es ist eher eine psychologische Sache. Verstehst du? Du musst nur dafür sorgen, dass sie bleiben, wo sie sind, und Angst vor den Kugeln haben.«

»Verstehe«, sagte ich, obwohl nur ein Bruchteil von dem, was sie gerade gesagt hatte, zu mir durchdrang. Wir knieten an der Ecke des Turms. Niemand war in der Nähe. Ich hatte gerade genug Zeit für einen meiner regelmäßig wiederkehrenden Anfälle von Zweifel: *Tu ich das hier gerade wirklich?*

Aber so war es.

»Ist es nicht seltsam, dass hier keine Wachen sind?«, fragte ich.

»Nein«, antwortete Truus. »Denn diese Arschlöcher machen ihre Arbeit extrem schlecht.« Sie schaute nach rechts und links. »In Ordnung, ich gehe jetzt los. Wenn du irgendwas siehst, was sich bewegt, denk nicht lange nach, sondern schieß. Nur nicht auf mich. Dann renn los, ich folge dir. Kapiert?«

Ich nickte.

Im nächsten Moment war sie weg, ein verschwommener Schatten, der über den leeren Hof flitzte, wegen des Pakets unter ihrem Mantel mit etwas unregelmäßigen Schritten. Sie war großartig. So mutig. Mit den Augen suchte ich die Umgebung nach Bewegungen ab. Als die Katze vor Truus Reißaus nahm, zuckte mein Finger am Abzug. Um ein Haar wäre die Katze mein erstes Opfer geworden. Aber ich schaffte es, mich rechtzeitig zu beherrschen, und hörte das beruhigende Klicken, als der Verschlusshahn wieder an Ort und Stelle zurückglitt.

Truus warf sich zwischen den Schienen flach auf den Boden, was sie tatsächlich etwas tarnte, weil niemand auf die Idee kommen würde, dass sich jemand an eine so exponierte Stelle begeben könnte. Die Bombe bestand aus zwei kleineren Teilen plus einer Reihe von Drähten, und ich sah, wie Truus sie an die Schiene drückte und mit einer Art schimmerndem Bügel befestigte. Das Gesicht dicht über den Händen, schlang sie die Drähte umeinander, legte sie dann ab und positionierte zwei kleine flache Platten auf die Schiene. Vermutlich die Zünder. Sie waren sichtbar, aber nur, wenn man von ihnen wusste. Was außer mir auf niemanden zutraf.

Meine Hände am Griff der Waffe schwitzten vor Nervosität, während ich den Hof weiter nach Wachleuten absuchte. Nichts. Truus klopfte auf die Schiene, um etwas zu sichern, ein blechernes Klingeln, das nur die Katze und ich bemerkten. Dann spähte Truus über die Schiene direkt zu mir: *Alles klar*?

Noch einmal schaute ich mich um, dann erwiderte ich das Nicken: *Alles klar*. Truus richtete sich auf, rannte zu mir und tauchte aufatmend in den Schatten, der uns verbarg.

»Erledigt«, sagte sie. »Jetzt müssen wir nur zusehen, dass wir hier rauskommen, ehe der Zug eintrifft.«

»Wann soll er denn kommen?«

Sie schaute auf ihre Uhr, die zu groß war für ihr schmales Handgelenk, und ich erkannte eine deutsche Militäruhr. Wahrscheinlich gestohlen von einem Soldaten, den sie getötet hatte, vermutete ich. »In zehn Minuten. Ich wollte auf den späteren Zug warten, aber da du schon so früh gekommen bist … das wird jetzt ein bisschen eng, aber wir sollten es durchziehen. Und machen, dass wir wegkommen. Sofort.«

»Im Zaun ist ein Loch, durch das bin ich reingekommen«, sagte ich.

»Gut. Ich folge dir.«

Der kleinste Hinweis auf Anerkennung erfüllte mich mit gänzlich unverdientem Selbstvertrauen. »Gehen wir«, sagte ich.

Ich rannte zum Zaun, bog die lose Stelle zurück und war mit einer Bewegung draußen. Dort kauerte ich mich nieder und schaute nach Truus. Aber sie war nicht da. Ich strengte meine Augen an. Sie war noch immer beim Turm und rührte sich nicht von der Stelle.

Und da sah ich ihn. Seine Schritte waren locker und lässig, aber er war dennoch ein Soldat mit einem langen, über die Schulter geworfenen Gewehr, und er kam in meine Richtung. Ganz entspannt. Noch hatte er mich nicht entdeckt. Ich wandte den Kopf und sah eine riesige Holzrolle. Hinter ihr konnte ich mich verstecken. Vorausgesetzt, ich erreichte sie.

Ich blickte zu Truus zurück, aber die Schatten waren so tief, dass ich ihren Gesichtsausdruck nicht erkennen konnte. Ich deutete in die Richtung der Rolle, hatte keine Ahnung, ob sie mich verstand, erhob mich trotzdem langsam, um mich bereitzumachen.

Aber jetzt geriet auch Truus in Bewegung. Ich sah, wie ihre kleine Hand blitzschnell ins Licht huschte und sich nach etwas ausstreckte, dann hörte ich ein Geräusch: *Bums*. Sie hatte einen Stein geworfen.

Der Soldat fuhr zu dem Geräusch herum, ich rannte zu der Rolle und ließ mich keuchend dahinter auf den Boden fallen. Hoffentlich leise.

Von der anderen Seite der Fabrik erschienen drei Wachen und rannten zu dem Stein, stupsten mit der Mündung ihrer Gewehrläufe dagegen, sahen sich die Umgebung genauer an, pikten in dort herumliegende Stapel mit Industriematerial. Einer klopfte mit dem Gewehr gegen eine Kiste mit rostigen Sprungfedern, und heraus sprang fauchend unsere alte Freundin, die Katze. Erschrocken machte der Soldat einen Schritt rückwärts.

»Eine Katze!«, rief ein anderer Soldat, alle lachten und deuteten auf den erschrockenen Kameraden, der Angst hatte vor einem Kätzchen. Der spuckte ärgerlich in die Richtung des Tiers, dann verschwanden die drei Wachen wieder auf die andere Seite der Fabrik, noch immer lachend. Ein bisschen Abwechslung in ihrer öden Nachtwache.

Danke, Truus. Vorsichtig streckte ich den Kopf aus meinem Versteck – und schluckte hart. Die anderen Soldaten waren verschwunden, aber nicht dieser hier – er starrte mir direkt ins Gesicht. Oder jedenfalls auf die Rolle. Ich hörte, wie er das Metalltor aufschloss, seine Schritte kamen näher. Ich stand auf.

Was sollte ich auch sonst tun?

»Wer ist da?«, rief er, mit zitternder, dünner Stimme. »Wer da?«

»Tut mir leid, tut mir leid! Ich hab mich ein bisschen verlaufen«, sagte ich auf Deutsch, um sicherzugehen, dass er mich verstand. Meistens bemerkten die Soldaten nicht einmal, wenn man mit ihnen Deutsch sprach. Ich lächelte ihn an, diesen Jungen mit seinen wässrigen Augen und seiner nervösen Stimme. Dann schauderte ich theatralisch, stopfte die Hände tief in die Taschen meines Wollmantels und verbarg meine Waffe.

»Papiere.« Mit entschlossenen Schritten kam er mit gehobenem Gewehr auf mich zu und blieb erst stehen, als der Lauf mir fast in die Wange pikte. »Papiere«, wiederholte er, und ich glaubte, seine Angst zu hören.

Ich streckte ihm meinen gefälschten Ausweis entgegen, er hielt ihn ins Licht, um ihn zu inspizieren. Schließlich gab er ihn mir zurück, musterte mich aber skeptisch. »Sie dürfen sich hier nicht aufhalten. Es ist längst Sperrstunde.«

Wir wussten beide, dass das nicht der einzige Grund war, weshalb ich hier nicht sein durfte.

»Ich weiß, ich weiß«, gab ich eifrig zu und versuchte, Zeit zu schinden. Natürlich hätte ich mich zu gern nach Truus umgeschaut, ich durfte jedoch nicht riskieren, dass der Soldat meinem Blick folgte. »Aber ich bin heute Morgen hier spazieren gegangen und hab etwas verloren, deshalb …« Ich ließ den Satz unvollendet. Und dann begann ich zu weinen. Na ja, ich tat jedenfalls so.

»Warten Sie, nein«, sagte der Soldat, ganz aus der Fassung gebracht, »jetzt weinen Sie doch nicht.« Er senkte sein Gewehr, blieb aber trotzdem vor mir wie angewurzelt stehen. »Was haben Sie denn verloren, Fräulein?« Ich weinte weiter, so gut ich konnte. Er sah sich nach Verstärkung um. Doch da war niemand. »Sie dürfen sich hier nicht aufhalten«, wiederholte er. »Man könnte Sie verhaften.«

»Verhaften Sie mich bitte nicht!«, schluchzte ich, das Gesicht noch immer in den Händen verborgen, während ich die Wimperntusche mit den Fingern und ein bisschen Spucke über meine Wangen verteilte. Blinzelnd blickte ich dann auf, und seine Augen wurden groß beim Anblick dieser aufgebrachten jungen Frau. »Bitte.«

Wenn Frauen weinen, bekommen Männer Angst. Das musste ich mir merken.

»Holen Sie Ihre Sachen und gehen Sie«, sagte er. »Was haben Sie denn verloren? Schmuck? Geld?«

»Ich könnte es da drüben verloren haben«, sagte ich, schaute weg von der Fabrik und zurück zu den Wohnhäusern und meinem Fahrrad. »Darf ich dort mal nachschauen?«

»Ja, ja, machen Sie schon«, sagte er und schaute über die Schulter. Dann winkte er mit dem Gewehr. »Gehen Sie doch endlich.«

Von seinen Blicken verfolgt, sein Gewehr bei jedem meiner Schritte auf mich gerichtet, rannte ich zu meinem Fahrrad. Als ich es erreichte, bückte ich mich, fuhr mit den Händen über den Boden und verfluchte die Armut, die jeden weggeworfenen Kram, der uns vor dem Krieg nicht interessiert hat, von den Straßen gelesen hatte. Jetzt hoben wir alles auf, jeden noch so verbogenen Löffel, jedes Bonbonpapier. Ich kratzte etwas Laub zusammen, hielt ihm meine damit gefüllte Handfläche entgegen und hoffte, er würde nicht weiter nachforschen wollen.

Aber er machte Anstalten, zu mir zu kommen, und mein Herz rutschte tiefer. *Tu das nicht. Bitte komm nicht näher*. Wieder tastete ich nach meiner Pistole. Doch dann hörten wir es beide: *Bums*.

Truus hatte erneut einen Stein geworfen.

Einer der anderen Soldaten kam zurück auf den Hof gelaufen, das Gesicht meines Soldaten wurde blass, als wisse er, dass er die Sache verbockt hatte. »Machen Sie, dass Sie wegkommen!«, zischte er mir zu.

Ohne einen Blick zurück rannte ich zu meinem Rad, sprang auf, radelte los, machte aber an der Ecke eines verlassenen Hauses halt und horchte. Die Schritte des Soldaten entfernten sich, rannten in Richtung der Fabrik, gesellten sich zu dem leisen Tuckern von etwas ganz anderem. Ich wartete noch einen Moment, versuchte, meinen panischen Atem zu beruhigen, schlich dann auf Zehenspitzen weiter und spähte zu den Türmen. Inzwischen war das Tuckern lauter geworden: Der Güterzug traf ein. Mit zusammengekniffenen Augen suchte ich nach Truus, aber es war zu dunkel und die Entfernung zu groß.

Plötzlich spürte ich eine Hand auf meiner Schulter.

»Gehen wir.« Truus war aus dem Nichts erschienen und eilte nun die Straße hinunter, bog von dort in eine kleine Gasse ab, zog ein Fahrrad aus dem Gebüsch und radelte in Richtung Haarlem los. Doch als ich auf mein Rad steigen wollte, blieb plötzlich die Zeit stehen.

Es war taghell.

Und höllisch laut.

Dann wurde es still. Kurz danach brach Chaos aus.

Die Explosion hatte mich zu Boden geworfen, ich rappelte mich auf, mit schmerzender Hüfte, aber ansonsten unverletzt. Die Fabrik jedoch hatte es erwischt. Der Hof hinter mir lag unter einer Rauchwolke, Flammen loderten, Staub wirbelte durch die Luft. Fensterscheiben gingen krachend zu Bruch, Arbeiter und Soldaten strömten aus der Fabrik wie Ameisen aus einem Picknickkorb, wimmelnd, blind. Dort im Zentrum des Hofs war der Zug nur noch ein Wrack auf verformten Schienen, einige Waggons waren umgestürzt, andere zusammengeschoben wie Spielzeug, während ihre Kohleladung wie rußig schwarze Wanderdünen auf die Nebengleise quoll.

Das hatten wir getan. Truus und ich. Die Hitze der Explosion wärmte mein Gesicht und zwang mich, die Augen zusammenzukneifen. Schnell radelte ich in die Richtung, in der Truus verschwunden war, mit stolzgeschwellter Brust, lachte laut und wild, den Blick von Freudentränen verschleiert.

Kapitel 17

Herbst 1943

»Du wirst im Handumdrehen einen Ruf haben.« Jan drückte auf den Abzug, und der Revolver ging los. Es war Spätnachmittag, eine Woche nach dem Bombenanschlag, und Jan hatte vorgeschlagen, mit mir vor der nächsten Aktion gemeinsam Schießübungen zu machen. Nach der Geschichte in IJmuiden brannte ich noch mehr darauf, Truus richtig kennenzulernen, aber sie und Freddie waren am nächsten Tag schon wieder verschwunden, und Hendrik hatte erwähnt, dass die Familie Oversteegen zu einem wesentlich breiteren Widerstandsnetzwerk gehörte, von dem der RVV nur ein kleiner Teil war. Mir schien es so, als wären die beiden Schwestern rund um die Uhr beschäftigt.

Ich lud nach und wartete.

»Die Leute reden über IJmuiden«, fuhr Jan fort. »Darüber, was ihr in der Fabrik zustande gebracht habt. Sie sind die ganze Nacht aufgeblieben, um die Anlage brennen zu sehen, und haben gefeiert.« Es klang, als freue er sich für mich. Als sei er stolz auf mich.

»Eigentlich hat Truus das gemacht«, gab ich zu bedenken. Vor meinem inneren Auge sah ich, wie sie die Bombe an der Schiene anbrachte, und war erneut voller Bewunderung. »Ich hab nur geholfen.«

»Ich habe eine Menge zuverlässiger Gewährsleute in der Gegend«, sagte er, »und eine Frau hat mir erzählt, sie könne schwören, dass sie in dieser Nacht eine hübsche Rothaarige auf einem quietschenden Fahrrad habe vorbeiflitzen sehen.« Er grinste zufrieden, was seine Grübchen zum Vorschein brachte. »Ich habe dich natürlich auch für meinen nächsten Auftrag angefordert.«

Er zielte und feuerte. Beim Abdrücken biss er sich immer auf die Unterlippe. Ich nahm mir zwei Dinge vor: nach einer Aktion nicht mehr so viel Aufmerksamkeit zu erregen und Schmierfett für mein quietschendes Fahrrad zu organisieren.

»Die Leute finden euch beide wundervoll. Was ihr natürlich auch seid.« Er räusperte sich. »Für Mädchen.«

»Sei bloß still«, sagte ich und knuffte ihn in die Schulter. »Worauf ziele ich eigentlich hier?« Wir waren wieder einmal auf der kleinen Lichtung tief im Wald.

Jan deutete auf eine etwas weiter entfernte Gruppe von Zedern. »Versuch doch mal, einen von denen hier zu treffen: Fritz, Karl oder Adolf.«

Unmöglich. Die Baumstämme waren dünn, staksig und schwer anzuvisieren. Und sie waren viel zu weit weg. Aber ich zielte trotzdem darauf und feuerte mehrmals nacheinander, wie Jan es mir gesagt hatte. Die Kugeln schossen an den Bäumen vorbei, die reglos in der stillen Abendluft stehen blieben.

»Tut mir leid«, sagte ich verlegen. Aber Jan schien es nicht zu kümmern.

»Mach lieber nicht so schnell«, sagte er.

»›Zieht mich gefälligst langsam an, ich hab's eilig‹«, zitierte ich.

Interessiert kniff Jan die Augen zusammen. »Und weiter?«

»Ist bloß so ein Spruch«, erklärte ich lachend. »Von deinem alten Lieblingsbösewicht.«

»Was?« Er riss die Augen auf.

»Napoleon.«

Er verdrehte die Augen, und ich drückte ab. Das Geräusch von Vogelschwingen verkündete einen weiteren Fehlschuss. »Verdammt«, fluchte ich.

»Langsamer, Hannie«, neckte er mich. »Und mach dir keine Sorgen. Üb einfach weiter. Am Freitag übernehme ich das Schießen. Du bist meine Verstärkung.« Er lächelte. »Vorausgesetzt, du willst.«

Das ungeschriebene Gesetz für Aufträge war, dass sie immer freiwillig ausgeführt wurden. »Die Bezahlung ist nämlich nicht gerade gut«, erklärte Hendrik. Das war ein Witz, natürlich – wir waren ja allesamt Freiwillige. Aber die Wahrheit war, dass nie jemand einen Auftrag ablehnte. Wenn überhaupt, waren wir gierig auf mehr. Ich auf alle Fälle.

»Klar«, antwortete ich, selbstbewusster, als ich mich fühlte. »Worum geht es?«

»Ein echter Treffer.« Er leckte sich über die Lippen. »Freddie hat den Ort observiert und solide Informationen über das Kommen und Gehen von ein paar hohen Tieren der Nazis gesammelt. Freitagabend nehmen wir einen davon aufs Korn: Korporal Ernst Kohl, hierhergeschickt aus Polen, um die Pläne von Kommando Silbertanne zu überwachen. Anscheinend ist er eine Art Experte, wie man am besten an Widerständler rankommt. Aber am Freitag holen wir ihn uns.«

Jan erklärte, dass er und ich uns schick machen würden wie ein Pärchen für ein Rendezvous. Dann würden wir zu einer Bar gehen, die zu einer Art Clubhaus für die Offiziere geworden war. »Wir werden nicht reingehen, das ist zu riskant«, sagte er. »Es gibt nicht genügend Ausgänge. Aber wir stehen draußen und warten auf ihn.« Er grinste. »Du wirst das hervorragend machen.«

Ich war nicht ganz so zuversichtlich. »Wird es nicht verdächtig aussehen, wenn wir einfach nur draußen rumstehen?«

»Na ja ...« Jan kam näher. »Ich habe da so eine Idee.« Seltsamerweise wirkte er plötzlich schüchtern, was sonst gar nicht seine Art war und mich beunruhigte. Ich war in seiner Nähe ja ohnehin immer etwas durcheinander.

»Direkt neben der Bar ist eine kleine Gasse«, fuhr er fort. »Da können wir uns verstecken, während wir warten. Und wenn jemand uns dort entdeckt ...« Er zuckte die Achseln.

Jetzt war ich vollends verwirrt. »Wie meinst du das?«

»Na ja.« Jetzt konnte ich ihn riechen. Frischer Schweiß, Tabak, etwas Männliches. Ich atmete alles ein wie eine Droge. »Wenn jemand uns sieht, könnten wir so tun, als wären wir ein Paar.«

»Ein Paar?«, fragte ich. »Wieso macht uns das weniger verdächtig?«

»Ich dachte ...« Jetzt war sein Gesicht direkt vor meinem. »Wenn jemand vorbeikommt, dann ...« Sein Blick wanderte zwischen meinen Augen und meinem Mund hin und her. »... dann küssen wir uns.«

»Oh«, sagte ich. Wir standen nur wenige Zentimeter voneinander entfernt, so dicht, dass ich die Wärme seines Körpers spürte.

»Aber nicht, wenn du nicht willst«, sagte er.

Ich fuhr mir mit der Zunge über die Lippen. Wie zwei Magneten, die versuchten, einer elementaren Anziehungskraft zu widerstehen, drückten wir uns herum, bis er sich über mich beugte und mich packte, als wolle er mich nie wieder loslassen.

Ich hatte schon einmal einen Jungen geküsst. Ein einziges Mal. Bei der ersten Party meiner Hochschulkarriere – in einem Raum voller verunsicherter junger Leute, die vorgaben, Spaß zu haben. Irgendwie landete ich auf dem Tanzparkett zusammen mit einem Jungen namens Tom, der mich in dem Moment, als das Lied zu Ende war, auf den Mund küsste und dann zurückwich, als wäre er selbst überrascht. »Das wollte ich schon immer mal tun«, verkündete er. Ich war sprachlos und schrecklich verlegen. »Entschuldigung«, sagte er noch, dann rannte er davon. Nach diesem Erlebnis hatte ich nie wieder den Wunsch verspürt, einen Jungen zu küssen. Ich hatte mich gefühlt, als hätte mir jemand einen toten Hering auf den Mund gedrückt.

Doch Jans Kuss war ganz anders.

Als Jan mich küsste, wollte ich ihn näher an mich ziehen. *Oh*. Küssen war nicht nur etwas, was man tat, es war auch etwas, das man fühlte. Wir küssten und küssten und rissen uns schließlich voneinander los.

Jan lachte. »Also gut.«

»Was?«

»Nichts«, antwortete er und strich mir eine Locke hinters Ohr. »Das war schön. Sonst nichts.«

»Ja, schön«, sagte ich. Dann küssten wir uns noch einmal. Und danach noch ein paarmal. »Zur Übung«, sagte ich. »Für Freitagabend.«

»Freitagabend«, wiederholte er. Wir küssten uns wieder, doch dann hörte ich ein Rascheln im Unterholz. Wir schauten beide in die Richtung, sahen aber nichts.

»Es wird dunkel«, sagte er. »Wahrscheinlich sollten wir gehen.«

»Ach, so dunkel ist es doch noch gar nicht.« Ich wollte nicht gehen. Ich wollte nicht aufhören, ihn zu küssen. Vielleicht fühlte ich endlich etwas, was alle anderen fühlten … vielleicht war das Liebe, aber woher sollte ich das wissen? Jedenfalls machte es süchtig.

»Dann lass uns noch ein bisschen üben, solange wir können«, sagte er. »Für Freitagabend.«

»Gut«, sagte ich. Er zog seine Waffe heraus, und mir wurde klar, dass er die Zielübungen meinte.

»Versuch es noch mal mit den drei Bäumen dort«, sagte er und deutete zu den Zedern.

»Sinnlos«, sagte ich.

»Versuch es einfach.« Nach dem Küssen klang seine Stimme auf einmal viel weicher.

Wenn ich ihn nicht küssen konnte, so wollte ich ihn wenigstens beeindrucken, stellte mich breitbeinig hin, nahm mein Ziel ins Visier und feuerte. Die große Zeder ganz rechts erzitterte und ließ einen Schwall Blätter fallen.

»Adolf! Gut gemacht.« Jan klopfte mir auf den Rücken und ließ seine Hand dort liegen.

»Ich bin nicht sicher, ob ich ihn wirklich getroffen habe«, sagte ich. »Ich glaube, ich hab ihm nur einen Ast weggeschossen.«

»Wie wäre es mit ein bisschen mehr Selbstvertrauen, junge Frau.«

Ich lachte. »Na gut, ich hab den Baum getroffen.«

»Ich wette mit dir um fünf Zigaretten, dass du ihn verfehlt hast«, sagte er.

Ich warf ein Stöckchen nach ihm. »Ach, hau ab.«

Er lachte, und ich machte mich auf den Weg zu den Bäumen.

»Und?«, rief er mir nach.

»Ich nehme die Wette an«, sagte ich, ohne mich umzudrehen. »Aber ich werde dir nicht glauben, ehe ich das Ergebnis mit eigenen Augen gesehen habe.«

Er lachte. »Dann warte ich hier auf meine Zigaretten.«

Ich stapfte weiter durchs Unterholz und dachte daran, wie seine Hand mich berührt, wie sein Kuss sich angefühlt hatte.

Meine Haut prickelte am ganzen Körper. Schließlich erreichte ich die Zedern und inspizierte Adolf auf Kugeleinschläge, aber hier zwischen den Bäumen war es noch schwieriger, etwas zu sehen. Vorsichtig fuhr ich mit der Hand über die papierartige Rinde des Baums und suchte eine Wunde. Nichts. Doch als ich meinen Blick nach oben richtete, sah ich einen halb durchgebrochenen Ast, der vom Stamm hing wie ein loser Zahn. Genauso hatte ich es mir gedacht. Dann sah ich hinter der Zeder den nächsten Baum, eine riesige Eiche, und trat noch tiefer in den Wald. Falls ich diese Eiche getroffen hatte oder einen anderen Baum in ihrer Nähe, konnte ich die Wette vielleicht doch gewinnen.

Es war schwierig vorwärtszukommen. Jetzt war ich mitten im Wald, weit weg von irgendwelchen Wegen. Nur kühle, unerschütterliche Ruhe. Vorsichtig bahnte ich mir meinen Weg über moosbewachsenes Totholz und zog mir die Ärmel über die Hände, um die Brombeerranken wegzuschieben. Nach einem weiteren Schritt in Richtung der großen Eiche landete mein Fuß auf etwas seltsam Weichem, ich geriet aus dem Gleichgewicht, stolperte, und da ich mich nicht an den Dornbüschen festhalten wollte, fiel ich, die Arme schützend vors Gesicht haltend, auf den Boden.

Aber der Boden war nicht glitschig. Zumindest nicht so wie das, worauf ich eben getreten war. Ich stand auf und klopfte mir den Schmutz ab. War ich auf einen Pilz getreten? Oder auf Moos?

Ich schaute suchend um mich, aber ehe ich registrieren konnte, was ich berührt hatte, zuckte ich zurück. Vor etwas, das so bleich war, dass es zu leuchten schien.

Es war eine Hand. »Jan!«, schrie ich. »Jan!« Ich stolperte hektisch davon, fiel fast schon wieder hin und rettete mich auf den nächstbesten Baumstumpf. Dort blieb ich sitzen, konnte aber keinen einzigen klaren Gedanken fassen.

»Hannie?« Jan kämpfte sich durch das Dickicht zu mir.

»Ich bin hier«, stieß ich mühsam hervor.

»Was ist denn?«, fragte er und kletterte über quer liegende Baumstämme.

»Ich hab jemanden erschossen.«

»Was?«

»Da drüben.« Ich deutete in die Richtung. »Da liegt eine Hand. Eine Frauenhand.« Ich hatte das Bild noch vor mir, die ausgestreckte, geöffnete Hand, die Finger leicht verkrampft, die Fingernägel korallenrot lackiert. Jan machte ein paar Schritte auf sie zu und blieb dann stehen.

»Hannie, komm mal her.«

Am liebsten wäre ich in die entgegengesetzte Richtung gerannt. Doch ich zwang mich, aufzustehen und zu der Stelle zurückzukehren, wo die Hand und der dazugehörige Körper lagen. Jan hatte Schmutz und Laub vorsichtig mit der Stiefelspitze von ihr entfernt, und nun lag sie wie ein Schneeengel hier im Dämmerlicht auf dem Waldboden. Sie trug lediglich ein pfirsichfarbenes Seidenmieder und ein altbackenes, jedoch praktisches weißes Höschen, der Taillenbund war zerfetzt, der Stoff in der Mitte aufgerissen. An den entblößten Stellen hatte Jan Zweige und Blätter auf ihr liegen lassen. Das Gesicht der Frau war dreckverschmiert, ihre langen braunen Haare verschwanden in modrigem Laub und Erde. Keine Schusswunde war zu sehen. Aber ich wollte sie nicht näher betrachten, ich hatte Schwierigkeiten zu verstehen, was ich da sah.

»Sie liegt seit mindestens einer Woche hier.« Mit der Stiefelspitze berührte Jan ihren Ellbogen, und der Arm rollte zur Seite.

»Tu das nicht.«

»Die Totenstarre hält höchstens einen Tag oder so an.«

»Uuuch.« Ich drehte mich um, entfernte mich ein paar Schritte und versuchte, meine Fassung zurückzugewinnen. »O Gott, Jan.«

»Schon in Ordnung.«

»Nein.« Ich deutete auf den Boden vor mir. »Da liegt noch eine Leiche.«

Jan kam zu mir. »Himmel. Ein Paar, wie's aussieht.«

Der Mann lag direkt neben einem großen Stamm. Er trug nur eine weiße Baumwollunterhose und schwarze Socken mit einem Loch im großen Zeh. Sein Gesicht war zu uns gewandt. Er sah ganz normal aus, war vielleicht fünfunddreißig oder vierzig Jahre alt, also ungefähr so alt wie die Frau.

»Schau doch mal nach, ob du irgendwo Kleidungsstücke und irgendwelche Habseligkeiten von ihnen findest«, sagte Jan, der wie ein Spürhund zwischen den Toten hin und her pirschte. »Die beiden sehen aus wie ...« – er sah zwischen den beiden hin und her – »... ganz normale bürgerliche Leute.«

»Wir sind doch nicht auf einer Maikundgebung«, sagte ich. Jan konnte so gnadenlos sein.

»Du weißt ja, was ich meine. Sie waren offensichtlich nicht obdachlos.«

»Sie trägt Nagellack«, räumte ich ein.

Als überraschte ihn meine Beobachtungsgabe, blickte er zu mir auf. »Genau.«

Wir suchten eine halbe Ewigkeit, ohne etwas zu finden, dann wurde es zu dunkel, um auf dem Boden noch überhaupt irgendwas zu erkennen.

»Wir sollten gehen, Hannie.« Jan zündete eine Zigarette an, der einzige helle Punkt in der Finsternis, und gab sie mir.

»Danke«, sagte ich und seufzte. Waren diese Menschen Niederländer? Die Frau wahrscheinlich schon. War der Mann womöglich ein Nazi gewesen? Oder ein Kollaborateur? Vielleicht. Vielleicht auch nicht. Ich wusste nicht, ob ich ihn verabscheuen sollte.

»Tja, ich denke, die Wette hast du verloren.«

»Ach, halt den Mund.« Meine Stimme klang heiser. Ich musste die Tränen zurückhalten.

»Hey«, sagte Jan, legte den Finger unter mein Kinn und hob es an, so dass ich ihm ins Gesicht sehen musste. »Wahrscheinlich war es nur …«

»Was? Eine Verabredung zum gemeinsamen Selbstmord?«

»Zum gemeinsamen Selbstmord?«, wiederholte er. »Mein Gott, Hannie. Wie kommst du denn auf solche Ideen?«

»Na ja, vielleicht waren die beiden Juden, und es war einfach zu schwer weiterzumachen.«

»Vielleicht waren sie Juden, und die Moffen haben sie hier ermordet, haben den Kerl totgeprügelt, sind über die Frau hergefallen und haben dann mit einem schnellen Schlag auf den Hinterkopf beiden den Rest gegeben. Jedenfalls habe ich keine Schusswunden gefunden.«

»Uuuch, Jan.« Ich schob ihn von mir weg. »Bitte!«

»Entschuldige«, sagte er, und diesmal klang es tatsächlich reumütig. Besorgt musterte er mein Gesicht. »Tut mir leid, Hannie. Komm her.« Er zog mich an sich und nahm mich in die Arme. Durch seinen Pullover spürte ich das Klopfen seines Herzens.

»Alles gut«, sagte er. »Wahrscheinlich hast du noch nie eine Leiche gesehen.«

»O doch«, entgegnete ich.

»Bei dem Anschlag neulich?«

Ich hielt inne. Daran hatte ich noch gar nicht gedacht. »Nein, meine Schwester.«

»Ach du lieber Himmel. Tut mir leid.«

»Es ist lange her«, erklärte ich. »Vor dem Krieg.«

»Dann verkraftest du das hier.« Er strich mir übers Haar.

»Ich denke einfach nicht darüber nach«, zitierte ich seinen Rat, den er mir vor Kurzem gegeben hatte.

»Aha«, sagte er. »Und wie machst du das?«

»Ich verbanne den Gedanken einfach aus meinem Kopf«, antwortete ich und holte tief Luft.

Und dann brach ich in Tränen aus, vergrub mein Gesicht in seinem Pullover, um mein würgendes Schluchzen zu kaschieren. Ich war nicht einfach traurig, es war etwas viel Verwirrenderes, das ich fühlte. Aber ich ließ meinen Tränen freien Lauf, weinte an seiner Schulter, und irgendwie nahm er meine Gefühle auf. Auch wenn ich die Augen schloss, sah ich die Frau noch immer vor mir auf dem Boden, die blutverkrusteten Kratzer und blauen Flecken auf ihrem Gesicht, auf ihren Schultern, ihren Beinen.

»Anfangs ist so etwas schwer zu ertragen«, sagte Jan, ohne mich loszulassen. »Aber mit der Zeit wird es leichter.«

»Aber ist das denn richtig?«, flüsterte ich. »Muss das sein? Die Leute, die in der Fabrik gestorben sind …«

»Hör zu«, sagte er, nahm wieder mein Kinn in die Hand, und ich musste ihn ansehen. »Dass deine Schwester tot ist, tut mir sehr leid. Aber ein Nazi weniger ist einfach eine gute Sache, Hannie. Eine sehr gute Sache. Wie viele Leben hast du durch den Anschlag gerettet, was meinst du, hmm? Ihr habt ein Kraftwerk ausgeschaltet, das viel Unheil hätte anrichten können.« Er küsste mich auf den Kopf. »Und das Beste ist – ihr habt die Mistkerle daran erinnert, dass sie nicht gewinnen werden. Diese gottverdammten Moffen-Wichser.«

Ich musste lachen und wischte mir die Tränen aus dem Gesicht. Jan zog ein Taschentuch aus der Hosentasche. »Ist nicht so fein wie das von Hendrik, aber sauber. Mehr oder weniger.«

»Danke.« Eine Minute verharrte ich reglos, um mich zu beruhigen. »Wie lange machst du das schon?«, fragte ich dann.

»Ich?«, sagte Jan. »Oh, ich bin schon sehr lange dabei. Schon bevor die Deutschen kamen, gab es hier reichlich Faschisten. Ich war auch schon im Gefängnis.«

»Wirklich?«

»Das war, als der Krieg gerade begonnen hatte, ich habe bei Hoogovens am Fließband gearbeitet«, erzählte Jan. »Habe agitiert, Untergrundzeitungen verteilt und all so was. Plötzlich kam diese Truppe von Gestapo-Arschlöchern – die wir jetzt SD nennen – in die Fabrik marschiert, mit einer Namensliste, und ich stand drauf. Leider gab es keine Möglichkeit davonzulaufen, und sie haben mich zusammen mit ein paar Dutzend anderen Unruhestiftern aufs Polizeirevier in IJmuiden geschleppt.«

Ich konnte nicht viel sehen, nur wenn wir an unseren Zigaretten zogen, sah ich im Schein der aufleuchtenden Glut sein Gesicht, das nun bei der Erinnerung an jene Nacht zu lächeln begann.

»Man hat uns in Zellen gestopft«, fuhr er fort. »Ekelhaft, verdreckt. Gefühlt war ich vierundzwanzig Stunden dort. Ein paar Jungs wurden schneller rausgeholt und kamen nicht mehr zurück, dann schließlich wurde ich in einen Verhörraum geschleppt, zu zwei Nazimistkerlen. Zwei Dorftrottel aus Österreich. Da war es drei Uhr morgens, die Luschen-Schicht also.

Das war mein Glück. Sie zerrten mich in den Raum, in Handschellen, weil ich ja sonst leicht hätte auf sie losgehen können, und fingen an, in ihrem Papierkram zu wühlen. Ein

Lieblingsding der Moffen: Namenslisten. Endlos waren sie damit beschäftigt, dann fingen sie an, mit mir zu reden.

›Bonekamp?‹, sagte der eine.

Ich hab mir überlegt, ob ich lügen soll, aber sie hatten ja meine Personalakte aus der Fabrik mitgenommen. Also hab ich Ja gesagt.

›Jaap Bonekamp?‹, fragte der andere und hielt das Papier hoch, damit sein Kollege mit draufgucken konnte. Irgendwas stimmte nicht, sie fingen sichtbar an zu schwitzen.

›Quatsch, nein‹, antwortete ich. ›Jan Bonekamp.‹ Die hatten die falsche Akte. In der Fabrik gibt es schätzungsweise ein halbes Dutzend Bonekamps, aber das wussten die Heinis natürlich nicht.« Er lachte.

»Jaap ist mein Vetter. Die beiden hatten Angst, das hab ich ihnen angesehen. Sie schwitzten, brüllten und wedelten einander mit den Papieren vor der Nase herum. Weil sie Moffen waren, klang das Brüllen wie Hundegebell. Anscheinend brachte ich sie total aus dem Konzept. Also hab ich mitgeschrien.

›Lasst mich gefälligst hier raus!‹, hab ich gebrüllt. ›Das ist eine illegale Festnahme, ich kann es gar nicht erwarten, mich bei eurem Chef zu beschweren, ihr Luschen könnt ja nicht mal eine gottverdammte Namensliste richtig lesen. Eine Namensliste! Nehmt mir gefälligst diese blöden Dinger hier ab!‹ Ich fing an, mit den Handschellen an die Stuhllehne zu schlagen, ein Mordskrach, und die beiden Doofen haben sich angeschaut, noch ein letztes Mal die Papiere kontrolliert und mich dann aus dem Revier entlassen.«

Ich war beeindruckt. »Echt?«

»Ja. Aber es war noch nicht vorbei.« So lebhaft, wie er jetzt war, fand ich ihn besonders attraktiv.

»Sind sie dir gefolgt?«, fragte ich.

»Irgendwie schon. Sobald ich draußen auf der Straße war, rannte ich, so schnell ich konnte, zum Haus meiner Eltern – da wohnte ich damals noch –, und mein Vater sagte, ich solle mich lieber verstecken, für den Fall, dass sie ihren Fehler erkannten. Dann kam mein kleiner Bruder ins Haus gestürzt und rief, die Gestapo sei im Anmarsch. Darauf zog meine Mutter mich in die Küche und deutete wortlos auf ein Schränkchen neben der Spüle. ›Kriech da rein‹, sagte sie nur.

Erst hab ich sie nicht verstanden, aber ich kroch hinein, und da habe ich gesehen, dass es ein geheimer Eingang zu einem Versteck unter dem Küchenboden war. Also hab ich mich da reingequetscht und mich platt hingelegt.«

Als Jan seine Erzählung begonnen hatte, hatte er meine Hand genommen, sein Griff wurde nun immer stärker.

»Ungefähr fünf Sekunden später gab es ein klassisches Gestapo-Klopfen an unserer Haustür: zweimal anklopfen und dann einfach reinmarschieren. Ich hab gehört, wie meine Eltern mit ihnen stritten, wie mein kleiner Bruder rumbrüllte. Ich war richtig stolz, wie sie Haltung gezeigt haben. Aber als die Kerle dann das Haus durchsuchen wollten, konnten sie nichts machen. Fünfundvierzig Minuten lang haben die das ganze Haus auseinandergenommen, Regalbretter knallten auf den Boden, Möbel kippten um. Nur um zu beweisen, dass sie das konnten.

Und die ganze Zeit lag ich da wie versteinert. Immer wieder ist einer von denen direkt über mich drübergelaufen, und der Dreck von seinen Stiefeln fiel mir in die Augen, in den Mund. Aber ich hab mich nicht gerührt.«

»Und was hast du da gemacht …?«, fragte ich.

»Ich hab ihn geschluckt, den ganzen Dreck. Eklig, aber was sollte ich tun? Nach einer Weile wurde es den Kerlen dann langweilig, und sie sind gegangen. Wir haben noch einen Moment gewartet, dann bin ich rausgekrochen, und wir haben gefeiert. Wurde ein richtig schöner Abend.«

»Und die sind deinetwegen nie mehr zurückgekommen?«

»Für ein paar Monate hab ich mich in den Untergrund verzogen, hab meine Tante und meinen Onkel in Den Haag besucht. Da hab ich dann auch Hendrik kennengelernt. Als ich mich dem Widerstand angeschlossen habe.«

»Ich kann mir den RVV gar nicht ohne dich vorstellen«, sagte ich, und es stimmte. Jan hatte diese Energie, man fühlte sich sicher in seiner Gegenwart, als wäre er zu Dingen fähig, die andere eher nicht fertigbrächten. Selbst wenn die Geschichte, die er mir gerade erzählt hatte, vielleicht übertrieben war. Das war mir egal. Er stand auf der richtigen Seite.

»Ich habe mir den RVV ausgesucht, weil er dafür bekannt ist, nicht vor Gewaltanwendung zurückzuschrecken«, erklärte er.

»Ist das nicht bei allen Widerstandsgruppen der Fall?«

»Aber nein. Manche Zellen drucken nur Zeitungen und so. Oder schmuggeln Dinge ins Land oder raus. Nein, bewaffneter Widerstand, das war es, was ich wollte.«

»Mir war nicht klar, dass ich mich einer bewaffneten Widerstandsgruppe angeschlossen habe.«

»Hat Bettine das nicht erwähnt?«, fragte er und lächelte, als er an Dekker dachte. »Na ja, sie wusste Bescheid. Und sie wusste, dass du genau da reinpassen würdest. Hier«, sagte er und drückte mir das Feuerzeug in die Hand. »Für dich.« Das Feuerzeug war aus Silber und schwer, eine Seite war glatt, auf der anderen befand sich ein Muster. Als ich den Deckel zurückklappte und die Flamme aufleuchtete, sah ich das Emblem auf der unebenen Seite.

»Iiieh«, sagte ich. »Das Eiserne Kreuz.«

Jan lachte. »Ja, stimmt. Ich hab es einem Mof abgenommen.«

»Dann solltest du es lieber behalten.«

»Nein, ich hab ein paar von der Sorte. Aber gib es noch mal kurz her.«

Jan zog ein scharfes kleines Messer aus seinem Hosenbund, und nach ein paar raschen, gezielten Bewegungen mit der Klinge sprang das Eiserne Kreuz ab und fiel in den Dreck. Er hielt das Feuerzeug hoch wie ein Glas Champagner. »Nieder mit Hitler«, sagte er.

»Ja, zur Hölle mit ihm«, bestätigte ich. »Danke.«

Jan grinste und schlug sich mit der Faust aufs Herz. »Was hat Bettine Dekker sich bloß dabei gedacht, dass sie mir eine verrückte Rothaarige zum Ausbilden geschickt hat.« Dabei schüttelte er den Kopf, als könnte er es nicht fassen. Ich wollte mich vorbeugen, um ihm einen Boxhieb zu verpassen, doch er fing meine Faust, hielt sie fest in der Hand, führte sie dann zum Mund und küsste sie. Wir hielten inne. Ich legte ihm meine andere Hand in den Nacken, zog mich ganz dicht an ihn, um ihn zu küssen.

Er straffte sich und lehnte sich an die große Eiche hinter uns. »Hannie«, sagte er leise.

Ich wollte ihn. So sehr.

»Sei still«, flüsterte ich, drückte mich an ihn und küsste ihn abermals.

»Hannie?«, hörte ich im gleichen Moment eine Stimme rufen.

Es war Truus.

Kapitel 18

Ehe sie uns entdecken konnte, zog ich mich rasch ein Stück von Jan zurück. Ich war noch nie beim Küssen erwischt worden und fand es extrem peinlich. Vor allem vor Truus. Vor allem mit Jan.

»Truus?« Ich ging in die Richtung, aus der die Stimme gekommen war.

»Warte«, sagte sie. »Komm lieber nicht hierher.«

Bestimmt hatte sie die Tote entdeckt.

»Bleib, wo du bist«, fuhr sie fort. »Ist ziemlich schlimm.«

»Ich hab es schon gesehen«, antwortete ich.

Hinter mir raschelte es, und Jan erschien. »Truus«, sagte er nur.

Sie funkelte ihn an wie Medusa persönlich.

»Da drüben ist noch eine Leiche«, sagte ich zu Truus. »Ein Mann. Dort.«

»Im gleichen Zustand?«, fragte sie.

Ich nickte. Eigentlich hatte ich gehofft, dass wir uns bei unserer nächsten Begegnung über die Aktion in IJmuiden unterhalten würden, statt uns gleich in eine neue Sache zu stürzen. Wir kannten uns zwar kaum, aber dennoch empfand ich eine Verbindung zwischen uns.

»Wie hast du uns gefunden?«

»Ich bin hergekommen, um Schießübungen zu machen«, antwortete sie und wandte sich dann an Jan. »Wann hast du die beiden hier gefunden?«

»Ich hab sie gefunden«, warf ich ein, und über ihr Gesicht flackerte ein Ausdruck der Anerkennung. »Wir haben schon versucht, irgendwas zu entdecken, Kleidung, eine Handtasche.«

»Und?«, fragte sie.

»Leider nichts«, antwortete ich. »Ich dachte, vielleicht sind sie Juden. Zu Beginn des Krieges gab es eine Menge jüdischer Selbstmorde.«

»Ja«, sagte Truus, den Blick auf die weibliche Leiche gerichtet. »Aber das hier ist erst vor Kurzem passiert. Was meinst du?«, wandte sie sich an Jan.

»Das waren bestimmt die Deutschen. Die beiden hier hatten das Pech, zur falschen Zeit am falschen Ort zu sein. Könnte ein eifersüchtiger Freund gewesen sein.«

»Ist euch sonst noch was aufgefallen?«, fragte sie.

»Na ja, sie hat rote Fingernägel«, antwortete Jan. »Rot lackiert. Ich denke, es handelt sich um ein eher betuchtes Pärchen, das den falschen Leuten über den Weg gelaufen ist.«

»Was weißt du denn über Nagellack?«, fragte Truus.

»Wieso? Interessiert es dich auch, ob er beschnitten ist?«, fragte Jan zurück.

»Na, ist er?«

Jan funkelte sie wütend an. »Wir waren hier gerade mit unseren Übungen fertig.« Sein Kiefer mahlte – wie immer, wenn er sich ärgerte. Truus hatte den Augenblick zerstört. »Ich hab keine Munition mehr, Hannie. Gehen wir«, sagte er zu mir.

»Und was ist mit den beiden hier?«, fragte Truus.

»Was soll mit denen sein?«

Wir standen neben der Leiche der Frau.

»Wir können sie doch nicht einfach hier liegen lassen«, sagte ich.

»Aber natürlich können wir das«, widersprach Jan. »Es könnten auch deutsche Spione gewesen sein.«

»Schon gut, Jan, du kannst ja gehen«, sagte Truus. »Wir kümmern uns um das hier.«

Jan hasste es, herablassend behandelt zu werden. Doch als er mich dann mit seinen blauen Augen anblickte, entspannte sich sein Gesicht etwas.

»Alles in Ordnung«, beruhigte ich ihn. »Wir reden morgen früh darüber.« Sosehr ich mir wünschte, von Jan aus dem Wald und weit weg von diesem schrecklichen Ort geführt zu werden, fühlte es sich einfach falsch an, die Leichen hier liegen zu lassen. Vielleicht waren es keine deutschen Spione und wirklich nur Zivilisten gewesen.

Jan war zwar verwirrt, aber auch zu verärgert, um weiter zu diskutieren. »Na gut. Bis später.« Ehe er ging, warf er mir noch einen Blick zu, als wolle er mir noch eine Chance geben, ihm zu folgen.

»Bis bald«, sagte ich nur, und er stürmte davon, ohne auf den Lärm zu achten, den er im Unterholz verursachte. Schließlich war alles wieder still.

»Zeig mir die andere Leiche«, sagte Truus. »Den Mann.«

Ich führte sie zu der Stelle, wo er lag. Sie tat größtenteils das Gleiche, was auch Jan getan hatte, inspizierte die Leiche auf Verletzungen, suchte in unmittelbarer Umgebung nach persönlichen Gegenständen, betrachtete den Gesamtzustand. Aber dann verlangte sie etwas Neues.

»Hilf mir, ihn hier rauszuziehen«, sagte sie, an der Stelle kauernd, wo der Oberkörper des Mannes ein Stück unter den Stamm geschoben worden war.

Allein die Vorstellung drehte mir den Magen um. »Er ist irgendwie … verwest.«

»Aber es ist wichtig.« Sie starrte mich an, als sei dies hier eine Probe.

»Na gut«, sagte ich, atmete tief ein, hielt dann die Luft an, bückte mich nach einem Stiefel des Mannes, um ihn daran vorzuziehen. Gemeinsam befreiten wir die linke Seite der Leiche von Laub. Irgendwie erschien er mir noch toter zu sein als der Baum – seine weiße Haut schimmerte wie Marmor. Truus ging um ihn herum und betrachtete ihn. Dann kniete sie nieder, hob den linken Arm des Mannes an und machte sich an seiner Achselhöhle zu schaffen. Sie legte den Arm wieder ab, kramte in ihrer Tasche herum und zog schließlich eine Schachtel heraus, in der Streichhölzer klapperten.

»Halt mal seinen Arm hoch«, sagte sie zu mir.

Mir drehte sich der Magen um. Die Haut des Mannes war fleckig und sah klebrig aus wie Teig, besonders auf der linken Seite. Ich wollte ihn nicht berühren.

Truus blickte mich an. »Hannie, bitte. Es ist wichtig.«

»In Ordnung«, sagte ich, denn ich wollte auf gar keinen Fall in ihrer Achtung sinken. Mit beiden Händen umfasste ich das linke Handgelenk des Toten, voller Angst, der Arm könnte sich vom Körper lösen. Zum Glück war er fester, als ich befürchtet hatte. Aber der Gestank, o Gott. Truus hielt das flackernde Streichholz so nah an die Achselhöhle des Mannes, dass ich mir einen Moment Sorgen machte, sie würde ihn anzünden.

»Schau dir das an«, sagte Truus.

Ich zwang mich, mir die bleiche Hautpartie anzuschauen, die Truus beleuchtete, und sah, dass etwas auf die Innenseite des Oberarms eintätowiert war.

»Wie sieht das für dich aus?«, fragte Truus.

»Wie ein Buchstabe vielleicht?«, antwortete ich zögernd. »Könnte ein V sein, oder?« Ich bildete mit den Fingern ein V, wie ich es bei Churchill und den alliierten Truppen auf Fotos gesehen hatte. »Vielleicht ein Widerständler. V für Victory.«

»Nein, das war er mit Sicherheit nicht«, erwiderte sie. »Schau mal genauer hin. So siehst du es verkehrt herum, Hannie.«

Tatsächlich, eine dünne horizontale Linie verband die beiden Seiten des Buchstabens.

»Es ist ein A.«

»Genau.«

»Du kannst den Arm wieder ablegen.«

Ich versuchte, die Hand so schnell wie möglich loszulassen, ohne den Toten zu entehren, und wir versuchten, uns die Hände mit Blättern und Gras einigermaßen zu säubern. »Vielleicht der Name seiner Freundin«, sagte ich, während ich mir wünschte, ich könnte die Hände in einen Topf mit heißem Wasser halten. »Annabelle. Alice.«

»Nein«, widersprach Truus. »Er war bei der SS.«

»Was?«

»Die haben alle ihre Blutgruppe eintätowiert.«

»Oh«, sagte ich. »Dann hat er also Blutgruppe A?«

»Ja. Oder das A steht für Adolf«, meinte Truus. »Ha ha.«

Aber wirklich lachen konnten wir beide nicht. »Und ich bin 0. Könnte man auch als O lesen, für Oversteegen.« Sie hob die Faust. Die Eltern von Truus und Freddie hatten sich scheiden lassen, als die Mädchen noch klein waren. Hendrik hatte mir erzählt, dass ihre Mutter für sich und ihre Kinder ihren Mädchennamen wieder angenommen hatte.

»Das ist richtig gute Detektivarbeit, Truus.«

Sie zuckte die Achseln. »Dir ist der Nagellack aufgefallen.« Ich wandte mich ihr zu. »Als würde Jan Bonekamp so etwas bemerken.«

Offenbar kannte sie Jan sehr gut. Und mochte ihn trotzdem.

Mir war, als würde mein Herz vor Freude zerspringen. Konnte ich wirklich mit beiden befreundet sein?

»Der Kerl war also bei der SS«, konstatierte Truus. »Aber wer war sie?«

Wir gingen zu der Frau und musterten sie.

»Hier eine Frauenleiche zu finden, erwartet man eher. Aber einen Mann? Mitglied der SS? Und was hatten sie miteinander zu tun?«

Das Gesicht der Frau lag von uns abgewandt, was ihren Anblick kaum weniger verstörend machte.

»Männer können nachts allein nach Hause laufen.« Truus schaute in die Richtung, in der Jan verschwunden war. »Frauen dagegen müssen einen Revolver bei sich tragen. Und das nicht nur in Kriegszeiten.« Sie betrachtete die Tote nachdenklich. »Wenn nur sie hier läge, würde ich annehmen, sie sei von irgendwelchen Soldaten missbraucht worden.«

»Ja«, bestätigte ich schaudernd. Eine solche Situation war durchaus naheliegend. Auf unseren Straßen wimmelte es von jungen deutschen Männern, die frustriert waren, weil nicht jedes niederländische Mädchen jederzeit bereit war, sich mit ihnen zu verabreden. Als Frau an einer Soldatengruppe vorbeigehen zu müssen, die in einer solchen Stimmung war, kostete Nerven. Sie hassten und begehrten uns zugleich. Schon oft hatte ich lange Umwege in Kauf genommen, hatte einen Bogen um ganze Stadtteile gemacht, nur um dieser Art von Begegnung auszuweichen.

Truus führte uns zurück auf die Lichtung, um unser weiteres Vorgehen zu planen. Wir zündeten uns Zigaretten an und zogen so heftig an ihnen, als könnten wir damit den Geruch des Todes wegbrennen. »Ihr habt also im Dunkeln Schießübungen gemacht?«, fragte sie.

»Na ja, wir wären schon früher wieder gegangen, wenn wir die beiden nicht gefunden hätten.«

»Aha«, sagte Truus. »Hat Jan dir Kriegsgeschichten erzählt?« Sie lachte matt.

»Mehr oder weniger«, antwortete ich.

»Hat er dir auch erzählt, wie viele Menschen er umgebracht hat?«

»Nein«, sagte ich.

»Hm«, sagte Truus. »Ich weiß, dass er eine Liste führt.« Sie bog einen Zweig zurück, damit ich ihr durchs Gebüsch folgen konnte.

»Du magst ihn nicht.«

Truus lachte. »Jan ist ein guter Kämpfer, sehr mutig. Manchmal erwarte ich fast, dass er mit einem Skalp in die Wohnung zurückkehrt. Für ihn ist es wie ein Spiel. Er führt seine Liste, damit er weiß, wie viele Punkte er schon gesammelt hat.«

»Aber in der Geschichte, die er mir heute erzählt hat, hat er niemanden getötet.«

»Lass mich raten – er hat sich unterm Küchenboden versteckt?«

»Hm, ja.«

»Eine gute Geschichte«, sagte sie. »Könnte sogar wahr sein.« Wir lachten beide.

»Ich denke, er hat mir davon erzählt, weil er mir Mut machen wollte«, sagte ich.

»Kann schon sein. Und es ist eine Geschichte mit einem guten Ende. Was zurzeit leider nicht so häufig vorkommt.« Sie bot mir noch eine Zigarette an. »Und – hat es geholfen?«

»Die Geschichte hat mir zumindest Hoffnung gemacht, denke ich.«

»Hoffnung?«, wiederholte Truus, und es klang skeptisch.

»Dass es nicht unbedingt das Ende bedeutet, wenn man in Gefangenschaft gerät.«

»Hmm.« Sie ließ sich meine Erklärung durch den Kopf gehen. »Inzwischen haben sie Jaap aber erwischt, weißt du. Jans Cousin, den sie damals gesucht haben. Sie haben ihn gefunden und in ein schlesisches Kohlebergwerk deportiert. Seither hat niemand mehr etwas von ihm gehört. Hat Jan dir das auch erzählt?«

»Nein«, antwortete ich. Einen Moment schwiegen wir beide. Wir saßen nebeneinander auf der kleinen Lichtung auf einem Baumstumpf im Mondlicht, und ich war dankbar für alles, was das Düstere der letzten Stunde vertrieb. »Er hat hauptsächlich versucht, mir zu erklären, warum er sich dem RVV angeschlossen hat.«

»Mmm«, murmelte Truus und zündete sich am Stummel schon die nächste Zigarette an. »Das ist es ja bei solchen Kriegsgeschichten«, sagte sie dann und blies den Rauch seitlich aus dem Mund, weg von mir. »Sie hören nie wirklich auf. Es sei denn, die Person, die sie erzählt, stirbt. Dann ist die Geschichte zu Ende.« Sie sprach jetzt ganz leise. Ich schwieg und hoffte, sie würde weitersprechen.

»Wenn Jan mit der Geschichte an dieser Stelle aufhört, ist es eine gute Geschichte. Wenn man dort aufhört, wo ich gerade aufgehört habe, ist es eine Tragödie. Also, wann ist jetzt diese Geschichte zu Ende?« Ich suchte noch nach einer Antwort, da sprach sie schon weiter. »Beides natürlich. Und keins von beidem. Und sowieso ist die Geschichte nicht fertig, richtig? Wir kennen ihr Ende noch nicht. Aber bei Jaap ist sie zu Ende, fürchte ich.«

»Wer bestimmt das Ende?«, fragte ich dämlich.

»Wenn ich sterbe und aufhöre, meine Version der Geschichte zu erzählen, und Jan stirbt und aufhört, seine zu erzählen. Dann werden wir wissen, wie sie geendet hat.«

»Und woher kennst du Jaaps Ende?«, fragte ich.

Truus kickte mit der Fußspitze in den Waldboden. »Niemand, der in einen Zug gesteckt wird, kommt jemals zurück, Hannie. Das weiß doch jeder.«

Bevor ich zum Widerstand gekommen war, war ich nicht bereit gewesen, solche Behauptungen aufzustellen. Ich war immer das Mädchen gewesen, das mit einer guten Nachricht aufwartete, mochte sie noch so geringfügig und der wahrscheinliche Ausgang denkbar schlecht sein. Aber jetzt gab es immer weniger solcher Lichtblicke.

Truus hielt inne, offenbar ging ihr etwas durch den Kopf. »Ich habe dich gefragt, was für Geschichten er dir erzählt hat, weil ich möchte, dass du weißt …« Sie zögerte und seufzte dann leise. »Ich tue das schon lange. Und Jan ebenfalls. Aber wir haben eine ganz unterschiedliche Sicht und Herangehensweise.« Durch die Dunkelheit sah sie mich an, ihre Augen schimmerten im schwachen Schein der Glut ihrer Zigarette. »Verstehst du?«

»Ja«, antwortete ich. Eigentlich verstand ich gar nichts, wollte aber, dass sie weiterredete.

»Wenn Jan über diesen Krieg spricht, bekommt man leicht den Eindruck, er wäre der Einzige, der etwas riskiert. Das ist nicht nur Ignoranz, sondern einfach seine Sicht der Dinge. Er steht im Zentrum der Geschichte, es geht immer um ihn. Die Legende von Jan.« Truus hob ihre Zigarette hoch und bewegte sie wie eine kleine Fackel.

»Kann ich noch eine Zigarette kriegen?«

Truus lachte und gab mir eine. »Was wir tun, tun wir nur, weil es der letzte Ausweg ist. Es gibt keine andere Möglichkeit mehr. Verstehst du, was ich meine?«

»Ich glaube schon«, sagte ich, war mir aber nicht so sicher.

»Wir machen immer weiter und bekämpfen diese Mistkerle, weil es das Einzige ist, was wir tun können. Vielleicht haben die zwei ja das Gleiche getan«, sagte sie und deutete in Richtung der beiden Toten. »Wer weiß?«

»Dieser Nazi?«

Truus zuckte die Achseln. »Wenn ich bei unserer Arbeit eines gelernt habe, dann, dass man immer nur denkt, man wüsste etwas mit Gewissheit. Aber es ist nie der Fall.«

Ich rauchte und überlegte, was ich dazu sagen könnte. Truus machte eigentlich keinen aufgebrachten Eindruck. Sie wirkte gelassen. Nachdenklich. Sie erinnerte mich an Philine. Mit Sonjas Selbstvertrauen. Und der Kompetenz einer erfahrenen Kriegsheldin.

»Hey, Jan hat gesagt, dass die Leute in der Umgebung von IJmuiden uns wundervoll finden«, sagte ich mit einem, wie ich hoffte, selbstironischen Lachen. Truus schwieg.

Ich räusperte mich, wartete darauf, dass sie weitersprach, und sah zu ihr hinüber. Sie atmete tief ein und aus, wie ein Boxer, der sich in seiner Ecke des Rings stabilisiert. Dann begann sie zu erzählen.

»Meine Mutter hat schon viele Jahre vor dem Krieg mit dieser Arbeit angefangen. Deshalb haben meine Eltern sich getrennt. Mein Vater brauchte mehr Aufmerksamkeit, als sie ihm geben konnte. Sie erklärte ihm, aus ihrer Perspektive reiche es. Da ist er gegangen. Und meine Mutter hat einfach weitergemacht mit ihrer Arbeit.

Jahrelang hat sie Flüchtlinge beschützt und ihnen Obdach gewährt – Menschen, die aus Deutschland oder Polen kamen, größtenteils Juden, aber auch Zigeunern, sogar ein paar deutschen Jungs, die versuchten, dem Militärdienst zu entgehen. Als die Besatzung begann, ist Hendrik auf dem Hausboot meiner Mutter aufgetaucht, um sie für die Widerstandsbewegung zu gewinnen. Sie erklärte ihm, dass sie ohnehin schon zu viele Mäuler zu stopfen hatte, aber dann hat sie gemerkt, dass Freddie und ich hinter ihr standen und alles mit angehört haben. Hendrik hat sich vorgestellt und um Erlaubnis gebeten, uns rekrutieren zu dürfen. Damals war ich sechzehn und Freddie vierzehn.« Ich glaubte, ein Lächeln auf Truus' Lippen zu erkennen. »Freddie und ich waren begeistert«, fuhr Truus fort, »und ich glaube, unsere Mutter war ganz froh, uns loszuwerden.«

Die Freiheit ihrer Kindheit war für mich schwer vorstellbar. Die Wildheit. »Für mich ist das alles neu«, sagte ich. »Die Waffen, einfach alles.«

»Das war für mich auch neu«, erwiderte Truus. »Vor dem Krieg hatte ich noch nie eine Waffe benutzt.« Sie schaute zu den Sternen empor. »Ich kannte den Krieg nicht. Aber im Krieg ist alles anders. Ganz egal, wie viel Erfahrung man hat.«

»Ruhst du dich auch mal aus?«, fragte ich. »Von all dem hier?«

»Eigentlich nicht«, antwortete sie. »Aber wie du ja weißt, gibt es genug Tage, an denen kaum etwas passiert.« Sie seufzte. »Natürlich habe ich auch schon überlegt aufzuhören.«

»Heißt das … den Widerstand zu verlassen?« Jetzt, da ich ein Teil davon war, konnte ich mir das nicht mehr vorstellen – und dass Truus aufhörte, schon gar nicht. Undenkbar.

»Ja«, bestätigte sie dennoch.

»Warum?«, fragte ich. Zwar hatte ich ein paar unglaubliche Geschichten über Truus und Freddie gehört, aber ich wusste nicht, wie viel davon der Wahrheit entsprach. In den Bäumen hörten wir Geräusche von Vögeln, Blätterrascheln. Die Nachtluft war warm. Friedlich. Ich wartete, dass Truus weitersprach.

»Wir sollten noch irgendwas mit den Toten anstellen«, sagte Truus schließlich.

»Willst du nicht darüber reden?«, fragte ich und kam mir dabei ziemlich dreist vor.

»Vielleicht ist das der größte Unterschied zwischen mir und Jan«, sagte Truus mit einem leisen Lachen. »Ich möchte nicht über den Krieg reden.«

»Und für ihn ist der Krieg das einzige Thema«, ergänzte ich.

»Also?«, fragte sie, stand auf und streckte mir die Hand hin, um mich hochzuziehen. Sosehr ich mir wünschte, niemals wieder an die beiden Leichen denken zu müssen, wusste ich doch, dass sie nach wie vor dort lagen.

»Entweder müssen wir sie der zuständigen Behörde melden …« Noch während ich es aussprach, sah ich Truus an und wusste, wie dumm mein Vorschlag war. »Oder versuchen, sie zu begraben.«

Truus nickte. »Ja. Wir sollten sie begraben, so gut wir können.«

Eine Weile standen wir neben der Frauenleiche.

»Vielleicht war sie Jüdin und seine heimliche Geliebte«, sagte ich.

»Ja«, sagte Truus. »Vielleicht.«

Unter der Blätterschicht war der Boden locker, nasser Lehm. Mit unseren Stiefeln kratzten wir, so gut es ging, etwas Erde beiseite, wir schoben die Leichen in diese Vertiefung und bedeckten sie anschließend mit Laub.

Kapitel 19

Mein Leben war fortan zweigeteilt: Da waren die Aufregung und auch der Schrecken des Widerstands, dann wieder die scheinbare Sicherheit und alles überlagernde Trübsal meines Elternhauses. Ich schlief an beiden Orten, verbrachte aber immer mehr Zeit beim RVV. Dort in der Wohnung war ich die Anfängerin, die sich Mühe gab, mit den anderen mitzuhalten, und ständig vorgeben musste, sie wisse, was zu tun wäre. Doch auch das Leben in meinem elterlichen Zuhause war angespannt. Sobald ich mich dem gelben Backsteinhaus näherte, zerbröselte meine Überzeugung, dass ich eine zähe Widerstandskämpferin war, wie die Butterkekse meiner Mutter, wenn man sie, wie früher, in den Tee tunkte.

Natürlich war es nicht gerade hilfreich, dass ich mit niemandem über das reden konnte, was ich tat. Hätte ich Sonja und Philine wenigstens von den wilderen Details erzählen können – sie hätten sich sicher gewundert, dass jemand bereit war, mir eine Bombe anzuvertrauen –, hätte ich es vielleicht geschafft, die beiden Hälften meines neuen Lebens zu vereinen. Aber genau das war nicht möglich. Von dem Augenblick an, als ich auf Hendrik geschossen hatte, wusste ich, dass ich meinen Freundinnen nichts mehr erzählen durfte. Zum einen hätten sie mir nicht geglaubt, und wenn doch, hätten sie sich nur noch schlechter gefühlt, weil sie rund um die Uhr in diesem Haus eingesperrt waren. Dann hätten sie sich auch noch Sorgen um mich gemacht, und Sorgen hatten die beiden wahrhaftig genug. Von meinen Eltern ganz zu schweigen. Andererseits machte sich sowieso jeder Sorgen.

»*Mijn kleine vos*«, sagte mein Vater, als ich, ein paar Tage nachdem Truus und ich die Leichen verscharrt hatten, durch die Tür kam. Warmes Morgenlicht erfüllte den Eingang. Mein kleiner Fuchs. Er strich mir die Haare aus der Stirn. »Welchen Hühnerstall hast du denn heute in Angst und Schrecken versetzt?«, fragte er. Er wusste nicht, dass ich eine Pistole bei mir trug.

»Wie du aussiehst!«, rief meine Mutter und fasste nach meinem Rock, den ich beim Zielschießen getragen hatte. Sie hatte ihn im Jahr zuvor aus einem hellblauen, beim Kirchenbasar ergatterten Baumwollstoff für mich genäht, und nun rieb sie eifrig mit den Fingern über einen dunklen Fleck – vermutlich hatte ich meine mit Waffenöl beschmierten Hände daran abgewischt.

»Erzähl es uns lieber nicht, wir wollen nichts wissen.« Mein Vater legte meiner Mutter die Hand auf die Schulter, um zu verhindern, dass auch sie mich fragte. Seit Philine und Sonja sich hier versteckten, waren wir faktisch alle fünf Mitglieder des Widerstands. Ich war mir sicher, dass meine Eltern sich eine Geschichte über meine Arbeit ausgedacht hatten, mit der sie leben konnten. Zum Beispiel, dass ich nur Papierkram erledigte, nichts allzu Gefährliches. Denn wenn sie gewusst hätten, was ich tatsächlich tat, hätten sie bestimmt keine lockeren Sprüche gemacht. Meine Eltern waren nicht nur großzügig. Sie waren auch mutig. Ein paar Tage nachdem Sonja und Philine gekommen waren, hatte mein Vater mich zur Seite genommen, um mir zu sagen, ich solle die Suche nach einem dauerhaften Versteck aufgeben. »Sie sind hier genauso sicher wie sonst wo«, hatte er gesagt und mir einen ernsten Blick zugeworfen, der das Ausmaß dieses Engagements kundtat. Jetzt küsste ich meine Eltern beide auf die Wange.

»Gib den Rock unseren Gästen, sie sind großartige Wäscherinnen«, sagte mein Vater.

»Aber sie sind doch keine Dienstmädchen«, wandte ich ein.

»Dich zu sehen, wird sie aufheitern«, meinte mein Vater traurig. »Geh nach oben und sieh selbst, Füchslein.«

Ich klopfte leise und öffnete dann die Zimmertür einen Spaltbreit. Philine saß auf dem einzigen Stuhl in der Ecke, und ihr Gesicht hellte sich auf, als sie mich entdeckte.

»Hannie!«, flüsterte sie und kam zu mir, um mich zu umarmen.

Sonja dagegen blieb ausgestreckt auf dem Bett liegen, einen Arm über die Augen gelegt, als würde sie an einem heißen Tag am Strand in der Sonne dösen. Aber im Zimmer war es dunkel. Dunkel und warm, die Luft schwer. Mein erster Impuls war, das Fenster aufzureißen und die frische Sommerbrise hereinzulassen, aber das konnten wir ja nicht – wir durften nicht einmal die dunkelblauen Vorhänge wegziehen, weil wir damit rechnen mussten, dass ein Nachbar hereinspähte. Kein Wunder, dass Sonja um elf Uhr am Vormittag noch immer schlief. Es gab für sie schlicht nichts zu tun.

»Wie geht es dir?«, fragte ich Philine flüsternd, und sie zuckte die Achseln.

»Ganz gut.«

Mit einem Nicken in Sonjas Richtung zog ich fragend eine Augenbraue hoch.

»Nicht so gut.« Philine schüttelte den Kopf.

»Ist sie krank?«

Wieder schüttelte Philine den Kopf. »In letzter Zeit war sie nicht sie selbst. Sie war … na ja, so wie jetzt.«

Ich setzte mich neben Sonja und legte eine Hand auf ihre Schulter. »Sonja?«, fragte ich. »Kann ich etwas für dich tun?«

Ein schwaches Stöhnen war die Antwort. Ohne den Arm von ihren Augen zu nehmen, antwortete sie: »Ein Flugticket nach New York City wäre wundervoll.«

»Ich schaue mal, was ich tun kann.«

Doch Sonja rührte sich noch immer nicht.

Philine versuchte, das Thema zu wechseln. »Irgendwelche Neuigkeiten, Hannie?«

Leider hatte ich nichts Interessantes zu berichten, das ich gefahrlos mit ihnen teilen konnte. So beeinträchtigte der Krieg mein Verhältnis zu meinen besten Freundinnen sogar hier in ihrem Versteck. Ich seufzte und ermahnte mich, einfach bei den allgemeineren Themen zu bleiben. »Man erzählt sich, dass die Deutschen nach den Niederlagen in Russland und Nordafrika allmählich den Mut verlieren«, antwortete ich deshalb.

»Tatsächlich?« Philine war skeptisch wie immer. »Wer behauptet das?«

»*Het Parool* und *De Waarheid*«, antwortete ich. *Die Parole* und *Die Wahrheit*.

»Dass die Widerstandszeitungen das sagen, ist doch klar«, meinte Philine. Auch sie wirkte niedergeschlagener als je zuvor.

»Nun, das sagen viele.«

»Gut«, warf Sonja ein. »Denn wenn dieser Krieg nächsten Sommer immer noch nicht vorbei ist, werde ich schlappmachen, glaube ich.«

»Das sind noch einige Monate«, sagte Philine. »Bis dahin muss es vorbei sein.« Mir war klar, dass sie, bevor sie das sagte, nicht nachgedacht hatte. Forschend blickte sie mir ins Gesicht. »Richtig? Du hast doch erzählt, dass die Deutschen verlieren.«

»Na ja …« Ich wollte so gern etwas Aufmunterndes sagen, teilte aber leider nicht Philines Zuversicht. »Ich habe keine Geheiminformationen«, fuhr ich vorsichtig fort. »Aber es stimmt, dass sie ein paar beträchtliche Verluste einstecken mussten.«

»Weiter nichts?«, sagte Sonja. »Das ist das Höchste, was du zu bieten hast?«

»Drei Jahre geht das nun schon so«, sagte Philine mehr zu sich.

»Und?«, hakte Sonja nach.

»Ich sag ja nur. Es kann doch nicht mehr lange dauern.«

»Was meinst du?«, fragte Sonja und sah zu mir. »Wie lange wird es noch gehen?«

Normalerweise vermieden wir es, uns in dieses Thema hineinzusteigern, aber offensichtlich war Sonjas Geduld am Ende.

»Na ja … Philine hat recht«, antwortete ich. »Ich meine, irgendwann wird es vorbei sein, es kann ja nicht ewig so weitergehen.«

Sonja schnaubte verächtlich. »Das tut es aber.«

»Sonja!«, rief Philine. »Was die Schafts für uns riskieren …«

»Tut mir leid«, lenkte Sonja sofort ein, und ihre Stimme klang sanfter. »Klar, alle sind wunderbar zu uns. Aber ich halte es nicht aus, ewig hier drin eingesperrt zu sein. Im Ernst. Ich werde das Jahr 1944 nicht in diesem Zimmer verbringen.« Mit festem Blick sah sie mich an. »Nichts für ungut.«

Bis jetzt waren erst wenige Monate vergangen, aber ich wollte nicht mit ihr streiten.

»Irgendwann wird es vorbei sein«, sagte eine Stimme. Wir fuhren alle drei herum und sahen meine Mutter, die Wangen von der nie endenden Hausarbeit und den neuen Herausforderungen in ihrem Alltag gerötet. Ihre Hände waren ebenso rot und rissig vom kalten Waschwasser. »Ehe ihr euch verseht, wird all dies vorüber sein«, sagte sie und sah sich in dem mit dem Lebensballast dreier junger Frauen vollgestopften Raum um – Seidenschals, die von dem kleinen, fleckigen Spiegel herabbaumelten, Strümpfe zum Trocknen über eine Stuhllehne gehängt. »Das ist der Lauf der Dinge«, fuhr sie fort. »Man denkt, es hört nie auf, und dann – peng – ist es vorbei. So war es das letzte Mal. Im Großen Krieg.«

Zwar lächelte sie, aber dieses Lächeln war so schwach wie der Kaffeeersatz, den wir alle zu genießen vorgaben. Dieser Krieg, dem einige inzwischen den deprimierenden Namen »Zweiter Weltkrieg« verpasst hatten. Die Generation meiner Eltern hatte es noch schwerer als wir jungen Leute. Den Großen Krieg hatten sie überstanden, indem sie sich schworen, so etwas würde niemals mehr geschehen. Sie waren voller Hoffnung gewesen.

»Jetzt kommt«, rief meine Mutter uns wieder zur Ordnung. Ich beobachtete, wie ihre Mimik von tiefer Sorge zu einer Art ruhigen Entschlossenheit wechselte. »Raus aus dem Bett, Mädchen, aufräumen, es ist schon fast Zeit fürs Mittagessen.« Die Teller würde sie meinen Freundinnen gleich auf einem Tablett ins Zimmer heraufbringen, weil sie nicht riskieren wollte, dass sie von den Nachbarn durchs Küchenfenster gesehen wurden.

»Ich helfe dir«, bot ich an.

Doch als wir die Treppe hinuntergingen, drehte sie sich zu mir um. »Danke, aber geh lieber«, sagte sie bestimmt. »Du hast deine eigene Arbeit zu erledigen.«

Ich erschrak. Zum ersten Mal hatte sie mich nicht dafür getadelt, dass ich meine familiären Verpflichtungen und meine Aufgaben im Haushalt vernachlässigte, ihr nicht bei der Wäsche half oder im Garten.

»Was ist los, Mama?«

»Sie haben auf dem Grote Markt junge Männer zusammengetrieben«, antwortete sie. »Vor allem Juden, auch ein paar Zigeuner – vor Gott und der Kathedrale, wie kann man nur …?« Ihr Gesicht glühte vor Ekel und Abscheu. »Es ist nicht …« Sie holte tief Luft, und beim Ausatmen glättete sich ihre Zornesfalte etwas. »Es ist einfach nicht richtig.« Mein Vater stand unten an der Treppe und beobachtete sie.

Meine Mutter war so blond, blauäugig und hellhäutig, dass sie beinahe durchsichtig wirkte. Ihre porzellanfarbene Stirn, durchzogen von vielen feinen Falten, ging in einen Haaransatz über, der nun schon weiß war. Vor mir stand eine stark gealterte Frau. Dabei war sie erst dreiundfünfzig.

Sie strich mir eine Haarlocke aus dem Gesicht. »Sei …«, setzte sie an.

»Sei freundlich, sei rücksichtsvoll, sei mutig.« Mein Vater vervollständigte den Satz, den meine Mutter jeden Morgen zu Annie und mir gesagt hatte, wenn wir zur Schule aufbrachen.

»Und pass auf dich auf«, sagte sie. »Das möchte ich jetzt hinzufügen.«

»Mach ich.«

Meine Mutter stellte sich, da ich zwei, drei Zentimeter größer war als sie, auf die Zehenspitzen und küsste mich auf die Stirn. Ich atmete ihren mütterlichen Duft ein, ganz tief, und es gab mir das sichere, warme Gefühl von Zuhause. So hatte ich mich schon seit Jahren nicht mehr gefühlt.

»Dir gefällt deine Arbeit, richtig? Das, was du tust?«, fragte sie.

Meine sensible Mutter hatte nie richtig verstanden, wie man herumalbern konnte, aber jetzt sah ich auf einmal den Schalk in ihrem unsicheren Lächeln. Der Holzfußboden knarrte, als wir miteinander redeten, ein lautes Geräusch in dem kleinen Vorraum, und plötzlich wurde mir bewusst, wie beengt es hier war. Nicht nur, weil zu viele Mäntel herumhingen, zu viele Schuhe auf dem Boden standen und sich auf dem eleganten, von meiner Großmutter geerbten Mahagonitischchen das übliche Durcheinander von diversen Kleinigkeiten häufte, sondern auch, weil es der Raum war, in dem alle Begrüßungen und Abschiede stattfanden. Für meine Mutter und mich war es immer ein Zuviel oder Zuwenig; wenn ich mit ausgebreiteten Armen hereinkam, wich sie erschrocken zurück, aber drückte ich ihr nur ein schnelles Begrüßungsküsschen auf die Wange, wirkte sie verletzt, als hätte ich sie brüskiert. Meine Mutter neigte dazu, mir die wichtigsten Dinge dann mitzuteilen, wenn ich im Begriff war zu gehen, wenn keine Zeit mehr war, zu diskutieren oder zu antworten. Das hatte mich immer sehr geärgert, aber inzwischen handelte ich selbst so. Einem Abschied näherten wir uns beide mit einer unterbewussten Furcht vor dem an, was wir sagen würden. Doch jetzt, in diesem Augenblick, lächelte sie.

»Ja, das gefällt mir«, bestätigte ich.

Mein Vater lächelte. »Liest du noch immer Gandhi?«

»Papa«, sagte ich. Beim Abendessen hatte ich mit meinem Vater früher lange Debatten darüber geführt, ob Gandhis Protestaktionen und Hungerstreiks je geeignet sein könnten, um eine Armee zu besiegen. Ich hatte Gandhi immer verteidigt.

»Zieh sie doch nicht auf, Pieter«, sagte meine Mutter, aber dann lachte auch sie. Sie hatte unsere Debatten stets mitverfolgt.

»Ja, ich lese noch Gandhi«, antwortete ich wahrheitsgemäß. Jan hatte sich deswegen schon über mich lustig gemacht, aber ich bewunderte Gandhis Mut und Engagement nach wie vor.

Doch meine Meinung darüber, ob eine gewaltlose Strategie jetzt hier bei uns, gegen die Nazis, nützlich wäre, hatte sich geändert. Was ich meinem Vater zwar nicht sagte, aber er schien es dennoch zu ahnen.

»Ich hab mich das nur gefragt«, erklärte er lächelnd und gab mir dann einen Kuss auf den Kopf.

Im Leben gibt es Augenblicke, in denen man spürt, dass man erwachsen geworden ist. Vor mir standen meine Eltern, Aafje und Pieter Schaft, und zum ersten Mal sah ich sie als die Menschen, die sie darüber hinaus waren: Lehrer, Betreuer, Kirchgänger, gute Bürger, Gewerkschaftsaktivisten, Kinder ihrer Eltern, genau wie ich. Und Widerständler. Ich küsste beide auf die Wangen.

»Ich sollte mich auch von den Mädchen verabschieden«, sagte ich.

Meine Mutter schüttelte entschieden den Kopf. »Es ist schwer für sie, wenn du gehst. Verschwinde einfach.«

Das tat weh, aber ich wusste, dass sie recht hatte. »Na gut.«

Sie band die langen Baumwollbänder ihrer Schürze neu, ein unmissverständliches Zeichen, dass es Zeit war, sich wieder an die Hausarbeit zu machen. »Mach dir keine zu großen Sorgen um die beiden. Ich sorge dafür, dass sie beschäftigt sind.« Ich war drauf und dran, sie zu umarmen, aber das hätte unser Abschiedsritual gestört, wäre zu emotional gewesen.

»Jetzt geh«, sagte sie und öffnete die Tür einen Spalt, damit ich hindurchschlüpfen konnte, wie wir das jetzt immer machten. »Wir kommen schon zurecht. Schließlich haben wir dich dort draußen, und du beschützt uns, nicht wahr?« Sie zwinkerte mir zu. Es fühlte sich an wie der Tapferkeitsorden in Bronze.

Kapitel 20

Es war ein paar Tage her, seit wir die Leichen im Wald gefunden hatten. Danach war ich zu Hause gewesen, und nun kehrte ich in die RVV-Wohnung zurück.

»Hannie.« Truus begrüßte mich mit einem Nicken und warf einen prüfenden Blick hinter mich, ob ich allein gekommen war. Sie saß mit jemandem am Tisch und spielte Karten.

»Alles in Ordnung?«, fragte ich.

»Hmm«, antwortete Truus vage, »seit der Nacht im Wald hat niemand mehr von Jan gehört. Du vielleicht?«

»Ich hab was von ihm gehört«, unterbrach uns Hendrik, der in diesem Augenblick die Wohnung betrat. »Gerade eben habe ich ihn mit Brasser gesehen.« Jan Brasser gehörte ebenfalls zu den Anführern des RVV und war Hendriks Gegenpart im nahen Zaandam.

»Hat er vor, am Freitag hier aufzukreuzen?«, fragte Truus. Nachdem ich im Chaos zwischen Untergrundzeitungen, Zigarettenstummeln und schmutzigen Teetassen ein paar Quadratzentimeter Platz freigeräumt hatte, setzte ich mich an den Esstisch. Ich hatte Truus erzählt, dass Jan mich bereits über die bevorstehende Beseitigung von Kohl informiert hatte.

»Wenn er Lust dazu hat«, beantwortete ein junges Mädchen, das rechts neben Truus saß, deren Frage. Sie war mager, mit blonden Zöpfen und einem herzförmigen Gesicht. War sie womöglich …?

»Hannie, das ist Freddie«, stellte Truus sie vor, wobei sie kaum von ihren Karten aufblickte.

Freddie beugte sich vor und schüttelte mir mit Nachdruck die Hand. »Freut mich, dich kennenzulernen«, sagte sie. Trotz ihres kraftvollen Handschlags sah sie mich schüchtern an. Ich wusste, dass sie erst siebzehn war, doch sie wirkte jünger und älter zugleich, sie war noch ein Schulmädchen, hatte aber schon den Habitus einer erfahrenen Kämpferin.

»Freut mich auch, dich endlich kennenzulernen«, antwortete ich, während ich das Lächeln und den festen Händedruck erwiderte.

»Komm, los«, sagte Truus, ganz große Schwester, »wir waren mitten im Spiel. Hier, Hannie.« Ohne die Karten neu zu mischen, schob sie mir die oberen fünf einfach zu. »Schau nach, was du hast.«

Freddie legte eine Herz-Zehn. »Die nehme ich als eine Fünf.«

Es gab nur sechsundvierzig Karten, und wir ließen uns gegenseitig eine Menge Freiraum. Truus nannte das Spiel »Widerstand«. »Das ist gut für dein Training«, erklärte sie, »weil man sich selbst ständig gut zureden muss, dass man eine Chance hat, zu gewinnen.« Im Widerstands-Spiel war der Gewinner erst in dem Moment klar, in dem das Spiel endete.

»In Ordnung«, sagte ich. Beim Widerstand war alles erlaubt.

»Du wirst eines Tages eine großartige Richterin abgeben«, meinte Hendrik.

»Ja«, bestätigte Truus. »Sie bleibt stur bei ihrem Urteil.«

Ich trat ihr unter dem Tisch ans Schienbein. Denn inzwischen waren wir Freundinnen geworden.

»Außerdem ist sie auch noch gewalttätig«, verkündete Truus und trat mich zurück. »Autsch!«

Mein Herz explodierte fast vor Glück.

»Autsch!«, wiederholte Truus, jetzt allerdings irritiert. Diesmal hatte Freddie sie getreten.

Freddie lachte und sah über den Tisch hinweg zu mir. »Lass dich nicht von ihr täuschen, Hannie, sie ist gar nicht so zäh, wie sie immer tut.« Truus verdrehte die Augen. Auf einmal wurde mir eng in der Brust, und ich musste eine Welle von Gefühlen hinunterschlucken. Denn plötzlich merkte ich, wie sehr ich es vermisste, eine Schwester zu haben.

»Ich möchte mit euch über Freitag sprechen«, sagte Hendrik, der uns beim Spielen zuschaute.

»Offizier Kohl?«, fragte ich.

Truus starrte in ihre Karten und wartete auf mehr.

»Ich weiß, das sollte eigentlich deine und Jans Mission sein. Aber er wird nicht verfügbar sein. Ich dachte, Truus könnte einspringen.«

»Freitagnacht?«, fragte Truus. »Morgen?«

»Ja, genau. Morgen Nacht.« Jetzt sah Hendrik zu mir. »Wenn ihr, also Jan und du, schon einen Plan hattet, könntest du ihn vielleicht auf Truus anpassen.«

Ich warf einen Blick zu den Oversteegen-Schwestern. Truus war größer und kräftiger als Freddie, aber beide hatten die gleichen großen, klaren Augen mit schweren Lidern und hohe Wangenknochen, Gesichter, die die Gelassenheit und das Selbstvertrauen einer Siamkatze ausstrahlten.

»Anpassen?«, wiederholte ich. Hmm. Jans Plan hatte beinhaltet, dass wir uns als verliebtes Paar ausgaben und er mich, während wir in einer Gasse auf Kohl warteten, küssen würde. Dann würde er aus der Deckung springen und Kohl erschießen, während ich Schmiere stand. Auf den Teil mit dem Küssen hatte ich mich gefreut. Doch mit Truus bei einem weiteren großen Einsatz zusammenzuarbeiten, war ebenfalls verlockend, wenn auch auf eine ganz andere Weise. Das Schwierigste würde sein, nahe genug an Kohl heranzukommen, um ihn zu töten. Wenn wir von der anderen Straßenseite auf ihn schossen, bestand die Möglichkeit, dass er nur verletzt wurde und sein Schreien in der ruhigen Straße einen Tumult hervorrief. Mir gegenüber hatte Truus angefangen zu lächeln. Sie war bereits dabei, einen Plan auszuhecken.

»Wir werden eine Menge Aufmerksamkeit auf uns ziehen, wenn wir die ganze Nacht an der Ecke warten«, sagte Truus, als wir die Gegend auskundschafteten. »Was machen wir, wenn Kohl rauskommt und uns im gleichen Moment jemand anspricht?«

»Vielleicht könnten wir Hendrik dazu bringen, dass er mitkommt und als unser Bruder auftritt?«, schlug ich vor, obwohl ich wusste, dass das eine dumme Idee war. Warum nahmen wir nicht gleich eine ganze Armee mit?

»Wenn Hendrik mitkäme, würdest du mich nicht brauchen«, entgegnete Truus trocken.

»Ein Mann muss hier herumstehen, bis Kohl die Spelunke verlässt. Und dann muss er verschwinden, damit Kohl herüberkommt«, sagte ich. Es klang zu kompliziert. Die besten Pläne waren einfach.

»Eine von uns könnte doch so tun, als wäre sie ein Mann, oder nicht?«, meinte Truus. »Wenn Kohl dann erscheint, fort mit der Verkleidung, und übrig bleiben zwei Frauen.« Sie ging ein paar Schritte die Gasse hinunter, um die Idee zu prüfen. »Sie könnten auch einfach weglaufen und sich hier verstecken. Das ist jedenfalls möglich.«

»Und wer spielt wen?«, fragte ich.

Truus lachte. »Du würdest als Mann jedenfalls lächerlich aussehen«, meinte sie.

»Würde ich gar nicht«, widersprach ich, obwohl ich erleichtert war. Ich hatte keine Ahnung, wie ich einen Mann spielen sollte. Außerdem war Truus größer als ich. »Aber gut. Dann bin ich eben die Frau.«

»Du meinst, die Femme fatale«, grinste Truus.

»Du weißt doch genau, was ich meine«, gab ich zurück.

Am nächsten Tag gingen wir die verschiedenen Fluchtwege noch ein letztes Mal ab und vergewisserten uns, dass wir sie auch mitten in der Nacht und bei Dunkelheit zuverlässig im Kopf hatten. Die Straßenlaternen waren außer Betrieb, was für uns ein Vorteil war – wir kannten die Stadt besser als die Deutschen.

»Dir ist schon klar, was es bedeutet, die Frau zu spielen«, flüsterte Truus, wir waren stets sehr vorsichtig, wenn wir auf der Straße über unsere Pläne sprachen. Und wir achteten immer darauf, dass wir eine schnelle Gangart einlegten.

»Was?«, fragte ich.

»Du musst es machen«, antwortete sie und warf mir einen kurzen Blick zu. »Du bist diejenige, die Kontakt zu Kohl aufnimmt.«

Das wusste ich. »Aber du wirst mir den Rücken stärken, richtig?«

»Ja«, sagte Truus. »Aber ich werde in der Gasse stehen.«

»Oh.« Meine Schritte wurden langsamer. Truus zog mich vom Gehweg, aus dem Strom der Fußgänger. »Es ist ein guter Plan«, flüsterte sie. »Aber Hannie, jetzt ist der Zeitpunkt, an dem du entscheiden musst, ob du bereit bist, es zu tun.« Sie lächelte. »Wenn du nicht willst, ist das völlig in Ordnung. So etwas ist nicht jedermanns Sache.«

Einen Moment hielt ich inne. Diese Aktion war etwas ganz

anderes als die Sache mit dem Kraftwerk. Heute würde ich einen Mann von Angesicht zu Angesicht erschießen müssen, und das erschien mir völlig abwegig. Am liebsten hätte ich mit Philine und Sonja darüber gesprochen … Sonja, die ich das letzte Mal fast regungslos auf meinem Bett hatte liegen sehen. Die mit jedem Tag, der verstrich, mehr und mehr die Hoffnung verlor.

»Ich kann es«, sagte ich.

»Also gut«, antwortete Truus und klopfte mir auf die Schulter. »Sobald wir anfangen, werden Nervosität und Zweifel verschwinden, bis dahin versuch einfach, sie zu ignorieren. Das Warten ist immer der schwierigste Teil. Lass dich nicht von deinen Gedanken ins Bockshorn jagen, konzentrier dich auf dich selbst, auf das, was du tust. Schalte alles andere aus. Das einzig Wichtige ist, den Auftrag zu erledigen. Fokussier dich darauf.«

»Alles klar«, sagte ich, während ich versuchte, mir vorzustellen, wie ich das umsetzen sollte. Wie eine Zweitbesetzung im Theater, die den ganzen Text gelernt hat und bei der Premiere plötzlich auf die Bühne muss, hatte auch ich alles eingeübt, befand mich jedoch ebenso in einem Zustand nervöser Fassungslosigkeit.

»Gut«, sagte Truus. »Dann sehen wir uns heute Nacht.« Wir schoben unsere Fahrräder in die Sonne. »Ich werde ein bisschen schlafen, und das solltest du auch«, sagte sie. »Falls du nicht schlafen kannst … Dann mach einfach ein paar Schießübungen.«

Als ich an diesem Nachmittag nach Hause kam, saß Sonja aufrecht auf dem Bett und sah sich selbst schon wieder wesentlich ähnlicher. Sie blätterte in der Widerstandszeitung *Het Parool*, und ich beobachtete, wie sie die Zeitung nach Namen von Verhafteten oder Getöteten durchforstete. Natürlich wussten wir alle, dass diese Listen unvollständig waren.

»Was ist eigentlich aus dem süßen Blonden geworden, von dem du uns erzählt hast?«, fragte Philine.

»Ach ja«, bekräftigte Sonja. »Der blonde Mann.«

Aber ich wollte nicht über Jan sprechen. Seit der Nacht, in der wir die Leichen gefunden hatten, hatte ich ihn nicht mehr gesehen. War er über die Begegnung mit Truus so verärgert? Jan war schwer zu durchschauen, und ich hatte keine Möglichkeit, Kontakt zu ihm aufzunehmen, ich würde warten müssen, bis er wieder auftauchte.

»Sind nicht die meisten Widerständler auch Kommunisten?«, fragte Philine, die mir dabei zuschaute, wie ich ein Kleid zusammenfaltete und ein Paar schicke hohe Schuhe in meine Reisetasche stopfte. »Ich dachte, die mögen Frauen am liebsten in Overalls und Arbeitsstiefeln.«

»Ja, es gibt ihn noch«, sagte ich, um den beiden ein wenig entgegenzukommen. »Viel mehr kann ich euch nicht erzählen. Aber es gibt keine Kleiderordnung, Philine. Jedenfalls nicht, soviel ich weiß.«

»Ich wusste es!«, rief Sonja und hüpfte auf dem Bett. »Sie ist verliebt!«

»Sonja«, sagte Philine tadelnd und verdrehte die Augen. Dann sah sie mich an. »Bist du?«

»Habt ihr jemals erlebt, dass ich verliebt bin?«, fragte ich zurück.

»Nein«, sagte Sonja. »Aber es gibt immer ein erstes Mal.«

Mein Herz stolperte, als sie das sagte. Ich wusste, dass ich erröten würde, wenn ich zu viel darüber nachdachte. »Ihr wisst ja, dass ich nicht darüber sprechen kann«, sagte ich und versuchte, sachlich zu klingen. Dann steckte ich noch ein Paar Ohrringe und ein Handtäschchen in meine Tasche und schloss sie. »Heute Abend werde ich nicht hier sein, aber wahrscheinlich komme ich morgen wieder. Braucht ihr irgendwas von draußen?«, fragte ich, schon halb aus der Tür.

»Ja«, antwortete Sonja und wischte sich an einem mit dem Familienmonogramm bestickten Taschentuch die billige Druckerschwärze von den Fingerspitzen. »Alles.«

Die nächsten Stunden kamen mir endlos vor. Ich radelte zurück zur RVV-Wohnung, versteckte mich im einzigen Schlafzimmer, in dem es einen Spiegel gab, und versuchte, mich für den Abend fertig zu machen. Nach einer Weile streckte Truus den Kopf zur Tür herein.

»Zieh dir was Hübsches an«, sagte sie, »und, na ja …« Sie wedelte hilflos mit den Händen über ihrem Kopf herum. »Mach irgendwas mit deinen Haaren.« Dann hielt sie eine Schiebermütze hoch. »Ich setze die hier auf.«

Ich lachte. Mich hübsch zu machen war das Einzige, in dem ich mehr Erfahrung hatte als Truus, obwohl ich im Vergleich zu Sonja, Philine und den meisten jungen Frauen in meinem Alter immer zurückhaltend war. Eine Weile experimentierte ich mit meinen Haaren, steckte sie erst nur vorn, dann insgesamt hoch, ließ sie schließlich offen. Ich schlüpfte in mein hellblaues Lieblingskleid, zog meinen Wollmantel mit dem Gürtel darüber und zwängte mich in die Tanzschuhe aus Lackleder. Das letzte Mal hatte ich diese Sachen bei einer Geburtstagsparty vor anderthalb Jahren getragen, und damals hatte sich das Kleid an meine bescheidenen Kurven geschmiegt. Jetzt hing es locker über meinen Hüften wie ein Flapper-Kleid. Selbst mein raffinierter BH war mir viel zu groß geworden, so dass ich ihn gleich wieder in die Schublade zurücklegte. Mit den Händen auf meinen vorstehenden Hüftknochen warf ich einen prüfenden Blick in den Spiegel und fühlte mich, obwohl man unter dem weichen Stoff bestenfalls die Umrisse meiner Brustwarzen erahnen konnte, wie eine erwachsene Frau.

Dann fiel mir noch etwas ein: Ich nahm die kleine Kosmetiktasche, die ich ebenfalls von zu Hause mitgebracht hatte, und kramte darin, in der Hoffnung, dass das, was ich suchte, noch da war. Als ich es tatsächlich fand, malte ich mir, dicht vor dem Spiegel, sorgfältig eine dünne Schicht »Spellbound« – ein tiefes Rot – auf die Lippen und betupfte meinen Mund anschließend mit einem Taschentuch. Je weiblicher ich wirkte, desto männlicher würde Truus erscheinen.

»Sieh mal einer an«, sagte Hendrik und musterte mich von oben bis unten. »Du siehst großartig aus, Hannie.«

»Danke.« Nervös berührte ich das silberne Medaillon, das ich um den Hals trug. »Das gehört meiner Mutter«, erklärte ich.

»Es ist sehr schön«, sagte Hendrik.

Ich überprüfte meine Manteltaschen, um mich zu vergewissern, dass alles darin war, was ich brauchte.

»Munition?«, fragte Hendrik.

»Hab ich.«

»Waffe?«

»Hab ich.« Ich deutete auf ein Glas, das vor ihm auf dem Tisch stand. »Kann ich einen Schluck davon haben?«

»Unbedingt.«

Es war irgendein grässlicher Fusel, aber ich kippte ihn hastig hinunter, als wäre es Wasser. »Das tut gut«, sagte ich, als ich spürte, wie der Alkohol meine Schultern und Nerven lockerte.

»Ja, ist auf jeden Fall gut für die Moral«, meinte Hendrik.

»Hast du inzwischen was von Jan gehört?«, fragte ich, denn der Alkohol löste auch meine Zunge.

»Seit gestern nicht mehr. Du?«

»Nein«, antwortete ich. »Hab mich nur gefragt …«

»Du machst das schon«, sagte Hendrik. »Truus weiß, was sie tut.«

»Ich weiß«, erwiderte ich. Eigentlich fühlte es sich sogar besser an, mit Truus zusammenzuarbeiten, sie hielt sich eher an den Plan. Ich packte meine Sachen zusammen, denn bevor ich mich mit Truus traf, wollte ich zur Beruhigung noch ein paar Schritte gehen. Bewegung war immer gut für mich.

»Also dann …«, sagte ich zu Hendrik. Inzwischen hatte ich begriffen, dass im RVV niemand Wert auf große Abschiedsszenen legte. »Bis später.«

»Ja, wir sehen uns dann.«

Kapitel 21

Es war fast Mitternacht, als ich den Treffpunkt erreichte. Die Bar war ein Stammlokal der Gestapo, und nach der Sperrstunde fanden hier Privatpartys der SS-Leute statt. Truus war schon früher eingetroffen und hatte bereits zwanzig Minuten in der Gasse gewartet. Mit einer Bewegung, die allmählich zu einem nervösen Tick wurde, ließ ich die Hand in meine Tasche gleiten und griff nach meiner Pistole. Schwerer, kalter Stahl.

»Hör auf, damit rumzuspielen«, sagte Truus. »Und richte deine Haare.«

Es klang hart, aber sie war nicht ärgerlich. Sie hatte Angst. Und sie sprach mit tieferer Stimme, denn sie versuchte, wie der Mann zu klingen, den sie in ihrem Männermantel und mit der Schiebermütze verkörpern sollte. Truus zog die Schiebermütze, unter die sie ihre Haare gestopft hatte, tiefer ins Gesicht, um möglichst viel davon zu verbergen. In der Gasse war es dunkel, und wir waren auf die Schatten der Nacht angewiesen, um die Illusion zu vervollständigen.

Ich zähmte eine Haarsträhne, die aus meiner Schildpatt-spange gerutscht war, und klemmte sie wieder fest.

Die Nacht war voller Gefahren. Andererseits, so sagte ich mir, war es auch unseretwegen, dass sie nun so gefährlich war.

Noch standen wir in der Gasse. Ich holte tief Luft. Truus legte den Zeigefinger an die Lippen. Sie war drei Jahre jünger als ich, mir an Erfahrung jedoch weit überlegen. Ich lächelte ihr zu. Sie zwinkerte.

Es war wieder still.

Einen Augenblick später öffnete sich die Tür der Bar, und ein grelles Rechteck von Licht, Zigarettenrauch, Lachen und Musik drang heraus auf die leere Straße. Gestern und auch heute noch waren wir ein paarmal hier vorbeigegangen, aber nur Truus hatte das Haus betreten und bestätigt, dass wir uns Kohl draußen nähern mussten. Für uns wäre die Bar, die nur einen Ausgang hatte, zur Falle geworden.

Sie spähte in die Richtung, als die Tür aufging und eine Gruppe von vier deutschen Soldaten laut lachend heraustorkelten, fast von der Gehwegkante taumelten und – sich gegenseitig stützend – im Dunkeln wie ein riesiges Tier aussahen.

Doch Truus schüttelte den Kopf: Kohl war nicht dabei.

Tatsächlich schwankten die Männer weiter in unsere Richtung, und Truus presste sich an mich, wie wir es eingeübt hatten, drückte ihre kalte Wange an meine, schlang die Arme um meinen Nacken: ein Pärchen, das sich heimlich in einer dunklen Gasse küsste. Einer der Soldaten stieß einen höhnischen Pfiff aus, die anderen jedoch waren zu abgelenkt von ihrem eigenen Übermut und kümmerten sich nicht um uns. So stolperte die Gruppe an uns vorbei, die rauen Stimmen verklangen, und in der Gasse kehrte wieder Stille ein. Plötzlich fiel mir ein, dass ich vor zehn Jahren hier immer zur Klavierstunde entlanggegangen war.

Aufatmend rückten Truus und ich auseinander, schauten uns in die Augen und versicherten uns wortlos der Devise, die wir fünfzig, nein, hundert Mal wiederholt hatten: *Geduld*. Unser Vorhaben würde nur gelingen, wenn Kohl allein aus der Bar kam.

»Kohl ist nicht anders als diese Landser«, murmelte Truus, die den Soldaten nachsah. »Er glaubt auch, dass er hier bewaffneten Urlaub macht.«

So betrachteten wohl viele Deutsche ihren Aufenthalt in den Niederlanden – sie waren glücklich, in einem ihnen nicht allzu fernen Land stationiert zu sein, in dem es reichlich blonde Frauen und gutes Bier gab. Ich richtete mich auf, zupfte meine Haare zurecht, zog den Gürtel an meinem Mantel enger. Als ich in meine Tasche griff, sah Truus mich ärgerlich an, aber ich holte nur Zigaretten heraus – zwei natürlich –, klappte das Feuerzeug auf, und Truus beugte sich darüber, ihr sommersprossiges Gesicht leuchtete im Licht der Flamme kurz auf. Doch als das metallische Klicken der Schnalle an meiner Tasche von den kalten Steinwänden widerhallte, zuckte sie zusammen.

»Entspann dich«, flüsterte ich ihr zu, wofür ich von ihr erneut einen grimmigen Blick erntete. Nicht, dass ich selbst entspannt gewesen wäre. Aber so zu tun, als wäre ich es, entspannte mich tatsächlich etwas.

Kurz darauf öffnete sich die Tür erneut: Der helle Lichtstrahl, der Lärm der trinkenden Männer im Innenraum durchbrach wieder die kalte Stille der schmalen Straße. Ich beugte mich vor, um zu sehen, wer es war, und zuckte sofort zurück.

Da war er, genau wie wir ihn uns vorgestellt hatten. Fast einen Kopf größer als wir, trat er durch den alten hölzernen Türrahmen, und das Schwingen seines langen Ledermantels ließ ihn noch unheimlicher erscheinen. Ein gigantischer Rabe. Hinter ihm fiel die Tür krachend ins Schloss.

Er war allein. Truus nickte. »*Pak die rotzak!*«, zischte sie. Schnapp dir den Saukerl.

Kohl setzte sich seine SS-Schirmmütze auf, rückte sie mit beiden Händen zurecht, geriet dabei ins Schwanken und sog scharf die eisige Nachtluft ein. Auf seiner Uniform glitzerten die silbernen Rangabzeichen im schwachen Licht. Ich hatte das Gefühl, ihn von dort, wo ich stand, riechen zu können, eine Mischung aus Schweiß, Leder und Alkohol traf meine Sinne.

Truus verschmolz mit den Schatten, ich war nun auf mich gestellt. Als hätte ich Langeweile, stützte ich eine Schulter ans Mauerwerk des Gebäudes, doch in Wahrheit war ich wie elektrisiert. Vom Kanal her hörte ich matt das Wasser ans Ufer schlagen, nahm jedes Pünktchen Sternenlicht am Himmel wahr. Nie mehr würde ich mich gelangweilt fühlen, da war ich ganz sicher. Die Glut meiner Zigarette der hellste Fleck in der Umgebung, sie schimmerte wie ein Glühwürmchen in der Novemberkälte: kirschrot, warm, fehl am Platz. Mit meiner Schuhspitze spielte ich mit einem Kieselstein, zog wieder an der Zigarette und atmete eine Mischung von Rauch und weißem Winternebel aus, ein kleiner Wolkenfetzen in der dunklen Nacht.

Kohl sah ihn aus dem Augenwinkel, er wandte den Kopf, eine schnelle, geschmeidige Bewegung, der sein Körper folgte. Als bewerte er ein Rennpferd, so musterte er mich von oben bis unten. Ich war nur ein Mädchen. Ein hübsches Mädchen mit roten Lippen. Allein.

Meine Augen begegneten den seinen. Mein Herz hämmerte in meiner Brust, während ich ihm ein paar Sekunden in die Augen schaute und dann scheu den Blick senkte. Dann sah ich wieder auf. Er starrte noch immer, hatte aufgehört, die silbernen Knöpfe seines Mantels zu schließen. Auf einmal war ihm gar nicht mehr so kalt. Ich lächelte, nur ganz schwach.

Als er einen Schritt auf mich zu machte, blieb sein schwarzer

Stiefel am Kopfsteinpflaster hängen, und er geriet genau wie die betrunkenen Soldaten vorher ins Straucheln. Ein gutes Zeichen. Seine vollen Lippen waren noch feucht vom letzten Glas oder vielleicht auch schon von Begierde, während seine Mundwinkel nach oben gingen. Trotz des metallischen Geschmacks der Verachtung in meiner Kehle musste ich zugeben, dass er attraktiv war. Ein großer, breitschultriger Mann mit kantigem Kinn. Ich erkannte die Insignien seines Dienstgrads am Kragen seiner steifen Uniform, nach denen ich auf Anweisung von Truus Ausschau halten musste.

Schnapp dir den Saukerl.

»Guten Abend, Fräulein«, sagte er, als stelle er mir eine Frage. Vielleicht war es auch eine. Natürlich sprach er kein Niederländisch. Sinnlos, die Sprache eines Landes zu lernen, das man besetzt hatte und das bald Teil des Großdeutschen Reichs sein würde.

Ich konnte zwar fließend Deutsch, aber in dieser Nacht würde ich es nicht anwenden. Das war Teil des Plans, den Truus und ich uns ausgedacht hatten. Ich wollte nicht in ein langes Gespräch verwickelt werden, wo wir doch beide wussten, dass er nur an einer Sache interessiert war. Jedenfalls kaum an einer Unterhaltung.

»*Goedenavond*«, sagte ich. Guten Abend. Meine Stimme klang sanft und leise. Es ging ja sowieso nicht um Worte. Kohl war eindeutig betrunken, sein Blick jedoch fest, und er ließ mich keine Sekunde aus den Augen.

Vorsichtig machte ich einen Schritt nach hinten, dann noch einen, zog mich langsam in den Schutz der Gasse zurück. Er legte den Kopf schräg wie ein Hündchen und schaute sich dann rasch um. Niemand war zu sehen. Mit etwas sichereren Schritten bewegte er sich in meine Richtung.

»Sind Sie alleine hier, Fräulein?«, fragte er, seine Worte schlitterten ineinander, verwaschen vom Whisky, während er selbstbewusst auf mich zukam. Beim Wort »Fräulein« hatte sich die Distanz zwischen ihm und mir auf wenige Zentimeter reduziert.

Rühr dich nicht.

Jeder Muskel in meinem Körper flehte mich an, weglaufen zu dürfen. Doch stattdessen lächelte ich, zog ein letztes Mal an meiner Zigarette und warf den Stummel auf den steinigen Boden. Augenblicklich trat Kohl ihn mit seinem schweren Stiefel aus. Falls es eine Verführungsgeste sein sollte, gehörte sie eindeutig zur brutalen Sorte.

Er lächelte, klopfte seinen Ledermantel ab, verzog dann das Gesicht. »Tut mir leid, aber ich habe keine mehr. Aber ich kann uns in der Bar welche besorgen … und vielleicht auch einen Whisky?«, bot er an und strahlte dabei geradezu.

Nein. Das war nicht der Plan.

»*Wacht even.*« Warten Sie einen Moment. Ich streckte die Hand aus und berührte die seine. Seine Haut brannte unter meinen kalten Fingern. Um mein Zittern zu unterdrücken, griff ich fester zu und spürte, wie das Blut durch die blauen Venen auf seinem Handrücken strömte, fühlte die feinen Härchen dort.

»*Niet nodig*«, flüsterte ich. Nicht nötig. Meine Tasche klemmte immer noch unter meinem Arm. »*Ik heb meer.*« Ich hab noch mehr.

Er lächelte, nickte und kramte in der Manteltasche nach seinem Feuerzeug. Er war aufgeregt. Da hatte er die Bar allein verlassen, nur um draußen auf ein Mädchen zu stoßen, das auf ihn wartete? Das war viel Glück für einen Abend. Aber er hatte Schwierigkeiten, in den tiefen Taschen seines Mantels das Feuerzeug zu finden. Er schaute an sich herab: Wo ist das Ding bloß?

Inzwischen war meine Hand schon in meiner Handtasche, aber meine Finger waren kalt und ungeschickt. Mein Atem ging so schnell, dass ich Angst hatte, ohnmächtig zu werden, der Rand meines Sichtfelds zerfaserte, es verschwamm zu einem Tunnel. Ich schob mich noch näher an ihn heran, und der säuerliche Männergeruch, den ich vorhin wahrgenommen hatte, umschloss mich wie dichter Nebel.

»Mein Liebling«, murmelte er leise, und ich zuckte zusammen.

Ich blinzelte, und auf einmal war ich wieder fokussiert. Sah Philine und Sonja vor mir auf meinem Bett. Die Hand lag auf dem kalten Metallgriff, die Finger auf dem Abzug. Die Waffe war entsichert. Mit einer einzigen fließenden Bewegung war die Pistole draußen und stieß hart gegen Kohls breite Brust, genau, wie ich es geübt hatte. Als ich aufblickte, sah ich in seine Augen, blaugrau wie angelaufenes Silber. Seine Zähne weiß leuchtend. Er verstand nicht.

»Was ist das?«, fragte er stirnrunzelnd, aber noch immer lächelnd. Als sei es ein Spiel.

Ich drückte ab, meine Arme zitterten im Rückstoß, und ich stolperte zurück, weg von dem Mann, als hätte nicht ich auf ihn, sondern er auf mich geschossen. Mein Kopf dröhnte.

Er stand immer noch aufrecht vor mir.

Sein Gesicht war unverändert, die blaugrauen Augen blickten in meine. Schließlich schaute er nach unten auf seinen Mantel. Es war zu dunkel, um viel zu sehen, und seine Hände legten sich flach auf seinen Brustkorb, tasteten nach Antworten, schlackerten herum, während seine breiten Schultern nach vorn sanken. Etwas stimmte nicht.

»Noch mal!«, knurrte Truus von der Mauer hinter mir.

Als ich einen Schritt auf Kohl zuging, griff er nach mir und drückte mich an seinen Brustkorb, als verfolge er noch immer seine ursprüngliche Idee. Hatte er sich nicht vorgenommen, das Mädchen festzuhalten? Es zu küssen? War das nicht Sinn der Sache gewesen? Doch im nächsten Augenblick gaben seine Beine unter ihm nach wie bei einem kaputten Springteufel, er zog mich mit sich zu Boden, fiel auf die Knie und versuchte, sich an meinen Schultern, meinem Hals festzuhalten. Ein Ertrinkender, der nach einem Strohhalm greift. Ich stürzte gegen ihn, spürte den verzweifelten Wunsch, mich von ihm abzustoßen, war mir jedoch – wie Jan es mir eingeschärft hatte – nur allzu bewusst, jede Chance nutzen zu müssen, solange ich am Leben war. Dafür hatte er mich ausgebildet – für das, was jetzt geschah. Ich stieß Kohl den Lauf meiner kleinen Pistole wie ein Bajonett zwischen die Rippen und drückte noch einmal auf den Abzug. Diesmal war ich auf den Rückstoß gefasst und suchte Halt. Bei meinem Opfer.

Kohl keuchte, murmelte etwas, sank dann nach hinten, und sein fast kahl geschorener Kopf landete mit einem unschönen Krachen auf dem Kopfsteinpflaster. Die schwarze Schildmütze flog in Richtung Straße davon, kurz leuchtete ihr glänzender Silberadler auf, als wolle er allein entfliehen. Doch schließlich blieb die Mütze mit dem Schild nach unten liegen. Pfeilschnell schoss Truus aus dem Schatten, um sie aufzuheben und tief in die Nacht zu schleudern. »Hilf mir!«, zischte sie.

Wir packten Kohl am Kragen und zerrten seinen Körper weg von der Straße. Meine Nerven summten, meine Ohren dröhnten – der Lärm war so immens, dass ich Truus' Stimme kaum hören konnte. Aber ich wusste ja, was ich tun musste. Wir packten das breite Lederrevers seines Mantels und schleiften den

Toten übers Kopfsteinpflaster. Man würde ihn entdecken, und das war ja auch unsere Absicht. Wir wollten eine Botschaft senden, aber es war besser, wenn es nicht gleich passierte. Mit einem dumpfen Aufschlag ließen wir die Leiche am Ende der Gasse schließlich fallen. Als würden wir Möbel verrücken.

»Komm«, sagte Truus, nahm meine Hand und zog mich mit sich Richtung Straße. Ich stolperte ihr nach, machte mich dann jedoch von ihr los und rannte noch einmal zurück.

»Was …?«, setzte Truus an und brach abrupt ab. Ich rannte zurück zu Kohl, positionierte mich über ihn, jeweils ein eleganter Schuh rechts und links seines Halses, und zielte, die Arme fest aneinandergedrückt, nach unten, auf eines seiner grauen Augen, die wie Murmeln nach hinten gerollt waren. Genau wie Jan es mir gesagt hatte: Direkt ins Auge, wenn du kannst, dann kannst du sicher sein. Ich feuerte, Kohls Kopf zuckte, rosaroter Nebel spritzte in meine Richtung, und es roch nach angesengtem Fleisch. Ich hatte den Saukerl erledigt.

Meine Füße bewegten sich, doch ich fühlte sie nicht; meine Brust hob und senkte sich mit keuchenden Atemzügen, aber es war mir vollkommen gleichgültig. Als wir die Straße hinunterrannten, auf dem eisglatten Kopfsteinpflaster fast ausrutschten und um die Ecken schlitterten, hielt Truus meine Hand ganz fest. »Schneller«, sagte sie immer wieder. Ihre Stimme war wie eine Leine, die mich weiterzog, über einen gigantischen Abgrund hinweg, bis ich mich auf der anderen Seite zu ihr gesellte.

Kapitel 22

»Mama«, sagte ich.

Meine Mutter öffnete die Tür einen Spaltbreit und zog mich ins Haus. Dort war es nicht viel wärmer als draußen. Seit der Kohl-Eliminierung fast eine Woche zuvor hatte ich meine Familie nicht mehr besucht, und das Gesicht meiner Mutter wirkte sehr ernst. Als wisse sie, was ich getan hatte.

»Was ist los?«, fragte ich.

Sie hielt mir einen Zettel entgegen.

»Von Sonja«, erklärte sie.

Sonja hatte eine Seite aus einer Filmzeitschrift gerissen und über eine Shampoo-Werbung, die genug freien Platz für eine Nachricht bot, geschrieben:

Lieber Herr Schaft, liebe Frau Schaft und meine lieben Schätzchen Philine und Hannie,

ich danke Euch allen mehr, als ich jemals in Worte fassen kann, für alles, was Ihr für mich getan habt. Ihr habt so viel riskiert, und ich bin Euch allen so dankbar für Eure Freundlichkeit. Aber wenn ich schon sterben muss, dann tue ich das lieber draußen in der Welt, statt hier in einer Kiste darauf zu warten. (Entschuldigt bitte den Ausdruck.)

Ich verspreche, vorsichtig zu sein. Macht Euch keine Sorgen um mich, ich gehe nach Amerika! Ich kenne jemanden, der mich in die Schweiz bringen kann, und ich werde ver-

suchen, Euch von dort zu schreiben. Und ich hoffe, Euch alle wiederzusehen.

Liebe Grüße

Sonja

»Wann ist das geschehen?«, fragte ich, während ich das Blatt umdrehte, um nachzusehen, ob es auf der Rückseite noch irgendwelche Informationen gab. Aber dort war nur eine weitere Hochglanzwerbung.

»Vor ein paar Tagen«, antwortete meine Mutter. »Wir wussten nicht, wie wir dich erreichen können.«

Mein Atem beschleunigte sich. »Wo ist Philine?«

Meine Mutter blickte nach oben, und zwei Stufen auf einmal nehmend, stürzte ich die Treppe hinauf und riss oben die Tür auf. An der gleichen Stelle, wo Sonja gesessen hatte, saß jetzt Philine, im Bett, die Decke über die Knie gezogen, und las. Als sie aufblickte und mich sah, brach sie in Tränen aus.

»O Hannie«, schluchzte sie. Ich eilte zu ihr und nahm sie fest in die Arme. »Ich hab sie angefleht, nicht zu gehen.«

»Ich weiß«, sagte ich. Schon seit dem Tag der Ankunft hatte Sonja damit gedroht wegzugehen. Und das war mittlerweile neun Monate her. Für Sonja hätten es genauso gut neun Jahre gewesen sein können.

»Sie ist verrückt geworden«, sagte Philine und wischte sich die Tränen aus dem Gesicht. »Die ganze Ungewissheit war zu hart für sie.«

Natürlich war mir klar, dass Philine auch über sich selbst sprach.

»Immer wieder hab ich versucht, sie daran zu erinnern, dass wir es viel besser haben als so viele andere, die sich in Speisekammern oder Heuschobern verstecken müssen, und sie wusste auch, dass es stimmt. Aber es hat nicht gereicht.« Philines Stimme zerbrach, und sie seufzte tief.

Inzwischen hatten wir alle die Geschichten gehört: Juden versteckten sich auf Dachböden, in niedrigen Kellern, durften nur mitten in der Nacht, wenn es einigermaßen ungefährlich war, ihr Versteck verlassen und zur Toilette gehen. Es gab Gerüchte, dass eine Familie auf einem Bauernhof irgendwo in Nordwestholland Dutzende Juden in Entwässerungsgräben und Getreidespeichern versteckte. Und Hendrik war neulich spätabends, nachdem er viel zu viel getrunken hatte, in Tränen ausgebrochen, als er mir die Geschichte eines ungefähr siebenjährigen jüdischen Jungen aus Amsterdam erzählte, der sich, nachdem der Rest seiner Familie abgeholt worden war, allein in einem verlassenen Haus versteckt und von den Nachbarn Essen stibitzt hatte. »Seinen Namen hat niemand erfahren«, sagte Hendrik, »denn nach zehn Monaten Einsamkeit hat er einfach aufgehört zu sprechen.« Es gab zu viele dieser Geschichten.

»Ich weiß«, sagte ich jetzt zu Philine. »Ich weiß.«

»Es ist schrecklich, dass wir nichts tun können«, sagte sie. »Nur hier herumsitzen, ohne anderen zu helfen.«

»Das ist nicht nichts«, widersprach ich. »Du hilfst meinen Eltern, und weil du hier bist, hilfst du mir. Wie sollten wir je ohne dich auskommen, Philine?« Sie klammerte sich noch fester an mich.

»Ich denke, was du hier tust, ist eine sehr große Leistung«, sagte ich mit meiner ganzen Überzeugung. »Es ist sehr viel schwerer, still zu bleiben, wenn die Welt um dich herum vor die Hunde geht. Wenn ich panisch werde, kann ich wenigstens nach draußen rennen und laut schreien.« Schon so oft hatte ich darüber nachgedacht, welche Freiheiten ich immer noch genoss, während meine Freundinnen hier eingesperrt waren und nicht einmal einen Spaziergang machen konnten, um auf andere Gedanken zu kommen. »Was ihr hier tut, ist enorm.«

»Ich weiß nicht. Deine Eltern sind einfach wunderbar«, sagte Philine, aber es klang jämmerlich.

»Nicht nur sie!« Ich hielt ihre Hände und versuchte, sie zu überzeugen. »Du hast deinen Vater und Marie verlassen, Sonja hat ihre Familie verlassen ... ihr habt sehr viel auf euch genommen.« Philine wich zurück und blickte mich mit hochgezogenen Augenbrauen an, als sei sie nicht sicher, ob ich nicht einfach so daherredete. »Ich meine es ernst«, beharrte ich. »Es ist ganz wichtig, dass ihr ...« Es war schwer zu erklären.

»Dass wir am Leben bleiben?«, sagte sie mit einem verächtlichen Schnauben. »Ist das unsere Aufgabe?«

»Ja, verdammt.« Ein Hauch von Jan Bonekamps Rechtschaffenheit durchflutete mich, während ich mich bemühte, sie zu überzeugen. »Was wollen die Moffen? Dass ihr verschwindet. Also ist es eure Aufgabe, nicht zu verschwinden. Ihr haltet durch, ihr bringt euch in Sicherheit, ihr gebt ihnen nicht, was sie wollen. Und wir – meine Eltern und ich – haben die Aufgabe, euch dabei zu helfen. Das tun wir alle, auf unterschiedliche Art und Weise.« Ich starrte in Philines sanfte braune Augen, die so klug waren. Und so traurig. »Deine Aufgabe ist hart. Mitten in dem ganzen Aufruhr ruhig zu bleiben.«

Sie lächelte. »Es ist schwer, ja. Aber ich bin dankbar. Sonja war – ist – es auch.«

»Ich weiß«, sagte ich. Ehe ich die nächste Frage stellte, holte ich tief Luft. Vor etwa einer Woche hatte Sonja die Nachricht erhalten, dass ihre Familie noch immer in Amsterdam war, angeblich wohlbehalten, aber niemand wusste, wie viele Informationen aus Sicherheitsgründen ausgespart wurden. Über Philines Familie hatten wir nichts in Erfahrung bringen können. »Hast du etwas von deinem Vater gehört?«

Wir alle machten uns Sorgen um Herrn Polak. Ein paar Wochen zuvor war Philine ein Brief von ihm zugespielt worden, in dem stand, es gehe ihm gut und er sei noch immer in seiner Wohnung in Amsterdam. Doch Philine hatte den Brief empört weggeworfen. »Er sagt mir nie die Wahrheit, weil er sie selbst nicht sehen will«, klagte sie und klang dabei weniger verärgert als vielmehr ängstlich. »Er redet sich immer noch ein, er würde verhaftet, wenn er sich versteckt, weil er dann das Gesetz bricht. Aber er wird verhaftet, wenn er bleibt, wo er ist.« Ich war derselben Ansicht, wir hatten schon oft darüber diskutiert.

Jetzt schüttelte Philine den Kopf. »Seit diesem Brief habe ich nichts mehr von ihm gehört.«

Das machte mir Sorgen. In den letzten Monaten war mindestens eines der jüdischen Viertel komplett von seinen Bewohnern »gesäubert« worden. An allem, was an Möbeln, Silber und anderen wertvollen Gegenständen zurückgeblieben war, hatten sich erst die Deutschen bedient und die Reste dann den Nachbarn überlassen. Im Widerstand wusste jeder, dass noch mehr solcher Aktionen auf uns zukamen. Aber ich wollte um jeden Preis dafür sorgen, dass Philine sich besser fühlte, und zerbrach mir den Kopf, was ich zu ihrer Beruhigung und Aufmunterung sagen konnte.

»Ich werde nach Sonja suchen«, versprach ich. »Sollte sie festgenommen worden sein, ist sie vielleicht noch in der Nähe.«

»Aber was, wenn man sie deportiert hat? Nach …«, setzte Philine an, aber ihre Stimme zitterte, und sie vollendete den Satz nicht. Natürlich dachte ich das Gleiche: *nach Westerbork*.

»Ich werde sie finden, Philine. Ich habe Hilfe.«

»Na gut«, sagte sie niedergeschlagen, nahm jedoch nun meine Hände in die ihren. Sie waren eiskalt. »Aber, Hannie«, sagte sie flehend, »was immer du tust, bitte sei vorsichtig. Ich kann nicht auch noch dich verlieren.«

»Ich werde sie finden, und wir werden beide wohlbehalten und gesund zu dir zurückkommen. Versprochen.«

»Nein«, sagte Philine, und ihr Gesicht war sehr blass. »Sag das lieber nicht.«

Als ich an diesem Nachmittag zurück zur RVV-Wohnung radelte, versuchte ich, einen Plan zu entwickeln. Sonjas Entschluss bestürzte mich, hatte mich jedoch nicht wirklich überrascht. In dieser winzigen Kammer eingeschlossen zu sein, ohne eine Ahnung zu haben, wie lange man dort festsitzt? Wahrscheinlich hätte ich das Gleiche getan. Ich hoffte, dass Truus und Hendrik Ideen hatten, wo ich suchen könnte. Als ich die Wohnung betrat, traf ich dort zum ersten Mal seit zwei Wochen auf Jan.

»Was ist los?«, fragte er, als er mich sah. Ich lächelte nicht, dazu war ich nicht imstande. Einen Moment überlegte ich, ihn zu fragen, wo er gewesen sei, aber plötzlich erschien mir das nicht wichtig. »Ich habe diesen Brief bekommen«, antwortete ich und zeigte Jan die von Sonja beschriebene Zeitschriftenseite. »Von meiner Freundin Sonja. Das ist die, die …«

»Ich weiß, wer Sonja ist«, unterbrach er mich. Es rührte mich, dass er nach meinen Erzählungen eine Vorstellung von Sonja hatte. Jan nahm den Brief, las ihn, drehte ihn um und gab ihn mir zurück. »Wir werden sie finden«, sagte er, zog mich an sich und hielt mich fest. »Mach dir keine Sorgen, wir werden sie finden.«

Da war er wieder, der Jan Bonekamp, den ich liebte. Stark, zuversichtlich, furchtlos. Ich stellte mich auf die Zehenspitzen und gab ihm dankbar einen Kuss auf den Mund. »Danke, Jan.« Es kümmerte mich nicht mehr, warum er so lange verschwunden war. Sanft erwiderte er meinen Kuss.

»Das kommt wieder in Ordnung, Hannie«, flüsterte er. »Ich werde jemanden in Westerbork nachsehen lassen.«

»Was?« Ich geriet ins Taumeln. Ich wollte nicht glauben, dass Sonja in Westerbork sein könnte. »Westerbork?«, wiederholte ich, als hätte ich ihn nicht richtig verstanden. Jan wandte den Blick ab. Er brauchte sich nicht zu wiederholen.

Alle niederländischen Juden landeten irgendwann in Westerbork. Die Menschen, die ich vor Monaten im Hof des Theaters beobachtet hatte, sie waren längst in Westerbork. In dem Lager gab es eine Bahnstation, und man sagte, dass von dort jeden Dienstag ein Zug nach Polen fuhr, zu einem Arbeitslager namens Auschwitz. Der Zug verließ Westerbork vollbesetzt mit holländischen Juden. Doch wenn er zurückkehrte, war er leer – genau wie Truus immer sagte, niemand kehrte mit dem Zug zurück. Wir wussten nicht, was in Auschwitz geschah – niemand hatte von dort jemals einen Brief erhalten. Wenn die Menschen Westerbork verließen, verschwanden sie einfach. Ich hatte ein paar geschmuggelte Fotos von einem angeblichen Arbeitslager der Nazis irgendwo im Osten Deutschlands gesehen, körnige, verschwommene, schreckliche Bilder, auf denen kaum etwas zu erkennen war: lange Baracken und eine Reihe mutmaßlicher Gefangener, die hintereinander hertrotteten. Sie sahen aus wie die Schatten ehemaliger Menschen.

Nein, nicht Sonja. Das war alles falsch. Sonja sollte in einem feinen Züricher Wohnzimmer heiße Schokolade schlürfen oder die Lichter am New Yorker Times Square bewundern. Sie durfte nicht an einem dieser grauenvollen Orte sein. Unvorstellbar. Ich konnte kaum atmen und merkte, dass ich nach Luft schnappte.

»Hannie?«, sagte Jan. »Du atmest zu schnell. Beruhige dich.« Ich hörte mich keuchen, konnte mich vor Angst aber nicht rühren. *Nicht Sonja. Nicht Sonja.* »Komm schon.« Jan hatte den Arm eng um meine Taille gelegt und stützte mich.

»Ich hätte sie niemals nach Haarlem bringen dürfen«, flüsterte ich, und mir drehte sich fast der Magen um, als ich daran dachte, dass ich es war, die sie hierhergebracht hatte, die auf sie eingeredet hatte, sie müssten sich in Sicherheit bringen und ihr Zuhause verlassen. Und dass ich gesagt hatte, das ganze Elend sei bald vorbei. Meine Gedanken waren ein Ozean, tosend, wild und tief. »Niemals hätte ich sie hierherbringen dürfen, sie hätten lieber zu Hause bei ihren Familien bleiben sollen.«

»Hannie.« Jans Stimme wurde lauter. »Hannie, hör mir zu. Wir werden sie finden. Ich kenne ein paar Leute, mit denen wir reden können … wir werden sie finden.«

»Ich helfe dir«, sagte ich, richtete mich auf und atmete ein paarmal tief und langsam ein und aus. »Ich kenne sie am besten, ich kann sie finden. Ich kann sie erkennen.«

Doch Jan schüttelte den Kopf. »Das ist nichts für dich. Du hast hier deine Arbeit zu erledigen. Diesen Kohl-Auftrag zum Beispiel.« Er gab mir einen respektvollen Stups. »Davon brauchen wir mehr. Vor allem jetzt.«

»Ich kann nicht, Jan.«

Fast verärgert runzelte er die Stirn. »Doch, das kannst du, verdammt nochmal, Hannie. Glaubst du denn, beim Tabakladen tauchen jeden Tag Mädchen auf, die bereit sind, das zu tun, was ihr tut, Truus und du? Wir brauchen dich.«

»Freddie kann das alles auch«, gab ich jämmerlich zurück.

»*Verdomme.*« Jan seufzte frustriert. »Verdammt. Möchtest du Truus vielleicht sagen, dass du ihr nicht mehr hilfst?«

Himmel, nein. »Nein, ich …«

»Du musst einen Moment Luft holen. Das ist vollkommen in Ordnung.«

Ich nickte. Schließlich verlangsamte sich mein Atem wieder, ich setzte mich auf einen der klapprigen Holzstühle und seufzte tief.

»Alles klar mit dir?«, fragte Jan.

Ich nickte.

»So ist es recht, mein Mädchen.« Er zündete eine Flamme des Gasherds an und füllte den Teekessel. »So. Jetzt sag mir bitte alles, was ich wissen muss, wenn ich Sonja finden will.« Ich überlegte, welche Informationen für ihn nützlich waren, und erzählte. Im Lauf der nächsten Stunde hatte er mir Tee gemacht und sich sorgfältig ein paar verschlüsselte Notizen gemacht. »Ich werde sie finden«, sagte Jan, ehe er an diesem Nachmittag wieder verschwand. »Geh nach Hause. Verbring ein bisschen Zeit mit deiner Familie.«

Ich wachte in der Morgendämmerung in einem der beiden Betten in der RVV-Wohnung auf. Die Aussicht, Philine und meinen Eltern ins Gesicht zu sehen, aber nichts Neues berichten zu können, war mir zu düster, deshalb hatte ich die Nacht allein hier verbracht und mir das Gedächtnis nach Namen und Orten zermartert, nach irgendeinem Hinweis darauf, wo Sonja sein könnte. *Ich kenne jemanden, der mich in die Schweiz bringen kann …*, hatte sie geschrieben. Wer mochte das sein? Weder ich noch Philine hatte die geringste Ahnung.

Ein schmaler goldener Lichtstreifen kroch über die Decke des Schlafzimmers, und als ich ihn bis zur gegenüberliegenden Wand verfolgte, erwartete ich, dort ein leeres Bett zu sehen. Aber da lag er, Jan Bonekamp, fest schlafend, noch im Mantel, den Kragen im kalten Zimmer bis zu den Ohren hochgezogen.

Er war zurückgekommen. Kurz entschlossen schlüpfte ich unter meiner warmen Decke hervor, zog ihm die Stiefel aus, stellte sie auf den Boden und deckte ihn mit einer zweiten kratzigen Wolldecke zu. Eine Hand kam darunter hervor und griff nach mir. »Komm her«, sagte er.

Ich zögerte, ein Schauder durchlief mich. Dann hob ich die Decke an, setzte mich zu ihm aufs Bett, er jedoch zog mich zu sich, und ich schmiegte mich an ihn, als verkröche ich mich in einer Muschel.

»Jan«, sagte ich leise. »Was ist letzte Nacht passiert? Hast du etwas gefunden?« Die letzten vierundzwanzig Stunden fühlten sich an wie ein Traum. Ein Alptraum.

Ohne die Augen zu öffnen, atmete er tief ein. »Noch nicht, aber wir haben Leute, die nach ihr Ausschau halten.« Er wandte mir den Kopf zu und küsste mich sanft auf die Stirn. »Wir werden sie finden.« Er atmete ruhig und tief, vielleicht war er wach, vielleicht dabei, wieder einzuschlafen. Höchstwahrscheinlich war er die ganze Nacht auf den Beinen gewesen.

»Danke«, flüsterte ich an seinem Brustkorb, und er zog mich noch ein bisschen näher. Sein Atem kitzelte mich im Nacken, hinter dem Ohr, auf dem Schlüsselbein, und dann waren seine Lippen auf meiner Haut, küssten meinen Hals, meine Schultern. Spontan drehte ich mich zu ihm um und küsste ihn, er zog mich noch enger an sich, ohne unseren Kuss zu unterbrechen. Ich fasste nach hinten und fühlte seine Hüfte an meiner, seine Hand auf meiner Taille, die andere auf meiner Brust und presste mich an ihn. Nicht Schamlosigkeit war es, die diesen zärtlichen Augenblick in etwas Größeres verwandelte, in etwas, das anschwoll wie eine Flut. Ein Gefühl, das ich zwar kannte, dem ich jedoch noch nie nachgegeben hatte. Jetzt tat ich es, schaltete den Teil meines Gehirns aus, der Probleme löste, verdrängte Sorgen und all die ewig kreisenden Gedanken. Es war gut, hier mit Jan zu sein, ganz gleich, was geschehen war oder in Zukunft geschehen würde. Ich gab mich dem Trost und dem Behagen hin, einem anderen Menschen näher zu sein, als ich es jemals gewesen war. Teil eines anderen zu werden. Langsam schloss ich die Augen und hörte seine Stimme. »Wir werden sie finden.« Und dann ließ ich mich von ihm führen.

Kapitel 23

Sommer 1944

Die Wochen vergingen, ein ganzer Monat verstrich, und ich zwang mich, nicht mehr auf Nachricht von Sonja zu hoffen. Doch dann traf ein Brief mit einer belgischen Briefmarke ein. In Sonjas schnörkeliger Handschrift stand auf der Rückseite einer alten Lebensmittelquittung:

Ihr Lieben,
bin in Belgien, fast in Liège.
Schreibe mehr aus der Schweiz.
Alles Liebe
Sonja

Philine beobachtete mich beim Lesen. »Das sind gute Neuigkeiten«, sagte ich, drehte und wendete das Papier jedoch ein paarmal, um eventuell noch weitere Hinweise zu finden. Genau, wie Philine es wahrscheinlich auch schon getan hatte.

Weitere Wochen vergingen, ohne dass wir etwas von Sonja hörten.

Ich lenkte mich mehr und mehr mit Widerstandsarbeit ab. Nach der Eliminierung von Kohl nahm ich an, dass Truus und ich weiter solche Aufträge ausführen würden, aber der Mord war zu spektakulär gewesen. Die Neuigkeit vom Attentat auf einen hochrangigen SS-Offizier hatte sich wie ein Lauffeuer verbreitet, unter den Nazis und unter den Einheimischen. Was zur Folge hatte, dass Truus und ich uns eine Weile etwas zurückhalten mussten. »Hütet euch vor dem Mädchen mit den roten Haaren«, neckte mich Jan in Anspielung auf das Gerede. »Sie lockt dich mit ihrem Lächeln, und dann – Peng!« Er tat so, als ziele er mit einer Pistole und ballere drauflos. Ich verdrehte nur die Augen, genoss es aber trotzdem. Hendrik schlug sogar vor, ich solle mich anders kleiden und eine Perücke tragen, um meine Haarfarbe zu verbergen. Mir kam das übertrieben vor. Ich war nicht die einzige Rothaarige in den Niederlanden. Den Nervenkitzel der gefährlichen Arbeit vermisste ich schon bald, doch Hendrik bestand darauf, dass wir uns mit einer weniger aufregenden, aber »ebenso wichtigen« Arbeit begnügten, die darin bestand, bei Nacht stapelweise verbotene Zeitungen in öffentlichen Bereichen zu verteilen, wo Bürger sie ganz zufällig am nächsten Morgen finden würden, und gefälschte Lebensmittelkarten an Untergetauchte auszuliefern. Leider fühlte sich das für mich keineswegs gleichermaßen wichtig an. Es war eher eine Möglichkeit, sich die Zeit zu vertreiben. Mir wurde klar, dass Sonja sich, eingeschlossen in mein altes Zimmer, genauso gefühlt haben musste. Ein Monat verstrich, dann zwei, aber es trafen keine Briefe mehr von ihr ein.

»Vielleicht sind sie unterwegs abgefangen worden«, meinte Philine eines Abends. »Post geht leicht verloren.«

»Könnte sein«, antwortete ich. Sicher, es war möglich, aber keiner von uns glaubte so richtig daran. Jan versicherte mir zwar, dass er alle seine Kontaktleute auf Spuren von Sonja angesetzt hatte, aber ansonsten war ich ebenso hilflos wie Philine. Als wäre ich selbst eine Untergetauchte, musste ich mich an tatenloses Warten gewöhnen.

Inzwischen entfaltete Sonderkommando Silbertanne seine

volle Gewalt. Vor Kurzem hatten die Nazis eine Gruppe von willkürlich zusammengetriebenen Menschen vor den Augen entsetzter Zuschauer exekutiert. Anschließend wurde in Umlauf gesetzt, es sei eine Konsequenz auf den Sabotageanschlag auf ein deutsches Treibstofflager zwei Tage zuvor gewesen. Und das war nur der Anfang. Sie machten Jagd auf jeden, den sie als Mitglied oder Sympathisanten des Widerstands ansahen. »Wir müssen den Druck aufrechterhalten«, sagte Hendrik immer wieder. Niemand widersprach. Wir wussten, dass die Deutschen uns weiter umbringen würden, ganz gleich, ob wir uns wehrten oder nicht.

Jan bat mich, ihn bei einem Bombenanschlag auf ein Kino in der Innenstadt von Haarlem zu unterstützen, das die Deutschen für Propagandazwecke nutzten. Das hieß, ich musste eine selbst gebastelte Bombe von der Größe eines Welpen ins Rembrandt-Theater bringen, sie in eine dunkle Ecke platzieren und dann verschwinden. Aber die Bombe ging nicht los, sie glomm und zischte nur, der Feueralarm wurde ausgelöst, und alle rannten auf die Straße. Jan war zwar nicht wütend, was aber nichts daran änderte, dass ich auf mich selbst wütend war. Enttäuscht. Nichts lief so, wie es sollte. Wir erzielten keine Fortschritte.

Ohne ein Lebenszeichen von Sonja verstrichen weitere Wochen.

Jan schien Gründe dafür zu erfinden, Zeit mit mir verbringen zu können, seien es Schießübungen oder ausgedehnte Radtouren, auf denen wir die Ortschaften jenseits von Haarlem und in der Nähe seiner Heimatstadt erkundeten. Er versuchte, mich aufzuheitern oder zumindest abzulenken. Und es half. Weitere Wochen vergingen, der Frühling kam. Aber was war mit Sonja? Ich bemühte mich, mir nicht ständig vorzustellen, was ihr widerfahren sein könnte oder ihr – schlimmer noch –

gerade in diesem Augenblick widerfuhr. Ich wehrte mich gegen den Gedanken, sie könnte tot sein. Wenn ich – ungefähr einmal pro Woche – Philine besuchte, redeten wir über andere Dinge, obwohl es eigentlich nichts zu bereden gab. Meine Eltern hörten auf, sich bei mir nach Sonja zu erkundigen. Jan erwähnte sie auch nicht mehr, denn wir verbrachten so viel Zeit zusammen, dass ich jede Neuigkeit, die ihn erreichte, sofort erfahren hätte.

Ich lag auf dem abgewetzten Samtsofa im RVV-Wohnzimmer und las ein Flugblatt, das die Alliierten vor ein paar Tagen zu Tausenden abgeworfen hatten. Die Illustration zeigte, wie man ein Geheimzimmer anlegen konnte (unausgesprochen: wenn man jemanden verstecken musste), wie man sich an den Sternen orientierte (unausgesprochen: wenn man nachts vor den Deutschen fliehen musste) und wie man eine »bewusstlose oder verwundete Person« tragen konnte (unausgesprochen: einen Toten). Nützliche Dinge. Plötzlich stürmte Jan ins Zimmer.

»Da bist du ja«, rief er. Er sah mich an, als wäre ich verrückt, weil ich hier lag und las, wo ich doch etwas anderes hätte tun können. »Komm, lass uns gehen.«

»Oh – hallo.« Ich hatte ihn tags zuvor gesehen und ihn eigentlich erst in der kommenden Woche wieder erwartet. Für gewöhnlich verschwand er, wenn wir zusammen gewesen waren, für ein paar Tage, und da er nie irgendwelche Erklärungen gab, hatte ich gelernt, nicht zu fragen.

»Erinnerst du dich an Pieter Faber?«, fragte Jan. »An den faschistischen Bäcker von Heemstede?« Es klang wie der Titel eines Märchens der Gebrüder Grimm. Und natürlich erinnerte ich mich an ihn. Das Städtchen Heemstede war zwanzig Minuten von uns entfernt, eine Ansammlung prachtvoller Villen im

Besitz von Familien, die ihr Vermögen in Haarlem oder Amsterdam gemacht hatten. Einige der Villen wurden nur als Sommerhäuser genutzt, ein Konzept, das ich, bevor ich Sonja kennenlernte, nie bewusst wahrgenommen hatte. »Ich hab seine Privatadresse«, fuhr Jan fort. »Gehen wir.«

Faber war ein einflussreicher holländischer Kollaborateur, ein bekannter Geschäftsmann, der schon seit Jahren gegen die Demokratie gehetzt hatte. Das hatte ich im Lauf der letzten Monate von Hendrik und Jan erfahren, die eine fortlaufende Liste möglicher Zielpersonen führten, einige davon berüchtigte Judenjäger, andere wenig bekannt, an sie kam man leichter heran. Der perfide Plan, die Niederlande von den Juden zu »befreien«, gehörte nicht nur zu den Aufgaben des Reichskommissars Seyß-Inquart, sondern war Bestandteil einer gewaltigen Bürokratie, mit deren Umsetzung überall im Land Tausende Menschen beschäftigt waren – von der Gestapo bis zu bescheidenen Funktionären kleiner Dorfgemeinderäte. Für uns gab es reichlich Schurken zu verfolgen. Es musste nicht immer der Chef des Ganzen sein. An denjenigen, die dafür sorgten, dass die Räder geölt blieben, würden wir genauso Vergeltung üben, darin waren wir uns beim RVV einig.

Der faschistische Bäcker von Heemstede beispielsweise hatte zwei Söhne, die bei der SS waren. Die ganze Faber-Familie terrorisierte ihre Nachbarn und erhielt dafür von den Nazis besondere Gefälligkeiten wie Mehl von besserer Qualität, weshalb die Fabers zu den wenigen Bäckereien gehörten, die noch geöffnet waren. Schon vor dem Krieg waren die Fabers überzeugte Mitglieder der faschistischen holländischen Nationaal-Socialistische Beweging gewesen, seit Langem also Nationalsozialisten in Wartestellung.

»Was hast du dort vor?«, fragte ich.

Jan grinste. »Kommt ganz darauf an.« Er trug ein langes Hemd, unter dem sich die Konturen seiner im Hosenbund steckenden Pistole abzeichneten. Jan hatte den Ruf, mutig, pathetisch und beängstigend draufgängerisch zu sein. Am liebsten waren ihm Aktionen im öffentlichen Raum, am helllichten Tag und mit möglichst vielen Augenzeugen; er behauptete, dass es die Wirkung unserer Aktionen verdoppelte, wenn Menschen sie mit eigenen Augen beobachten konnten. Einige seiner größten Erfolge waren Attentate gewesen, die er ohne vorherige Planung begangen hatte, nur, weil sich die Gelegenheit dazu angeboten hatte. Wir waren in fast jeder Hinsicht sehr unterschiedlich, vor allem auch was die Vorgehensweise betraf. Genau wie Truus zog ich es vor, eine Aktion gründlich zu planen und einzustudieren, bevor es ernst wurde, selbst wenn der Probedurchlauf nur in Gedanken stattfand. Aber nachdem meine Aktivitäten in den letzten Wochen so eingeschränkt gewesen waren, hatte sich meine Vorsicht in nichts aufgelöst.

»In Ordnung«, sagte ich. Eigentlich hatte ich mir für den Tag vorgenommen, Philine zu besuchen, aber mir graute davor. Sie war so blass und still, eine Blume, die in einem abgedunkelten Zimmer dahinwelkte. Wenn ich sie wieder verließ, fühlte ich mich nie besser, sondern immer nur schlechter, und ich hatte den Verdacht, dass es bei ihr ebenso war. Die Faber-Sache war eine willkommene Ausrede, den Besuch zu verschieben. Jan holte meinen Mantel, und ich folgte ihm zur Tür hinaus. »Hier entlang.«

Wir gingen auf einen schwarzen Peugeot zu, und Jan beugte sich vor und öffnete die Beifahrertür. »Die Dame zuerst bitte«, sagte er.

»Was ist das denn?«, fragte ich, ohne mich von der Stelle zu rühren.

»Hast du noch nie ein Auto gesehen? Steig ein.«

»Und wem gehört es?«

Er atmete hörbar aus und rollte mit den Augen. »Steig bitte einfach ein.«

Ich musste lachen und folgte seiner Aufforderung. Innen roch das Auto nach heißem Staub, und als ich mit dem Finger über die flaumige Schicht auf dem Armaturenbrett fuhr, hinterließ ich einen Streifen. Jan setzte sich ans Steuer, fummelte unter dem Lenkrad herum, und der Motor begann, dröhnend zu rumpeln, während unter der Kühlerhaube dünner grauer Rauch hervorquoll. Jan scherte scharf zur Straßenmitte hin aus, brachte den Wagen in die Spur, und es ging los.

Ich fuhr nicht oft in einem Auto, aber selbst ich erkannte, dass der Peugeot in einem sehr schlechten Zustand war. Stahlfedern lugten hier und da aus den Sitzen. Jede Unebenheit, über die wir fuhren, brachte die Karosserie zum Schlingern. Das Fahren wurde zu einem Lärmerlebnis, es war viel zu laut, um sich zu unterhalten. Aber als wir den Stadtrand von Haarlem erreichten und entlang der Milchbauernhöfe und Tulpenfelder etwas schneller wurden, beruhigte sich das Klappern und Rasseln immerhin zu einem sanfteren, ozeanischen Brummen, und ich konnte endlich eine Frage stellen.

»Wo kommt das Auto her, Jan?«

»Ich hab es gestohlen«, sagte er, als erklärte sich die Antwort von selbst. »Ich hab es schon eine Weile in der Nähe des Postamts stehen sehen, es wurde nie wegbewegt. Da dachte ich, es wurde zurückgelassen.«

Das leuchtete ein. Selbst reiche Menschen konnten das überteuerte Benzin nicht mehr bezahlen. »Und woher hast du das Benzin?«, fragte ich weiter.

»Das hab ich auch geklaut«, antwortete er mit einer Kopfbewegung Richtung Rückbank. Hinter dem Fahrersitz stand ein klobiger Metallkanister in Wehrmachtgrün mit dem obligatorischen Hakenkreuz.

»Damit solltest du nicht rumfahren«, sagte ich.

Er sah mich überrascht an. »Machst du dir Sorgen, Professor?«

»Es ist riskant«, sagte ich. Und es war dumm. Es wäre so leicht gewesen, das Benzin in einen weniger auffallenden Behälter zu füllen. Meistens gefiel mir Jans Draufgängertum, aber das hier war einfach verrückt. Wenn wir an einem deutschen Kontrollpunkt angehalten wurden, was mehr als wahrscheinlich war, da derzeit nur sehr wenige Zivilisten mit einem Auto unterwegs waren, konnten wir das Auto möglicherweise noch erklären. Aber einen Nazibenzinkanister?

Jan zog seinen kleinen Flachmann hervor, nahm einen Schluck, schüttelte sich kurz und reichte ihn an mich weiter. An die RVV-Gepflogenheiten hinsichtlich Zigaretten und Alkohol hatte ich mich ziemlich schnell gewöhnt: Egal, wann es Zigaretten und Alkohol gab, man machte mit, denn jeder wusste, dass eines nicht allzu fernen Tages damit Schluss sein könnte.

»Du machst es einem Kerl echt schwer«, seufzte Jan.

»Pardon?«

Er schüttelte resigniert den Kopf. »Die meisten Mädchen wären glücklich, wenn man ihnen einen geschmuggelten Whisky mitbringen würde. Aber du wärst nicht mal beeindruckt, wenn ich mit einem U-Boot ankäme.«

Ich lachte, peinlich berührt. Was redete er denn da? In Jans Gegenwart war ich meistens damit beschäftigt, möglichst nicht wie eine Idiotin dazustehen. »Willst du mich denn beeindrucken?«, fragte ich.

»Ach komm, Hannie«, entgegnete er und klang beinahe verärgert.

Verwundert starrte ich ihn an.

»Wenn du einen Freund hast, ist das vollkommen in Ordnung. Du kannst es mir ruhig sagen.« Er starrte stur geradeaus auf die Straße.

»Nein!«, sagte ich.

»Was, noch nie?« Jetzt warf Jan mir einen kurzen Blick zu, um festzustellen, ob ich mich über ihn lustig machte.

»Das geht dich gar nichts an«, antwortete ich, genervt von der Frage. Unserer ersten gemeinsamen Nacht nach Sonjas Verschwinden waren weitere gemeinsame Nächte gefolgt. Vor den anderen verhielten wir uns wie befreundete Genossen, aber wenn wir allein waren, wurde aus einer Umarmung rasch ein Kuss und mehr. Es waren jedoch sporadische Begegnungen, nur möglich, wenn wir allein bei Schießübungen oder spätabends in der RVV-Wohnung waren, aber die Anziehungskraft ließ nicht nach und war für mich wie ein magischer Ausbruch aus der sonst so brutalen Realität. Wenn ich Jan küsste, vergaß ich alles andere, was mir sonst nie gelang. Natürlich hatte ich keinen festen Freund, war jedoch naiv genug zu glauben, dass es, wenn ich einen hätte, Jan wäre. Selbstverständlich sagte ich ihm das nicht.

»Warst du jemals verliebt?«, fragte er weiter.

»Jan!«

»Ach komm. Schließlich haben wir zusammen ein Kino angegriffen.« Er lachte.

»Wir haben es jedenfalls versucht.«

»Ja, versucht«, stimmte er zu. »Na und?«

Meiner Ansicht nach hatten wir in der Dunkelheit noch wesentlich bedeutsamere Dinge zusammen getan, als bei einem Bombenanschlag auf ein Kino zu versagen. Auch das behielt ich für mich. »Nein«, antwortete ich. »Ich glaube nicht. Jedenfalls nicht, wenn es bedeutet, dass die andere Person die Liebe erwidert.«

Jan blickte unverwandt auf die Straße. Wir hatten schon lange kein anderes Auto mehr gesehen, es war, als hätten wir die ganze Welt – jedenfalls die endlose grüne Weite der bewässerten Felder – für uns allein. »Du bist schon ein seltsames Mädchen, Hannie Schaft.« Jan schüttelte wieder den Kopf. »Merkst du das wirklich nicht?«, fragte er und schaute zu mir herüber. »Welche Wirkung du auf uns alle hast?«

»Hör auf«, sagte ich abwehrend. Doch er wollte das Thema nicht wechseln.

»Das ist ja das Besondere an dir«, erklärte er. »Du bist klug, aber die offensichtlichsten Dinge kriegst du nicht mit.«

»Welche offensichtlichen Dinge denn?«

»Die Art, wie du diese Arbeit erledigst«, erklärte er. »Als wärst du dafür geboren. Sogar Truus respektiert dich, und sie mag sonst eigentlich niemanden außer Freddie.«

»Das stimmt doch gar nicht«, sagte ich, überwältigt. Meinte er das etwa ernst?

Auf einmal war mir heiß. Ich kurbelte das Fenster herunter, streckte den Kopf hinaus und hielt das Gesicht in den Fahrtwind. Wollte Jan mich aufziehen? Oder war das seine Art, ein tiefer gehendes Gespräch zu führen? Ich hatte keine Ahnung. Der Wind trieb mir die Tränen in die Augen, ich kniff sie zusammen – und da sah ich es. Etwas kam uns entgegen.

»Hey«, sagte ich. »Da ist etwas …«

»Jepp«, antwortete er, sah weiter nach vorn, und ich folgte seinem Blick. Es war ein deutscher Kontrollpunkt.

»Bleib einfach ruhig«, sagte er, »und lass mich reden.« Er warf mir einen kurzen Blick zu. »Pistole?«

Ich klopfte auf meine Tasche, die neben mir auf dem Autositz lag. Er fuhr langsamer, der Peugeot ratterte, vibrierte heftig und blieb schließlich stehen.

Jan streckte seinen Kopf aus dem Fenster und lächelte den deutschen Wachposten an, der so jung aussah, als hätte er noch nicht einmal angefangen, sich zu rasieren. Er machte seine klobige Maschinenpistole betriebsklar und stellte sich mitten auf die Straße, Sandsäcke säumten die Straße zu beiden Seiten, dahinter lagen Bewässerungskanäle. Uns blieb keine andere Wahl als der Weg zurück. Doch nun war hinter uns ein weiterer Soldat aufgetaucht.

Hinter dem Jungen in der Straßenmitte parkte ein Pritschenwagen, unter dessen Leinwandplane kamen zwei weitere Soldaten hervor. Vermutlich war es der langweiligste Posten der gesamten Niederlande, jedenfalls wirkten die Männer, als freuten sie sich über die Abwechslung.

»Stopp«, sagte der Junge. Dabei standen wir längst. Er näherte sich dem Auto und spähte erst durch das Fenster auf meiner, dann durch das auf Jans Seite zu uns herein. »Wohin des Wegs?«

»Heemstede«, antwortete Jan. Ich zuckte innerlich zusammen. Warum verriet er ihnen das, obwohl es doch ein Dutzend andere, weiter entfernte Städte gab, zu denen wir unterwegs sein konnten? Warum gab er denn auch nur ein winziges Stückchen Wahrheit an diese Schakale preis?

Der Soldat nickte, inspizierte weiter das Auto, ging an Jans Seite entlang und äugte auf den Rücksitz. Der Kanister. Der junge Soldat hielt inne. Runzelte die Stirn. »Was ist das denn?«, fragte er Jan.

Jan fuhr herum, als hätte er keine Ahnung, dass sich dort hinten in seinem Auto überhaupt etwas befand. Nicht sehr überzeugend, fand ich. »Ach, das Benzin?«, fragte er, drehte sich wieder nach vorn, noch immer ganz entspannt und fröhlich.

»Ja. Das Benzin. Eigentum der Wehrmacht, wie Sie selbst deutlich erkennen können.«

»Selbstverständlich«, sagte Jan. »Das gehört ihr.« Er deutete auf mich, drehte sich kurz zu mir und warf mir einen Blick zu, der mich nur notdürftig überzeugte, bei dem, was er im Schilde führte, mitzuspielen. Er wandte sich wieder an den Soldaten. »Ja, ihr Vater ist der Bürgermeister. Von Heemstede. Er hat sie losgeschickt, um Benzin zu besorgen, und hier sind wir nun.«

Der Soldat sah an Jan vorbei zu mir und taxierte mich.

Tu, was Sonja tun würde. Oder Annie.

Ich richtete mich auf und strich meinen Rock glatt. »Hallo«, sagte ich zu dem Soldaten und wedelte anmutig mit den Fingern, eine Art Winken, wie ich es oft bei Sonja gesehen hatte.

»Ihr Vater ist also der Bürgermeister von Heemstede?«, fragte der Soldat.

»Genau«, antwortete ich. »Er wartet wahrscheinlich schon auf uns …«

»Na gut«, sagte der Soldat. Die beiden anderen näherten sich ihm von hinten.

»Gibt es ein Problem?«, fragte einer, ein Dunkelhaariger.

»Nein, nein, kein Problem«, antwortete der Junge. »Die beiden fahren nur nach Heemstede.« Währenddessen ging der zweite Soldat um das Auto herum und entdeckte ebenfalls den Benzinkanister.

»Hast du gesehen, was sie dabeihaben?«, fragte er den Jungen.

Der wurde rot. »Ja, ja, natürlich«, antwortete er und nickte. »Aber es ist in Ordnung, ich hab alles genau überprüft.«

»Ach ja?« Jetzt standen die beiden Soldaten auf meiner Seite. »Und?«

»Ihr Vater ist der Bürgermeister«, erklärte der Junge. »Sie waren unterwegs, um Benzin für ihn zu besorgen. Für den Bürgermeister von Heemstede.«

Doch seine Kameraden machten immer noch skeptische Gesichter. Jetzt deuteten sie auf Jan. »Und wer ist das hier?«, fragte der Dunkelhaarige.

»Ihr Fahrer«, erklärte Jan mit strahlendem Lächeln. Alle drei Soldaten starrten ihn missbilligend an.

»In dieser Mistkarre?«, hakte der Dunkelhaarige nach und trat gegen den hinteren Radkasten des Peugeot. Die lose Radkappe klapperte protestierend.

»Wir hatten einen Mercedes«, warf ich ein, »aber der ist requiriert worden.« Sie würden sicher wissen, wer ihn requiriert hatte.

Nun beratschlagten die beiden Soldaten leise miteinander, sie waren offensichtlich nicht einer Meinung. Schließlich fragte der Dunkelhaarige: »Wie heißt denn der Bürgermeister von Heemstede, Fahrer?«

Jan schluckte schwer, aber ich schob ihm unter der flachen Hand bereits meinen gefälschten Ausweis zu. Ohne den Kopf merklich zu bewegen, senkte Jan kurz den Blick. Sein Arm ruhte im offenen Fenster der Autotür, und er tippte leicht auf das Blech, um die Aufmerksamkeit des jungen Soldaten auf sich zu ziehen, der sofort reagierte und ihn ansah.

»Elderkamp«, murmelte Jan.

»Elderkamp«, wiederholte der junge Soldat laut.

Die beiden anderen Soldaten klopften gegen meine Tür. »Papiere.«

»Moment«, sagte ich, legte meine Tasche ab, so dass Jan den

Ausweis wieder hineinschieben konnte, zog die Tasche wieder zu mir, präsentierte den Ausweis und schubste die Tasche mit der Pistole unter mein Bein.

Die beiden Soldaten musterten erst mich, dann den Ausweis, dann wieder mich. Auf der anderen Seite des Autos schwitzte der junge Soldat sichtlich in seiner Uniform. Endlich beugte sich der Dunkelhaarige zu mir herunter und gab mir den Ausweis zurück. »Schönen Gruß an Bürgermeister Elderkamp«, sagte er, tippte an seine Mütze und zwinkerte mir zu.

»Mach ich«, erwiderte ich fröhlich. »Danke!«

Der Dunkelhaarige klopfte zweimal aufs Autodach, und wir fuhren weiter, um den Pritschenwagen herum in Richtung Heemstede. Ich warf den Kopf zurück und atmete aus, erleichtert, wütend und erregt.

»Ha!«, rief Jan, schaute über die Schulter zu den Soldaten, die hinter uns verschwanden, und schließlich zu mir. »Das ist es, was ich meine, Hannie. Alles, was eben passiert ist. Du warst großartig.«

»Hätte ich nicht sein müssen, wenn du zu deiner Eskapade nicht auch noch einen gestohlenen Nazi-Kanister mitgebracht hättest«, sagte ich. »Bürgermeister Elderkamp?« Ich schüttelte den Kopf. »Wie heißt er denn wirklich?«

»Keine Ahnung«, sagte Jan und grinste. Die Augen wieder auf die Straße gerichtet, lehnte er sich zu mir und stieß mich mit dem Ellbogen in die Rippen. »Du musst aber zugeben, dass es unseren Tag viel interessanter gemacht hat.«

»Unseren Tag? Das klingt ja, als hätten wir ein Rendezvous.«

»Na ja, wir sind doch zusammen unterwegs, also ist es unser Tag«, erwiderte Jan mit einem unschuldigen Lächeln. »Das Rendezvous hast erst du ins Gespräch gebracht.«

»Es ist aber kein Rendezvous«, sagte ich.

»Nein, ist es nicht«, bestätigte er.

»Weil …« Ich geriet ins Stocken.

»Weil der Bürgermeister seiner Tochter niemals ein Rendezvous mit seinem Chauffeur erlauben würde.«

»Genau«, bestätigte ich. »Andererseits ist mein Vater ziemlich verständnisvoll. Und er würde dich mögen.«

»Oh, er liebt mich geradezu. Alle Eltern lieben mich.«

Das überraschte mich, denn ich hatte eher das Gefühl, dass Jan ein bisschen zu dreist und ungestüm für den Geschmack meiner Eltern war. Sie waren bescheidene, sanfte Menschen. So wie ich früher. Ich zündete mir selbst und dann für Jan eine Zigarette an.

Als ich sie ihm gab, fragte er: »Hast du die gedreht?«

Ich nickte, und er lächelte anerkennend.

Jetzt verließen wir die Agrargegend und kamen in die baumreiche Vorstadt von Heemstede mit ihren sauberen Gehwegen und farbenfrohen Blumenbeeten. Jan schien sich hier auszukennen, und ich kam mir in der Wohngegend, die wir durchquerten, vor wie in einer anderen Welt. Während wir durch die baumgesäumten Straßen ratterten, vorbei an breiten, in die Landschaft eingepassten Häusern mit Giebeln, wurde mir klar, dass die holländischen Familien, die hier gewohnt hatten – ob Juden oder nicht, woran sollte man das erkennen? –, nicht mehr da waren, ersetzt durch die Nazielite. Man sah es an den schwarzen Mercedes-Dienstwagen, die vor den Häusern parkten. Drinnen saßen die neuen deutschen Bewohner, aßen vermutlich vom feinen gestohlenen Porzellan, ruhten auf den Sofas und schliefen in den Betten der eigentlichen Besitzer. Genau wie im Haus von Sonjas Eltern in Amsterdam.

»Mein Vater, der Bürgermeister, muss die Nazis wohl sehr

gernhaben«, bemerkte ich, als wir an einer Villa mit einer Limousine davor vorüberkamen.

»Er ist kein sehr guter Bürgermeister«, sagte Jan. »Tut mir leid.« Er blickte auf seine Armbanduhr, drosselte das Tempo und spähte auf die Straße vor uns. »Die Kontrolle hat uns Zeit gekostet, Faber könnte jederzeit rauskommen.« Er sah mich an. »Es ist ziemlich einfach. Du steigst zuerst aus, und wenn er am Briefkasten ist, gehst du zu ihm, erschießt ihn an Ort und Stelle, ich komme hinterher. Dann springen wir wieder ins Auto und fahren davon.«

Ich folgte seinem Blick. Faber wohnte in der Tooropkade, in einem der vielen weiß getünchten Häuser mit dunklen Giebeln und hellen Stuckverzierungen. Da es ein reines Wohngebiet war, gab es hier keine lauten Zeitungsverkäufer, hupenden Lieferwagen oder sonstigen Straßenlärm, in dem der Krach des Schusses untergehen würde. Es waren ein paar Menschen unterwegs, die sich auf einem Spaziergang entlang des Kanals unterhielten, gelegentlich war ein Fahrradklingeln zu hören und das Knarren der sich im Wind drehenden Holzflügel einer Windmühle. Direkt hinter der Straße war ein grasbewachsener Deich, dahinter der Zuider-Buiten-Spaarne-Kanal. Vor dem Krieg hatte darauf reger Schiffsverkehr geherrscht, doch jetzt war es auf dem Wasser sehr ruhig, da die meisten Leute ihre Boote, wenn sie nicht konfisziert worden waren, gut versteckt hatten. Die sanften Geräusche der Umgebung würden also ausreichen müssen, um von den Schüssen und den Lauten, die Faber eventuell von sich geben würde, abzulenken – obwohl ich bezweifelte, dass sie das konnten. Immer vorausgesetzt, unsere Schüsse trafen. Immer vorausgesetzt, ich würde das Attentat wirklich durchführen.

Jan griff nach meiner Hand. »Bereit?«

Ich schloss die Augen. Noch vor einer Stunde hatte ich sicher und geborgen auf dem Sofa der RVV-Wohnung gelegen. Seither war ich zur Komplizin eines Auto- und eines Nazi-Benzinkanister-Diebstahls geworden, hatte vor Soldaten der Wehrmacht eine falsche Identität angenommen, und jetzt sollten wir den faschistischen Bäcker von Heemstede ermorden. Ich blinzelte. Dann dachte ich zurück an das tiefe Gefühl der Befriedigung in mir, nachdem ich Kohl getötet hatte. Und tatsächlich löschte das alle anderen Gedanken und Gefühle aus. »Bereit.«

»Bist du sicher?« Jan sah nervös aus, ich hatte die Nervosität bereits hinter mir gelassen. »Was ist das denn?«, fragte er, als ich versuchte, ein Kopftuch unter meinem Kinn zu verknoten.

»Hendrik hat gesagt, ich bräuchte eine Tarnung«, antwortete ich.

»Das Mädchen mit dem roten Haar?«

»So nennt man mich wohl«, antwortete ich ärgerlich, während ich versuchte, meine Haare unter das Kopftuch zu stopfen.

»Vielleicht sollte ich es machen, und du kannst fahren.«

»Nein, ich tu es«, beharrte ich. Denn ich konnte nicht fahren.

Im Handumdrehen wechselte Jans Ton von süß zu sauer. »Da ist Faber.«

Ich sah ihn ebenfalls. Die Haustür stand offen, und Pieter Faber stand in einem Sonnenstrahl unter der Tür. Er war klein und dick, ein holländischer Mussolini.

»Siehst du den Postboten dort die Straße runter?«, fragte Jan. »Sobald er die Post in den Briefkasten gesteckt hat, wird Faber loswatscheln, um sie zu holen. Dann schlagen wir zu. Er wird abgelenkt sein.«

»Meinst du, er hat eine Waffe bei sich?«, fragte ich.

»Er ist einer der meistgehassten Mistkerle der Niederlande,

also denke ich, er wird eine haben.« Jan leckte sich über die Lippen. »Verfluchter Verräter.«

»Er geht los.« Wir beobachteten, wie Faber langsam vor sein Haus trat und sich nach beiden Seiten umsah, bevor er weiterging. »Er ist nervös«, stellte ich fest.

»Sollte er auch sein«, meinte Jan und ließ den Motor an. Er klapperte und ratterte, aber Tooropkade war eine breite Straße, was uns weniger verdächtig machte.

»Ich werde mich langsam nähern und hinter dem Postboten bleiben«, sagte Jan. »Sobald der weg ist und Faber seine Briefe hat, gehst du direkt zu ihm.«

»In Ordnung.«

Inzwischen war Faber auf halber Strecke, anscheinend wollte er zur gleichen Zeit wie der Postbote am Briefkasten eintreffen. Er trug einen alten braunen Pullover, den ihm vielleicht seine Frau gestrickt hatte. Die Situation war nicht zu vergleichen mit dem Moment, als ich Kohl das erste Mal gesehen hatte, in seinem schwarzen Ledermantel, mit seinem Kneipenatem. Je näher wir Faber kamen, desto mehr stellte ich mir vor, mir stiege der Duft frisch gebackener Kekse und von gutem Brot in die Nase. Er wirkte so harmlos, aber das war ja seine Tarnung.

Der Postbote winkte Faber freundlich zu, was sicher zu ihrer beider Alltagsroutine gehörte. Faber nahm mehrere Briefe von ihm entgegen, und der Postbote machte sich wieder auf den Weg, weiter die Straße hinunter. Ich hatte die Autotür schon einen Spaltbreit geöffnet, bereit hinauszuspringen. So rollten wir ein Stück näher an Fabers Briefkasten heran, und ich holte tief Luft.

»Stopp.« Mit ausgestrecktem Arm drückte Jan mich auf meinen Sitz zurück, dabei hatte ich schon einen Fuß aufs Pflaster gesetzt. »Schau«, zischte Jan.

Ich war so auf die Situation am Briefkasten konzentriert gewesen, dass ich nicht bemerkt hatte, wie ein vielleicht zehnjähriger Junge – vermutlich ein Nachbarssohn – den Gehweg entlanggerannt kam, auf Faber zu. Aus dem Auto beobachteten wir, wie er Faber einen Brief überreichte, der offenbar zum falschen Haus gebracht worden war, und wie Faber dem Jungen übers Haar strich. Ganz der freundliche Nachbar.

»Mein Gott.« Mein Herz hämmerte wild, Kinder waren bisher nie in eine Aktion involviert gewesen. Ich sah Jan an. »Das war knapp.«

Er nickte. »Jetzt. Los.« Der Junge war wieder verschwunden.

Jan schob mich nun aus dem Auto. Faber bemerkte mein plötzliches Erscheinen, er blickte von seiner Post auf und mich überrascht an. Ich eilte auf ihn zu, ein strahlendes Lächeln auf den Lippen, um ihn in Sicherheit zu wiegen. »*Mijnheer Faber*«, sagte ich, weiterhin strahlend. »Sie sind doch Pieter Faber, richtig?«

»Ja, ja«, antwortete er und erwiderte mein Lächeln, einen Hauch von Neugier in den Augen.

»Wo ist Sonja?«, hörte ich mich auf einmal zischen. Ich hatte es nicht so geplant, aber letztlich war Sonja der Grund für alles, was ich nun tat. Die Pistole war bereits in meiner Hand, ich drückte die Mündung in Fabers Wanst, und er wusste nicht, ob er mich umarmen oder wegschubsen sollte. Als ich den kühlen Abzug betätigte, spürte ich den Schlag sowohl in seinem als auch in meinem eigenen Körper, presste die Waffe jedoch weiter in seinen Bauch. Fabers Mund öffnete sich wie bei einem Goldfisch, der Blasen bläst, mein Handgelenk wurde warm von seinem Blut, Faber blinzelte und keuchte stöhnend.

»Los, komm!«, hörte ich Jans Stimme. Und jetzt sah ich ihn: Er war ebenfalls ausgestiegen, sprang schnell hinter Faber, und als dieser sich zu ihm umdrehen wollte, duckte ich mich weg und hörte, wie Jan im gleichen ruhigen Tonfall, den er auch vorhin bei den Soldaten gehabt hatte, »Verdammter Mof« murmelte, ihm ins Gesicht starrte und mitten in den alten braunen Pullover schoss. Blut spritzte aus Fabers Rücken, als die Kugel ihn durchbohrte. Irgendwo hinter uns schrie eine Frau auf der Straße laut auf. »Zum Auto!«, befahl Jan, und wir rannten zum Auto. Ich fasste nach dem Türgriff, doch meine Hand war glitschig von Blut. Während ich noch herumtastete, beugte Jan sich herüber und öffnete die Tür des bereits anfahrenden Autos von innen. »Rein mit dir«, sagte er, packte mich am Arm und zog mich neben sich, dann rasten wir mit röhrendem Motor davon, während sich hinter uns bereits eine kleine Menschenmenge um den Körper von Pieter Faber sammelte, der reglos im Gras lag.

»Ich glaube, er ist tot«, stieß ich hervor und starrte aus dem Rückfenster, bis wir außer Sichtweite waren. Niemand folgte uns, obwohl wir an mehreren Leuten vorüberkamen, die hilflos in unsere Richtung deuteten. Noch heulten keine Sirenen.

»Ja, er ist tot«, bestätigte Jan. »Schon nach dem ersten Schuss war er tot, er wusste es nur noch nicht.«

»Dieser kleine Junge«, sagte ich.

»Himmel, dieser Junge.« Jan schüttelte den Kopf.

»Ich hab ihn überhaupt nicht gesehen«, fuhr ich fort. »Wenn du mich nicht aufgehalten hättest …«

»Alles gut, Hannie. Du warst großartig.« Jan fuhr mit normaler Geschwindigkeit durch das ruhige Wohnviertel, aber als wir den Stadtrand erreichten, begann er zu beschleunigen. Nach etwa drei Kilometern riss er das Steuer nach rechts, und wir landeten quietschend auf einem staubigen Feldweg. Von dort bog er kurz darauf ein weiteres Mal scharf ab, parkte schließlich hinter einer baufälligen Scheune und stellte den Motor ab. Das Auto knackte und zischte beim Abkühlen. »Komm«, sagte Jan. Wir stiegen aus, und ich folgte ihm in die Scheune. »Du kannst das schwarze haben«, erklärte er und deutete auf zwei alte Fahrräder, die an einer Pferdebox lehnten. »Das ist hübscher.«

»Danke.« Beide Fahrräder waren gleichermaßen klapprig. »Fahren wir damit nach Hause?«

»Es wird ein bisschen ruhiger sein als in der französischen Sardinenbüchse«, meinte Jan.

Schlau. Auf den Rädern würden wir uns in die Menge einfügen und wären nicht mehr das seltsame Pärchen in dem alten Auto, das Pieter Faber erschossen hatte. Ich nahm mein Kopftuch ab und schüttelte die Haare aus, schwitzte aber noch immer in der Sommerhitze und vor Aufregung.

»Wann hast du die Aktion eigentlich geplant?«, fragte ich ihn, ehe wir uns auf die Fahrräder schwangen.

»Vor ein paar Tagen.«

»Und warum hast du mir nichts davon gesagt?«

»Ich dachte, so wärst du weniger nervös.«

Am liebsten hätte ich protestiert, aber ich wusste, dass er recht hatte.

»Ich war, ehrlich gesagt, nicht sicher, ob du spontan dazu bereit sein würdest«, fuhr er grinsend fort. »Aber du warst es. Selbstverständlich.« Er kam näher, legte den Finger unter mein Kinn, so dass ich zu ihm aufblicken musste, und beugte sich dann zu mir herunter, als wolle er mich küssen. Doch stattdessen hielt er inne und schaute mir tief in die Augen.

Er nickte wieder. Wir waren uns so nahe, dass ich den Pulsschlag in seiner Halsgrube sehen konnte. Nach einer Weile atmete er lang und langsam aus, das erste Zeichen, dass er sich keine Sorgen machte. Ich stellte mich auf die Zehenspitzen und küsste ihn auf den Mund. Er lachte, und wir küssten uns lachend weiter, erleichtert, dass wir unsere schreckliche Mission erfolgreich hinter uns gebracht hatten, die Gefahr war vergessen. Jan schlang die Arme um mich, und als er mich an sich drückte, war ich einen Augenblick zurück in der mörderischen Nähe zu Faber, sein Bauch fast an meinem. Ich schauderte, vertrieb die Erinnerung jedoch, indem ich mich noch enger an Jan schmiegte, mich in die Stoppeln an seinem Kinn vergrub, in die Wärme seines Körpers und seines Atems, so rein wie Regenwasser und Wind.

»Ich liebe dich.« Die Worte schienen direkt aus meinem Herzen zu kommen, ohne Berechnung oder Vorbedacht.

»Ich liebe dich auch, Hannie«, erwiderte er und küsste mich heftig, als besiegle er einen Schwur. Meine Hände bewegten sich auf seinem Rücken über das Hemd nach oben, um seinen Nacken zu berühren, und er tat dasselbe. Besessen, ineinander verloren, verwandelten wir den Horror, den wir Faber angetan hatten, in reine Lebensenergie, und unsere Herzen waren erfüllt von Liebe. Ja, Liebe. Zum ersten Mal. Ich wusste, dass ich so etwas noch nie zuvor empfunden hatte.

»Hier können wir nicht bleiben«, murmelte Jan zwischen unseren Küssen.

»Jedenfalls nicht lange, nein«, sagte ich, öffnete dabei aber den obersten Knopf an seinem Hemd. Er seufzte und küsste mich wieder, die Hand in meinen Haaren. Ich öffnete den zweiten Knopf.

»Hannie«, flüsterte er, »warte doch.«

»Hier sucht uns niemand«, erwiderte ich, überrascht von seinem Zögern.

»Aber, Hannie …«

»Ja?«

»Hannie.« Sein Ton änderte sich. Noch immer liebevoll, aber deutlich ernster. »Ich muss dir etwas sagen.«

Sosehr ich mich bemühte, in seinem Gesicht zu lesen, es gelang mir nicht.

»Hannie«, seufzte er fast. Erwartungsvoll sah er mich an, fast so, als würde er gleich auf ein Knie gehen und mir einen Heiratsantrag machen.

»Oh, Jan, jetzt komm schon«, sagte ich mit einem leisen Lachen.

»Hannie, ich bin verheiratet.«

Wieder musste ich lachen. »Ach, hör doch auf.«

»Und ich habe ein Kind, eine Tochter. Sie ist zwei Jahre alt.«

Irgendwie schaffte ich es, aufrecht stehen zu bleiben, starrte ihn verständnislos an, konnte aber kaum atmen.

»Ich liebe dich wirklich«, sagte er, griff nach meiner Hand und küsste sie, drückte sie an seine Lippen und zog mich näher an sich. »Ich liebe dich, Hannie. Wirklich.«

Die Zeit blieb stehen. Ich fühlte mich so stumm und starr wie die Schaufeln und Rechen, die an der Wand lehnten, stumme Zeugen des Sturms von Gefühlen, der uns umtoste.

Die Luft war heiß, staubig, und Schweiß lief mir in einem Rinnsal den Rücken hinunter. Ich atmete kaum noch. *Atme weiter.*

»Es tut mir leid«, sagte Jan, und seine Stimme klang heiser. »Ich wollte es dir schon lange sagen.«

»Ist schon in Ordnung«, sagte ich. »Ist schon in Ordnung.« Als ich das sagte und mich selbst hörte, begann es sich tatsächlich so anzufühlen. Ich holte tief Luft und atmete aus. Meine Gedanken klärten sich. »Ist in Ordnung«, sagte ich noch einmal. »Ich weiß.«

Jan runzelte die Stirn. »Wirklich?«

Nein, natürlich nicht. Doch irgendwie wusste ich es auch. Ich hatte schon lange den Verdacht gehegt, dass es in Jans Welt jemand anderes gab, hatte verstanden, dass ich und der RVV nur sein halbes Leben waren und er die andere Hälfte ... mit Wichtigerem verbrachte. Ich hatte mir eingeredet, er sei mit anderen Aufträgen, anderen Widerstandsgruppen beschäftigt, aber tief in mir drin hatte ich es besser gewusst.

Ich nickte.

Jan kniff die Augen zusammen und versuchte, mich zu entziffern. »Woher?«

»Ich wusste es einfach«, sagte ich, und beim letzten Wort brach meine Stimme, ich hustete und räusperte mich, um es zu überspielen. Ich liebte Jan, und nicht einmal dieser Donnerschlag der Enttäuschung konnte daran etwas ändern. Was bedeutete es, dass er verheiratet war und ein Kind hatte? Ich wusste nur, dass ich jetzt nicht darüber nachdenken wollte. Mehr nicht. Ich konnte es nicht. Sobald ich meinen Gedanken erlaubte, sich auf diese Frage einzulassen, tauchten neue Fragen auf: Wer ist sie? Wo ist sie? Liebt er sie? Liebt sie ihn? Weiß sie Bescheid?

»Ist schon in Ordnung«, sagte ich noch einmal.

»Na gut«, erwiderte er leise. »Aber was bedeutet das?«

Er stand vor mir, die blauen Augen weit geöffnet, sein freundliches Jungengesicht offen, die breiten, rauen Hände, die ich so gern auf meiner Haut spürte, jetzt an seinen Seiten ruhend, die Haltung ungeschützt und wehrlos. Mein Mitstreiter und Partner. Mein Freund, mein Lehrer. Mein tödlicher Komplize. Meine erste und einzige Liebe.

Nichts anderes zählte.

»Ich liebe dich, Jan«, sagte ich, kostete jedes Wort aus und das Privileg, es zu sagen, einen Menschen zu haben, für den ich so empfinden konnte. Überwältigt schloss ich die Augen und küsste ihn. Ihn jetzt zu küssen war das einzig Sinnvolle.

Kurz darauf setzte Jan an, etwas zu sagen, aber ich wusste, dass es die Dinge nur durcheinanderbringen würde, wenn wir weiterredeten, deshalb legte ich meinen Zeigefinger auf seine Lippen und brachte ihn zum Schweigen.

»Hannie«, murmelte er, und seine Augen funkelten.

»Sei still, Jan«, flüsterte ich ihm ins Ohr und küsste ihn wieder. »Alles andere ist unwichtig.«

Kapitel 24

Die ersten Tage nach dem Attentat auf Faber warteten wir auf Nachrichten über Vergeltungsmaßnahmen der Nazis, aber nichts dergleichen geschah. Ich wusste, dass ich meine Eltern und Philine besuchen sollte, aber mir graute davor, in den beengten Räumen zu sitzen und uns gemeinsam um Sonja zu sorgen, also verschob ich den Besuch immer wieder.

»Hannie.« Ein Klopfen an der Tür des Schlafzimmers der RVV-Wohnung, in dem ich die meisten Nächte verbrachte. Es war Hendrik. Die Tür öffnete sich einen Spaltbreit, und er spähte herein. »Jan hat Kaffee gekocht«, sagte er. »Setz dich doch zu uns.« Zwar war es noch früh am Morgen, aber das Zimmer war bereits von der Sommersonne durchflutet. Manchmal konnte ich nur staunen, dass die Welt sich weiterdrehte und die Sonne jeden Morgen aufging, ganz gleich, was passierte. Ich streckte mich und bewunderte, wie das Licht auf den verputzten Wänden tanzte.

»Hannie!« Noch einmal rief Hendrik mich. »Kommst du?«

»Du hast nicht deutlich gemacht, dass es sich um einen Notfall handelt.« Aber ich stand auf und ging hinaus zu dem runden Tisch, wo Hendrik und Jan neben einem Stapel der neuesten Zeitungen, einschließlich des *Haarlemsche Courant*, der von den Nazis kontrollierten Haarlemer Zeitung, standen, die Jan jetzt mit blitzenden Augen in die Höhe hielt.

»*Verwildering!*«, rief Jan fröhlich, als er mich entdeckte. Grausamkeit.

»Pardon?«, fragte ich.

»*De wilde vrouw*«, fügte Hendrik hinzu, sanft lächelnd. Die barbarische Frau. »Du bist berühmt. Und berüchtigt.«

Strahlend verkündete Jan: »Hannie, du hast es in die Propaganda der Nazis geschafft.« Er überflog den Artikel und las das Wichtigste laut vor. »Vor ein paar Tagen wurde ein Mitglied der Niederländischen Faschistischen Partei getötet … dass eine Frau dieses Verbrechen begangen hat, macht die Tat noch brutaler … es handelt sich um eine junge Frau mit rotem Haar.« Er zwinkerte mir zu. »Ein Verbrechen von beispielloser Grausamkeit, das unsere Nation noch lange belasten wird.«

»Lass mich mal sehen.«

Die Aufmerksamkeit für meine Person brachte mich in Verlegenheit, aber insgeheim freute ich mich auch darüber. *Banditin!* Der Artikel nahm die gesamte linke Hälfte der Titelseite der Zeitung ein, und ich stellte mir vor, wie dieses Blatt in den nächsten Stunden überall in Haarlem auf den Tischen der Nazi-Sympathisanten liegen würde. Ich fragte mich, wie viele meiner Mitbürger wohl auf den Gedanken kommen würden, dass die kleine Hannie Schaft die fragliche »barbarische« Rothaarige war. Wahrscheinlich keiner. Ich hatte einen Kloß im Hals, aber ich wusste, dass Sonja stolz auf mich sein würde.

»Erinnerst du dich, was ich in Heemstede über das ›Mädchen mit den roten Haaren‹ gesagt habe?«, fragte Jan und gab mir einen freundschaftlichen Schubs.

»Na ja, so nennen die mich hier aber nicht.«

»Aber so nennen sie dich überall sonst«, sagte Hendrik, »auf jeden Fall wird immer deine Haarfarbe erwähnt. Es ist an der Zeit, Hannie.« Er deutete auf meinen Kopf.

»Was?«, fragte ich. »Muss ich zum Friseur?« Ich hatte noch

nie einen Friseursalon betreten, denn früher hatte meine Mutter mir die Haare geschnitten, und dann hatte Sonja es übernommen. Aber inzwischen waren sie seit Monaten nicht mehr geschnitten worden. Und ich hatte auch noch nie mit Farbe experimentiert.

»Nein«, sagte Hendrik, »zu riskant. Du musst das selbst machen.«

»Ich könnte dir die Haare auch einfach abrasieren«, meinte Jan grinsend. »Dann bist du auch vor Läusen sicher.«

»Ich werde das schon schaffen.«

»Na gut, Banditin«, sagte Jan. »Aber das sind wirklich gute Neuigkeiten. Der faschistische Bäcker von Heemstede ist tot!« Er wandte sich an Hendrik. »Wer kommt als Nächster dran?«

»Abwarten«, antwortete Hendrik bestimmt. »Erst mal muss sie eine Tarnung kriegen.«

Jan sprang auf und schaute mich auffordernd an. »Hannie, geh und mach was mit deinen Haaren.«

Als ich eine Stunde später mein Elternhaus betrat, hätte ich um ein Haar Philine umgestoßen, und wir starrten einander verwundert an: Ich trug ein Kopftuch über den Zöpfen und eine Brille mit zerkratzten Gläsern. Und Philine befand sich im Erdgeschoss, wo sie eigentlich nicht hätte sein dürfen.

»Hannie!« Sie schlang ihre dünnen Arme um meinen Hals und drückte mich an sich. Ich schob sie in Richtung Treppe.

»Bist du denn verrückt? Du musst schnell wieder nach oben ins Zimmer, Philine.«

»Alles gut, alles gut«, versicherte sie, verriegelte aber rasch die Tür – obwohl es für einen deutschen Soldaten ein Leichtes gewesen wäre, diese Tür einzutreten, verriegelt oder nicht.

»Hältst du dich seit Neuestem hier unten auf und öffnest den Leuten die Tür, wenn sie klopfen? Unterhältst du dich auch mit den Nachbarn?«

»Nein«, antwortete sie. »Ich unterhalte mich nicht mit den Nachbarn. Ich mache nur gelegentlich die Tür auf, wenn ich weiß, dass es deine Eltern sind. Sonst kommt hier ohnehin nie jemand vorbei. Ich hab dich durchs Fenster erkannt, trotz deiner albernen Verkleidung.« Sie seufzte. »Jetzt schau mich nicht so an. Deine Eltern heißen es gut.«

»Tatsächlich?«

»Na ja«, sie zuckte die Achseln, »sie tolerieren es jedenfalls. Aber ich bin wirklich fast verrückt geworden, eingesperrt in der Kammer dort oben.«

Ich entfernte Kopftuch und Brille, wobei ich mich fühlte wie ein Kind, das Verkleiden spielte. »Du solltest das lassen«, sagte ich. »Die Gefahr wird größer.«

Philine lachte. »Größer? Was ist mit den Amerikanern? In Frankreich?« Tatsächlich waren die Alliierten vor ein paar Tagen in der Normandie gelandet, was große Hoffnungen geweckt hatte. Nicht bei mir und auch nicht bei anderen RVV-Mitgliedern, jedoch bei normalen Leuten. »Ist da was dran?«, fuhr Philine fort. »Oh, ich hoffe so sehr, sie kommen bald nach Holland.«

Gerüchten im Widerstand zufolge würde es noch eine ganze Weile dauern, bis sie bei uns eintreffen könnten. »Mach dir lieber keine zu großen Hoffnungen«, warnte ich sie, und sofort verschwand Philines Lächeln. »Tut mir leid«, fügte ich schnell hinzu. »Sie werden schon kommen, aber für den Moment solltest du lieber noch vorsichtiger sein als bisher.« Ich blickte mich um. »Sind meine Eltern da?«

Philine schüttelte den Kopf. Ich betrachtete sie näher. Jedes

Kleidungsstück an ihr, vom hellgrünen Sommerkleid bis zu den weißen Socken mit den eingestickten Rosen, hatte mal mir gehört. Philine senkte den Blick und zupfte an dem Kleid. »Deine Mutter meinte, es sei in Ordnung.« Besorgt hob sie wieder den Blick. »Entschuldige.«

»Nein, alles gut«, entgegnete ich. Inzwischen hatte auch Philine die Figur eines Flappers aus den zwanziger Jahren, schick, aber nur ein paar Pfund von besorgniserregend entfernt. Ihre Wangen waren vor Aufregung gerötet, das grüne Kleid betonte ihre bernsteinfarbenen Augen. »Die Sachen sehen gut an dir aus«, beteuerte ich. Ich war beinahe so unterernährt wie sie. Wie wir alle. In den Augenwinkeln hatte ich feine Linien und Fältchen, die vor einem halben Jahr noch nicht da gewesen waren. Keine von uns sah so aus, wie sie hätte aussehen sollen.

»Komm«, sagte ich, »lass uns nach oben gehen. Ich brauche deine Hilfe.«

In dem Zimmer waren alle Sachen, die Sonja gehört hatten, verschwunden, bis auf die alten Filmzeitschriften, die in einem großen Stapel neben dem Bett auf dem Boden lagen, die kunterbunten, grellen Titelblätter verblasst und matt wie alter Baumwollstoff. Seit einer halben Ewigkeit hatte ich an den Zeitungskiosken keine neuen Ausgaben mehr gesehen.

»Ich wünschte, Sonja wäre hier«, sagte ich.

»Hast du denn etwas über sie in Erfahrung bringen können?«

Ich überlegte, ihr all die Möglichkeiten aufzuzählen, unter denen Sonja irgendwo am Leben, aber unfähig sein könnte, mit uns zu kommunizieren, doch es erschöpfte mich, auch nur darüber nachzudenken. Und Philine wusste genauso viel wie ich. »Nein«, antwortete ich.

Philine nickte.

»Philine, ich muss mir die Haare färben«, sagte ich.

»Uff«, sagte Philine und machte ein skeptisches Gesicht. »Jetzt wünsche ich mir noch mehr, Sonja wäre hier.« Ich legte das Kopftuch und die Brille auf der Kommode ab, und Philine lachte. »Ich wollte es vorhin nicht sagen, aber … du brauchst wirklich Hilfe bei deiner Tarnung. So siehst du jedenfalls scheußlich aus.« Ich boxte sie freundlich gegen den Arm.

Hendrik hatte mir etwas besorgt, von dem er schwor, es sei Haarfärbemittel – in einem bernsteinfarbenen Glas, nach Chemie stinkend –, und es mir an diesem Morgen aufgedrängt, als gehöre es wie so vieles andere zu den gottgegebenen »speziellen Aufgaben« einer Frau. Ich wüsste doch bestimmt, was ich damit machen musste?

Philine und ich gaben unser Bestes. Natürlich wäre die Küchenspüle der naheliegende Ort gewesen, das Zeug auszuprobieren, aber trotz der Verdunkelungsvorhänge gab es zu viele Einblicke (und Nachbarn), als dass Philine die notwendige Zeit dort hätte verbringen können. Das Badezimmer war zu klein für uns beide, und so landeten wir wieder im Schlafzimmer, wo ich mich quer aufs Bett legte, so dass mein nasser Kopf auf der einen Seite herunterhing, während Wasser und Chemikalien in eine auf dem Boden stehende Zinkwanne tropften. Philine saß auf einem Hocker neben dem Bett und massierte mir das teerartige Zeug Strähne für Strähne in die Haare.

»Tja, zumindest sind nun immerhin meine Hände schwarz gefärbt«, stellte Philine fest. »Also könnte es theoretisch auch auf deinen Haaren funktionieren.«

»Mach schnell«, sagte ich, »mir wird kalt.«

»Ich tue, was ich kann.«

Aus meinem Blickwinkel, die Augen auf gleicher Höhe wie ihr Kinn, hatte ich eine sehr seltsame Perspektive auf Philine.

Ich beobachtete, wie ihr Mund sich bei der Arbeit an meinen Haaren verzog, sah die Anspannung ihres Kiefers, ihren blassen Hals. Ihr Gesicht war mir sehr vertraut, und es war tröstlich, ihr so nahe zu sein. Sie roch inzwischen nach meinem Elternhaus, nach Milch, Brot und warmem Staub. Wie meine Mutter. Ich starrte auf ihr weiches Kinn, entdeckte einen winzigen Punkt an ihrem Ohrläppchen. »Hast du Ohrlöcher?«, fragte ich überrascht.

Philine lächelte. »Ich hab sie mir selbst gemacht, mit dreizehn, aber dann hab ich sie wieder zuwachsen lassen. Ich hab so viel Ärger bekommen.«

»Ungezogenes Mädchen«, sagte ich.

Philine lachte leise. »Kannst du dir das vorstellen? Mein Vater war entsetzt. Damals schien es das Unmöglichste auf der Welt zu sein.«

»War es aber nicht«, sagte ich leise.

»Nein.«

Einen Moment genossen wir die gemeinsame Erinnerung, schwiegen und dachten daran, dass es eine Zeit gegeben hatte, in der etwas so Albernes wie ein durchstochenes Ohrläppchen ein Skandal gewesen war. In der uns eine mittelmäßige Zensur den ganzen Tag verderben konnte. Damals waren wir Kinder.

»Du solltest sie neu durchstechen lassen«, sagte ich. »Ha!« Philine lachte. »Vielleicht mach ich das.«

»Danke, dass du dir so viel Mühe gibst mit meinen Haaren.«

»Gern geschehen«, antwortete sie. So unangenehm die Prozedur auch sein mochte, konnte ich erkennen, dass sie glücklich damit war, etwas Sinnvolles tun zu können. »Musstest du unbedingt Schwarz nehmen? Das wirkt so hart.«

»Ich hab es nicht ausgesucht. Und angeblich gab es nichts anderes.«

»Hm.« Sie begann, das Wasser herauszudrücken, vom Haaransatz hin zu den Spitzen. »Vielleicht ist dir aufgefallen, dass ich dich nicht gefragt habe, warum du das tust«, sagte sie, während sie mit den Fingern vorsichtig meine Haare entwirrte.

»Danke«, sagte ich.

»Ich weiß, dass wir alle Geheimnisse haben.«

Als ich den Kopf zu heftig bewegte, spritzte schwärzliches Wasser von meinen herabhängenden Haaren. »Lass das!«, rief Philine und fasste meine Haare zu einem nassen Pferdeschwanz zusammen. Lachend hielt sie sich dann den schwarzen Zeigefinger unter die Nase und rief mit verstellter Stimme: »Heil!«

»Niemals!«, erwiderte ich.

»Wir wissen Bescheid über den Jungen«, fuhr sie mit übertriebenem deutschen Akzent fort. »Erzähl uns alles.«

Ich seufzte.

»Hannie?« Die echte Philine war wieder da. Und ernsthaft neugierig. »Siehst du ihn noch?«

Ich nickte kopfüber, und sie lachte.

»Du bist in ihn verliebt.«

»Ich glaube schon, ja«, antwortete ich und fühlte mich plötzlich wie eine Verräterin, weil ich ihr auswich. »Ja, wir sind beide verliebt.«

»Ihr seid verliebt!«, rief sie begeistert. »Was gefällt dir an ihm?«, fragte sie. »An der Uni hat dir nie einer gefallen.«

Das stimmte. »Na ja, er ist anders als die Jungs an der Uni«, sagte ich. »Er sieht gut aus und ist mutig …« Philine zog besorgt eine Augenbraue hoch, reichte mir ein Handtuch, das ich mir um die Haare schlang, und ich setzte mich auf. »Bei ihm fühle ich mich, als wäre ich jemand anderes. Jemand Besseres.«

»Hm«, sagte sie leise, »du hast dich wirklich verändert. Du bist so …« Sie gestikulierte, während sie nach den passenden

Worten suchte. »Nicht nur die Haare. Früher warst du immer so schüchtern«, fuhr sie fort, »aber jetzt bist du so lebendig, so präsent.«

Ich lachte, peinlich berührt, und begann, meine Haare auszukämmen. Sie sahen aus wie ein in Rübensirup getränkter Wischmopp.

»Ich meine das ernst«, sagte sie. »Ich bin stolz auf dich. Und freue mich für dich. Dass du verliebt bist.«

Auf einmal war mir eng um die Brust, und meine Augen wurden nass. Sonja war verschwunden, und hier war Philine, verkümmerte langsam, einsam und mit gebrochenem Herzen in meinem ehemaligen Kinderzimmer. Hätte ich es geschafft, meine Freundinnen noch rechtzeitig aus dem Land zu bringen, hätte ich mich vielleicht wie eine Heldin gefühlt. Aber so nicht. Philine war längst noch nicht in Sicherheit, und Sonja … nein, meine beiden Freundinnen waren die Heldinnen. Und meine Eltern. Allein die Tatsache, dass sie Philine weiter bei sich versteckten, brachte sie selbst in Lebensgefahr. Ich fasste mich. »Er hat mir eine Menge beigebracht.«

»Kann ich mir vorstellen.«

»Philine!« Wir lachten beide. Ich brauchte jemanden, mit dem ich reden konnte. Und wenn ich mir jetzt Philine anschaute, deren sonst so bleichen Wangen rosig schimmerten, brauchte sie das auch.

»Es gibt da etwas«, sagte ich.

»Was meinst du?«

»Er hat …« Ich suchte nach den richtigen, am wenigsten schockierenden Worten, aber am Ende entschied ich mich für die einfachste Version, genau wie Jan es getan hatte. »Er ist verheiratet. Und hat eine Tochter. Ich habe es gerade erst erfahren.«

»Oh.« Philines Gesicht blieb neugierig, aber ich sah, dass sie nachdachte. Sollte ich zugeben, dass ich bei Jan bleiben würde? Würde es ihre Beziehung zu mir verändern? Würde sie …

»Hannie«, sagte sie schließlich mit einem tiefen Seufzer. »Wir sind im Krieg.« Dann zuckte sie die Achseln.

»Ja«, sagte ich hoffnungsvoll.

Sie blickte sich in dem kleinen Zimmer mit dem verdunkelten Fenster um. »Früher, bevor das alles passiert ist, hätte ich vielleicht anders reagiert. Aber jetzt …« Sie seufzte wieder. »Spielt das überhaupt eine Rolle?«

Ihr Gleichmut erschreckte mich. Normalerweise sah Philine die Dinge klar geordnet. Doch der Krieg hatte auch sie verändert. Er hatte alles verändert.

»Nun …« Ich stockte.

»Ich weiß nur eines«, sagte sie und zupfte an einem aus der Bettdecke hängenden Faden. »Wenn ich das empfinden könnte, was du jetzt empfindest … egal, für wen …« Sie wischte sich mit der Hand über die Augen. »Dann würde ich diesem Gefühl folgen. Ich glaube nicht daran, dass es edel und gut ist, einsam zu sein. Wenn du die Chance hast zu lieben …« Wieder wischte sie sich über die Augen.

»O Philine.« Ich setzte mich neben sie und nahm sie in den Arm. Ihre dünnen, vogelartigen Knochen begannen unter meiner Berührung zu zittern, und auch ich weinte, zum ersten Mal seit Sonjas Verschwinden, und wir hielten uns aneinander fest wie Ertrinkende, die sich an einen Rettungsring klammern. Weinen war gefährlich wie eine Meereswoge. Wenn man sich von ihr mitreißen ließ, würde man vielleicht für immer hinausgetrieben.

»Philine? Hannie?« Mit einem leisen Klopfen am Türrahmen kündigte sich meine Mutter an. Sie rümpfte die Nase und schaute mich besorgt an. »Was ist mit deinen Haaren passiert?«

»Philine hat sie mir gefärbt«, erklärte ich und stand auf, um sie auf die Wange zu küssen. »Hallo, Mama.«

Sie sah mich irritiert an. »Hmm.« Dann drehte sie mich, betrachtete mich von allen Seiten, schüttelte schließlich den Kopf und seufzte. »Wenn du es für angebracht hältst.«

»Es ist besser so.«

»Na gut.« Sie tätschelte meinen Arm. »Irgendwelche Nachrichten von Sonja?«, fragte sie.

»Nein.«

Sie kam zu uns, setzte sich neben Philine aufs Bett und legte den Arm um sie. Als ich die Zärtlichkeit dieses Augenblicks sah, kamen mir fast wieder die Tränen. Dankbarkeit erfüllte mein Herz, dehnte sich in mir aus wie das wohlige Gefühl am Morgen, wenn man sich im Bett das erste Mal streckt. Niemals würde ich meinen Eltern genug danken können für das, was sie für Philine taten. Und für Sonja. Und mich.

»Ich weiß, es ist schwierig«, sagte meine Mutter, »aber wir sollten daran glauben, dass Sonja in Sicherheit ist. Es gibt keinen Grund, etwas anderes anzunehmen.« Dass es durchaus eine Menge Gründe gab, erwähnte ich so wenig wie meine Mutter. »Ihr macht euch Sorgen, weil ihr sie liebt, und sie liebt euch ebenfalls. Daran hat sich nichts geändert«, bekräftigte sie.

»Ich weiß«, sagte ich, hielt die Tränen zurück und versuchte, mein Grauen vor Sonjas möglichem Schicksal von dem Gefühlschaos zu trennen, in dem ich mich aufgrund meines seltsamen neuen Lebens, mit allem, was dazugehörte, befand: Jan, der Krieg und was wir im Widerstand leisteten.

Meine Mutter gab Philine ein Taschentuch, und sie putzte

sich die Nase. »Und wie findest du Philines Ensemble?«, fragte sie mich. »Uns gingen hier tatsächlich die Kleider aus.«

»Sie sehen an Philine besser aus als an mir«, antwortete ich ehrlich.

»Vielleicht werden wir Models, wenn der Krieg vorbei ist.« Philine lachte und schniefte gleichzeitig.

»Ich bestimmt nicht. Ich habe vor, möglichst viel zu essen, wenn der Krieg zu Ende ist«, sagte ich.

»Jetzt hört ihr euch wieder an wie die Mädchen, die ich kenne«, sagte meine Mutter. »Aber kommt, es gibt Wäsche zu waschen.«

»Was ist denn hier los?« Auf einmal stand mein Vater im Türrahmen, wie immer groß und kräftig wie eine Eiche, aber mit einem verwirrten Lächeln in den Mundwinkeln. Als ich einen Blick in den Spiegel auf der Kommode warf, sah ich, dass mein Haaransatz rosa-schwarz war, die Haut glänzte rot und entzündet. Mein ganzer Kopf brannte, und ich sah aus wie eine Verrückte. Auf jeden Fall war ich nicht mehr das Mädchen mit den roten Haaren. »*Mijn kleine vos is weg*«, sagte mein Vater. Mein kleiner Fuchs ist weg.

»Hallo, Papa.« Ich gab ihm einen Kuss auf die Wange.

Beim Geruch des Färbemittels, der auch nach dem Ausspülen noch in meinen Haaren hing, rümpfte er die Nase. »Hallo, Schätzchen. Amüsiert ihr euch gut?«

Ich nickte.

»Habt ihr gehört, dass die Amerikaner dabei sind, an der französischen Küste zu landen?«, fragte er, starrte dabei aber weiter auf meine Haare.

»Ja«, antwortete ich. Natürlich wusste ich, dass alle darauf warteten, ob ich interne Informationen über die so lange ersehnte Landung der Alliierten weitergeben konnte, aber das war leider nicht der Fall, und ich wollte niemandem falsche Hoffnungen machen. Auch mir selbst nicht. »Aber Näheres weiß ich auch nicht.«

Mein Vater nickte.

»Also, ich fürchte, ich muss schon wieder gehen«, sagte ich und fühlte mich dabei unbehaglich, während ich bereits meine Sachen einsammelte. »Und bitte, sorgt um Gottes willen dafür, dass Philine nicht mehr die Haustür aufmacht.« Meine Mutter warf mir einen tadelnden Blick zu, weil ich den Namen des Herrn missbraucht hatte. Wenn sie nur wüsste.

»Ich hab niemandem die Tür aufgemacht!«, protestierte Philine.

»Mach dir unseretwegen keine Sorgen«, sagte mein Vater, hob die Hand, ließ sie aber wieder sinken, statt mich an meinen frisch gefärbten Haaren zu ziehen. *»Waar is mijn kleine vos?«*, fragte er. Wo ist mein kleiner Fuchs?

»Ik ben er nog, Papa.« Ich bin es noch.

Den Kopf gesenkt, wandte meine Mutter sich ab.

»Hier«, sagte Philine und gab mir das Kopftuch und die Brille. »Vergiss dies nicht.«

»Auf keinen Fall«, sagte ich.

Sie begleitete mich nach unten, und wir verabschiedeten uns. Dann hörte ich, wie der Riegel der Eichentür mit einem dumpfen Geräusch vorgeschoben wurde, begleitet von dem vertrauten Quietschen der Messingtürangeln und kurz darauf noch einem anderen Laut: Philine nieste, leise wie eine Maus. Mir stiegen Tränen in die Augen. Vor Jahren hatte mein Vater in diesem kleinen Backsteinhaus am Bett meiner zwölfjährigen Schwester gesessen und ihren vogelschmalen Rücken gestreichelt, während sie hustete und hustete. Diphtherie. Mein Vater hatte Annies zitternde Schultern geküsst und geflüstert: *»Vier* *dingen laten zich niet verbergen: vuur, schurft, hoest, en liefde.«* Vier Dinge lassen sich nicht verbergen: Feuer, Krätze, Husten und Liebe.

»Ich habe nicht die Krätze«, hatte Annie erwidert.

»Nein«, hatte mein Vater gesagt. »Aber du hustest dauernd. Und ich liebe dich.«

Entschlossen wischte ich mir übers Gesicht und ließ die Erinnerungen zurück.

Ich radelte die kleine Van Dortstraat hinunter, und die Brise verfing sich in meinen noch feuchten Haaren. Die gelben Backsteinhäuser, der gemächlich dahinfließende Kanal, alles war noch genauso wie in meiner Kindheit. Am Ende der Straße bremste ich, weil eine alte Frau sie überqueren wollte. Sie warf mir einen kurzen Blick zu, drehte sich dann um und musterte mich noch einmal genauer: Es war Frau Oosterdijk, eine Nachbarin, die zwei Häuser weiter wohnte. Sie starrte auf meine schwarzen Haare und meine Brille, beäugte mich von oben bis unten, runzelte die Stirn und ging weiter. Sie erkannte mich nicht mehr.

Kapitel 25

»Wer ist das denn – Mata Hari?«, lachte Jan, als ich in die RVV-Wohnung trat, hielt mir die Tür auf und strich zärtlich über eine Strähne meiner jetzt schwarzen Haare.

»Mata Hari ist reingelegt worden«, gab ich lachend zurück und drehte mich einmal um die eigene Achse, damit Jan meinen neuen Stil von allen Seiten betrachten konnte. »Wie findest du sie? Philine hat sie mir gefärbt.«

»Sehr hübsch«, meinte Jan und nickte. »Du siehst aus wie eine Französin. Aber ich vermisse deine roten Haare trotzdem.«

»Oh, Gott sei Dank«, rief Hendrik aus der Küche, als er mich entdeckte. »Ich finde, sie sieht aus wie eine Pariserin.«

»Ich will aber keine Pariserin sein«, erwiderte ich. Während der Rückfahrt hatte ich über Sonja nachgedacht. »Ich möchte wieder was tun.«

»Gut so«, meinte Hendrik lächelnd.

»Also, dann ist jetzt Ragut dran«, sagte Jan. Er meinte Willem Ragut, Zaandams Polizeichef, einen der schlimmsten Kollaborateure in den Niederlanden. Er hatte zahllose holländische Juden nach Westerbork geschickt, zum Teil seine eigenen Nachbarn. Die Deutschen verehrten ihn, wir hassten ihn schon lange, und Freddie hatte tagelang seine Gepflogenheiten ausspioniert, um herauszufinden, wann er in der Regel allein unterwegs war. »Freddie hat gesagt, er lebt nach einem strikten Zeitplan, auf den man sich hundert Prozent verlassen kann.«

»Er ist schon lange eine Zielperson«, sagte Hendrik, »aber bisher hat es niemand geschafft, an ihn ranzukommen.«

»Sie ist bereit«, sagte Jan und sah mich an. Hendrik hatte mir gesagt, dass Jan noch nie mit jemandem richtig gut zusammengearbeitet hatte.

Doch Hendrik machte ein düsteres Gesicht. »Ich sage das nicht, um euch aufzuhalten«, sagte er. »Aber gestern Abend hat das Kommando Silbertanne erneut zugeschlagen. Mehr als ein Dutzend Leute aus dem Widerstand sind in Amsterdam vor einem sicheren Haus in der Nähe der Oude Kerk exekutiert worden.«

Ich kannte eines der sicheren Häuser bei der Oude Kerk – der Alten Kirche –, in einem der ältesten Stadtteile von Amsterdam, wo die Häuser in die Kanalmauern hineingebaut worden waren. In letzter Zeit wurden dort auch Juden versteckt.

Jan stieß einen Pfiff aus. »Ein Grund mehr.«

»Wie es aussieht, gehen die Deutschen immer brutaler vor«, fuhr Hendrik fort. »Silbertanne dehnt seine Aktionen aus.«

»Und?«, fragte Jan. Er ballte und streckte abwechselnd die die Finger. »Wir machen jetzt doch keinen Rückzieher.«

»Außerdem gibt es das Gerücht, dass irgendein unbekannter Held gestern Hitler an der Ostfront töten wollte. Es ist ihm leider missglückt, und das könnte eine neue Welle von Racheakten der Nazis auslösen.«

Jan biss die Zähne zusammen und schwieg. Er hasste es, wenn man ihm sagte, was er tun sollte.

»Vielleicht möchtest du die Sache mit deiner Partnerin durchsprechen?«, sagte Hendrik.

Jan sah mich an. »Wir machen es.«

Ich schaute zu Hendrik.

»Übrigens«, sagte Hendrik und räusperte sich, »wir wissen

jetzt wohl, wer die beiden Leichen im Haarlemmerhout waren. Brasser hatte auch darüber Informationen.«

»Der Mann gehörte zur SS«, ergänzte ich.

»Ja, genau«, bestätigte Hendrik, und Jan starrte mich überrascht an.

»Was?«, fragte ich, an ihn gewandt. »Das hat Truus herausgefunden.«

»Oh«, sagte Jan.

»Brasser hat gesagt, einer seiner Leute sollte sich mit ihnen treffen und ihnen helfen abzutauchen.«

»Die SS-Leiche?«, fragte Jan ungläubig.

Hendrik hielt die Handflächen hoch. »Darf ich bitte ausreden?« Jan verzog das Gesicht. »Der Betreffende war SS-Mitglied und hieß Bakker. Die Frau gehörte zu uns. Sie hatte es geschafft, Bakker umzudrehen, und er hat ihr allerlei geheime Informationen über Silbertanne zukommen lassen. Anscheinend sind die beiden von den Deutschen abgefangen worden, ehe sie den Treffpunkt erreicht haben.«

»Oh«, sagte ich. Dieses Szenario war mir nicht in den Sinn gekommen, es erschien mir ausgeschlossen, dass ein Mitglied der SS überlaufen könnte. Jedenfalls hatte ich noch nie davon gehört.

»Der Tod der beiden geht jedenfalls ebenfalls zu Lasten der Aktionen von Silbertanne«, fuhr Hendrik fort.

»Wie hieß die Frau denn?«, fragte ich.

»Irma«, antwortete er. »Selbstverständlich war es nicht ihr richtiger Name.«

Irma hatte also Aufgaben erledigt, wie ich es tat, oder zumindest eine Version davon. Sie hatte im Dienste des Widerstands ein SS-Mitglied verführt. Oder war sie vielleicht wirklich in den Mann verliebt gewesen? Auch das fiel mir schwer zu glauben. »Aber warum haben sie die beiden dann im Wald liegen lassen?«, fragte ich. »Hängen sie Überläufer nicht lieber an Laternen auf? Um andere abzuschrecken?«

»Das war früher so, ja – vor Kriegsbeginn«, sagte Jan. Offensichtlich war ihm etwas aufgegangen. Er sah Hendrik an. »Jetzt töten sie sie heimlich … weil es zu viele Überläufer gibt.«

Hendrik nickte. »Und das ist schlecht für die Moral.«

»Aber ein gutes Zeichen«, sagte ich. »Sie verlieren allmählich selbst den Glauben an ihre Propaganda.«

»Der Teufel soll sie holen, allesamt«, sagte Jan, aber seine Stimme klang weniger bitter. »Hannie, bist du immer noch dabei?«

Hendriks Zögern machte mir Sorgen. Raguts Ermordung würde mit aller Wahrscheinlichkeit verheerende Vergeltungsmaßnahmen nach sich ziehen … und dennoch glaubte ich, dass wir letzten Endes durch solche Attentate mehr Leben retteten. Der Tod dieser Verbrecher an der Menschlichkeit konnte für den Widerstand tatsächlich etwas bewirken, und wenn ein Mord gerechtfertigt war, dann an diesen Mördern. Wir hätten uns von jeder Aktion abbringen lassen können, wenn nur das Argument, Unschuldige könnten darunter leiden, gezählt hätte. Es bestand auch immer die Gefahr, dass uns Fehler unterliefen, selbst wenn ich hoffe, dass ich alle bedenken würde. »Ja«, sagte ich entschlossen, »wir machen es.«

»Morgen«, sagte Jan.

Ich nickte.

Hendrik starrte uns einen Moment lang an und versuchte, in unseren Gesichtern zu lesen. »Na gut, dann zieht es durch. Vielleicht wird es wirklich eine Überraschung sein, wenn dieser Schlag so kurz nach den Exekutionen bei der Oude Kerk kommt. Aber ihr müsst zusätzliche Vorsichtsmaßnahmen ergreifen. Als Polizeichef wird Ragut eine Pistole tragen, und er hat wahrscheinlich zu seiner Sicherheit auch mehr Männer um sich. Die müsst ihr im Blick behalten.«

»Wir wissen, was wir zu tun haben«, sagte Jan, schon an der Tür. »Komm, Hannie.«

»In Ordnung«, sagte Hendrik und zwinkerte mir zu. »Ein Hoch auf das Mädchen mit den schwarzen Haaren.«

Am nächsten Morgen war ich vor Jan wach. Fest schlafend, nackt und warm lag er neben mir. Ich sah zu, wie sein Brustkorb sich hob und senkte, wie das erste Morgenlicht bei jedem Atemzug den blonden Flaum kitzelte. Ich streckte meine Hand aus, um ihn zu berühren, zog sie dann aber wieder zurück. Manchmal wollte ich ihn einfach nur anschauen und mir dabei vorstellen, wie unser Leben aussehen könnte, wenn kein Krieg herrschte. Und es keinen Widerstand gäbe. Würden wir dann zusammen ganz normale Dinge tun? Ins Kino gehen oder einen Tag am Strand verbringen? Das war kaum vorstellbar.

»Was schaust du so?«, fragte Jan, gespielt verwundert, zog mich an sich, und wir küssten uns. Er war nicht der Typ, der einen Gedanken daran verschwendete, wie er beim Aufwachen aussah oder ob er aus dem Mund roch. Mir war klar, dass er seine Zeit auch nicht damit verschwendete, sich Gedanken darüber zu machen, ob wir ohne diesen Krieg auch zusammen wären. Langsam stand ich auf und begann mich anzuziehen. »Hast du es eilig?«, fragte er enttäuscht.

»Irgendwie schon«, antwortete ich. »Wir haben heute eine Menge vor.«

»Ja«, sagte er und gähnte. »Vermutlich hast du recht.«

Mit dem Rad dauerte die Fahrt nach Zaandam eine Stunde, und ich nutzte die Zeit, um unseren Plan im Kopf noch einmal durchzuspielen. Ich kannte die Stadt nicht so gut wie Jan, aber er hatte mir Stadtpläne gezeichnet, um mir eine Orientierung zu geben. Die alten, langsamen Windmühlen von Zaandam, die am Flussufer aufgereiht standen, waren schon in einigen Kilometern Entfernung vom Stadtrand aus zu sehen. Obgleich sich die Windmühlenflügel drehten, waren die Getreidemühlen selbst jetzt, mitten im Sommer, leer. Krieg war nicht gut für Nutzpflanzen.

Als Jan in eine stille Wohnstraße am Rand von Zaandam einbog, fuhr ich neben ihn. Es war früher Nachmittag und bereits heiß.

»Hübsch«, sagte er. »Deine Wangen sind rosig.«

»Deine auch.«

»Also, wir machen das wie immer«, sagte er, ohne auf das Kompliment einzugehen. »Du gehst voran, ich folge dir. Schau nicht zurück, dreh dich nicht um, bleib nicht stehen. Ich werde direkt hinter dir sein, genau wie bei Faber.«

»Und wie bei Hendrik.«

Er grinste. »Genau. Aber übergib dich bitte nicht.«

»In Ordnung.« Ich nickte. »Gehen wir.«

»Hannie«, sagte er. »Mach nicht zu schnell. Heute darf uns kein Fehler unterlaufen. Und wir haben Zeit.« Er sah hinauf zum Sonnenstand am Himmel. »Jedenfalls ein bisschen.«

»Ich werde nichts überstürzen«, sagte ich. »Sehe ich ordentlich aus?« Obwohl meine Haare jetzt schwarz waren, hatte ich das Kopftuch um und die Brille aufgesetzt, die sich in meinem Gesicht noch immer fremd anfühlte.

»Wie eine Mörderin«, sagte er. »Eine reizende Mörderin.« Als er sich zu mir beugte und mich auf die Wange küsste, schnalzte eine alte Frau, die an uns vorbeikam, abschätzig, und Jan nahm es als Aufforderung, mich noch intensiver zu küssen.

»Also gut, mein kleiner *aanvalshond*«, sagte er, als die Frau vorbeigegangen war. »Zeit, dich von der Leine zu lassen.«

»Kampfhund« hatte er mich genannt. Ich sah mich schon vor der Euterpestraat 99, der deutschen Polizeizentrale, und wie ich dort auf deutsche Schäferhunde treffen würde.

Inzwischen kannte ich zwei Möglichkeiten, einen Nazi umzubringen: allein in dunkler Nacht oder am helllichten Tag auf einer belebten Straße. Da ich als Schützin voranging, blieb es mir überlassen, den Anschlag abzublasen, sollte mir irgendetwas auffallen, das nicht stimmte. Es unterlag meiner Kontrolle. Den Plan jedoch hatte im Wesentlichen Jan entworfen, vom Fluchtweg bis zur zeitlichen Abstimmung.

Als ich auf eine etwas lebhaftere Straße einbog, bremste ich so hart, dass Jan mich um ein Haar gerammt hätte.

»*Verdomme*, Hannie. Was ist los?«

Mit zitternden Händen riss ich mir die Brille von der Nase. »Ich kann nicht richtig sehen«, sagte ich. »Sie ist schmutzig.« Ich griff nach meinem Rocksaum, um die Brillengläser damit zu putzen.

»Gib sie mir«, sagte Jan, hielt die Brille ins Sonnenlicht, drückte mit zwei schnellen Daumenbewegungen die Gläser aus der Fassung und gab mir die Brille wieder zurück. »Wie ist es so? Jetzt siehst du wenigstens was.«

»Gut«, antwortete ich, zu nervös, um mehr dazu zu sagen, setzte die Brille wieder auf und war ein bisschen irritiert, weil ich dank Jans rascher Maßnahme tatsächlich besser sah. Und bis Ragut bemerkte, dass meine Brille keine Gläser hatte, wäre er ohnehin schon tot.

»Mach dir nicht so viele Sorgen, Hannie, wir wissen doch, was wir tun.«

»Jetzt sag nicht dauernd meinen Namen«, zischte ich.

Er lachte. »Steig auf, meine Kleine. Wir könnten es schon hinter uns haben.«

Also radelte ich weiter, das Klappern von Jans Holzrädern dicht hinter mir.

Als Polizeichef war Ragut ständig von seinen Gefolgsleuten umgeben, und selbst bei seinem Wohnhaus gab es reichlich Wachen. Nachdem Jan sich mit Freddie beraten hatte, stand für ihn fest, dass es am besten war, am helllichten Tag die Vorteile einer belebten Straße zu nutzen, da der Lärm und das Menschengewimmel einen Teil des von uns ausgelösten Chaos überdecken würden. Ragut würde nach einem üblichen Nachmittagstreffen aus einem Bürogebäude im Stadtzentrum kommen, wir kannten die Adresse.

Aber die Straßen von Zaandam waren viel schmaler, als ich es erwartet hatte. Schon bald schlängelten wir uns durch ein enges Labyrinth, zwei- und dreigeschossige Gebäude standen dicht zu beiden Seiten der Straße, und es gab nur wenige Gassen oder Seitenstraßen, die uns als Fluchtwege in letzter Sekunde dienen konnten. Während wir uns dem Zentrum näherten, wurde die Stadt zunehmend betriebsamer, außerdem drängten sich an jeder Ecke Gruppen übellauniger deutscher Soldaten. Bestimmt war in der Nähe ein neuer Stützpunkt eingerichtet worden. Ob Jan das gewusst und eingeplant hatte?

Mit meinem Fahrrad kurvte ich zwischen Soldaten und Passanten hindurch, flink wie eine Nadel durch Seidenstoff, und gelangte zu schnell zum Zielbereich, machte dort halt und stieg ab. Die Stelle, an der Ragut auftauchen sollte, lag zwei kurze Häuserblocks vor mir, aber zu beiden Seiten der beengten kleinen Straße befanden sich dicht an dicht die Büros der Stadtverwaltung, unzählige Läden und – zwischen die neueren Bauten gequetscht – eine alte Holzkirche, die wie ein Souvenir aus uralter Zeit wirkte.

»Hey.« Auf einmal stoppte Jan neben mir. »Es ist gleich da vorn.« Wenigstens flüsterte er jetzt.

»Ich weiß«, antwortete ich. »Aber es ist so voll hier, dass ich dachte, ich warte lieber auf dich.«

»Das kannst du nicht machen.«

Eine Korkenzieherlocke fiel Jan in die Stirn, seine Haut war gebräunt von der Sommersonne. Immer wieder fanden das Licht und ein Ausdruck in seinem Gesicht so zu einem Bild zusammen, dass ich gezwungen war innezuhalten.

»Hörst du, Hannie? Warte nicht auf mich. So funktioniert der Plan nicht.«

»Ich weiß«, sagte ich. »Alles klar.«

Ein letztes Mal spielte ich mit dem Gedanken, ihn zu fragen: *Bist du sicher? Sollen wir das wirklich heute machen*? Aber ich hatte keinen guten Grund dafür, es war nur ein Gefühl. Innerhalb der nächsten vier oder fünf Minuten mussten wir uns in den Zielbereich begeben, wenn wir Ragut über den Weg laufen wollten. Durch die Menschenmenge hindurch konnte ich die Stelle am Bordstein ausmachen, wo wir dicht an den Fußweg heranfahren, die Schüsse abgeben und dann einfach die belebte Straße weiter hinunterfahren würden. Ich holte tief Luft und setzte den rechten Fuß auf die Pedale.

Jan packte mich an der Schulter. »Was ist das?«

Ein Geräusch.

Überall um uns herum taten die Menschen das Gleiche wie wir, wandten die Köpfe, um den Ursprung des Geräuschs zu orten. Zunächst war es ein hohes Heulen, wie das Summen eines Stromkabels oder eine schlechte Radiofrequenz. Dann wurde es lauter, der Klang tiefer und schließlich zu einem Rumpeln und Dröhnen.

»Bomber«, flüsterte Jan. Alle hatten den gleichen Gedanken, Angst machte sich breit, erfasste die Menge in Wellen, als wäre ein Stein in einen Teich geworfen worden. Panik kündigte sich an.

»Komm«, sagte Jan und zog mich auf die Straße. Alle anderen flohen seitlich, die Straße war frei wie eine Rennbahn.

»Jan, nein«, stieß ich hervor, aber er packte mich am Oberarm, umklammerte ihn fest. Es tat weh.

»Fahr weiter«, sagte er und sah mir in die Augen, als suche er dort die Antwort, ob ich noch dabei war.

»Der Plan bleibt?«, fragte ich erschrocken.

»Los!«, zischte er und gab mir einen Schubs. Und ich fuhr los. Für einen Augenblick fühlte ich mich, ganz allein mitten auf der Straße, so exponiert wie ein Schauspieler auf der Bühne. Aber Jan war dicht hinter mir. Zwar konnte ich ihn nicht sehen, aber ich spürte, dass er da war. Und ich begriff, dass es richtig war, den Plan durchzuziehen. Obgleich wir keine Deckung hatten, fuhren wir wie Geister unsichtbar an den Menschen vorbei, die nichts anderes im Sinn hatten, als sich in Sicherheit zu bringen, und in alle Richtungen davonstoben. Der Lärm wurde immer lauter, kein erwachender Löwe mehr, sondern eine dröhnende Dampfwalze, hoch über den Wolken, die Tod und Vernichtung brachten.

Plötzlich spürte ich einen scharfen Stich im Magen und fragte mich, ob jemand auf mich geschossen hatte, dann begriff ich aber, dass es ein Krampf war. Ich hatte Angst. Doch ich zwang mich, mich auf die Stelle zu konzentrieren, an der wir auf Ragut treffen wollten. Bis mir einfiel, dass Ragut sich unter diesen Umständen kaum würde blicken lassen. Gerade jetzt würde niemand freiwillig mitten auf die Straße treten. Doch als ich den Kopf wandte, um Jan etwas zuzurufen, nahm ich am Rand meines Blickfelds eine Figur wahr.

Es war tatsächlich Ragut. In seiner Uniform trat Polizeichef Willem Ragut auf die Straße hinaus, um nach seinen Bürgern zu schauen. Für einen Moment empfand ich so etwas wie Respekt, doch dann dachte ich an all die Juden, die er schon in den Tod geschickt hatte, und all die Widerständler, die er hatte exekutieren lassen. Sollte ihn doch der Teufel holen, diesen Ragut.

Als ich näher kam, schaute er in meine Richtung. Klare blaue Augen, blau wie die von Jan, blau wie die meines Vaters. Auch die Augen des Mädchens, das auf ihn zu radelte, waren blau. Er sah mich an und schien zu lächeln, trotz des Chaos und der brüllenden Motoren über uns, und ich erwiderte das Lächeln, während ich aus der rechten Manteltasche meine Pistole zog und mich tief über den Lenker beugte, um ihm so nah wie nur möglich zu kommen. Als ich die Waffe in seinen Bauch stieß und auf den Abzug drückte, roch ich seine Rasierseife und den Zigarrenrauch, nahm die Pomade in seinem Haar ebenso wahr wie den muffigen Stoff seiner Uniform, die ich mit den Fingerknöcheln streifte. Bumm-Bumm, ein Doppelschuss.

Immer noch über den Lenker gebeugt, zog ich, aus Angst, er würde womöglich nach mir greifen, schnell die Waffe zurück und radelte, so schnell ich konnte, davon, während die Bomber oben am Himmel heulten und die Menschen um uns herum schrien. Hätte ich in diesem Lärm Jans Folgeschüsse überhaupt hören können? Aber dann hörte ich tatsächlich einen Schuss, gefolgt von einem weiteren, und konnte aufatmen. Jan war also immer noch direkt hinter mir. Natürlich durfte ich mich jetzt nicht nach ihm umdrehen. Ich hielt mich an den Plan, konzentrierte mich auf den Fluchtweg. Als ich schließlich in eine kleine

Seitenstraße einbog, wurde das Dröhnen der Bomber schwächer. Hatten sie tatsächlich Bomben abgeworfen? Ich hatte weder eine Explosion gehört noch Qualm wahrgenommen.

So radelte ich weiter, erhaschte mitunter einen Blick auf jemanden, der kauernd Schutz suchte und sich wahrscheinlich wunderte, wer bei einem Bombenangriff einfach weiterradelte. Je länger ich fuhr, desto leiser wurden die Flugzeuge, bis kein Zweifel mehr daran bestand, dass sie uns gar nicht bombardierten, sondern über die Nordsee brausten und verschwanden. Ich wusste nicht einmal, woher die Flugzeuge stammten: Waren es deutsche? Endlich amerikanische? Oder britische Maschinen, die nach Hause zurückkehrten? Diese Fragen stellte ich mir, um fokussiert zu bleiben. Ich radelte und radelte. Bisher war alles gut gelaufen. Die Bomber waren tatsächlich eher eine Hilfe gewesen.

Nach zehn Minuten erreichte ich, genau im Zeitplan, die ländlichen Außenbezirke von Zaandam, das Chaos hatte ich hinter mir gelassen. Ich konnte die baufällige Scheune am Rand eines Bauernhofes sehen, die wir als Treffpunkt nach dem Anschlag ausgemacht hatten. Von Jan noch immer keine Spur, aber das war nicht verwunderlich. Wir hatten ja nicht nur einen Fluchtweg. Ich hatte den schnellsten nehmen können, aber da Jan die Nachhut war und damit für ihn die Wahrscheinlichkeit, verfolgt zu werden, größer war, hatte er vermutlich eine andere Route eingeschlagen.

Ich öffnete die Holztür des Schuppens. Drinnen war es dunkel, aber ich fand ein Fenster, und als ich die Läden öffnete, fiel das gleißende Licht des Sommernachmittags herein und blendete mich. Sobald meine Augen sich daran gewöhnt hatten, konnte ich ein paar Melkhocker erkennen, verschiedene landwirtschaftliche Geräte und Maschinen in unterschiedlichen Stadien der Reparatur. Es war eine stickige kleine Höhle, aber ich würde nicht lange bleiben. Plötzlich merkte ich, wie erschöpft ich war, und ich ließ mich auf einen Hocker fallen.

Kurz darauf hörte ich ein metallisches Klappern, das sich vom Feldweg her näherte. Ich hielt die Luft an und spähte vorsichtig durch einen Spalt in der Tür. Es war der Milchbauer, dem der Hof gehörte, aber da ich weder mit ihm noch mit seiner Familie Kontakt aufnehmen durfte, beobachtete ich ihn bloß. Ich freute mich immer, diese Menschen zu sehen, diese stillen Widerständler, die ebenfalls alles riskierten, um uns zu unterstützen. Von seinem Äußeren hätte man diesen Menschen niemals für einen Widerständler gehalten: ein müder alter Mann mit einem geflickten Blecheimer in der knotigen Hand. Ich dankte ihm stumm, er öffnete das Tor zur Weide hinter dem Schuppen, dann ging er weiter mit einem Hinken, das vielleicht noch aus dem vergangenen Krieg stammte.

Ich hatte mir solche Sorgen gemacht, ob Jan mir auch folgte, jedoch nie Gedanken darüber, ob ihm womöglich jemand folgte. Hatte uns niemand wahrgenommen? War das überhaupt möglich? Hatte man die Schüsse nicht gehört? Die Bomber – wir hätten keine bessere Ablenkung planen können, und ich freute mich schon darauf, Hendrik davon zu erzählen, wenn wir zurück waren. Und natürlich Truus, obwohl ich sie eine ganze Weile nicht gesehen hatte. Ich schloss die Augen und erlaubte mir etwas, was noch schwieriger zu bekommen war als Würfelzucker: einen Augenblick der Zufriedenheit. Ich hatte Jans kratzige Stimme im Ohr, sie flüsterte mir zu, wie er es manchmal tat, wenn er wusste, dass ich niedergeschlagen war: *Gut gemacht, Professor.* Und ich knuffte ihn nicht einmal dafür.

Ragut ist weg. Niemand ist dir gefolgt. Du bist in diesem Schuppen in Sicherheit. Jan wird bald hier sein.

Ganz bald.

Kapitel 26

Er hätte zehn Minuten nach mir eintreffen sollen. Ich wartete noch einmal dreißig. Eine ganze Stunde. Inzwischen war es Spätnachmittag und im Schuppen so heiß wie in einem Backofen. Schließlich sprang ich auf. Ich musste ihn suchen. Wahrscheinlich wartete er irgendwo auf mich und machte sich Sorgen. Kurz entschlossen schob ich mein Fahrrad zur Schuppentür und hielt dort abrupt an.

Die einzige Person, mit der ich in den nächsten vierundzwanzig Stunden sprechen durfte, war Jan, es sei denn, Hendrik nahm irgendwie Kontakt zu mir auf. Das gehörte zum Plan. Halte dich an den Plan, rief ich mich zur Ordnung. Aber es war so viel leichter, weiter herumzurennen als stillzusitzen. Und zu warten. Aber es war unerträglich, ich konnte nicht einfach nichts tun, und … Ich schaute mich in dem staubigen Schuppen um, der kleiner war als die Ladefläche eines Lastwagens, kaum groß genug, um sich hinzulegen und auszustrecken. Über ein Jahr lang hatten Philine und Sonja so etwas ertragen. Eingesperrt, abgeschnitten, nichts anderes zu tun, als zu warten. Und all die anderen Männer, Frauen und Kinder, die sich verstecken mussten, einen niederschmetternden, erdrückenden Tag nach dem anderen, in Schränken und Abstellkammern, die noch beengter waren als dieser Schuppen hier. Ich hatte Philine erklärt, dass es Stärke erforderte, dazusitzen und zu warten, und wie sich herausstellte, war ich dafür nicht stark genug. Und wo zum

Teufel war Jan? Ich beschloss, ihm noch fünf Minuten zu geben. Da hörte ich ein Geräusch.

Das leise Knirschen von Fahrradreifen auf der Wiese, dann ein sanftes Pochen an der wackligen Schuppentür. Ich atmete aus. *Endlich. Du Mistkerl.* Ich wollte ihn umbringen und küssen, beides gleichzeitig.

»Wird auch Zeit«, sagte ich und gab mir alle Mühe, meine Sorge als Sarkasmus zu tarnen, als ich die Tür einen Spaltbreit öffnete.

»Hannie.«

Es war eine Stimme, die ich eine ganze Weile nicht mehr gehört hatte. Truus. Ihr Lächeln war bloß ein angespanntes Zusammenpressen der Lippen.

»Hey«, sagte sie.

»Wie hast du mich gefunden?«, fragte ich verblüfft.

»Hannie …« Sie blieb vor der Tür stehen, eine schmale Silhouette im Licht der späten Nachmittagssonne. »Es tut mir so leid.«

»Was? Warum?«

Jetzt kam sie doch herein und mit ihr etwas frische Luft. »Ich weiß nicht, wie ich es dir sagen soll …«

Ich suchte in ihrem Gesicht nach Hinweisen. Sie sah wütend aus.

»Jan ist angeschossen worden, Hannie. Von Ragut.«

»Ragut?« Ich lächelte verständnislos, das war absurd. »Nein, Truus. Den haben wir erwischt.«

»Ja, das habt ihr auch, aber er konnte noch einen Schuss auf Jan abgeben, ehe er …«

Ich starrte sie an. Truus sollte nicht hier sein. Sie gehörte nicht zum Plan. Sie konnte überhaupt nicht wissen, was los gewesen war. »Nein, das kann nicht sein«, protestierte ich. Ich war immerhin dabei gewesen. Truus nicht. Aber ich fühlte, wie etwas in mir zerbrach. Ich hatte nichts davon gesehen. Ich wusste doch, was wir getan hatten. »Wir haben den Kerl erwischt«, wiederholte ich.

»Hannie …« Sie stockte. »Hast du keine weiteren Schüsse gehört?«

»Doch, hab ich, aber das war Jan«, antwortete ich und versuchte, in Gedanken alles noch einmal zu rekonstruieren. Sie hatte ja recht: Ich hatte zwei Schüsse gehört. Und angenommen, dass beide Ragut getroffen hatten.

»Wie hast du mich gefunden?«, fragte ich zum zweiten Mal.

»Ich war es, die Jan von dem Schuppen hier erzählt hat.«

Selbstverständlich. Truus war die unsichtbare Organisatorin im Hintergrund, die das letzte Detail lieferte, damit ein Plan funktionierte. Truus wusste alles. »Erzähl mir bitte, was du weißt«, sagte ich.

Sie nickte. »Jemand vom RVV in Zaandam hat sich vor etwa einer Stunde bei Hendrik gemeldet und uns erzählt, was geschehen ist. Hendrik ist losgezogen, um nach Jan zu suchen und ich nach dir.« Sie erzählte mir alles, was sie in Erfahrung hatten bringen können, zusammengesetzt aus Berichten sympathisierender Beobachter und aus Gerüchten, die im Netzwerk der Widerständler kursierten. Nachdem die Bomber verschwunden waren, sahen sich die Leute nach Zeichen der Zerstörung um und fanden zwei Männer, die auf dem Rücken am Bordstein lagen, einer davon ein Polizeioffizier. Natürlich eilte man sofort zu ihnen und holte ärztliche Hilfe. Jan, der andere Mann auf dem Boden, kam wieder zu Bewusstsein, sah den Tumult und schleppte sich davon.

Truus' Geschichte erklärte jeden einzelnen Laut, den ich beim Wegfahren gehört hatte. Ein Schuss, auf den kurz danach ein zweiter folgte. Ich hatte angenommen, dass Jan sie beide abgegeben hatte, aber nach Truus' Erzählung kam der erste von Ragut. Da ich ja schon auf und davon war, schoss er auf Jan. Und Jan schoss zurück. Aber er traf nicht richtig. So etwas konnte jedem passieren. Sogar Jan.

»Wo ist Jan denn jetzt?« Wie eine Flutwelle spürte ich die Antwort nahen.

»Er ist verletzt«, sagte Truus. »Es ist ernst.«

Meine Beine knickten unter mir ein, Truus packte mich und hielt mich aufrecht. »Alles gut, alles gut.« Ich stabilisierte mich an der Wand. »Wo ist er?«

»Das weiß ich nicht.«

»Er könnte also am Leben sein.«

Truus runzelte die Stirn. »Schon möglich. Aber …«

Nicht wahrscheinlich. Genau wie bei Sonja. Tot und lebendig zugleich, je nachdem, wie optimistisch man gerade gestimmt war.

»Er ist schwer verletzt«, fuhr Truus fort. »Und wenn die Deutschen ihn finden, wird es noch schlimmer.«

»Aber er ist angeschossen worden, er braucht doch einen Arzt. Wo ist er?«

»Bisher hat er noch keinen Kontakt zu den Sanitätern des Widerstands aufgenommen«, sagte Truus. »Als ich gegangen bin, war Hendrik dabei, in den Krankenhäusern nachzuforschen.«

Ich holte tief Luft und versuchte, mich zu beruhigen. Wir mussten Jan finden.

»Gut«, sagte ich. Gehen wir.«

Als wir in der RVV-Wohnung in Haarlem eintrafen, war sie leer. Dabei hatte ich insgeheim gehofft, Jan könnte inzwischen dort eingetroffen sein. Aber nicht einmal Hendrik war da.

»Warte«, sagte Truus. In der Mitte des Esstischs war mit einem schartigen, verrosteten Küchenbeil ein Zettel befestigt, auf dem in Hendriks eleganter Handschrift eine einfache Nachricht stand:

Wilhelmina-Hospital – Amsterdam

Ich kannte das Krankenhaus, es war nicht weit von der Universität entfernt. Als Studentin hatte ich dort ein paarmal Sachen für Schwester Dekker abgeholt. Jetzt kam mir das vor wie ein anderes Leben. Aber ich schluckte den Kloß in meinem Hals schnell hinunter.

»Mach dir keine Sorgen, Hannie«, sagte Truus. »Noch wissen wir ja gar nicht, was eigentlich passiert ist.«

»Das ist es nicht.« Doch genau das war es.

»Komm, wir nehmen den nächsten Zug.«

Truus gab mir ein Taschentuch, bugsierte mich zur Tür hinaus und brachte uns irgendwie zum Bahnhof. Immer wieder spürte ich, wie meine Wangen nass wurden, ohne dass ich wirklich gemerkt hätte, wie ich weinte. Truus hielt meine Hand und drückte sie fest. Während der kurzen Fahrt nach Amsterdam fasste ich mich einigermaßen. »Ich kenne den Weg zum Krankenhaus«, sagte ich.

Kapitel 27

An die Zugfahrt erinnere ich mich kaum. Allerdings weiß ich noch, dass jedes scharfe Geräusch – wenn jemand die Fahrkarte entwertete oder das Fenster schwungvoll schloss – in meinen Ohren klang wie ein Schuss. Als wir uns durch die geschäftigen Amsterdamer Straßen einen Weg zur Klinik suchten, hielt Truus mich an der Hand wie ein Kind, und ich kam allmählich wieder zu mir.

Da es einer der längsten Tage des Jahres war, schien es unverhältnismäßig lange zu dauern, bis das schräge Sonnenlicht endgültig verblasste. Weder richtig hell noch wirklich dunkel, senkte sich die Dämmerung über die Stadt wie Katerstimmung. Zuletzt war ich mit Jan vor ungefähr einem Monat hier gewesen, um nach Sonja zu suchen. Seitdem hatte sich nicht viel verändert. »*Voor Joden verboden*«-Schilder hingen noch immer an den Toren der Parks und in den Schaufenstern der Geschäfte, und auf der Straße sah keiner den anderen an. Da die Menschen im vergangenen Winter, in dem das Feuerholz so knapp gewesen war, die Schienenschwellen ebenso zu Brennmaterial verwertet hatten wie die schönen hundertjährigen Ulmen an den Kanälen, fuhren keine Straßenbahnen, denn nun mangelte es nicht nur an Treibstoff, es gab auch keine Schienen mehr. Die Tatsache, dass die Alliierten es bis in den Süden der Niederlande geschafft hatten, hatte den Menschen ein bisschen Hoffnung geschenkt, und durch die offenen Fenster der Mietshäuser hörte man hie und da tatsächlich Geräusche, denen man entnehmen konnte, dass dort eine Familie Freude an ihrem Miteinander hatte – so etwas hatte es lange nicht mehr gegeben. Doch an fast allen Straßenecken türmte sich der Müll. Hier, mitten in Amsterdam. Im schönen Amsterdam.

Da wir keine Fahrräder hatten, bewegten wir uns im Laufschritt. Nach ungefähr zwanzig Minuten merkte ich nicht mehr, wie müde ich eigentlich war, doch als wir uns dem Krankenhaus näherten, wechselten wir in normales Schritttempo. An der Ecke der Eerste Helmersstraat wollte ich die Straße überqueren, aber Truus zerrte mich zurück.

»Warte«, sagte sie und schaute sich auf der Kreuzung um. »Wir können nicht einfach reinmarschieren und an der Pforte nach ihm fragen.«

Ein Glück, dass wenigstens eine von uns klar denken konnte.

»Komm«, sagte sie, noch immer meine Hand haltend, und wir gingen zu einem Café, durch dessen Fenster wir den Eingang zum Krankenhaus beobachten konnten.

»Ich hab aber kein Geld dabei«, sagte ich.

»Ich schon.« Wir setzten uns, und ich fächerte mir mit der Hand Luft zu.

»Einen Kaffee, bitte«, bestellte Truus, als der Kellner kam.

Er sah erst sie und dann mich an. »Zwei?«

»Nein, nur einen«, antwortete ich.

»Diese Tische sind nur für Kunden, *jongedame*.« Er räusperte sich. Etwas an ihm erinnerte mich an Philines Vater – ein bisschen nervös und sehr korrekt. Als wir zuletzt von Herrn Polak gehört hatten, war er gerade in eine andere Wohnung gezogen und hatte versprochen, bald zu schreiben. Das war inzwischen einige Wochen her, und Philine hatte seitdem nichts mehr von ihm gehört.

»Ich hätte gern ein Glas Wasser, bitte«, sagte ich.

Wieder ein Räuspern. »Nur für zahlende Gäste.«

Mit einer Verachtung, die ich bei ihr noch nie gesehen hatte, fixierte Truus ihn und wühlte dann ausgiebig in ihrer Tasche. Beim RVV war niemand reich, aber Truus und Freddie hatten eindeutig am wenigsten. Jetzt fischte Truus nach langem Wühlen ein paar Münzen heraus und warf sie metallisch klimpernd auf die Tischplatte. »Einen Kaffee und irgendwas, was wir dafür kriegen«, knurrte sie.

Der Kellner zögerte.

»Bitte«, fügte Truus hinzu, und ihre Stimme kippte ein wenig. »Es würde uns sehr helfen.«

Ich blickte auf, mit rotgeweinten Augen, trug dennoch die Brille und auch das Kopftuch, darauf hatte Truus bestanden, als wir den Schuppen verließen. Der Kellner seufzte, kratzte die Münzen zusammen und ging wieder hinter die Theke.

Truus atmete aus. »*Verdomme.*« Leise verfluchte sie alles, was uns umgab, von den Soldaten bis hin zu den erschöpften Passanten. Aber wir hatten einen guten Blick auf das Krankenhaus und seinen alten überwölbten Eingang. Natürlich flatterte dort die Nazi-Fahne. »Warten wir hier eine Weile«, sagte sie schließlich.

Ich nickte. Wir hatten keinen Plan, saßen einfach nur da und sahen zu, wie Menschen in das Krankenhaus hineingingen, andere herauskamen, sowohl Krankenschwestern in Uniform wie Zivilisten, die jemanden besuchten. Wenn ich an Jan dachte, zog sich mein Herz vor Schmerz zusammen. *Bitte mach, dass er noch lebt.*

»Das Krankenhaus ist wie eine Festung«, sagte Truus. Sogar ihr fiel es offensichtlich schwer, einen Weg zu finden, wie wir ins Innere des riesigen Steingebäudes gelangen könnten, ohne entdeckt zu werden. Es schien unmöglich.

»Es ist im Mittelalter erbaut worden, als die Pest hier gewütet hat«, sagte ich. Das hatte mir Schwester Dekker erklärt.

»Das Krankenhaus?«

Ich nickte.

»Eine Pest klingt eigentlich ganz reizvoll.«

»Ha ha.«

Der Kellner kam zurück und stellte zwei Tassen Kaffee vor uns auf den Tisch.

»Für mich auch einen?«, fragte ich verwundert.

Sein verärgerter Gesichtsausdruck taute ein wenig auf. »*Het ga je goed*«, sagte er. Möge er Ihnen guttun.

»*Bedankt*«, antwortete ich, und um ein Haar hätte ich angefangen zu weinen. Ich schniefte, der Kellner lächelte tatsächlich etwas schief und ließ uns allein. Es gab doch noch nette Menschen.

So langsam wie möglich tranken wir unseren Kaffee. Ein paarmal blickte Truus auf, als wollte sie etwas zu mir sagen, aber dann hielt sie inne und schwieg weiter. Ich hatte nur Fragen und wusste, dass Truus sie nicht beantworten konnte, deshalb blieb auch ich stumm.

»Schau«, sagte Truus nach einer Weile, und wir sahen beide einen provisorischen Krankenwagen – ein ausrangiertes Polizeiauto –, der sich mit heulenden Sirenen dem Eingang der Klinik näherte. Sosehr ich mich auch bemühte, etwas zu erkennen, das Fahrzeug entschwand zu schnell durch die Einfahrt in den Innenhof.

»Truus«, sagte ich. »Wer hat Hendrik eigentlich gesagt, dass Jan hier ist?«

»Brasser oder einer der anderen Zaandam-Jungs. Auf alle Fälle jemand aus dem RVV.«

»Und wie konnte er sich sicher sein?«

Truus seufzte. »Du weißt selbst, wie es ist, wir haben nur Gerüchte. Aber es könnte dennoch immer alles stimmen.«

»Aber warum sollte man ihn extra nach Amsterdam transportieren, statt ihn einfach in ein Krankenhaus in Zaandam oder Haarlem zu bringen?«

»Wenn die Polizei ihn in der Hand hat, werden sie alles versuchen, um ihn zu vernehmen. Und die ganzen Spitzenleute der SS sind nun mal in Amsterdam.«

»Du meinst, er ist noch vernehmungsfähig?«

Truus sah mich nur an.

Mir wurde bewusst, Jan konnte jeden Moment sterben, während wir hier saßen. Ich schob den Gedanken schnell beiseite. Wir nippten an unserem Kaffee und kauten danach noch ein wenig auf dem harten Chicorée-Stückchen herum, das auf dem Boden unserer Tassen lag. Der Kellner behelligte uns nicht wieder. Je länger wir im Café saßen, desto routinierter wurde die Szenerie vor dem Krankenhaus: Leute kamen und gingen, gelegentlich fuhr ein Krankenwagen hinein oder heraus, aber irgendwelche Anhaltspunkte über Jans Schicksal konnten wir nicht entdecken, wir wussten auch immer noch nicht, ob wir überhaupt am richtigen Ort waren.

»Wir können nicht ewig hier sitzen«, sagte ich. »Wegen der Ausgangssperre wird das Café bald schließen.«

»Ich weiß«, sagte Truus. »Aber mir fällt nichts ein, was wir sonst tun könnten.« Mit der Fingerspitze fuhr sie noch einmal über den Rand ihrer Tasse und leckte dann noch einmal mit der Zunge darüber. »Wir können nur zurück nach Haarlem fahren und schauen, ob es dort irgendwelche Neuigkeiten gibt.«

»Nein«, platzte ich heraus, Amsterdam zu verlassen, wäre mir vorgekommen wie eine Kapitulation, als würden wir die Hoffnung aufgeben. »Wäre es so verdächtig, wenn wir einfach zum Haupteingang gingen und fragten? Ich könnte behaupten, ich sei seine … Schwester.« Nicht seine Frau.

»Du kannst dich nirgends blicken lassen. Nicht mal mit deinem Kopftuch, das ist viel zu riskant.«

»Aber ich hab mir doch extra die Haare gefärbt«, wandte ich frustriert ein.

»Das stimmt, aber Ragut wurde von einer schwarzhaarigen Frau erschossen, erinnerst du dich? Im Gestapo-Hauptquartier wird man sie einfach der Akte ›Mädchen mit den roten Haaren‹ hinzufügen.«

»Pfui«, knurrte ich. »Ich bin doch nicht die einzige Frau, die draußen rumläuft. Und du?«

»Na ja, ich hab jedenfalls nicht gerade den Polizeichef erschossen.«

»Es könnte doch funktionieren«, beharrte ich.

»Geduld.« Sie gab mir unter dem Tisch einen freundlichen Tritt vors Schienbein, den ich zögernd erwiderte. Wir starrten wieder hinüber zum Krankenhaus. Das Gebäude war riesig, es beanspruchte fast einen ganzen Häuserblock für sich, und das meiste davon lag hinter einer uralten, fast zwei Meter hohen Steinmauer. Am anderen Ende war ein Tor. Ohne Wachen.

»Schau mal«, sagte ich. »Siehst du das kleine schwarze Tor da hinten? Ich hab immer wieder Schwestern durchgehen sehen. Bestimmt ein Seiteneingang.«

»Ich hab den Anlieferbereich ein Stück die Straße runter beobachtet«, sagte sie und wies mit einer Kopfbewegung zu einer Zufahrt in der Mauer, die von Lieferwagen genutzt wurde. »Da ist weniger los. Vielleicht sollten wir es dort mal versuchen.«

»Ich glaube nicht«, widersprach ich. »Ich meine, wem ähneln wir mehr – Lieferwagenfahrern oder Krankenschwestern?«

Truus sah mich an und grinste. »In deiner momentanen Aufmachung siehst du aus wie eine russische Babuschka.«

»Ach komm«, sagte ich. »Ich halte es nicht mehr aus, hier rumzusitzen.«

»Na gut.« Wir nahmen unsere Sachen und verließen das Café. Ein paar Schritte entfernt fand Truus eine Fünfundzwanzig-Cent-Münze auf dem Gehweg. Einen Schatz. Als ich ihr gerade sagen wollte, dass das bestimmt ein gutes Omen sei, hatte sie sich schon umgedreht, lief zurück und legte die Münze auf die Untertasse meines Kaffees, um ihn zu bezahlen.

»*Blijf altijd menselijk*«, sagte sie zur Erklärung. »Das sagt meine Mutter immer.«

Blijf altijd menselijk. Bleib menschlich. Immer.

Ein paarmal liefen wir den Häuserblock gegenüber vom Krankenhaus auf und ab, um die Lage von allen Seiten zu beurteilen. Eine Gruppe – bestehend aus Schwestern in Uniform und in Zivilkleidung – näherte sich dem schwarzen Tor. Truus und ich brauchten uns nicht abzusprechen, sondern rannten gleichzeitig über die Straße und schlossen uns der Gruppe an. Es war ganz leicht. Als wir innerhalb der Mauern waren, ging die Gruppe weiter über den Hof, während Truus und ich zurückblieben und uns in eine flache Vertiefung an der alten Steinmauer drückten. Das war zumindest ein erster Schritt. Endlich konnten wir das ganze Krankenhausgebäude sehen, drei Stockwerke erleuchteter Fenster, einige davon offensichtlich Büroräume, andere Krankenzimmer.

»Wir müssen da hineinkommen«, flüsterte ich.

Truus seufzte. »Und dann? Das Gebäude ist riesig.« Der direkt vor uns liegende Gebäudeteil war besonders hell erleuchtet – der Empfangsbereich. Während Truus noch sprach, marschierte eine Phalanx von Wehrmachtsoldaten den Korridor im

Erdgeschoss entlang, und ihre runden grünen Helme wogten wie die Schuppen eines Reptils. Säurereste des Kaffees wirbelten in meinem Bauch.

»Irgendwo dort muss er sein«, flüsterte ich. »Sieh doch, wie viele Soldaten hier herumlaufen.« Der Name Jan Bonekamp war den Deutschen wohlbekannt, aber sie besaßen keine zuverlässige Beschreibung seines Äußeren. Ihn lebend gefangen zu nehmen wäre ein großer Erfolg für Kommando Silbertanne und den SS-General. Also würden sie Jan schwer bewachen.

»Überall in der Stadt wimmelt es von Soldaten«, meinte Truus. Das stimmte natürlich auch.

Wir warteten noch einen Moment. Alles sah nach Routine aus. Friedlich. Keine Soldaten mehr in Sichtweite.

»Ich gehe zum Empfangstresen und frage dort nach irgendeinem zufälligen Namen«, flüsterte Truus. »Während man nachschaut, versuche ich mich unauffällig umzusehen, ob vielleicht irgendetwas Ungewöhnliches vorgeht. Ob SS-Leute in der Nähe sind oder ob irgendwo noch mehr Soldaten zusammengezogen sind. Du bleibst hier und beobachtest weiter das Fenster dort drüben.« Sie deutete zu dem Fenster, hinter dem wir die Soldaten hatten vorübermarschieren sehen. »Wenn es sicher genug erscheint, dass du reinkommen kannst, trete ich ans Fenster und falte meine Hände, als wollte ich beten. Das ist für dich das Zeichen, zu mir zu kommen. Alles klar? Aber nur, wenn ich das Zeichen gebe.«

Ich sehnte mich inbrünstig danach, mit ihr hineinzugehen. Aber ich vertraute Truus mehr als jedem anderen.

Sie machte sich auf den Weg über den gepflasterten Innenhof, mit dem Mosaik in seiner Mitte, dem Symbol des niederländischen Löwen. Ich grub die Finger in die Ritzen der Steinmauer hinter mir, wie um mich daran zu hindern, ihr nachzulaufen.

Truus erreichte das Gebäude und streckte die Hand nach dem Messinggriff der großen Eichentür aus. Da ertönte plötzlich eine barsche Männerstimme ein Stück rechts von ihr: »Stopp! Stopp! Das ist eine Falle!«

Truus wirbelte herum, starrte in die Richtung, aus der die Stimme kam.

»Macht, dass ihr hier rauskommt! Lauft!«, brüllte der Mann jetzt. Er lief auf Truus zu, die sich schon rückwärtsbewegte, während andere Leute im Hof ebenfalls auseinanderliefen. Ich erstarrte, denn jetzt erkannte ich den Mann. Es war Hendrik, der in einem dreiteiligen braunen Anzug mit wehender Stirnlocke über das Pflaster rannte und Truus anschrie, dieser Mann, der sonst niemals die Stimme erhob, der nicht einmal damals, als ich ihn zu erschießen versuchte, gebrüllt hatte.

Truus zögerte keine Sekunde und rannte, mit großen, angstgeweiteten Augen, zu mir zurück. Hinter den dicken Gebäudemauern des Krankenhauses war das Donnern von Soldatenstiefeln zu hören, die über die Bodenfliesen marschierten. Jene Soldaten, die wir eben erst beobachtet hatten, kamen nun im Eilschritt zurück.

»Lauf, lauf, lauf«, rief Truus mir zu, packte mich am Ärmel und zog mich mit sich zu einem anderen Stück Mauer. Zwar konnte ich dort keinen Ausgang erkennen, doch die Mauer war dicht mit Efeu überwachsen, wir krochen hinein und drückten uns schutzsuchend an die Wand.

Mitten im Innenhof stand Hendrik, er hatte sich den behelmten Soldaten zugedreht, die mit Gewehren und gezogenen Pistolen weiterhin durch die Tür nach draußen strömten. Truus griff nach meinem Handgelenk und zerrte mich in Richtung des Tors. Als wir hindurchrannten, gestattete ich mir einen raschen Blick zurück, in der vagen Hoffnung, Hendrik möge uns folgen. Doch das war nicht der Fall. Ich zwang Truus anzuhalten.

Hendrik stand immer noch mitten im Hof, er wich nicht von der Stelle, hielt in jeder Hand eine mattschwarze Pistole. Die Soldaten vorn im Rudel drosselten das Tempo, verwirrt, weil Hendrik nicht versuchte zu fliehen, so dass ein Stau entstand und die Soldaten in einer Art Dominoeffekt ineinanderrasselten. Einer von ihnen bellte Hendrik derart hysterisch auf Deutsch an, dass ich die Worte nicht verstand.

Dann hörte ich Hendriks unverkennbaren weichen Tonfall, der sich jetzt über den ganzen Tumult erhob. »Meine Herren, meine Herren«, rief er, und es klang wie sanfter Gesang. »Vorwärts mit euch … ihr verdammten Schweine.«

Die Meute heulte auf, rührte sich aber nicht, sie war gebunden an eine starre Befehlskette. Breitbeinig, einem Revolverhelden gleich, hielt Hendrik beide Pistolen auf die Soldaten gerichtet, jederzeit bereit abzudrücken. Er war so mutig. Es war eine Pattsituation. Gebannt, eng aneinandergedrückt beobachteten Truus und ich, was als Nächstes passieren würde.

Sekunden lang starrten sie einander reglos an. Dann endlich schwang die schwere Eichentür wieder auf, und drei ältere Nazi-Offiziere in langen Mänteln und mit glänzenden Helmen eilten auf den Hof. Doch sie stellten sich keineswegs in die vorderste Reihe, sondern drückten sich an die Seite, außerhalb von Hendriks Schusslinie, geschützt durch ihre eigenen Männer.

Hendrik sah sie und lächelte. »Was seid ihr doch für Feiglinge«, sagte er leise. Der Lärm hatte sich gelegt, es war ganz still auf dem Hof, abgesehen vom gelegentlichen Scharren eines Soldatenstiefels. Die drei Offiziere berieten sich kurz, dann rief einer: »Ergib dich …« Er hielt inne, räusperte sich und spuckte aus. »Wenn du dich kampflos ergibst«, fuhr er mit heiserer Stimme fort, »dann lassen wir dich am Leben.«

»Von hier kann ich Sie leider nicht hören«, sagte Hendrik.

Der stimmschwache Nazi fuhr fort: »Wir werden dich mit deinem Genossen sprechen lassen, wenn du dich ergibst.«

Spöttisch erwiderte Hendrik: »Zuerst einmal müsst ihr mir den Namen dieses Genossen verraten.«

Wieder steckten die drei Nazis die Köpfe zusammen. Dann sprach ein anderer, mit tiefer, monotoner Stimme: »Jan Bonekamp.«

Mir stockte der Atem. Truus drückte mich an sich, und irgendwie blieb ich tatsächlich auf den Beinen.

»Ihr erlaubt mir also, dass ich reingehe und mit ihm spreche«, sagte Hendrik. »Und was dann?« Er trat blitzschnell ein Stück nach links, so dass er die drei Befehlshaber in die Schusslinie zumindest einer seiner Pistolen bekam. Wie ein Fischschwarm zuckten Soldaten und Offiziere gleichzeitig zusammen.

»Nicht schießen!«, blaffte der Offizier mit der lautesten Stimme und gab sich alle Mühe, aus Hendriks Schusslinie zu kommen und ihn zugleich nicht aus den Augen zu lassen. »Bonekamp war sehr hilfsbereit«, sagte er. »Vielleicht bist du einer seiner Genossen, von dem er uns erzählt hat?«

»Dann kann es nicht Bonekamp sein«, sagte Hendrik. »Er wäre niemals bereit, mit euch zu reden.«

»Ach ja?« Der Offizier wandte sich wieder an seine Kollegen, alle drei lächelten sich an, dann sahen sie wieder zu Hendrik. »Jeder redet irgendwann.«

Meine Wirbelsäule gefror zu Eis.

Gemurmel erhob sich, sowohl unter den Soldaten wie auch unter den Befehlshabern. Hendrik blieb aufrecht stehen, schien jedoch die Schultern leicht sinken zu lassen, wie ein Aufziehspielzeug, das allmählich müde wurde.

Im Schatten am Rand des Hofs wandte Truus sich mir zu. Einen Augenblick fragte ich mich, ob sie mich überhaupt sehen konnte; ich fühlte mich wie ein Geist. Mein Kopf schwirrte, meine Ohren dröhnten wie nach einer ausgedehnten Schießübung. Auf Truus' Gesicht lag ein Ausdruck des Entsetzens, und ich war sicher, dass ich genauso entsetzt aussah.

»Du willst also, dass ich deine Männer erschieße, um dich zu treffen?«, rief Hendrik, und tatsächlich klang seine Stimme jetzt müder.

»Bitte, mein Freund«, sagte der Offizier. »Wir können einander doch helfen.«

Ungläubig schüttelte Hendrik den Kopf. »Komm hier rüber und sag das noch einmal.«

Der Offizier seufzte. »Ich kann doch nicht …«

»Weil du ein verfluchter …« Hendrik suchte nach dem deutschen Wort, damit die Soldaten ihn verstehen würden. »… ein verfluchter Feigling bist!« Hendrik lächelte.

Die Soldaten machten große Augen und wurden unruhig, weil Hendrik mit seiner zweiten Waffe in ihre Richtung gestikulierte. Der Offizier wandte sich ihnen zu, gab einen kaum hörbaren Befehl, und die Männer drängelten sich in Formation, die vorderste Reihe legte sich auf den Bauch, die dahinter begab sich auf die Knie, und der Rest blieb stehen, das Gewehr über die Reihen vor ihnen hinweg auf Hendrik gerichtet, eine dichte Mauer stählerner Gewehrmündungen. Doch Hendrik fuhr fort, sie zu verhöhnen.

»Selbst diese armen Dummköpfe wissen Bescheid, was, Jungs? Komm her, Kommandant, und töte mich wenigstens wie ein Mann. Hundert Männer gegen einen einzigen ist einfach jämmerlich, du musst …«

Sämtliche Waffen auf den schmalen, so unglaublich tapferen und einfach weiterredenden Hendrik gerichtet, feuerte die gesamte Kompanie gleichzeitig auf ihn – eine Flutwelle, um ein einzelnes Streichholz zu löschen.

In einer grotesken Pirouette drehte sich Hendrik, mit den Armen wild um sich schlagend, um die eigene Achse, sein schlanker Körper erzitterte und krümmte sich unter den Schüssen, bis er schließlich auf dem Pflaster des Hofs zuckend zusammenbrach. Ein eifriger junger Schütze löste sich aus der Menge und rannte zu ihm, zog ihn am Revers nach oben, als wolle er einen rekordverdächtigen Riesenfisch präsentieren, wandte sich dann grinsend, mit Raubtierglanz in den Augen, seinen Kameraden zu. Mit einem Ruck hievte er Hendrik hoch und legte sich seine Arme um den Hals, als ziehe er einen Rucksack über. Doch da sah ich auf einmal Hendriks Taschenmesser aufblitzen, und die schmale Silberklinge glitt über den Hals des Soldaten. Sein Gesicht wurde bleich, als ein roter Blut-Geysir hoch in die warme Sommerluft spritzte. Der junge Mann schrie auf und griff sich an die Gurgel, während Hendrik zusammenbrach und wie eine schwere, blutdurchtränkte Decke auf die Steine fiel, das Messer noch fest in der Faust.

Und die Soldaten gerieten außer sich.

Sie überschwemmten den Hof und rannten zu Hendrik. Während Truus mich durch das kleine schwarze Tor und auf die Straße zerrte, hörten wir hinter uns Geschrei und Schüsse. Genau wie in der ersten Nacht mit Offizier Kohl rannten Truus und ich, in Todesangst eng miteinander verbunden, durch die Straßen, so schnell wir konnten, zum Bahnhof, unserem einzigen Fluchtweg aus der Stadt. Wir mussten verschwinden.

Unterwegs sah ich noch, wie Truus sich umdrehte, ob uns jemand folgte, doch ich traute mich nicht mehr, zurückzuschauen. Stattdessen konzentrierte ich mich auf das Blau ihrer Jacke und darauf, nicht hinzufallen. Als wir den Bahnhof erreichten, verlangsamten wir das Tempo, denn wir hatten Angst, Aufmerksamkeit zu erregen. Wieder nahm Truus mich an die Hand, mit raschen Schritten eilten wir zum Bahnsteig und standen dort, keuchten, redeten nicht, dachten nicht nach, atmeten nur.

Als Minuten später der Zug eintraf, war der Waggon nahezu leer, und wir setzten uns auf die der Stadt zugewandte Seite. Langsam quälte sich der Zug vorwärts, und wir starrten einander an, stumm, obgleich es viel zu sagen gab, aber hier konnten wir nicht miteinander reden. Die wenigen flackernden Lichter Amsterdams verschwanden hinter uns. Meine Gedanken schwankten zwischen Chaos und Leere. Ich schloss die Augen.

»Hey«, sagte Truus und klopfte auf mein Bein. »Bist du wach?«

Ich nickte mit geschlossenen Augen.

»Es ist nur …«

Ich öffnete ein Auge. »Was?«

»Wenn sie jetzt deinen Namen kennen«, flüsterte sie.

Ich blinzelte und sah sie aufmerksam an. Truus brauchte es nicht auszusprechen, ich konnte es in ihrem Gesicht lesen. »Dann sind sie wahrscheinlich schon unterwegs zu meinem Elternhaus«, flüsterte ich.

»Deine Eltern.«

»Und Philine.«

Ich suchte in der Dunkelheit draußen nach Orientierungspunkten und trieb den Zug in Gedanken an. »Wir müssen vor ihnen dort sein.« Truus drückte meine Hand. Im Stillen begann ich zu überlegen, welche Konsequenzen es haben würde, wenn die SS meinen Namen kannte. »Er könnte ihnen auch deinen gesagt haben. Und Freddies«, sagte ich.

Truus nickte grimmig. »Wenn wir in Haarlem sind, gehe ich zu meiner Mutter und du zu deinen Eltern. Danach können wir uns in dem sicheren Haus in der Innenstadt treffen.«

»Gut.« Meine Müdigkeit hatte sich in Elektrizität verwandelt, die durch meine Adern zuckte. Meine Knie bewegten sich auf und ab, meine Finger trommelten im verzweifelten Warten, dass wir endlich unser Ziel erreichten. Vor meinem inneren Auge sah ich den blutüberströmten Hendrik, tot, und schob das Bild weg. *Schneller, schneller, schneller.*

»Mach keine Dummheiten.« Truus sah mich ernst an. »Komm bitte deutlich vor der Morgendämmerung in das sichere Haus, ich erwarte dich dort.«

»Gut«, sagte ich noch einmal, hörte ihr jedoch kaum zu. Ich wusste ja, welches Haus sie meinte.

»Warte lieber zwei Häuserblocks westlich von dem Haus auf mich«, korrigierte sie sich. »Für den Fall der Fälle.«

Verwirrt sah ich sie an.

»Wer weiß, was er ihnen sonst noch erzählt hat«, sagte Truus achselzuckend. Ich schüttelte angewidert den Kopf. »Aber ich ertrage es nicht, dass wir Hendrik dort zurückgelassen haben«, fuhr sie fort und wischte sich über die Augen. Wortlos legte ich den Arm um sie.

Wir saßen schweigend nebeneinander und dachten beide dasselbe.

»Jan ist vielleicht noch am Leben«, sagte Truus schließlich. »Im Krankenhaus.«

»Ich weiß«, stimmte ich zu. »Und er könnte immer noch reden. Verdammt.«

Kapitel 28

Der Zug hatte noch nicht angehalten, als Truus und ich auf den Bahnsteig sprangen und uns entgegen der Fahrtrichtung auf den Weg machten. Das Haus meiner Eltern war mit dem Rad zehn Minuten entfernt, wenn man den direkten Weg nahm, aber ich zwang mich, die etwas sicherere Route zu wählen, machte einen großen Bogen und näherte mich dem Haus durch verwinkelte Gassen. Schließlich ließ ich das Fahrrad stehen und kletterte, in der Hoffnung, unsere Straße einsehen zu können, auf einen Zaun und sprang von dort auf ein Dach. Es war Abend, aber jetzt, mitten im Sommer, war es noch nicht richtig dunkel, und ich würde aufpassen müssen, dass mich niemand entdeckte.

Möglichst flach streckte ich mich auf dem kratzigen Strohdach aus. Zuerst konnte ich nichts Verdächtiges entdecken. Keine fremden Wagen, keine ungewöhnlichen Geräusche. Ich sprang wieder hinunter und lief im Zickzack auf unser Haus zu. Meine Eltern und Philine mussten so schnell und so leise wie möglich weg von hier, und zumindest heute Nacht konnten sie mit Truus und mir in dem sicheren Haus unterkommen. Dann mussten wir uns ein anderes Quartier ausdenken.

So flitzte ich durch die Lücken zwischen den Gärten und fand den versteckten Weg, der vom Haus der Dubbelmans zum Gewächshaus in Frau Snels Garten führte, direkt neben meinem Elternhaus; durch die trübe Glasscheibe des Gewächshauses konnte ich jenseits des Zauns unser Küchenfenster ausmachen. Irgendetwas huschte über meinen Fuß, und ich zuckte heftig zusammen. *Sei vorsichtig*. Noch einmal spähte ich hinaus in die vertraute Stille meiner Nachbarschaft, die ich seit meiner Geburt kannte.

Doch dann hörte ich plötzlich ein Donnern.

Zuerst kam es aus der Ferne, dann immer näher, und dann sah ich eine Schlangenlinie schwerer Militärfahrzeuge die breite Allee entlangrumpeln und zu meinem Entsetzen in unsere kleine Straße einbiegen. Keine Sirenen, kein Hupen, keine Zurufe. Noch nicht. Die Armeewagen rollten weiter, und als zwei davon nach rechts abbogen, fasste ich mir ein Herz, schlüpfte aus dem Gewächshaus, rannte zu Frau Snels Gartentor und von dort in unseren Garten. Inzwischen waren die Fahrzeuge nur noch wenige Meter entfernt. Ich rannte zur Küchentür. Und gerade als ich den Türknauf berührte, hörte ich von drinnen ein Rufen. Blitzschnell drückte ich mich an die Hauswand und schlich zum Küchenfenster.

Meine Mutter stand mit dem Rücken zu mir in der Küche und beobachtete die Haustür. Um sie auf mich aufmerksam zu machen, klopfte ich leise mit dem Fingernagel ans Küchenfenster. Sie hörte es sofort und drehte sich abrupt um, so dass ihre langen, blond-silbernen Haare durch die Luft flogen. Sie trug die Haare nur nachts offen, nachdem sie sie gründlich durchgebürstet hatte, und sah damit wesentlich jünger aus. Auf einmal sah ich die große Ähnlichkeit mit meiner Schwester Annie.

Bei meinem nächsten Klopfen schaute sie zum Fenster über der Spüle. *Ich bin hier, Mama, ich bin hier*. Natürlich konnte ich nicht rufen, hätte es aber nur zu gern getan. *Hier, Mama!* Klopf-klopf. *Bitte!* Sie zupfte am Ärmel meines Vaters, und dann schlug etwas so hart und laut gegen die Haustür, dass das ganze Haus wackelte. Sofort packte mein Vater meine Mutter und nahm sie fest in den Arm.

»Aufmachen!«, bellte eine deutsche Stimme vor der Haustür. »Sofort aufmachen!«

Nicht aufmachen. Nicht aufmachen. Die Soldaten würden die Tür einschlagen, wenn meine Eltern sie nicht öffneten, aber es würde mir ein paar Sekunden Zeit geben, irgendetwas zu tun und meine Eltern in Sicherheit zu bringen. Ich könnte ins Haus laufen und mich genau wie Hendrik vor den Soldaten aufbauen; ich könnte seitlich um das Haus herumlaufen und vielleicht einen oder zwei von ihnen erschießen, ehe ich selbst erschossen würde; ich könnte sie im Garten irgendwie ablenken; ich könnte … verdammt. Keine dieser Ideen endete mit der erfolgreichen Flucht meiner Eltern.

»Aufmachen!«, ertönte die Stimme erneut, dann ein deutscher Wortschwall. Befehle.

Meine Mutter und mein Vater standen ein paar Schritte von der Tür entfernt und hielten sich aneinander fest.

»Einen Moment bitte, einen Moment«, rief mein Vater, während er und meine Mutter ein Stück zurückwichen. »Nur einen kleinen Moment bitte.«

Ja, geht nach hinten in die Küche und flieht mit mir. Bitte.

Gerade als ich nach der Klinke der Hintertür griff, sah ich, wie die Haustür nachgab und in schartige Holzplanken zersplitterte, zerfetzt von einem langen dunklen Gewehrkolben. Soldaten quollen durch die zerstörte Tür und verteilten sich im Raum, ich sah ihre Einsatzgruppen-Helme aufblitzen, überall schimmernde SS-Blitze auf graugrünen Uniformen, ein wild summender Insektenschwarm. Sie umringten meine Eltern, nahmen ihnen mit ihren Körpern, ihrem Geschrei und ihren

Waffen die Luft zum Atmen, und ich hörte einen schrillen Schrei. Meine Mutter. Ein Laut, den ich noch nie zuvor von ihr gehört hatte.

Die Helme krachten gegeneinander und in jedes alte Möbelstück im Haus, sie trennten meinen Vater und meine Mutter voneinander, jeweils vier Soldaten zerrten sie in entgegengesetzte Richtungen. Im Vorraum zerbrach der Spiegel und klimperte in kleinen Stücken zu Boden, wurde sogleich zermalmt von stampfenden Stiefeln. Maschinengewehre wurden in alle Richtungen geschwenkt, Deckchen, Gläser und Bücher flogen durchs Zimmer.

Ein großer Nazi-Offizier mit einer Gasmaske am Gürtel stand in der Haustür und überwachte den Überfall. Er packte meinen Vater am Oberarm, brüllte ihn an und schickte seine Soldaten dann die Treppe hinauf.

Nein, nicht nach oben!

Philine.

Mit der Hand auf der Klinke der Hintertür hielt ich inne. Das ganze Haus bebte von trampelnden Soldatenstiefeln, die Luft war erfüllt von den bellenden Rufen der Männer, Speichel blitzte auf im Lichtstrahl der Lampe. Tischbeine stöhnten und knickten ein, die Soldaten keiften in einem Delirium der Zerstörung, ihre Bewegungen waren ruckartig und nervös, vermutlich aufgeputscht von den kleinen weißen Pillen, die ihnen verabreicht wurden, damit sie brutaler töteten.

Durchs Fenster erhaschte ich einen kurzen Blick auf meine Mutter, die langen Haare jetzt ein Gewirr, einzelne Strähnen klebten ihr im Gesicht, so saß sie auf dem Sofa, den Kopf in die Hände gestützt, weinend, von den Soldaten mit entsicherten Gewehren dort festgehalten, während mein Vater, am Hauseingang umzingelt, noch immer etwas von Menschenrechten brüllte. Bis er fast nur noch brüllte. »Aafje! Aafje!« Ob meine Mutter ihn hörte, konnte ich nicht beurteilen.

Immer mehr Soldaten fluteten ins Haus und um das Haus herum, bewaffnet und hektisch erregt. Ich hätte hineingehen können, doch dann wäre ich nie mehr herausgekommen. Stiefel donnerten die Treppe empor, Türen wurden aufgestoßen, Rufe, dann noch mehr Soldaten, die wieder herunterkamen. Philine konnte ich nirgends entdecken. Wie erstarrt stand ich auf der hinteren Veranda, erhaschte kurze Blicke auf das wütende, rote Gesicht meines Vaters, sah den verschlissenen Saum des weißen Baumwollnachthemds meiner Mutter über den Boden schleifen, sah, wie ein schwarzer Stiefel darauftrat und den weichen, alten Stoff mit seinem Absatz zerriss. Mein Magen krampfte, meine Kehle war staubtrocken.

Äste knackten, ein Rankgerüst stürzte krachend von der Hausmauer – die Soldaten waren auf dem Weg nach hinten. Mit einem letzten Blick Richtung Küche kletterte ich über den Zaun zurück in Frau Snels Garten und rannte dann quer durch die Nachbarschaft zurück zu meinem Fahrrad. Hinter mir verebbten Geschrei und Tumult, während ich durch Straßen radelte, in denen die Suchlichter noch gegen die Häuser flackerten. Dann begann das Sirenengeheul. Die Deutschen wollten die ganze Nachbarschaft wecken, alle sollten sehen, was mit den Familien von Verrätern geschah, von Verrätern wie Hannie Schaft.

Ich war noch deutlich weiter als zwei Häuserblocks von dem sicheren Haus entfernt, als ich beschloss abzusteigen. Irgendetwas stimmte hier nicht. Sicherheitshalber versteckte ich mein Fahrrad und ging vorsichtig zu Fuß weiter. Die Straße war still, keine Spur von Soldaten. Doch der Gehweg vor dem Wohnblock war mit Müll überhäuft: Kleiderhaufen, kaputte Möbelstücke, zerbrochenes Geschirr. Da ich nicht näher herangehen wollte, schlüpfte ich in den Schatten und wartete. Ungefähr fünf Minuten verstrichen, ehe ich etwas hörte. Ein leises Klappern von Metall gegen Metall. Ich wusste es sofort: Das war Truus. Ihr Gepäckträger löste sich ständig, und inzwischen war mir das Geräusch so vertraut wie die Melodie des Schlüsselbunds meines Vaters, wenn er von der Arbeit kam und ihn auf der Eichenkredenz neben der Haustür ablegte.

»Hey«, rief ich leise. Truus steckte die Hand in die Tasche, in der sich ihre Pistole befand. »Ich bin's«, fügte ich hinzu – etwas Besseres fiel mir nicht ein – und trat in das schwache Licht, damit sie mich sehen konnte. Sofort rannte sie zu mir.

»Was ist mit deinen Eltern?«, fragte sie flüsternd.

»Die SS ist mir zuvorgekommen.«

Sie schwieg und wartete auf mehr.

»Ich weiß nicht, ob sie nur verhaftet werden oder …« Ich verschluckte ein Schluchzen, die Worte kamen mir nicht über die Lippen.

»Das tut mir so leid, Hannie.« Truus legte den Arm um meine Schultern.

»Was ist mit dem sicheren Haus passiert?«, fragte sie und blickte zu dem Durcheinander auf dem Gehweg.

»Keine Ahnung. Ich bin gerade erst hergekommen.«

»Bestimmt haben sie dort eine Razzia gemacht.« Sie seufzte laut und sprach aus, was wir beide dachten: »Silbertanne.« Sie hielt inne. »Was ist mit deiner Freundin, mit Philine?«

»Das weiß ich nicht, ich hab sie nicht gesehen«, antwortete ich.

»Vielleicht konnte sie rechtzeitig fliehen.«

»Vielleicht«, sagte ich und gab mir alle Mühe, es zu glauben. Zuerst war Sonja verschwunden, und jetzt Philine? Mir tat das

Herz weh, eine schmerzhafte Enge in der Brust, die das Atmen erschwerte.

»Wenn sie Philine gefunden hätten, wäre es für deine Eltern noch schlimmer. Wahrscheinlich konnte sie fliehen.«

»Ich hoffe es«, flüsterte ich.

»Hol tief Luft, Hannie.« Vor meinen Augen tanzten schwarze Flecken, ich beugte mich vor, legte die Hände auf die Knie, schloss die Augen und versuchte, mich zu beruhigen. Truus strich mir sanft über den Rücken, und ich versuchte, meine Gedanken zu stoppen. Erst da fiel es mir ein.

»Oh, Truus«, sagte ich. »Was ist mit deiner Mutter? Und mit Freddie?«

»Alles in Ordnung mit den beiden«, antwortete Truus. »Wir sollten zu ihnen gehen.«

»Das geht doch nicht«, protestierte ich. »Irgendwann werden sie herausfinden, wo deine Mutter wohnt.«

»Das bezweifle ich«, entgegnete Truus im Brustton der Überzeugung. »Wenn sie eine Adresse suchen, werden sie lediglich einen leeren Anlegeplatz finden. Meine Mutter lebt auf einem Hausboot. Sie hat heute früh den Anker gelichtet und sich ein Stück flussabwärts treiben lassen. Das Netzwerk hat sie gewarnt.«

Über die strategische Bedeutung eines Hausboots hatte ich noch nie nachgedacht, dabei war ich doch in den Niederlanden geboren. Die Deutschen jedenfalls würden sicher keine Ahnung haben, wo sie suchen mussten.

»Hier können wir nicht bleiben«, stellte Truus resigniert fest, und wir machten uns auf den Weg durch die Stadt, nahmen eine mäandernde Route durch die dunkelsten, verlassensten Straßen, um nicht gesehen zu werden. Ich folgte Truus und versuchte, meine Gedanken zu klären nach all dem, was ich in den letzten Stunden erlebt hatte. Hendrik, der liebenswerte, elegante, mutige Hendrik war tot. Aber meine Eltern und Philine lebten sicher noch, redete ich mir ein. Truus und Freddie und ihre Mutter lebten noch. Ich lebte noch, auch wenn ich mich fühlte, als wäre ich tot. Und ich hoffte, dass auch Jan im Krankenhaus noch lebte.

Denn ihn wollte ich selbst umbringen.

Kapitel 29

Das Hausboot der Oversteegens war in ein abgeschiedenes Industriegebiet am Rand von Haarlem manövriert worden, wo viele kaputte Dinge angeschwemmt wurden. Das lange Boot wirkte, als wäre es schon lange aufgegeben worden, wie es da tief liegend wie ein Krokodil im trüben Wasser dümpelte, die schwarze Farbe zum Teil abgeblättert und stumpf. Kein Nazi-Funktionär, der auf eine Karriere aus war, würde diesen alten Kahn beschlagnahmen. Hier waren wir in Sicherheit.

Im Dunkeln half Truus mir über die schmale Gangway aufs Oberdeck. »Hier«, sagte sie und deutete auf eine Bank, die den Rand des Boots säumte. Doch sobald ich mich hingesetzt hatte, brach ich zusammen, begann am ganzen Körper zu zittern, mit jeder einzelnen Faser.

Jan.

Meine Zähne klapperten.

Hendrik. Meine Mutter und mein Vater.

Mit beiden Händen klammerte ich mich an der Bank fest und versuchte, alle Gedanken aus meinem Kopf zu verbannen. Es tat einfach zu weh.

»O Gott«, flüsterte ich, und ein abgrundtiefes, würgendes Schluchzen stieg aus meiner Brust empor. Wo war Philine? Und wo war Sonja? Tränen begannen zu strömen, meine Nase lief, Bilder des puren Horrors schüttelten mich. Ich klammerte mich weiter an die Bank, das einzig Stabile.

Truus saß neben mir, massierte meinen bebenden Rücken und sprach kein Wort – das Beste, was sie tun konnte. Ich lehnte mich an sie, und sie fing mein Zittern auf, hielt mich fest und sagte nichts. Vor und zurück schwankten wir, Irgendwann schaffte sie es, mich von der Bank zu lösen und nach unten in eine Koje zu bringen. Als wäre ich ein Baby, das aus dem Bett rollte, wenn man nicht aufpasste, kroch sie zu mir.

Doch ich konnte einfach nicht aufhören zu weinen, meine Lungen rangen nach Luft, ich vergrub meinen Kopf in das muffige Kissen und schrie lautlos hinein. Mit der Zeit versiegten die Tränen, bis ich nur noch leise stöhnen konnte. Erschöpfung begann mich einzuhüllen wie ein weiches Daunenkissen. Welche Wonne: Vergessen. Das große Nichts, keine Gedanken mehr an die Toten, keine Bilder von Blut, von Waffen, von stampfenden, hämmernden, trampelnden schwarzen Lederstiefeln. Noch war ich nicht eingeschlafen, ich glitt dahin, ich schwebte. Langsam strich Truus über meinen Rücken, brachte meinen Atem zurück in seinen Rhythmus.

Ich fühlte nichts. Ich war kaum noch da. Und dann war ich weg.

Als ich am nächsten Tag aufwachte, war ich allein. Ich lag in der behaglichen, warmen Koje, starrte auf die lasierte Holzvertäfelung dicht über mir, folgte den Wirbeln in der Maserung, als enthielten sie die Antwort und ich müsste sie bloß finden. Über mir hörte ich klappernde Schritte auf dem Oberdeck und die leise Melodie von Stimmen. Ich schloss die Augen. Alle, die ich zu schützen versucht hatte, waren über Nacht verschwunden. Ich war am Boden zerstört, Traurigkeit lähmte mich und raubte mir den Atem.

Den ganzen Tag über nahm ich die beiden Schwestern nur für kurze Augenblicke wahr. Freddie mit einem Glas Wasser, das sie für mich auf das Regalbrett stellte. Truus, die mir sanft die zerzausten Haare aus den Augen strich. Immer wieder ließen Gedanken mich ruckartig aus dem Dämmerzustand aufschrecken, Angst überflutete mich, um dann wie der Gezeitenstrom zu verebben.

Als ich am nächsten Tag aufwachte, saß Truus an meinem Bett.

»Hey«, sagte sie.

»Hey«, antwortete ich krächzend, das erste Mal, dass ich wieder meine Stimme benutzte.

Truus half mir beim Aufstehen, half mir, mit Teekessel und Metallwanne ein Bad zu nehmen, und zog mir saubere Sachen an, die ihr gehörten. Irgendwo hatten Freddie und sie ein Ei aufgetrieben, das sie für mich kochten, die erste Nahrung, die ich seit mehreren Tagen zu mir nahm. Ihre Mutter, Trijntje, gesellte sich gelegentlich mit sorgenvollem Gesicht zu uns, doch war sie, genau wie meine Mutter, stets mit praktischen Dingen beschäftigt. Auf dem Deck hängte sie die Wäsche zum Trocknen in die Sonne, und ich verbrachte eine Stunde damit zu beobachten, wie meine Bluse und mein Rock im Wind flatterten, als würde ich selbst dort hängen. Nach einer Weile half Truus mir wieder nach unten und ins Bett, der einzige Ort, an dem ich sein wollte. Tausend Stunden Schlaf, mehr wollte ich nicht. Das und ein Vakuum, in dem ich für immer verschwinden konnte. Als ich etwas später Truus hereinkommen hörte, holte mich ihre Stimme zurück. Mit zusammengekniffenen Augen stützte ich mich auf die Ellbogen.

Sie berührte meine Hand und hielt ihre Zigarette auf Armlänge von sich, damit ich den Rauch nicht abbekam. »Hier unten darf man eigentlich nicht rauchen«, sagte sie achselzuckend und rauchte weiter. »Geht es dir besser?«

»Ich glaube schon«, brachte ich mühsam hervor.

»Meine Mutter sagt, morgen müssen wir dich dazu bringen, aufzustehen und wieder ins Leben zurückzukehren, an die Arbeit. Sie glaubt, das ist die einzige Möglichkeit, die dir hilft. Und ich gebe ihr recht.«

»Ha.« Ich brachte nur einen jämmerlichen Ausruf zustande. »An die Arbeit?«, wiederholte ich. Was sollte das bedeuten? Ich war nicht einmal sicher, ob ich überhaupt eine Teetasse halten konnte.

Truus strich mir über die Haare. »Ich weiß, wie du dich fühlst.«

Aber ihre Familie war am Leben. Auf einmal stieg Ärger in mir auf. Was war mit meiner Familie? Ich beruhigte mich augenblicklich wieder. Über Truus konnte ich mich nicht dauerhaft aufregen. Ich erwartete, dass sie noch weitere aufmunternde Worte finden würde, aber nichts dergleichen geschah, sondern sie streckte neben mir die Beine aus und betrachtete mich forschend.

»Was?«, fragte ich.

»Das war hart, Hannie.« Warum sagte sie das in der Vergangenheitsform, als wäre das Schlimmste schon vorbei? War ihr denn nicht klar, dass es gerade erst angefangen hatte? »Und es tut mir sehr leid.«

Ich nickte, denn ich war zu müde, um eine Diskussion zu führen. Aber auch eindeutig zu schwach, um wieder aktiv zu sein. Vielleicht würde ich mich nie mehr im Widerstand engagieren können. Ich schloss die Augen.

Truus begann unvermittelt von sich zu erzählen. »Vor längerer Zeit hat Hendrik mal gesagt, er hätte da einen Auftrag für mich«, begann sie mit ruhiger, leiser Stimme. »Es ging um Kinder.«

Ich öffnete wieder die Augen.

»Sie versuchen immer, die Aufträge, bei denen Kinder betroffen sind, an Freddie oder an mich zu vergeben«, fuhr Truus fort. »Wahrscheinlich, weil Kinder mit Frauen meist besser zurechtkommen. Sieht auch weniger verdächtig aus. Jedenfalls war alles geplant – eine gemeinsame Aktion mit einer Zelle in Amsterdam und einer weiteren in Dordrecht, ungefähr fünfzig Kilometer vor der belgischen Grenze, das war auch mein Zielort. Aber es handelte sich um eine Notsituation: Zwölf jüdische Kinder mussten sofort aus Amsterdam evakuiert werden, und es gab außer mir niemanden, der die Sache übernehmen konnte. Man versicherte mir, jemand aus einer anderen RVV-Zelle würde mich in Dordrecht erwarten und unterstützen. Also habe ich mich bereit erklärt.«

Sie zündete sich an der aufgerauchten Zigarette bereits eine neue an und nahm einen tiefen Zug. »Ich sollte mich als deutsche Krankenschwester verkleiden und behaupten, ich würde ein Dutzend Stadtkinder in ein Krankenhaus auf dem Land bringen. Man hat mir sogar eine echte Schwesterntracht besorgt, mit weißem Häubchen und allem Drum und Dran. Sogar ein Taschentuch mit Hakenkreuz. In das ich erst mal gründlich geschnäuzt habe.«

Ich brachte ein kleines Lächeln zustande und versuchte, mir Truus als deutsche Krankenschwester vorzustellen. Sie erzählte weiter.

»Ich hab sie am Amsterdamer Hauptbahnhof abgeholt. Zwölf Kinder. Das jüngste war ein kleines Mädchen, Rosie, vielleicht drei Jahre alt, mit braunen Locken und großen braunen Augen. Ein Kleinkind, das schon alleine laufen konnte, und das habe ich unterschätzt. Einem älteren Mädchen namens Louise, mit langem braunen Zopf, der ihr zwischen den mageren Schultern bis tief in den Rücken hing, übertrug ich die Verantwortung, sie hielt die Kleine an der Hand. Um ehrlich zu sein, hatte und habe ich so gut wie keine Ahnung, wie man mit Kindern umgeht.

Natürlich hielten mich die Kinder für eine Nazi-Schwester, entsprechend schauten sie mich an. Du weißt ja, wie Kinder heutzutage dreinschauen – wie traurige kleine Erwachsene. Stimmt's?«

Ich nickte. Wir wussten es alle. Junge Menschen, die schon zu viel gesehen und erlitten hatten.

»Jedenfalls«, fuhr Truus fort, »habe ich die Kinder in den Zug befördert, indem ich sie angeschrien habe, wie ich es mir eben von einer Nazi-Krankenschwester vorstellte. Der Zug setzte sich in Bewegung, aber Rosie weinte, und das mussten wir dringend unterbinden. Wir konnten es uns nicht leisten, jemanden zu stören oder sonst wie Aufmerksamkeit zu erregen. Um ein Haar hätte ich sie wieder angeschrien, aber dann sah ich, wie Louise ihr Taschentuch nahm und eine Art Puppe daraus bastelte. Sie band ein Stückchen Schnur darum und ließ die Figur auf Rosies Schoß tanzen, um sie abzulenken. Mit Erfolg.«

»Waren das Waisenkinder?«, fragte ich.

»Ich habe keine Ahnung«, antwortete Truus. »Weder, wann diese Kinder ihre Eltern das letzte Mal gesehen hatten, noch, wie lange sie sich schon versteckt hatten. Oder was sie sich vorstellten, wohin sie gebracht wurden. Ich wusste es nicht, niemand hatte es mir gesagt. Ich wüsste auch heute nicht, bei wem ich mich danach erkundigen könnte.«

»Hat jemand euch angesprochen? Aufgehalten?«

»Ein paar haarige Momente gab es schon, aber insgesamt

hatten wir Glück und schafften es in ein kleines Dorf am Rhein. Wir sollten die Kinder auf die andere Flussseite bringen, und dort würde jemand sie übernehmen. Ich hatte nur eine Skizze von diesem Dorf in der Nähe von Dordrecht, darauf war auch ein Weg über eine Wiese zum Ufer hinunter eingezeichnet. Aber diese Wiese hatte auf der Skizze ganz viele Kreise. Das waren Landminen. Ich hab den Kindern eingeschärft, dass sie meinen Schritten unbedingt ganz genau folgen müssen. Von den Minen habe ich ihnen nichts gesagt.

Ich suchte und fand die Lücke im Zaun, der die Wiese umschloss, die ein Partisan aus der Gegend für uns hineingeschnitten hatte. Sie war groß genug für die Kinder, aber ich habe an Armen und Beinen geblutet, nachdem ich mich endlich hindurchgezwängt hatte. Allerdings habe ich davon nichts gespürt, ich war viel zu angespannt und hatte Angst vor dem, was noch vor uns lag.«

Es war das erste Mal, dass ich Truus das Wort Angst aussprechen hörte.

»So robbte ich mich dann mit den Kindern langsam vorwärts und gab ihnen Befehle: ›Nicht sprechen, nicht husten, seid mucksmäuschenstill. Macht mir alles genau nach.‹ Vom Fluss stieg Nebel auf und zog über die Wiese, so dass jedes Mal, wenn ein Suchscheinwerfer über uns hinwegglitt, alles taghell erleuchtet war. Der Weg über die Wiese war alles andere als einfach – vertrocknete Grasbüschel, Steine und Brennnesseln. Aber die Kinder waren unglaublich. Bei jedem Zentimeter vorwärts machte ich mich auf ein metallisches Klicken oder eine Explosion gefasst. Aber ich hielt mich an die Skizze, und irgendwie kamen wir durch.

Dann robbte ich weiter zum Fluss, um nachzuschauen, ob an der Stelle das Wasser niedrig genug stand. Ehrlich gesagt, wusste ich gar nicht so recht, wonach ich das beurteilen sollte, aber ich traf die Entscheidung, dass wir weitergingen. Ich sollte auf ein Zeichen warten, eine blinkende Laterne am gegenüberliegenden Ufer. Es sollte erscheinen, wenn die Suchscheinwerfer in unserem Bereich fünf Minuten Pause machten, so dass ich die Kinder in die Boote setzen und auf die andere Seite rudern konnte.

Da sah ich, dass es zwei Boote gab. Ursprünglich für zwei falsche deutsche Krankenschwestern und die zwölf Kinder. Aber es gab leider nur eine einzige falsche Krankenschwester. Und nicht einmal der älteste Junge war groß genug, um das andere Boot allein zu manövrieren.

Da wurde mir klar, dass ich das Ganze völlig unterschätzt hatte. Die Strömung war viel stärker, als ich es mir vorgestellt hatte. Und in der ganzen Zeit, die wir uns schon versteckt hatten, musste ich auch noch die Laterne orten, also unseren Kontakt auf der anderen Seite. Ich war kurz davor, die Kontrolle über die Kinder zu verlieren. Wenn jetzt jemand anfing zu reden oder sich erhob, würden wir in Sekundenschnelle entdeckt und verhaftet oder gleich hier am Rheinufer erschossen werden. Also mussten wir es mit einem Boot versuchen.«

»Mein Gott, Truus«, sagte ich und legte die Hand auf ihre Schulter. Doch sie bemerkte es nicht einmal, sie war wie in Trance und redete einfach weiter.

»›Steigt ins Boot‹«, sagte ich zu den Kindern und begann, sie über die niedrige Seite des Boots hineinzuheben. Aber der Älteste wollte nicht.

›Wir passen da nicht alle rein‹, sagte er. ›Wir müssen uns auf zwei Boote verteilen.‹

›Wir können aber nur eines nehmen«, erklärte ich ihm. ›Beeil dich.‹

Aber er blieb, wo er war, starrte auf das zweite Boot, als überlege er, ganz allein einzusteigen. Wenn er es getan hätte, hätte ich ihn nicht daran gehindert, ich hätte es gar nicht gekonnt. Am Ende half er einem kleineren Jungen in unser Boot, half mir dann, es ins tiefere Wasser zu bugsieren, griff sich aber das zweite Paar Ruder. Als wir alle drin waren, war das Boot natürlich überladen, Wasser schwappte hinein, und das, noch bevor wir uns richtig in der Strömung befanden.

Der Junge packte seine Ruder und starrte zum anderen Ufer. Wartete auf den nächsten Suchscheinwerfer wie ein Hund auf einen Fußtritt. Die Kinder kauerten sich auf dem Boden des Boots dicht zusammen, dann begannen der ältere Junge und ich zu rudern. Schon bei den ersten Schlägen quietschten die Ruder entsetzlich laut und durchdringend in ihren Gabeln. Dabei sollten wir doch lautlos übersetzen! Ich schaute zu dem Jungen zurück und sah, wie er seine Ruder mit seinem Schal umwickelte, um das Geräusch zu dämpfen. Brillante Idee. Ich machte es ihm mit meinem Hakenkreuztaschentuch nach und sah mich dann nach etwas anderem um. Irgendetwas.

›Gib mir das‹, sagte ich zu Louise.

Sie sah mich an. ›Was denn?‹ Sie hielt Rosie eng an sich gedrückt, als wäre sie ihr Baby, und Rosie drückte wiederum ihr Taschentuchpüppchen an sich.

›Na, die Puppe.‹

Louise wollte Rosie die Puppe nicht wegnehmen, verstand aber, dass wir das Taschentuch brauchten. ›Hör mal, Rosie‹, sagte sie, nahm der Kleinen die Puppe aus der Hand, ließ sie kurz noch mal durch die Luft tanzen und warf sie dann zu mir.

›Baby!‹, sagte Rosie. Es war das erste Wort, das ich von ihr hörte. Und dann fing sie an zu weinen.

Ich riss die Puppe auseinander und wickelte das Taschentuch um mein Ruder. Noch immer schwappte Wasser ins Boot, und wir entfernten uns bereits von der Stelle, an der ich glaubte, dass wir am anderen Ufer anlegen sollten. Der große Junge und ich legten uns ins Zeug, und tatsächlich dämpften die Tücher das Quietschen – aber nur für ungefähr sechs Ruderschläge. Als wir den Fluss halb überquert hatten, rutschte die Polsterung weg, und es quietschte wieder. Rosie schluchzte, die anderen Kinder begannen ebenfalls zu weinen. Inzwischen waren wir im tiefen Wasser, die Strömung wurde immer stärker, und wir bewegten uns stromabwärts, immer weiter weg von unserem eigentlichen Ziel. Ein neuer Suchscheinwerfer leuchtete auf und zog seine Runde.

›Duckt euch, schnell‹, rief ich, und wir zogen alle die Köpfe ein. Ich konnte nicht beurteilen, ob wir entdeckt worden waren, aber ich setzte mich sofort wieder aufrecht hin und ruderte weiter, so gut ich eben konnte. Der große Junge ebenfalls. Aber die Strömung war zu stark für uns. Was konnte ich tun? Eiskaltes Wasser spritzte herein, und zwei kleine Jungen in der Mitte des Boots heulten. ›Seid still!‹, rief ich. Aber sie konnten nicht aufhören.«

Ich packte Truus' Hand, während ich sie mir in deutscher Schwesternuniform vorstellte, mit den Kindern in dem Boot, patschnass und verzweifelt.

»Dann wurde es plötzlich hell. Sämtliche am Ufer befindlichen Suchscheinwerfer richteten sich auf uns, das perfekte Ziel mitten auf dem Fluss. Das Licht blendete uns, die Kinder waren starr vor Schreck.

›Duckt euch, duckt euch!‹, rief ich. Wieder zerrte ich an meinen Rudern und verdrängte das augenfällige Problem einfach: Wir trieben unaufhaltsam auf die Scheinwerfer zu. Was würde passieren, wenn wir das Ufer erreichten? Zurück würden wir es jetzt nicht mehr schaffen, irgendwie mussten wir trotz allem weitermachen.

Ich schaute zu dem Jungen hinter mir, der nun zwischen seinen Rudern stand. Er trug einen Anzug, der bestimmt seinem Vater gehört hatte, denn er war ihm viel zu groß. Die Ruder in Händen, bot er den Scheinwerfern die Stirn. Die anderen Kinder schrien auf. Wie ein kleiner jüdischer Heiliger stand er da, umgeben vom Schein des blendenden Lichts. Dann begann er zu rufen. Ich konnte es nicht glauben.«

»Was hat er denn gerufen?«

Truus lächelte still. »›Schießt, ihr gottverdammten Hunnen!‹« Sie hielt inne. »Einen Augenblick geschah nichts. Dann jedoch durchschlugen die Kugeln seinen mageren Körper, und er begann zu zucken, bog sich schließlich wie ein Fisch an der Angel nach hinten und verschwand im Fluss.

Ich schrie auf, aber ich konnte nicht nach ihm greifen, sonst wäre das Boot umgekippt. Es wäre auch sinnlos gewesen. Alle Kinder schrien jetzt, und überall um uns herum peitschten Schüsse. Ein paar Sekunden später kenterte das Boot, und wir landeten alle im Wasser.

Als ich wieder auftauchte, sah ich Köpfe, Beine und Arme von Kindern stromabwärts treiben, weg von mir. Falls sie noch schrien, konnte ich es nicht hören.

Ich tauchte unter, hörte die Kugeln über mich hinwegpfeifen und versuchte, zu den Kindern zu gelangen, zu irgendeinem Kind, egal, zu welchem. Das erste Mädchen, das ich zu packen bekam, war bereits tot, hatte ein kleines, endgültiges Loch in der Schläfe. Ich ließ die Kleine wieder los, sie trieb davon. Ich nahm an, dass ich inzwischen auch getroffen worden war, konnte aber nichts fühlen. Ich tauchte ein Stück flussaufwärts, bis ich merkte, dass ich mich der Stelle näherte, von der aus wir ins Wasser gegangen waren. Ich kroch ans Ufer, sah mich um, in der Hoffnung, dass doch noch jemand sich irgendwie hatte retten können.

Da hörte ich eine Stimme. ›Mama! Mama!‹ Ein Mädchen rief. Es könnte Louise gewesen sein. Aber sie war zu weit flussabwärts, und ich konnte sie nicht erreichen, nur noch der immer leiser werdenden Stimme lauschen, bis sie verstummte. Kurz darauf bekam ich das Bein eines im Wasser treibenden Jungen zu packen und zog ihn ans Ufer. Er war tot. Ertrunken. Einer der älteren Jungen. Ich ging zurück ins Wasser, um es noch einmal zu versuchen, hörte ein Gurgeln, sah etwas Helles, und als ich danach griff, hatte ich den Kragen eines kleinen Pullovers in der Hand. Mühsam den Kopf über Wasser haltend, schwamm ich mit dem kleinen Körper zurück und legte das Kind ans Ufer. Es war Rosie. Sie gab erneut einen gurgelnden Laut von sich, also schleppte ich sie zur Wiese, wo wir wenigstens ein kleines bisschen Deckung hatten, und begann, mit ihren Armen zu pumpen und auf ihren kleinen Bauch zu drücken, um das Wasser aus ihr herauszubekommen. Hinter mir hörte ich jetzt Motorboote, es wurde auf Deutsch herumgebrüllt und jede Menge Lichter tanzten auf der Wasseroberfläche. Für die Kinder im Wasser war es zu spät, ich konnte nicht zurück. Sobald ich mir sicher war, dass Rosie noch lebte, schwang ich sie mir auf den Rücken und kroch über die verminte Wiese den Weg zurück, den wir gekommen waren, jedenfalls hoffte ich das. Krabbelnd in meinen von der Nässe schweren eiskalten Kleidern versuchte ich, Kurs zu halten. Hätten wir eine Mine berührt, nun … ganz ehrlich, in dem Moment habe ich fast darauf gehofft.«

Ich sah Truus an, aber sie starrte vor sich hin und war weit, weit weg.

»Ich wünschte mir nur, dass es aufhört.« Sie holte tief Luft. »Irgendwie schafften wir es tatsächlich bis zum Zaun, und ich schob Rosie durch die Lücke. Sie war schlaff, ich untersuchte ihren Körper nochmals nach Schusswunden, doch sie schien wie durch ein Wunder unverletzt geblieben zu sein. Schließlich nahm ich sie auf den Arm und rannte einfach die Straße hinunter, sah ein Haus und hielt darauf zu. *Bitte, seid freundlich zu uns*, dachte ich nur. *Bitte seid keine Kollaborateure*. So stolperte ich zur Tür, und ein Bauer spähte zu uns heraus. Eigentlich hatte ich vor, ihm Rosie einfach auf die Schwelle zu legen. Aber dann wurde ich ohnmächtig.«

»O Truus.« Ich hielt ihre Hand ganz fest.

»Zum Glück waren der Bauer und seine Frau auf unserer Seite. Sie waren es auch, die das Loch in den Zaun geschnitten hatten. Natürlich hatten sie Angst – es war ja streng verboten, Leute wie uns ins Haus zu lassen –, aber sie halfen uns. Ich blieb ein, zwei Tage dort und erholte mich ein wenig. Und sie versprachen, für Rosie ein sicheres Zuhause zu finden. Dann ging ich.«

»Und?«, fragte ich gespannt.

»Rosie?« Truus schüttelte den Kopf. »Ich weiß nicht, was aus ihr geworden ist.« Sie lächelte wenig überzeugt. »Manchmal denke ich an sie«, sagte sie. »Ich habe die Frau des Bauern um ein Taschentuch gebeten und ihr eine neue Puppe gebastelt, bevor ich gegangen bin.«

Mit ausdruckslosem Gesicht zog Truus an ihrer Zigarette. »Damals beschloss ich, nicht mehr für den Widerstand zu arbeiten«, fuhr sie fort. »Ich dachte, ich würde sowieso rausgeschmissen, weil ich versagt und nur eines von zwölf mir anvertrauten Kindern gerettet hatte. Ich hatte meinen Auftrag nicht erfüllt. Offensichtlich war ich einfach nicht gut genug. Aber als ich nach Haarlem zurückkam, hat man mich keineswegs ausgeschlossen. Ich erzählte Hendrik, was passiert war, und er war nur … einfach nur traurig. Trotzdem habe ich angeboten aufzuhören. Aber er hat mein Angebot abgelehnt.«

»Mein Gott, Truus«, sagte ich. »Wann war das?«

»Vor einer Weile. Einundvierzig, glaube ich.«

Vor drei Jahren also.

»Damals dachte ich, ich könne nicht mehr. Aber davon wollte Hendrik nichts wissen. Er hat mir und Freddie ein paar leichtere Aufträge übertragen, nur damit wir weitermachten.« Truus starrte auf ihre fast aufgerauchte Zigarette, als warte sie darauf, sich die Fingerspitzen zu verbrennen. Als es so weit war, schnipste sie die Kippe durch das Kabinenfenster in den Kanal. »Also hab ich weitergemacht. Was hätte ich auch sonst tun sollen?« Sie atmete schwer aus. »Die Deutschen waren nicht abgezogen, der Krieg war weiter im Gange, alles war noch genauso beschissen. Es starben immer noch jüdische Kinder, ich hatte vergeblich versucht, ein paar von ihnen zu retten. Also musste ich weitermachen.

Und mir wurde etwas klar. Seit jener Nacht konnte mir nichts mehr etwas anhaben. Jedes Mal, wenn ich aufgeben wollte oder Angst bekam, dachte ich an das Boot und an die Kinder. Nichts konnte schlimmer werden als das. Und ich habe es überlebt.« Sie streckte sich und löste sich aus ihrer Erinnerung. »Rosie ebenfalls. Und du überlebst das auch.«

Danach schwiegen wir eine Weile, denn ich wusste nicht, was ich hätte sagen können. Truus noch mehr zu bewundern, war kaum möglich … aber ich tat es trotzdem. Sie war so gelassen, so milde in ihrem Verhalten, aber darunter war sie eine Kriegerin.

»Es tut mir so leid, Truus«, sagte ich schließlich und legte meine Hand auf ihre. Sie erwiderte meinen Händedruck und zuckte dann leicht mit den Achseln.

»Ich versuche, nicht mehr daran zu denken. Es ist geschehen. Und ich habe nicht aufgehört. Und das solltest du auch nicht tun.« Mit ihren ruhigen blauen Augen unter den schweren Lidern schaute sie mich prüfend an. »Und? Konnte ich dich überzeugen?«

Ich schwieg. Keine Antwort schien mir angemessen.

»Hannie«, sagte sie, »was Jan uns allen angetan hat, war schrecklich. Und falsch. Aber du bist nicht die Einzige, die …« – sie suchte nach den richtigen Worten – »… die etwas Schlimmes erleidet. Irgendwann geschieht das Schlimmste, das man sich nur vorstellen kann, wenn man lange genug dabei ist. Jetzt ist es dir passiert. Aber du kannst deshalb nicht aufhören. Du weißt doch, was Hendrik immer … gesagt hat, oder nicht?«

Ich schüttelte den Kopf.

»›Im Widerstand kann man nicht gewinnen‹«, sagte sie und ahmte dabei Hendriks weichen Tonfall nach. »Jedenfalls nicht in diesem Krieg. Es ist kein fairer Kampf. Und es gibt nur eine Methode, bei der man sicher sein kann, dass man nichts zu verlieren hat.«

Verblüfft starrte ich sie an.

»Gib ihnen nichts.«

Sie verstummte und wartete auf meine Reaktion. Ich brauchte wieder einen Moment.

»Jan hat geredet«, sagte ich.

»Stimmt.«

Ich dachte an Philine und an Sonja, an meine Eltern, die ich liebte und die mir vertrauten, wo immer sie jetzt sein mochten. Verdammter Jan Bonekamp.

»Na gut«, sagte ich. »Ich werde nicht aufhören.«

»Nein.«

Ich seufzte. »Und ich werde ihnen nichts geben.«

Diesmal lächelte Truus mich warm an. »Gut.« Sie streckte die Arme, ließ die Gelenke knacken und seufzte. »Morgen machen wir weiter.«

Teil 3

Der Hungerwinter

1944–1945

Haarlem

Kapitel 30

Sommer 1944

Wir schliefen unter Deck im Hausboot, das Geräusch des an den Schiffsrumpf plätschernden Wassers drang die ganze Nacht an mein Ohr. Wann immer ich aufwachte, blitzten Erinnerungen auf, zogen an mir vorüber wie Landschaften, wenn man im Zug saß und aus dem Fenster schaute. Ich hörte das Krachen von Schüssen hinter mir, als ich auf dem Fahrrad floh. Das stundenlange Warten auf Jan. Meine Eltern, die von den SS-Schlägern brutal voneinander getrennt worden waren. Die Schlange der graugrünen Militärlastwagen. Bittere Hoffnungslosigkeit. Philine. Jan Bonekamp. Es war kaum auszuhalten, sobald ich die Augen schloss. Sonja. Es gelang mir nicht, an etwas anderes zu denken. Verrat. Der gottverdammte Jan Bonekamp. Dann versuchte ich, doch etwas Schlaf zu finden.

Am nächsten Morgen bekamen wir durch das Flüsternetzwerk die Nachricht, dass Jan tot war. Ebenso Polizeichef Ragut. Jans Schuss hatte Ragut getötet, aber Jan war in die Seite getroffen worden, vom Rad gestürzt und hatte versucht zu fliehen. Anscheinend war er das Risiko eingegangen, in einem nahe gelegenen Haus Zuflucht zu suchen, aber die beiden alten Damen, Schwestern, die dort wohnten, hatten die Polizei alarmiert. Natürlich kam auch die SS. Diesmal gab es kein Versteck unter dem Küchenboden. Der Krankenwagen brachte Jan ins Wilhelmina-Hospital nach Amsterdam, damit Jan dort verhört wurde, genau wie Truus es vermutet hatte. Gerüchte behaupteten, Jan sei gefoltert worden, die Nazis hätten sich geweigert, ihm Schmerzmittel zu geben, sie hätten seine Wunden verschlimmert, um ihn zum Reden zu bringen. Sie sagten, anfangs habe er sich geweigert. Dann jedoch sei ihm etwas verabreicht worden, das sie »Wahrheitsserum« nannten, sie setzten eine Krankenschwester zu ihm ans Bett, die bereit war, sich als Widerstandsgenossin auszugeben. Diese Idee war einem hohen SS-Funktionär namens Emil Rühl gekommen – und was immer er vorschlug, funktionierte anscheinend. Jan gestand alles: Er redete über den RVV, nannte Hendriks Namen, meinen Namen, wahrscheinlich auch den der Oversteegens. Er verriet alle Namen, alle Anschläge, alles, was er wusste. Dann starb er. Das jedenfalls behaupteten die Gerüchteflüsterer.

Ich weigerte mich, es zu glauben. Folter? Eine falsche Krankenschwester? Wahrheitsserum? Das klang alles wie aus einem schlechten Roman. Doch nachdem ich noch ein paar Tage darüber nachgedacht hatte, änderte sich meine Meinung. Es spielte keine Rolle, ob die Details stimmten, die Konsequenzen blieben dieselben. Meine Familie war verschwunden.

Und ich war der Grund dafür.

Auch Jan spielte eine Rolle, aber nichts davon wäre passiert, wenn ich nicht alle in Gefahr gebracht hätte. Ich musste sie finden. Wenn ich alle fünf verlieren würde, Annie, meine Eltern, Philine und Sonja ... dann hätte ich alles verloren. Ein Teil meines Herzens wollte einen sechsten Namen der Liste hinzufügen, denn auch ihn hatte ich verloren. Aber diese empfindliche Stelle musste sich abhärten.

So lag ich in meiner Koje, starrte an die Decke und lauschte dem Geräusch des Kanalwassers, das an das Boot klatschte. Verrat zu verstehen ist schwierig, denn es bedeutet auch immer, anzuerkennen, was nicht geschehen darf und dann doch geschieht. Es ist, als beobachte man eine Person dabei, wie sie die Maske abnimmt, und zum Vorschein kommt immer noch der gleiche Mensch, nur etwas hässlicher, fremder. Vielleicht lacht man zuerst darüber, aber schon bald setzt Panik ein.

Ich hatte geglaubt, ich sei auf etwas Derartiges vorbereitet. Seit dem Tag, an dem die Nazis einmarschiert sind, musste das ganze Land damit rechnen, verraten zu werden. Die niederländische Königsfamilie war nach England geflohen, um dort das Kriegsende abzuwarten. Ein beträchtlicher Prozentsatz unserer gewählten Volksvertreter hatte sich dafür entschieden, mit den Nazis zusammenzuarbeiten. Nachbarschaftliche Freundschaften waren auseinandergebrochen, als die einen anfingen, die anderen anzuzeigen. Und wenn man von einer geliebten Person verraten wird, wird das Vertrauen zu anderen Menschen erst recht brüchig. Was meinen Glauben an die Liebe anging … ich liebte Philine, Sonja, meine Eltern. Und ja, ich liebte auch Jan, immer noch, aber jetzt konnte ich mit diesem Gefühl nichts mehr anfangen, mir war jede Möglichkeit, diese Liebe auszudrücken, genommen worden. Er gehörte nicht mehr zu mir. Ich blieb in meiner Koje, so lange ich konnte.

Gegen neun klopfte Truus an meine Kabine, gleich darauf trat sie ein. »Zeit zum Aufstehen.«

Ich tat, als schliefe ich.

Aber Truus ließ sich nicht so leicht zum Narren halten. »Du hast Glück«, sagte sie. »Gerade wollte nämlich meine Mutter zu dir rein und dich wecken, aber ich hab ihr gesagt, dass ich das mache. Ich bin viel sanfter als sie.«

Ich antwortete nicht und hoffte, sie würde einfach wieder gehen. Doch sie ging nicht.

»Hannie. Wir haben was zu tun.«

»Hat Jan dich und Freddie auch verraten?« Ich wusste, dass

sie über ihre Mutter alles erfuhr, was im Netzwerk gemunkelt wurde.

»Nein. Soweit ich weiß«, antwortete sie. »Aber wenn du dich dann besser fühlst, kann ich dir sagen, dass er ihnen noch etwas anderes genannt hat, nämlich den Namen seiner …« Sie stockte. »Er hat ihnen alles gesagt.«

»Du meinst, seiner Frau.« Das zu sagen tat weh, mein Herz setzte aus, wurde schwer wie ein Backstein.

»Du wusstest von ihr?« Truus zog fragend eine Augenbraue hoch.

»Er hat es mir erzählt«, sagte ich.

Ihre Augen wurden groß. War sie überrascht?

»Ich weiß auch nicht, Truus«, sagte ich und schüttelte den Kopf. »Aber wir sind im Krieg.« Die Erinnerung an Philines Worte belebte mich.

Truus nickte.

Ich seufzte tief, und sie setzte sich zu mir aufs Bett. »Sie haben ihn gefoltert. Und er hat ihnen alles verraten. Aber nicht euer Verhältnis.«

»In Ordnung«, erwiderte ich und versuchte, nicht entmutigt zu klingen.

»Er hat dich wirklich geliebt«, fuhr Truus leise fort. »Ich kannte Jan schon lange, und ich hab es ihm angesehen. Mit dir war er anders.« Sie lächelte.

Doch dann verblasste das Lächeln.

»Und …« Sie stockte wieder, ihr Gesicht wurde bleich. »Hannie. Der Quelle meiner Mutter zufolge hat er im Krankenhaus wiederholt deinen Namen gerufen.« Sie holte tief Luft und wartete auf meine Reaktion.

»Was?« Mein Herz hämmerte in meiner Brust, denn es hatte vor mir begriffen, was das bedeutete. »Er hat wiederholt meinen Namen gerufen?« Ich versuchte zu denken, zu atmen. Ich schnappte heftig nach Luft und versuchte, mich zu beruhigen, die Woge von Trauer und Angst zurückzuhalten, die aus meinen Eingeweiden aufstieg.

»Weil er dich geliebt hat, Hannie, deshalb hat er nach dir gerufen. Er hatte furchtbare Schmerzen, und sie haben eine Krankenschwester geholt und ihr gesagt, sie solle so tun, als sei sie seine Freundin. Es hat funktioniert. Als er geredet hat, dachte er, er würde mit dir reden.«

Einen Moment hörte ich auf zu atmen, ich war fassungslos, überwältigt.

»Er lag im Sterben, Hannie. Sie haben ihm irgendein Mittel gespritzt, und er hat einfach …« Truus seufzte. »Ich will nichts entschuldigen. Aber er hat gedacht, du wärst bei ihm und er würde mit dir reden. Das haben sie gesagt.«

»Er hätte es besser wissen müssen«, stieß ich hervor und unterdrückte ein Schluchzen, aber ich wagte es endlich, mir diesen schrecklichen Augenblick vorzustellen.

Doch es war zu viel. Weinend vergrub ich das Gesicht in der Decke. *O Gott, armer Jan. Und o Gott, verdammter Jan.*

Rede niemals mit ihnen. Sag ihnen nichts. Das ist die einzige Regel. Das hatte er mir eingeschärft.

»Ich weiß«, sagte Truus sanft. Ich brauchte es nicht laut auszusprechen, sie verstand alles.

Auch den Kummer musste ich ihr nicht erklären. Sie wusste Bescheid, besser als alle anderen.

»Es spielt keine Rolle«, sagte ich. »Es spielt keine Rolle mehr.« Kopfschüttelnd versuchte ich, das Knäuel von Lügen zu entwirren, mit dem ich das letzte Jahr über gelebt hatte. Natürlich hatte auch Jan mit ihnen gelebt. Einen kurzen Moment ließ ich den Gedanken an seine Frau und seine Tochter zu – ob sie schon wussten, dass er tot war? –, aber auch das war zu viel. Ich legte den Kopf in die Hände und weinte wieder. Truus streichelte meine Schulter und küsste mich auf den Kopf. Doch dann hielt ich im Weinen inne und kämpfte mich zurück in die Gegenwart, in diesen Augenblick. Hier, jetzt, auf diesem Boot. Ich lebte, er nicht. Ja, ich liebte ihn noch immer. Und ich wusste, dass auch er mich geliebt hatte.

»Ich komme zurecht«, sagte ich. Truus nickte.

Klappernd öffnete sich die Tür, und als ich aufblickte, sah ich eine ältere Version von Truus vor mir, sommersprossig, mit unerschütterlich ruhigem Blick, lächelnd und robust. Ich wischte mir über die Augen, putzte die Nase und hoffte, nicht zu jämmerlich zu wirken.

»Fertig mit Weinen? Gut so.« Ihre Augen funkelten mitfühlend, fast zärtlich. »Steh auf, Mädchen. Zeit, das Bett zu lüften.« Ich konnte beide Töchter in ihr erkennen. Ihre Bodenständigkeit, den Pragmatismus. Sie warf die Decke zurück und legte mich bloß wie einen Käfer unter einen umgedrehten Stein, und wie ein Käfer versuchte auch ich zurückzukriechen.

»Nein, nein«, beharrte sie, griff nach meinem knochigen Ellbogen und zog mich hoch. »Wir haben Sommer, geh nach draußen, an die frische Luft.« Bei ihrer Berührung vermisste ich plötzlich meine Mutter.

»Ja, Frau Oversteegen«, sagte ich.

Sie und Truus lachten beide.

»Ich bin doch nicht deine Schuldirektorin«, sagte sie. »Nenn mich lieber Trijntje.«

»Entschuldigung«, sagte ich. »Entschuldigung, Trijntje.« Sie sprühte vor Leben und Kompetenz, so dass ich wahrscheinlich alles getan hätte, was sie verlangte. »Freddie ist oben an Deck und wartet schon auf euch beide«, sagte sie, gab mir mit einem weichen Federkissen einen Klaps auf den Hintern und fuhr fort: »Jetzt aber raus hier. Tankt ein bisschen Sonne.« Ich betrat den Wohnbereich, doch als ich die Leiter zum Oberdeck emporklettern wollte, spürte ich Trijntjes Hand auf meinem Arm.

»Es tut mir sehr leid für deine Familie und deine Freunde, Hannie«, sagte sie mit sanfter Stimme. »Sehr leid.«

In mir wallte eine Flutwelle von Gefühlen auf, und mir war klar, dass ich, wenn ich sprach, weinen würde. Also nickte ich einfach nur.

»Denk daran«, sagte Trijntje noch, und in ihren Augen funkelte hart erworbene Lebensweisheit, »*waar de wanhoop eindigt, begint de tactiek.*«

Wo die Verzweiflung endet, beginnt die Taktik.

An Deck setzte ich mich, noch immer etwas benommen, zwischen Truus und Freddie. »*Waar de wanhoop eindigt, begint de tactiek*«, sagte ich.

Beide Schwestern kicherten. »Du hast also mit unserer Mutter gesprochen«, stellte Truus lakonisch fest.

Ich lächelte.

»Sie hat tausend solcher Lebensweisheiten«, sagte Freddie.

»Aber eigentlich ist es immer die gleiche«, meinte Truus. Sie und Freddie warfen sich einen Blick zu, als bestätigten sie einander stumm, was diese Lebensweisheit beinhaltete. »Mach weiter«, sagte Truus. »Gib nicht auf.«

»Wartet mal«, wandte ich ein. »Ich dachte, sie sagt: ›Bleib menschlich.‹«

»Ja«, bestätigte Freddie, »aber das ist ja das Gleiche.« Ihre Stimme war so klar, so kindlich. Sie war erst siebzehn, und ich freute mich, dass sie bei uns war. Ich wusste, dass Hendrik sie immer respektiert hatte; die Aufgaben, die sie im Hintergrund als Kundschafterin und Informationssammlerin erledigte, waren bei allen unseren Aufträgen unverzichtbar gewesen. Freddie war eine Kämpferin. Und hier saß sie im Sonnenschein, die blonden Haare offen, damit sie trockneten, reckte sich und machte dann einen Buckel wie ein Kätzchen. Vielleicht hatte ich auch so jung und frisch ausgesehen, als ich zum Widerstand kam. Doch das hatte sich inzwischen geändert.

Truus schob uns ein Brett zu mit der üblichen wenig appetitanregenden Auswahl von allem, was gestern bei der Essensausgabe erhältlich gewesen war: dünnes graues Toastbrot, das nach Holz schmeckte, bestrichen mit aus Roter Bete hergestelltem Butterersatz, dazu einen angeschlagenen Becher mit wässrigem beigefarbenen Tee. Wenigstens war das Getränk heiß. Ich streckte das Gesicht wie Freddie in die Sonne. Die Helligkeit reinigte meine Gedanken, und jedes Mal, wenn in mir wieder eine Welle der Verzweiflung heranrollte, löste das grelle Sonnenlicht sie auf. Und das war es, wonach ich mich verzehrte: Leere.

»Deine Haare sehen hübsch aus«, sagte Freddie freundlich.

»Aber nein, das stimmt doch nicht«, wehrte ich ab, und wir lachten alle. Ich sah fürchterlich aus. »Kann ich um Himmels willen bitte einfach meinen Tee trinken?«, fragte ich gespielt genervt.

»Genau genommen ist das bloß erhitztes Kanalwasser«, sagte Freddie, lachte, und ich tat so, als spuckte ich es aus.

»Hast du schon nach meinem Fahrrad geschaut?«, fragte Truus ihre Schwester.

»Ja, ist alles in Ordnung. Bloß eine lose Schraube im Rahmen. Deines hab ich auch wieder flottgemacht, während du dich ausgeruht hast«, wandte sie sich dann an mich. »Hab das Holz am Vorderreifen repariert und die Bremsen justiert.«

Gab es irgendetwas, was die Oversteegen-Schwestern nicht konnten? In diesem Moment kam Trijntje mit einem glücklichen Lächeln zu uns an Deck. Sie war froh, ihre Töchter bei sich zu haben. »Ihr nehmt also ein Sonnenbad, meine Damen?« Trijntje saß niemals still. Selbst jetzt, da sie eine Pause einlegte, arbeiteten ihre Hände und zogen die Leine fest, an der die Wäsche flatterte, als wären es Segel. »Ihr drei könnt euch heute ausruhen, aber bald geht es wieder an die Arbeit, ja?«

Ich vermutete, dass wir alle das Gleiche dachten: Hendrik war tot, unsere Zelle ebenfalls. Wer würde uns jetzt mit Aufträgen versorgen? Trijntje griff in den Ausschnitt ihrer Bluse, zog ein Stück Papier hervor und gab es Truus.

»Das ist ihre Adresse«, sagte sie lächelnd.

»Wessen Adresse denn?«

»Frau Sieval.«

Ich sah Truus und Freddie an, aber ihre Gesichter blieben ausdruckslos.

»Es wird eine Weile dauern, an sie ranzukommen«, sagte Trijntje und machte sich wieder an der Wäscheleine zu schaffen, »also solltet ihr bald loslegen. Aber in der Zwischenzeit könnt ihr euch nützlich machen und ein paar Auslieferungen für mich erledigen. Es gibt reichlich zu tun.«

Truus und Freddie grinsten vielsagend. *Wo die Verzweiflung endet, beginnt die Taktik.*

Kapitel 31

»Sie verlässt das Haus so gut wie nie«, sagte Freddie kopfschüttelnd und ließ sich in der niedrigen Küche unter Deck auf den Stuhl mir gegenüber sinken. Truus und ich hatten schon auf Freddies Rückkehr von ihrer Observation der berüchtigten Madame Sieval gewartet, einer Französin, die seit Jahren in Haarlem lebte und bekannt dafür war, dass sie Nachbarn und andere anzeigte, die sie verdächtigte, Jude zu sein oder Juden zu beherbergen. Soweit wir wussten, wohnte sie allein und blieb meist in ihrem Haus, das sie nur unregelmäßig und zu unberechenbaren Zeiten verließ. »Ich finde, wir sollten uns eine andere Zielperson suchen«, sagte Freddie und schüttelte erneut ihre blonden Zöpfe.

In seltsamer Verkehrung war ich zu einer Art *Onderduiker* bei den Oversteegens geworden, weigerte mich jedoch, im Hausboot eingesperrt zu bleiben. Zu dritt stahlen wir Lebensmittelkarten aus einem leeren Verwaltungsgebäude und verteilten sie an bedürftige Familien, zumeist Menschen, die ihre jüdischen Freunde und Nachbarn versteckten. Im Vergleich zu den Aufträgen des RVV war das wenig spektakulär, aber sosehr wir uns auch unterfordert fühlten, Trijntje ging nicht darauf ein. »Auch solche Aufgaben gehören zum Widerstand«, sagte sie bloß, »und die meisten von uns beschränken sich darauf. Man braucht keine Pistolen und Bomben, um ein Kämpfer zu sein. Sich um andere zu kümmern ist das Heldenhafteste, was man überhaupt tun kann.«

Wahrscheinlich war es gut, dass wir gezwungen waren, weniger riskante Dinge zu tun. Der Schock, gleichzeitig Jan, meine Eltern und Philine verloren zu haben, hatte mich starr und empfindungslos zurückgelassen. Eigentlich ging ich davon aus, dass es mir fortan leichter fiele, die brutalen Aufträge zu erledigen, sie würden schlicht aus Wut und Rache erfolgen. Töten erschien nun umso mehr gerechtfertigt, da es ein schlichter Fall von Auge um Auge war.

Aber so unbestritten meine Sicht auf den Widerstand auch sein mochte, waren meine Gedanken doch bleischwer vor Kummer und Traurigkeit. Meine Familie bestand für mich nur noch aus Truus und Freddie, und ich merkte, dass ich ihnen wie betäubt und völlig deprimiert hinterherlief. Truus begann sich Sorgen über meinen Zustand zu machen.

»Was meinst du, Hannie?« Sie stellte mir immer öfter solche Fragen, um mich zu einer aktiveren Teilnahme an meinem eigenen Leben zu motivieren. »Sollen wir die Sache mit Sieval aufgeben?«

»In Ordnung«, antwortete ich gleichgültig, ich hatte das Gespräch nicht wirklich verfolgt. Dieser Tage war es mir lieber, wenn Truus die Entscheidungen traf, dann brauchte ich bloß zu tun, was sie mir sagte.

Mir fehlte die Energie, mir etwas vorzustellen, das mehr von mir verlangte als das Nächstliegende: die Umhängetasche holen, meine Pistole prüfen, die Pistole in der Tasche verstecken, mit meinem Fahrrad an den von Truus genannten Ort fahren. Ich war nur noch ein kleines Rad im Getriebe, nicht mehr als ein Handlanger.

»Hannie!«, sagte Truus und klatschte direkt vor meiner Nase in die Hände, während ich ins Leere starrte.

»Was?« Ich zuckte zusammen.

»Jetzt komm schon, es ist wichtig. Was hältst du von Freddies Einschätzung?«

»Ich meine damit nicht, dass wir Madame Sieval aufgeben sollen«, erklärte Freddie, die es ihrer großen Schwester überließ, mit mir fertigzuwerden, »mir ist nur noch nicht klar, wie du es schaffen willst, ohne dass wir in ihr Haus einbrechen. Und wenn du das vorhast, weiß ich nicht, was du dort vorfinden würdest.«

»Vielleicht«, räumte Truus ein. »Lasst uns doch heute dort vorbeigehen und uns ein wenig umschauen. Vielleicht fällt uns etwas auf«, sagte Truus. »Einverstanden, Hannie?«

»Klar«, sagte ich. »Hat jemand was zu rauchen?«

»Du solltest lieber etwas essen«, sagte Truus, die mir ständig wegen meines mangelnden Appetits in den Ohren lag, gab mir aber trotzdem eine Zigarette.

»Mir geht's gut«, sagte ich und steckte die Zigarette an. Sofort fing ich an zu husten wie ein bellender Seehund, schlug mir auf die Brust und schüttelte mich. »Von den Zigaretten kriege ich alle Vitamine, die ich brauche.« Ich lachte über meinen Scherz, aber niemand lachte mit. Stattdessen sah ich, wie das Lächeln aus Truus' Gesicht verschwand. »Was denn?«, fragte ich und folgte ihrem Blick zu Trijntje, die plötzlich auf dem Oberdeck aufgetaucht war, einen Brief in der Hand. Ich erkannte das gängige Briefpapier des Widerstandsnetzwerks: dreimal benutztes, aus Verwaltungsbüros geschmuggeltes Schmierpapier, das einzige noch erhältliche Schreibpapier. Auch Trijntje lächelte nicht.

»Neuigkeiten, Hannie«, sagte sie und hielt den Brief in die Höhe. »Von Brasser.«

Meine Füße waren zwei Anker, die mich an Ort und Stelle festhielten. Wären es gute Nachrichten, wäre Trijntje einfach damit herausgeplatzt. Ich rührte mich nicht. »Worum geht es?«

Trijntje rang sich ein Lächeln ab. »Deine Eltern sind am Leben, Hannie.« Ich nahm die Worte zur Kenntnis, wartete aber auf den Rest der Nachricht. Ich spürte die Blicke aller drei Frauen auf mir.

»Und?«, fragte ich. Es musste doch ein *Und* geben. Oder ein *Aber*.

»Aber sie sind in Herzogenbusch inhaftiert«, antwortete Trijntje ruhig, »bis du dich freiwillig stellst.«

»Hannie!« Freddie stürzte zu mir. Ich hatte keine Ahnung, warum, bis ich merkte, dass mich ihr kleiner Körper aufgefangen hatte. Zitternd hatten meine Beine unter mir nachgegeben. »Hannie!« Freddie versuchte, mir in die Augen zu schauen.

»Mir geht's gut«, sagte ich mit dünner Stimme. Meine Ohren dröhnten und füllten sich mit einem Rauschen, als hätte ich zu nah neben einer Pistole gestanden. Oder wäre angeschossen worden. Meine Eltern waren am Leben ... in Herzogenbusch, einem Konzentrationslager der Nazis, hundert Kilometer von Haarlem entfernt, in der Nähe der holländischen Stadt Vught. Ich setzte mich auf den Boden, dankbar für die Stabilität der Holzplanken unter mir, bis ich begann, die leichten Bewegungen des Hausboots zu spüren, das auf dem Wasser dümpelte ... Nichts auf dieser Welt war noch fest oder stabil. Meine Eltern waren nicht tot, und das war eine gute Nachricht. Aber sie wurden als Geiseln festgehalten.

»Nein, nein«, sagte ich leise und schüttelte den Kopf. Nicht einmal in einem meiner Alpträume der vergangenen vier Jahre hatte ich mir das vorgestellt. Alle möglichen Szenarien spulten sich in meinen Gedanken ab wie feine Seidenfäden, verhedderten und verknoteten sich und zerfaserten an den Enden.

»Hannie?«, sagte Truus. Alle drei Frauen standen dicht um mich herum, ihre Gesichter waren besorgt und angespannt.

»Gehen wir nach unten. Um Madame Sieval kümmern wir uns an einem anderen Tag.«

Der Klang ihrer Stimme holte mich in die Gegenwart zurück. Wie eine Taschenlampe in der Dunkelheit warf der Name Madame Sieval ein Licht auf den Weg vor uns. Meine Eltern wurden in einem Konzentrationslager gefangen gehalten? Dann gab es nur eines: weitermachen. Eine Empfindung, die der Freude so nah war wie die Klarheit dieser Gewissheit, hatte ich seit Monaten nicht mehr erlebt. »Nein, lass uns heute bei ihr vorbeigehen«, sagte ich mit fester Stimme und sah Truus in die Augen.

»Bist du dir sicher?«, fragte sie und hob die Augenbrauen. »Wenn du noch ein bisschen Zeit für dich brauchst ...«

»Nein, die brauche ich nicht«, erwiderte ich, fühlte, wie mir die Farbe ins Gesicht zurückkehrte und die Schwäche aus meinen Gelenken wich. Mit Freddies Hilfe rappelte ich mich auf. Ich wusste, was ich zu tun hatte. »Wenn ich mich den Deutschen stelle«, sagte ich, blickte zu Trijntje und suchte ihre Bestätigung, »gibt mir das noch lange keine Garantie, dass meinen Eltern wirklich geholfen ist.« Trijntje nickte. »Womöglich sind sie längst tot«, fuhr ich fort. »Woher wollen wir wissen, wann Brasser diese Nachricht geschrieben hat oder wie zuverlässig seine Information überhaupt ist?« Trijntje schloss kurz die Augen, nickte erneut. Das war es dann wohl. Es gab nichts anderes, als weiterzumachen. Komme, was wolle.

Madame Sieval wohnte in der Twijnderslaan, einer kleinen Straße zwischen dem Frederikspark und der Spaarne, in einem relativ belebten Stadtteil. Ihr Haus war wie das meiner Eltern aus Backstein und zu beiden Seiten mit den Nachbarhäusern verbunden. Das machte es schwierig, sich ihm zu nähern, ohne dass jemand es bemerkte. »Stellt eure Fahrräder hier ab«, sagte

Freddie, die mehrere Tage lang die Straße observiert hatte. Wir folgten ihr in eine schmale Gasse zwischen zwei Häusern. Von der Ecke konnten wir Sievals Haustür sehen. »Ich hoffe, ihr habt euch ein Buch mitgebracht. Hier wird es sehr langweilig für euch werden«, sagte Freddie.

»Alles klar«, meinte Truus.

»Übrigens nichts zu danken für all die unbezahlbaren Informationen«, sagte Freddie.

»Danke, Schwesterchen«, erwiderte Truus flapsig, und Freddie knuffte sie in die Schulter. Ich sah ihnen zu, und mein versteinertes Herz regte sich ein bisschen.

»Hey, ich kenne diese Straße«, rief Truus, als wir uns von unserem Versteck aus umsahen. »Erinnerst du dich, dass es etwas weiter ein Eishaus gab, Freddie?«

»Ja, klar«, sagte Freddie lächelnd, »ich weiß noch genau, wie sie diese riesigen Eisblöcke für die Hotels zerstückelt haben – Eissplitter flogen durch die Luft, und wir sind hingerannt, haben sie aufgelesen und wie Bonbons gelutscht.« Ich konnte mir die beiden gut vorstellen damals. Jetzt war das Eishaus geschlossen, aber ich erinnerte mich ebenfalls an die Lieferanten und ihre Wagenladungen der mit Heu isolierten Eisbrocken und an die riesigen Eisenzangen, mit denen sie die großen Blöcke hochhoben. Auch ich hatte die Späne gern gelutscht, vor allem natürlich an heißen Tagen.

»Mein Gott, Hannie«, sagte Freddie auf einmal. »Du lächelst ja.«

»Kommt vielleicht die alte Hannie zu uns zurück?«, fragte Truus, ein liebevolles Lächeln auf den Lippen. Sie machte sich noch immer Sorgen um mich, das wusste ich.

Ich zuckte die Achseln. Die alte Hannie war ein naives, viel zu selbstsicheres Mädchen gewesen, das glaubte, zumindest ansatzweise die Kontrolle über ihr eigenes Leben und das anderer zu haben. Die neue Hannie dagegen hatte endlich verstanden, dass Kontrolle eine Illusion war.

»Hannie.«

Ich hatte nicht bemerkt, dass ich höhnisch geschnaubt hatte. »Entschuldigung«, sagte ich.

Doch Truus wartete noch auf meine Antwort.

»Die alte Hannie?«, wiederholte ich. Ich wollte nicht mit ihr diskutieren, das war zu anstrengend. »Na klar«, sagte ich und musterte die abblätternde Farbe auf dem Eishausschild, dessen Holz alt und krumm war. »Ich glaube, die Überbleibsel der alten Hannie liegen immer noch irgendwo rum.«

»Wir könnten sie aber gut gebrauchen«, sagte Truus.

Nützlich zu sein war ungefähr das Letzte, wonach ich mich fühlte. Aber ich war bereit mitzumachen, und ich wusste, dass sie es nett meinte. »Mir geht es gut, Truus.« Mit einer Kopfbewegung wies ich zu Sievals Haus. »Schaut.« Zu dritt beobachteten wir, wie sich ein Mann mittleren Alters Sievals Haustür näherte und anklopfte. Er trug gewöhnliche Straßenkleidung, keine Militär- oder Polizeiuniform. »Das ist doch nicht Fake Krist, oder?«

Fake Krist war Stadtpolizist, schon vor Kriegsausbruch ein fanatischer Faschist, der seit Monaten als Zielperson oben auf der RVV-Liste stand. Als die Okkupation begann, war Krist zum Chef der Kriminalpolizei, kurz Kripo, ernannt worden, die letztlich nichts anderes war als die Nazi-Polizei. Krist machte seine Arbeit hervorragend, war bekannt für seine Massenverhaftungen von Juden und ihren nichtjüdischen Sympathisanten – bis zu fünfundzwanzig Überfälle aus dem Hinterhalt hatte es schon an einem einzigen Abend gegeben. Er verhaftete mutige Rabbis ebenso wie mit ihnen sympathisierende Pastoren, er verhaftete verängstigte Mütter und Kinder. Alle wurden nach Westerbork geschickt. Dieser Mann war eine Plage, seit der Krieg begonnen hatte, und Kollaborateure wie Madame Sieval ermöglichten ihm seine Arbeit. Meine Finger schlossen sich fester um meine Pistole, die ich bereits in meine Tasche gesteckt hatte. Den Namen *Krist* auf unserer Liste abhaken zu können wäre mehr als eine Genugtuung.

»Das ist nicht Fake Krist«, entgegnete Freddie kategorisch. »Ich habe Krist gesehen – er ist schon vorbeigekommen, natürlich umgeben von Sicherheitsbeamten –, und das ist er nicht.«

»Vielleicht ein verdeckter Polizist?«, fragte ich und packte wieder die Pistole.

»Entspann dich«, sagte Truus und sah mich stirnrunzelnd an. »Wir erschießen niemanden, den wir nicht identifizieren können.«

»Ja, ja«, sagte ich und hatte zum ersten Mal seit Wochen das Gefühl, richtig wach zu sein.

»Ich glaube, er liefert irgendetwas«, meinte Freddie. Tatsächlich öffnete sich die Haustür einen Spaltbreit, und der Mann steckte einen Umschlag hindurch. Dann schloss sich die Tür wieder, und der Mann ging die Straße zurück. »Nach den Erfahrungswerten der letzten Wochen ist das wahrscheinlich das Aufregendste, das wir heute erleben werden«, fügte Freddie hinzu. »Und ich sage euch, die Frau weiß, dass sie beobachtet wird.«

»Wir werden alle beobachtet«, sagte ich. »Sie ist nichts Besonderes.«

»Ha!«, sagte Truus. »Da ist sie wieder: die alte Hannie.«

Ich widersprach ihr nicht. Wir machten es uns so bequem wie möglich, lehnten uns an die Mauer und rauchten. So blieb es für die nächsten Stunden, und wir wechselten uns damit ab, durch die Nachbarschaft zu spazieren und zu erkunden, ob es irgendetwas Interessantes gab. Aber Fehlanzeige. So war es häufig im Widerstand, es passierte scheinbar nichts.

»Ich schlendere ein wenig durch die Gasse hinter Sievals Haus«, sagte ich schließlich. »Womöglich ist sie ja gar nicht zu Hause.« Truus und Freddie nickten, und ich nahm den langen Weg um den Häuserblock herum. Madame Sievals Garten war komplett von einer Mauer umgeben, ich hatte also keine Möglichkeit zu spionieren, es sei denn, ich schlich mich hinten durch das Tor, was am helllichten Tag sicher keine gute Idee gewesen wäre. Also ging ich weiter und gelangte nach ein paar Häusern wieder auf die Twijnderslaan. Inzwischen war es Nachmittag, ich hatte Hunger, war entmutigt und eigentlich bereit aufzugeben. Ich blickte über die Straße, um mit Truus Blickkontakt aufzunehmen.

Doch genau in diesem Augenblick hörte ich ein Geräusch an der Haustür von Nummer 46. Ich zog mich an die Mauer des Nachbarhauses zurück und spannte den Hahn meiner Pistole, ohne sie jedoch aus der Tasche zu nehmen. Als ich noch einmal zu den beiden Schwestern hinüberschaute, sah ich, dass auch sie das Geräusch gehört hatten: Sie kauerten in dem schmalen Durchgang auf der anderen Straßenseite und starrten zu mir herüber. Ich legte den Finger auf die Lippen, und wir hörten, wie sich Madame Sievals Türklinke bewegte. Truus stabilisierte sich an der Mauer und zielte von der anderen Straßenseite mit der Pistole in Richtung Nummer 46. Ich jedoch befand mich nur ein paar Meter von der Tür entfernt und hatte freies Schussfeld. In meinem Training hatte Jan immer betont, dass ein Attentat am besten aus kürzester Entfernung verübt werden sollte. Zwar war ich nicht zur Scharfschützin ausgebildet worden, und unsere abgenutzten Waffen waren auch nicht immer schussgenau, aber ich war nahe genug dran. Truus und ich wechselten einen Blick. Sie hatte verstanden.

Seit dem Tag, als Jan und ich Ragut getötet hatten, hielt ich zum ersten Mal meine Waffe wieder in der Hand mit der Absicht, sie zu benutzen. Ich hatte versucht, mir vorzustellen, wie sich dieser Augenblick anfühlen würde – ob Gefahr bestand, dass ich die Nerven verlor? –, aber ich spürte wieder diese Energie wie bei der Sache mit Ragut. Mir hatte kein Essen, keine Ruhe gefehlt. Was mir gefehlt hatte, war, sich mit festem Willen zu entschließen, etwas zu tun. Alles war wie weggeblasen, die Wochen der Niedergeschlagenheit und der Leere. Ich fokussierte mich, drückte den Rücken an die kühle Hausmauer und hielt die Pistole eng an meiner Seite, unsichtbar für jemanden, der womöglich die Straße entlangkam. Aber es war niemand in der Nähe. Ideale Bedingungen, wie Jan immer gesagt hatte. Der verdammte Jan.

Wir hörten es gleichzeitig: Das dumpfe Geräusch eines schweren Riegels, der an der Tür von Nummer 46 zurückgeschoben wurde. Dann bewegte sich die Tür. Auf der anderen Seite der Straße machte Truus sich bereit, Freddie kauerte dicht hinter ihr. Auch sie hatte eine Pistole, aber Truus wollte normalerweise nicht, dass ihre kleine Schwester sich an gewalttätigen Aktionen beteiligte. Es sei denn, es handelte sich um einen Notfall. Dabei hatte Jan mir erzählt, dass Freddie schon mit fünfzehn einen Nazi getötet hatte.

Langsam und mit knarrenden Angeln wurde die Tür geöffnet. Truus hob ihre Waffe, und wir nahmen im selben Moment unser Ziel ins Visier. Wir würden aus zwei verschiedenen Winkeln schießen, zwei Punkte eines Dreiecks, dessen dritter Punkt Madame Sieval war. Es war schön, einmal nicht von einem

Fahrrad aus schießen zu müssen, ich fühlte mich sicher, ruhig, bereit, meinen Auftrag zu erfüllen.

Ich sah eine Hand auf der Klinke. Eine Frauenhand, das Handgelenk steckte in etwas, das aussah wie ein Pelzmantel – nichts, was man zurzeit gewöhnlich auf der Straße zu sehen bekam. Um genau zielen zu können und um sicherzugehen, dass sie nicht von Sicherheitspersonal umgeben war, zwang ich mich, zu warten, bis mehr von dieser Frau zu sehen war. Mehrere Personen gleichzeitig zu attackieren, wäre reiner Selbstmord gewesen.

Einen Augenblick später lugte Madame Sieval aus der Tür, sie bewegte ihren gut frisierten Kopf hin und her, als sie sich vergewisserte, dass in der kleinen Straße keine Gefahr drohte. Sie war schätzungsweise Anfang dreißig, hatte ein schmales Gesicht und geschwungene dunkle Augenbrauen, die Wangen waren blass gepudert. Ich verlagerte meinen Schwerpunkt auf den rechten Fuß, beugte mich leicht vor und stützte meinen rechten Arm mit der linken Hand. *Warte, warte …* bis sie sich komplett zeigt, ein größeres Ziel. Die Tür quietschte, öffnete sich noch ein Stück weiter, und nun kam ich aus meinem Versteck, rannte direkt auf die Frau zu, den rechten Arm mit der Pistole ausgestreckt. Sie war leicht zu treffen in ihrem lächerlichen Pelzmantel, das verräterische Biest. Dutzende Familien hatte sie in den nahezu sicheren Tod geschickt, und … sie hielt ein kleines Mädchen an der Hand.

Ich machte zwei große Schritte, blieb dann aber ruckartig stehen, wie ein zurückscheuendes Pferd, riss den Kopf herum, um nach Truus zu sehen, die ebenfalls über die Twijnderslaan angerannt kam, aber ich war nicht sicher, ob sie das kleine Mädchen aus ihrer Perspektive sehen konnte. Erst im letzten Moment, bevor wir bereit waren abzufeuern, trafen sich unsere

Blicke, und wir sahen, dass wir uns einig waren. Stumm wirbelten wir herum, rannten in verschiedene Richtungen davon und ließen Madame Sieval und das kleine Mädchen fassungslos in der Tür stehen.

Blindlings rannte ich weiter, wollte mich nur so schnell wie möglich von diesem Beinahe-Desaster entfernen, rutschte auf den Steinen aus, fing mich mit einer Hand auf und rannte weiter. Ein kleines Mädchen? Kinder hatte Freddie nie erwähnt. Ich rannte an der Kreuzung den belebten Boulevard Kleine Houtweg hinunter und mischte mich unter die Passanten, die sich auf der Hauptstraße drängten, lief noch eine Weile, bis ich sicher sein konnte, dass mir niemand gefolgt war. Als die Spaarne-Brücke in Sicht kam, schlug ich den Pfad zum Wasser ein, wo ich unter der Brücke verschwinden konnte, ließ mich am schlammigen Flussufer auf einen Stein sinken, um wieder zu Atem zu kommen. Ein Lastwagen rumpelte über die Brücke, der Fluss plätscherte, meine Lungen keuchten, kalter Schweiß lief mir über den ganzen Körper. O Gott. Ein kleines Mädchen. Ich konnte ihre kleinen pummeligen Finger, die Madame Sievals Hand hielten, noch vor mir sehen. Weinend sackte ich zusammen, mein Körper bebte, ich krümmte mich vor Krämpfen. Irgendwann lief ein junger Mann mit besorgtem Gesicht an mir vorbei, aber er ließ mich in Ruhe, und ich war dankbar dafür. Ich war nicht die Einzige, die in diesen Tagen in der Öffentlichkeit in Tränen ausbrach.

»Hey.« Beim Klang der vertrauten sanften Stimme blickte ich auf. Es war Freddie. Kurz danach erschien Truus hinter ihr.

»Alles so weit in Ordnung bei euch?«, fragte ich.

Sie nickten beide, und Truus gab mir ein Taschentuch.

»Danke.« Dann half Truus mir hoch, Freddie tätschelte mir die Schulter, und einen Moment standen wir noch da, während ich einigermaßen die Fassung zurückgewann.

»Tja, du hast Madame Sieval einen ordentlichen Schreck eingejagt«, sagte Truus mit einem matten Grinsen. »Aber es ist alles gut. Niemand hat uns gesehen.« Sie blickte mir fest in die Augen.

»Wer war das kleine Mädchen?«, fragte ich.

»Keine Ahnung«, antwortete Freddie, und ihre Stimme klang verzweifelt – als hätte sie Angst, dass wir ihr womöglich nicht glaubten. »Ich hatte sie noch nie gesehen.«

»Schon gut«, beruhigte ich sie und schob einen ihrer Zöpfe beiseite, um ihr die Hand auf die Schulter zu legen. Sie war ja selbst fast noch ein Mädchen. Truus gab mir eine Zigarette, die ich dankbar annahm, um sie mit ihr zu teilen. Sie zog daran und reichte sie an Freddie weiter. Bis die Zigarette aufgeraucht war, sahen wir einfach nur der Spaarne zu, wie sie an uns vorüberfloss.

»Also«, sagte Truus schließlich, »so viel zu Madame Sieval.« Ich nickte. In der nächsten Zeit konnten wir jedenfalls nicht hoffen, sie zu erwischen. Schade – der Gedanke, sie auszuschalten, hatte mich wirklich aufgemuntert. Ich seufzte. »Was?«, fragte Truus.

»Ich bin vielleicht kein guter Mensch«, sagte ich, »aber wenigstens habe ich es geschafft, kein Kind zu erschießen.«

Truus nickte verständnisvoll. »Wir sind keine Nazis.«

»Richtig«, sagte ich mit Nachdruck und hob die Hand, um ihre Hand abzuklatschen, bevor ich ihr das Taschentuch zurückgab. »Danke.« Sie nahm es mit einem seltsamen Gesichtsausdruck, dachte über etwas nach und strich das Taschentuch auf dem Oberschenkel glatt, faltete es dann mehrmals, wühlte in ihrer Tasche, wickelte ein Stückchen Schnur darum und reichte es mir zurück. »Behalte es. Ein Geschenk.«

Zwei Ecken waren zu Händen geknotet, und mithilfe der

Schnur hatte sie einen Kopf geformt. Eine selbst gebastelte Puppe. Ich hätte nie gedacht, dass Truus sich für etwas anderes als für Zigaretten die Zeit nahm, und es dauerte einen Augenblick, bis ich die Geste verstand. Aber dann stiegen mir Tränen in die Augen, und ich drückte die Puppe zärtlich an mich. *Bleib menschlich.*

Kapitel 32

Ende 1944

»Ihr seid jetzt als Partisanen auf euch selbst gestellt«, erklärte uns Trijntje. Truus, Freddie und ich sahen uns zwar immer noch als Teil des RVV, aber wir waren keine richtige Zelle mehr. Kurz spielten wir mit dem Gedanken, Kontakt zu einer anderen Widerstandsgruppe aufzunehmen, aber dann entschieden wir uns, lieber unter uns zu bleiben. Trijntje wusste über viele Aktionen Bescheid, die unsere Unterstützung brauchen konnten, und sie gab uns Informationen über potentielle Zielpersonen. So arbeiteten wir weiter für den Widerstand.

»Nebenbei bemerkt, sind wir auch noch Mädchen«, sagte Freddie eines Abends, als wir im Hausboot zusammen vor dem Holzofen saßen und die Kleidervorräte ihrer Mutter danach sortierten, was noch benutzt werden könnte oder was zumindest noch als Flicken taugte. »Wenn wir uns einer anderen Gruppe anschließen, müssten wir wahrscheinlich auch Geschirr spülen oder für die Männer Pullover stricken.« Was ganz sicher keine von uns wollte.

»So ist es besser«, bestätigte Truus. »Niemand erteilt uns Befehle, wir suchen uns unsere eigenen Missionen, wir lassen uns nicht blicken.«

»Wir verraten unsere Freunde nicht«, sagte ich. Denn ich vertraute nur Frauen, die Oversteegen hießen.

Die Zeit verstrich, und ich fühlte mich allmählich wieder mehr mit der Welt verbunden. Insgeheim hofften wir alle, die

Alliierten würden uns bis Weihnachten befreien. Im September waren sie an der belgischen Grenze angekommen, und für einen kurzen Augenblick wurden überall im Land orangefarbene Banner entfaltet, und es wurde auf den Straßen getanzt ... aber es war nur ein Gerücht, und die Nazis bereiteten der Freude am nächsten Tag ein bitteres Ende. *Dolle Dinsdag*, nannten wir den vermeintlichen Festtag. Verrückter Dienstag. Die alliierten Soldaten waren am Rhein stehen geblieben und hatten sich seither nicht mehr vorwärtsbewegt. Nach dieser Enttäuschung kamen wir uns alle ein bisschen verrückt vor.

Niemand hatte damit gerechnet, dass das Land nur (die Hälfte des Landes) teilweise befreit werden würde. Die Situation im nichtbefreiten Teil des Landes verschärfte sich durch die von Seyß-Inquart durchgesetzte Blockade, wir fühlten uns noch isolierter, während wir zusahen, wie um uns herum die Deutschen ihre Abwehr verstärkten.

Die Angst vor einer Hungersnot begann sich in der Bevölkerung zu verbreiten wie eine Infektion, und vormals großzügige Nachbarn verwandelten sich in Hamsterer. Als es kälter wurde, sah man immer weniger Menschen auf den Straßen, die meisten überwinterten in ihren Häusern und Wohnungen, lebten mehr schlecht als recht von den Zuteilungen und versuchten, nach Möglichkeit keine Energie aufzuwenden, die sie ohnehin nicht besaßen. Eines Abends überraschte Trijntje uns mir drei Keksen, die sie irgendwo aufgetrieben hatte, und zum Abendessen teilten wir sie uns zusammen mit einer gekochten Kartoffel. Jeden Abend hungrig zu Bett zu gehen, entwickelte für mich eine ganz eigene Triebkraft. Zwar konnte ich keine Lebensmittel in unser kleines Land holen, aber ich konnte weiter Nazis töten. Inzwischen scheute ich mich nicht mehr, es so zu formulieren. Wie Hendrik immer gesagt hatte, jeder tote Nazi konnte mindestens einem Dutzend Niederländer nichts mehr anhaben, und daraus zog ich meine Kraft für die Attentate.

»Endlich bist du nicht mehr ganz so blass«, sagte Trijntje eines Morgens, als ich ihr beim Zusammenlegen der Wäsche half. »Ich glaube, du bist wieder zurück im Leben.«

»Seit die Soldaten im Winter Urlaub machen, gibt es jetzt sogar noch mehr zu tun«, sagte ich. Nach den intensiven Kämpfen an den Stränden der Normandie im Juni hatten die Alliierten den ganzen Herbst hindurch mühselig, aber hartnäckig versucht, sich einen Weg nach Norden in Richtung Deutschland zu erkämpfen. Sie nannten die zermürbende Marschroute durch Nordfrankreich, Belgien und hinein nach Südholland Hell's Highway, die Höllenstraße. Aber als der Winter einsetzte, kam alles zum Erliegen – nur hundert Kilometer südlich vor Amsterdam verhinderte die unerwartet starke Gegenwehr der Deutschen die Einnahme der wichtigen Rheinbrücke bei Arnhem. Tief enttäuscht bunkerten sich die alliierten Soldaten für den Winter ein und begnügten sich damit, die Deutschen bei jeder sich bietenden Gelegenheit aus dem Hinterhalt anzugreifen. Genau wie wir.

Trijntje sah es realistischer. »Wer kann denn bei dieser Kälte überhaupt kämpfen?« Schon jetzt war der Winter ungewöhnlich bitter. Sie schüttelte den Kopf. »Die Deutschen werden uns das Leben noch schwerer machen.«

»Jeder weiß, dass es um die Moral der Moffen ganz schlecht steht, sie haben letzten Sommer sogar versucht, ihren Hitler umzubringen.« Dieser Attentatsversuch weckte meine Neugier. »Vielleicht ziehen sie sich zurück, wenn wir ihnen ordentlich zusetzen.«

Mit einer Mischung aus mütterlicher Zuneigung und dem Realitätssinn einer erfahrenen Kämpferin sah Trijntje mich an.

»Ja, ich erinnere mich«, sagte sie. Nur in den Untergrundzeitungen war darüber berichtet worden, und wir hatten jede noch so kleine Information aufgesogen, die wir finden konnten. Bei dem Bombenanschlag wurde Hitler nur leicht verletzt. In der offiziellen Berichterstattung der NSDAP kam der Anschlag nicht vor. »Ja, gut«, sagte sie, »habt ihr auch gehört, dass das Oberkommando der Nazis als Vergeltung fünftausend Zivilisten hat exekutieren lassen?«

»Nein«, antwortete ich. Fünftausend, das war ... der reine Wahnsinn. Fünftausend Menschen waren hingerichtet worden?

»Hm«, sagte Trijntje, ganz auf das Falten eines Wäschestücks konzentriert, »wahrscheinlich haben die Nazis nur auf einen Grund gewartet.« Sie verzog angeekelt den Mund. »Denkt ihr, diese Tiere werden einfach kapitulieren? Die werden auch noch den letzten Niederländer töten, ehe sie dieses Land verlassen. Ihr werdet sehen.«

Trijntje erlaubte sich nur selten einen emotionalen Ausbruch, deshalb machten mir ihre harten Kommentare Sorge. Keine von uns sprach es an, aber ich überlegte die ganze Zeit: Was war mit meinen Eltern und mit Philine geschehen? Und mit Sonja? Und wenn die Deutschen noch brutaler wurden, welche Auswirkungen würde es auf sie haben? Welche hatte es bereits gehabt?

»Alles in Ordnung mit dir, Hannie?« Trijntje lächelte mir nun zu und forschte in meinem Gesicht. »Los, tut irgendwas Nützliches. Dann fühlt ihr euch gleich besser.«

»Zuerst solltet ihr euch um Hertz kümmern«, sagte Freddie. »Er ist grässlich. Und ich glaube, er hat keine Ahnung, dass er eine Zielperson ist.« Als wir die leere Straße zu der alten RVV-Wohnung entlanggingen, packte sie ein an einer Mauer hängendes Propagandaplakat der Nazis und riss einen langen Streifen davon ab. Das Plakat rutschte daraufhin in sich zusammen und fiel auf den Gehweg. Auch ein Akt des Widerstands.

»Lasst es uns heute Nacht machen«, sagte ich und sah Truus an.

»Was? Denkst du, sonst kommt uns eine andere Widerstandsgruppe zuvor?«, lachte sie.

»Vielleicht«, sagte ich.

»Und wenn schon? Ein Nazi weniger.«

»Aber wir könnten es jetzt gleich machen.« Der Gedanke munterte mich auf.

»Sollten wir es nicht lieber richtig machen?« Allmählich ärgerte Truus meine Spontanität, von meiner Gewaltbereitschaft ganz zu schweigen. »Du bist nicht die Einzige, die involviert ist, weißt du.« Sie sah beunruhigt aus. Es war die gleiche Belehrung, die Jan von Hendrik ständig zu hören bekommen hatte: *Langsamer!*

»Ich schaue, was ich morgen auskundschaften kann«, versprach Freddie.

»Gut«, sagten Truus und ich wie aus einem Mund.

Nachdem Freddie eine Woche spioniert hatte, gab Truus endlich nach. »Wir machen es heute Abend«, sagte sie. »Haltet euch um fünf bereit.«

Eine Stunde bevor wir losgehen wollten, begann ich mit meiner Kostümierung. Die Deutschen suchten immer noch das Mädchen mit den roten Haaren, aber zum Glück hielt die schwarze Farbe lange bei mir. Ich war bei meiner Tarnung inzwischen deutlich sorgfältiger und achtete darauf, dass nicht nur meine Haare richtig lagen, sondern schminkte und kleidete mich auch entsprechend. Ich nahm mir auch genügend Zeit, mithilfe der Schminkutensilien, die Sonja zurückgelassen hatte, meine Augenbrauen und Wimpern dunkel zu färben. Inzwischen genoss ich die Verwandlung sogar, benutzte gern Puderquaste und roten Lippenstift. Mein blaues Kleid saß immer noch sehr locker, ich entschied mich auch an diesem Abend dafür, schlüpfte dazu in ein Paar altmodische Lackschuhe aus Trintjes Truhe, die aussahen, als lägen sie dort seit den 1920er Jahren. Als ich mein Spiegelbild betrachtete, bemerkte ich dunkle Blutflecken auf Oberteil und Rock, aber das ging mittlerweile als ganz normale Verschmutzung durch. Eigentlich sah niemand mehr richtig fein aus, und alle unsere Kleider waren abgetragen und fleckig. Trotz der beunruhigenden Flecken war es mein hübschestes Kleid geblieben.

»Himmel, Hannie, bist du endlich fertig?« Truus streckte den Kopf zur Tür herein und betrachtete mich. Es war kurz vor fünf. Sie billigte es, dass ich mich verkleidete – ja, sie bestand sogar darauf –, hatte aber wenig übrig für Eitelkeiten. Das wusste ich, es war mir jedoch gleichgültig. Eitelkeit machte mich stark. Ich musste an einen Ausdruck denken, der oft in Kinderbüchern über Cowboys und Indianer vorkam: Kriegsbemalung.

»Fast«, antwortete ich und strich noch einmal mit der zierlichen Spirale die schwarze Wimperntusche über meine rotblonden Wimpern.

»Wir kommen zu spät, und wenn wir zu spät kommen, dann müssen wir …«

»Truus!« Meine Hand wurde unruhig, und ich versuchte, nicht zu blinzeln. Ich war immer noch Anfängerin in diesen Dingen. »Ich bin ja gleich fertig.«

Aber sie knurrte nur: »Du trödelst.«

»Nein, überhaupt nicht. Wahrscheinlich ist das hier das Schwierigste, was ich heute tun muss.«

»Ja«, sagte sie und musste nun doch lachen. »Das sehe ich. Komm jetzt.«

So sehr ich Truus' Pragmatismus schätzte, machte er mich manchmal auch wahnsinnig, es kam doch auch auf die Details an. »Schau, Truus, wir könnten heute Nacht sterben, stimmt's? Also gib mir eine Sekunde, damit ich das hier richtig mache«, sagte ich. Es war sinnlos, ihr zu erklären, warum ich das hier tat. Ich vollendete mein Werk am rechten Auge, bog die Wimpern nach oben, um ihnen den richtigen Schwung zu verleihen, was ich ebenfalls von Sonja gelernt hatte. Damals in ihrem Zimmer in Amsterdam.

»Du siehst gut aus«, sagte Truus ungeduldig.

»Einfach nur gut?«, neckte ich sie und drehte mich zu ihr, damit sie mich angemessen bewundern konnte. »Wenn ich heute Abend sterben muss, Truus, dann werde ich zumindest in Schönheit sterben.« Ich zwinkerte, und weil die Wimperntusche noch feucht war, klebten die Wimpern zusammen, und ich konnte mein Auge nicht mehr öffnen. »Ach verdammt.«

»Ha«, rief Truus und lachte. »Aber stirb nicht zu früh, in fünf Minuten gehen wir los.«

Truus, Freddie und ich nahmen mit unseren Rädern eine umständliche Route, um Kontrollpunkte zu vermeiden, und kamen kurz vor Beginn der Sperrstunde bei Hertz' Haus an. Es war bereits dunkel, und unser Atem machte weiße Wölkchen in der feuchtkalten Luft. Uns war ohnehin die ganze Zeit kalt, aber wenigstens war der Gestank der an jeder Straßenecke herumliegenden Abfallhaufen in der Kälte nicht ganz so schlimm.

Hertz' Leben war langweilig, an jedem Tag hatte er das gleiche Bewegungsmuster. Wir kannten all seine Wege, es waren stets dieselben. Nach der Arbeit ging er direkt nach Hause, und am nächsten Morgen ging er wieder direkt zur Arbeit. Die einzige potentielle Komplikation könnte durch seine holländische Freundin entstehen. Manchmal war sie bei ihm zu Hause, manchmal nicht. Truus und ich brauchten keine fünf Minuten, um zu entscheiden, dass wir, sollte es notwendig werden, auch sie erschießen würden. Genau wie er war sie eine Verräterin.

Truus blickte über die Straße und nickte entschlossen. »Die Luft ist rein. Freddie hat gerade das Signal gegeben.« Ich sah mich nach Freddie um, doch sie war unsichtbar. Unsere Geheimwaffe. Truus und ich gingen die Straße hinunter auf das Giebelhaus aus Backstein zu, das Hertz einer Haarlemer Familie einfach weggenommen hatte. Wir achteten darauf, unterwegs ein wenig miteinander zu plaudern wie normale junge Damen, Freundinnen, die vor der Sperrstunde noch mal Luft schnappen wollen.

»Das ist es«, sagte Truus. Solide wie alles in der Umgebung, strahlte das Haus für uns dennoch etwas Bedrohliches aus, da wir wussten, wer sich darin befand.

»Du übernimmst das Reden«, sagte Truus, »nachdem du dir so viel Mühe gegeben hast.« Sie deutete auf mein geschminktes Gesicht. »Du siehst wirklich hübsch aus. Das wird ihm gefallen.«

»Woher willst du das denn wissen?«, fragte ich.

»Ist das nicht bei allen Männern so?«

Da hatte sie sicher nicht ganz unrecht.

Ich klopfte an die Tür. Dies war keine verdeckte Aktion, und das zeigte unsere Stärke. Niemand erwartete, dass eine Mörderin höflich an die Tür klopfte, und ich hörte auch gleich die tiefe Stimme eines Mannes und kurz darauf die deutlich höhere einer Frau. Jemand spähte durch das kleine Fenster in der Tür, dann öffnete sich die Tür einen Spalt, und eine Frau spähte heraus.

»*Wie bent u?*« Wer sind Sie?

Wie sie Holländisch sprach, jagte mir einen Schauder über den Rücken. Sie war attraktiv und zurechtgemacht wie eine Sexbombe: blondiertes Haar, große blaue Augen, großer Busen, der sich deutlich unter dem eng anliegenden Pullover abzeichnete. Ich schätzte, dass sie kaum älter war als ich und wahrscheinlich auch eine ähnliche Kindheit verbracht hatte. Gleiche Stadt, gleiche Bedingungen. Womöglich war sie auf dieselbe Schule gegangen wie ich. War sie begeistert gewesen, als die Nazis unser Land besetzten? Oder hatte sie einfach eine Reihe von Entscheidungen getroffen, die letztlich dazu geführt hatten, dass sie mit einem unserer Besatzer zusammenlebte? Ich merkte, dass es mir gleichgültig war, es spielte keine Rolle. Sie war hier.

»*Wat wilt u?*«, fragte sie weiter. Was wollen Sie?

Sie sah verdächtig wohlgenährt aus. Runde, rosige Wangen, reichlich Kurven. Ihr Pullover war sauber, hatte weder Mottenlöcher noch irgendwelche Flecken. Auch die Ärmel waren intakt, die Bündchen nicht ausgefranst.

»Ja, guten Abend«, sagte ich energisch. »Wir sollen Herrn Hertz eine Nachricht überbringen. Es geht um die Lebensmitteltransporte aus Friesland.« Diesen Satz hatten wir im RVV oft benutzt. Hendrik hatte immer gesagt, er sei spezifisch genug, um legitim zu wirken, aber auch vage genug, um eventuell als Missverständnis durchzugehen. Ich wartete auf eine Reaktion.

Die Frau überlegte, und ich spürte, wie mir ein Kribbeln über den Rücken lief. Sie sah erst zu Truus, musterte dann mich von Kopf bis Fuß und betrachtete eingehend mein Make-up. Sie fragte sich offensichtlich nicht, ob sie mich kennen würde, nein, sie schien zu beschäftigen: *Wer ist diese aufgeputzte Frau, die nach meinem Freund fragt*?

Schließlich schnaubte sie leise. »*Een moment*«, sagte sie und schloss die Tür wieder.

Aufgeregt stieß mir Truus den Ellbogen in die Seite. Von drinnen hörten wir wieder zwei Stimmen, die jetzt Deutsch sprachen.

»Was sagt er denn?«, wollte Truus wissen.

»Ich glaube, dass er nach der Arbeit nicht gestört werden möchte.«

Doch dann näherten sich schwere Schritte, die Tür ging wieder auf. Ein großer Mann stand vor uns, mit Hängebacken wie eine Dogge. Allerdings wandelte sich sein Gesichtsausdruck, als er uns sah, von Verärgerung zu amüsierter Neugier. Ich fragte mich, ob seine Freundin wohl hinter ihm auf dem Flur stand.

Er schob sich noch ein Stück vor, und ich entdeckte etwas, das ich schon sehr lange nicht mehr zu Gesicht bekommen hatte: einen sehr dicken Bauch. Der Wanst wölbte sich über seine Gürtelschnalle, und er wischte sich tatsächlich einen Krümel von den Lippen, ehe er zu sprechen begann. Er aß gestohlenes Essen. Alles, was in diesem Haus verzehrt wurde, gehörte dem niederländischen Volk. Ganz gegen meinen Willen lief mir das Wasser im Mund zusammen, und ich griff nach meiner Pistole, die noch in meiner Manteltasche steckte.

»Ja?«, fragte er barsch und leicht hochmütig. Ein Mann, der es gewohnt war, dass seine Wünsche befriedigt wurden. »Was ist das denn für eine Nachricht, die so wichtig ist, dass ich beim Abendessen gestört werde?«

Ich nahm eine minimale Bewegung von Truus wahr, und im Handumdrehen hielten wir ihm beide unsere Pistolen vors Gesicht. In dem Moment, als ich auf den Abzug drückte, sah ich die Erkenntnis in Hertz' wässrigen Augen: *Aha. Das ist es also.*

Wir feuerten gleichzeitig, zielten beide auf seinen Kopf. Peng. Peng.

Ich duckte mich sofort weg, um nicht bespritzt zu werden, und rannte dann zu meinem Fahrrad. Truus war auf dem Weg zu ihrem. Für einen Moment herrschte Stille, dann ein Aufschrei.

»Hilfe! So hilf mir doch jemand!«, schrie die Frau. Truus und ich radelten in entgegengesetzte Richtungen los, die Stimme der Frau verklang hinter uns.

Zehn Minuten später standen wir am Ufer der Spaarne. In der abendlichen Dunkelheit war sie so glatt wie schwarze Seide und so still, dass ich nur das Pochen meines Herzens hörte. Mir war schwindlig, aber das passierte in letzter Zeit öfter.

»Alles in Ordnung?« Freddie lugte hinter einem Baum hervor. Wir nickten. »Gut«, sagte Freddie und ließ sich aufs feuchte Gras fallen und deutete auf Truus' Pullover, dessen Schulter mit dunklen Klecksen gesprenkelt war, gab ihr zu verstehen, dass sie das Blut abwischen solle. Doch Truus ignorierte sie und starrte stattdessen mich an. War ich vielleicht verletzt worden, ohne es zu bemerken? In Amsterdam hatte ich einmal einen Mann gesehen, der vollkommen gelassen die Straße entlangging, obwohl ihm links ein Stück der Kopfhaut herabhing, auch das linke Ohr war betroffen gewesen und baumelte wie ein nasser Lappen über der Schulter. Doch er schien nichts davon zu spüren. Truus trat zu mir, leckte sich über den Daumen und wischte mir mit einer Bewegung, die rau und zärtlich zugleich war, über die Furche zwischen Mund und Nase.

»Blutbart«, sagte sie. »Ruiniert dein Make-up.« Sie grinste. »Jetzt bist du wieder hübsch.«

»Danke«, sagte ich und überprüfte in einem kaputten Taschenspiegel mein Gesicht. »Truus?«, fragte ich.

»Ja?«

»Hab ich mir das eingebildet, oder hast du wirklich ›Mörder‹ gesagt, als wir ihn, du weißt schon …« *Erschossen haben.*

»Ich dachte, es wäre höflich.« Sie blickte auf den Kanal. »Ich wollte, dass er weiß, warum er stirbt.«

»Er hat es sofort verstanden.«

»Na ja, aber jetzt weiß es auch seine Freundin«, sagte Truus.

Ich würde nicht sagen, dass wir drei diesen Moment genossen, aber wir waren zufrieden. Stumm standen wir da und sahen zu, wie das Wasser vorüberfloss. Sämtliche Bäume, die das Ufer einst gesäumt hatten, waren gefällt und verfeuert worden, und die Stümpfe sahen nun aus wie eine Reihe von Trittsteinen, die ins Meer hineinführten. Die frostige Landschaft war schön, wenn auch karg.

Nach einer Weile sagte Freddie: »Hannie?«

»Ja?«

»Ich kann deinen roten Haaransatz sehen. Das wollte ich dir vorhin schon sagen.«

»Danke«, sagte ich, es war mir selbst noch gar nicht aufgefallen. »Ich werde mich darum kümmern.« So standen wir da, sinnierten vor uns hin und rauchten.

»Was glaubt ihr, was nach dem Krieg geschehen wird?«, fragte Freddie, ohne den Blick vom Fluss zu nehmen.

»Paraden?«, schlug Truus vor. »Und hoffentlich was zu essen.«

»Nein, ich meine, mit uns. Was passiert mit uns?«

Truus sah ihre kleine Schwester an. »Wie meinst du das?«

»Na ja, werden wir wieder ein normales Leben führen? Mit Schule und allem?« Wir hatten ganz vergessen, dass Freddie das Gymnasium noch gar nicht abgeschlossen hatte.

»Ich glaube nicht, dass alles einfach wieder wie früher wird«, meinte Truus. »Aber es wird gut. Du bekommst einen Orden. Für Tapferkeit und Vaterlandstreue.« Sie berührte Freddies Schulter. »Du wirst die Jüngste sein, die so was kriegt, darauf wette ich.«

»Wenn ich einen Orden kriege, bekommt ihr beiden ganz sicher auch einen«, sagte Freddie. »Sie werden eigens für uns drei eine Parade veranstalten. Die Mädels vom RVV.«

»Wir werden oben neben der Königin stehen«, fügte Truus lachend hinzu. »Mit unseren Orden, und wir werden unseren Anhängern und Bewunderern zuwinken.« Freddie musste lachen. »Was meinst du, Hannie?« Jetzt sah Truus zu mir.

Das Gespräch machte mich unruhig. Ich wusste nicht, was ich sagen sollte.

»Das Mädchen mit den roten Haaren!«, jubilierte Freddie leise. »Du wirst garantiert als Heldin gefeiert.«

Ich schüttelte den Kopf.

»Erzähl mir nicht, du willst nach all dem, was wir zusammen erlebt haben, irgendeine langweilige Juristin werden«, sagte Freddie.

Ich lächelte. »Nein, ich glaube nicht«, erwiderte ich. Eigentlich hatte ich eine andere Antwort, aber ich wollte Freddie nicht erschrecken. »Eine spießige Anwältin? Das ist vermutlich nicht mehr möglich«, bekräftigte ich. Die beiden lachten.

Dann verriet ich ihnen, dass ich, wenn ich versuchte, mir das Leben nach dem Krieg vorzustellen, zwar die Flaggen und feiernden Menschen, die Königin und sogar Truus und Freddie vor mir sah. Aber mich sah ich nicht bei ihnen.

Kapitel 33

Winter 1944

In Trijntjes Küche standen zwei Öfen. Einer war ein traditionelles Modell aus Gusseisen, der den ganzen Tag für Wärme sorgen konnte, das Hausboot heizte und auch zum Kochen benutzt wurde. Da Holz und Kohlen extrem knapp waren, beschränkten wir uns darauf, nur einmal am Tag den Wohnbereich zu beheizen. Wir warteten, bis sich auf der Innenseite der Fenster Eisblumen bildeten, bevor wir etwas von unserem kostbaren Brennmaterial einsetzten – Bauholzabfälle, die wir in zerstörten Gebäuden oder am Kanalufer sammelten, wo manchmal etwas angeschwemmt wurde, und dann an Deck in der Wintersonne trockneten. Zum Kochen benutzten wir eine Art Campingkocher – von Freddie, die immer Ideen hatte, aus einer großen Blechdose zusammengebastelt und meistens mit dem Papier der Rechnungsbücher befeuert, die sie haufenweise in einem verlassenen Verwaltungsgebäude gefunden hatte. So gingen Jahre handgeschriebener Zahlen und Gleichungen in Rauch und Asche auf, um unsere spärlichen Mahlzeiten zu erwärmen.

»Mmm, heiße Schokolade«, sagte Truus und atmete tief den Dampf ein, der von dem heißen Wasser in ihrer Tasse aufstieg. Freddie schloss die Augen und machte mit. »Ich möchte bitte noch ein bisschen mehr Schlagsahne auf meiner. Danke«, sagte sie und lächelte. Mit ihrem herzförmigen Gesicht und den Mandelaugen hatte Freddie schon immer Ähnlichkeit mit einer kleinen Waldnymphe gehabt, wobei ihr spitzes Kinn noch mehr hervorstach. Mit Phantasien, was wir gern essen würden, verbrachten wir einen großen Teil unserer Zeit.

»*Poffertjes*«, sagte Truus sehnsüchtig. »Gott, ich könnte eine ganze Pfanne davon verdrücken.« Alle leckten wir uns die Lippen und dachten an die aufgeblähten kleinen Buchweizenpfannkuchen, die um diese Jahreszeit von Straßenverkäufern überall in der Stadt angeboten und mit Zucker und Marmelade serviert wurden … aber nicht in diesem Jahr. »*Pannenkoeken*«, schlug ich vor, »mit Äpfeln und Sirup«, und die beiden Schwestern nickten heftig, während sie sich die zarten Crêpes vorstellten. »Jamjam«, sagte Freddie und bekam einen Hustenanfall. Truus und ich sahen uns über ihren gesenkten Kopf hinweg an: Freddie hustete dauernd. Andererseits husteten in diesem Winter die meisten Menschen.

Trijntje stand an der Spüle, bereitete Zuckerrüben fürs Abendessen zu, ein langer Prozess von Schneiden, Raspeln und Kochen, manchmal auch Fermentieren der zähen weißen Rübe, bis sie eine breiige Substanz annahm, die mithilfe einer Zwiebel und ein paar Gewürzen als essbar angesehen werden konnte. »Der Hunger versüßt auch rohe Bohnen«, sagte sie – ein Spruch, den ich auch von meiner Mutter kannte. »Es könnte schlimmer sein«, fuhr sie fort. »Wenn es nämlich Tulpenzwiebeln wären.«

»Ach komm«, sagte Truus, aber Trijntje meinte es ernst.

»Wirklich«, sagte sie. »Frau Hondius sagt, sie hat neulich einen Eintopf daraus gemacht, und mit ein bisschen Curry hat er angeblich ganz gut geschmeckt. Aber von Krokussen rät sie ab. Die sind zu faserig.« Sie schüttelte den Kopf bei dem Gedanken und schob sich mit dem Daumen eine Gewürznelke in den schmerzenden Backenzahn, der sie seit Wochen plagte.

Derzeit war es sogar schwierig, eine einzige Gewürznelke aufzutreiben.

Truus, Freddie und ich schauten einander an, Freddie zuckte die Achseln und wischte sich nach ihrem Hustenanfall den Mund ab. »Gestern hab ich unten am Kanal einen Jungen Gras kauen sehen«, sagte sie.

»Lasst das bloß bleiben«, sagte Trijntje. »Davon bekommt man Magenschmerzen.«

»Keine Sorge, so hungrig werde ich niemals sein.«

»Jetzt kommt«, sagte ich und hob in dem Versuch, auch etwas für die Moral der Gruppe zu tun, meine dampfende Tasse hoch, als wollte ich einen Toast ausbringen. »Was machen wir als Nächstes?«

Truus legte die Füße auf einen Stuhl und sah nicht danach aus, als habe sie es eilig. »Vielleicht sollten wir erst mal abwarten, ob die üblichen Weihnachtsrazzien stattfinden.«

Die Weihnachtsrazzien. Im Widerstandsnetzwerk hatte es alle möglichen Gerüchte gegeben, Übergriffe, von denen wir über Trijntje erfuhren. Immer waren es Vorfälle, die mit Kommando Silbertanne zusammenhingen: Aushebung von »Unruhestiftern« (Durchreisende, Zigeuner, Homosexuelle, im Grunde jeder, dessen Aussehen den Nazis nicht gefiel), verstärkte Schikanen an den Kontrollpunkten, Gerüchte über Massenverhaftungen von Untergetauchten an den Feiertagen. Aber war das nicht seit vier Jahren so? Ich hatte Truus' Vorsicht immer geschätzt, doch nun fand ich es zunehmend schwierig, auf Silbertanne derart viel Rücksicht zu nehmen. Ihre Attacken waren angeblich Reaktionen auf unsere Anschläge? Das war doch nichts Neues, das behaupteten sie doch immer.

Eine Aufgabe zu haben – jemanden zu verfolgen und auszuschalten oder sogar nur einer hungernden Familie ein Päckchen

Lebensmittelmarken zukommen zu lassen – half mir, mich von der schmerzhaften, dröhnenden Monotonie meines chronischen Hungers abzulenken.

Am nächsten Morgen schüttelte Truus mich schon vor Sonnenaufgang wach. »Komm, steh auf«, sagte sie knapp.

In diesen Tagen war es untypisch für sie oder eigentlich für uns alle, früh aufzustehen. Wir blieben so lange wie möglich im Bett, sowohl um warm zu bleiben, als auch um Energie zu sparen. »Wohin gehen wir denn?«

»Steh einfach auf«, sagte sie. »Du kannst bei mir mitfahren.«

Ich setzte mich auf ihren Gepäckträger, schlang die Arme um sie und lehnte den Kopf an ihren Rücken.

»Ich hoffe, die Sache ist es wert«, sagte ich, während ich versuchte, im Halblicht des Morgens die nächtlichen Spinnweben aus meinem Kopf zu kriegen. Die Wintervormittage waren dunkel und trübe. Alles war dunkel und trübe – außer dem frischen weißen Schnee.

Ungefähr zehn Minuten waren wir unterwegs, als Truus schon wieder anhielt.

»Da drüben«, sagte sie. »Bleib auf dem Fahrrad.«

Wir waren in einer für Haarlem typischen Wohngegend angekommen, mit überwiegend kleinen Häusern für junge Familien. Es war etwa sechs Uhr früh, die Straßen waren noch menschenleer. Die Deutschen erlaubten pro Tag lediglich zwei Stunden Gas zum Heizen, deshalb blieben die Menschen im Haus und warteten, bis es etwas wärmer wurde, ehe sie sich nach draußen wagten. Doch auf der gegenüberliegenden Straßenseite kauerte sich vor einer Reihe von acht kleinen Häusern ein Pulk von Leuten in Familiengrüppchen zusammen, zitternd vor Kälte, notdürftig in Mäntel und Decken gehüllt. Einige waren sogar barfuß. Die langen Gewehre im Anschlag, trieben Wehrmachtsoldaten sie zusammen.

»Was geht denn da vor sich?«

»Freddie hat erfahren, dass es heute Morgen eine Vergeltungsaktion geben soll. Von Silbertanne.«

Meine Hände begannen zu kribbeln, und ich klammerte mich fester an Truus, redete mir jedoch ein, dass ich das nur tat, um einigermaßen warm zu bleiben. Wir alle wussten von den sogenannten Racheakten der Nazis, aber ich hatte noch nie eine mit eigenen Augen beobachtet. Vage Panik vibrierte in meinem Kopf, das kam nur selten vor, aber ich konnte nichts dagegen tun.

Bellende Rufe durchschnitten die stille Morgenluft. Eine Gruppe deutscher Soldaten marschierte auf die acht kleinen Häuser und ihre zwangsgeräumten Bewohner zu. Jetzt trugen sie die Gewehre auf dem Rücken, in den Händen aber hielten sie brennende Fackeln und Kerosinkanister. In Sekundenschnelle standen sämtliche Häuschen in Flammen, orangefarbene Flammen loderten in den grauen Morgenhimmel, schimmernde Hitzewellen gingen von den Gebäuden aus, als die Soldaten die Rückseiten der Häuser noch zusätzlich mit Brennstoff begossen.

Die Menschen kauerten sich noch dichter zusammen, einige schluchzten laut. Kinder heulten. Ein Kommandeur schrie etwas, das Heulen wurde etwas leiser. Ich beobachtete, wie ein Mann ein paar Häuser weiter aus seiner Haustür spähte, um zu sehen, was vor sich ging. Sobald er die Situation begriffen hatte, duckte er sich und verschwand wieder in seinem Haus, doch die Soldaten hatten ihn schon bemerkt, marschierten zu seiner Tür und zerrten ihn in Socken nach draußen, damit er Augenzeuge des Schauspiels wurde.

»Arschlöcher«, zischte Truus.

»Warum diese armen Leute?«, fragte ich.

»Vollkommen zufällig. Irgendjemand soll dafür büßen, egal, wer.«

Truus spuckte aus, und ihr ganzer Körper zitterte vor Anspannung und Empörung. Unschuldige Menschen bezahlten für das, was wir getan oder zu tun versucht hatten. Und das schon seit zwei Jahren.

Als ein weiterer Nachbar auf die Straße trat und angesichts des Tumults erschrocken stehen blieb, rannten die Soldaten auch sofort zu ihm und scheuchten ihn neben den Mann in Socken – es sollten wohl möglichst viele Leute Zeugen der Vergeltungsmaßnahme werden. Unter Einsatz ihrer Waffen begannen sie nun die Männer von den Frauen, dann die Kinder von ihren Müttern zu trennen, wogegen die Frauen sich schreiend zur Wehr setzten und die Soldaten daraufhin mit Schlagstöcken und Fäusten über sie herfielen. Die Männer, die versuchten, ihren Frauen und Kindern zu helfen, wurden von den Soldaten mit vorgehaltener Pistole bedroht.

»Packt die Frauen in den Laster«, befahl der Kommandant, und die Soldaten bugsierten sie in eines ihrer berüchtigten Transportfahrzeuge, knallten die Türen zu und verriegelten sie. Schreiende Frauengesichter pressten sich an die beiden kleinen Fenster im hinteren Teil des Wagens, die Wände erzitterten unter ihren Faustschlägen.

»Holt ihn her«, rief der Kommandant und deutete auf einen braunhaarigen, ungefähr dreißigjährigen Mann in einem Flanellmorgenmantel. Dann wandte er sich der Kindergruppe zu und fragte den Mann: »Welche sind deine?«

Der Mann begann zu zittern, sein Gesicht erschlaffte. »Nein«, stammelte er nur.

»Sag es mir, sonst erschieße ich sie einfach alle«, erklärte der Kommandant ohne die geringste Gemütsregung.

»Nein«, wiederholte der Mann.

Im Transportwagen wurde das Hämmern der Frauen noch lauter, wie Paukenschläge in einem Orchester.

»Nein.«

»Na gut«, sagte der Kommandant, hob mit ausgestrecktem Arm seine Pistole und kniff ein Auge zusammen.

»Halt, warten Sie«, rief der Mann und versuchte, sich von den Soldaten zu befreien, die ihn zurückhielten. »Daniel! Maria!«, schrie er verzweifelt und hilflos.

Zwei Kinder traten aus der Gruppe hervor. Daniel war ein magerer Junge von vielleicht dreizehn Jahren, Maria schien um einiges jünger zu sein. Beide zitterten in der eisigen Luft, ihre Zähne klapperten, ihre Augen waren vor Angst geweitet. »Geht zu eurem Vater«, sagte der Kommandant, und die Kinder rannten weinend auf den Mann zu. Die Soldaten ließen ihn los, und er schloss die Kinder in die Arme, kniete sich auf den Gehweg, um sie fest an sich zu drücken.

Die Soldaten zogen sich von ihm zurück, und die von den brennenden Häusern ausstrahlende Hitze wehte herüber zu der kleinen Gruppe wie eine Sommerbrise. Als die Soldaten sich ein Stück entfernt hatten, erteilte der Kommandant den nächsten Befehl.

»Feuer.«

Die Soldaten hoben ihre Waffen, zielten auf den Vater und die beiden Kinder, und Sekunden später lagen drei blutige, leblose Körper auf dem Gehweg.

Zorn und Verzweiflung brachten den Wagen mit den Gefangenen erneut zum Beben. Die Gruppe der Männer auf dem Gehweg versuchte, sich aus der Abriegelung der Soldaten freizukämpfen, und ich sah, wie ein Soldat mit dem Gewehrkolben auf einen Mann einschlug, bis ihm das Blut in Strömen übers Gesicht lief. Die verbliebenen Kinder schrien und weinten laut.

»Der Nächste«, rief der Kommandant, und ein Soldat schob erneut einen Mann nach vorn. Auch er hatte mit der gleichen Entscheidung zu kämpfen. Sollte er die Namen seiner Kinder nennen? Oder schweigen? Aus dem Inneren des Pritschenwagens erschollen Laute, die klangen, als kämen sie aus der tiefsten Hölle. Es war egal, wie die Männer sich entschieden, sie wurden alle erschossen, Männer wie Kinder. Schließlich waren nur noch ein Mann und zwei Kinder übrig, ein Junge von ungefähr sieben Jahren, das Mädchen etwas älter, Bruder und Schwester. Erstarrt standen sie da, betäubt von dem Geschehen, sie weinten nicht einmal mehr. Der Kommandant ging zu ihnen.

»Ist das euer Vater?«, fragte er mit milder Stimme.

Das Mädchen nickte.

»Lasst ihn los.«

Sofort rannte der Mann zu seinen Kindern, ließ den Kommandanten und die Soldaten aber nicht aus den Augen, darauf achtend, außer sich vor Angst, dass sich sein Körper zwischen ihren Gewehren und den Kindern befand.

»Pst«, sagte der Kommandant, als der kleine Junge zu wimmern begann. »Nun weine doch nicht, mein Kleiner. Ich brauche dich für etwas ganz Besonderes. Kannst du das bitte für mich tun?«

Der Junge schauderte. An der Innenseite färbten sich seine Hosenbeine dunkel von Urin.

»Sag deinem Vater und deiner Mutter, und auch deiner Schwester, dem großen Mädchen hier, dass sie mithelfen müssen, dieses Land zu schützen, ja? Sie haben dafür zu sorgen, dass es frei bleibt von Ungeziefer, von Zigeunern, Juden, Judenfreunden, Widerständlern und allen, die sich dem Fortschritt in den Weg stellen. Das ist nicht so schwer, oder?«

Der Junge blieb stumm. Alle schwiegen. Sogar die Mütter im Pritschenwagen waren still.

Der Kommandant blickte auf. »Das ist unsere Botschaft, verstehst du?« Er sah zu den beiden Nachbarn, die zu Augenzeugen des Massakers gewählt worden waren. Ihre Gesichter waren nass von Tränen und rot vor Panik.

»Sagt euren Freunden Folgendes«, sprach der Kommandant sie an. »Wir haben diese Menschen nicht getötet. Das haben die Juden getan, die sich in euren Abstellkammern verstecken. Die Judenfreunde, die glauben, dass dieses Ungeziefer etwas Besseres verdient als ihr aufrechten niederländischen Bürger. Die Widerständler, diese Feiglinge, die im Schatten agieren – sie alle haben euch das angetan. Wir versuchen lediglich, den Frieden wiederherzustellen.«

Auf dem Absatz drehte er sich zu dem Mann und seinen Kindern um. Die drei zuckten zusammen.

»Ruhig, ganz ruhig«, sagte der Kommandant, griff in die Brusttasche seiner Uniform, zog zwei in Zellophan verpackte Bonbons hervor und warf sie dem Jungen und dem Mädchen zu, die sie jedoch vor ihre Füße fallen ließen. »Tut mir leid, Papa«, wandte er sich an den Vater. »Leider habe ich nur etwas für die Kinder.« Dann nickte er seinen Soldaten zu, und sie stellten sich wieder ordentlich in Dreierreihen auf.

»Auf Wiedersehen«, rief der Kommandant, stieg ins Führerhaus des Lasters, in dem das Hämmern wieder angefangen hatte, und salutierte. »Heil Hitler.«

»Heil Hitler«, riefen auch die Soldaten.

Der Wagen ratterte davon, schwankte auf seinem Chassis aufgrund der Erschütterungen der darin zusammengepferchten

Frauen. Die beiden Augenzeugen rannten zu dem Mann und seinen Kindern, die noch immer auf dem Gehweg knieten. Als der Wagen um die Ecke bog, bückten sich die Kinder rasch nach den Bonbons und stopften sie sich in den Mund. Auch sie waren am Verhungern.

»Halt mal das Fahrrad«, sagte Truus. Ich griff nach dem Lenker, und sie rannte zum nächsten Müllhaufen an der Seite eines Gebäudes, übergab sich, krümmte sich zusammen, stemmte sich die Ellbogen auf die Knie, würgte. In ihrem Magen war gar nicht genug, das hochkommen konnte. Schließlich wischte sie sich den Mund an ihrem Ärmel ab und schaute zu mir, als erwarte sie, dass ich es ihr gleichtat.

Aber ich stand nur da, hielt den Lenker mit zitternden Händen fest und fühlte mich vollkommen leer. Bereute ich das Attentat auf Hertz? Nein. Ich hasste diesen Verbrecher, nach wie vor. Und was war mit Faber und Kohl? Nein, sie getötet zu haben, bereute ich ebenso wenig. Fühlte ich mich schuldig, weil ich Dinge getan hatte, die zum Tod Unschuldiger geführt hatten, wie jener, die hier vor mir gequält und brutal hingerichtet worden waren? Nein. Vielleicht auch doch. Das alles war böse und sinnlos.

Aber Nichtstun war es ebenfalls.

Ich sah die Häuser brennen. Es musste einmal eine schöne, von Ulmen gesäumte Wohnstraße gewesen sein. Nicht nur waren inzwischen alle großen Bäume bis hinunter zu den Wurzeln abgehackt worden, weil die Menschen Feuerholz brauchten, auch waren zahlreiche Häuser dem Zerfall preisgegeben. Wahrscheinlich hatten Juden dort gewohnt, und jetzt, da sie nicht mehr da waren, hatten die Nachbarn nicht nur ihre Möbel, sondern jedes Bodenbrett, jeden Balken, jede Schwelle und jedes Holzgeländer verfeuert. Wie wir alle würden diese

Häuser den Winter nicht überstehen. Die ganze Stadt lag im Sterben.

»Vielleicht hätten wir nicht herkommen sollen«, sagte Truus.

»O doch«, entgegnete ich. »Es war gut, dass wir hier waren.« Die Worte kamen mir über die Lippen wie ein Bekenntnis. »Wir sind das Publikum, auf das sie gewartet haben.«

»Verdammt sollen sie sein«, sagte Truus und manövrierte das Fahrrad aus unserem Versteck.

»Stopp«, sagte ich. »Hör mal.«

Hinter der Ecke, um die der Pritschenwagen mit den Frauen verschwunden war, hörten wir, wie sich das Motorengeräusch wieder näherte. Der Wagen kam zurück. Rasch krochen wir zurück in unser Versteck. Vor dem Mann und seinen Kindern hielt der Laster an, und eine Frau wurde herausgeschubst. Schluchzend rannte sie zu ihrer kleinen Familie, griff nach den Händen ihrer Kinder und rannte mit ihnen die Straße hinunter, weg vom Feuer, weg von den Leichen, während ihr Mann ihr auf den Fersen folgte.

Dann stieg der Kommandant aus der Führerkabine, stellte sich breitbeinig auf den Gehweg und zielte in aller Ruhe, als wäre er bei einer Schießübung, auf die dahinstolpernde Vierergruppe. Peng. Die Mutter stürzte zu Boden. Ihre Kinder warfen sich weinend auf sie und versuchten, sie ins Leben zurückzuholen. Auch der Vater. Peng. Der Kommandant hielt die Pistole mit beiden Händen. Peng. Peng. Peng. Nichts bewegte sich mehr. Im Lastwagen war es ganz still. Der Kommandant stieg wieder in den Transporter und nickte dem Fahrer zu. Fassungslos sahen die beiden Augenzeugen dem Laster hinterher.

Truus hatte die Hand vor den Mund geschlagen. »Hannie«, sagte sie nur.

Meine Finger schlossen sich fest um das Taschentuchpüppchen, das sie mir geschenkt hatte, pressten es flach. »Truus.«

Ihr Gesicht war weiß wie Schnee. Tränen rollten über ihre sommersprossigen Wangen.

»Wir können jetzt nicht aufhören, Truus«, sagte ich und packte ihre Hände. »Sie tun es auch nicht.«

Kapitel 34

21. März 1945

Die von Kommando Silbertanne ausgehende Bedrohung lag bleiern auf uns, lastete auf uns und drückte uns nieder, und genau das beabsichtigten unsere Feinde. Um mich aufzuheitern, brachte Freddie mir einen wurmstichigen Holzapfel und schnitt fürsorglich die ekligen Stellen heraus. Ich war nicht wirklich traurig. Ich war wie betäubt, gefühllos, weggetreten. Selbst die deutschen Soldaten, die sich mit den von den Alliierten abgeworfenen Lebensmitteln über Wasser hielten, schienen etwas von ihrer Grausamkeit verloren zu haben. Dachte ich noch an meine Eltern, an Philine, Sonja? Selbstverständlich. Aber ich war so schrecklich müde.

Von anderen Teilen Europas kamen gute Neuigkeiten, alliierte Soldaten marschierten in südlich von uns gelegenen Städten und Dörfern ein und transportierten die Nazis in Gefängniswagen ab. Aber nicht hier bei uns. Hier wurde es immer kälter, die Rationen wurden immer kleiner, die Zahl der Morde und Entführungen dagegen wurde mit jedem Tag größer. Ein Hungerwinter, in jeglicher Hinsicht.

Viele Leute dachten, die Besatzung könne jeden Moment zu Ende gehen. Aber was würde das Ende des Krieges für uns überhaupt bedeuten? Etwas mehr zu essen vielleicht? Ich hatte nicht einmal mehr die Energie, mir das vorzustellen.

Freddie und Truus hielten mir wieder eine Standpauke und meinten, ich müsse aktiv bleiben und mich ablenken.

»Gut«, sagte ich. »Ich mache bei allem mit. Wer ist die Zielperson?«

»Keine Zielperson«, erklärte Truus. In meiner momentanen Verfassung traute sie mir keinen solchen Auftrag zu. »Aber wie wäre es, wenn du mal wieder Zeitungen auslieferst?«

»Na klar.« Am nächsten Nachmittag stieg ich auf mein Fahrrad und radelte zum Abladepunkt, um dort einen Stapel Untergrundzeitungen abzuholen. Die gute alte *De Waarheid*. Die Wahrheit. Ich stopfte die Zeitungen in meine Gepäcktasche und fuhr weiter. Schon tausendmal hatte ich solche Auslieferungen gemacht, und Truus hatte recht: Es war eine gute Arbeit. Gierig füllte ich meine Lungen mit frischer Luft. Auslieferungen, so etwas hatte ich früher schon für Schwester Dekker erledigt. Mir kam es vor, als wäre seither ein ganzes Jahrhundert vergangen, dabei waren es nicht einmal drei Jahre.

Es war kühl, aber eine vorwitzige Spur Frühling verlieh dem Nachmittag eine angenehme Frische. Die schrägen Sonnenstrahlen, die sich zwischen den Gebäuden am Kanal ihren Weg bahnten, fühlten sich wärmer an, kräftiger als noch tags zuvor. Schwalben sausten durch die Luft, flogen dicht über die Wasseroberfläche und flatterten wieder davon. Was für eine Erleichterung zu sehen, dass nicht alle Lebewesen unglücklich waren. Statt zu radeln, schob ich mein Fahrrad, nur um den Schwalben bei der Mückenjagd zuzuschauen.

Der Jan-Gijzen-Kanal war breit und flach. Ein paar Boote zogen vorüber, ansonsten war alles ruhig. In der Ferne war das Knattern von Militärfahrzeugen zu hören. Und Möwengeschrei.

Dann bellte ein Hund. Man sah derzeit nicht viele Hunde. Ich suchte mit den Augen den Hund und entdeckte ihn auf dem

Dach eines Hausboots in der Nähe der Jan-Gijzen-Brücke, es war ein kleiner schwarzweißer Mischling, struppig wie ein Wischmopp. Genau wie die Vögel, wusste auch der Hund nicht, dass Krieg war.

»*Koest, koest*«, sagte eine weibliche Stimme: Ruhig, ruhig. Quietschend öffnete sich die Kabinentür, eine Frau etwa im Alter meiner Mutter schob sie auf, so weit es ging, und kam rückwärts heraus, irgendetwas Schweres nach draußen ziehend. In handgefertigte Decken gehüllt, erschien eine runzlige ältere Frau auf einem Rohrsessel – sicher ihre Mutter. Die Tochter wuchtete den Stuhl mit aller Kraft durch die schmale Kabinentür nach draußen. Zwar wären die beiden Frauen bei der Aktion um ein Haar übereinander aufs Deck gepurzelt, aber irgendwie schaffte es die Tochter, den klapprigen Stuhl im letzten Augenblick aufrecht zu halten, und die beiden lachten erleichtert. Die ältere Frau hob ihr Gesicht ins Licht, als sei sie, eine alte, graue Bärin, gerade aus einem langen Winterschlaf erwacht. Die Tochter half ihr, es sich bequem zu machen, und drehte den Sessel in die Sonne. Im nächsten Moment sprang der Hund vom Dach zu ihr aufs Deck herunter und von dort der Mutter auf den Schoß, und sie liebkoste ihn wie eine Babypuppe. Der Hund räkelte sich wohlig, wedelte mit dem Schwanz und leckte der alten Frau übers Gesicht. »Ach, Ralf!«, rief sie lachend.

Ich lachte mit und erschrak bei dem Geräusch.

Jetzt befand ich mich auf gleicher Höhe wie das Hausboot, und als Tochter und Mutter mein Lachen hörten, winkten sie mir grüßend zu. Der Hund bellte mich an, wir lachten alle zusammen, und ich erwiderte das Winken. Ralf bellte erneut. Die Tochter verschwand in der Kabine. Die Mutter lehnte sich auf ihrem Sessel zurück. Ich konnte die Augen nicht abwenden, so sehr faszinierte mich die exotisch gewordene Normalität dieser Szene.

Kurz darauf kam die Tochter wieder aus der Kabine, diesmal mit zwei Tassen Tee. Waren sie immer zu dritt gewesen – Tochter, Mutter und Hund –, oder hatte es auch einmal einen Ehemann, einen Vater, einen Sohn gegeben? Wie hatten sie die Knappheit an Lebensmitteln überstanden, wie den eiskalten Winter, die Lecks im Boot?

»Entschuldigen Sie, Fräulein …?«

So intensiv hatte ich die beiden Frauen beobachtet, dass ich mit meinem Fahrrad gegen die Sandsäcke am Rand der Rampe gestoßen war, die hinauf zur Brücke führte.

»Oh, tut mir leid«, sagte ich zu den Leuten, die hier Schlange standen, um den Kontrollpunkt zu passieren. Inzwischen war an jeder Brücke eine Kontrolle eingerichtet worden. Ich schob mein Rad zum Ende der Schlange, hinter ein Dutzend anderer Wartenden. Es ging nur langsam voran, denn die Soldaten verlangten Papiere, taten so, als würden sie diese inspizieren, gaben irgendwelche obligatorisch unfreundlichen Kommentare ab und widmeten sich dann dem Nächsten in der Reihe. Ich schob meine falsche Brille auf der Nase zurecht und schlang das Kopftuch enger um den Kopf. *Seufz.* Ich hasste es noch immer, Schlange stehen zu müssen.

Wieder bellte der Hund, und diejenigen von uns, die ganz hinten standen, konnten zusehen, wie die Tochter ein Stöckchen fand und es in den Kanal warf. Der kleine Hund rannte aufs Kabinendach und sprang von dort ins Wasser, schwamm mit dem Stock im Maul zurück, ein breites Grinsen. Alle in der Schlange lachten, und der Wachposten blickte in unsere Richtung.

Das Spiel ging weiter, und immer wieder sprang der Hund voller Begeisterung ins kalte Wasser, Mutter und Tochter lobten ihn, wenn er zurückkam, lachten und scheuchten ihn weg, wenn er Anstalten machte, sein nasses Fell auszuschütteln.

»Was ist los?« Die Wache verließ ihren Posten und ging die Schlange entlang, um auf den Kanal sehen zu können. Auf dem Boot warf die Frau nichtsahnend weiter das Stöckchen. Wir in der Warteschlange verstummten. Ich hörte das Platschen, als der Hund ins Wasser sprang.

Dann sahen wir, wie der Wachposten den drei Soldaten, die an der Brücke herumlungerten, ein Zeichen gab und ihnen irgendwelche Befehle zurief. Sofort marschierten sie auf die Mitte der Brücke und positionierten sich an der Stelle, die dem Hausboot, den zwei Frauen und dem Hund am nächsten war, gingen gleichzeitig auf die Knie und stützten die Gewehrläufe auf der niedrigen Steinmauer ab. Erst, als ich die besorgten Laute einiger hinter mir Wartenden hörte, begriff ich, was vor sich ging.

Peng Peng Peng.

Dann Gelächter von den Soldaten.

Sie schossen auf den im Wasser schwimmenden Hund.

Peng Peng Peng.

Um mich herum erhob sich ärgerliches, empörtes Gemurmel, denn inzwischen beobachteten wir alle, wie die Soldaten versuchten, den kleinen Hund zu treffen, der mit vor Angst weit aufgerissenen Augen, den nassen Kopf verzweifelt aus dem Wasser gereckt, dort unten paddelte, während ihm die Kugeln um die Ohren zischten. Protestrufe formten sich in unseren Kehlen und wurden schnell wieder hinuntergeschluckt, die Wut kollabierte und zog sich in unsere Körper zurück. Ich fühlte sie in der Magengrube. Eine ätzende Säure.

Um mich herum verzerrten sich die Gesichter der Menschen vor Ekel und wurden zu Masken stummen Zorns. Schließlich brach ein kleiner Junge hinter mir in ein würgendes Schluchzen aus, als ob er die Gefühle der Menschen um sich herum kanalisierte. Seine Mutter versuchte, die Geräusche zu dämpfen, indem sie den Jungen an sich zog und in ihren Mantel hüllte, um die Deutschen nicht zu verärgern. Sie waren bereit, auf alles zu schießen.

Zwei Männer und ein Junge verließen plötzlich ihren Platz in der Schlange, rannten von der Brücke. Vielleicht wollten sie den Kanal an einer anderen Stelle überqueren oder ganz darauf verzichten. Die Schlange zu verlassen, war allerdings immer eine heikle Sache, da es meist als verdächtig galt – gelegentlich fühlten sich die Soldaten dann zu einer Verfolgungsjagd provoziert. Aber jetzt ignorierten sie die davonlaufenden Männer und den Jungen. Kollektives Aufatmen in der Schlange.

Doch mir fiel das Atmen immer schwerer. Fünf Jahre Nazi-Besatzung hatten dazu geführt, dass jeder Aspekt unseres Lebens kontrolliert wurde, vom Essen, das wir zu uns nahmen, über die Zeitungen, die wir lasen, bis zu den Ausbildungen, die wir abbrechen mussten. Was ich hier in dieser Warteschlange beobachtete, war der Anfang vom Ende. Denn wenn die Nazis es schafften, auch unser Innenleben zu kontrollieren, unsere Gefühle, unsere menschlichen Reaktionen auf Grausamkeit, Ungerechtigkeit und Gier … dann hätten sie gewonnen, selbst wenn sie den Krieg verlören. Schaut doch nur, wie wir hier stehen, als wäre es normal, wenn drei Soldaten zum Spaß auf einen harmlosen kleinen Hund schießen.

Außer sich vor Wut, schrien Mutter und Tochter auf dem Boot die Soldaten an, sie sollten endlich aufhören, bis schließlich der diensthabende Wachposten am Brückenrand erschien. Die beiden Frauen verstummten, der Hund paddelte verzweifelt, das

Spritzen des Wassers und sein schrilles Winseln waren jetzt die lautesten Geräusche. Wir alle starrten auf die Soldaten. Bestimmt hatten sie ein Einsehen und hörten auf. Doch der Wachposten nickte kurz, und die nächste Salve wurde abgefeuert. Ein fürchterliches Jaulen durchschnitt die Luft, und als wir nach unten schauten, sahen wir, dass der Hund zwar noch paddelte, jedoch langsamer wurde und sich im Kreis drehte.

»Stopp!«, hörte ich mich rufen.

Die Leute in meiner Nähe nickten und murmelten Zustimmung, rückten jedoch instinktiv ein Stück von mir ab: *Sie gehört nicht zu uns*.

Die Soldaten stellten das Schießen ein, der Wachposten runzelte die Stirn. Die Wartenden stellten sich wieder ordentlich in eine Reihe. Ich jedoch stand wie erstarrt ein paar Schritte neben der Warteschlange und beobachtete, wie die junge Frau vom Hausboot ans Ufer sprang, ins dunkle Wasser watete und den kleinen Hund herauszog. Er zitterte und sah aus wie ein Nerz, glatt und sehr dünn. Ein Rinnsal Blut rann über die Bluse der Frau, dort, wo sie ihn an ihre Brust drückte, während der kleine Hund jaulte und am ganzen Körper zuckend ihr das Gesicht leckte. Weiter konnte ich die Szene nicht verfolgen, da die Frau und ihr Sohn, die hinter mir standen, mich zurück in die Reihe zogen. Ich hätte sonst meinen Platz verloren. Und als ich mich kurz umsah, entdeckte ich sie, sie stand auf meiner Seite der Brücke, aber ein ganzes Stück entfernt. Truus.

Sie winkte nun fieberhaft, als habe sie schon länger versucht, meine Aufmerksamkeit auf sich zu ziehen. Ich hob grüßend die Hand und hielt einen Finger in die Höhe, um ihr zu signalisieren, dass ich in einer Minute bei ihr sein würde. Dann machte ich mich daran, mein Fahrrad zu wenden. Die beiden Männer und den Jungen hatten die Wachen vorhin ja auch nicht aufgehalten.

»Fräulein?«

Es war der Wachposten. Er kam auf mich zu, sein Gesicht war angespannt. Sein gespaltenes Kinn erschwerte wohl das Rasieren, denn es war voller Bartstoppeln. Seine Augen hatten die Farbe einer schmutzigen Pfütze. Er war sehr dünn, die Schultern eingesunken. Von Weitem hatte ich ihn für mittelalt gehalten, aber jetzt sah ich, dass er vielleicht erst Mitte zwanzig war. Etwa in meinem Alter.

»Entschuldigen Sie bitte«, erwiderte ich und gab mir Mühe, auf Deutsch höflich zu sein.

Er legte eine Hand auf mein Fahrrad. »Warten Sie bitte.« Auch er war höflich.

Ich sah zu Truus, die immer noch da stand und auf mich wartete. Sie sah besorgt aus, kniff die Augen zusammen und stemmte die Hände in die Hüften.

»Kein Problem, ich wollte nur zurück«, sagte ich und lächelte ihn an, um Entspannung bemüht.

»Fräulein«, wiederholte er.

Ich sah ihm in die Augen. »Ja?«

»Papiere bitte.«

Kapitel 35

Ich fragte mich, wie lange Truus schon dort gestanden und mich beobachtet hatte. Und warum.

Der Posten hielt das schwarze stockartige Gewehr, das alle deutschen Soldaten seit einiger Zeit trugen und das so primitiv war, dass es fast aussah wie Kinderspielzeug, locker im Arm, jederzeit bereit, es mit einem Griff in Anschlag zu bringen. Währenddessen stolzierten die Offiziere bei dem Wachhäuschen herum, als wären sie dabei, den Krieg zu gewinnen, auch wenn die Gerüchte anderes besagten. Die Soldaten hingegen erschienen nervös. Auch sie kannten die Gerüchte. Die Alliierten waren auf dem Weg zu uns. Endlich. Wenn ich in den letzten anderthalb Wochen die Jan-Gijzen-Brücke passiert hatte, hatten die Soldaten mich kaum eines Blickes gewürdigt, so beschäftigt waren sie damit, sich mit irgendwelchem Klatsch die Langeweile zu vertreiben.

Aber heute war das anders.

»Guten Abend«, sagte ich noch einmal, denn inzwischen war es Abend geworden. Die Besatzer auf Deutsch zu begrüßen, erleichterte den Kontakt für gewöhnlich, aber dieser Wachposten ließ sich nicht becircen, sondern vollführte eine ausladende Geste mit seinem Gewehr und befahl mir, mich ihm komplett zuzuwenden, damit er mein Gesicht eingehend betrachten konnte. Was meinte er in meinem Gesicht erkennen zu können? Angst? Wut? Ich hoffte, dass er auch den Hass sah.

»Ihren Ausweis, Fräulein«, sagte er mit flacher Stimme.

Ich griff in die Manteltasche und ermahnte mich, einen Blick auf den Namen zu werfen, ehe ich ihm den Ausweis aushändigte, für den Fall, dass er mich danach fragte. Meine richtige Ausweiskarte hatte ich vor zwei Jahren verbrannt, als ich dem RVV beigetreten war.

Aber als ich in der Manteltasche danach tastete, war da kein Ausweis.

»Jetzt machen Sie schon«, sagte der Mann und bewegte die Stiefel, als drückten sie ihn.

Seine Aufforderung weckte die Neugier eines anderen Soldaten, er hatte sich sein fettiges dunkles Haar so über den Kopf gekämmt, als wolle er damit eine Wunde abdecken. Er kam zu uns herübergeschlendert.

»Einen Moment bitte«, sagte ich.

Der Fettige zog eine Augenbraue hoch.

»Sie sind keine Deutsche«, sagte er.

»Nein«, antwortete ich.

Aber ich habe die letzten vier Jahre meine Sprachkenntnisse dank euch Mistkerlen deutlich verbessert.

»Ich hab ihn gleich«, sagte ich und fasste nach meiner ledernen Umhängetasche, die ich quer über dem Oberkörper trug.

»Halt!« Der Fettige zückte seine Pistole. Der dünne Wachposten sah es und riss sofort sein Gewehr hoch.

Ich hob die Hände und blieb ganz ruhig. Nicht alles, was schlecht anfing, endete auch so.

»Ich wollte nur meinen Ausweis herausholen, wie Sie es verlangt haben«, sagte ich.

Der Dünne bedeutete mir mit einem Nicken, ich solle weitermachen, aber als ich die Klappe meiner Umhängetasche hochschlug, packte der Fettige mein Handgelenk, und zwar hart.

»Schau du in die Tasche«, befahl er dem anderen.

Ich sackte in mich zusammen, als hätte man mir die Luft abgelassen, schluckte schwer und drückte die Knie durch.

Auf einmal hatte ich das Gefühl, die Szene von irgendwo weit oben zu beobachten, als schwebe ich über meinem Körper. In meiner Tasche war eine Pistole. Normalerweise vermied ich Kontrollpunkte, wenn ich eine Pistole dabeihatte. Aber in letzter Zeit war ich so oft einfach durchgewinkt worden, außerdem war es ja das Risiko, das wir immer einkalkulierten, wenn wir eine Waffe bei uns trugen. Wie Jan – verdammt soll er sein – einmal zu mir gesagt hatte: »Eine Pistole ist nur zu etwas nutze, wenn du sie dabeihast.« Er hatte seine Pistole immer bei sich gehabt und sie sogar nachts unter sein Kopfkissen gelegt. Ach, der verdammte Jan.

Der Fettige packte meine Hände und platzierte sie auf den Lenker meines Fahrrads. »Rühr dich nicht vom Fleck«, befahl er.

Das hatte ich auch nicht vor. Ich stützte mich auf den Lenker und starrte zu Boden. Natürlich konnte ich nicht sehen, was die beiden entdeckten, auch wenn mein Körper hin und her geruckelt wurde, während der Dünne in meiner Tasche herumwühlte.

Ich konnte kaum atmen. Aber ich versuchte es trotzdem. Ob Truus das Ganze beobachtete?

»Bist du Studentin?«, fragte mich der Fettige, während der andere fleißig weiterwühlte.

Ich schüttelte den Kopf.

»Verheiratet?«

Wieder schüttelte ich den Kopf. Truus neckte mich gern damit, wie munter ich mit den Soldaten plaudern konnte, wenn ich versuchte, ihnen Informationen zu entlocken. Aber jetzt bekam ich keinen Ton hervor. Mir war schlecht, womöglich würde ich mich übergeben müssen. Ich schaute mich kurz um. Alle, die hinter mir Schlange gestanden hatten, waren wie durch ein Wunder wieder verschwunden, als die Soldaten abgelenkt waren. Ich hätte genauso gehandelt. Gott sei Dank war nur ich hier und nicht auch noch Truus. Wieder einmal machte die Entfernung von ein paar Metern einen riesigen Unterschied – Truus war in Sicherheit. Ich holte tief Luft, blickte unter meinen geschminkten Wimpern langsam zu dem Fettigen auf und leckte mir über die aufgesprungenen Lippen. Wahrscheinlich hatte ich in meinem ganzen Leben noch nicht hässlicher ausgesehen.

»Wie heißen Sie denn?«, fragte ich ihn. Meine Stimme zitterte.

»Halt die Klappe!«, zischte er und machte einen Schritt auf mich zu. Ich zuckte zusammen.

Ich halte ja schon den Mund. Ich starrte wieder angestrengt zu Boden. Himmel, ich hasste diese Kerle.

»Schau an, Zeitungen«, stellte der Dünne fest, der inzwischen meine Gepäcktasche durchsuchte, und ich glaubte, eine Spur von Erleichterung in seiner Stimme zu hören. Nur Zeitungen.

»Gib mal her«, sagte der Fettige fast fröhlich, und ein Lächeln zog über sein breites Gesicht. Zum ersten Mal entspannte sich der Dünne und richtete sich wieder auf.

»*De Waarheid*«, las der Fettige den Namen der Zeitung nun laut vor.

Auf Deutsch klang der Name beinahe wie im Niederländischen: Die Wahrheit. Aber der Fettige sprach ihn aus, als wäre es ein Scherz.

Ich schwieg, aber mir lief eiskalter Schweiß über den Rücken, und ich fröstelte. *Mach keine Szene*, sagte ich mir. Doch leider war es dafür zu spät. Ich selbst war die Szene.

Der Fettige packte mich am Kragen und zog mich so dicht an sich heran, dass ich jede einzelne Strähne sah, die der Kamm heute Morgen durch sein pomadisiertes Haar gezogen hatte. Ich erkannte den süßen, ranzigen Geruch aus dem Chemielabor meines Gymnasiums: Formaldehyd. Er räusperte sich.

»Verdammter Kommunisten-Widerstands-Abschaum«, zischte er und hielt mich nun ganz dicht vor sein Gesicht. In seinem Mund faulte irgendetwas, warmer, stinkender Speichel traf meine Wange, und ich konnte ihn nicht abwischen. Anscheinend hatte er darauf gewartet, das endlich jemandem sagen zu können, deshalb wiederholte er es: »Widerstands-Abschaum.«

»Widerstand?«, fragte eine Stimme. Eine neue Stimme, weniger aggressiv. »Lasst mal sehen«, fuhr die Stimme fort, und ich sah einen SS-Offizier auf uns zukommen. Auch er hatte ein schmales Gesicht, das von einer lächerlich großen Offizierskappe fast zur Hälfte verdeckt wurde.

»Guten Abend«, sagte die Großkappe und musterte mich interessiert – meine Augen, mein Gesicht, meine Haare, die unter dem verrutschten Kopftuch zum Vorschein kamen. Hoffentlich sah er nicht zu genau hin, denn die billige Haarfarbe begann zu verblassen, und bald würde das Rot sich wieder deutlich zeigen. Nach Philine hatte Freddie das Färben übernommen und mir erst vor ein paar Tagen eine Auffrischung angeboten. Aber ich hatte eine Ausrede erfunden, weil mir vor der ekligen Prozedur graute.

»Wie heißen Sie denn, junge Frau?«

Ich holte tief Luft und hörte es in meinen Bronchien rasseln. »Johanna Elderkamp«, antwortete ich mit ruhiger Stimme. *Bitte, lieber Gott, mach, dass mein Elderkamp-Ausweis ir-*

gendwo in der Tasche ist. Für gewöhnlich kontrollierte ich alles gewissenhaft, bevor ich losging, aber in letzter Zeit waren meine Gedanken oft wie vernebelt, und ich brachte einfach nicht mehr die Energie auf, mich an die nötigen Vorsichtsmaßnahmen zu halten.

Großkappe trat einen Schritt zurück, um mich nun von oben bis unten in Augenschein zu nehmen. »Worum geht es denn?« Ich war zur Tarnung stark geschminkt, wie stets seit einiger Zeit, aber was ich einmal an natürlichem Liebreiz besessen hatte, war schon lange nicht mehr vorhanden. Auch rutschte mir mein Rock über die Hüftknochen, ich musste ihn mit einer Schnur festzurren, und ich hatte seit einer Woche nicht mehr gebadet.

Ich zuckte die Achseln und lächelte. »Ein Missverständnis«, sagte ich.

»Sie ist vom Widerstand«, sagte der Fettige und wies mit einer Kopfbewegung auf *De Waardheid*, die jetzt auf dem Boden lag. Großkappe nickte. *De Waarheid* zu verteilen war eine schwere Straftat. Aber es war nichts im Vergleich dazu, mit einer Waffe erwischt zu werden.

»Sonst noch etwas?«, fragte er.

Nein. Bitte. Ich rang nach Luft.

»Nichts Besonderes«, antwortete der Dünne.

Großkappe nickte ihm auffordernd zu, und der Dünne schob erneut die Hand in meine Umhängetasche, holte einen Gegenstand nach dem anderen heraus, verkündete laut, was er gerade in der Hand hielt und ließ es dann auf den Boden fallen: »Taschentuch, Spiegel, Lippenstift …«

Ganz unten in der Tasche befand sich ein blau-weißer Schal, den meine Mutter für mich gestrickt hatte. Und in diesen Schal war die kleine schwarze Pistole gewickelt, die Jan mir gefühlt vor einer Ewigkeit geschenkt hatte. Selbstverständlich war sie geladen.

»Bitte, Herr Offizier …«, begann ich.

»SS-Sturmbannführer Lages«, stellte Großkappe klar, »Willy Lages.«

Den Namen hatte ich schon gehört. Willy Lages war berüchtigt, er war Anführer des Kommandos Silbertanne. Am liebsten hätte ich meine Hände um seinen dünnen Hals gelegt und ihn erdrosselt. Stattdessen sah ich ihn mit einem Blick an, der bedeutete: *Komm schon, mein Freund, wir wissen doch beide, dass das hier lächerlich ist. Komm schon. Bitte.*

»Wohin bringt ihr sie?«, fragte Lages den Soldaten.

Ich sollte also festgenommen werden. Beobachtete Truus uns? Ich wusste, dass sie es tat, und fühlte mich noch schlechter. Schließlich kannte ich die Qualen der Hilflosigkeit.

»Postenkommando Van Gijzen, Sturmbannführer.«

»Bringt sie in die Ripperdastraat«, sagte er. »Wartet auf mich für das Verhör.«

»Aber wenn sie zum Widerstand gehört …«

»Freuler«, sagte Lages leise.

»Sturmbannführer.« Freulers Kiefer mahlten.

»Freuler«, sagte Lages wieder.

Freuler riss die Augen auf. »Sturmbannführer?«

»Bringt sie in die Ripperdastraat.«

»Jawohl, Sturmbannführer.« Freuler stand aufrecht und stieß mit einem feurigen »Heil Hitler« die Hand in die Luft. Rasch tat der Dünne es ihm nach.

Die Nazis hatten das dreigeschossige Kaufhaus in der Ripperdastraat zum Haarlemer Hauptquartier des SD auserkoren. Ich fragte mich, ob sie dort auch Gefängniszellen eingerichtet hatten.

Ich ließ die Schultern hängen. »Vielen Dank«, sagte ich auf Deutsch zu Lages und versuchte, dankbar zu klingen.

Er sah mich an, aber sein Gesicht war undurchdringlich.

Der Dünne griff nach meinem Oberarm, umschloss ihn fest mit seinen Fingern. Ein schwarzer Kleinlaster stand am Kanalufer bereit. Diese verdammten Transporter. Der Dünne führte mich zu ihm, schubste mich hinein, und die Stahltür schloss sich krachend. Mühsam kämpfte ich mich auf die Füße, um durch den Fensterschlitz zu spähen, aber ich konnte nur einen kleinen Ausschnitt von dem sehen, was draußen vor sich ging. Soldaten marschierten hin und her, versuchten, beschäftigt zu wirken, Offiziere beratschlagten miteinander. Der Dünne prahlte damit, eine Widerständlerin aufgedeckt zu haben. Alle waren aufgeregt. Ein Windstoß erfasste ein Exemplar von *De Waarheid*, einzelne Seiten erhoben sich, schwebten in der Dämmerung davon.

»Sammelt das Zeug ein«, bellte Lages, und die Soldaten rannten los, jagten den davonschwebenden Zeitungsseiten nach wie Kinder den Ballons bei einer Geburtstagsparty.

»Himmel.« Ein Soldat stolperte über etwas und wäre um ein Haar in den Kanal gefallen.

Es war meine Tasche.

Er kickte sie in Richtung Kanal. Ich atmete aus. *Ja, kick sie in den Kanal,* beschwor ich ihn stumm. Ich hatte die Deutschen schon viel in den Kanal werfen sehen: gestohlene Fahrräder, Rucksäcke von Studenten oder sich einander. *Kick sie in den Kanal.* Wenn man Widerstandszeitungen bei sich hatte, konnte man dafür erschossen werden, das wusste ich. Aber eine Pistole war umso vieles schlimmer.

Natürlich konnten sie einen Menschen für alles Mögliche erschießen, wenn sie wollten. Auch ohne den geringsten Grund.

Stopp.

Was ist schlimmer, als erschossen zu werden? Mein Magen drehte sich um, und ich zwang mich, die Frage zu verdrängen. Beim RVV redeten wir nicht viel über Folter. Aber wir redeten genug davon, um darüber Bescheid zu wissen.

Kick die Tasche in den Kanal. Kick sie.

Der Motor des Kleinlasters wurde gestartet, das ganze Gefährt zitterte.

Kick sie in den Kanal. Bitte, bitte.

Meine Fingerspitzen klammerten sich an die scharfe Fensterkante, der schmale Ausschnitt von der Außenwelt glitt davon, wir setzten uns in Bewegung. Dann blieb der Wagen abrupt stehen, und ich sah, wie Lages zurück zu dem Posten ging. Gut. *Geh zurück auf deinen Platz, du Mistkerl.*

Doch dann fragte Lages den Soldaten, der meine Tasche vor sich hergekickt hatte: »Was war das?«

»Sturmbannführer?«

Lages machte eine Kopfbewegung zu der Tasche, die wenige Schritte entfernt lag. »Die nehmen wir auch mit«, sagte er, als der Soldat die Tasche aufhob. »Wirf sie in den Wagen.«

Der Soldat rannte aus meinem Blickfeld, und ich hörte, wie die Beifahrertür geöffnet und wieder zugeschlagen wurde. Der Motor heulte auf, wir fuhren los.

Da entdeckte ich sie. Sie stand an eine Gebäudewand gelehnt, ein Stück von der Brücke entfernt, und sie hatte alles beobachtet. Truus. Ihr erschöpftes sommersprossiges Gesicht trug die unbewegte Maske des Widerstands, aber inzwischen kannte ich dieses Gesicht besser als mein eigenes. Ihr Ausdruck bestätigte die Katastrophe, und ich sank auf den Boden des Wagens, wurde dort hin und her geschüttelt, während wir über das Kopfsteinpflaster holperten, über Ziegel und Brücken. Es war wirklich eingetreten, das hier war real. Die letzten Jahre hatte ich mir immer wieder vorgestellt, wie es wäre, auf frischer Tat ertappt oder verraten und festgenommen zu werden, ich hatte mir tausend Methoden ausgedacht, wie ich jeden Verdacht leugnen, Aufmerksamkeit von mir ablenken und fliehen könnte. Aber ich hätte nie gedacht, dass es mir auf diese Weise passierte, dass ich zufällig verhaftet werden würde für so etwas … Bei einer alltäglichen Kontrolle, weil ich *De Waarheid* bei mir gehabt hatte. Das war einfach zu dumm. Ich zwang mich, tief Luft zu holen, die Augen zu schließen und mich innerlich komplett runterzufahren. Konzentration. Überall in Europa befanden sich die Deutschen verzweifelt und ohne Hoffnung auf dem Rückzug. Es würde nicht mehr lange dauern, bis das auch hier geschehen würde. Ich würde durchhalten, bis es so weit war.

Ich hatte einen Fehler gemacht. Ich hatte mich auf einen Kontrollpunkt zubewegt, als wüsste ich genau, was dort passierte. Genau wie Jan war ich, dreist und von anderen Dingen abgelenkt, darauf zugeschlendert. Tja. Verfluchter Mist für Jan. Und verfluchter Mist für mich.

Ich war erwischt worden. Was immer möglich gewesen war. Und ich wusste, warum es ausgerechnet jetzt passiert war.

»*De Waarheid*«, flüsterte ich. Niemand konnte mich hören.

Ja, die Wahrheit.

Teil 4

Die Dünen

März–April 1945

Haarlem. Amsterdam.

Bloemendal

Kapitel 36

Seit einer Stunde, seit zwei Stunden oder vielleicht auch erst seit zehn Minuten sitze ich in diesem kleinen Zimmer. Wenigstens bin ich nicht mehr in diesem Transporter. Ich glaube, wir sind im Keller in der Nähe des Heizkessels, denn ich höre gedämpftes Zischen und Klopfen. Ich hoffe, es ist wirklich die Heizung.

Drei Soldaten haben mich hierhergebracht, mich auf diesen Metallstuhl vor einem leeren Holzschreibtisch gesetzt, mir die Hände auf den Rücken gefesselt. Dann sind zwei von ihnen verschwunden, der dritte steht neben der Tür, eins dieser langen Gewehre ruht an seiner Schulter. Er raucht eine selbst gedrehte Zigarette, und ich verfolge mit den Augen die Rauchkringel, die emporsteigen und sich wieder auflösen.

Ich frage mich, ob Truus weiß, wo ich bin. Womöglich denkt sie, ich sei in Amsterdam, im SS-Hauptquartier. Freddie wird es herausfinden. Sie werden in Erfahrung bringen, wo ich bin, und dann … Realistisch gesehen werden sie mich hier nicht herausschmuggeln können. So etwas ist noch nie passiert.

Andererseits haben die Alliierten inzwischen Köln erreicht – sie befinden sich auf deutschem Boden, Herrgott noch mal! Es werden schon Pläne für die Zeit nach dem Krieg geschmiedet. Wenn ich Deutsche wäre, würde ich mir darüber größere Sorgen machen als über den niederländischen Widerstand. Aber ich versuche nicht mehr, dahinterzukommen, was in ihren Köpfen vorgeht.

»Heil Hitler«, sagt der Soldat, als die Tür aufgeht, lässt die Zigarette auf den Boden fallen und salutiert. Herein spaziert der SS-Offizier von der Brücke, einen dicken Stapel Papiere und Aktenordner unterm Arm. Großkappe. Willy Lages.

»Heil Hitler«, sagt er und blickt flüchtig auf die auf dem grünen Linoleumboden noch qualmende Zigarette hinunter. Als er nickt, hebt der Soldat sie auf und raucht weiter. Lages dreht sich zu mir um und lächelt.

»Heil Hitler«, sagt er zu mir.

Ich sage nichts.

»Schon gut, schon gut«, sagt er, legt den Papierkram auf den Schreibtisch, setzt sich daneben und betrachtet mich neugierig. Er wirkt entspannt, fast freundlich. Ich beschließe, seine Laune widerzuspiegeln.

»Könnten Sie mir vielleicht mit diesen hier helfen?«, frage ich und hebe hinter meinem Rücken die Hände mit den Handschellen.

Er stutzt, und in seinem Gesicht sehe ich Überraschung, Misstrauen. Aber er gibt dem Soldaten ein Zeichen, der daraufhin zu mir kommt und die Handschellen aufschließt.

»Danke«, sage ich. Ganz locker. Ich setze mich auf meinen Stuhl zurecht, schlage damenhaft ein Bein übers andere und versuche, mir vorzustellen, dass ich hübsch aussehe, obwohl ich weiß, dass es nicht stimmt. Ein Teil meiner Gedanken rast panisch, während ein anderer Teil stark verlangsamt ist in dem Versuch, klar zu bleiben.

Lages nimmt seine große Dienstkappe ab und streicht sich über seinen kahl werdenden Schädel. Er ist in seinen Vierzigern. Noch bedecken dunkle Haare einen Teil der Kopfhaut, und auch die Brauen sind dunkel. Seine Augen ebenfalls, schwarze Knöpfe. Die Nasenspitze ist nach unten gebogen, die

Zähne sind schief. Wegen seines Aussehens hat man ihn bestimmt nicht eingestellt.

»Ich bin SS-Sturmbannführer Lages«, wiederholt er, für den Fall, dass ich es schon wieder vergessen haben sollte. Die Nazis teilen einem sehr gern ihre langen, blöden Titel mit. Er beugt sich zu mir vor und berührt meine Wange, dann hebt sein kalter Finger mein Kinn an, so dass ich ihm ins Gesicht schauen muss. »Wir können doch Freunde sein, nicht wahr? Du kannst gern Willy zu mir sagen.«

Ich möchte ihn in die Hand beißen, ihm den Arm brechen, ihn tottrampeln. Ich bleibe stumm.

»Ich muss dir ein paar Fragen stellen. Und wenn wir fertig sind und du mir die Wahrheit gesagt hast, dann können wir auch weiterhin Freunde sein. Vielleicht sogar zusammenarbeiten, ja?«

»In Ordnung«, sage ich.

Fahr zur Hölle, denke ich.

»Gut«, sagt er und sieht einen Augenblick richtig glücklich aus. »Also«, sagt er. »Wir haben uns den Inhalt deiner Tasche angeschaut. Und deinen Ausweis gefunden.« Er zieht ihn aus dem Papierstapel und hält ihn in die Höhe.

Ich zucke die Achseln. Vielleicht hat der Dünne auf der Brücke, als er meine Tasche durchsuchte, die Pistole tatsächlich nicht entdeckt. Das Gespräch würde anders verlaufen, wenn Lages von ihr wüsste.

»Auf dem Foto siehst du ein bisschen anders aus als jetzt.«

Ich weiß. Ich habe nie eine Gelegenheit gefunden, ein neues Foto mit meinen schwarzen Haaren machen zu lassen. Obwohl das Foto schwarz-weiß ist, können die Grauschattierungen auf eine bestimmte Farbe hinweisen. Lages zieht ein silbernes Zigarettenetui aus der Innentasche seiner wollenen Uniform, nimmt eine Zigarette heraus, klopft damit auf das Etui und winkt den Soldaten zu sich, um sich von ihm Feuer geben zu lassen. Dann nimmt er einen langen Zug, sitzt nun ganz entspannt auf dem Schreibtisch und schaut mich einfach nur an. »Also komm, Schatz«, sagt er. Oh, jetzt bin ich also sein Schatz. »Wie lautet dein wahrer Name?«

Ich lächle. Mein Name? Mein Name hatte hier nichts verloren. Aber meinetwegen konnte er mich ruhig Schatz nennen. Ich bleibe stumm.

»Was ist so amüsant?«, fragt er.

Ich sage weiterhin nichts. Der Soldat in der Ecke räuspert sich. Mein Schweigen lässt die beiden Männer ungeduldig werden.

»Sag uns doch einfach deinen Namen, Liebes«, sagt Lages, aber seine Stimme klingt nun weniger freundlich. »Das ist alles, was wir von dir brauchen.«

»Johanna Elderkamp«, sage ich.

»Nein!«, schreit er und knallt die Hand auf den Schreibtisch. Ich zucke zusammen. Der Soldat ebenfalls. »Wir wissen, wer du bist«, behauptet er dann, steht auf, geht um mich herum und beugt sich von hinten über mich, sein Gesicht schwebt direkt neben meinem, wir sind fast Wange an Wange. Ich kann sein Rasierwasser riechen.

»Wir greifen dieser Tage nicht allzu viele Widerständlerinnen auf«, sagt er. »Sie sind jetzt zu Hause, kümmern sich um Babys, um Mutter und Vater. Aber du nicht, was?«

Ich schweige, starre auf meine im Schoß liegenden Hände, die Finger sind ineinander verschränkt wie bei dem Spiel, das Annie und ich als kleine Mädchen gespielt haben: *In dem Wald, da steht ein Haus …*

»Sag mir deinen Namen.« Er brüllt mir plötzlich ins Gesicht und schüttelt mich an den Schultern. Ich versuche mich ihm zu entziehen. Wie oft werden mir diese Arschlöcher noch ins Gesicht spucken? Er schüttelt mich noch einmal, lässt dann von mir ab und macht ein paar Schritte durch den Raum, um sich zu beruhigen. Der Soldat zündet ihm noch eine Zigarette an, und er nimmt zwei tiefe Züge, ehe er sich mir erneut zuwendet. Ich kann ihn nicht becircen. Aber er wird auch keine Informationen von mir bekommen.

Das ist mein einziges Ziel: nichts sagen. Ihnen nichts geben. Nicht einmal meinen Namen.

»Möchtest du etwas zu trinken?«, fragt er mich, und jetzt ist seine Stimme wieder weich. »Kaffee? Tee? Ein Glas Wasser?«

Ich sage nichts.

»Anton, zwei Kaffee«, sagt er zu dem Soldaten, der nickt und den Raum verlässt.

»Jetzt.« Offizier Lages sitzt wieder vor mir auf der Kante des Schreibtischs. Neben ihm liegen die Handschellen, offen. Ich richte mich in meinem Stuhl auf, vermeide aber zu hastige Bewegungen. Lages scheint mir seltsamerweise zu vertrauen. Ich schlage wieder die Beine übereinander, diesmal andersherum. Meine Fingerspitzen kribbeln, ich stütze mich auf dem Sitz ab und warte. Ich muss es langsam und klug angehen.

»Endlich allein«, sagt er. So ekelhaft ich ihn finde, ist er doch bei Weitem nicht so schrecklich wie viele andere Moffen-Offiziere, denen ich bereits begegnet bin. Ich bezweifle beispielsweise, dass er versuchen wird, seine Hand unter meinen Rock zu schieben. Allem Anschein nach glaubt er wirklich, dass zwischen uns eine Art Verbindung besteht, dass ich irgendwie dankbar bin für die Aufmerksamkeit, die er mir schenkt. »Der Krieg dauert schon so lange – weißt du, ich dachte, ich wäre inzwischen längst wieder zurück in Braunschweig. Meine Frau hat das auch geglaubt.« Er sieht mich an. »Ja, ich bin verheiratet. Wundert dich das?«

Warum sollte mich das wundern? Soweit ich das beurteilen kann, findet jeder noch so grässliche Mann irgendeine dumme Frau, die ihn heiratet. Ich schweige.

»Vor dem Krieg war ich Polizeibeamter«, erzählt er weiter, als würde mich sein Leben interessieren. »Meine drei Brüder sind Handwerker, wie mein Vater früher auch. Harte Arbeit. Sie sind Bauarbeiter. Ich nicht.« Er tippt sich an die Schläfe. »Ich hatte schon immer mehr Grips. War der Beste bei den Polizeiprüfungen. Sie haben mich zum Offizier ernannt und mich dann hierherbeordert.«

»Gefällt es Ihnen hier?«

Er nickt. Wenn ich rede, scheint ihn das glücklich zu machen. Vielleicht denkt er, so kommt er ein Stück voran. »Es ist eine gute Stelle. Natürlich vermisse ich meine Heimat. Meine Frau.«

»Kinder?«, frage ich.

Jetzt senken sich seine dunklen Brauen. »Wir sind leider nicht mit Nachwuchs gesegnet. Noch nicht.«

Ich stelle mir sein häusliches Leben vor, allein mit Frau Lages. Ich sehe ein enges, stilles Wohnzimmer.

»Aber man weiß ja nie«, sagt er. Wenn er lächelt, ist er noch hässlicher.

»Ja«, sage ich. *Bitte, Gott, schick keine Kinder in dieses grässliche Zuhause.*

»Und du?«, fragt er nun. »Nicht verheiratet? Keine Kinder?«

Fast hätte ich gelacht. Ich – eine Mutter? Ich hatte schon seit einem Jahr keine Periode mehr. Stumm schüttle ich den Kopf.

»Warum nicht?«, fragt er.

Weil ich damit beschäftigt bin, Mistkerle wie dir in den Kopf zu schießen, deshalb. Weil man, wenn man seine Zeit damit verbringt, Dinge zu hassen und Menschen zu verfluchen und Morde zu planen, nicht darüber nachdenkt, neues Leben zu erschaffen. Man bleibt darauf konzentriert, Leben auszulöschen. Weil ich nie einen richtigen Freund hatte, vierundzwanzig Jahre lang. Nicht einmal Jan Bonekamp.

Ich schüttle noch einmal den Kopf und starre auf den Boden. »Der Krieg«, sage ich dann. »Sie wissen schon.«

»Ja, natürlich.« Er nickt. »Aber auch keine Kriegsromanze? Ein junges Mädchen wie du?« Vielleicht denkt er, ich bin noch keine zwanzig. Das tun viele Leute.

Ich schüttle wieder den Kopf. Ich habe nicht vor, ihm auch nur ein einziges Detail meines Lebens zu offenbaren.

Die Tür geht auf, und Anton kommt mit einem Tablett herein, das er auf den Schreibtisch stellt.

»Ich nehme zwei Stück Zucker und Sahne«, sagt Lages. Es klingt wie ein Satz aus einem Film, denn er passt so gar nicht in unsere Realität. Es gibt weder Zucker noch Sahne. »Und du?«

»Drei Stück Zucker und Sahne«, sage ich, als verlange ich meine Diamanttiara. Dann beobachte ich sprachlos, wie Anton vorsichtig Zuckerwürfel in unsere Mokkatässchen fallen lässt und einen großzügigen Schwapp von etwas, das aussieht wie Milch oder Sahne, hinzugibt. Unglaublich. Wie einem sabbernden Hund läuft mir das Wasser im Mund zusammen. Lages reicht mir die Tasse, und als ich an dem süßen, cremigen Kaffee nippe, habe ich plötzlich das Gefühl, man hätte mir irgendeine Wunderdroge verabreicht. Ein von Geschmack und Textur gewecktes Lustgefühl erfasst meinen Körper. Echter Kaffee, echter Zucker, echte Sahne. Vielleicht hatte man Jan gar kein »Wahrheitsserum« gespritzt. Vielleicht hat man ihm einfach nur Kaffee und Sahne gegeben.

Aber das Zeug könnte vergiftet sein. Ich halte inne.

Lages trinkt gelassen seinen Kaffee, und als nichts geschieht, trinke ich meinen ebenfalls aus. Man hat mich nicht vergiftet, anscheinend braucht Lages noch irgendetwas von mir.

»Diese kleinen Genüsse tun gut, nicht wahr? Selbst hier.« Er deutet auf die nackten Wände, die uns umgeben. Sie scheinen ihn jedoch wieder an die Aufgabe zu erinnern, die er hier zu erledigen hat. »Also. Ich weiß, dass du zum Widerstand gehörst und diese kriminellen Zeitungen austrägst.«

Ich schweige.

»Egal«, fährt er fort. »Ich will darauf hinaus, dass wir jetzt ein paar Dinge voneinander wissen. Also möchte ich dir etwas erklären. Welchen Monat haben wir? März? Fast Frühling also. Ich bin ein viel beschäftigter Mann, ich kann nicht jedes hübsche Mädchen, das wir hierherbringen, stundenlang verhören. Was bringt das auch? Es gibt genug Verbrecher, um die wir uns kümmern müssen. Aber manchmal kann uns ein Mädchen dabei helfen. Anton weiß das …« Er blickt zu Anton hinüber, der eifrig nickt.

»So ein Arrangement kann für uns beide hilfreich sein«, fährt Lages fort. »Ein Mädchen wie du liefert uns ein paar Informationen – Dinge, die du weißt, Namen, Adressen, vielleicht auch Pläne, von denen du gehört hast. Wir akzeptieren auch Gerüchte. So hilfst du uns, und ich helfe dir, hier rauszukommen. Keiner deiner kleinen Widerstandsfreunde wird je erfahren, dass wir uns unterhalten haben. Du kehrst in deine Welt zurück. Und zusammen sorgen wir dafür, dass dieses kleine Land von seinen kriminellen Elementen befreit wird, ja? Gemeinsam.«

Ich schweige. Aber ich bin froh, dass er endlich zur Sache kommt. Das schleppende Gespräch hat mich schon fast wahnsinnig gemacht.

»Anton?« Der Soldat versteht und verlässt wieder den Raum. Alle Muskeln in meinem Körper spannen sich an. Die Möglichkeit, dass ich vergewaltigt werden könnte, hat mich schon lange beschäftigt. Aber Anton ist nur für einen Augenblick weg, und als er zurückkehrt, hat er meine Tasche in der Hand. Er stellt sie vor mich auf den Schreibtisch, und man hört einen dumpfen Aufprall. Von wegen, dass diese Mistkerle gründlich sind. Die Kombination aus Kaffee, Zucker und dem Wissen, dass meine treue Pistole nur wenige Zentimeter von mir entfernt ist, erweckt mich zu neuem Leben. Erregende Chancen tun sich auf, ein Schauder läuft mir über den Rücken, als wäre ich ein wildes Tier, das aus seinem Käfig auszubrechen droht. Meine Finger schmerzen vor Sehnsucht danach, meine Waffe zu umfassen.

»Anton weiß, wie das hier läuft«, fährt Lages fort. »Nicht so viele Fragen, nur ein paar, und schon sind wir auf dem besten Weg. Können wir uns darauf einigen, mein Schatz?« Er lächelt mich an.

Na klar, mein Schatz. Ohne eine Miene zu verziehen, sehe ich ihn an. Nicht feindselig, einfach nur leer. Wenn Anton den Raum das nächste Mal verlässt, werde ich es tun. Dann greife ich mir meine Pistole, töte Lages und schieße mir den Weg aus dem Gebäude frei. Ich weiß, dass ich das kann.

»Fertig mit deinem Kaffee?«

»Danke, ja«, sage ich. Und als ich ihm die Porzellantasse samt Untertasse reiche, schnappt er sich blitzschnell mein Handgelenk und verdreht es. Das Porzellan fliegt davon und zerschellt mit hohem Klirren auf dem Boden. Anton steht still wie eine Statue. Vermutlich hat er Derartiges schon öfter gesehen.

Lages beugt sich vor und flüstert mir ins Ohr: »Wir haben die Pistole gefunden.«

Verdammt.

Er richtet sich wieder auf, greift in meine Tasche und zieht die Pistole hervor. Meine Waffe. Das Klappern, das ihr harter Metallgriff verursacht, als er sie auf dem Tisch ablegt, ist das erste vertraute Geräusch, das ich seit Stunden höre. Sie ist so klein, wie sie da liegt, so ramponiert. Sieht aus wie ein Kinderspielzeug. Aber das macht nichts. Diese Pistole hat ein halbes Dutzend Nazis getötet. Und kann noch mehr töten.

»Dein Name«, sagt Lages gedehnt und reißt mir mit seinem Drehgriff fast die Haut vom Handgelenk. Jetzt ist seine Stimme nicht mehr glatt. Sondern ein leiser, ruppiger Befehl.

Ich reagiere nicht.

»Sag mir deinen verdammten Namen!«

Sein Gesicht ist dicht vor meinem. Ich wende mich ab, um zu vermeiden, dass er mich berührt. Doch er gibt mir eine leichte Kopfnuss, bevor er mein Handgelenk weiter verdreht. Ich spüre, wie ein Muskelstrang in meinem linken Arm nachgibt und reißt, ein Schmerz schießt durch meinen Arm, meine Finger fangen an, taub zu werden. Ich beiße die Zähne zusammen und schließe die Augen. Sage nichts. Doch mir kommen die Tränen.

»Anton«, sagt Lages laut. Und Anton nimmt mein schmerzendes Handgelenk, stößt es mir auf den Rücken und fesselt es mit der Handschelle an mein rechtes Handgelenk. Dann drücken sie mit vereinten Kräften meine Hände unter mich, so dass ich auf ihnen sitze und mich vorbeugen muss, um mir die Arme nicht auszurenken. Obwohl ich den Verdacht habe, dass es für den linken Arm ohnehin zu spät ist.

Beide Männer schauen auf mich herunter. »Halt sie fest«, sagt Lages. Anton legt mir seine Hände auf die Schultern und zieht mich von hinten auf den Stuhl, da packt Lages nach meinem Ohr und zwingt mich, in seine dunklen Augen zu schauen.

»Jetzt sag mir endlich deinen verfluchten Namen.«

»Elderkamp«, stoße ich zwischen zusammengebissenen Zähnen hervor. Er ohrfeigt mich. Es ist das Erste, das so abläuft, wie ich mir die Situation immer vorgestellt hatte: Ich mache Schwierigkeiten, er schlägt mich.

Um mein Gesicht für den nächsten Schlag in Position zu bringen, greift er nach einem Büschel meiner Haare. Doch dann zögert er plötzlich.

»Schau mich an«, sagt er.

Ich starre seitlich zu ihm empor. Es macht mir keine Angst, ihm in seine Wieselaugen zu blicken. *Du kannst mich mal.*

Mit seinem verschwitzten Daumen fährt er mir übers Gesicht, der Finger wird schwarz von der Wimperntusche. Er reibt ihn an meinem Auge, drückt das Lid ein. »Schau dir das an«, sagt er zu Anton und hält seinen schwarz verschmierten Finger hoch.

»Die Hure«, sagt Anton.

»Ja«, bestätigt Lages. »Aber schau mal hier.«

Während Anton mich festhält, nimmt Lages meinen Kopf zwischen seine langen Finger. Für einen Augenblick bin ich fast amüsiert. Meint dieser Idiot etwa, er kann meinen Schädel mit bloßen Händen zerquetschen?

Aber er führt etwas anderes im Schilde.

»Schau mal einer an«, sagt Lages, zwingt dann meinen Kopf bis zu meinen Knien hinunter, kämmt mit den Fingern grob durch meine Haare, als wäre er eine Schullehrerin, die mich auf Läuse untersucht. Er lässt sich Zeit, schiebt dicke Strähnen beiseite, unterteilt sie in dünnere. »Die sind gefärbt«, sagt er. »Schwarz gefärbt.«

»Die Hure«, wiederholt Anton.

Männer wie ihr wollt Huren.

»Klarer Fall«, sagt Lages, und auf einmal klingt seine Stimme höher, beinahe aufgedreht. »Das ist eine Tarnung.« Mit einem Ruck reißt er mir ein ganzes Büschel Haare aus, und ich schaudere, weil ich mir die blutige Kopfhaut vorstelle, die daran hängt. Mein ganzer Kopf pocht, irgendwie eklig nass und gleichzeitig in Flammen.

»Siehst du das?« Lages macht einen Schritt zurück und hält seine Trophäe ins Licht.

Anton und ich folgen seinem Blick, beide etwas verwirrt.

Offizier Lages hält das Haarbüschel unter die Lampe und fummelt mit dem Fingernagel am Ansatz über den Haarwurzeln herum. Sein Gesicht strahlt geradezu verzückt. Dann geht er zu dem Papierkram auf dem Schreibtisch, legt das Haarbüschel daneben und fängt an, die Notizen durchzublättern, mit Hakenkreuzen auf jeder Seite, eine Spinnenarmee. Er liest etwas, dann schaut er zu mir, als überprüfe er etwas, liest weiter. Anton hält mich unterdessen weiter nach hinten auf den Stuhl gepresst. Schließlich nimmt Lages das Büschel wieder in die Hand, streichelt es mit seinen knochigen Fingern.

»Weißt du, wen wir hier haben, Anton?«, sagt er, und sein Grinsen verwandelt sich in ein entzücktes, gelbzähniges Lächeln. »Das hier ist, glaube mir, das Mädchen mit den roten Haaren.«

»Lieber Gott!« Anton wirkt tatsächlich überrascht.

Lages lacht, steht auf und klopft Anton auf den Rücken. »Du hast soeben dem Mädchen mit den roten Haaren einen Kaffee serviert, mein lieber Junge!« Dann blickt er auf mich herab, als wäre ich die Sau, die er für die nächste Prämierung großgezogen hat. Er macht einen beinahe dankbaren Eindruck. Er sieht glücklich aus.

»Weißt du, dass unser Führer persönlich den Fahndungsbefehl für dich ausgestellt hat?«, fragt er mich freudestrahlend. Als sollte ich mich geehrt fühlen. Und ich fühle mich tatsächlich geehrt, sollte ich einen von Hitlers verfluchten Tagen wenigstens ein bisschen unerfreulicher gestaltet haben. »Er sagt, dass du für alle Frauen ein abschreckendes Beispiel bist.«

Ich lächle.

»Also, Mädchen mit den roten Haaren«, fährt Lages fort. »Sag mir deinen Namen.«

»Johanna Elderkamp«, sage ich.

Eigentlich erwarte ich einen Schlag ins Gesicht, aber Lages lacht nur.

»Nein, meine kleine Widerstandshure«, sagt er dann. »Dein Name ist Hannie Schaft.«

In meinem Kopf ist nur ein einziger Gedanke: *Verdammter Jan Bonekamp, der Teufel soll dich holen.* Ich habe mir dieses Verhör unzählige Male vorgestellt, es in Gedanken durchgespielt, und ich habe nie geredet, habe keinen einzigen Namen verraten. Herrgott noch mal. Ja, mein Name ist Hannie Schaft. Aber das werde ich vor diesen Menschen niemals zugeben.

»Das ist … das ist …« Lages scheint überwältigt vor Freude. Ich kann doch nicht seine erste Trophäe sein, aber es sieht ganz danach aus. »Das ist ein großer Tag für uns«, sagt er und wirft seinem Günstling einen kurzen Blick zu. »Und auch für dich, Anton. Ich werde deinen Namen im Bericht erwähnen.«

»Danke, Sturmbannführer«, sagt Anton, jetzt ebenfalls stolz lächelnd.

Ich halte Lages' Blick stand, versuche, bis auf den Grund seiner Augen zu starren. »Diesen Tag werden wir nicht vergessen, was, Hannie Schaft?« Er beugt sich wieder zu mir, und ich spüre, wie er sich mit gespitzten Lippen meiner Wange nähert. Kurz entschlossen knalle ich meinen Schädel gegen seinen, und er taumelt zurück. Lachend, mit tränenden Augen.

»Bist wohl noch nie geküsst worden, was?« Er schaut mich mitleidig an. »Überrascht mich nicht. Sie ist gar nicht so hübsch, wie immer behauptet wurde, hab ich recht?«

Anton lacht.

»Sei nicht traurig, Liebes«, fährt Lages fort. »Dieser Tage sind wir ja alle ein bisschen hässlicher als sonst.«

Ich will ihn anspucken, aber es ist jämmerlich, mein Mund ist viel zu trocken. Er lacht immer noch, kehrt aber zu seinem Papierkram zurück, macht ein paar Einträge auf einem Formular und unterschreibt schwungvoll. Dann kommt er wieder zu mir. »Anton wird dich begleiten.« Er sieht auf seine Uhr und schüttelt den Kopf. »Ich freue mich schon darauf, morgen wieder mit dir zu sprechen, mein Schatz. Vielleicht bekomme ich dann ja doch einen Kuss.«

»*Varken*«, sage ich. Schwein. Möglicherweise kennt er das niederländische Wort nicht.

Jedenfalls runzelt er die Stirn. Meine Pistole liegt auf dem Tisch. Ich stürze mich darauf, aber Anton packt mich am Kragen meiner Bluse, wirft mich auf den Boden und fixiert mich, indem er mir sein Knie in den Rücken drückt.

»Bring sie weg«, sagt Lages zu Anton. »Nimm ihr bloß nicht die Handschellen ab und mach auch ansonsten keine Dummheiten.«

»Ja«, antwortet Anton. »Dritter Stock?«

»Nein«, sagt Lages, klopft die Papiere zu einem ordentlichen Stapel zusammen, steckt sie in einen braunen Umschlag, auf den ein weiteres schwarzes Hakenkreuz gestempelt ist, und übergibt Anton auch diesen.

»Amstelveenseweg«, sagt er. »Amsterdam.«

Kapitel 37

Ich habe nie an das Schicksal geglaubt, doch jetzt, hinten im Transporter, fühlt es sich so an, als ziehe mich eine mir unbekannte Macht meinem Verhängnis entgegen. Aus irgendeinem Grund habe ich gewusst, dass ich im Amstelveenseweg-Gefängnis landen werde.

Wir kennen es alle, zumindest vom Hörensagen. Das Gefängnis im Amstelveenseweg. Ein Haus des Schreckens mit Folterkammern, mit Vernehmern, die gelernt haben, mit welchen Methoden, die zu scheußlich sind, um sie sich auszumalen, man uns Informationen entlocken kann. Selbstverständlich habe ich trotzdem über sie nachgedacht. Über Stunden oder Tage qualvoll verdrehte Körperpositionen, die die Blutzirkulation abschnüren. Schläge. Brennende Zigaretten auf nackter Haut. Folterinstrumente wie aus dem Mittelalter.

Ich frage mich, was Truus macht. Weiß sie, wo ich bin? Denkt sie, ich würde reden?

Das werde ich nicht tun.

Endlich hält der Wagen. Inzwischen ist es mitten in der Nacht, der Wagen steht im Leerlauf an irgendeinem Kontrollpunkt. Ich höre gedämpfte Stimmen, die des Fahrers und einer weiteren Person, aber ich verstehe nicht, was sie sagen. Dann macht der Wagen eine Kehrtwende, und wir fahren ein Stück weiter. Dann halten wir wieder. Es ist stockdunkel, bis auf eine einzelne Lampe, die über einem Tor vor mir hängt, als ich in

Handschellen aus dem Wagen gezerrt werde. Das Gebäude ist viel größer, als ich es erwartet habe.

»Beweg dich«, sagt Anton und schubst mich auf das Licht zu. An den Metalltüren steht ein Soldat. Mit seinen hohen, grauen Steinmauern sieht das Bauwerk aus wie eine Festung.

»Ist sie das?« Der Soldat mustert mich von oben bis unten. »Aber ihre Haare sind doch schwarz«, sagt er enttäuscht.

»Die sind gefärbt«, erklärt Anton kühl, als wäre er derjenige, der es herausgefunden hat. »Eine verkleidete Hure.«

»Aber sie ist so klein«, beharrt der Soldat.

Anton zuckt die Achseln. »Sie hatte eine Pistole dabei.«

Zuletzt lag meine Pistole auf dem Tisch im Verhörraum in Haarlem. Ich habe das Gefühl, als hätte ich einen Teil meines Körpers dort zurückgelassen.

»Die Wärter übernehmen sie«, sagt der Soldat, und Anton schiebt mich vor sich her zu zwei weiteren Soldaten. Doch ehe sie mich mitnehmen, tippt Anton mir auf die Schulter.

»Gibst du mir einen Kuss, Mädchen mit den roten Haaren?«, fragt er grinsend.

»Du kannst mich mal.« Alle lachen.

Sie führen mich durch ein Labyrinth kalter Gänge und eine Treppe hinauf, wieder Gänge, wieder Treppen, schließlich laufen wir auf einer Art Galerie über einem dunkel klaffenden Abgrund, wahrscheinlich dem Innenhof des Gefängnisses. Ich warte darauf, dass einer der Wärter meine Zelle aufschließt, seine Schlüsselkette klimpert in der nächtlichen Stille. Ein feuchter Luftzug weht aus dem dunklen Innenhof herauf, ich fröstle. Ich kann mich nicht erinnern, wann ich das letzte Mal etwas gegessen habe. Die Wärter packen mich fester, als bestünde Gefahr, dass ich fliehen wolle.

»Taschenlampe«, sagt der Wärter mit dem Schlüssel, und ein anderer reicht sie ihm. Er knipst sie an, und ein kleiner Lichtkegel fällt schwach auf unsere Vierergruppe im Halbdunkel. Die Gefängniszelle ist kein offener, vergitterter Raum, sondern besteht aus den gleichen massiven Steinblöcken wie das ganze Gebäude, verschlossen von einer Metalltür. Ein kleines Fenster oben in der Tür, weit über meinem Kopf, erlaubt es, in die Zelle hineinzusehen. Die Wache richtet die Taschenlampe auf die Tür, und da sehe ich noch etwas. An einem Haken an der Tür hängt eine Schiefertafel. Darauf steht in der Schrift, die die Nazis auch für die Schilder mit *Juden verboten* verwenden, nur ein einziges Wort: *Mörderin.*

Das macht mich stolz. Es sieht so aus, als hätten sie schon auf mich gewartet.

Bevor sie mich hineinstoßen, machen sie sich an meinen Handschellen zu schaffen. Solange habe ich Gelegenheit, in dem schwachen Lichtschein den Raum zu inspizieren. Er ist ungefähr so groß wie der hintere Teil des Transporters, in dem sie mich hergefahren haben. Kein Fenster außer dem Schlitz in der Tür. Eine Metallpritsche, darauf eine Wolldecke voller Mottenlöcher, in der Ecke ein Metalleimer. Diese Zelle ist ein Ort zum Sterben, mehr nicht.

Die Wachen sind ganz still geworden. Es ist einfach zu trostlos für irgendwelches Geplapper, mit dem sie sonst verhindern, hier verrückt zu werden. Sie lassen mich in der Zelle stehen und verriegeln schnell die Tür von außen. Ohne noch ein einziges Wort an mich zu richten.

Ich bleibe stehen und warte darauf, dass meine Augen sich an die Schwärze gewöhnen. In der Zwischenzeit konzentrieren sich meine Ohren auf die Umgebung und versuchen, jedes noch so schwache Geräusch zu orten. Ich höre alles. Irgendwo tropft etwas. Das leise Kratzen von über Stein laufenden Mäusen oder Ratten. Meinen Atem. Und plötzlich eine Frauenstimme.

»Bist du das Mädchen mit den roten Haaren?«

Ich bleibe ganz still und frage mich, ob ich mir das Flüstern vielleicht einbilde. Doch dann höre ich die Stimme wieder, lauter diesmal.

»Hallo, bist du es?«

»Wer spricht da?«, flüstere ich zurück.

»Eine Freundin«, antwortet die Stimme. »*Verzet.*«

Widerstand.

Ich gehe in Richtung Tür.

»Nein, nein«, sagt sie, anscheinend kann sie meine Schritte orten. »Hier drüben. Auf dem Boden. Folge einfach meiner Stimme.«

Das tue ich, ich gehe zu der Metallpritsche, ziehe sie ein Stück vor und ertaste am Boden eine rechteckige Lücke etwa von der Größe einer Zigarettenschachtel, ein Luftkanal zwischen den Zellen. Aber jetzt kann ich die Stimme gut hören. »Ich bin hier«, sage ich und wünsche mir, ich hätte eine Zigarette.

»Wir haben das Schild an deiner Tür gesehen«, sagt sie, und ihre Stimme klingt sanft und stolz. »Dann haben die Wärter zu reden begonnen. Bist du es wirklich? Bist du Hannie Schaft?«

Obwohl ich seit drei Jahren im Widerstand bin, finde ich die Macht von Gerüchten immer noch erstaunlich – die unaufhaltsame Kraft von Klatsch und Tratsch, die alles überwindet, selbst Gefängnismauern. Es ist erst ein paar Stunden her, dass Lages mir in Haarlem ein Büschel Haare ausgerissen hat und den roten Ansatz als Beweis für meine Identität nahm, so schnell verbreiten sich Gerüchte. Sie sind vor mir hier angekommen. Natürlich weiß ich nicht, wer diese Frau ist, und es besteht durchaus die Möglichkeit, dass sie eine Spionin ist, eine falsche Mitgefangene, die mich zum Reden bringen will. Aber das spielt keine Rolle.

Ich rede sowieso mit niemandem über mich. Darauf habe ich mich vorbereitet. Wie man sich selbst reduziert, so weit, bis es nichts mehr wegzunehmen gibt. Ich bin nicht mehr das Mädchen mit den roten Haaren oder Hannie Schaft, ja, ich bin nicht einmal mehr Johanna Elderkamp. Ich bin nur noch eine Mörderin, ich bin hier, um mich meinem Schicksal zu stellen, zusammen mit den anderen sogenannten Mörderinnen.

»Bist du's?«, fragt sie wieder.

»Warum bist du hier?«, frage ich stattdessen zurück.

»Ich bin Ärztin«, antwortet sie. Und fügt dann hinzu: »Ich habe Juden behandelt.«

»Oh.«

»Haben sie dich misshandelt?«, fragt sie. »Gefoltert?«

»Alles in Ordnung«, sage ich. Dann versuche ich, meinen linken Arm zu bewegen, und zucke zusammen, weil der Schmerz von der Schulter bis hinunter ins Handgelenk schießt. Vorsichtig stecke ich die Hand in meinen Rockbund, um den Arm stillzulegen. Er tut trotzdem weh. Meine Handgelenke sind blutig gerieben von den Handschellen und weil ich so lange auf ihnen sitzen musste.

»Was haben sie mit dir gemacht?«

»Nichts«, antworte ich. »Nur Fragen gestellt.«

»Sie haben dich nicht gefoltert?«

Darüber möchte ich eigentlich nicht reden. »Sie haben an meinem Arm gezerrt und mich gezwungen, auf den Händen zu sitzen. Aber das würde ich nicht Folter nennen.« Wenn ich es nicht als Folter anerkenne, dann war es einfach nur etwas Widerwärtiges, das ich aushalten musste.

»Oh!« In einer anderen Zelle schnappt eine Gefangene hörbar nach Luft. »Anscheinend machen sie sich Sorgen deinetwegen.«

»Wie meinst du das?«

»Deshalb machen sie das«, erklärt sie. »Falls du entkommen solltest, können sie ihren Hunden ein Tuch mit deinem Blut unter die Nase halten, damit sie daran schnüffeln und dich finden.«

Ich lasse mich auf die Pritsche sinken und bewege mein Handgelenk, um es zu dehnen. Ich merke, dass ich rieche, aber ich möchte nicht darüber nachdenken, also schließe ich die Augen und konzentriere mich darauf, meine Gedanken zur Ruhe zu bringen. Ich werde ihnen nicht entkommen. »Oh«, sage ich nur.

»Tania«, sagt die Frauenstimme. »Ich bin Tania Rusman.«

»Mich kannst du einfach M nennen«, antworte ich.

»Einfach nur M?«, hakt sie nach.

»Ja. M für Mörderin.« Ich lächle in mich hinein. Selbst im Kellerverhörraum des SD-Hauptquartiers in Haarlem haben sie befürchtet, ich könnte ihnen entkommen. Selbst hier in dieser Festung mache ich sie nervös, das wird mir immer klarer. Gut so. Ich drücke Truus' Taschentuchpüppchen, das tief in meiner Rocktasche steckt, meinen kleinen Talisman.

Sie haben Angst vor mir.

Kapitel 38

Ich bin nun schon seit ein paar Tagen in dieser Zelle. Durch das schmale Fenster in meiner Tür fällt Tageslicht auf die Steinwand gegenüber, so dass ich wenigstens weiß, ob es Tag ist oder Nacht. Obwohl es hier drinnen immer dunkel bleibt.

Ich bin überrascht. Eigentlich habe ich damit gerechnet, dass sie es eiliger mit mir hätten, denn der Krieg wird bald vorbei sein. Aber das Gefängnispersonal scheint noch immer zu glauben, Deutschland sei unangefochten. Hitlers Großdeutscher Rundfunk berichtet ja auch nicht über die Siege der Alliierten.

Mit meiner Nachbarin, der Ärztin Tania, habe ich am zweiten Tag begonnen, über den Krieg zu reden.

»Sie haben schon verloren, weißt du.«

»Wer?«, fragte sie.

»Die Deutschen. Die Alliierten haben Deutschland inzwischen erreicht.«

Sie schwieg einen Moment. »Warum sind wir dann noch hier?«

»Vermutlich warten sie, bis es offiziell wird. Bis all die Verträge unterzeichnet sind, die unterzeichnet werden müssen.«

»Wissen denn schon alle Bescheid?«

Gute Frage. Den Niederländern saß noch der September-Schock der zerstörten Hoffnung auf baldige Befreiung im Nacken, einen solchen Rückschlag wollten sie kein zweites Mal erleben. Doch *Radio Oranje* und auch Quellen des Widerstands berichteten von einem steten Strom deutscher Niederlagen und sich zurückziehender deutscher Soldaten. »Die Rote Armee nähert sich Berlin«, sagte ich zu Tania. »Churchill, Roosevelt und Stalin haben bereits beschlossen, wie sie Europa, wenn all das vorbei ist, unter sich aufteilen wollen.«

»Wirklich?«

»Ja«, sagte ich. Normalerweise machte ich niemandem Hoffnungen hinsichtlich des Kriegsausgangs, vor allem nicht mir selbst. Aber ich wollte dieser verzweifelten Frau gern etwas geben. »Wie lange bist du schon hier?«, flüsterte ich.

»Über ein Jahr.«

Ich versuchte, mir das vorzustellen. Aber das konnte ich nicht.

»Das Ende ist absehbar«, betonte ich und wollte es gern selbst glauben. Hier drinnen war Hoffnung wichtig. »Die Frage ist nur, wann genau.«

»Na ja, hier drinnen weiß das niemand«, sagte sie. »Hier wird alles nur immer schlimmer.«

Neben dem Lichtmangel in meiner Zelle ist hier alles schmutzig. Es riecht nach Schweiß und Exkrementen, Boden und Wände sind mit einem körnigen Film überzogen, der selbst im Dunkeln vor Feuchtigkeit schimmert. Der Husten, den ich schon hatte, als man mich verhaftete, wird immer schlimmer. Jedes Mal, wenn ich Luft hole, weiß ich, dass ich das Gift dieses Ortes einatme. Ich versuche, mit meinen blutigen Stellen möglichst dem ganzen Rost nicht zu nahe zu kommen. Wenn ich meine Mitgefangenen husten und niesen höre, weiß ich, dass ich nicht die einzige Kranke bin. Meine Strategie ist: durchhalten, Zeit schinden, die Zeit einfach absitzen, bis die Alliierten kommen und das Land und die Stadt und dieses verfluchte Gefängnis befreien. Jeden Tag kann es jetzt so weit sein. Bitte lasst mich nicht sterben, bevor der Krieg vorbei ist.

Kapitel 39

Seit sie mich vor vier Tagen in meine Zelle eingesperrt haben, habe ich kaum einen Fuß vor den anderen gesetzt, deshalb ist selbst der Weg zum Verhörraum mit zwei Wärtern, die mich rechts und links flankieren, eine Herausforderung. Aber es ist für mich die erste Gelegenheit, das Gefängnis bei Tageslicht in Augenschein zu nehmen, und ich gebe mir bei der anstrengenden Wanderung große Mühe, alles in mich aufzunehmen, was es hier zu sehen gibt.

Das ist der Zeitpunkt, als das Flüstern beginnt. Die Aufmerksamkeit, die sich zu mir drehenden Köpfe, die scharrenden Füße.

Hannie. Hannie.

Das Mädchen mit den roten Haaren.

Die verblühte Brünette in der Zelle hebt die Faust.

»Verzet!«

Genau das habe ich vor.

Tatsächlich ist es eine Erleichterung, auf einen harten Stuhl in einem hässlichen kleinen Raum gesetzt zu werden. Alles ist eine willkommene Abwechslung zu meiner düsteren Zelle. Wir befinden uns in einem Büro mit einem Schreibtisch, einem Bücherregal und ein paar Bilderrahmen an der Wand. Darin befindet sich eine mit dem goldenen Reichsadler abgestempelte Nazi-Bekanntmachung neben einem kitschigen Gemälde, das eine Alpenszene zeigt mit Tannen und schneebedeckten Bergen. Außerdem entdecke ich noch ein Familienporträt: Mann, Frau, ein kleiner Sohn, alle starren in die Kamera und haben keine Ahnung, was die Zukunft bringen wird. Wie wir alle.

»Heil Hitler!«, ruft eine Stimme hinter mir.

Die beiden Soldaten neben mir salutieren.

Der Mann, der hereinkommt, geht um mich herum und mustert mich dabei.

»Hm.« Dann lehnt er sich gegen den Schreibtisch und betrachtet mich noch einmal eingehend, ungefähr so, wie meine Mutter einen Fisch begutachtet, ehe sie ihn kauft. »Nicht das, was ich erwartet habe«, sagt er sarkastisch.

Um ein Haar muss ich lachen. Der Mann ist Mitte dreißig, blond, hat blaue Augen und ein kräftiges Kinn, das ihm eine gewisse Ähnlichkeit mit einem Geschäftsmann aus einer Werbung für Aktentaschen verleiht.

»Mein Name ist Emil Rühl, Offizier des Sicherheitsdiensts«, stellt er sich vor. »Und Sie sind?«

Ich starre auf den Fußboden.

»Hannie Schaft, richtig?« Er lächelt, als hätte er eine alte Freundin wiedergefunden. »Sie haben es sicher schon mitbekommen, alle hier wissen es.«

Ich schweige.

»Kommen Sie, Hannie. Es ist doch nicht notwendig, weiter Versteck zu spielen. Es ist vorbei. Sie können sich entspannen. Und ich bin sicher, dass Sie ein bisschen Ruhe gebrauchen können, Sie hatten ja immer so viel zu tun.« Er macht eine Pause. »Zumindest hat mir das Ihr Freund Jan Bonekamp erzählt.«

Spontan aufwallende Übelkeit bricht meine Selbstbeherrschung, und ich klappe auf dem Stuhl nach vorn – um mich zu übergeben. Ich will nicht, dass sie mich auf irgendetwas reagieren sehen, aber das jetzt kann ich nicht verhindern, es liegt nicht in meiner Macht. Da ich nichts im Magen habe, huste ich, würge und nehme die Gelegenheit wahr, auf den Boden zu spucken.

Rühl verzieht das Gesicht und entfernt sich einen Schritt, ehe er fortfährt. »Vermutlich wäre es korrekter zu sagen, dass Bonekamp es einer Krankenschwester erzählt hat. Davon haben Sie sicher gehört, nicht wahr? Er wollte nicht mit uns reden. Erst, als wir eine Schwester geholt haben, die so getan hat, als wäre sie Sie.«

Mir fällt das Schlucken schwer.

»Dabei sah sie Ihnen eigentlich gar nicht ähnlich – es ist nicht so leicht, auf die Schnelle eine rothaarige Krankenschwester zu finden –, aber das hat Jan Bonekamp anscheinend nicht gestört. Vielleicht konnte er zu diesem Zeitpunkt auch nicht mehr so gut sehen. Möglich wäre es, er war ja ziemlich schwer verletzt. Aber sobald Sie angefangen haben – also, ich meine natürlich die Krankenschwester –, ihm Fragen zu stellen, hat er uns alles erzählt.« Er starrt auf mich herab. »Haben Sie das gewusst?«

Ich beiße die Zähne zusammen. Rühl davon erzählen zu hören, tut doppelt weh.

»In Ordnung, vollkommen in Ordnung. Das ist bestimmt nicht leicht zu ertragen.« Er beugt sich vor. »Entschuldigen Sie«, fährt er fort, »aber ich muss es selbst sehen.« Meine Hände sind auf den Rücken gefesselt, und ich sitze still, während er meinen Haaransatz inspiziert und mir ein paar Haare herausrupft. Vorsichtig, nicht so brutal wie Lages. Dann hält er die Haare ins Licht.

»Macht noch eine Lampe an«, sagt er zu den beiden Soldaten, die neben mir stehen.

»Mehr gibt es hier nicht, Herr Offizier.«

Er beugt sich näher an die kleine Schreibtischlampe. »Verdammt. Wessen Scheißbüro ist das überhaupt?«

»Herr Offizier?«

»Bringt sie nach draußen.«

Die Soldaten ziehen mich an den Armen hoch und schleppen mich über Gänge an Zellen vorbei hinaus auf die Galerie. In den Zellen ist es verdächtig still, die Insassinnen recken ihre Hälse. Der Innenhof ist von einer Glaskuppel überwölbt, so dass viel Tageslicht hereinfällt. In einem etwas linkischen Manöver beugen die Wärter mich über das Geländer, und Rühl macht sich daran, meine Kopfhaut zu untersuchen, er versucht dabei, so elegant wie möglich auszusehen. Ich trete jedoch nach ihm und schüttle den Kopf, um den Männern ihr Vorhaben möglichst schwer zu machen. Unser kleiner Tumult lässt die inhaftierten Frauen leise jubilieren. Zuerst ist es sehr verhalten, aber dann wird immer lauter gejohlt und gerufen, bis das ganze Gefängnis vom wilden, dunklen Klang bitteren Lachens erfüllt ist. Frauenlachens.

Rühls Gesicht ist dunkelrot. Er mustert mich mit wütenden Blicken, weicht zurück und strafft seine Haltung. Die Wachen ziehen mich vom Geländer weg.

»Wascht sie«, herrscht Rühl die Soldaten an. »Sorgt dafür, dass diese Farbe aus ihren Haaren verschwindet. Danach bringt sie wieder her.« Dann macht er auf dem Absatz kehrt und marschiert den Gang entlang, begleitet vom Lärm der Frauen, die ihn weiter beschimpfen. Als er weg ist, fangen die Frauen an, meinen Namen zu skandieren.

Hannie.

Hannie.

Hannie.

So entkräftet und erschöpft ich auch bin, eine Welle der Freude durchströmt mich. Ich bin an einem Ort angekommen, an dem der Widerstand gegen die Nazis laut herausgebrüllt wird.

Ich liebe diese Frauen. Und ich fühle ihre Liebe zu mir.

Kapitel 40

Die letzten Tage waren schwierig.

Sie haben mich in einen großen, gefliesten Waschraum geführt. Hier arbeiteten nur Wärterinnen. Sie betrachteten mich argwöhnisch, fast ängstlich, und sie flüsterten untereinander, während sie mich musterten. Aber beim Ausziehen und auch beim Waschen ließen sie mich allein. So stand ich starr unter dem eiskalten Wasserstrahl, fröstelte und schaute zu, wie die Nissen von meinem Kopf den Abfluss hinuntergespült wurden.

Sie gaben mir irgendeinen Farbverdünner, den ich mir in die Haare reiben sollte. Tatsächlich wusch das Zeug das ganze Schwarz heraus, ätzte fürchterlich auf der Haut und hinterließ rote Flecken auf der Kopfhaut und auf meinen Schultern. Aber die Farbe war weg, und ich war froh darüber. Mit den schwarzen Haaren hatte ich mich fremd gefühlt.

Danach brachten sie mich in eine andere Zelle. Ebenfalls Einzelhaft, aber in einem weiter abgelegenen Teil des Gefängnisses. Darin war es genauso widerlich. Es gab nur einen kleinen Fensterschlitz, ansonsten Finsternis. Zuerst machte es mir nichts aus, ich war so müde, dass ich einschlief. Keine Ahnung, wie lange ich schlief. Irgendwann erwachte ich zitternd vor Kälte, hämmerte an die Tür und bat um eine Decke. Aber niemand reagierte. Und es gab hier auch keine Tania, mit der ich mich unterhalten konnte.

Schließlich erschien ein Wärter, warf eine Decke in die Zelle und informierte mich, dass ich in einer Stunde zum nächsten Verhör abgeholt würde.

Ein weiterer Tag verging.

Zweimal am Tag wird Essen zu mir hereingeschoben: Eine wässrige Kartoffelsuppe und Brot, das so mehlig ist, dass es in Krümel zerfällt, sobald ich es anfasse. Ich esse alles auf, weil ich Kraft brauche.

Irgendwann kommt wieder jemand und sagt, in sechs Stunden werde man mich zum Verhör abholen. Zehn Minuten später kommt der Wärter zurück und sagt, dass wir gleich losgehen.

Wenn sie denken, sie können mich mit falschen Zeitangaben in die Irre führen und meinen Willen brechen, dann können sie lange warten.

Diesmal bringt man mich in einen anderen Raum, nicht in das gemütliche Büro, sondern in einen großen Lagerraum im Keller, mit nacktem Boden, nackten Wänden, einem Tisch und ein paar nackten Stühlen. Von den Deckenbalken hängen Glühbirnen in Drahtkäfigen. In der Mitte des Raums fällt der Boden leicht ab, hin zu einem gigantischen Abflussloch.

Am Tisch sitzend erwartet mich Emil Rühl. Kalt lächelnd.

»Die roten Haare stehen dir wirklich viel besser«, sagt er, erhebt sich und kommt auf mich zu. Ich stehe da, die Hände in Handschellen auf dem Rücken gefesselt. Er nähert sich, bis auf wenige Zentimeter. »Also. Fangen wir mit deinem Namen an.«

Ich schweige.

Rühl lächelt. Dann wendet er sich den Wachen zu, als wolle er ihnen einen Witz erzählen, wirbelt aber blitzschnell wieder zu mir herum und verabreicht mir eine Ohrfeige. Er trägt Lederhandschuhe.

»Name, bitte?«

Ich schweige. Er schlägt mich erneut. Auf die andere Wange.

»Name.«

Schweigen.

»Dir ist schon klar, dass ich deinen Namen kenne. Dein Liebhaber Jan Bonekamp hat ihn uns verraten, weißt du noch? Trotzdem wirst auch du ihn uns sagen.«

Ich antworte nicht.

Klatsch.

»Name.«

So geht es eine Weile.

Er schlägt mich so oft, dass mein Gesicht irgendwann taub wird. Ich schmecke Blut. Es erinnert mich an etwas Essbares. Ich lecke es auf.

Irritiert geht Rühl zur Wand und schlägt mit der Hand dagegen. »Hierher«, sagt er zu den Wärtern. »Bringt sie hierher.« Sie zerren mich zur Wand, und er schubst mein Gesicht vor eine bestimmte, von ihm ausgesuchte Stelle. Ich muss leicht in die Knie gehen, um meine Nase genau auf die vorgegebene Höhe an der Wand zu halten.

»Richtig«, sagt er. Dann wendet er sich wieder den Wachen zu. »Sorgt dafür, dass sie genau so stehen bleibt, bis sie euch ihren Namen sagt. Und wenn es so weit ist, dann kommt und holt mich.« Die schwere Tür hinter sich zuknallend verlässt er den Raum.

Sobald er weg ist, richte ich mich auf und versuche, den Rücken zu strecken. Doch einer der Soldaten stößt mich zurück und zwingt mich wieder in die gebeugte Position. »Du hast es doch gehört«, sagt er. »So musst du bleiben.«

So stehe ich also, oder versuche es zumindest, stundenlang. Die Muskeln in meinen Oberschenkeln verhärten sich, bis sie schließlich verkrampfen. Ich experimentiere damit, erst auf dem einen, dann auf dem anderen Fuß zu stehen. Meine Füße schlafen ein. Meine Rückenmuskeln beginnen zu zucken und zu krampfen. Und es ist dermaßen blöde, dass ich meine Nase an die Wand drücken soll wie ein unartiges Schulmädchen. Diese Wut bringt mich über die nächste Stunde. Die Wärter langweilen sich, obwohl sie hin und wieder abgelöst werden. Einmal wache ich auf, nachdem ich ohnmächtig auf den Boden gefallen bin. Die Männer ziehen mich hoch und bringen mich wieder in die befohlene Haltung. Schließlich, nach einer Zeit, die sich anfühlt wie mehrere Tage, obwohl es bestimmt nur Stunden waren, schleppen sie mich zurück in meine Zelle.

Ich muss ihnen zubilligen, dass sie eine Foltermethode haben, die keine Narben hinterlässt. Doch es wird schlimmer werden.

Kapitel 41

April 1945

Heute hatte ich Besuch.

Ich lag auf der Pritsche und versuchte, alle Muskeln im Rücken und Nacken zu strecken. Mein Körper fühlte sich an, als sei er in einen Schraubstock gespannt worden. Irgendwann ging die Tür auf, zwei Wachen erschienen und rissen mich hoch.

»Ich kann allein gehen«, sagte ich und schüttelte ihre Hände ab. Sie wichen erstaunt zurück. Schon seit Tagen hatte ich nicht mehr gesprochen. Und sie ließen mich vor sich her durchs Gefängnis laufen.

Es passierte, was schon die Tage passiert war. Sobald ich aus meiner Zelle geführt wurde, begann ein Flüstern, von Zelle zu Zelle, wie Wasser, das immer seinen Weg bergabwärts findet. Aus dem Flüstern wurden laute Rufe. Innerhalb weniger Minuten hallte es im Innenhof wider: *Hannie. Hannie. Hannie.* Die Frauen schlugen Tassen oder sonstige Metallgegenstände gegen die Gitterstäbe. Es war so laut, dass es mir fast in den Ohren wehtat. Doch ich lächelte stumm in mich hinein und empfand eine heimliche Freude bei der Vorstellung, wie sehr die Deutschen uns hassen mussten.

Sie brachten mich in einen großen schwach beleuchteten Raum, in dem eine Reihe von Tischen aufgestellt war. Den Tischen gegenüber standen vor einer Wand, ängstlich und elend, drei junge Frauen. Als sie mich erkannten, flackerte etwas in ihren Augen, sie wechselten schnelle Blicke untereinander. Als die Wachen mich neben sie stießen, lächelten die Frauen und rückten etwas auf, um mir Platz zu machen. Zwei von ihnen hatten braune Haare, eine war blond. Sie mussten schon eine Weile im Gefängnis sein, das erkannte ich daran, wie mager und schmutzig sie waren. Die Braunhaarige neben mir streckte die Finger und berührte mich vorsichtig. Ein Zeichen der Solidarität.

Dann wurde die Tür erneut geöffnet, und eine weitere Frau wurde von zwei Wachen hereinbegleitet. Es fiel sofort auf, dass sie Zivilistin war. Eine vollbusige Blondine, wohlgenährt, sauber gekleidet und gut riechend. Ich bin erst seit Kurzem hier, aber schon jetzt erscheint mir alles jenseits der Gefängnismauern sich auf einem anderen Planeten abzuspielen. Sie wurde zu der uns gegenüberliegenden Seite des Raums gebracht, dort war es noch dunkler, so dass ich ihre Gesichtszüge nicht erkennen konnte.

Eine Lampe wurde plötzlich auf uns ausgerichtet, und wir standen geblendet in einem hellen Lichtkegel.

»Wenn Sie die Frau erkennen, die Ihren Verlobten erschossen hat, dann zeigen Sie bitte einfach auf sie«, sagte eine Stimme, ich erkannte sie, es war Emil Rühl.

Die Frau hatte sich hinter einen der Tische gestellt und ihre Handtasche darauf abgelegt. Nun stützte sie sich leicht vorgebeugt auf der Tischplatte ab und musterte uns, eine nach der anderen. »Das ist sie«, sagte sie dann mit zittriger Stimme. »Die da.«

»Welche bitte, Fräulein?«

Als sie sich noch ein Stück weiter vorbeugte, erkannte ich sie. Es war die aufgedonnerte Blondine, Hertz' niederländische Freundin, die Frau, die einen endlosen Schrei ausstieß, nachdem Truus und ich Hertz in seinem Hauseingang erschossen hatten.

Ich musste ein Lächeln unterdrücken, als ich mich daran erinnerte, wie Truus mir anschließend den Blutbart abgewischt hatte. Es schien mir inzwischen eine Ewigkeit her zu sein. Das Gesicht der Blondine war stark gepudert, ihre Nägel waren lackiert. Sie ging um den Tisch herum und einen Schritt auf mich zu, da merkte ich, dass sie Feigheit ausstrahlte wie Hitze, und ich beobachtete, wie sie nervös mit den Fingern an ihren Nagelhäutchen zupfte. Ich roch ihr süßliches Parfüm, sah den Puder in den Falten um ihren Mund und ihre Augen.

»Ja, diese hier«, bekräftigte sie. Ihr Atem roch nach saurer Milch, und mir lief das Wasser im Mund zusammen. »Aber ihre Haare sind anders.«

»Sie waren schwarz gefärbt«, erklärte Rühl, offensichtlich erfreut, wie gut es für ihn lief.

»Oh«, sagte die Blondine, trat einen Schritt zurück und warf noch mal einen Blick auf die anderen Mädchen. »Ist ihre Freundin nicht auch hier?«

»Wie? An die zweite erinnern Sie sich auch?«, erkundigte sich Rühl interessiert.

»Nein, nicht wirklich«, antwortete die Frau. Dann zeigte sie noch einmal auf mich. »Aber an die.« Ich musste mich zusammenreißen, um ihr nicht die Fingerspitze abzubeißen, ich leckte mir die Lippen, und sie fuhr erschrocken zurück.

Rühl führte sie wieder hinter den Tisch. Ich spürte die Erleichterung bei den anderen drei Mädchen, sah kurz zu ihnen hinüber, und alle drei blickten mich an. In ihren Augen erkannte ich ganz unterschiedliche Gefühle, aber alle drei versuchten, mich zu unterstützen, obwohl sie ihrem Schicksal dankten, dass es sie diesmal verschont hatte. Ich lächelte, und sie strahlten. Jeder von ihnen fehlte mindestens ein Zahn.

»Ruhe!«, brüllte Rühl, der unseren Blickwechsel beobachtet hatte. Dabei hatten wir kein Wort gesprochen. Die Mädchen lockerten ihre Haltung und begannen zu kichern.

»Bringt sie zum Schweigen!«, sagte Rühl, und die Soldaten machten einen Schritt auf uns zu. Sofort standen die Mädchen wieder kerzengerade und schwiegen.

»Hat sie gestanden?«, fragte die Blondine.

Rühl räusperte sich. »Das wird sie schon noch.« Dann tippte er auf ein Papier, das vor ihm lag. »Und jetzt, da Sie sie identifiziert haben, müssen Sie bitte dieses Formular unterschreiben.«

»Sie hat also nicht gestanden?« Die Blondine wirkte irritiert. »Was hat sie denn erzählt?«

»Machen Sie sich darüber keine Gedanken, Fräulein«, sagte Rühl. »Sie müssen hier bitte nur unterschreiben.«

»Was glaubt sie denn, wer sie ist?«, empörte sich auf einmal die Blondine und warf mir einen missbilligenden Blick zu.

»Du kannst froh sein, dass du noch lebst, du Nazi-Flittchen.« Ich hatte nicht vorgehabt, das zu sagen, es kam einfach aus meinem Mund.

»Was?« Die Blondine sah aus, als hätte ich sie ins Gesicht geschlagen. Sie blickte fassungslos zu Rühl. »Hat sie das zu mir gesagt?«

»Sag das noch einmal«, forderte Rühl mich leise heraus.

Aber ich beließ es bei einem Lächeln. Die drei Mädchen neben mir begannen wieder zu kichern.

»Mund halten!«, schnauzte er sie an.

»Sie können doch nicht zulassen, dass sie so mit mir spricht«, beharrte die Blondine. Ich kochte innerlich vor Wut, ihr Anblick erinnerte mich an die vielen jüdischen Familien und Widerständler, die ihr Nazi-Freund in den Tod geschickt hatte. Alles, was sie trug, von ihrer Kleidung bis zu ihrem Parfüm, war mit Geld bezahlt worden, das mit der Jagd auf Juden wie Sonja und Philine verdient worden war.

»Du kannst mich mal«, knurrte ich. Die Mädchen schnaubten.

Die Blondine schnappte nach Luft und wandte sich an Rühl, wie es Kollaborateure taten, wenn sie die Hilfe der Nazis brauchten. »So was darf sie doch nicht zu mir sagen!«

Rühl kam zu mir herüber und fasste mir grob ans Kinn. »Halt den Mund«, zischte er und stieß meinen Kopf so heftig nach hinten, dass er gegen die Mauer schlug. Die Mädchen stöhnten auf. Ich fühlte einen dumpfen Schmerz und wie sich eine Beule an meinem Hinterkopf bildete. Aber ich war zufrieden. Rühls Gesichtsausdruck gab mir, was ich wollte. Nichts hatte er von mir bekommen, gar nichts. Ich hatte erreicht, dass er sich bloßgestellt fühlte. Das war für den Moment genug.

»Bringt die drei hier ins Büro zurück«, befahl Rühl den Wachen. »Und die hier …« – er deutete auf mich – »zurück in ihre Zelle.« Als die Wärter mich aus dem Raum führten, nahm ich Blickkontakt zu der Blondine auf, die mich noch immer zornig anfunkelte, und zwinkerte ihr zu. Wutentbrannt schleuderte sie ihr Handtäschchen nach mir, aber ich duckte mich, und die Tasche traf den Soldaten neben mir, der sich zum schmierigen Boden niederbeugen musste, um sie aufzuheben.

»Schafft sie endlich weg«, brüllte Rühl.

Als ich mit meinen Begleitern auf die Galerie kam, brach in den Zellen von Neuem der Jubel aus.

Kapitel 42

Danach ließ man mich über eine Woche in meiner Zelle. An manchen Tagen bekam ich nichts zu essen, obwohl es natürlich schwierig ist, sich in der Dunkelheit da ganz sicher zu sein. In der letzten Nacht glaubte ich, jemanden zu hören, und merkte dann, dass es meine eigene Stimme war, ich hatte laut ausgesprochen, was mir durch den Kopf ging.

Grundsätzlich versuche ich, mich auf die wesentlichen Dinge zu konzentrieren: Essen und Wasser. Um mir die Zeit zu vertreiben, stelle ich mir das Festmahl vor, das ich genießen werde, wenn all das hier vorüber ist. Gebratenes Huhn, Backkartoffeln, Kirschkompott, Rotwein, knuspriges Weißbrot. Ein Krug mit frischer Milch, frische Butter, die von einem noch warmen Brötchen tropft. Eiscreme. Schokolade. Eine Zigarette.

Da ich inzwischen kein Gramm Fett mehr am Körper habe, tut es weh, mich auf die harte Pritsche zu setzen oder zu legen. Meine Hüften schmerzen, wenn ich sitzen will, meine Schulterblätter und Ellbogen schmerzen, wenn ich mich hinlege. Aber Stehen braucht Energie.

»Steh auf, Hannie. Steh auf, mein Schatz.« Es ist Hendrik.

»Aber ich versuche zu schlafen«, sage ich.

»Steh auf – steh auf – steh auf«, sagt er mit seiner sanften Stimme.

»Uff«, sage ich und hieve mich immerhin so weit hoch, bis ich sitze.

»Komm«, sagt er. »Du hast es fast geschafft.«

Ich stütze mich an der Wand ab, um stehen zu können, meine Knie zittern. »Zufrieden?«

»Zufrieden«, antwortet er. Dann ist er verschwunden. Hendrik hat mich schon die ganzen letzten Tage besucht, ein eleganter Engel, der versucht, mich wach zu halten. Ich weiß nur deshalb, dass er nicht wirklich hier ist, weil er mir sonst eine Zigarette geben würde. Aber das kann er nicht, denn er ist tot.

Aber ich hätte sehr gern eine Zigarette.

»Zigarette?« Die Tür zu meiner Zelle wird geöffnet, und ein Wärter steht in dem Spalt, die glühende Spitze seiner Zigarette erscheint mir als das erste Licht, das ich seit Tagen sehe.

Ich versuche aufzustehen, der Soldat kommt zu mir und gibt mir die Zigarette, aber meine Hände zittern so, dass ich sie nicht halten kann. Da hält er sie mir an die Lippen, damit ich an ihr ziehen kann. Ich inhaliere, einen Moment lang regelrecht ekstatisch, dann aber packt mich der Husten so heftig, dass ich mich wieder hinlegen muss.

»Du wirst in ein paar Minuten abgeholt«, sagt der Wärter. Als er die Tür schließt, höre ich, wie das Schiefertafelschild klappert. Es ist immer noch das mit der Aufschrift: *Mörderin*.

Natürlich kommt niemand in ein paar Minuten. Es vergehen Stunden, vielleicht auch ein ganzer Tag, bevor die Tür wieder aufgeht und zwei Wärter eintreten, um mich herauszuholen.

»Igitt«, sagt der eine. Ich weiß, dass ich stinke, obwohl ich es selbst nicht mehr wahrnehme. Zwar habe ich den Eimer, da ich ja fast nichts esse, auch kaum benutzt, aber meine kleine, muffige Zelle stinkt trotzdem.

Es ist der gleiche Weg wie immer, und wie immer jubeln mir die Frauen zu, reagieren die Wachen genervt. Kurz bevor wir den Keller erreichen, begegnen wir einer anderen Dreiergruppe, zwei Wärter und eine Gefangene, ich spüre ihren Blick, und der Ausdruck auf ihrem Gesicht offenbart mir, wie schlimm ich aussehen muss. Ich weiß das selbst, obwohl ich schon ewig in keinen Spiegel mehr gesehen habe. Ich spüre, wie mein Körper in sich zusammenfällt. In den letzten Tagen hat sich ein weicher Flaum auf meinen Wangen gebildet, wie ich ihn bei Verhungernden gesehen habe. Ein letzter Versuch des Körpers, sich warm zu halten.

Wir sind wieder im Keller. Emil Rühl ist bereits mit drei anderen Männern vom Sicherheitsdienst anwesend.

»Hier ist unsere Hauptperson«, sagt Rühl und sieht mich an, als erwarte er, dass ich mich jetzt vorstelle. Ich werde wie immer nichts sagen. Keine geistreichen Bemerkungen, gar nichts. Das ist das Einfachste, und ich bin vor Erschöpfung auch viel zu konfus. Sobald ich mich setze, fühle ich, wie sich meine Augenlider senken. Ich könnte hier tatsächlich einschlafen. Ich möchte es am liebsten auch.

»Nein, nein«, sagt Rühl und hebt mein Kinn. »Meine Herren, dies ist Hannie Schaft. Am Schluss Ihrer gemeinsamen Zeit wird sie nicht nur das, sondern noch viel mehr zugegeben haben.« Dann wendet er sich wieder mir zu. »Ich überlasse dich ihren erfahrenen Händen, Liebes. Diese Jungen haben eine Spezialausbildung für verschärfte Vernehmungen.«

Darum geht es also heute. Ich soll gefoltert werden. Die Männer sind vielleicht Mitte zwanzig und nicken mir zu.

»Sei ein braves Mädchen, Hannie. Wenn du kooperierst, ist alles schnell vorbei.« Rühl geht zur Tür und salutiert. »Heil Hitler!«

»Heil Hitler!«, antworten die Soldaten.

Rühl verschwindet. Zwei Wärter stehen neben mir. Die drei SD-Kerle sind auf der anderen Seite des Tischs.

»Ihr könnt gehen«, sagt einer der SD-Männer. »Und draußen warten.«

»Sollen wir ihr Handschellen anlegen?«, fragt einer der Wärter. Ich sitze ohne Fesseln auf dem Stuhl. Ich habe nicht die Energie aufzustehen – von Weglaufen ganz zu schweigen.

»Nein, ihr könnt sie hier lassen«, sagt der Mann. Die Wärter gehen. Die Tür fällt hinter ihnen ins Schloss.

»Wie lautet dein Name?«, fragt einer der SD-Männer sofort. Er ist groß, mit glänzend schwarzen Haaren und Augenbrauen wie aufgemalt.

Ich sage nichts.

Der Schwarzhaarige nickt, und einer der anderen beiden, der am jüngsten aussieht, kommt um den Tisch herum zu mir.

»Gib mir deine Hand«, sagt er.

Ich tue nichts.

Er beugt sich zu mir vor, um mir ins Gesicht zu sehen. »Ich rede mit dir. Leg die Hand auf den Tisch.« Ich hebe den Blick und erstarre. Der Mann ebenfalls. Ich kenne ihn.

»Tom«, flüstere ich.

Seine Augen weiten sich, er richtet sich auf und weicht einen Schritt zurück.

»Was hat sie gesagt?«, fragt der Schwarzhaarige.

»Nichts«, antwortet Tom.

Ich starre ihn weiter an. Wie ist das möglich? Ist das wirklich Tom? Ich kenne nicht mal seinen Nachnamen. Er war der erste Junge, den ich geküsst habe. Ein ungeschickter, scheußlicher Kuss.

»Hallo, Tom«, flüstere ich. Wenn ich lauter sprechen könnte, würde ich es tun. *Du Scheißkollaborateur.*

»Was hat sie gesagt?« Der Schwarzhaarige wird ärgerlich.

»Nichts«, antwortet Tom wieder, greift nach meiner rechten Hand und legt sie auf den quadratischen Metalltisch. Sie sieht aus wie die Hand eines Skeletts.

»Du kennst sie?«, fragt der Schwarzhaarige. Es klingt wie ein Vorwurf.

»Sie ist verrückt«, sagt Tom abwehrend. »Kann losgehen, ich bin bereit.«

Der dritte SD-Mann kommt um den Tisch herum zu mir. Tom hält meinen Arm fest und drückt meine Hand flach auf den Tisch. Dann nickt er dem Dritten im Bunde zu, einem kleineren, dickeren Mann mit Sommersprossen.

Sommersprosse platziert ein Lederetui auf dem Tisch, ungefähr so lang und breit wie der Unterarm eines Mannes, öffnet den Reißverschluss und faltet das Etui auseinander, das einen silberblitzenden, chirurgischen Instrumentensatz zu enthalten scheint: Skalpelle, Pinzetten, eine Lupe, Scheren, Nadeln.

Ich komme mir vor wie ein Kaninchen, zuckend und aufgeregt. Die Erschöpfung ist weg, ich schaue die drei Männer der Reihe nach an und frage mich, wie ich ihnen entkommen kann. Aber das kann ich natürlich nicht, ich bin viel zu schwach, und draußen vor der Tür stehen zwei Wachen. Trotzdem – ich muss es ihnen ja nicht zu leicht machen. Was immer sie vorhaben.

Ich versuche, von meinem Stuhl aufzustehen, aber Tom, dessen Arm ja bereits auf meinem liegt, drückt mich einfach wieder nach unten. Das scheint ihm zu gefallen, er lächelt stolz.

»Fessle sie an den Stuhl«, sagt er zu dem anderen.

»Komm schon, Tommy«, sage ich und keuche von der kurzen Kraftanstrengung. »Du kennst mich doch.«

Verwirrt sieht Sommersprosse ihn an.

»Tu es«, sagt Tom, der meinen Arm noch immer auf den Tisch drückt. Ich leiste keinen Widerstand. Ich schaffe es nicht. Achselzuckend zieht Sommersprosse ein paar der silberglänzenden Werkzeuge aus dem Etui, legt sie auf den Tisch – Schere, Pinzette, Skalpell – und schaut fragend zu dem Schwarzhaarigen, wartet auf das Zeichen. Der Schwarzhaarige nickt.

Zu dritt beobachten wir, wie Sommersprosse einen langen, schmalen, spitzen Pickel vor dem Fingernagel meines Zeigefingers in Position bringt. Er sieht aus wie ein winziger Eispickel. Dann beginnt er, mit einem ebenso winzigen Hämmerchen die Spitze des Pickels unter meinen Fingernagel zu treiben.

Der Schmerz ist ein Schock. Ich höre mich nach Luft schnappen, ich werde atemlos, weil jede Zelle in meinem Körper sich plötzlich auf meinen Finger und die qualvolle Empfindung des von scharfem Stahl zerstörten weichen Fleisches fokussiert. Das muss aufhören, sofort! Aber es hört nicht auf. Es wird schlimmer, mein Fingernagel spaltet sich, Blut bricht aus dem rosa Nagelbett hervor. Wenn ich hinsehe, ist es schlimmer. Ich wende den Kopf ab.

Er hämmert noch drei Mal, der Nagel ist mittendurch, öffnet sich wie eine Tür. Sommersprosse schaut zu Tom und dem Schwarzhaarigen.

Toms Gesicht schimmert bläulich-weiß, fast wie Delfter Porzellan. Schweißtropfen stehen ihm auf der Oberlippe. Ich sehe ihn an, aber er vermeidet den Blickkontakt. Der Schwarzhaarige nickt Sommersprosse zu, der daraufhin den Hammer weglegt und nach der Pinzette greift.

»Wie ist dein Name?«, fragt mich der Schwarzhaarige.

»Das wisst ihr doch«, flüstere ich.

Sommersprosse ergreift mit der Pinzette die eine Hälfte meines Fingernagels und zieht. Ich schreie – ich kann nichts dagegen machen. Aus meinem Finger fließt das Blut in Strömen. Der halbe Fingernagel liegt neben meiner Hand auf dem Tisch. Tom sieht aus, als würde er gleich ohnmächtig werden.

»Wie lautet dein Name?«, fragt der Schwarzhaarige erneut.

Ich schüttle den Kopf, und Sommersprosse reißt die andere Nagelhälfte heraus. Ich schreie wieder, winde mich auf dem Stuhl, werde festgehalten von Sommersprosse und Tom.

»Sag uns doch einfach deinen Namen, dann hören wir sofort auf«, sagt Sommersprosse, als hätte ich ihre Fragen bislang missverstanden.

»Tommy«, flüstere ich. Er erinnert sich nicht an mich und auch nicht an meinen Namen. Wahrscheinlich hat er auf den Universitätsbällen viele Mädchen geküsst.

»Tom«, flüstere ich noch einmal.

»Was soll das?«, fragt der Schwarzhaarige nun ungehalten, beugt sich über den Tisch und sieht Tom an. »Kennt ihr euch etwa?«

»Nein, sie ist verrückt«, sagt er.

»Tommy«, flüstere ich wieder.

Der Schwarzhaarige verdreht die Augen und lehnt sich zurück. »Wenn du sie kennst, kannst du ihren Namen bestätigen. Ist das Hannie Schaft?«

Tom schaut sich hilfesuchend um. »Ich weiß es nicht«, antwortet er. »Woher soll ich das wissen?« Er sieht Sommersprosse an. »Nimm den nächsten.«

Tom hat entschieden, dass es schlimmer ist zuzugeben, dass er eine Mörderin kennt, als nützlich zu sein und sie zu identifizieren. Sie haben immer noch Angst vor mir. Sommersprosse schaut zu dem Schwarzhaarigen, der nickt. Und sie machen sich an den nächsten Finger. Und an den übernächsten.

Ich schreie weiter, bis ich ohnmächtig werde. Sie ohrfeigen

mich, bis ich wieder zu mir komme. Dann versuche ich es wieder bei Tom. Warum kann ich mich nicht an seinen Nachnamen erinnern? Ich weiß nicht, wie lange die Prozedur dauert. Irgendwann fesseln sie meine blutenden Hände an den Stuhl, und Sommersprosse packt sein Etui zusammen, wischt vorher jedes Instrument an einem schneeweißen Leinentaschentuch ab, ehe er es wieder an seinen Platz steckt. Alle drei verlassen schließlich wortlos den Raum.

»Wiedersehen, Tommy«, flüstere ich. Er ignoriert mich.

Die Wärter kommen herein und bleiben nach wenigen Schritten stehen. In dem Raum brennt nur die Lampe auf dem Tisch, ich sitze am Rand des Lichtkegels, zusammengesackt auf dem Stuhl, das Kinn auf der Brust. Ich bin kaum noch bei Bewusstsein, doch wach genug, um das heftige Pulsieren meines Herzschlags in den vier Fingerkuppen meiner rechten Hand zu spüren. Jeder Schlag ist pure Qual. Ich spüre, wie das Blut quillt, und meine zu hören, wie es auf den Zementboden tropft.

Auf dem Tisch, beleuchtet wie Schauspieler auf der Bühne, liegen acht Fingernagelhälften, sie sehen aus wie die Hörner eines winzig kleinen Tiers, schwammig und rot an den Enden, wo sie mit dem Nagelbett verbunden waren. Sie baden in Pfützen schwarzen Bluts. Dass etwas so Kleines so wehtun kann.

Vielleicht war es gar nicht Tom, denke ich.

Dann wird es dunkel. Endlich.

Kapitel 43

Später am Tag nehmen sie sich die Fingernägel der linken Hand vor. Diesmal werde ich erst ohnmächtig, als sie beim kleinen Finger angekommen sind.

Kapitel 44

Ich wache in einer neuen Zelle auf. Dann erkenne ich, es ist meine alte Zelle. Noch bevor ich die Augen richtig öffne, spüre ich die Gegenwart von Menschen. Trotz der dicken Mauern höre ich das Murmeln von Frauen.

»Tania?«

»O Hannie«, sagt sie, als hätte sie schon lange auf ein Lebenszeichen von mir gewartet. »Was ist mit dir?«

Ich versuche zu antworten, aber ich bringe keinen Ton hervor. Mein Mund ist trocken wie Wüstensand. Ich strecke den Arm aus, in der Hoffnung, dass ein Krug mit Wasser neben meiner Pritsche steht, doch bei der Bewegung überfällt mich der brennende Schmerz meiner misshandelten Fingerspitzen, und ich bin auf einmal bei vollem Bewusstsein. »Aua.«

»Was haben sie mit dir gemacht?«, fragt Tania.

Ich brauche ein paar Minuten, ehe ich sprechen kann, und das gibt mir die Möglichkeit, über meine Antwort nachzudenken. Was immer ich Tania erzähle, wird sich über das Flüsternetzwerk verbreiten.

»Alles gut bei mir«, sage ich. »Ich habe ihnen nichts gegeben.«

Ich höre etwas, was klingt wie leiser Applaus. »Hannie, wir lieben dich«, flüstert Tania, bricht dann aber ab und hustet heftig. Als sie sich wieder gefasst hat, sagt sie: »Bleib stark.«

»Ich liebe euch auch.« Meine Stimme ist so schwach, ich

weiß nicht, ob sie mich überhaupt hören kann. »*Vuur, schurft, hoest, en liefde*«, sage ich noch.

»Was meinst du damit?«, flüstert Tania.

Feuer, Krätze, Husten und Liebe.

Später geht die Tür meiner Zelle auf, und zwei Wärter schleppen mich hinaus. Sie laden mich auf dem Fußboden der Krankenstation ab. »Macht sie sauber«, sagt einer von ihnen zu den Wärterinnen.

Sie versammeln sich um mich und heben mich auf eine Trage. Mein Bewusstsein kommt und geht, und ich spüre, wie sie mich berühren, mich mit Schwämmen und Lappen waschen. Es scheint mir alles viel zu sanft, um wahr zu sein. Als ich ganz wach bin, sind die Annehmlichkeiten zu Ende.

»Das reicht jetzt, gehen wir.« Die Wärter stehen wieder parat, jeder legt sich einen Arm von mir über den Nacken, so schleifen sie mich fort.

Zum ersten Mal seit vielleicht einem Monat sehe ich Tageslicht. Ich zucke zusammen, die Wärme des Lichts tut beinahe weh, meine Augen beginnen zu tränen. Als wir den Innenhof erreichen, registriere ich, wie Gespräche um uns herum verstummen. Durch den Tränenschleier sehe ich, dass an einer Mauer eine Stelle für mich freigeräumt wird, dorthin schleppen mich die Wärter. Dutzende Gefängnisinsassinnen stehen rechts und links davon und beobachten uns. Sie sind schmutzig und dürr wie Bohnenstangen, sie halten sich an den Händen und flüstern miteinander. Hie und da höre ich »Hannie Schaft«. Und auch ein gezischtes »*Verzet*«.

Leistet Widerstand, leistet Widerstand, denke ich. Das ist immer noch mein einziger Plan. Gib ihnen nichts.

»Stell dich da hin, an die Wand«, sagt einer der Wärter und stößt mich in die Richtung. Ich ahne, was das bedeutet, ich habe es in Filmen gesehen. Eine Exekution. Eine Feuerlinie. Die Backsteine an meinem Rücken fühlen sich warm an. Ich hebe die Hand, um mir die Haare aus den Augen zu streichen, und um mich herum wird es still. Die Wärterinnen auf der Krankenstation haben meine Fingerspitzen mit Gaze umwickelt, aber das Blut ist längst durchgesickert, meine ganze rechte Hand ist blutig, Blut läuft über meinen Unterarm, ich hinterlasse überall blutige Spuren. Wenn ich die Hand einfach herunterhängen lasse, fühle ich wieder den pochenden Schmerz. Ich zupfe das Taschentuch aus meiner Rocktasche und balle meine rechte Hand zur Faust, um so das Pochen zu lindern. Es ist jedoch nicht nur ein Taschentuch. Es ist eine Puppe. Flachgedrückt, knittrig und fleckig, aber immer noch die kleine Taschentuchpuppe, die Truus mir geschenkt hat. Die Wärter haben sie mir nicht abgenommen, für sie war es lediglich ein altes Taschentuch. Die Schnur, die die Puppe geformt hat, ist verschwunden. Übrig geblieben ist das kleine zerfranste Stück Stoff. Aber für mich ist es viel mehr, es ist ein Stück von Truus, von Freddie, von Hendrik und sogar von Jan. Und auch von meinen Eltern, Philine, Sonja. Es ist ein Stück von Rosie, der Truus ebenfalls eine solche Puppe geschenkt hat, und Rosie hat überlebt. Truus hat mir eine Puppe geschenkt … und auch ich bin noch hier. Ich gebe nicht auf. Inzwischen hat sich das schmutzige Taschentuch dunkelrot verfärbt.

»Stell dich gerade hin!«, ruft der Wärter noch einmal, und ich strecke meine Wirbelsäule. Inzwischen habe ich mich an die Nachmittagssonne gewöhnt, ich sehe die zurückgedrängten Gefangenen hinter den Wärtern stehen, mit angespannten Gesichtern. Direkt vor mir hat sich ein halbes Dutzend Wehrmachtsoldaten positioniert, die in einem Halbkreis strammstehen, die Gewehre an der Seite.

»Achtung!«, ruft eine Stimme. Es ist Rühl. Die Soldaten schlagen die Hacken zusammen. »Heil Hitler!«

»Hannie Schaft«, sagt Rühl, und seine Stimme dröhnt laut über den Innenhof. »Du hattest mehrere Chancen, aber das ist deine letzte. Wir wissen, dass du eine Verbrecherin bist, die die Hoffnungen und Träume hart arbeitender Menschen in den Niederlanden zunichtemacht. Die Unschuldige verletzt und tötet, ihre eigenen Mitbürger! Ja, das ist die Wahrheit.« Er blickt sich auf dem Hof um, nickt, als erwarte er, dass die Gefangenen ebenfalls nicken. Doch sie rühren sich nicht.

»Wir verlangen von dir bloß, dass du zugibst, wer du bist und was du getan hast. Das ist wirklich nicht viel verlangt. Das müssen wir tun, weil wir der gerechten Sache dienen. Niemand soll eines Verbrechens beschuldigt werden, das er nicht begangen hat. Das Dritte Reich kennt seine Gesetze, Fräulein Schaft. Und niemand steht über dem Gesetz, auch du nicht.«

»Emil«, sage ich. »Das klingt französisch.«

Rühl schaut mich an, meine Frechheit macht ihn rasend.

»Was soll das, Fräulein Schaft?«

Ich habe nicht die Energie, es zu wiederholen.

»Nun, hast du sonst noch etwas zu sagen? Dies ist deine letzte Gelegenheit.«

Ich hebe langsam den Kopf. Die Soldaten sehen durch mich hindurch. Ihre Gesichter sind nur Masken.

»Das war's«, sagt Rühl. Er wendet sich an die Soldaten. »Achtung! Legt an!«

Die Soldaten heben ihre Gewehre an, alle Läufe sind auf mich gerichtet. Meine leeren Eingeweide revoltieren. Wäre ich nicht so dehydriert, würde ich mir in die Hose machen. Ich drücke fest die Augen zu. Die Gefängnisinsassinnen schlagen die Hände vor den Mund, halten sich Augen und Ohren zu. Ich höre jemanden weinen und erinnere mich selbst daran zu atmen. Mein Atem ist sehr flach, aber er zeigt mir, dass ich immer noch lebe. Dass ich ihnen nichts gegeben habe. Nicht einmal meinen Namen.

»Alfred?«, sagt Rühl.

Ein »KLICK« fällt in die Stille. Scharrende Füße. Lautes Luftschnappen.

Ich öffne die Augen. Mitten in der Feuerlinie steht ein Mann vor mir mit einer großen Porträtkamera. Es macht noch einmal »Klick«, und er macht noch ein Foto von mir.

»Für unsere Akten«, erklärt Rühl und lächelt mich kalt an. Ich halte seinen Blick.

»Das nächste Mal schießen wir mit Munition.«

Ich lächle müde, drücke Truus' Puppe. Blutstropfen fallen erneut auf die Steine vor meinen Füßen.

Die Frauen jubeln.

Kapitel 45

15. April 1945

Ich habe keine Ahnung, wie spät es ist. Oder auch nur welcher Tag. Ich drücke die schmutzige Taschentuchpuppe an meine Brust und lausche den Geräuschen, die vom Flur her durch den Schlitz in meiner Tür hereindringen; manchmal glaube ich sogar, das vertraute, schrille Bimmeln einer Fahrradklingel zu hören. Nur ungefähr hundert Meter entfernt, jenseits der Mauer, laufen Menschen frei herum. Nur ein paar Meter von mir entfernt. Doch ich weiß, ich bin auf der richtigen Seite angekommen.

Die Tür öffnet sich, die Wärter schieben ein Tablett mit Essen herein. »Iss schnell, wir holen dich gleich.«

Ich stopfe mir mit einem Löffel etwas Braunes und Schleimiges in den Mund, bevor die Tür sich erneut öffnet und sie mich abführen. Wieder geht es durch endlose Gänge. Wieder dringt aus den Zellen ermunterndes Gemurmel an mein Ohr, ich werde gegrüßt, aber ich bin zu erschöpft, um auch nur das kleinste Lebenszeichen von mir zu geben. Dann erreichen wir einen abgesonderten, ruhigeren Teil innerhalb des Gebäudes, den Bürotrakt.

Emil Rühl sitzt an einem ausladenden Teakholz-Schreibtisch und scheint mich schon zu erwarten. Ich werde auf einen gepolsterten Stuhl ihm gegenüber platziert, ich kann mich gar nicht erinnern, wann ich zuletzt auf so etwas Weichem gesessen habe. Vielleicht überhaupt noch nie. Ich bin es nicht mehr gewohnt, dass sich irgendetwas gut anfühlt.

»Schau dich nur an!«, sagt er kopfschüttelnd. Er tut ehrlich betrübt. »Warte«, sagt er, bückt sich und holt etwas aus einer unteren Schreibtischschublade. Zwei Wärter stehen neben mir, aber keiner macht sich Sorgen, dass ich aufspringen und auf Rühl losgehen könnte. Aber mir fehlt sogar die Energie, mir das allein vorzustellen.

»Hier«, sagt er und will mir einen Handspiegel aus Ebenholz reichen. Im letzten Moment zuckt er vor meinen verbundenen, blutverkrusteten Fingern zurück und hält mir stattdessen den Spiegel vors Gesicht.

Es dauert einen Moment. Dann erkenne ich sie. Jemand schaut mich aus dem Spiegel an. Ein Mensch, denke ich als Erstes. Der Hunger hat nicht nur die weichen Züge und die Persönlichkeit ausradiert, sondern sogar das Geschlecht. Ich könnte ebenso ein Mann sein. Eher alt als jung. Ich bin ein Gesicht und habe einen Körper, ich lebe noch. Darauf bin ich stolz.

»Welches Datum haben wir heute?«, frage ich mit belegter Stimme und versuche, meine zerzausten Haare zu ordnen.

Rühl zuckt vor Erstaunen zurück. Seit Langem habe ich mehr als ein Wort gesprochen. »Was hast du gesagt?«

»Datum?« Ich bin zu müde.

Er wirft einen Blick auf seinen Schreibtischkalender mit greller Hakenkreuzprägung. »Der fünfzehnte April«, antwortet er, und sein Finger tippt gegen das Kalenderblatt, als warte er darauf, dass ich seine Aussage infrage stelle. Aber ich nehme Emil Rühl gar nicht mehr wahr. Heute ist der fünfzehnte April, also bin ich schon über einen Monat hier.

Warum ist der Krieg immer noch nicht vorbei? Wo bleiben die Alliierten? Sie sind irgendwo da draußen, verloren wie meine Eltern und Sonja und Philine.

Ich recke den Hals, um aus dem Fenster auf die Amsterdamer

Straße zu blicken, doch wir sind zu hoch, ich kann nur den Himmel sehen. Er ist blau. Ein Vogel fliegt am Fenster vorbei – ein Spatz – und ist gleich wieder verschwunden. Der Spatz in der Halle. In der Schule habe ich einmal einen Vortrag über diesen Text eines altenglischen Klagelieds gehalten. Ein Spatz rettet sich aus einem dunklen Sturm in die große, von Licht und Wärme erfüllte Halle des Königs, dann fliegt er wieder zurück in die kalte Dunkelheit. Ein Sinnbild für unsere Existenz, für die kurze Spanne zwischen Leben und Tod. So habe ich damals jedenfalls geschrieben.

»… von besonderer Bedeutung für dich?«, fragt Rühl. Der erste Teil der Frage ist mir entgangen.

»Was?«

Rühl schnaubt.

Was immer wir aus der begrenzten Perspektive unserer kurzen Zeit auf Erden, wenn wir durch die beleuchtete Halle fliegen, sehen können, offenbart uns nichts über die Zeit danach oder davor.

»Wovon redest du?« Stirnrunzelnd starrt Rühl mich an.

»Ach nichts.« Ich hatte gar nicht bemerkt, dass ich laut gesprochen habe. Im blauen Himmel versuche ich mir ein Geschwader der britischen Luftwaffe vorzustellen, das das Ende ankündigt. *Bombardiert uns doch einfach,* denke ich. *Macht dieses Gefängnis dem Erdboden gleich. Bombardiert mich.*

Aber am Himmel sind keine Flugzeuge. Nur Vögel.

»Ich war dort bei Jan Bonekamp«, sagt Rühl. »Im Krankenhaus.«

Ich starre ihn an. Ich möchte, dass er mehr erzählt, aber ich weigere mich, ihn darum zu bitten.

Doch er hält sich ohnehin nicht zurück. »Er ist nicht gleich umgekippt. Ganz und gar nicht.« Rühl macht eine Pause, um meine Reaktion einzuschätzen. Falls ich eine Reaktion zeige, kann ich es nicht verhindern. Ich habe keine Kontrolle mehr, doch dann merke ich, dass ich selbst für die kleinste Regung zu erschöpft bin.

»Genau genommen«, fährt er fort, »ist es erst passiert, als wir ihm eine hübsche junge Krankenschwester ans Bett gesetzt haben. Erst da hat Herr Bonekamp überhaupt den Mund aufgemacht.« Rühl lächelt und nickt den Soldaten zu. Die Männer verstehen ihn. Er lächelt wie der stolze Besitzer eines siegreichen Rennpferds.

»Du kannst mich mal«, sage ich.

Einer der Soldaten hustet, und Rühls Gesicht verfärbt sich.

»Hör zu, du kleines Miststück, ich hätte dich schon vor Wochen kaltmachen lassen können. Vielen hier wäre das lieber gewesen. Aber ich war mir sicher, dass wir gut zusammenarbeiten würden. Einander helfen. Doch du hast mir noch kein bisschen geholfen.«

Ich schaue ihm einfach beim Reden zu. Meine Gedanken wandern wieder zu dem Spatz, zur Freiheit des Fliegens. Dann zu Jan. Glauben diese Menschen, dass mich sein Verhalten überrascht oder verletzt? Welche Reaktion erwarten sie noch von mir? Soll ich entsetzt sein, gar untröstlich? All diese Empfindungen habe ich schon längst hinter mir gelassen.

»Du hast noch den morgigen Tag, um es dir zu überlegen. Das ist wirklich deine letzte Chance, Hannie. Brich deinen Eltern nicht das Herz.« Ich blicke auf. »O ja, sie leben. Noch.« Mein Herz klopft so hart in meiner Brust, dass es wehtut. Meine Eltern sind am Leben? Und was ist mit Philine? Ich möchte fragen, aber es geht nicht.

»Es ist noch nicht zu spät, das Richtige zu tun. Denk an deinen Schatz Bonekamp.«

Mein Schatz Bonekamp. Ich habe ihn geliebt. Ich war in ihn verliebt – ist es das Gleiche? Ich glaube, er hat mich geliebt. So, wie er vieles geliebt hat. Leichtsinnig. Unbekümmert.

»Was ist?« Rühl starrt mich an.

Eigentlich glaube ich nicht, dass ich laut gesprochen habe. *Brich deinen Eltern nicht das Herz. Sie leben noch. Vielleicht. Vielleicht, wenn ich … nein. Sei nicht so dumm, Hannie. Er lügt.*

Ich sehe noch einmal in den blauen Himmel hinter Rühl, kurz bevor die Dämmerung hereinbricht, und ich hoffe, den Spatz noch einmal zu sehen.

»Hannie, Hannie, bist du da?«

Es ist so dunkel, es muss Nacht sein. Vielleicht sind Tage vergangen, vielleicht Stunden, ich weiß es nicht. Tanias Stimme sickert so leise durch die Wand, dass ich sie kaum hören kann. »Hannie?«

»Tania«, flüstere ich.

»Alles in Ordnung?«

Heute haben sie mich in den Kellerraum gebracht, haben mir die Hände auf den Rücken gefesselt, die Handschellen mit einem Seil, das von einem Haken an der Decke baumelte, verknotet; dann hat jemand hinter mir an dem Seil gezogen und so meine Arme immer höher und höher gehoben, bis meine Schultergelenke ausgekugelt sind. Dann sind meine Ellbogen gebrochen.

Jetzt, wieder in meiner Zelle, erinnere ich mich an einen Blitz brüllenden Schmerzes, als jemand die Knochen wieder in die Gelenkpfannen gedrückt hat. Außer meinen Daumen sind alle anderen Finger verbunden. Die Daumen sehen rosa und gesund aus, und ich kann nur staunen, wie ein Teil meines Körpers weiterhin funktioniert, während nur Zentimeter davon entfernt ein anderer Teil, meine Fingerspitzen, verwesen.

Aber ich habe ihnen nichts gegeben. Nicht einmal meinen Namen.

»Alles gut bei mir«, sage ich zu Tania. »Alles gut.«

Kapitel 46

17. April 1945

»Komm schon.« Die Wärter zerren mich auf die Füße. Sie schleppen mich durch das Gefängnis, ich klebe an ihren Armen wie Moos an einem Baum. Heute Morgen sind die Laute, die aus den Gefängniszellen dringen, erschreckend. Die Gefangenen rufen laut meinen Namen – *Hannie!* – schreien vor Wut und beschimpfen die Wärter. Anscheinend glauben sie, ich sei tot. Ich kann mich zwar nicht erinnern, wann ich das letzte Mal etwas gegessen oder getrunken habe. Aber ich bin nicht tot. Ich lebe.

Eine junge Frau beugt sich plötzlich vor, schiebt den Arm durch das Gitter und streckt die Hand nach mir aus, sie bekommt den Rand meines Ärmels zu fassen. Unsere Blicke begegnen sich kurz.

»Hannie Schaft?«, fragt sie.

Die Wärter schleifen mich weiter, aber ich drehe den Kopf nach ihr um. »Psst«, sage ich.

Da schreit sie, so laut sie kann: »*Lang leve Hannie Schaft!*«

Die inhaftierten Frauen rasten aus. Der Ruf erfasst jede Zelle wie eine Flutwelle.

Lang leve Hannie Schaft.

Lang leve Hannie Schaft.

Lang leve Hannie Schaft.

Die Stimmen der Frauen scheinen in der ganzen Festung widerzuhallen, sie heulen und brüllen, sie hassen die Nazi-

Scheißkerle und klammern sich ans Leben. Ich liebe sie. Als man mich nach draußen schleppt, werfe ich den Kopf zurück und schreie. Es sind Laute, die mich selbst ängstigen. Wie ein verletztes Tier, denn das bin ich auch. Die Frauen erwidern das Gebrüll. Ich liebe sie.

Keuchend werde ich hinten in einen Transporter geworfen. Sie werfen Frauen gern in solche Fahrzeuge. Durch das Bullaugenfenster sehe ich, wie sich ein blonder Fahrer hinters Steuer setzt, neben ihm ein weiterer Wärter. Emil Rühl kommt aus dem Gebäude. Natürlich ist Rühl hier, das will er nicht verpassen. Ihm folgt ein großer, schlaksiger Mann mit spitzem Gesicht, SS-Sturmbannführer Willy Lages, meine Begegnung von der Jan-Gijzen-Brücke. Er und Rühl begrüßen sich – Heil Hitler! –, wechseln ein paar Worte, salutieren noch einmal, dann steigt Lages vorn in den Wagen. Rühl bleibt zurück. Der Motor springt an, er rumpelt, der Wagen bewegt sich, in dem winzigen Fenster sehe ich das Gefängnis im Amstelveenseweg immer kleiner werden. Dann verliere ich das Bewusstsein.

Als ich wieder zu mir komme, fahren wir durch belebte Straßen. Durch das Fenster sehe ich große Gebäude und höre draußen Leute reden. Der Wagen stoppt, die Beifahrertür geht auf, noch ein Mann steigt hinzu. Ich erkenne auf einmal das rotweiße Schild der Bakkerij Vink in Haarlem. Dort habe ich immer Apfeltörtchen gekauft. Warum sind wir in Haarlem? Nach Hause bringen sie mich ganz sicher nicht.

Oder bringen sie mich vielleicht doch nach Hause?

Truus. Was Truus wohl gerade macht?

Warum sind wir bloß in Haarlem?

Da wird die hintere Tür des Wagens geöffnet, ein Soldat schaut herein, sieht mich zusammengesackt in einer Ecke kauern und wirft etwas neben mich. Die Tür wird wieder krachend verriegelt.

Es ist eine Schaufel.

Sie bringen mich nicht nach Hause.

Zwischen Amsterdam und Haarlem muss ich geschlafen haben. Aber ich hätte ohnehin nicht fliehen können. Doch zum ersten Mal seit Wochen ist mein Geist lebendig und wach. Die Fahrgeräusche des Transporters sind zu einem monotonen Dröhnen verschmolzen. Ich kann nachdenken.

Wir sind nicht mehr in der Stadt. Der Transporter hält nur noch selten. Von draußen ist kein Straßenlärm mehr zu hören. Ich ziehe mich zum Fenster hoch und sehe Felder, einige bewirtschaftet, andere brachliegend. Ich muss daran denken, wie ich mit Truus und Freddie gepicknickt habe.

Truus und Freddie und Trijntje. Die Oversteegen-Frauen leben noch.

Meine Eltern? Sie leben auch noch, beschließe ich.

Philine und Sonja? Leben auch noch, beschließe ich ebenfalls.

Hendrik ist tot. Ein Heldentod.

Jan ist tot. Jan … Als ich an ihn denke, schließe ich die Augen, mein Herz flattert. Das tut es immer, wenn ich daran denke, wie ich mich bei ihm gefühlt habe. Ich heiße den Schmerz, ihn zu vermissen, willkommen, der Schmerz ist alles, was mir geblieben ist. Schlimmer als dieser Herzschmerz wäre nur, ihn nie gefühlt zu haben.

Bald werde ich tot sein.

Vielleicht ist die kleine Rosie noch am Leben. Sie ist noch so jung. Und ich fühle mich so alt … Ist vierundzwanzig alt? Vielleicht nicht, aber auf jeden Fall bin ich nicht mehr jung.

Der blaue Himmel vor meinem Fenster ist der gleiche blaue Himmel wie der vor Rühls Fenster. Weil es der gleiche Himmel ist. Ich kann das Gefängnis sehen. Tanias Stimme im Abflussrohr hören. Ich kann den brausenden Jubel der Gefängnisinsassinnen in meinen Knochen spüren. Bemerken, dass der Stoff meines Ärmels zerreißt, als die junge Frau sich aus ihrer Zelle beugt und nach ihm greift. *Hannie?*

Zum ersten Mal, seit es passiert ist, denke ich an das erste Mal, dass ich einen Menschen getötet habe. Offizier Kohl, in der engen Gasse. Bisher hatte ich Angst, in Gedanken dorthin zurückzukehren. Jetzt habe ich das Bedürfnis, es zu tun. Wir sterben alle. Aber in jener Nacht habe ich etwas Nützliches getan.

Ich kann immer noch nützlich sein.

Ich kann immer noch Widerstand leisten.

Der Lieferwagen rattert, ich rutsche auf dem gerillten Metallboden, und die hinteren Türen gehen auf.

»Raus mit dir.« Jemand greift nach der Schaufel.

Ich krieche aus dem Wagen. Zuerst sehe ich nur die großen, stachligen Büsche, die uns umgeben, sie sind größer als ich. Die anderen beiden Männer kommen um den Wagen herum, SS-Sturmbannführer Lages nickt dem Mann mit der Schaufel zu.

»Los«, sagt der neue Mann und zieht mich am Ellbogen. Bei seiner Berührung zucke ich zusammen und humple vor ihn. Er überlässt mir die Führung. Ich habe keine Ahnung, wo wir sind oder wohin wir gehen.

Aber dann weiß ich es plötzlich. Mit meinen nackten Füßen trete ich aus den Büschen auf einen sandigen Weg. Überall ist Sand, weich, von der Sonne gewärmt. Ich war einmal mit Jan hier. Wir sind in den großen Dünen am Rand der Nordsee. Ich sehne mich nach meiner Pistole. Stolpere, und Lages schreit mich an.

»Geh weiter«, brüllt er. »Bleib auf dem Weg.«

Ich tue es. Nicht, dass es leicht wäre. Der Sand ist rutschig, und ich bin schwach. Die glorreiche Wärme der Sonne und die Meeresbrise überwältigen mich wie eine Droge. Jeden Augenblick könnte es eine Überdosis sein.

Ich falle hin.

»Steh auf.«

Ich stehe auf. Gehe ein paar Schritte. Falle wieder. Ich lache.

»Halt den Mund und geh weiter.«

Ich versuche es, kann aber nicht aufhören zu lachen, ein luftiges, hohles Geräusch, mehr Wind als Laut. Ich sehe, wie Annie das alles beobachtet und ebenfalls lacht. Es ist absurd. Wie bin ich hierhergekommen, in die Dünen, verhungert, trotzig? Und sie auch?

»Annie?«, sage ich.

»Hallo, Jopie.« Das wunderschöne Lächeln meiner Schwester. Sie ist immer noch zwölf Jahre alt. Ich habe überhaupt kein Alter. Um mich herum zerfasert die Zeit. Ich spüre es genau. Die Zeit wird langsamer, schleppt sich dahin, hüpft dann vor uns her, springt in die Höhe. Kein Pfeil. Ein Strudel.

Dann höre ich etwas an meinem Ohr vorbeischwirren – vielleicht ein Insekt oder sogar ein Spatz. Ein fernes Wumm. Ich bin wieder gestürzt, versuche, mich hochzustemmen, fühle aber etwas an meinem Ohr und fasse dorthin. Heiß, klebrig. Ich komme auf die Füße und starre auf meine Hand, sie ist ganz rot. Ich sehe, wie es mir über die linke Schulter runterläuft. Rotes Blut. Ich greife nach der Puppe in meiner Tasche. Gewehre werden gehoben und auf mich gerichtet, als ich sie herausziehe.

»Es ist nichts, nur ein Taschentuch«, sagt einer. Ich drücke es an meinen blutigen Kopf. Irgendwie ist Truus immer noch bei mir. Sie hilft mir, wie immer. Hilft mir, menschlich zu bleiben.

Der Schaufelmann senkt sein Gewehr. Er sieht aus, als habe er Angst. Wovor?

Oh. Vor dem Blut. Meine Hand ist rot und tropft. Schaufelmann ist kein guter Schütze.

Annie und ich lachen. Sie bringen mich nicht nach Hause, oder? Annie lächelt mir zu. Schon immer hatte sie dieses wundervolle Lächeln. Nach ihrem Tod haben das alle gesagt. Sie sah aus wie meine Mutter.

Ich drehe mich um und schaue zu den drei Männern hinter mir, aufgereiht wie drei kleine Jungen, mit Spielgewehren. Warum sitze ich im Sand? *Leiste Widerstand*. Ich rapple mich auf, schwanke, bleibe aber stehen. Diese albernen Männer mit ihren Gewehren. Irgendetwas jagt ihnen große Angst ein.

»Ich schieße besser als ihr«, sage ich. Das stimmt.

Lages fletscht die Zähne und hebt seine Waffe, Speichel spritzt aus seinem Mund. Er brüllt irgendetwas. Aber ich kann seine Stimme nicht hören. Sein Finger zuckt auf dem Abzug.

Ich habe keine Angst. Ich bin trotzig. Ich habe ihnen nichts gegeben. Nicht einmal meinen Namen.

Ein gewaltiges Dröhnen, wie Donner.

Wumm.

Die blutbefleckte Puppe schwebt hinunter in den Sand.

Zwei kreisende Spatzen. Eine Biene.

Ich habe ihnen nichts gegeben.

Ans Ufer schlagende Meereswellen.

Himmel.

Nicht einmal meinen Namen.

Nachwort

Am 17. April 1945 wurde Hannie Schaft vom Gefängnis im Amstelveenseweg in die etwa zwanzig Kilometer von Amsterdam entfernten Sanddünen bei Bloemendaal gebracht. Dort wurde sie von den Männern, die sie gefangen hielten, gezwungen, vor ihnen her in die Dünen zu laufen, wo Mattheus Schmitz, ein deutscher Soldat, von hinten auf sie schoss. Die Kugel streifte Hannie am Kopf, sie stürzte in den Sand, stand jedoch wieder auf, drehte sich zu ihren Mördern um und rief: »Ich schieße besser als ihr!« In diesem Moment hob der niederländische Polizeibeamte und Kollaborateur Maarten Kuiper sein Maschinengewehr und erschoss sie. (Was wir über Hannies letzte Augenblicke wissen, stammt im Wesentlichen von Kuiper, der nach dem Krieg ausführlich interviewt wurde.) Man verscharrte Hannie Schaft in einem flachen Grab in den Dünen, wo schon viele Widerständler an unmarkierten Stellen verscharrt worden waren; sie sollten in Vergessenheit geraten, das war die Absicht der Nazis.

Dreizehn Tage später, am 30. April 1945, nahm Adolf Hitler sich das Leben, eine Woche darauf kapitulierte das Dritte Reich. Am 5. Mai 1945 waren die Niederlande endlich befreit. In den Monaten danach wurden in den Dünen Hunderte von Leichen ermordeter Widerstandskämpfer geborgen. Am 27. November 1945 bekam Hannie in einem mit einer Flagge drapierten Sarg auf dem Ehrenfriedhof in Bloemendaal in Anwesenheit von Prinzessin Juliana, ihrem Ehemann Prinz Bernhard und weiteren Hundert Trauergästen ein würdiges Begräbnis. Von den 422 Widerstandskämpfern, die man in den Dünen fand, war Hannie Schaft die einzige Frau.

Neben ihren sechs bestätigten Attentaten auf deutsche Nazi-Offiziere und niederländische Kollaborateure führte Hannie (meist zusammen mit Truus und Freddie) Dutzende gefährliche Waffentransporte im ganzen Land durch, größtenteils per Fahrrad. Zusammen mit Jan Bonekamp brach Hannie ins Rathaus von Krommenie ein, nahm für den Widerstand nützliche Dokumente mit und drang in eine wichtige Chemiefabrik in Amsterdam ein. 1944 verschaffte sich Hannie unter dem Namen Johanna Elderkamp Zugang zum Sperrbezirk einer Produktionsanlage für V1- und V2-Raketen an der niederländischen Küste. Hannie erstellte detaillierte Karten, die der britischen Royal Air Force übermittelt und 1944 dafür genutzt wurden, dreihundert Bomber auf erfolgreiche Bombardierungsmissionen zu schicken und letztlich die deutschen Raketenabschuss-Anlagen an der niederländischen Küste zu zerstören.

Kurz vor Hannies Verhaftung lehnten sie und Truus es ab, ein Bombenattentat auf ein viel besuchtes Amsterdamer Warenhaus zu unternehmen; sie begründeten dies damit, dass dabei zu viele Zivilisten verletzt werden könnten. Auch die Kinder von Reichskommissar Arthur Seyß-Inquart zu entführen, verweigerten die beiden. »Wir sind nicht wie die Nazis«, sagte Hannie damals. »Wir gehören zum Widerstand und töten keine Kinder.«

Nach ihrem Tod wurde Hannie auch von Königin Wilhelmina als Symbol des Widerstands gefeiert, die ihr posthum das *Verzetskruis* (das niederländische Verdienstkreuz des Widerstands) verlieh. Supreme Allied Commander Dwight D. Eisenhower verlieh Hannie Schaft posthum die amerikanische Freiheitsmedaille.

Bei Ausbruch des Kalten Krieges bewog Hannies Verbindung zum nominell kommunistischen RVV die niederländische Regierung dazu, jedes Gedenken an sie zu verbieten. 1951 wurden zehntausend Trauernde mit Waffengewalt und Panzern von Hannies Grab vertrieben. Als die Sowjetunion Anfang der 1990er Jahre zerfiel, wurde ihr Ansehen schrittweise wiederhergestellt.

Heute ist auf Hannie Schafts Grabstein auf dem Heldenfriedhof folgende Inschrift zu lesen:

JANNETJE JOHANNA SCHAFT
16. Sept. 1920 – 17. April 1945
Zij diende (Sie diente)

Hannies Eltern, Aafje Talea (Vrijer) Schaft und Pieter Schaft, wurden im Konzentrationslager Herzogenbusch nahe der Stadt Vught in den Niederlanden gefangen gehalten. Erst kurz vor Kriegsende erlaubte man ihnen, in ihr Haus in Haarlem zurückzukehren. Als am 5. Mai der Frieden erklärt wurde, gingen Hannies Eltern fest davon aus, ihre Tochter werde aus dem Gefängnis entlassen. Am 21. Mai jedoch informierte man sie, dass Hannie in Missachtung des schon Wochen zuvor geschlossenen Abkommens mit den Alliierten, keine Exekutionen mehr vorzunehmen, hingerichtet worden war. Die Schafts blieben nach dem Krieg in Haarlem.

Philine Rosa Polak Lachman (1921–2018) überlebte dank der Hilfe von Marie Korts, einer Deutschen, die nach dem Ersten Weltkrieg in die Niederlande ausgewandert und während Philines Kindheit die Haushälterin der Familie Polak gewesen war. (Philines Mutter erholte sich nie ganz von einer Spanischen Grippe 1919 und erlag 1923, als Philine zwei Jahre alt war, einer Tuberkulose.) Marie Korts hasste das Nazi-Regime, nahm über das Widerstandsnetzwerk Kontakt zu Philine auf, so dass in der Nacht, als Hannies Eltern verhaftet wurden, kurz zuvor Widerständler im Haus der Schafts auftauchten und Philine an einen sicheren Ort brachten. (Die Frage bleibt, warum die Schafts überhaupt noch dort waren. Vielleicht waren sie geblieben, weil sie sich sicher glaubten, nachdem sie keine Untergetauchten mehr versteckten, aber es ist schwer, das im Nachhinein zu klären.) Philine wurde nach Amsterdam zurückgebracht, wo sie den Hungerwinter in einem aus dem Jahr 1667 errichteten Haus ohne Elektrizität und Heizung verbrachte. »Ich habe damals ernsthaft überlegt, in den Kanal zu springen«, erzählte sie später. »Der Tod lebte die ganze Zeit mit uns, es gab keine Zukunft. Sie existierte einfach nicht.« Wieder wurde sie von Marie Korts gerettet, die Philine in ihrem eigenen Haus aufnahm.

Am 5. Mai, dem Tag der Befreiung, war Philine so entkräftet, dass sie kaum feiern konnte. »Wir hatten großen Hunger, waren schwach und erschöpft. Ich kann nicht behaupten, dass ich große Gefühle hatte; dazu war ich einfach nicht mehr in der Lage. Den meisten Menschen erging es so.« Außerdem machte es sie nervös, ihre ehemaligen, nichtjüdischen Nachbarn wiederzusehen. »Ich dachte, womöglich sagen sie: ›Da sind die verdammten Juden ja immer noch. Warum sind sie denn nicht alle beseitigt worden?‹ Ich hatte wirklich Angst, die Leute könnten so denken«, erinnerte sie sich. »Wenn man derart entmenschlicht wird, dann bleibt doch irgendwann etwas davon hängen.« Doch zum ersten Mal seit drei Jahren wagte sich Philine, da ihre eigenen Sachen verschlissen waren, in der Kleidung ihres vermissten Vaters hinaus auf die Straße. Auf dem Dam wehte keine Hakenkreuzfahne mehr, und »auf dem Platz sah man alliierte, kanadische Truppen. Den ersten alliierten Soldaten, den ich zu Gesicht bekam, bat ich um ein Autogramm auf meinem Ausweis, er kam aus Winnipeg. Ich hatte noch nie zuvor einen alliierten Soldaten gesehen, und wir empfingen sie alle mit großer Freude.«

Leider schwand Philines Freude, nachdem sie endlich Kontakt zu Truus hatte aufnehmen können, um Hannie zu finden. (Vor ihrer Verhaftung hatte Hannie ihren Freundinnen voneinander erzählt, und Truus, Freddie und Philine blieben ihr weiteres Leben, auch durch ihre gemeinsame Unterstützung der Stiftung Nationale Hannie Schaft-herdenking, in Kontakt.) »Truus und ich haben die ersten freien Tage nach dem Krieg mit roten Blumen vor dem Amsterdamer Gefängnis auf sie gewartet, um sie in Empfang zu nehmen, wenn sie herauskam«, erinnerte Philine sich, »aber sie war nicht mehr da.«

Kurz darauf erfuhr Philine auch, dass ihr Vater David Polak (1885–1943) im Konzentrationslager Sobibor in Polen kurz nach Philines Umzug zu den Schafts ermordet worden war. Zwölf weitere Mitglieder der Familie wurden ebenfalls in Konzentrationslagern getötet.

Philine beschloss, in die Vereinigten Staaten auszuwandern und sich dort mit ihrem Bruder Jaap Polak (später unter dem Namen Jack Vanderpol bekannt) im General Hospital in Washington, D.C., zu treffen. Er war vor dem Krieg aus den Niederlanden geflohen, in die US-Armee eingetreten und hatte in der Ardennenschlacht schwere Verwundungen erlitten. In Washington lernte Philine Erwin J. Lachman aus Berlin kennen, ebenfalls ein Holocaust-Überlebender, sie heirateten und hatten zusammen zwei Kinder.

Philine blieb den Idealen von Menschenrechten und Gerechtigkeit stets verbunden, die sie mit Hannie geteilt hatte. Sie wurde Chefjustiziarin der Vereinten Nationen und arbeitete später für den Internationalen Währungsfonds, wo sie zur ranghöchsten Frau aufstieg. Durch Philines Bemühungen wurde Marie Korts von Yad Vashem in Israel, der Internationalen Holocaust Gedenkstätte, im Jahr 1992 als Gerechte unter den Völkern geehrt. Marie blieb nach dem Krieg in Amsterdam, und Philine besuchte sie dort regelmäßig.

Zwar sprach Philine als junge Frau nicht über ihre Kriegserfahrungen, doch in späteren Jahren hatte sie das Gefühl, es sei wichtig, über das zu berichten, was geschehen war, vor allem als Reaktion auf diejenigen, die den Holocaust zu leugnen versuchten. »Vor dem Krieg war ich nicht politisch«, sagte sie in einem Interview, »weil es auch mein Vater nicht war. Nach dem Krieg jedoch begriff ich, dass ich es mir nicht leisten kann, nicht politisch zu sein, weil es die Politik war, die uns getötet hat.« Philine war als Zeitzeugin in der Shoah Foundation aktiv, und sie sprach 2005 bei der 60-Jahre-Gedenkveranstaltung zu Hannie Schafts Tod in Haarlem. Später sagte Philine gern an ihrem Geburtstag: »Sie haben alles darangesetzt, mich umzubringen, aber ich bin immer noch hier!«

Im Jahr 2017 reflektierte Philine, im Alter von sechsundneunzig Jahren, ihr Leben: »Meine Art, das Leben zu leben, ist ›Tikkun Olam‹«, schrieb sie. »Das bedeutet, man versucht, die Welt besser zu machen. Das sind die einzigen hebräischen Worte, die ich beherrsche. Für mich hat es bedeutet, nie Dinge zu sagen, die mein Gegenüber kränken oder ihm mental oder materiell Schaden zufügen könnten.« Noch in ihren Neunzigern waren Philines persönliche Erinnerungen an den Krieg lebendig und tiefgreifend. »Natürlich musste ich einen gelben

Stern tragen«, erinnerte sie sich. »Das ist etwas, was man trägt und nie mehr ganz loswird.«

Philine Rosa Polak Lachman starb 2018 in Maryland im Kreis ihrer Kinder und Enkel im Alter von siebenundneunzig Jahren.

Sonja Antoinette Frenk (1920–1943) entkam nicht nach Amerika. In Lyon wurde sie entdeckt und verraten, verhaftet und ins Konzentrationslager Auschwitz deportiert. Am 23. November 1943 wurde sie dort ermordet. Kurz nachdem Sonja Amsterdam mit Hannie Schaft verlassen hatte, wurde ihr Vater, Willem Frenk (1891–1943), genau wie auch Philines Vater im Konzentrationslager Sobibor ermordet. Sonjas Mutter, Esther Engelina Blok Frenk (1891–1980), überlebte den Krieg und heiratete später wieder.

Nachdem Truus Menger-Oversteegen (1923–2016) am 21. März 1945 Hannie Schafts Verhaftung auf der Jan-Gijzen-Brücke beobachtet hatte, hoffte sie, dass Hannie noch am Leben sei. Quellen der Widerständler nannten das Amsterdamer Amstelveenseweg-Gefängnis. Wieder einmal als deutsche Krankenschwester verkleidet, ging Truus dorthin, um Hannie zu suchen. Die Wärterin prüfte ihre Namensliste und zeigte Truus, dass der Name *J. Schaft* durchgestrichen war, ein deutliches Anzeichen, dass sie exekutiert worden war. Truus wurde daraufhin ohnmächtig – und aus ihren Taschen fielen zwei Revolver. Zum Glück kam sie rasch wieder zu Bewusstsein, so dass niemand ihre Waffen bemerkte. In der Hoffnung, Hannie könnte nur in ein anderes Gefängnis verlegt worden sein, hielt Truus weiter an dem Glauben fest, Hannie lebe noch. Genau wie Philine erinnerte Truus sich später genau an den Tag, als sie nach der Befreiung zum

Amstelveenseweg-Gefängnis gingen. Nachdem sämtliche entlassenen Gefangenen herausgekommen waren und ihre Familien begrüßt hatten, überreichten Truus und Philine den Strauß roter Tulpen schließlich der letzten Frau, die das Gefängnis verließ.

Truus heiratete Pieter Menger, einen Gefährten aus dem Widerstand, den sie im Krieg kennengelernt hatte, als sie den Auftrag bekamen, einen Damm zu sprengen. Sie bekamen vier Kinder und gaben ihrer Erstgeborenen den Namen Hannie. Truus wurde eine international anerkannte Künstlerin, Bildhauerin und Menschenrechtsaktivistin, sie kämpfte gegen Rassismus, Sexismus und alle Formen von Ungerechtigkeit. In den 1980ern engagierte sie sich in der Anti-Apartheid-Bewegung, arbeitete eng mit dem African National Congress (ANC) und seinen Anführern Nelson Mandela und Oliver Tambo zusammen und gründete in Soweto ein Waisenhaus für behinderte Kinder. Im Jahr 1967 wurde Truus von Yad Vashem als Gerechte unter den Völkern anerkannt. An ihrem fünfundsiebzigsten Geburtstag verlieh ihr die niederländische Königin für ihre Verdienste den Orden von Oranien-Nassau.

Truus' Kriegserlebnisse bestimmten ihr ganzes Leben; sowohl sie als auch Freddie litten in den darauffolgenden Jahrzehnten immer wieder unter Alpträumen und Depressionen. »Ich bin eine traumatisierte Person«, sagte Truus in einem Interview. Aber sie fand Möglichkeiten weiterzumachen: durch ihre Kunst, ihren Aktivismus und auch, indem sie im Lauf der Jahre Hunderte Schulen besuchte, um vor und mit Kindern über die Gefahren der Intoleranz zu sprechen. »Ich frage die Kinder, was sie in unserer Situation getan hätten«, erklärte sie. »Und die Antworten sind oft herzergreifend.« Einmal wurde sie gefragt, ob sie nach allem, was sie gesehen hatte, immer noch an

Gott glauben könne. »Ich bin nicht religiös erzogen worden, deshalb könnte man eher fragen, ob ich an die Menschlichkeit glaube«, antwortete sie. »Ich glaube, dass der Mensch gut ist.« 1996 gründete Truus die Hannie Schaft Stiftung, die Nationale Hannie Schaft-herdenking, und engagierte sich bis zu ihrem Tod im Alter von zweiundneunzig Jahren im Kampf gegen Faschismus und Ungerechtigkeit.

Freddie Nanda Oversteegen (6. September 1925 – 5. September 2018) heiratete Jan Dekker und hatte mit ihm drei Kinder. Wie ihre Schwester wurde auch Freddie von Erinnerungen an Erlebnisse im Widerstand heimgesucht und litt ihr Leben lang unter dem Trauma. Siebzig Jahre nach Kriegsende wurde den beiden Oversteegen-Schwestern schließlich das Mobilisatie-Oorlogskruis (eine 1948 von Königin Wilhelmina eingeführte Ehrenmedaille) für ihre Verdienste im Widerstand verliehen. Bei Interviews wurde Freddie immer wieder gefragt, wie viele Nazis sie getötet habe. Sie weigerte sich, eine Zahl zu nennen. »Ich werde Ihnen nicht sagen, wie viele Menschen ich erschossen habe«, erklärte sie. »Ich war Soldat. Ein Kindersoldat, aber trotzdem ein Soldat, und man sollte niemals einen Soldaten fragen, wie viele Menschen er erschossen hat.« Freddie arbeitete im Vorstand der Hannie Schaft Stiftung, und ihr Engagement für antifaschistische Anliegen hielt bis zu ihrem Tod im Jahr 2018.

Johannes (Jan) Lambertus Bonekamp (19. Mai 1914–21. Juni 1944) blieb seinen Widerstandskameraden – einschließlich Hannie, Truus und Freddie – als großer Held in Erinnerung. Das erste Mal tat er sich 1943 als Kämpfer für den Widerstand mit der Organisation eines Streiks im Hoogovens-Stahlwerk hervor. Unter seinesgleichen war er berühmt sowohl für seine Hingabe an die Sache des Widerstands als auch für seinen Mut und seine Kühnheit. Nicht nur für Attentate wurde er eingesetzt, sondern auch für Sabotage-Aktionen, einschließlich eines heroischen, leider zum Scheitern verurteilten Versuchs, politische Gefangene aus dem berüchtigten Weteringschans-Gefängnis zu befreien, in dem später auch Anne Frank und ihre Familie inhaftiert waren. Nachdem er bei dem gemeinsam mit Hannie durchgeführten Ragut-Attentat angeschossen worden war, brachte man Jan in deutschem Gewahrsam in ein Krankenhaus. Nach Aussagen des Nazi-Kriminalsekretärs Emil Rühl, der den im Sterben liegenden und unter grausamen Schmerzen leidenden Jan verhörte, behaupteten die Nazis, sie seien Widerständler wie er und würden seinen Kameraden eine Nachricht von ihm übermitteln, was dazu führte, dass Jan unter anderem Hannie Schafts Namen und Adresse verriet. Jan hinterließ eine Ehefrau und eine kleine Tochter.

Nach dem Krieg wurden seine sterblichen Überreste gefunden, und die Oversteegen-Schwestern forderten, ihn zusammen mit Hannie auf dem Nationalen Ehrenfriedhof zu beerdigen. Doch die Bonekamps zogen es vor, ihn in ihrem Familiengrab auf dem Friedhof Westerbegraafplaats in seiner Heimatstadt IJmuiden zu begraben, wo seither auch die jährliche Gedenkfeier der Jan Bonekamp Society stattfindet. In der Innenstadt von Zaandam, am Ort des Attentats auf Polizeichef Ragut, wurden zwei Denkmäler errichtet, eines für Jan und eines für Hannie. Anlässlich der jährlichen Feier der Befreiung der Niederlande am 5. Mai würdigten Truus und Freddie regelmäßig Jans Unerschrockenheit.

Hannie war zutiefst bestürzt über Jans Tod. »Ich werde versuchen, ein paar Überbleibsel meines alten Selbst zu bewahren.

Aber vielleicht ist das nicht mehr möglich«, schrieb sie in einem Brief einige Monate danach. »Denke nicht schlecht über meinen Freund (Jan), er hat sich wundervoll verhalten. Man kann nur darauf hoffen, dass es mehr solche Menschen wie ihn gibt. Er war einer der feinsten Männer, denen ich jemals begegnet bin. Denk daran.«

Willy Paul Franz Lages (1901–1971) war während des Zweiten Weltkriegs SS-Sturmbannführer und Leiter des Sicherheitsdienstes (SD) in Amsterdam. Außerdem war er Vorgesetzter des Leiters der Zentralstelle für jüdische Auswanderung und mitverantwortlich für die Deportation niederländischer Juden in deutsche Konzentrationslager. In dieser Rolle autorisierte er die Deportation und Ermordung Zehntausender Juden, unter ihnen Anne Frank und ihre Familie.

Nach dem Krieg wurde Willy Lages verhaftet und wegen Verbrechen gegen die Menschlichkeit angeklagt. Bei den Nürnberger Prozessen wurde er zu lebenslänglicher Haft verurteilt, 1966 jedoch aufgrund einer Krankheit aus humanitären Gründen entlassen und bekam die Erlaubnis, nach Westdeutschland zurückzukehren. Dort erhielt er medizinische Hilfe und starb 1971.

Emil Rühl (1904 – unbekannt) war der Kriminalsekretär der Gestapo in Amsterdam. Rühl wurde aufgrund seiner Mitwirkung an Exekutionen, der Morde, die er als Leiter von Kommando Silbertanne begangen hatte, und seiner Misshandlungen an Gefangenen und der Folter niederländischer Juden angeklagt und zu achtzehn Jahren Gefängnis verurteilt. Nach sieben Jahren wurde er 1956 jedoch entlassen.

Maarten Kuiper (1898–1948), der Mann, der Hannie Schaft den tödlichen Schuss versetzte, war niederländischer Polizeibeamter und schon vor der deutschen Besetzung der Niederlande Mitglied der faschistischen Nationaal-Socialistische Beweging (NSB). Unter den Nazis schloss er sich dem Sicherheitsdienst (SD) an und war als »Judenjäger« berüchtigt. Für jede jüdische Person, die er den Nazis übergab, bekam er acht Gulden (damals etwa zwanzig Dollar, das heißt, heute etwa 350 Dollar bzw. 320 Euro). Kuiper war am Kommando Silbertanne und wie Willy Lages an der Festnahme und Deportation von Anne Frank und ihrer Familie in Amsterdam 1944 beteiligt. Kuiper wurde verhaftet und wegen Mord und Verbrechen gegen die Menschlichkeit angeklagt. Er wurde für schuldig befunden, Hunderte niederländische Juden in Konzentrationslager und damit in den Tod geschickt und siebzehn Juden und Mitglieder des Widerstands ermordet zu haben. Am 30. August 1948 wurde er in Fort Bijlmer hingerichtet.

Bevor Adolf Hitler im April 1945 Selbstmord beging, beförderte er Arthur Seyß-Inquart zum Reichsminister für auswärtige Angelegenheiten und ersetzte mit ihm Joachim von Ribbentrop. Seyß-Inquart versuchte nach dem Krieg aus den Niederlanden zu fliehen, höchstwahrscheinlich – wie so viele Nazis – mit dem Ziel Südamerika. Allerdings schaffte er es nur bis Hamburg, wo er am 7. Mai 1945 aufgehalten wurde.

Ein Soldat der Alliierten namens Norman Miller, ein junger Infanterist der Royal Welch Fusiliers, der an diesem Tag Dienst hatte, erkannte den Minister des Dritten Reichs bei einer routinemäßigen Verkehrskontrolle. Miller (mit Geburtsnamen Norbert Müller) war deutscher Jude, 1924 in Nürnberg geboren, und im Rahmen der Kindertransporte (des Programms, durch dessen Hilfe zehntausend jüdische Kinder aus dem besetzten Europa evakuiert wurden) nach England gekommen. Miller war Waise, seine ganze Familie – sein Vater Sebald, seine Mutter Laure und seine Schwester Susanne – war im Konzentrationslager Jungfernhof in Lettland am 26. März 1942 ums Leben gekommen. Als er Seyß-Inquart erkannte, nahm Miller den hochrangigen Nazi sofort fest und sorgte dafür, dass er vor dem Internationalen Militärtribunal zur Rechenschaft gezogen wurde.

Arthur Seyß-Inquart wurde 1946 im Nürnberger Prozess gegen die Hauptkriegsverbrecher des Komplotts gegen den Frieden, der Planung, Entfesselung und Durchführung eines Angriffskriegs, außerdem verschiedener Kriegsverbrechen und Verbrechen gegen die Menschlichkeit angeklagt. Während des ganzen Prozesses bestand Seyß-Inquart darauf, ein »reines Gewissen« zu haben, ungeachtet des Völkermords am niederländischen Volk und der durch seine Maßnahmen herbeigeführten Hungersnot. Er verabscheute es zutiefst, zur Kapitulation gezwungen worden zu sein.

Bereits im Dezember 1944 hatten sich Supreme Commander Dwight D. Eisenhower und die Allied Expeditionary Force (SHAEF) große Sorgen gemacht um die »verhungernden Niederländer«, die sich mit weniger als 1000 Kalorien pro Tag am Leben zu erhalten hatten. Eisenhower verlangte von Seyß-Inquart, »eine große Zahl von Hungertoden zu vermeiden«. Doch der Reichsminister spielte auf Zeit. Die Wehrmacht floh zurück nach Deutschland, stahl auf ihrem Rückzug die letzten niederländischen Nahrungsmittelreserven oder vernichtete diese.

Am 23. April 1945 ließ Eisenhower dem deutschen Militär die Nachricht übermitteln, es sei für den Hunger in Holland direkt verantwortlich, und wenn Seyß-Inquart seiner humanitären Pflicht nicht nachkomme, werden er und jeder Verantwortliche seines Kommandos der Verletzung des Kriegsrechts für schuldig erachtet. Heute nehmen Historiker an, dass zu diesem Zeitpunkt bereits etwa zwanzigtausend niederländische Zivilisten verhungert waren.

Doch Seyß-Inquart hielt an seiner Verzögerungstaktik fest.

Am Tag von Hitlers Selbstmord, dem 30. April 1945, traf sich SHAEF-Stabschef Lieutenant General Walter Bedell Smith, wutentbrannt darüber, eine Notfall-Nahrungsmittelausgabe mit »einem der schlimmsten Kriegsverbrecher« verhandeln zu müssen, mit Seyß-Inquart. Er erinnerte den Reichsminister daran, dass der Krieg bald vorbei sein werde, und nahm kein Blatt vor den Mund. Wir »werden nicht akzeptieren, wenn wir nur noch Leichen befreien«.

Widerwillig erklärte Seyß-Inquart sich bereit, einige Lieferwege zu öffnen, damit Nahrungsmittel ins besetzte Holland gebracht werden konnten.

Arthur Seyß-Inquart wurde schuldig gesprochen, Kriegsverbrechen und Verbrechen gegen die Menschlichkeit begangen zu haben, und im Nürnberger Justizgefängnis am 16. Oktober 1946 im Alter von vierundfünfzig Jahren zum Tod durch den Strang verurteilt und hingerichtet.

Anmerkung der Autorin

Obgleich Hannie Schaft vor Kriegsende starb, überlebten viele ihrer Mitstreiter im Widerstand. Sie sorgten dafür, dass ihr Vermächtnis nicht vergessen wurde, hielten eigene Erinnerungen fest, traten vor Gericht als Zeugen auf und gaben Interviews ihr Leben lang. Doch es bleibt eine dokumentarische Lücke: die Stimme von Hannie Schaft persönlich. Sie hinterließ nur wenige Briefe und gab keine Interviews, weil es für ihre Widerstandsarbeit entscheidend war, dass ihre Identität geschützt blieb. Was von Hannie bleibt, sind erinnerte Gespräche mit Freunden und Familie, etwa ein Dutzend Fotos sowie die Erinnerungen derer, die sie gefangen hielten und die Letzten waren, die sie lebend gesehen haben.

Aus diesem Grund habe ich mich entschlossen, eine wahre Geschichte mit belletristischen Mitteln zu erzählen, Gespräche und innere Monologe nachzubilden, um das Besondere von Hannies Geschichte lebendig zu machen. Einige Namen wurden verändert, einige der Charaktere und Szenen des Romans sind Konglomerate, die auf mehreren Personen oder Geschichten basieren. Alle prominenten Charaktere in »Wir waren nur Mädchen« sind von realen Personen inspiriert, ausgenommen Schwester Dekker und Hendrik Oostdijk. Die Figur der Schwester Dekker orientiert sich an den zahllosen Frauen im niederländischen Pflege- und Kinderbetreuungsbereich, deren Mitgefühl, strategisches Planungsvermögen und großer Mut im

Zweiten Weltkrieg Tausenden jüdischen Menschen, vor allem Kindern, das Leben gerettet haben. Die Figur des Hendrik Oostdijk ist inspiriert von den vielen mutigen Niederländern, die ihre Familie verließen, ihre Berufslaufbahn aufgaben und ihr Leben opferten, um für ihre Landsleute gegen die Nazis zu kämpfen. Der Name des Kommandanten der Haarlemer RVV-Widerstandszelle war Frans van der Wiel; er rekrutierte Truus und Freddie als Widerstandskämpferinnen, als sie gerade sechzehn und vierzehn waren (er holte dafür allerdings die Erlaubnis ihrer Mutter Trijntje ein). Frans van der Wiel überlebte den Krieg.

Ich danke der Belegschaft und bin dankbar für die Quellen der folgenden niederländischen Institutionen, die mir bei der Recherche für dieses Buch geholfen haben: dem Nationaal Archief der Niederlande, dem NIOD Instituut voor Oorlogs-, Holocaust- en Genocidestudies (Institut für Kriegs-, Holocaust- und Genozidstudien in Amsterdam), dem Royal Welch Fusiliers Archive im Wrexham Museum in Wales, der Nuremberg Trials Collection an der Juristischen Fakultät in Yale, dem USC Shoah Foundation Visual History Archive, dem United States Holocaust Memorial Museum und dem Yad Vashem World Holocaust Remembrance Center in Israel.

Für diejenigen, die Interesse an weiterführender Lektüre haben, gibt es zahlreiche hervorragende Berichte aus erster Hand. Truus Menger-Oversteegen hat eine wundervolle Autobiographie mit dem Titel *Toen niet, nu niet, nooit* (Not Then Not Now Not Ever) verfasst, die für meine Recherchen von unschätzbarem Wert war. Sehr bekannt ist natürlich das Tagebuch von Anne Frank, zu weiteren wichtigen Werken gehören die Tagebücher und Briefe der jüdisch-niederländischen Intellektuellen Etty Hillesum; Edith Velmans' *Het verhaal van Edith*

(Ich wollte immer glücklich sein: Das Schicksal eines jüdischen Mädchens im Zweiten Weltkrieg); und *Steal a Pencil for Me: Love Letters from Camp Bergen-Belsen and Westerbork* von Jaap Polak (kein Verwandter von Philine) und Ina Soep – allesamt bewegende persönliche Berichte vom täglichen Leben in den Niederlanden unter deutscher Besatzung. J. J. Boolens *Nederlands verzet tegen Hitler-terreur en Nazi-roof* (*Five Years of Occupation: The Resistance of the Dutch Against Hitler Terrorism and Nazi Robbery)* wurde vor Kriegsende auf einer Druckerpresse des Widerstands gedruckt und enthält detaillierte Berichte über die Gräueltaten der Nazis. Bitte schauen Sie für zusätzliche Empfehlungen über die Geschichte der Niederlande im Zweiten Weltkrieg auch auf meine Website: buzzyjackson.com.

Mir wurde das große Glück zuteil, dass mich die Familien von Truus und Freddie Oversteegen, Philine Polak Lachmans Familie und die Verwandten weiterer niederländischer Überlebenden in Haarlem und den Vereinigten Staaten empfangen haben. Ich bin ihnen allen zutiefst dankbar, dass sie mir ihre Erinnerungen anvertraut haben, und ich hoffe, dass ich es geschafft habe, auf diesen Seiten etwas von der außerordentlichen Stärke, dem Mut und der moralischen Integrität von Hannie, Philine, Sonja, Truus, Freddie und Trijntje einzufangen. Diese Frauen haben mich von Anfang an inspiriert, ihre Geschichte zu erzählen. Sie sind meine Heldinnen.

Dank

Schulen, Straßen und Preise werden in den Niederlanden nach Hannie Schaft benannt. Aber vor meinem Besuch im Verzetsmuseum (Widerstandsmuseum) in Amsterdam im Winter 2016 hatte ich noch nie von ihr gehört. Seither haben mir viele Kolleginnen, Kollegen, Freundinnen und Freunde geholfen, Hannies Leben und die Geschichte der Niederlande im Zweiten Weltkrieg zu verstehen, und ich bin dankbar für ihren Scharfsinn und ihre Großzügigkeit.

Mein Dank geht an folgende Personen in Amsterdam, Haarlem und Zaandam für ihre Hilfe bei meinen Recherchen über Hannies Leben: zuerst an Dawn Skorczsewski, die mich mit Hannie und der Geschichte des Holocaust in den Niederlanden erst richtig bekannt gemacht hat, ebenso Jan-Erik Dubbelman, Erik Gerritsma, Dienke G. Hondius, Katinka Kenter, Lewis Kirshner, Diederik Oostdijk, Greet und Luuk Plekker, Esther Shaya, Bettine Siertsema, Frances Walker, Matt, Emma und Lucy Lynch und Star.

Das Glück, einen Teil dieses Buchs in The Mount (Lenox, Massachusetts) schreiben zu können, verdanke ich dem dortigen Edith Wharton Writers-in-Residence Program. Für immer dankbar sein werde ich auch Jackson Kirshner, Ruth Baum Jackson Hall, Jon A. Jackson, Devoin Jackson, Keith Hall, Ben Kirshner, Delight und Paul Dodyk, den Kiryks, den Schulzes, den Kirshners, den Mescherys, den Lewons, Gary Morris,

Michelle Theall, Amy Thompson, Hannah Nordhaus, Radha Marcum, Haven Iverson, Rachel Odell Walker, Rachel Weaver, Teri Carlson, Diana Chiow, Heather Havrilesky, Stephanie Kelseym Sarah Sentilles, Eith und Hester Verlmans ebenso wie Gav Bell und Drea Knufken für ihre Unterstützung dieses Buches von Anfang an.

Dieses Buch würde es nicht geben ohne den prophetischen Weitblick der außergewöhnlichen Frauen der Friedrich Agency: die immer wohlmeinenden Naturgewalten Molly Friedrich und Lucy Carson, zusammen mit Hannah Brattesani, Heather Carr und Marin Takikawa. Zusätzlich gilt meine Dankbarkeit auch den weisen Ratgeberinnen Hilary Zaitz Michael und Nicole Weinroth vom William Morris Endeavor.

An meine Team-Hannie-Genossen Michael Joseph bei Dutton sowie das erweiterte Penguin-Random-House-Universum: Jason Booher, Claire Bowron, Lexy Cassola, Patricia Clark, Mary Beth Constant, Alice Dalrymple, Caspian Dennis, Feico Deutekom, Maxine Hitchcock, Kaitlin Kall, Chris Lin, John Parsley, Emily Van Blanken, Amanda Walker und vor allem an meine brillanten, großherzigen Lektorinnen Jillian Taylor und Maya Ziv: ich bin so dankbar für euren Glauben an Hannie und eure umwerfende Unterstützung. Danke, dass ihr meine Geheimarmee wart.

Benjamin Whitmer, meinem Ratgeber in allem Künstlerischen und Ballistischen, danke für den Feuermelder und die Schaufel.

Schließlich ein herzlicher Dank an Tessa Lachman, Katinka Kenter und an die Familien von Truus und Freddie Oversteegen und Philine Polak Lachman. Es ist mir eine große Ehre, von ihrem eindrucksvollen Leben Zeugnis ablegen zu dürfen. In diesem Sinne gebe ich Trijntje Oversteegen, der Mutter von Truus und Freddie, das letzte Wort:

Bliif menselik.
Bleibt menschlich.

Anmerkungen

Epigraph

»In der Schule saß ich fünf Jahre neben ihr«: Interview Cornelius Mol von Ton Kors, Akte 248-A2452 – Schaft, Hannie, NIOD Institute for War, Holocaust and Genocide Studies, Amsterdam.

»Ich habe großen Respekt vor Pazifisten«: Hannie Schaft, Auszug aus ihrem Aufsatz »Menschen, die ich bewundere«, Akte 248-A2452 – Schaft, Hannie, NIOD Institute for War, Holocaust and Genocide Studies, Amsterdam 1935.

»Wir bauten eine Art Geheimarmee auf«: Freddie Oversteegen in Noor Spanjer, »This 90-Year-Old Lady Seduced and Killed Nazis as a Teenager«, Vice, 11. Mai 2016.

Kapitel 24

»Ein Mitglied der Niederländischen Faschistischen Partei«: »Savagery«/Grausamkeit. Haarlemsche Courant, 15. Juni 1944, 2, archiviert in North Holland Archives, The Netherlands.

Nachwort

»Ich schieße besser als ihr!«, Akte 248-A2452 – Schaft, Hannie, NIOD Institute for War, Holocaust and Genocide Studies, Amsterdam.

»Wir sind nicht wie die Nazis«: Hannie Schaft in *Truus Menger, Not Then Not Now Not Ever,* übersetzt von Rita Gircour (Amsterdam, Nederland Tolerant-Max Drukker Foundation, 1998), S. 178.

»Ich habe damals ernsthaft überlegt, in den Kanal zu springen«: Philine Lachman Polak, LLE Titate aus »Oral History Interview with Philine Lachman-Polak« vom 22. Januar 1995. A.0577, RG Number RG.50–1790001, The Jeff and Toby Herr Oral History Archive, USC Shoah Archive and United States Holocaust Memorial Museum, Washington, D. C.

»Ich bin eine traumatisierte Person«: Truus Menger-Oversteegen im Interview mit Natascha van Weezel und Anet Bleich, »Interview Truus Menger«, 7. August 2013, *Natascha's Wondere Wereld.*

»Ich werde Ihnen nicht sagen, wie viele Menschen ich erschossen habe«: Freddie (Oversteegen) Dekker in Sophie Poldermans' »The Remarkable Story of Three Teenage Girls Who Seduced and Killed Traitors During WWII«, *Bust* magazine, Summer 2021.

»Ich werde versuchen, ein paar Überbleibsel meines alten Selbst zu bewahren«: Hannie Schaft in Sophie Poldermans, *Seducing* *and Killing Nazis: Hannie, Truus and Freddie: Dutch Resistance Heroines of WWII*, (Desnoods met Wapens: Hannie Schaft, Truus en Freddie Oversteegen – Het indrukwekkende verhaal van drie jonge frouwen in het Nederlandse gewapende verzet tijdens de Tweede Weereldoorlog) übersetzt von Gallagher Translations (SWW Press, 2019), S. 72.

Ein Soldat der Alliierten namens Norman Miller: »Sixth' Men on the Air«, The Flash (Anglesey and Caernarvon, Wales), 3, 10. Dezember 1945, The Royal Welch Fusiliers.

»Eine große Zahl von Hungertoden zu vermeiden«: Dwight D. Eisenhower, Walter Bedell Smith and Arthur Seyß-Inquart, zitiert in Harry L. Coles and Albert K. Weinberg, »Piecemeal Liberation of the Netherlands Amid Serious Civilian Distress«, in Civil Affairs: Soldiers Become Governors (Washington, D. C.: United States Army Center of Military History, 1964), S. 831–834.